KB025880

응용문화기호학

몸 · 매체 그리고 공간

응용문화기호학

몸 · 매체 그리고 공간

2019년 7월 30일 초판1쇄 발행
2023년 1월 15일 초판2쇄 발행

지은이 | 박여성
펴낸이 | 이찬규
펴낸곳 | 북코리아
등록번호 | 제03-01240호
주소 | 462-807 경기도 성남시 중원구 사기막골로 45번길 14
우림라이온스밸리2차 A동 1007호
전화 | 02-704-7840
팩스 | 02-704-7848
이메일 | ibookorea.naver.com
홈페이지 | www.북코리아.kr
ISBN | 978-89-6324-666-6 (93800)

값 22,000원

* 본서의 무단복제를 금하며, 잘못된 책은 바꾸어 드립니다.

* 이 도서의 국립중앙도서관 출판예정도서목록(CIP)은 서지정보유통지원시스템 홈페이지(http://seoji.nl.go.kr)와 국가자료종합목록 구축시스템(http://kolis-net.nl.go.kr)에서 이용하실 수 있습니다. (CIP제어번호 : CIP2019029811)

응용문화기호학

몸 · 매체 그리고 공간

박여성 지음

북코리아

들어가는 말

문화산업의 융성을 맞이하는 오늘날 우리는 상상계를 현실로 구현한 체험사회 속에서 가늠하기 어려울 정도로 폭증한 매체제공물을 소비하는 이른바 미디어폴리스의 단자로 살아가고 있다. 이러한 문화생태학적 격변은 기호학이 학문으로 태어나기 전부터 감지되어 왔으며, 소쉬르와 퍼스 이래 정립된 현대 기호학은 다양한 이론소들을 적용하여 현실의 문제점을 진단하고 비판하며 나아가 사회에 실체적으로 기여하자는 소임을 자청하기에 이른다. 이런 문제의식을 바탕으로 기호학의 본산인 유럽은 물론이고 미국과 라틴 아메리카, 일본과 중국을 비롯한 여러 나라에서는 현실의 문제를 해소하는 방안으로 이미 기호학을 활용하고 있다.

언어철학과 구조주의에 기초한 독일과 프랑스의 이론기호학과 기술기호학을 필두로 덴마크와 스웨덴의 생명기호학, 핀란드의 음악기호학과 건축기호학 등 서구의 이론이 우리나라에 소개되었고, 한국 기호학회를 비롯한 유관 단체들의 활동에 힘입어 국내학계의 연구는 괄목상대할 성과를 거두었다. 특히 정부에서 지원하는 한국외대 HK 세미오시스 사업단, 고려대 응용문화연구소, 계명대 ACE 사업단 등에서 수행하는 연구사업은 비상한 주목을 받고 있다. 하지만 학계에서 거둔 비약적인 발전에도 불구하고 기호학자들은 현실문제에 대한 책임있는 개입에 여전히 주저하고 있다.

학술 및 교육 분야에서의 성과와 별도로 일반적인 현황을 짚어 보자:

첫째, 문文 · 사史 · 철哲의 삼분법에 얽매어 각방거처에 가까운 인문대학의 소통부재 풍토는 시원하게 극복되었는가? 개념의 원천도구를 사회 현장에 적절하게 응용하여 기여하는 방안은 무엇인가? 우리의 입장에서는 언어학과 문예학 및 기호학을 유기적으로 연계시킨 통합방안으로 문화기호학을 제안하여, 이를 발판으로 언어와 역사, 예술과 철학 등 현실계에서 불거지는 쟁점을 진단하고 창의적인 해결방안을 모색하고자 한다.

둘째, 이론과 실용의 괴리를 극복해야 한다. 절대적 진리에 집착한 이론은 일상세계의 고민을 간과하는 반면, 이론적 성찰이 부족한 현장 적용은 유행의 인플레이션 속에서 시행착오를 반복하기 십상이다. 보다 많은 사회구성원이 진리의 핵심을 공유하고 그 성과를 누리려면, 학문은 이론만을 위한 이론, 즉 그들만의 담론이어서는 곤란하다. 그래서 이 책에서 우리 눈앞에서 벌어지는 일상사와 직결되는 몸과 매체 그리고 공간에 관심을 둔 것이다.

셋째, 기호학을 주도한 이론들의 학문적 연원이 대부분 프랑스와 독일, 미국과 러시아, 핀란드, 이탈리아 등 유럽에 있기는 하지만 국내의 기호학 담론은 지나치게 프랑스권 일변도로 소개되고 있다. 문예 작품의 분석이나 매체비평을 넘어 새롭게 주목받는 신체 및 공간 담론 및 지리학과 도시사회학의 성과에도 주의를 기울이고 나아가 우리를 포함한 중국과 일본 등 동아시아의 기호학적 전통에도 주목해야 할 것이다.

넷째, 응용문화기호학은 언급한 문제상황을 고려하여 언어·문화·매체를 활용하는 상호문화적 능력을 구비한 역량인力量人: Kompetenzmensch의 양성에 기여하고 이를 통해 글로벌 세계에서 작동할 수 있는 지속가능한 모델을 제시해야 한다.

사고와 인지의 출발점으로서 몸을 사회적으로 소통시키려면 개체와 공동체의 심급인 기호가 필요하다. 자아가 매체에 묘사된 현실상으로 소통하는 놀이의 공유재가 된 오늘날의 체험사회에서는 묘사된 현실을 '진짜보다 더 진짜 같은' 현실처럼 체현하는 각종 공간의 건축에 매진하고 있다. 가장 광범위한 위상은 바로 우리가 살고 있는 도시이다. 그런 관심을 바탕으로 필자는 몸에서 출발하여 매체를 거쳐 공간에서 개체와 공동체를 연동시키는 소통고리에 관한 논문들을 썼는데, 그 글들의 유기적인 관계를 감안하여 이렇게 한 권의 책으로 갈무리했다.

제1부는 문화기호학에 대한 정의를 토대로 음식 및 먹기 그리고 신체언어의 기호학적 특성을 다루었다.

1장에서는 구성주의와 문화이론에 비추어 응용문화기호학의 과제를 설정했다. 세미오시스의 과학으로서 기호학은 이론과 기술을 조화시키는 가운데 한편으로 자신이 관찰하는 세상을 설명하는 대상 과학인 동시에 다른 한편으로 여타의 담론들을 설명하는 담론이라는 메타 과학의 지위를 요구한다. 기호학의 위상을 정립하기 위해 집단지식 · 게슈탈트 · 상징형식 및 체계이론의 관점에서 문화를 정의하고, 의미론 · 통사론 · 화용론의 층위로 나누어 기호학의 연구영역을 나누었다.

2장에서는 생명현상의 원초적 출발점으로서 음식먹기을 주제로 구약성서, 문화인류학 그리고 판소리에서 음식기호학의 연원을 추적했으며, 그 관찰을 토대로 3장에서는 음식기호학의 분산된 단서들을 음식문화소의 형태의미론 · 단위요소들의 조합을 다루는 통사론 · 사회문화적 화용론에 배치하여 음식기호학의 체계론을 제안했다.

4장에서는 행태학의 관찰대상인 얼굴을 다루었다. 인간은 다른 고등동물에 비해 유달리 복잡한 안면근육 덕분에 풍부한 표정을 지을 수 있는데, 이 점은 일찍이 기호학의 연구대상으로 주목을 받았다. 생태학적인 현상을 다루는 방법론으로 '뮌헨 대학교 인류행태학 연구소' Institut für Humanethologie/I.E.-Eibesfeldt에서 확립한 인류학적 관찰 및 안면인식체계의 업적을 참조했다.

5장에서는 제9의 예술로 일컬어지는 만화에 나타난 동작기호를 분석해 보았다. 분석대상은 한국 교양만화의 개척자 덕성여대 이원복 석좌교수의 "먼나라 이웃나라"에서 수집했으며, 이론적으로는 독일 베를린 공대 기호학연구소에서 간행한 '동작사전'을 참조했다.

제2부에서는 매체로 이루어진 총체적 사회, 이른바 미디어폴리스Mediapolis에 주목하여 매체와 기호의 공동진화, 브랜드 및 국가 이미지에 대한 텍스트기호학적 분석을 시도했다.

6장에서는 매체사회의 총체적 속성을 미디어폴리스로 규정하고 이에 비추어 제반 기호와 커뮤니케이션의 공동진화를 추적했다. 기억의 역량이라는 관점에서, 매체는 개체의 인지와 공동체의 커뮤니케이션을 구조적으로 연동시키는 진화의 동인이다. 이에 비추어 구전과 문자성, 책과 파일, 뉴미디어와 클라우드에 이르기까지 기술적 진보를 통해 새로운 매체 및 텍스트장르가 창발하는 과정에 주목했다.

7장에서는 브랜드에 대한 국내외 연구현황을 개괄하고 브랜드의 유통심급인 국가·지역·상품·기업·인물·서비스 등을 중심으로 브랜드의 상품과 현상을 사태 · 시간 · 사회 차원에서 조명해 보았다.

8장에서는 브랜드기호학의 구상을 토대로 국가의 발전과정을 텍스트 서사구조로 묘사하는 방안을 다루었다. 분석대상으로는 독일의 대표적인 시사주간지 SPIEGEL에서 관찰해온 한국의 국가 이미지에 초점을 맞추었다. 이때 관찰된 어휘소들을 인물/주체, 사건/행위, 속성/추상으로 나누어 동위소를 확인하고 그것들의 관계를 국가발전의 서사구조시련기 · 정비기 · 전환기 · 도약기로 재구성했다.

9장에서는 체험사회의 실용텍스트 중에서 흥미있는 장르인 항공기

기내잡지를 다루었다. 이를 위해 통상적으로 잡지로 불려온 장르를 상이한 텍스트들을 결속시키는 텍스트군집으로 명명하고, 잡지에 실린 텍스트들 사이의 상호텍스트성 · 상호매체성 · 상호기호성을 다루어 보았다.

제3부는 '공간주의적 전회'의 정신에 비추어 공간을, 구체적으로는 도시 · 건축 · 가로를 텍스트로 간주하여 그 기호학적 특성을 분석했다.

10장에서는 초근대 과잉사회의 특징인 공해를 다루었는데, 기호학적 부하와 오염의 문제를 포착하는 기준을 커뮤니케이션 격률에 대한 위배의 여부에서 찾았다. 이때 언어철학자 그라이스H. P. Grice가 제안한 담화격률양 · 질 · 유효성 · 방식의 원근법은 기호학적 공해를 다루는 유용한 개념도구로 활용된다.

11장에서는 구조주의 이론소를 섭취하여 의미론 · 통사론 · 화용론을 확립한 기호학적 원근법에 비추어 신전 · 궁정 · 문 · 기둥의 특성을 다루고, 그 결과를 건축물의 요소와 조합, 예술양식, 공공기념물을 통한 도시 브랜딩의 방안에 응용했다.

12장에서는 창조공간에서 창조인력이 창조활동과 창조상품을 제작한다는 관점에서 창조경제를 조명하며, UNESCO 창조도시 프로젝트를 다루었다. 기존의 역사적인 장소들이 비-장소화되는 오늘날, 브랜드 경관의 창출과 도시 스토리텔링 및 매체도시에 거는 미래 지향적인 관심을 고민해 보았다.

13장에서는 극심한 부침浮沈을 겪어온 베를린의 공간발전사를 아홉 단계로 나누고 도시 중심부인 슈프레보겐에 대한 통시적 분석을 통해 공간의 인문지리학과 도시기호학적 재가치화를 진단했다.

1994년 독일 뮌스터에서 텍스트언어학과 화용론 분야의 학업을 마치고 귀국한 필자는 제주대학교에 자리를 잡은 이후 한국기호학회에서 활동하면서 기호학 분야에 더욱 관심을 기울이게 되었다. 몸에서 시작하여 예술을 경제적으로 각인한 브랜드를 거쳐 체험사회에 구현된 공간에 이르기까지 이 책에서 다룬 주제는 그 동안 필자가 다루었던 좁은 의미의 텍스트언어학을 벗어난다. 얼핏 학문적 외유로 보일지도 모를 이 작업이 몸과 매체 및 공간에 스며든 인류학적 함의를 도출하고 일상의 문제를 다루는 방안에 다소라도 기여한다면 더없이 기쁜 일이다.

국내외 여러 곳에 발표한 논고들을 묶어 부족하나마 책으로 엮은 지금, 학문적인 영감과 인간적인 도움을 주신 많은 분께 감사의 마음을 잊을 수 없다. 텍스트언어학과 매체과학의 접점에서 필자의 박사과정을 지도해 주신 뮌스터 대학교 E. Bülow, S. J. Schmidt 교수님, 기호학 담론에 초청해 준 세계기호학회IASS 명예회장 R. Posner TU-Berlin, E. Hess-Lüttich Uni. Bern, E. Kimminich Uni. Potsdam, R. Funke KH-Potsdam, S. Hauser UdK-Berlin, 와타나베 마나부學習院大 교수님 그리고 제주대학교 독일학과 교수님들께 감사의 말씀을 전한다. 특히 한국기호학회를 창립하여 학문을 이끌어 주신 이화여대 김치수, 덕성여대 신현숙, 고려대 전성기 교수님, 격려와 조언을 아끼지 않으신 건국대 김동윤, 고려대 김성도, 연세대 박인철, 계명대 박일우, 서강대 송효섭, 한국외대 최용호, 인하대 김영순, 목포대 오장근 교수님께 감사드리며 끝으로 학자에 대한 든든한 배려로 전문학술서를 흔쾌히 출판해 주신 북코리아 이찬규 사장님께도 심심한 사의를 표한다.

2014년 들머리

한라산 삼의악

차 례

제2부 매체

제1부 몸

1장 응용문화기호학의 과제

"문화는 지식 · 신앙 · 예술 · 도덕 · 법 · 풍속과 공동체 구성원으로서의 인간에 의해 습득되는 다른 능력이나 습관들을 포괄하는 복합적인 총체이다."

테일러

1. 자기생산체계로서의 문화

문화콘텐츠 · 문화공학 · 문화산업 · 문화연구 · 문화학 등의 표제에서 알 수 있듯이 '문화'와 '콘텐츠'는 오늘날의 담론을 지배하는 OS-MU One Source Multi-Use의 만능-코드[1]로 통용된다. 그런데 IT와 CT 및 BT의 공분모인 테크놀로지T에 기울이는 관심에 비해 그 소인수인 정보Information, 문화Culture 및 생명Bio에 대한 진지한 고민은 찾아보기가 어렵다.

1970년대 이후 대두한 언어학적 전환과 커뮤니케이션 · 화용론적 전환에 이어 불어닥친 문화론적 전환Kulturalistische Wende[2]은 인문학에 대한 시대의 요청인가 아니면 구조조정을 모면하기 위한 몸부림인가? 그런 고민에 직면하여 문제를 해결하는 일단의 방안을 급진적 구성주의 Radikaler Konstruktivismus와 체계이론Systemtheorie에서 찾아볼 수 있는데,[3] 여기에서는 사회적 체계Soziales System를 '자신이 동원하는 모든 것요소든 과정이든 구조이든 부분체계이든을 단위로 취해 스스로를 생성하는 자기생산체계' Autopoietisches System로 조명하는 혁신적인 관점을 제시하고 있다. 그 대표적인 이론가 루만은 존재론적 실재實在와의 유추를 쟁점화하지 않으며, 문화를 매체제공물을 요소로 취해 작동하는 일종의 자기생산自己生産이라는 사건으로 설명한다.[4] 따라서 사회적 체계로서 문화에 대한 연구에

---

1 문화콘텐츠 관련 학회에 대한 사항은 박경하(2004) 참조.

2 문화론적 전환을 조명한 D. Hartmann/P. Janich(1998) 참조.

3 체계이론에 대해서는 "사회체계이론"(니클라스 루만 지음, 박여성 역, 2007), 슈미트(1987/2004, 제2장) 참조.

4 인지와 커뮤니케이션 사이의 구조적 연동(Strukturelle Kopplung)을 다룬 슈미트(1994/1996: 101 이하) 참조.

는 논리 판별에 몰두하는 이가二價 논리보다는 기호를 통해 구성되는 세미오시스에 대한 유연한 성찰이 필요하다.

2. 문화기호학의 정체성

문화연구와 관련된 다양한 시각은 이질적인 영역들의 독립분화獨立分化: Ausdifferenzierung와 교차지시를 통해 각 접근들의 관심과 모순을 관찰하면서 스스로의 정의를 수정해왔다. 이에 아래에서는 문화과학Kulturwissenschaft[5]에 대한 여러 접근을 비교하고 학문적 사명을 가늠하고자 한다.

1) 세미오시스

기호학은 유기체의 신진대사, 동식물에서 나타나는 자극 · 반응의 과정, 고등생물의 인지적 정향, 유인원들의 상호작용, 사회기관 사이의 협상, 법률적 사안, 기계에서의 정보처리, 문학, 음악 및 미술에서 나타나는 복합적인 기호구조의 이해 및 해석 등 기호가 개입된 모든 사건의 구조와 기능을 연구한다. 원칙적으로 생명과 자연 및 고등동물의 문화에만 출현하는 구조와 기능들의 총체를 기호과정 또는 세미오시스Semiose, Posner 1997:1라고 할 수 있다. 생명을 가진 자연이 유전자 전사傳寫를 통해 한 세대로부터 다음 세대로 전승하는 신체형태 및 행동

---

5 이런 요건을 충족할 경우에는 '문화(과)학'으로, 일반적인 맥락에서는 '문화연구'(Cultural Studies)로 통칭한다.

방식이라는 목적체계를 운영하는 유기체들로 구성된다면, 문화란 학습에 의해 취득되고 창조적인 수정을 통해 다음 세대로 계승되는 '세미오시스와 연동하는 집단지식'으로 정의될 수 있겠다. 유산과 전통은 기호과정으로서만 현존하며 이를 위한 지식 · 태도 · 피조물의 생산 그리고 사용기법이 전승된다는 사실조차도 기호세계에서만 성립한다. 요컨대 문화과학은 상징계Semiosphäre에 존재하는 현상에 대한 과학, 즉 기호현상학으로서 추진되어야 한다.

2) 이론과 기술記述 및 응용

고대 이래로 기호학은 진작부터 일상적인 문제의 해결[6]에 고민해 왔다. 그리스에서는 증상症狀을 근거로 질환을 식별하는 의학기호학Hucklenbroich, 2004이 확립되었고, 로마의 점성술은 불길한 징후에 대한 해석을 근거로 미래를 내다보는 예언술이었다. 중세의 문장학紋章學: Heraldrie을 보면, 귀족과 기사들이 지위고하를 서로 식별하도록 문장이나 외투의 소매 디자인을 엄격히 규제했다.[7] 바로크 시대의 비문해독법秘文解讀法은 미지의 언어로 쓰인 텍스트의 해독에 매진했으며, 계몽주의와 낭만주의 문헌학도 사료의 추적을 통해 원본과 위서僞書를 구별하려고 했다. 기업체는 조합원들이 가입한 길드의 엠블럼, 회사의 통

6 일상(日常: Alltag)이란 경제적으로는 '주말을 제외한 근로일'과 관련되지만 구조적으로는 "어느 정도 고정된 그리고 일정한 반복이나 노동을 통해 규정되는 삶의 진행"(Heinemann, 2000:604 참조)을 일컫는다. 기호학과 노동의 문제에 대한 통찰은 Rossi-Landi의 '기호경제학'에서 개진된다(김치수 외 1998 참조).

7 시각적 형상, 색 및 수와 권력관계와 연동된 사례에 대해서는 박여성(2003c), Kimminich(2005) 참조.

합상징, 등록상표와 브랜드[8]를 활용하여 생산품의 차별화와 법률적 보호를 도모했다.

철학은 문화소Kultureme의 분류와 비교를 통해 기술기호학記述記號學을 정립했고 그 바탕 위에서 현대 이론기호학이 탄생했다. 다양한 유형의 세미오시스에 대한 지식이 증가함에 따라 기호들의 연산체계 및 기호들의 의미가 지시영역 및 사용자의 목표에 좌우되는 방식을 설명하는 정리 · 공리체계들이 정교해졌고 응용기호학의 과제 또한 더욱 복합적으로 전개된다. 이에 따라 문화기호학은 연구대상에 대한 경험적 기술과 이론적 독자성 및 다른 현실의 창출에 적용하는 응용문화기호학으로 확장되기에 이른다.

3) 대상 과학

이론기호학은 20세기 초반에 근대 논리학과 언어학에 힘입어 다양한 세미오시스에 관여하는 일반개념을 창출했고 대학에 독립적인 학문분과로 기호학과를 설치했다.[9] 기호학은 개별분과에서 세미오시스를 연구하던 생물학, 심리학 및 의학 또는 문헌학, 음악학 및 예술사 같은 인접 분야와 경합하면서 본연의 분과들에 비해 연구가 덜 진척된 영역에 집중하여 연극· 영화 · 음악 · 건축 · 의상 및 비언어-커뮤니케이션 등에 연계된 파생-기호학, 이른바 응용기호학Angewandte Semiotik을 추구했으며, 다른 한편으로 개별분과들의 영역을 기호학의 개념 틀에 통합하여 오페라 · 서커스Bouissac, 1976 · 극장 · 신문 · 잡지 · 영화 및 텔레비전

---

8 브랜드에 대한 개괄로 Hellmann(2003c), 박여성(2005), 손일권(2004) 참조.

9 이탈리아 볼로냐(Bologna) 대학, 독일 베를린 공대(TU-Berlin) 및 프랑스 리모주(Limoges) 대학의 기호학과를 들 수 있다.

같은 매체로 구현된 기호과정을 규명했다. 이 성과를 집약한 문화기호학은 세미오시스의 산출물텍스트 · 영상 · 영화 · 광고 · 디자인 · 상품 · 이벤트을 대상으로 취하고 자신과 동등한 층위에서 연구되는 분과들과 교섭하는 '대상 과학'Objekt-Wissenschaft으로서 추진된다.

4) 메타 과학

물질적 피조물Artefakte을 해석하는 인류학 · 고고학 · 문헌학 · 음악학 및 예술사 같은 분과는 이론이나 방법론 어느 면으로 보아도 서로 무관한 분석절차를 개발해 왔기 때문에 일단은 양립 불가능한 학문들로 간주되었다. 이런 상황에 직면하여 기호학은 오관五官에서 유래하는 모든 종류의 피조물에 대한 분석과 기술에 동일한 절차를 적용하면서 기호와 관련된 분과들의 방법론은 물론이고 대상적 · 방법론적 공통점에 기반을 둔 개념 도구 · 공리 및 정리체계를 공유하자는 일종의 통합학문을 촉구해 왔다. 여타의 분과들도 기호학적 방법론과 표상방식을 사용해야 하며 심지어 과학철학도 본질적으로 기호학적 성찰이라는 주장까지 나온다. 학제적 연구에서 대체로 상호간의 성과를 암묵적으로 차용해 오는 분위기 속에서 기호학은 자신과 관련된 분과들과 동렬의 차원에 있는 대상과학들뿐만 아니라 인문과학 · 사회과학 · 생물학 · 의학 · 물리학 · 화학 및 천문학 등 제반 분과들의 연구와 방법론을 통섭하려는 메타 과학Meta-Wissenschaft으로 진출하려고 한다.[10] 요컨대 문화가 하위체계들을 포괄하는 메타 층위에서 관찰되어야 한다면,

---

10 Peirce가 구상했던 '기호학'(Semeiotics)에 대해서는 Posner외(1997), 김성도(편역, 2006) 참조.

그 체계들을 연구하는 문화기호학은 하위분과들의 성과와 한계를 동시에 고려해야 한다.

3. '문화' 개념의 흐름

인류학에서 문화연구에 이르기까지 다양한 논의들을 살펴보면, 과거의 단서들이 오늘날에도 여전히 값지다는 사실이 드러난다. 아래에서는 민족지학과 사회인류학, 심리학과 기호학 및 체계이론에서 제안한 정의들로부터 문화기호학에 적용될 '문화' 개념을 도출해 보자.

1) 집단지식

"범상치 않은 문화적 전환"Alexander 1990: 1을 목격한 알렉산더는 문화를 '집단적으로 구조화된 의미' 또는 '집단지식'으로 구상했는데, 그런 사회학적 시각은 일찍이 19세기 '민족지학'의 창시자인 테일러의 역저 "원시문화"Primitive Culture에서 언급된 바 있다:

> "문화 또는 문명은 -가장 넓은 의미의 인류학적 의미로 보면- 지식, 신앙, 예술, 도덕, 법, 풍속과 공동체 구성원으로서의 인간에 의해서 습득되는 다른 능력이나 습관을 포괄하는 복합적 총체이다."
>
> Taylor 1871, Bd.1: 1; 슈미트 1994/1996: 237 인용[11]

---

11 Kultur(문화)와 Zivilisation(문명)의 구별에 대해서는 Sprachwissenschaftliches Kolloquium, Europäische Schüsselwörter. 3권, Kultur und Zivilisation, München: Hueber(1967). O.Spengler의 문명론인 "서구의 몰락"(Der Untergang des Abendlandes, 1923/1979, C.H. Beck, München)도 참조.

집단지식으로서의 문화지식은 대개 행위자들 고유의 경험과 무관하게 사회화 과정에서 습득되는데, 이때 명시적이고 자세한 지침보다는 간헐적 충고와 교정에 의해 소통되며 다른 사람들로부터 그리고 그들 자신의 말하기로부터 수시로 학습된다. 또한 집단지식으로서의 문화적 지식은 단적으로 귀환적歸還的: Selbstreflexiv지식이다. 이를테면 A自我: ego는 A가 아는 것이 무엇인지 B他者: Alter가 알며 B'가 안다는 사실을 A'他我: Alter ego도 알 것이라고 기대한다. 이런 방식으로 문화적 지식은 '성공적인 기대에 대한 기대' 및 '확인에 대한 확인'을 통해 안정되면서[12] 특정한 사회에서 타당성과 효력을 얻는다. 티츠만은 문화적 지식을 "그 문화의 구성원들이 '참'으로 간주하거나 그 문화에서 산출된 충분한 수효의 텍스트들을 '참'으로 전제하는 명제들의 총집합"Titzman, 1989: 48으로 규정하여 다음과 같은 지식의 유형학에 도달했다:[13]

- 거의 모든 문화구성원들이 공유하는 일반적인 지식
- 연령, 성별, 직업, 정치적인 또는 이데올로기적 입장에 의해 특징지어진 하나 또는 여러 집단의 구성원들만 공유하는 특유의 지식
- 의식된 지식 대 의식되지 않은 지식
- 그 의식능력이 입증될 수는 없지만 연구될 수는 있는 잠재적 지식
- 이론에 앞선 그리고 부분적으로 비명시적이거나 분절되지 않은 일상적 생활지식
- 이론적 지식

---

12 국가 이미지나 국민성에 대한 재귀관찰이 대표적인 사례이다. 독일의 국민성을 재귀관찰한 Schröder(2004) 참조.

13 지식사회학(Wissenssoziologie)에 대해서는 Meja/Stehr(1982, 총서) 1~2권 참조.

2) 문화상대주의

테일러의 정의에 기대면 문화는 '인간에 의해 창출되고 변형되는 것의 총체로서 전형적인 삶의 형식과 그것을 담은 전승된 사고, 언어 및 행동 표본, 사회적 · 경제적 · 정치적 표본 및 기술적技術的처리 절차와 물질적 산출물에 대한 보편적인 정신법칙'을 포괄한다. 한편 인류의 심리적 · 행태적 동질성에서 출발한 보편주의 문화개념은 복수주의적 · 상대주의적 문화개념으로 대체된다. 문화상대주의는 인류학, 민족지학Ethnographie 및 사회인류학의 방법론을 창안한 보애즈[14]의 영향 아래 발전했는데, 제자 크뢰버*Classificatory Systems of Relationship*, 1909와 리버스*Kinship and Social Organization*, 1914의 반목으로 인해 미국 인류학과 영국 인류학이 분열되었다. 크뢰버는 역사비교를 통해 제반 문화들을 연구하는 미국 문화인류학Cultural Anthropology을 정립했고 래드클리프-브라운은 사회구조들의 비교연구에 집중하여 영국 사회인류학Social Anthropology을 발전시킨 결과, 문화유형Culture Patterns과 사회구조Social Structures의 개념적 대립이 고착된다. 어쨌든 1958년, 파슨스가 미국 사회학의 이름을 걸고 버클리의 신조어 '사회문화적'Socio-cultural이라는 용어를 통해 문화와 공동체 개념을 아우르면서 비로소 사회와 문화의 변증법적 화해가 이루어졌다.

3) 현실모델

로이드(1966)는 원시공동체나 그리스 초기의 사변철학에서 일정

---

14 독일 태생으로 미국에 귀화한 인류언어학의 태두 F. Boas는 E. Sapir와 B. L. Whorf의 메타언어학(Metalinguistik)과 인류언어학(Ethnolinguistik), K. L. Pike가 정립한 행동소론(Tagmemik)에 큰 영향을 주었다.

한 구성체의 조직을 투영할 때 이원론적 대립을 구사했다는 점을 언급했으며, 루만 또한 이분법적 코드화를 기반으로 그의 대저 "사회적 체계들"Soziale Systeme. Grundriß einer allgemeinen Theorie, 1985을 완성했다. 다른 학자들도 현실모델의 구축에서 이분법을 방법론적 출발점으로 삼았는데, 예를 들어 부르디외(1987)는 '아프리카 카바일 부족'의 '세계', 특히 '성행위'는 아래와 같은 대립쌍들로 구축된다고 보고했다:

- '외부/내부'전후 그리고 '위/아래'상하의 방향 대립
- '젖은 것'여성 / '마른 것'남성의 성별 대립
- '지속'운동 / '비지속 행위'정지의 시간적 양태 대립

이 대립쌍은 '하늘/땅', '불/물', '묶인/잘린', '죄/용서' 같은 자질쌍들 사이의 차분差分과 연접을 통해 정교한 이분법적 그물을 조직한다. 이렇게 구축된 이원적 현실모델과 관련해 볼 때, 그 안에서 행위하고 커뮤니케이션하는 자만이 공동체의 구성원이며 그들은 공동체의 현실모델에서 유효하다고 간주되는 기저이분법에 준해서 연산한다. 예컨대 어느 현실모델이 '아름다운/추한'의 이분법을 가진다면[15] 심미적으로 평가되어야 할 대상이 '진리'나 '취향'과 연관되는지 규명해야 하

15 미술사조에 따라 여성미(女性美)의 개념도 바뀌어 왔다. 르네상스 시대에는 풍만한 유방과 두툼한 아랫배, 답답한 듯 졸리게 보이는 눈이 심미성의 기준이었으나, 20세기 이후 미인의 전형은 본드걸이나 슈퍼 모델 같은 깡마른 미인들이다. 강건한 아리아 여인 또는 북구 미인의 전형(금발), 검은 머리의 이탈리아 여인이라는 표상은 인종학상으로 근접할지는 몰라도 기호학적으로는 상이한 가치에 해당한다. 북유럽에서와는 달리 이탈리아에서는 '금발'이 창녀(나 포르노배우)를 연상시킨다. 북한의 미인상에 속하는 '조개턱에 마늘 코, 버들 허리' 등은 남한의 기저이분법에는 수용하기 힘든 기준이다. 심미성의 규정과 현실모델의 관계에 대해서는 N. Luhmann의 "예술체계이론"(박여성/이철 번역, 2014) 참조.

지만, 어떤 범주들이 '부유한/가난한' 이분법을 함유한다면 '권력/비-권력', '좋은/나쁜' 또는 '남성적/여성적' 등과 연계될 것이다.

이처럼 집단지식은 어느 특정한 사회에 그때그때 유효한 기저이분법의 집합 및 의미론적 해석에 근거한 위계질서와 정당화를 내포하며, 사회구성원에 의해 공유되어 그들의 활동과 행위를 조율한다. 매체제공물을 심급으로 하여 개체의 인지와 공동체의 커뮤니케이션이 구조적으로 연동되는 가운데 집단지식의 타당성이 확보되며, 이로써 문화는 자신을 스스로의 환경과 구별하면서 현실의 경계를 구획하고 생성하는 자기생산의 고리를 형성한다.

4) 행태학

정신분석학과 심리학의 영향을 받은 '문화와 인성'Culture and Personality 연구에서는 문화와 개인에게 배태되는 게슈탈트적 유일성을 강조한다. 모든 문화는 선택적이며 시간이 지남에 따라 자신이 선택한 표본들을 더욱 선명하게 응집시켜서 총체적인 형성, 즉 게슈탈트Gestalt를 추동한다. 이에 따라 문화는 누가 어떤 정보를 구사하고 어떤 커뮤니케이션 과정에 참여할 수 있는가에 대한 사회적 역할을 선별한다. 문화가 사회의 구조를 형성한다는 가설에서 출발하면, 문화는 상징화의 시각에서 공동체를 문화의 실현이자 문화의 산물이라고 판정하기 때문에,[16] 사회질서는 곧 개인들을 지식인지지도: Cognitive maps의 형태로 적응시키는 기준이다. 사회적 규칙과 규범의 인식, 학습 및 평가는 사회체계를 존

16 이러한 입장은 사회를 "인간이라는 문화 존재의 산물"(1989: 16)로 보는 Tenbruck에 의해 집약된다.

속시키는 조건이며, 인지도식의 조정은 곧 문화변동의 조건이 된다. 문화를 지식체계나 의미체계로 구상하는 입장에서 언어학적인 체계 개념을 중시했다면, 현대 인간학 연구A. Portmann, A. Gehlen, K. Lorenz에서는 생물학적 체계 개념과 아울러 자동제어 · 피드백 · 정보처리 같은 사이버네틱스 모델에 주목했다. 바로 그 지점에서 생명의 진화적 결과로서의 인간에 주목하는 행태학[17]이 출발한다.

5) 상징형식

19세기 독일문화사의 전통 및 게슈탈트 이론의 영향을 받은 '유형이론'Pattern Theory에서는 문화를 개인과 집단의 산물로 파악하고 문화의 창조자와 환경의 상호작용을 연구했는데, 크뢰버&클럭혼은 "문화: 그 개념 및 정의들에 대한 비판적 재고"Culture: A Critical Review of Concepts and Definitions, 1952에서 다음과 같은 인식론적 정의를 제시했다:

> "문화는 -명시적으로나 암시적으로나- 상징을 통해 습득되고 매개된 행동의 표본들로 이루어진다. 그 표본들은 인간 집단의 상이한 역량들과 그것들의 인공가공물의 구현까지도 형성한다: 문화의 본질적인 핵심은 전통적인 즉, 역사적으로 획득되고 선별된 관념과 특히 그것들의 바탕을 이루는 가치관으로 구성된다. 문화체계는 한편으로 행위의 결과로서, 다른 한편으로는 더 광범위한 행위들의 조건을 형성하는 요인들로 간주될 수 있다"
>
> 1952: 181, Baumhauer 1982: 2.

---

17 문화를 '계통발생으로부터 귀결하고 유전적 변동에 선택적으로 영향을 주는 정보가 축적되는 획득 · 가공 · 저장 및 전수, 권력과 에너지를 획득하는 초개인적 체계'로 구상한 K. Lorenz의 생물학적 관심에서 출발하여, 행동의 과학으로서의 행태학(行態學, Ethologie)과 행태언어학을 정립한 Eibesfeldt(1997), Heeschen(1987, 2004) 참조.

크뢰버는 고도의 기능적 가치와 긴 수명을 가지는 문화의 '기저 유형'과 매우 불안정하고 짧은 수명을 가지는 '2차 유형'을 구별했으며, 카시러 또한 문화를 인간을 자신의 세계에 매개시켜주는 언어·신화·종교 및 과학 등으로 이루어진 '상징형식들'Symbolische Formen[18]의 하나로 정의한다. 특히 언어는 인간이 사물들 자체와 직접 대면하는 대신 상징의 우주 속에서 자신과의 대화를 성립시키는 형식으로서 '문화의 일부'인 동시에 바로 그 '문화를 학습하는 도구'이다. 이로써 문화를 광의의 '기호체계/의미체계'로 이해한 에코Eco 1968/1998는 문화기호학 Kultursemiotik[19]을 '경험을 지성적·감성적으로 개념화하는 커뮤니케이션 현상을 다루는 학문'이라 선포했다.[20]

레비-스트로스는 "구조인류학"(1958)에서 문화와 커뮤니케이션 사이의 관계를 심층적으로 조명하여, 문화를 '자연과 공동체의 층위에서 커뮤니케이션 놀이가 성립하는 방식을 확인해 주는 규칙'으로 정의했다. 이에 따라 규범·풍속·규칙 및 제도는 인간 자신의 지각 세계를 창출하는 도구로써의 행동으로 파악하고 '개체의 문화'와 '공동체의 문화'를 분별하여 '개인문화'와 '집단문화'를 최소단위들문화소: Kultureme로 쪼개어 규정하자는 구조주의 가설이 구체화된다. 이에 비추면 어느 문화에서 문화소들의 수효가 우세하면 현학적衒學的인 문화가 될 것이고, 문화소들 사이의 조합가능성이 우세하면 자기증배自己增配: Selbstreproduk-

---

18 E. Cassirer의 "상징형식의 철학"(Philosophie der symbolischen Formen, 전3권, 1923~1929), '문화철학'을 다룬 Braun 외 (1988) 참조.

19 Eschbach & Koch(1987) 및 Posner(1992, 2004) 참조.

20 Eco의 기호학에 대한 개괄로는 박상진(2005) 참조.

tion를 가속화하는 창조적인 문화가 될 것이다.[21]

6) 사회체계이론과 기능주의

1930년대에 정립된 '문화론'Kulturologie의 대변자들은 문화를 '고유법칙에 따라 전개되는 자율적 체계질서이자 스스로를 함유한 동시에 스스로 한정된 체계'로 보았다. 문화적 과정의 실존과 기능의 작동을 위해서는 인간이 필요하지만, 일단 어떤 문화가 생산되면 그 다음부터는 재귀조직再歸組織: Selbstorganisation이 작동하기 때문에, 인간의 생물성과 별도로 진행되는 문화변동 자체에는 인간이 필요하지 않다는 것이다. 그래서 문화는 인간운반자들과 별도로 조직되는 세미오시스의 '자기생산체계'로 간주된다. 이 통찰에 결정적인 동인을 제공한 것은 뒤르켐과 스펜서를 계승한 래드클리프-브라운과 말리노프스키가 민족학Ethnologie에 도입했던 '기능주의적 구상'이었다:

> "기능주의Funktionalismus에서 문화는 기능 작동하는, 적극적인, 효율적인, 잘 조직된 통일체로 간주된다 (……) 문화는 전적으로 19세기 생물학의 의미에서의 그 개별성분들이 조화로운 방식으로 전체의 존속과 유지를 위해 기여하는 유기체로 간주된다. 이에 따라 문화를 기능하는 체계로서 연구하려 한다면, 문화를 제도들로 분해해야 하며, 이 제도적 체계성분들이 상호관계 속에서 분석되며, 인간유기체의 욕구와 인간에 의해 만들어진 그리고 또한 천연의 환경과 가지는 관계 속에서 분석되어야 한다."
>
> Baumhauer 1982: 24

---

21 문화소의 기본항목을 독립항으로 유지하려는 유럽의 보수적인 문화와, 기존의 문화소들을 합종연횡하여 새로운 조합을 무궁무진하게 창출하는 한국의 '난장적'(亂場的) '디지로그'(Digilog) 문화(이어령 2006)를 비교해 보라.

문화에는 지식 · 신앙 · 도덕 · 경제 · 교육 등의 도구적 장치가 필요하며, 문화는 인간의 욕구와 문제를 해결하기 위해 탄생했다는 시각을 대변한 말리노프스키는 사회조직을 문화의 핵심 제도로 간주했다.[22] 이 논의를 더욱 다듬은 파슨스의 '체계론'Systems Theory[23]에서 문화는 다시 '유기체 체계', '인성체계', '사회적 체계'와 더불어 고유한 행위체계로서 구상된다. 인간의 행위는 문화적으로 한정되었고, 모든 사회적 체계는 제각기 제도화된 규범적 문화의 특정한 표본이다. 사회적 체계에서와 마찬가지로 인성체계에서도 문화적 표본이 내면화되어 제도화되며, 사회변동은 항상 문화의 변동이며 인성의 변동까지 포괄한다. 따라서 파슨스에게 있어 문화란 '의미를 지니는 코드화된 상징체계 및 이 상징들의 의미에 할당된 행위측면들'로 구성된다. 이와 달리 루만은 사회적 체계를 상징체계로 그리고 사회적으로 기대 가능한 것과 후속 연산을 수행할 수 있는 틀 안에서 규칙화된 '사회의미론'Soziale Semantik, Berghaus 2003: 109의 원근법에 비추어 구상한다. 이때 문화의 구성원은 '구별'Unterscheidung과 '명명'Benennung을 실행하는 '관찰자'Beobachter로서 기능한다. 체계System/환경Umwelt의 차이 및 그 차이의 동일성Einheit을 바탕으로 관찰자는 환경과의 차이를 자신에게 역복제하여 자신과 환경 사이에 내부/외부를 가르는 경계를 획정한다. 이때 체계와 환경의 차이가 체계 자체에 의해 구획될 경우에는 '자기준거'自己準據: Selbstreferenz로, 환경에 의해 강요될 경우에는 '타자준거'他者準據: Fremdreferenz로 부른다(그림 1-1). 이 관

---

22 조직을 결합태(Figuration)로 파악하여 궁정의 권력질서를 조명한 역저 엘리아스의 "궁정사회"(Die höfische Gesellschaft, 1969. 박여성 번역 2003) 참조.

23 파슨스의 초창기 '체계론'과 이를 발전시킨 루만의 '일반체계이론'(Allgemeine Systemtheorie)의 학문사적 관계에 대해서는 Luhmann(1985/2006), Berghaus(2003) 참조.

찰에서 작동하는 두 차례의 구별은 준거관계 자체의 성립을 위해 동원된 '재투입'再投入: Re-entry이자 은폐된 이율배반과 다름없다:[24]

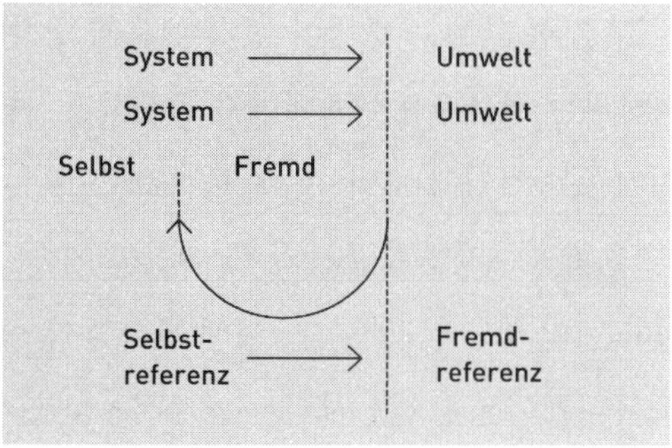

그림 1-1 구별과 재투입

- 체계의 연산을 통한 체계/환경의 차이
- 체계/환경 경계선을 체계의 구별하기/관찰하기라는 연산을 위한 토대로서의 체계 안에 복제하는 가운데 작동하는 자기준거와 타자준거

---

24 차이의 탄생을 설명하지 못하는 정태적 구조주의와 달리, 루만은 차이를 작동시키는 원리를 설명한다: 서구사상사에서는 세계의 관찰가능성을 '정신이나 주체의 능력'으로 인정했던 반면, 루만은 관찰의 역설 또는 '구별의 동일성이라는 역설'에서 출발한다. 무엇을 관찰한다는 것은 무표(無標)공간으로 정의된 세계에 구별을 투입하여 유표(有標)공간으로 바꾼 후, 두 면 가운데 한 면을 지칭하는 동작을 실행하는 것이다. 이 구별에 의존하는 지칭이 작동(Operation)이며, 작동의 하위단위인 관찰함(Beobachten)도 동일한 단계를 밟는다. 그런데 지칭의 시점에서 ① 이전의 구별 단계에서 선택된 면$_1$과 ② 구별과 지칭으로 선택된 면$_2$이 동일할 경우, 즉 공간에 펼쳐진 구별$_1$과 (구별과 지칭의) 시간 차원에 펼쳐지는 구별$_2$이 동일할 경우에, 지칭은 이전의 구별 상태에 묶여 있게 된다. 단적으로 구별은 지칭되기만 했을 뿐이며 결국 실행되지 못하는 것이다. '공간상의 구별'/'구별과 지칭의 시간상의 구별'의 동일성은 하나의 역설로서 관찰 불가능한 상태를 조성하는데 루만은 그 지점을 이론구축의 출발점으로 삼는다. 한편 지칭되기만 한 구별이 순환고리에서 벗어나 실행되려면 '구별로써 선택된 면'과 '구별과 지칭으로써 선택된 면' 사이에 차이가 발생하고 '그 차이'가 다음 단계에서 관찰되어야 한다. 비로소 그 단계에서 공간상의 구별과 시간상의 구별의 동일성이라는 역설이 해체되며 관찰 불가능한 상태가 관찰 가능해진다.

관찰의 순간에는 '그' 관찰자 자신도 관찰의 메커니즘을 벗어날 수 없기 때문에, 관찰자 스스로 관찰할 수 없다는 '그' 맹점은 쉽게 소거되지 않는다.[25] 이것은 망막자극을 두뇌로 연결시키는 시신경 다발들이 지나가는 그 지점 자체는 망막이 없기 때문에 영상이 맺히지 않는 맹점에 불과하다는 생물학적 이율배반과 유추적인 사태이다.

이상의 시각들을 집약해 보면: 문화란 구조적으로는 그것의 구성성분들문화소들의 혼합물이지만 부분들의 합 이상의 게슈탈트로서 자신 스스로를 조직하는 자기생산체계이다. 이때 개체들이 학습하고 전승하는 인지와 커뮤니케이션을 연동시키는 매체제공물을 생산 · 수용 · 가공 · 분배하는 모든 과정과 결과가 바로 세미오시스이다.

4. 문화기호학의 연구영역

1) 피조물

머독(1945)은 문화라는 추상적인 문제 영역을 세분화하고 연구하기 위한 일련의 피조물들 목록을 열거한 바 있다:

"age grading연령 서열의 등급, athletic sports체육, bodily adornment신체 치

25 식탁에서 코를 푸는 유럽인의 행동은 '동양식 예의범절'로는 결례가 되겠지만, 단 한번에 코를 시원하게 풀어 더 이상의 불편을 끼치지 않으려는 '서양식 합리주의'의 소산이기도 하다. 유럽은 코풀기가 '합리성'의 차원에서 관찰되는 반면 동양에서는 '예의범절'의 차원에서 관찰되며, 관찰된 차이는 다시 상대방에게 역으로 부과된다. 각자의 관찰은 행위주체인 자신$_1$에게는 '제1질서 관찰'이지만, 자신의 행동을 관찰하는 타자에 대한 자신[타아]$_2$의 판단은 '제2질서 관찰'이 되는 것이다. 체계이론은 이 두 관찰자의 '관찰 차이'에 착안한다.

장, calendar달력, cleanliness traning청결 훈련, community organization공동체 조직, cooking요리, cooperative labour협동적 분업, cosmology우주론, courtship구애, dancing춤, decorative arts장식 예술, divination예언, divination of labour노동의 예언, dream interpretation꿈의 해석, education교육, eschatology종말론, ethics윤리, ethnobotany토착 식물학, etiquette예절, faith healing신뢰 회복, family가족, festing축제하기, fire making불 만들기, folklore민속/ 민요, food taboos음식물 금기, funeral rites장례 의식, games놀이/유희, gestures제스처, gift giving선물 공여, government정부, greetings인사, hair styles머리 모양, hospitality환대, housing주택 공급, hygiene위생, incest taboos근친상간의 금기, inheritance rules상속법, joking농담, kin-groups친족-집단, kinship nomenclature친족 명칭, language언어, law법, luck super-stition행운을 기원하는 미신, magic주술/마법, marriage혼인, meal times 식사시간, medicine약[藥], modesty concerning natural functions자연의 권능에 대한 겸손, mourning상[喪], music음악, mythology신화/전설, numerals수, obstetrics산부인과, penal sanctions차단벌칙, personal names인명, population policy인구정책, postnatal care산후 조리, pregnancy usage임신 관습, property rights재산권, propitiation of supernatural beings초자연적 존재에 대한 비위 맞추기, puberty customs사춘기의 관습, religious ritual종교의식, residence rules입주자 규칙, sexual restrictions성적인 제한소치, soul concepts'영혼'의 개념, status differentiation신분 차별, surgery수술, tool making연장의 제작, trade상거래, visiting방문, weaning젖을 떼기[離乳], weather control기후 조절."

Murdock 1945: 124

얼핏 무질서하게 나열된 항목들을 관류하는 본질은 무엇인가? 어떤 범주를 구획하는 현실모델은 한 공동체가 환경을 경험하여 해석하는 방식, 행위자의 유형을 예견하거나 허용하는 준칙, 행위의 유형과 행위 결과를 '의미 있는 것'으로 허용하거나 '무의미한 것'으로 금기시하는 규칙들의 집합이다. 본질적인 성분으로 간주되는 구별들은 기저이분법들을 단계적으로 분할하고 선별하는 가운데 커뮤니케이션의 주제로서 작동하며, 기초 데이터들은 단순한 분류를 넘어 해당하는 공동체의 인지적 · 정서적 · 규범적 측면을 통합한다:

> "…뒤르켐의 이론은 문화체계를 상징의 이율배반으로서 조직된 무엇으로 간주한다.(……) 이 반-테제들이 곧장 인지적 혹은 논리적 분류는 아니며, 고도로 정서적으로 그리고 도덕적으로 충전된 성스러움과 세속성 사이의 대립으로 분리된다.(……) 이러한 인지적, 정서적 그리고 도덕적인 영역들은 차라리 조직된 사회공동체들, 어느 정도는 다른 사람들과 집중적인 연대감을 경험하는 사람들의 한 구성원을 위한 토대로서 간주된다.(……) 상징의 영역과 사회의 연대감 사이의 중재는 제례의식을 통해 이루어진다."
>
> Alexander 1990: 18

포스너는 위에 열거된 항목들을 공동체 · 물질문명 · 문화의 층위에서 문화기호학의 연구대상으로 제안하고 있는데 Posner 1992: 12~13, 이에 기대어 연구과제를 대별해 보자:

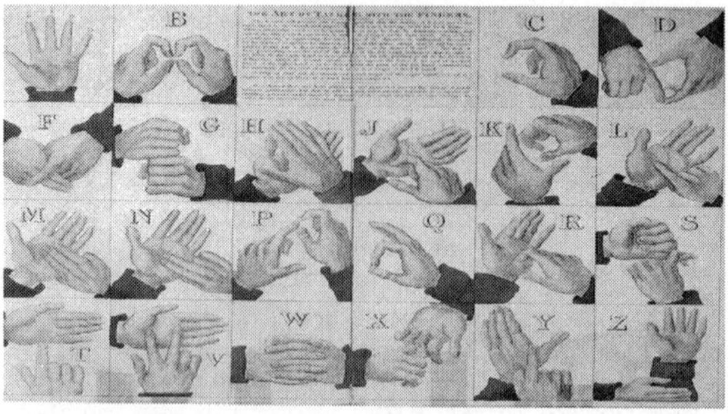

그림 1-2 묵언수도사의 동작기호

• '사회기호학'Sozialsemiotik의 대상은 사회적 문화, 즉 공동체이다. 하

나의 공동체는 교회 같은 공간에서 운영되는 '제도 및 기관'과 예배 의식이나 혼배婚配 미사 같은 '의례행위'로 이루어진다.

- '물질기호학'Materialsemiotik의 대상은 공동체의 물질문화, 즉 '문명' Zivilisation이다. 공동체의 문명은 예컨대 박물관에 전시된 십자가, 성체聖體, 화환, 성서 같은 '물질적 피조물'Artefakt 및 그것을 산출하고 운영하는 '기술'技術: Technologie로 이루어진다.
- '문화기호학'Kultursemiotik의 대상은 공동체의 문명 속에서 실현되는 '정신문화', 즉 좁은 의미의 '문화'이다. 공동체의 정신문화는 가장 핵심적인 언어를 비롯하여, 예컨대 천주교 성인의 모습, 수도사의 손동작 같은 '정신적 피조물'Mentefakt 및 그것을 기술記述하고 사용하는 규약으로 이루어진다.

한 세대에서 다음 세대로 전승되는 '공동체 문화'와 '물질문화' 및 '정신문화'를 흔히 '전통'이라고 부르는데, 특히 텍스트성을 띠는 정신적 피조물은 아래의 조건을 충족해야 한다:[26]

- 텍스트는 의도적 행동, 즉 지향성의 결과여야 한다.
- 텍스트의 작동에 대한 '규약'이 통용되는 문화가 있어야 한다.
- 텍스트에 하나이상의 시니피에를 할당하는 '코드'가 있어야 한다.

2) 프로그램

정신적 · 물질적 피조물은 가족이나 학교 또는 군대 같은 제도나 의례 또는 장르Gattung를 통해 공동체의 문제를 성공적으로 해결하는 수

---

26 이 속성들의 세분화가 텍스트다움의 속성으로서의 '텍스트성'(Textuality)이다. de Beaugrande(1997) 참조.

단으로 동원된다. 집단기억과 '아비투스'[27]의 형태로 정착한 제도는 특정한 질서 프로그램으로 저장되고 규범화를 거쳐 사회문화의 일부가 된다 Alexander 1990: 5. 그런 점에서 문화 프로그램이 없는 사회체계란 상상할 수도 없다. 달리 말해 사회성을 수행하려면 인지적인 기대에 대한 기대, 커뮤니케이션적 상징형식 및 정치적 · 종교적 · 경제적 제도를 통해 상호주관적으로 통제되는[28] 집단 프로그램이 필요하다. 이때 집단기억을 통한 전통의 강요, 용서와 징벌, 도덕적 제한조치 심지어 물리적 배제조치가 통제 메커니즘으로 동원될 수 있는데, 그 프로그램들로 개개의 공동체 유형에 비추어 학습에 투여하는 문화역학Kulturdynamik을 규정한다.

지식은 저장되었다가 호출되는 공간적 소유상태라기보다는 구체적인 시공간에서 사회적으로 용인되는 사고 · 커뮤니케이션 · 행위를 산출하는 연산이다. 또한 지식은 행위, 상호작용 및 커뮤니케이션 속에서 만들어지고 주제화되는 경험들로부터 귀결되며 그 지식 자체를 수정하는 미래의 행위와 상호작용을 지향한다. 이 책에서 표방하는 구성주의 문화 개념은 '기억과 호출'Memory & Recall이라는 수동적인 관점보다는 역동적인 지식 개념에 부합하기 때문에, 우리는 프로그램 모델을 선호한다.

이로써 프로그램 모델은 언어철학적 화용론Pragmatik의 대변자들이 주도했던 논의와 연계된다. 비트겐슈타인은 그 쟁점을 규칙이라는 시각에서 논의하여 '한 규칙의 준수는 언제나 한 특정한 행위방식에 있

---

27 부르디외(1994/1996: 11) 참조.

28 카니발(사육제) 같은 '비보편적 특수문화'(反文化: Gegenkultur)나 '난장문화'(亂場文化: Orgie)는 사회적으로 시기적으로 엄격하게 제한된다. 이에 대해서는 '음란과 폭력'을 분석한 Dürr(1988)참조.

어 사람들 사이의 일치의 여부에 좌우된다'고 강조했다: "규칙을 따른다는 것 자체가 (……) 관습이다." Wittegenstein, 1960: §199 그래서 언어의 화자는 '적형적 문장들' Well-formed Sentences의 생성규칙을 정확히 아는 것에 못지않게 해당하는 상황 속에서 문제를 해결하는 '언어놀이' Sprach-spiel를 적절히 구사할 수 있어야 한다. 이처럼 집단적인 문화지식은 인지적으로 커뮤니케이션상에서 문화적으로 용인될 수 있는 넓은 의미의 행동을 만들기 위한 프로그램[29]처럼 이용된다.

5. 문화기호학의 구상

현대 매스미디어 사회에서는 종이 텍스트에서부터 전자 데이터뱅크에 이르기까지 날로 진화하는 매체형식들이 문화지식의 재생산과정을 복잡하게 만들고 메타 커뮤니케이션의 주제화에 한층 새로운 형식을 부여해서 집단기억을 강화한다:

> "오늘날 사회구조, 문화, 커뮤니케이션과 인지 사이의 상호관련성에 대해서는 의심의 여지가 없다. 문자와 인쇄, 영화와 라디오, 텔레비전과 컴퓨터, 인터넷에 이르기까지의 변혁은 공동체의 조직과 문화적 프로그래밍, 그리고 커뮤니케이션과 인지의 과정에 영향을 끼치는 진화과정으로 이해된다. 구전으로부터 문자로, 수고手稿와 필사본으로부터 대량생산된 서적으로, 나아가 전자 파일로의 전환과정을 살펴보면, 미

---

29 이를테면 '주어진 상황에서 발화의도를 성공적으로 수행하는 규칙들'을 연구하는 '화행론'(Searle), '커뮤니케이션 격률'(Leech, Grice), '대화문법'(Sacks, Schegloff & Jefferson) 등이다. 이 분야의 연구성과를 집약한 Levinson(1990), Brinker 외(2001) 참조.

디어와 커뮤니케이션의 공동진화가 시간과 공간을 어떻게 무력화하여 새롭게 조직하고, 신앙과 과학의 괴리를 어떻게 조정했으며, 저작권과 지적재산권의 확립, 현실과 비현실의 구별, 나아가 해당하는 공동체의 현실구성에 어떻게 개입해 왔는지 드러난다. 호모 사피엔스의 사고와 일상활동 및 생존 자체가 미디어 및 기술의 진화에 구조적으로 연동되어 왔기 때문이다."

박여성 2000a 160~161[30]

매스미디어는 문화적 지식의 선택과 주제화에 결정적인 영향을 주는 현대문화의 핵심이다. 매체가 커뮤니케이션을 전개하고 커뮤니케이션의 전개가 다시 새로운 매체의 진화를 촉발하기 때문에, 현대사회의 문화변동을 고찰할 때 매스미디어의 상징적 의미, 규범적인 효용과 사회구조적 집단공속성의 층위에 주목해야 한다. 분명히 말하건대, 공동체 없는 문화가 있을 수 없듯이 문화가 없는 공동체 또한 존재할 수 없다.

공동체는 인지적 초과능력과 모든 의미산출과정에서 나타나는 우발성Kontingenz을 처리해야 하는데, 그 우발성의 처리는 바로 개인에게 구속력을 가지는 현실모델 안에서만 실행된다. 그 처리에 대한 커뮤니케이션의 주제화를 작동시키는 프로그램이 곧 상호작용과 커뮤니케이션 속의 '문화'이다. 문화는 의미산출이라는 밀접하게 연관된 준거관계를 가진다. 문화가 의미산출의 프로그램을 잠재적으로 배태하듯이, 프로그램 사용자로서의 행위자는 사회성의 수행이라는 문제를 해결하는 제도 · 재생산 · 정당화 및 통제에 대한 준거 틀을 가진다.

---

30 매체와 커뮤니케이션 사이의 '공동진화'(Ko-evolution)에 대해서는 Merten 외(1994) 참조.

따라서 문화 프로그램은 개인을 통해 문화지식을 사회적으로 산출하기 위한 원리들의 집합으로 기술될 수 있다. 텐브루크에 동의하여, "인간은 일반적으로 모든 문화의 창조자이기는 하지만, 구체적으로 보면 인간도 세대를 통하여 계속 주어지는 한 특정한 문화의 피조물"Tenbruck, 1990: 28이라고도 규정될 수 있다.

문화를 주제로 삼는 연구는 거시적으로 문화콘텐츠의 기획과 제작, 문화의 제반 영역문학 · 음악 · 미술 · 건축 · 교육 · 지리 · 관광에 대한 '문화기호학적 커리큘럼'의 설계를 통해, 미시적으로 광고와 브랜드 전략에 관한 텍스트의 분석을 통해 귀납적으로 추진되어야 한다. 이를 통해 확인된 사례와 경험을 축적한 문화 코퍼스Kultur-Corpus에서 규칙들을 도출하여 체계화하는 작업이 '문화과학'의 향배를 결정할 것이다. 우리가 주목하려는 학제적인 연구로서 문화기호학의 각론은 다음과 같다:

- 문화형태론Kultur-Morphologie: 문화의 기층을 이루는 요소들, 즉 상이한 공동체들 사이에서 변별성을 가지는 단위로서의 '문화소'KE=Kultureinheiten를 추출해야 한다.
- 문화의미론Kultur-Semantik: 추출된 단위들에는 해당하는 공동체의 일정한 평가를 통해 가치관이 할당되며, 이것은 문화들 사이에서 보편적 심급으로 또는 소통장애요인으로 작용한다. 그때 '문화들 사이의 번역'Interkulturelle Übersetzung이 부각된다.
- 문화통사론Kultur-Syntaktik: 문화소 사이의 조합에는 공동체 특유의 '우주론'이 개입한다. 이를테면 동양의 '음양오행론'이나 서구의 '원소론'은 하나의 가능한 현실조합의 모델이다.

• 문화화용론Kultur-Pragmatik: 기호체들과 사용자들의 관계,[31] 권력과 윤리를 구축하는 원리, 논증과 서사의 토대 및 '화용론적 위계구조'에 대한 규범이 필요하다.

각론의 첫 발은 인간의 생명유지에 가장 긴요한 음식과 먹기에서 시작한다.

31 행동소론(Tagmemik)에서 출발하는 M.A.K. Halliday의 '레지스터'(Register={Field+ Tenor+ Mode}) 및 '체계기능문법'(Systemic Functional Grammar)에 대한 개괄로는 F. Lux(1981) 참조.

2장 음식 연구의 이전사

"문화는 소비의 정교화 및 차별화로부터 시작한다. 문화는 우리 인간이 자신의 배고픔을 다스리는데 멈추지 않고, 동시에 존재하는 심미적 욕구에 도달하면서 소비하려는 바로 그 순간부터 시작한다. 이 욕구야말로 결코 개인적으로 한정되지 않았으며, 오히려 인간들 사이의 사회적 소통에서 이루어진다."

쾨니히

1. 연구현황

인간의 생명과 직결되는 음식[32]은 시각은 물론 청각과 후각, 미각과 촉각에 이르기까지 오감의 요소를 공감각共感覺적으로 투영한 탁월한 기호학적 오브제이다. 독일기호학회 학술지 *Zeitschrift für Semiotik* 1982년호에서는 요리와 식사를 학술적 의제로 인식하여 '요리행위의 기호학'W. Enninger, '와인 감별의 언어'A. Lehrer, '와인 감별 어휘밭의 구조와 번역'Ch. Küper, '뉴기니의 음식 문화'V. Heitfeld-White, '의례 · 기호 · 신화로서의 음식'M. Rector, '기호행위로서의 요리행위'W. Enninger 등의 여섯 편의 논고를 통해 음식기호학 분과를 선포했으며, 1996년 파리를 중심으로 결성된 '타블르 에콜'백승국 2000 참조도 주도적인 연구집단으로 부상한다. 그 일환으로 퐁타니에가 주도하는 리모주Limoges 기호학파에서 펴낸 *Nouveaux actes sémiotiques Vol. X* 1998, Univ. d. Limoges는 '심미성과 사회성 사이의 미각'*De goût, entre esthésie et sociabilité*을 주제로 '미각적 대상의 수용과 구성'G. Marrone, '미각기호학을 위하여: 취향의 미학'G. Grignaffini, '미각의 형식과 생활양식'S. Montes & L Taverna, '미각과 새로운 세계'F. Marsciani라는 주제로 독창적인 담론을 선보이고 있다.

한편 독일 포츠담 대학 로망스어문학과 키미니히 교수가 편집한 '세계-신체-언어'*Welt-Körper-Sprache* 총서로 출간된 "음식론"*GastroLogie*, 2004에는 '루이지 말레르바와 지안니 첼라티에게 나타나는 네오 아방가르

32 이 책에서 음식(飮食)이란 용어는 먹을 수 있는 '대상'(명사)뿐만 아니라 먹고 마시는 '행위'(동사)도 의미한다는 점에서 요리(料理)를 포함하는 원-어휘소(Archilexem)로서 사용된다. 유럽어는 양자를 Culinary/Kulinarik/culinaire로 포괄할 수 있으나 한국어의 경우는 딱히 상위어휘소를 찾기 어렵다. 따라서 '음식'을 (사전적 정의를 벗어나긴 하지만) 잠정적으로 요리 · 취식 · 접대 · 예법을 아우르는 표제어로 사용하고자 한다.

드적인 음식 및 기아飢餓의 방탕'Gerhild Fuchs; '독서-탐닉'Sabine Grossn; '고대 로마 말기의 우주론과 음식론-페트로니우스와 마르티아누스 카펠라에게 나타나는 우주를 먹는 기법'Reinhard Kruger; '패스트푸드와 그리스도의 육체-기독교와 음식문화 사이의 관계에 대한 화용론적 성찰'Heidi Salaverria; '책 먹기의 환상-책벌레와 그들의 식사시간' Monika Schmitz-Emans 등의 논고와 함께 필자의 "융합기호학의 프로그램으로서의 음식기호학"이 실려 있다.[33] 최근에는 독일과 영미권에서 이루어진 음식 담론의 언어학적 성과를 집대성한 Culinary Linguistics: The Chef's Special ed. by C. Gerhardt, M. Frobenius, S. Ley, 2013, John Benjamins이 출간되었다.

우리나라에서 음식에 대한 학문적 관심은 배해수(1982), 노대규(1988)의 연구에서 시작하는데 기호학의 관점에서 접근한 것은 비교적 근래의 일이다. 인지심리학에 기초한 임지룡(1997, 2005)의 작업은 시사하는 바가 크며 기호학 분야에서 박여성(1997), 박여성 · 김성도(2000), 백승국(2001, 2002, 2003), 최웅환(2003), Park(2007a), 박여성 · 김형민(2013)의 성과가 나왔다. 전자가 인지언어학적 관점에서 감성 어휘를 분석했다면, 후자는 구조의미론과 기호학적인 원근법에서 음식연구의 틀을 제시하고 음식 담론에 나타나는 동위관계와 정념구조를 행역자 모델과 기호사각도로 풀어내고 있다. 생활문화사 분야의 독보적인 업적으로 주영하(2005, 2007)의 연구를 들 수 있다.

본격적인 궤도에 올라선 음식 연구는 다양한 학문적 이론소를 반

---

33 E. Kimminch가 "세계-신체-언어" 총서로 기획한 제1권 "혀와 기호"(Zunge und Zeichen 2000,); 제2권 "언어와 무기"(Wort und Waffe 2002,), 제3권 "문화정체성"(Kulturelle Identität: Konstruktionen und Krisen 2003), 제4권 "말보다는 차라리 랩"(Rap: more than words 2003), 제5권 "음식론"(GastroLogie 2004), 제6권 "알파벳과 해부학"(Alphabet und Anatomie 2005)을 참조.

영하고 있으나 상이한 관심에서 출발한 단상들을 유기적인 연구 프로그램으로 조직하려면 몇 가지 기준이 필요하다. 음식기호학은 첫째, 현실에 존재하는 생활세계Lebenswelt를 다루어야 한다. 둘째, 무한한 현상을 유한한 규칙체계로 환원할 수 있는 기호학적 질서Ordnung를 발견해야 한다. 셋째, 그 질서를 다룰 수 있는 개념도구Terminologie를 창출해야 한다. 박여성/김성도(2000)는 모리스에 착안하여 음식기호학의 하위분야를 설정하고 판 다이크T. van Dijk, 1981의 서사적 초시구조Narrative Superstruktur로 통합하는 이른바 LOT-융복합 연구를 제안한 바 있다.

음식 세미오시스의 영역은 음식과 요리의 생태학 · 이데올로기 · 영양학 · 약리학 등의 차원을 관류하는 총체적 복잡계이다. 탄수화물 · 단백질 · 지방이라는 필수영양소에 대한 연구는 식품공학의 과제인 반면, 기호학은 음식의 질서에서 운행되는 제반 사건을 사회적 가치대상Objet de valeurs: Greimas, 1986으로 식별하는 기호세계Leach 1976: 340~343에 주목한다. 식재료를 가공하고 소비자에게 음미시키는 행위는 인간공동체를 이루는 구성원의 기억장소로서 몸은 물론이고 물질적 피조물과 정신적 피조물[34]의 형태로 문화의 분절단위인 문화소를 코드화하며, 완성된 음식은 조리와 차림, 봉사와 식사의 시공간적 에절로 체화體化되는 가운데 중층적인 상동계를 구축하기 때문이다.

부르디외Bourdieu 1982: 299~300는 다음과 같은 핵심요인이 일정한 사회계층의 특정한 취향을 응집시키는 단층, 이른바 장場: Champ을 형성한다고 보았다: ① 식료품, ② 문화상품 책 · 신문 · 필기구 · 음반 · 스포츠 · 장난

34 Posner(1992)는 의도적인 행위의 결과 창출된 물질문명의 결과를 '물질적 피조물'로 규정한다. 우연히 부스러진 돌도끼(打製石器)는 '도구'에 머물지만 작위적 의도가 반영된 마제석기(磨製石器)나 청동 칼은 '물질적 피조물'(기호)로서 작용한다. 이때 '정신적 피조물'은 '물질적 피조물'을 교환하는 소통과정에서도 창출된다.

감 · 음악 · 문화행사, ③ **표상** 의복 · 신발 · 위생/환경개선비용 · 화장용품 · 이발 · 가구설비. 음식기호학에서는 첫 번째 주제인 음식을 오관에 두루 걸친 기호학적 복잡계로 상정한다.[35] 세계와 주체가 의미와 감성을 교섭하는데 필요한 매개항인 음식에 대한 연구는 20세기 초반 구조음운론[36]과 인류학 그리고 사회학과 민족지학의 연구에 힘입어 방대한 성과를 내놓게 된다. 다양한 접근을 통해 발견되는 공통적인 시각을 집약해 보면, 음식먹기이라는 문화적 사건은 생태학적=생물학적/문화적 · 심리적 · 사회적/문학적=상징적 양식으로 수행된다.

2. '신화학' 다시읽기

구조주의가 뿌리를 내리고 실증적인 분석결과가 충실히 축적되기도 전에 '구조주의'라는 어근 자체가 잊혀지는 것은 아닌가? 팽창일로의 아메리카 대륙의 신도시에 대한 레비-스트로스의 풍자를 읽어보라 : "야만에서 문명을 거치지 않고 퇴폐로 옮아간 아메리카 대륙의 신도시들은 중간적인 단계를 거치지도 않고 첫 생성기로부터 곧장 노쇠기로 넘어간"TT: 226 공간들이다. 개발독재의 질주에서 탄생한 초근대 도시들은 부단히 철거되고 새로 건축되는지워지고 덧 쓰이는 환생의 팔랭세스트Palimpsestes 자체이다. 후세를 겨냥한 독설은 아닐진대, 탄생하는 순간부터 장례식을 준비하는 현대 도시의 숙명을 오늘날의 경박한 학

---

35 음식을 기호학적 복잡계로 다룬 융합기호학에 대해서는 Park(2007) 참조.

36 변별자질 및 대립의 원리에 대해서는 Jakobson/Halle의 Fundamentals of Language ("언어의 토대-구조기능주의 입문", 2010, 박여성 번역, 문학과지성사) 참조.

문수용사에 빗댄 것처럼 들린다. 구조주의의 찬란한 업적을 이해하기도 벅찬 필자로서는 분산된 착상의 편린들을 수합하고 음식기호학을 위한 좌표를 확인하여 인식의 지평을 조금이라도 넓힐 수 있기를 바랄 따름이다.

식민지 연구의 일환으로 출발한 인류학은 신세계에 살아가야 할 정복자들의 서구중심주의를 은폐하고 있다. 그런 시대정신의 와중에 탄생한 레비-스트로스 필생의 대작 "신화학"神話學: Mythologiques I-IV은 음식기호학의 현대적 구상에 전혀 손색없는 시사적인 의제와 무궁무진한 사례를 담은 주옥같은 세미오시스의 향연이다.[37] "친족의 기본구조"와 "야생의 사고"에서 시작하여 "날것과 익힌 것"Le cru et le cuit. 제1권, "꿀에서 재까지"Du miel aux cendres. 제2권, "식탁예절의 기원"L'Origine de manières de table. 제3권, "벌거벗은 인간"L'Homme nu. 제4권에서 레비-스트로스가 증류해 낸 신화소들은 원시문화의 의미론적 분화를 넘어 생물학적 · 경제적 · 사회적 지속가능성이라는 화용론적 문제도 거론했다. 필자는 그런 관점에서 "신화학"을 다시 읽고 그곳에서 발견되는 음식과 관련된 착상들을 '행역자'行役者: Aktant로서의 주체증여자와 객체수용자, '가치대상', '행위'의 결과인 요리와 예법을 씨줄과 날줄로 삼아 직조된 음식예술Ars Culinarica로 포섭하고자 한다. 이때 거의 무한한 수의 무표항선택될 수 있는 긍정항을 죄다 열거할 것인가 유표항으로 강조된 금기선택될 수 없는 부정항

37 Lévi-Strauss의 구조주의에 대해 신칸트주의(Cassirer, Cohen)의 변형 또는 계획된 회로를 한 치도 벗어나지 못하는 반역사주의, 초월적 주체가 없는 칸트주의(Ricoeur), 주체가 상실된 시스템 이론이라는 비판이 제기되었다. 예를 들어 "모든 문화는 상징체계의 총합으로 생각될 수 있는데, 이 중에 언어를 첫 번째로 놓을 수 있으며, 혼인규칙, 경제관계, 예술, 과학, 종교 등을 들 수 있다"(M-1: 28)는 Lévi-Strauss의 선언은 신칸트학파의 명제와 거의 같다. 하지만 그의 구조주의 역시 결국 "하나의 도덕적 선택이며 입장"(TT 99~100)으로 보아야 할 것이다.

만 배제할 것인가?[38] 사회법칙의 복잡성을 줄이고 직접적인 갈등을 예방하여 지속가능성을 보장하는 집단지식은 무엇인가?[39] 이런저런 인지적 복잡성을 줄이려면 방법론 · 금기 · 소통체계라는 공분모[40]가 필요하다는 판단에 도달했다.

1) 방법론

(1) 상동성 Homologie

"신화학"은 대위법 · 소나타 · 칸타타 · 주제와 변주 등 음악형식에 대한 상동계로 구성된다:

> "이 연구의 진행과정은 언어학 서열 위에 있는 신화체계와 음악체계 사이에 동형성이 존재한다는 조건에서만 정당성을 얻을 수 있다(……) 다시 말하자면, 음악과 신화를 청취하는 사람들에게 있어서 문제가 되는 것은 이들이 갖는 공통된 정신구조이다."
>
> M-1: 133

---

38 경영학이나 법학의 판례에서 열거주의와 포괄주의 사이의 관계와 유추적이다.

39 Lévi-Strauss는 문화의 프로그램이 반복 적용되면서 교환의 실행구조가 계속 항상적으로 유지되는 사회를 '냉각된 사회'로, 반면 문화의 프로그램 자체의 요소들의 변화를 통하여 프로그램 자체가 바뀌는 사회를 '과열된 사회'로 정의한다(TT 86~87 참조). 리치(E. Leach)는 원천적으로 차가운 사회는 존재하지 않는다는 점에서, 레비-스트로스의 구상을 반박한다. 한편 이를 매체학에 적용한 M.McLuhan에 따르면, 효율적인 매체수단을 확보하지 못한 공동체는 세미오시스의 지속가능성에 제약을 받는다는 점에서 '차가운 매체'(Cold Media)를 정의한다. 이에 대해서는 Schmidt(1994) 참조.

40 여기에서는 "슬픈 열대"(Tristes tropiques=TT)와 "야생의 사고"(Pensée sauvage=PS)를 비롯하여 "신화학"(Mythologiques I~IV; M-1~M-4, 전4권)과 한국어판('신화학', 현재 1~2권 출간, 임봉길 옮김) 및 브람(H.M. Braem-Preis) 번역상을 수상한 몰덴하우어(E. Moldenhauer)의 독일어판 "신화학"(Mythologica, 전5권)을 참고했다. 번역은 학문수용사에서 맡아온 정당한 몫을 인정받아야 하며 그것이 역자에 대한 예우이다. 물론 난해한 원전 번역의 문제점에 관한 논의는 번역비평의 과제이다.

레비-스트로스가 베토벤의 '전원교향곡' 오케스트라 총보와 소나타 · 모음곡과 칸타타 · 푸가 · 평균율 등의 음악적 골조를 사용한 것은 서구음악이 현대적 통사론보다 훨씬 앞서 기호들의 계열체가 통합체로 결성되는 형식, 즉 선법旋法과 화성학和聲學을 확립했기 때문이다.[41]

오케스트라 총보의 수직축은 각 악기들을 위한 계열적 질서이며 선율을 따라 진행하는 수평축은 악기와 성부들의 계열체로 이루어진 통합체이다. 결국 "신화학"은 각 장들의 계열체들개별 신화들을 소나타 · 주제와 변주 · 칸타타 · 평균율 · 푸가 같은 통합체들로 융해시킨 메타-신화로 볼 수 있다. 제3권 "음식인류학에 관한 소논문"과 "신화들의 도덕"에서는 야콥슨의 구조음운론, 즉 음소와 변별적 대립을 신화의 계열체에 적용하여[42] 결혼제도는 물론 음악적 사상도 탁월하게 규명했다TT: 77~79 박옥줄 해제 : (그림 1-3/4) 참조:

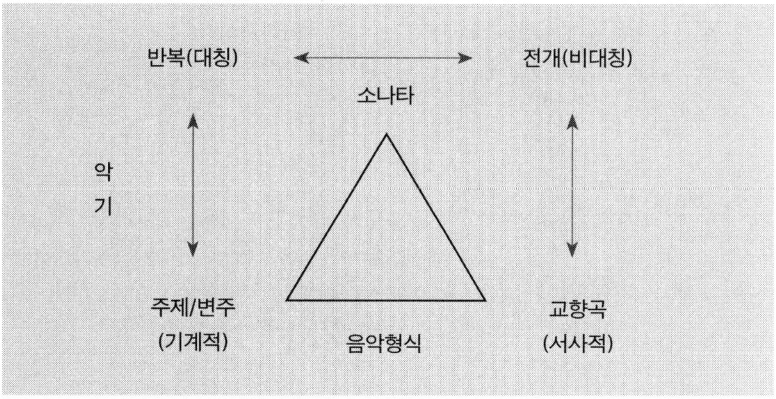

그림 1-3 음악의 기호학적 구조

41 푸가와 대위법에서 메커니즘을 처음과 끝이 연결된 재귀준거를 포착한 Hofstadter(1979/1999) 참조.

42 T.van Dijk(1981)가 말하는 담화/텍스트에서 삭제될 수 없는 핵심적 의미성분들(또는 그것들의 결합태)로서의 거시구조(Makrostruktur)와 유사하다.

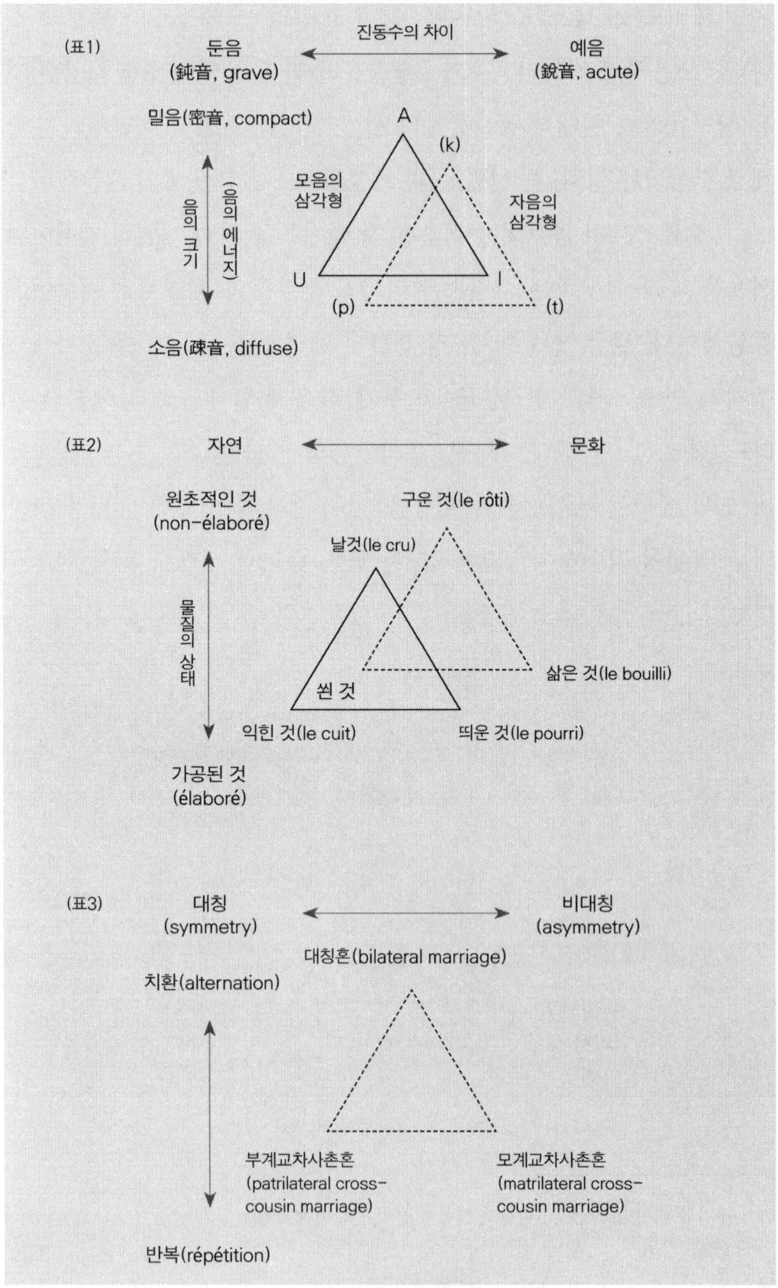
(표1)
둔음
(鈍音, grave)
진동수의 차이
예음
(銳音, acute)
밀음(密音, compact)
음의 크기
(음의 에너지)
소음(疎音, diffuse)
A
(k)
모음의
삼각형
자음의
삼각형
U
I
(p)
(t)
(표2)
자연
문화
원초적인 것
(non-élaboré)
물질의 상태
가공된 것
(élaboré)
구운 것(le rôti)
날것(le cru)
삶은 것(le bouilli)
쉰 것
익힌 것(le cuit)
띄운 것(le pourri)
(표3)
대칭
(symmetry)
비대칭
(asymmetry)
대칭혼(bilateral marriage)
치환(alternation)
반복(répétition)
부계교차사촌혼
(patrilateral cross-
cousin marriage)
모계교차사촌혼
(matrilateral cross-
cousin marriage)

그림 1-4 상동계

(2) 매개항

삶과 죽음 · 농경과 전쟁 · 초식과 포식 · 하늘과 땅 등의 모순관계는 대립항목들을 매개하는 변증법적 중개로서, 인간 스스로는 해결할 수 없는 극단의 대립을 화해시키는 기술적 매개장치이다. 이를테면 삶에서 출발하는 농경과 죽음으로 끝나는 전쟁을 매개하는 것은 양자를 가로지르는 수렵이라는 역閾공간이다. 남미 부족의 신화에서 썩은 고기를 먹는 까마귀나 코요테는 동물을 먹는다는 점에서는 포식동물이지만, 사냥물을 죽이지 않는다는 점에서는 초식동물의 범주를 벗어나지 않는 매개자에 머문다.[43] "친족의 기본구조"에서는 그런 매개를 언어 · 물질선물 · 여자배우자의 교환이라는 층위에서 인간 집단의 사회적 통합으로 설명한다M-1: 18~19.[44]

- 재화의 교환: 각 집단들 사이에서 재화의 평화로운 교환을 보장한다. 매개항은 그 자체가 가치를 가지는 대상적 의미 외에 권력, 교차혼의 범위와 한계, 위세, 권력, 신분, 동정을 표출하는 수단으로 전의된다.
- 친족체계: 각 집단들반족들 사이에 여자의 교환혼인을 보장한다. 예컨대 여자는 두 집단 사이의 교환을 성립시키는 매개항이다.
- 공동체의 지속: 언어와 의례를 통해 공동체의 결속을 유지한다. 혼인

---

43 음식삼각형에서 '날것/익힌 것'은 '야생(자연)/가공(문화)'의 대립을 나타낸다. 이때 제3의 매개항인 썩은 것은 날것의 자연적 변형이며, 익힌 것은 날것의 문화적 변형을 통해 도달된다(M-1: 53~54 참조).

44 "바로 대립되는 항목들을 매개하는 양의적인 것, 이도 저도 아닌 어중간한 것이다(……) 인류학자들은 모순 대칭되는 양극을 매개하는 중간적 상황을 코뮤니타스(Communitas), 경계적 영역 또는 문턱의 상태(Liminality), 양의적인 것(Ambiguity), 이도 저도 아닌 어중간한 것(Bewixt and Between), 매개항(Mediation, Middle-term) 등의 개념으로 정의한다."(EL: 34~35) "대립되는 두 항 하나에서 다른 하나로 통과하는 모형은 거의 3단계로 구성되며, 이것을 통과의례(Rites of Passage)라고 한다." 무(巫)라는 문자 자체가 그것을 도상적으로 표상한다.

과 친족, 터부와 토템을 한꺼번에 아우르는 도구로서 의례행위[45] 속의 음식만큼 감관의 모든 층위를 아우르는 탁월한 대상은 흔치 않다.

(3) 통과의례: 굽기

취사용 불은 높음하늘과 낮음땅, 해와 땅을 중재하고 다른 곳에 처한 남자와 여자, 결연혼인과 친족혈연의 중개자이기도 하다. 결과적으로 음식을 취사하는 취사용 불의 도입자는 사회 · 우주 등 여러 중간 층위에 위치하는 질서와의 합동合同을 탐색하고 창출하는 행역자이다M-1: 제1권, 568.

> "캄보디아 등지에서 어머니는 분만 후 높은 침대나 석쇠 위에 올려지고 밑에 약한 불이 지펴진다. 푸에블로 인디언 어머니들은 뜨거운 모래더미 위에서 분만을 한다. 즉 날것으로 나온 자연존재를 사회적 존재로 편입시키는 통과의례로서 날것을 익힌 것으로 전환시키는 구이를 하는 것이다." (……)
> "화덕에 올리는 행위는 임산부와 사춘기 소녀처럼 독신자의 자격으로 또는 자연과 날것의 포로로 남아 있어서 부패할 운명에 있는 인물을 중재하는 상식적 행위일 수 있다."(……)
> "사회집단의 성원이 되려면 자연과의 결합을 위하여 반드시 취사용 불이 중개되어야 하고 취사용 불은 날음식/날것/날인간을 익혀서 사회화한다."
>
> 〈인간의 구이〉 M-1 602, 604, 607

날것을 '자연과 문화가 중개되지 않은 태양과 고기의 접촉'으로 해석하는 서구적 세계관에서는 식사란 반드시 '조리된 음식'을 포함해야

45 현대사회의 축제를 공동체 의례의 기호학적 시각에서 분석한 Lardelier(2008) 참조.

한다고 보기 때문에, 회를 먹는 것은 곧 살생의 범주로 해석된다.

(4) 은유와 환유

사람들은 자신과 관계하는 말 · 새 · 가축 · 개를 어떤 이름으로 부르는가? 주술적 · 신화적 사고의 명칭론은 유사성은유에 의한 준-도상기호과 근접성환유에 의한 준-지표기호을 활용하는데, 팡 족의 음식 금기를 들어 보자PS 125:

- 코끼리 상아의 속은 연하고 쓰기 때문에 먹어서는 안 되고, 코끼리 다리 역시 먹으면 팔다리가 말랑말랑해지므로 금기 대상이며, 염소와 양 역시 이들처럼 숨을 헐떡이지 않으려면 먹어서는 안 된다.
- 가봉의 팡 족에서는 다람쥐가 금기 대상이 된다. 다람쥐는 나무 줄기의 구멍에 숨는다. 그래서 곧 어머니가 될 여성이 다람쥐 고기를 먹으면 태아가 다람쥐를 흉내 내어 자궁에서 나오지 않을지도 모른다고 생각하기 때문이다.
- 인간에 대한 관계로 보면, 비슷한 행동을 할 때는 경쟁관계요, 반대로 행동할 때는 적대관계를 나타낸다, 꿀벌은 아프리카와 오스트레일리아에서는 토템 동물이다. 그러나 우너 족에서 꿀벌은 비단뱀과 몸체의 무늬가 유사하기 때문에 이차적 토템이 된다. 따라서 비단뱀을 토템으로 하는 사람은 꿀벌을 죽이지 않는다. 그러한 형태의 연관이 빨간 개미와 코브라 사이에도 있다. 같은 식의 논리가 반대 방향으로 적용되는 사례는 오소리와 족제비의 경우이다: 족제비와 오소리의 고기는 임산부에게 좋다는데, 그 이유는 족제비나 오소리는 사냥꾼에게 쫓길 경우 솜씨 좋게 구멍을 파고 도망가기 때문이다. 그래서 이 동물들이 애를 '빨리 내보내도록' 도와준다고 여긴다.

이처럼 신화적 사고에는 은유와 환유 및 제유가 결부되며, 은유적 변형은 환유로 변형된다M-1: 40 역자 해제. "신화학" 1권344쪽과 2권211쪽을 겹치면, 첫 번째 도표는 은유를 적용한 것이고 두 번째 도표는 그것을 다시 환유한 것이다. 이를테면 일차적 기저대립인 '물의 기원=썩은 것/불의 기원=태운 것'의 대립은 다시 '마찰=느린 불/충격=빠른 불'의 대립으로 환유된다(그림 1-5).

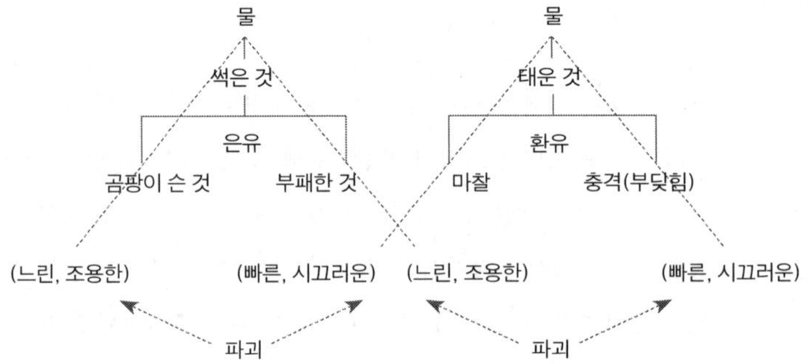

그림 1-5 은유의 환유

2) 금기

(1) 토템

친족과 토템 및 신화체계는 신화소들의 구성과 결합을 규정하는 공동체 문화의 법률적 문법으로 기능한다. 예컨대 부패의 범주에서 '느린 파괴'/'빠른 파괴'의 대립은 '삭힌pourri'/'구운'brûlé 범주로 나뉜다. 여러 수준에서 연속적으로 발견되는 이항대립들은 토템을 분류하는 토대가 되며, 그 토템들을 취하는 씨족들에게는 근친혼 · 교차혼 · 반족혼 같은 윤리적 문법을 창출하는 토대가 된다.

"씨족들은 사회적 위계에 따라 서로를 구별한다. 그들이 차지한 등급이나 문장, 제조한 물건의 형태, 기술의 상대적인 금기와 특권, 무엇보다도 씨족의 특성인 그들의 고유한 이름과 노래, 그리고 의례에 따라 서로를 구별한다."

M-1: 155

표 1-1 대립의 연속적 층위

날 것				익힌 것(brûlé)
신선한 것		썩은 것(pourri)		
동물성	식물성	동물성	식물성	
위의 대상을 먹을 수 있는 존재				
표범/푸마, 개미핥기	사슴	독수리, 악어	거북, 사리그	

(2) 자식행위 自食行爲: Autokannibalismus

금기의 핵심은 자기모순에 해당하는 자기취식, 동물이나 식물로 환생한 조상의 화신化身 또는 근친간의 성적 교섭을 배제하여 반족들 사이에서 족외혼의 범위를 조절하는 기제이다. 따라서 음식 금기는 임신에서 출산을 거쳐 내세에까지 영향을 주는 자식행위와 근친상간에 대한 엄중한 억제장치인 셈이다.

- "오로라 섬의 예비 어머니들은 코코넛이나 빵나무 혹은 그 밖의 물체들이 어린아이와 불가사의한 연관을 가지며 아이는 그것들의 반향이라고 여긴다." 리버스는 흡사한 금기가 모타 섬에도 있음을 밝힌다: "그것은 자신의 어머니가 임신 중이었을 때 발견한 식용 동물이나 과실들을 바로 자신이라고 믿기 때문이다. 식물이나 과일 혹은 동물을 발견한 경우 여자는 그것들을 마을로 가져가 그 사건이 무엇을 뜻하는 것이냐고 묻는다."

PS 144

• 미래의 자신의 환생에 대한 금기: 프레이저는 로열티 제도의 리푸 섬이나 솔로몬 제도의 울라와 섬, 말라이타 섬에서 발견된 신앙의 기원을 예시한다: "리푸 섬에서는 죽기에 앞서 자신이 다음에 어떤 동물로 환생할지를 말한다. 그러면 그의 자손들에게는 그 동물을 잡아먹거나 죽이는 일이 금지된다."

PS 145

• "아이는 자신과 동일시되는 동식물을 먹어서는 안 된다. 만약 이것을 지키지 아니하면 병에 걸리거나 죽는다. 못 먹는 과일의 경우는 그 나무조차 만져서는 안 된다. 음식을 먹거나 만지는 일은 일종의 자식행위自食行爲로 간주된다. 그 사람과 동일시된 물체와의 관계는 대단히 밀접한 것이어서 그 사람은 그 물체의 특성을 간직하고 있는 것이 된다."

PS 144

(3) 근친혼 Inzest

너무 가까운 곳에서 아내를 취하면 근친상간이 될 것이고 먼 부족의 여인을 아내로 맞으려면 부족의 안전과 평화를 보장하기 어렵다는 진퇴양난의 중간지점, 바로 그곳에서 혼인이 결정된다. 이때 한 혈연집단과 다른 혈연집단 상호간에 혼인의 규약이 있을 때, 서로 배우자를 교환하는 폐쇄적 교환체계의 절반를 '반족'反族: Moitié이라고 한다.

• 근친결혼의 허용 범위: "남비콰라 족은 결혼을 할 때 우선적으로 여자형제의 딸인 질녀 또는 민족학자들이 이른바 '교차사촌'交叉四寸이라 부르는 아버지의 여자형제의 딸이나 어머니의 남자형제의 딸을 택하기 때문이다. 이 교차사촌이라는 정의에 부합되는 사촌들은 날 때부터 남편이나 아내를 의미하는 단어로써 불리게 된다. 한편 그 밖의 사촌들각각 남자형제들끼리 또는 여자형제들끼리 태어나는 아이들이기 때문에, 민족학자들은 이를 평행사촌들이라고 부른다은 서로를 형제와 자매로

취급하고, 그들끼리는 결혼을 못하게 되어 있다."TT 508 "남비콰라 족의 결혼법칙을 고려해본다면, (……) 사실은 한 무리의 모든 어린 아이들은 잠재적으로 다른 무리의 어린 아이들의 남편이거나 아내라는 것잠재적 배우자의 위치는 상대방의 경우에서도 적용된다을 의미한다. 그러므로 이 두 무리의 다음 세대가 성인이 될 무렵에는 그 두 무리들은 완전하게 융합되어 버릴 것이다."TT 377~378 그런 점에서 계급의 비대칭성이 어떤 점에서는 반족의 대칭성에 의해 균형을 보정하는 것이라고 할 수 있다.

- 오스트레일리아의 북부에선 토템 금기가 더욱 더 명확해서 8분족 족외혼 조직의 결혼 규제에 해당하는 요리 금기가 존재한다: "어떤 부족들은 자기의 토템뿐만 아니라 아버지의 토템, 어머니의 토템, 할아버지혹은 할머니의 토템을 먹는 것을 절대로 혹은 조건부로 금하고 있다. 요크 반도의 북쪽 도서지방에 사는 카우라라이그 족에서는 한 사람이 자신의 토템은 물론 아버지의 어머니, 어머니의 아버지, 어머니의 어머니의 토템을 지키며 이 네 가지 토템에 해당하는 씨족 간에는 통혼을 하지 않는다."

PS 155~156. Sharp, p. 66

근친금혼의 금기는 생물학적 신비보다는 유의미성을 추려내는 식별장치이다. 그래서 음식금기는 금기 자체에 그치지 않고 혼인과 공물을 통한 반족 집단의 상호결합에 대한 제한 규칙까지 결정한다. 특정한 대상에 대한 금기나 숭배가 혼인과 음식의 교환을 조정하여 집단의 안정을 도모한다면, 금기의 체계를 변형하는 매개수단인 음식은 혼인집단을 결정하는 교섭항으로 기능한다. 또한 특정한 토테미즘에서는 동물의 신성한 부분이 존중되고 다른 부분은 변별적 장식의 기능을 한다. 이때 먹어도 되는 부분과 존중의 대상이 될 부분 그리고 상징적 부수물을 구별하는 가운데 음식 범주와 성행위가 상동적으로 대립한다. 그 결과 먹을 수 있는 토템 대상의 씨족과는 결혼할 수 있지만, 먹을 수 없는 토템 씨족의 대상, 말하자면 근친이나 금기씨족과의 통혼은 근친상간이라는 이유로 억제된다. 혼인이 가능한 반족의 토템은 위의 코드 질서를 준수해야 한다.

(4) 토템 음식

금기는 동식물의 내재성보다는 하나 또는 그 이상의 체계혼인 · 성행위 · 물물교환들에서 그 대상이 점유하는 가치 때문에 일어난다. "먹어도 되는 동식물과 금지된 동식물의 구분은 금지된 동식물을 해로운 것으로 간주하는 생물학적 특성이나 신비성에 기인하는 것이 아니라 동식물을 '강조된 종'과 '강조되지 않은 종'으로 구분하는 배려에서 유래한 것이라 할 수 있다." PS 172

- "토템 분류는 이중의 객관적 기초를 갖는다. 자연종은 실제로 존재하는 비연속적 계열의 형태로 존재한다. 또한 사회적 구분도 그 나름으로 존재한다. 이른바 토테미즘은 실제 존재하는 이 두 계열 사이의 구조적 상동성, 즉 하나의 온전히 정당한 가정을 인정하는 데 그친다. 왜냐하면 사회적 구분은 인간이 만든 제도이며 사회적 여러 규칙과 자연종에 의한 사회 구분의 표상들을 구체화해서 이 가정을 그럴 듯하게 만드는 것은 각 사회가 가진 능력이기 때문이다." PS 328[46]

- 은뎀 부족의 주술사: 두족류문어나 오징어 등의 살을 먹어서는 안 된다. 그 동물의 표피에는 불규칙한 무늬가 있기 때문이다. 만일 그것을 먹게 되면 그의 점술 능력은 흐려져 집중할 수 없게 된다. 얼룩말도 먹

---

46 나열된 보기들은 "야생의 사고"(PS 166~168)에서 발췌 요약한 것이다.

어서는 안 된다, 어두운 빛깔의 동물통찰력을 어둡게 하므로,[47] 뼈가 예리한 종류의 생선예지 능력의 기관인 간을 찌를지 모르므로도 먹지 않으며 미끈미끈한 잎사귀를 가진 몇몇 종류의 시금치도그의 능력이 밖으로 미끄러져 나가지 않게 금기시한다.[48]

- 그 소년은 특정한 생선은 먹지 못한다: Tilapia melaopleura는 배가 빨간 생선으로 피의 색이며, Sarcodaces sp.와 Hydrocyon sp.는 이빨이 날카로워 할례에 따른 고통을 상징한다. Clarias sp.는 표피가 끈적끈적하여 상처회복의 어려움을 연상시킨다. 털에 반점이 있는 사향고양이는 나병을 상징하며 앞니가 뾰족한 산토끼와 매운 고추는 할례 이후의 고통스런 회복 기간을 연상시킨다.

코끼리 상아의 속은 연하고 쓰기 때문에 먹어서는 안 되고 코끼리 다리는 팔다리가 말랑말랑하게 되기 때문에 먹어서는 안 된다.[49] 양이나 염소도 먹어서는 안 된다. 숨을 헐떡거리는 것을 닮게 되니까. 또 임산부는 해산할 때 힘이 드니까 다람쥐 고기를 먹어서는 안 된다. 쥐는 특히 여자아이들에게 금지된다. 그것은 물에 있는 카사바도 훔쳐가므로 어린이를 이런 식으로 '도둑맞을지도' 모르기 때문이다.

(5) 성생활

성적 교섭과 음식물 사이에는 경험적 관련성이 있다:

---

47 유사성에 의거한 추론에 덧붙여, 인과성에 의거한 지표성과 환유의 기능이 추가된다.

48 우리나라에서도 시험 보는 날 아침에 미끄러운 음식(계란 부침, 미역국, 바나나)이나 대상(비누로 세수하기)을 금기시하는 경우에도 적용된다.

49 한국의 경우에는 뼈가 무른 아이가 태어날까봐 낙지나 문어는 임산부에게 금기 음식이 된다.

• "토테미즘이 동물이나 식물의 명칭, 해당하는 동식물에 대한 금기, 명칭이나 금기를 같이하는 인간 사이의 결혼 금지 등 삼자의 동시 존재로 정의되는 것이라면, 이러한 관습들의 관련성에 명백히 어떤 문제가 제기되고 있는 것이다."PS 166. "식용이 되는 토템을 죽여서 먹는 것을 금하는 것은 항상 모계의 제의나 모계의 사회적 토테미즘에 연관되어 있다. 부계의 제의 토템에 대해서는 금기의 변화가 많으며 씨족의 토템보다 반족의 토템에서 좀 더 빈번하게 찾아볼 수 있다."

PS 170; Sharp, p. 70.

• "성교와 식생활과의 유사성은 세계 도처에서 발견된다. 대부분의 언어에서는 '먹다'eat: 영어, fressen: 독어, consommer: 프랑스어와 '성교하다'가 유의어로 사용된다. 특정한 경우는 동일한 어휘로 근친상간과 식인의 뜻도 가진다케이프요크 반도의 코코야오 족-쿠타쿠타. 양자는 성적 교섭과 음식섭취의 극단적 과장형이다. 나아가 아프리카의 마쇼나 족과 마타벨레 족에서는 토템이라는 말 자체가 '누이의 음문'을 가리킨다. 여러 증거들을 볼 때 성교와 취식 사이의 등가성이 인정된다." 이 등가성은 "순결의 시작은 금식에서부터이다"라는 격언에서도 드러난다. 물론 양자 사이의 관계는 결코 인과적이 아니며, 은유에 기인한다. 양성의 결합, 먹는 자와 먹히는 자의 결합 사이의 공유점은 양자가 상호 보완하는 가운데 결합한다는 점이다."

PS 175.

• "오세아니아의 티코피아 족과 아프리카의 누어 족의 남편은 아내가 금기하는 고기나 식물을 먹는 것을 삼간다. 섭취한 음식이 정자의 형성에 관여하므로 이것을 지키지 아니할 경우 남편은 성교 시 아내의 몸에 금지된 음식을 주입하는 것이 되기 때문이다."

PS 174, Firth 1, pp. 319-320.

• "코끼리 상아의 골수에 관한 금기를 뒷받침하는 여러 이유 중 하나는 페니스가 코끼리의 잇몸처럼 연하게 될까 두려워서이다. 남편을 위

해서 아내도 역시 이 금기를 준수한다. 성교 때 남편을 약하게 만들지 않기 위해서이다."

Tessmann, pp. 70-71, PS 174-175에서 인용

3) (호혜적) 소통체계

여성의 교환과 음식물의 교환은 사회 집단의 견고한 상호결합을 과시하는 수단이다. 특정한 집단의 일부는 다른 특정한 집단의 일부가 생산한 물품과의 교환만 허용하며, 카스트와 토템 집단을 조화시키는 가운데 여자를 교환하는 집단반족과 물건을 교환하는 집단을 규정한다. 이런 교환 시스템은 생물적 개체이자 자연의 산물인 여자의 교환과 문화적 산물인 물건의 교환을 통해 부족들을 균형체계로 만든다. 결혼은 성적 결합의 단위가 아니라 철저하게 경제적 · 심리적 생활단위이다: "유랑의 무리 가운데서 부부란 안정된 실체로 느껴지는 것이다. 그리고 그 무리를 이루는 구성원들의 존속을 보장해 줄 수 있는 것도 또한 바로 이 부부뿐이다."TT 524

레비-스트로스는 뒤르켐의 시각을 적용하여, 친족체계 내의 혼인을 호혜성을 통한 교환법칙으로 설명한다. 교환의 지점에서 일차적 매개물은 공물과 음식이지만, 궁극적인 목표는 여자의 교환을 통한 재화와 평화의 교호적 유지이다. "친족체계의 기능은 남녀의 성적 결합이나 위계질서의 유지라는 면보다는 한 집단이 근친금혼[근친상간의 배제/금기]에 의하여 사회적보다 구체적으로 경제적 이익을 얻을 수 있기 때문"TT 71 이다. 사회적 이익이란 곧 "경제생활에 있어 재화와 용역의 순환과 유사한 '여자의 자유로운 순환'의 발생이다. 집단들은 여자를 집단 간에 교환할 수 있는 기호로서 간주하여, 이 기호들을 교환함으로써 서로가 동등한 유대와 협력관계를 얻을 수 있다고 보는 것이다.

즉, 경제적 규칙이 재화와 노동력의 전달을, 언어의 규칙이 전언傳言: Message을 보증한다면 혼인의 규칙과 친족체계는 여성의 전달을 보증한다. 이에 따라 결혼에 의한 집단 간의 규칙적인 여자 교환은 자연과 문화의 대립을 해소하고, 여자에게 자연적 욕구의 충족이라는 기능과 문화적 가치라는 이중의 지위를 부여함으로써 사회집단들의 상이성을 구별하며 또 결합시키는 호혜성을 성립시킨다: "그러므로 일단 평화적인 관계가 확립되고 나면 두 집단의 회합은 상호교환할 수 있는 모든 증여물을 내놓게 되는데, 그것은 말하자면 싸움터가 시장으로 바뀌는 것이었다."[50] 결국 근친금혼이라는 결혼제도는 호혜성의 원칙이라는교환구조에 의해 설명된다.

레비-스트로스의 담론에 음식기호학의 체계화에 대한 값진 단서들이 깊숙이 개입되어 있다는 점을 관찰했다. 특히 풍부한 영감을 제공하는 것은 신화소들의 의미론적 가치와 전의 현상, 나아가 윤리관과 공동체의 이익을 도모하는 화용론적 상황을 묘사한 방대한 목록이다. 그러나 상이한 신화소들의 계열체들이 이루는 통합체인 음식신화소들 사이의 '관계', 즉 기호학적 통사부에 대한 통찰은 발견하기가 어려웠다.

---

50 "시장과 장터 등의 제도는 인간들에게 자연이 제공하지 못하는 음식자원을 얻을 수 있게 해 줄 뿐만 아니라 장신구와 옷, 여자를 교환할 수 있게 해 준다. 이것은 주변지역에서 어떤 신화의 변형은 근친상간이나 외혼을 다룬다는 것을 의미한다"(M-1: 87).

표 1-2 "신화학"에서 주목한 의미작용

<table>
<tr><th colspan="3">기표(토템과 친족)</th><th>기의(혼인=여자의 증여와 교환)</th></tr>
<tr><td colspan="2">기표(특정한 동식물)</td><td>기의(변별가치)</td><td>방법론
금 기
소통체계</td></tr>
<tr><td>기표
(특정한 대상)</td><td>기의(의미)</td><td rowspan="2">매개항</td><td rowspan="2">여자/공물/음식</td></tr>
<tr><td colspan="2">날것 / 익힌 것 / 삭힌 것</td></tr>
</table>

3. 생태학적 접근

인간은 신진대사를 위해 곡식 · 채소 · 과일 · 유제품은 물론이고 생명을 위협하는 독이 들어있지 않은 한 포유류 · 조류 · 파충류 · 곤충에 이르기까지 거의 모든 자연대상물을 섭취한다. 모든 취식의 원초적 근거는 말할 것도 없이 문화 이전의 단계인 기아의 극복이다. 굶어 죽지 않으려면, 상하거나 독이 들어 위험하지 않은 한 무엇이라도 먹어야 한다. 곤궁기가 오면 남미의 남비콰라 족은 초원지대를 헤매고 다니며 애벌레 · 거미 · 메뚜기 · 설치류 · 뱀 · 도마뱀 따위의 작은 사냥감은 물론이고 나무나 풀 · 열매 · 뿌리 또는 야생 꿀까지 모은다TT: 503 참조. 그때 물질적 가식성可食性과 심리적 방어기제가 충돌한다. 예컨대 피그미Pygmy 원주민이나 인도인은 토템의 숭배 대상을, 콩고의 렐레Lele부족은 집에서 키운 가축의 고기나 젖, 알을 먹지 않는다. 유대인과 회교도는 돼지고기를 먹지 않으며, 채식주의자는 유제품과 알까지 포함하여 어떤 육류도 취하지 않는다. 이처럼 대부분의 문화에서는 환경에서 취할 수 있는 동일한 말고기 · 돼지고기 · 달팽이 · 개구리 · 개고기라도 미식Delikatessen인 동시에 혐오식품이라는 상반된 평가를 내린다.[51] 나아가 포로가 된 적군에 대한 보복의식이나 부족의 존립을 위해 친족의 사체를 먹는 식인풍습, 태반胎盤을 먹는 의학적 결단에서 엽기의 극치에 도달한다.

도살과정타살 · 교살 · 질식을 통해 분리된 재료고기는 양념소금 · 향신료 · 피 · 우유에 절여진 후 화형을 거쳐 음식으로 환생하고 봉사자의 손을 거쳐 식탁에 올려진 후 미식가의 탐미적 심판을 기다린다. 그 향연에 참여하는 행역자들은[52] 시공간에 배치된 무대 위에서 가문과 지방 및 국가와 문화권 특유의 불문율Elias 1969, I: 181~218에 따라 어느 끼니에 몇 개의 식기를 사용하여 어떤 도구로 먹을 것인가같은 책, 76~174, 동석할 수 있는 자격을 가진 참석자로서 어디에 어떤 순서로 앉을 것인가를 체득한다Hall 1959, Enninger 1982. 환자나 과부, 여성, 임산부 또는 상중喪中에 있는 사람들은 추가적인 금기까지도 감수해야 한다Douglas 1975 : 9.[53]

인간이 생존하는데 필요한 식품의 선택에 개입하는 생물학적 강제를 규명한 마빈 해리스의 '문화유물론'Cultural Materialism에서는 생태학적 차원에서 음식물의 획득과 산출에 필요한 에너지 소비와 경제성 원

---

51 번역은 언어체계의 치환을 넘어 문화들의 매개를 통한 상호이해를 지향해야 한다. 그것이 문화번역(Kultur-Übersetzung)의 핵심이다. 에코의 번역관에 대해서는 김성도(2003b), 박여성(2000c) 참조.

52 Greimas의 'Actantes'에 대한 기존의 역어 '행동자'나 '행위자'는 '역할'이라는 의미성분을 담지 못하며, '지향성'(Intentionality)을 가지는 '행위'(Act)와 '행동'/'행태'(Behaviour)도 구별하지 못한다. 그래서 필자는 '행역자'라는 역어를 쓰고자 한다.

53 인문주의자 Erasmus는 일찍이 "어린이들의 예절에 관하여"(De civilitate morum puerlilium, 1530)에서 식사예절을 중심으로 행위자의 시선, 식탁에 앉는 순서와 방향, 식기 사용 등에 비추어 궁정사회(Die höfische Gesellschaft. 1969. N. Elias; 한국어판 "궁정사회"(박여성 번역, 한길사, 2003)를 예비하는 사회적 행동양식(불어 courtoise, 영어 courtesy, 이탈리아어 cortezia, 독일어 Hübschheit나 Zucht)을 다룬다(박미애, 1996: 171~197, 221~232) 참조).

칙에 주목하여 식량생산의 전체 체계와 연관된 음식문화[54]는 궁극적으로 영양학적·생태학적·경제적 선택으로 환원된다고 주장한다. 음식문화란 최적의 먹이찾기와 최대의 경제적 이윤의 교점에서 내려지는 사회적 결정이라는 것이다. 매리 더글러스도 "성서에서 먹지 말도록 금지되어 있는 동물들은 어떤 의미에서든 비정상적인 동물들이다. 전체로서의 성서체계는 어떤 방식으로 고안되어져 있는데, 질서와 완전성에 대한 하나님의 승인을 나타낼 수 있는 방식으로 고안되어"EL: 87 있다고 단언한다. "분류의 제자리에 위치함은 그 대상을 성스럽게 만들고 그 성스러운 것들은 그들에게 부여된 자리를 지킴으로써 우주의 질서유지에 공헌하고 있는 셈이다."PS 61. 이에 따라 질서에 대한 요구가 결정적인 서구적 세계관에서는 먹어도 되는 질서를 벗어나는 동물들은 부정한 금기 대상이 된다. 레위기11장는 금기에 대한 습속을 최초로 증언하고 있다: "짐승 중 무릇 굽이 갈라져 쪽발이 되고 되새김질을 하는 것은 너희가 먹어도 좋으니라."

예를 들어 진흙탕에서 몸을 구르며 살아야 하는 돼지는 원래 인간과 곡물을 공유하지 않는 잡식동물이었으나, 점차 인간과 물과 식량을 공유하게 되었다. 더욱이 환경적 조건에 비추어 보아 중동지역에서 돼지를 키우는 것은 힘든 일이 되었다. 요컨대 금기의 원리는 환경적·생태학적·경제성으로 집약된다MH: 84~86.

---

54 Harris가 말하는 음식문화('음식의 선호와 기피에 관한 수수께끼')란, 음식 자체의 문화적 속성이라기보다는 취식대상을 선택하는 사회적 프로그램을 의미한다. 상세한 정보는 M. Harris의 "문화유물론. 문화과학의 정립을 위하여"(Cultural Materialism, New York: Random House, 1979; 1996, 유명기 옮김, 민음사, 대우학술총서 92), "성스러운 암소와 역겨운 돼지: 음식과 문화의 수수께끼"(The Sacred Cow and the Abominable Pig: Riddles of Food and Culture, New York: Simon & Schuster, 1985, 1992, 서진영 옮김, 한길사) 참조.

1) 시간적 이익

사냥꾼이나 채집꾼은 그들이 먹이를 찾는 데 들이는 시간에 비해 최대한의 칼로리를 얻을 수 있는 먹이만을 쫓거나 수확할 것임을 예견한다. 먹잇감을 발견한 후 쫓고 죽이고 모으고 운반하고 준비하고 요리하는 데에 들이는 시간, 즉 '처리하는 시간'에 대해 가장 높은 비율의 칼로리를 얻을 수 있는 것이 최소한 한 가지는 있기 마련이다.

2) 군사적 이익

경제적 시각에서는 네 부류, 즉 사료값과 사육비가 많이 들어감에도 가치가 뛰어난 동물A=유럽 지역의 말,[55] 사육비가 많이 들면서도 가치는 떨어지는 동물B=중동지방의 돼지, 사육비는 낮으면서도 가치가 뛰어난 동물C=인도의 소, 중동의 낙타 그리고 사육비는 별로 들지 않지만 그렇다고 뚜렷한 기여도 하지 못하는 동물 D=개로 나뉜다는 원리에 따르면, 선호의 순서는 자연스럽게 C → A → D → B가 된다MH 109:

표 1-3 우선의 체계

가치(V) \ 사육비(F)	높음(h)	낮음(l)
높음(h)	A(말)=F_hV_h	C(소/낙타)=F_lV_h
낮음(l)	B(돼지)=F_hV_l	D(개)=F_lV_l

55 서기 732년 교황 그레고리우스 3세는 선교사들에게 말고기를 더 이상 먹지 말라는 칙령을 보낸다(MH 113). 욥(Hiob)기에 서술되었다시피 기동력을 갖춘 말은 고기로서보다는 진군을 위한 (장갑차에 맞먹는) 가치를 가진다. 예를 들어 아즈텍 문명의 중심지 잉카 제국남미 몬테주마를 멸망시킨 정복자들(Conquestador)이 몰고 갔던 말의 등장을 상기해 보라(에코 1997/2005 참조).

3) 항상성 恒常性: Homöostase

전쟁에 쓰였을 때에는 말이 희귀하고 멸종위기에 처한 종이었고, 다른 고기가 풍부할 때 교회와 국가는 말고기 소비를 억제했다. 말이 많아지고 다른 고기가 희소해지면 금지가 풀리고 말고기 소비가 증가했고, 다시 말이 희귀해지고 다른 고기가 풍부해지면 말고기 소비는 하락하게 된다. 유사한 이유에서 개가 사냥에 결정적으로 공헌하는 곳에서는 개까지 먹을 이유가 없었지만, 사냥에 굳이 필요하지 않거나 인간의 식량까지 축내는 지역에서는 개를 잡아 먹었다.[56]

인간의 생존에 필요한 식품을 선택하는 생태학적 강제를 규명한 해리스의 문화유물론에서는 음식문화를 생태학적 조건에 따른 최대한의 환경적응과 경제적 조건에 따른 최대한의 이익추구의 결과로 조명했다. 그의 접근은 음식과 관련된 질료의 선택에 개입하는 외심적 변수Etik를 규명하는 성과를 거두었지만, 경제적 조건에 못지않게 결정적인 내심적 상수Emik로서 음식기호가 함의하는 인지적 · 화용적 유희라는 기호학적 질서를 간과하고 말았다.

4. 사회인류학적 접근

음식이라는 주제를 사회적인 원근법에서 다룬 것은 더글러스

---

56 Harris는 대표적인 지역으로 전쟁 기간 동안의 중세 유럽, 특히 외부와 단절된 스위스 산간 그리고 동남아, 중국, 한국을 예시하고 있다. 중국과 한국에서는 개(또는 물개[海狗腎])의 취식에는 환유에 의거한 정령주의(精靈主義)와 색다른 의학적 용도도 한 몫을 했다.

M.Douglas, 리치E. Leach, 구디J. Goody를 비롯한 영국 사회인류학자들이다. 특히 더글러스는 "레위기의 혐오"*The Abominations of Leviticus*, 1966와 "음식 암호 읽기"*Diciphering a Meal*, 1975에서 음식을 먹이찾기/먹이주기가 아니라 Food is not feed; Douglas 1982:117, "커뮤니케이션 체계"Food as a System of Communication; 82~174이자 "예술형식"Food as an art form, 105으로 포착했다. 시식과 절식[57]을 통해 정착된 식사 도식은 시공간을 구조화하고 행위의 순환구조를 전승시키는 가운데 개인의 취식을 공동체의 예술적 토포스로 승화시킨다는 더글러스의 혜안에 고무받은 구디Goody, 1982: 37는 다음과 같은 기술 범주를 제안했다:

표 1-4 음식 세미오시스의 기술범주

Process(시간적 행위과정)	Phases(의례행위)	Locus(장소)
Growing	Production	Farm
Allocation/storing	Distribution	Granary/market
Cooking	Preparation	Kitchen
Eating	Consumption	Table
Clearing Up	Disposal	Scullery

그의 모델은 '소비' 부분을 제외하고는 주목받지 못했으며 자연의 대상이 음식물로 선택되는 초기과정에 대한 배려가 빠졌다는 아쉬움이 있었다. 신학자 슈미트E. Schmitt, 1994: 65~93는 성서에 나타나는 음식의 문제를 기준으로 자연에서 제공된 재료가 문화 속에서 식재료로

57 시식(時食)이란 계절(특히 24절기)에 맞추어 신선한 재료로 새로운 맛을 내어 만든 음식을 말하며, 절식(節食)이란 특정한 계기(축제, 명절, 생로병사의 축일과 기일, 기념일 등)에 맞추어 준비한 음식을 말한다.

선택 · 가공 · 소비 · 폐기되는 과정을 보완했다:

표 1-5 E.Schmitt(1994)의 수정안

Process	Phases	Locus
Selection/tabooing	Selection	Mind/social body
Growing/technology	Production	Farm/forest/pastures
Allocation/storing	Distribution	Granary/market/temple-altar
"Cooking"	Preparation	Kitchen/cellar...
Eating	Consumption	Table
Clearing Up	Disposal	Scullery/though/latrine

슈미트의 모델에서 제시된 단계와 내용을 살펴 보자:

선별Selection

ⓐ 무엇이 취식 가능한 대상으로 간주되는가?

ⓑ 무엇이 취식 불가능한 대상으로 간주되는가?

ⓒ 누가 그것을 규정하는가?

ⓓ 이 규정은 누구에게 적용되는가?

ⓔ 이 규정은 어떤 효과를 주는가?

생산Production

ⓐ 무엇이 생산되는가?

ⓑ 누가 산출하는가?

ⓒ 어떻게 산출되는가?

ⓓ 어떤 문제점들이 있는가?

분배와 저장 Distribution & Storage

ⓐ 생산물은 어디에서 분배되는가?

ⓑ 누가 분배하는가?

ⓒ 분배의 방식은 무엇인가?

조리와 접대 Preparation: Cooking & Serving

ⓐ 식재료는 어떻게 조리되는가?

ⓑ 어디에서 조리되는가?

ⓒ 누가 조리하는가?

ⓓ 조리된 음식은 어떻게 평가되는가?

ⓔ 음식은 어떻게 차려지고 봉사되는가?

소비 Consumption

ⓐ 누가 언제 무엇을 어디에서 누구와 함께 먹는가? 식사시간, 취식예법, 식탁질서

찌꺼기와 뒤처리 Disposal

ⓐ 찌꺼기의 정의

ⓑ 어디에 버리는가?

ⓒ 누가 어떻게 제거하는가?[58]

슈미트는 생산에서 소비와 처리에 이르기까지 행동주주체와 객체, 증여자와 향유자들이 실행하는 행위생산 · 매개 · 확산 · 가공의 양상과 평가를 아우르는 모델을 제시한 것이다. 슈미트의 단서를 간명하게 응축하고 공동체의 취식패턴ES: 17~18에 대한 구조기능주의 모델을 도출한 톨크스

58 남은 음식을 처리하는 재활용 기법으로는 뭉뚱그리거나 뒤섞는 (에워싸거나 끓이거나 튀기거나 지지는) (보)쌈 · 찌개 · 비빔 · 아인토프(꿀꿀이죽) 등의 해결책밖에 없다. 그런 점에서 전주비빔밥은 원래는 제사 때 남은 음식을 섞어서 처리하던 문화적 기제가 고유한 카오스모스(Chaosmos) 코드로 독립한 것으로 볼 수 있다.

도르프Tolksdorf 1976: 76의 방정식은 다음과 같다:[59]

표 1-6 음식기호학의 방정식

M(요리)			
SP(음식)		S(상황)	
N(식재료)	T(기법/기술)	Z(시간)	S(공간)
N_W(G)	T_W(G)	Z_W(G)	R_W(G)

M=식사, SP=음식, S=상황[조리와 취식], N=식료품, T=문화적 기술/기법, Z=사회적 시간, R=사회적 공간
w=가치할당, G=공동체

5. 판소리: 기호학의 보물창고

어떤 기호학 이론보다도 훨씬 앞서 음식기호학을 선취한 판소리야말로 재료와 음식 · 식기와 공간 · 조리 방식과 권력 관계 등 기호학적 질서를 이루는 모든 요소를 총망라한 음식기호학의 보물창고이다. “동편제

59 이때 G(공동체)는 주체/객체, 생산자/수용자, 증여자/향유자 등 다수의 행동주들을 포괄한다.

홍보가"[60]의 한 구절을 음미해 보자:

〈홍보 부인 음식상 차리는 대목〉

(아니리) 〈시숙님 봅시다.〉 큰절로 허니, 선뜩 일어나서 같이 절을 허는 게 아니라, 발을 더 당시랗게 개고 앉으며, 〈허허 참. 거 몇년 전에 보고 지금 보니. 미꾸라지가 용 되얏네. 거.〉 이때여 홍보 마느래는 들은 척도 아니허고, 안으로 들어가서 놀보 술상을 채리는디, 똑 이렇게 채리것다.

(자진모리) 음식을 채리는디, 음식을 채린다. 안성 유기, 통영 칠판, 천은 수저, 구리 적사, 집리 서리 수 벌이듯 주루루 벌여놓고, 꽃 기렸다 오죽판, 대모 양각 당화기, 얼기 설기 송편이며, 네 귀 번듯 정절편, 주

60 풀이는 "홍보가"(김진영/최동현, 2000, 92~95, 103~105, 박이정)에서 발췌하여 정리했다: 안성유기(安城鍮器: 안성에서 나는 질 좋은 놋그릇), 통영칠판(統營漆板: 통영에서 나오는 질 좋은 옻칠 소반), 천은(天銀: 질 좋은 은), 오죽판(烏竹板: 빛깔이 검고 작은 대나무인 오죽에다 꽃을 그려 붙여 만든 소반), 대모양각 당화기(대 모양 양각[陽刻] 당화기[唐畵器]의 잘못; 대모양을 돋을새김하여 그려 넣은 중국산 사기그릇), 정절편(貞節編: 네모반듯하게 자른 흰떡), 산피떡(팥을 껍질 채로 삶아 찐 떡), 평과(苹果: 사과), 정청(진청[眞淸: 벌꿀]의 잘못), 생청(生淸: 불에 끓이지 않은 생꿀), 조락산적(鳥卵 산적의 잘못: 달걀을 풀어 씌워 구운 산적), 양회(소의 밥통의 고기로 만든 회), 처녑(소나 양 등 되새김질하는 동물의 세 번째 밥통), 양판(양푼/놋그릇), 청단(淸團: 꿀물에 경단을 담근 것), 수단(水團: 꿀물이나 오미자물에 경단을 담근 것), 잣배기면(잣을 묻힌 박산[유밀과]), 열포(軟脯의 잘못: 살점을 떠서 말린 고기), 수근채(水芹을 얇게 저며 만든 채), 청동화리(청동화로), 백탄숯(떡갈나무나 참나무로 만든 화력이 센 숯), 전골, 반찬괴기(방자 고기의 잘못: 씻지 않고 양념 없이 소금만 뿌려 구운 짐승의 고기), 반환도(半還刀: 주로 고기를 썰 때 쓰는, 끝이 말려 올라간 큰 칼), 생치다리(生稚: 아직 익히지 않은 꿩의 다리), 영계(瓔鷄)찜, 어전(魚荃), 육전(肉筌), 지지개(고기나 생선을 국물을 조금 붓고 끓여 익힌 음식), 수란탕(水卵湯), 청보채(菜:?), 봉오림(말린 문어나 전복 따위를 봉황 모양으로 오려서 잔치상에 올리는 음식), 수근(水芹: 미나리), 황화주(黃花酒: 국화 꽃잎으로 만든 술). 전주국제소리축제(2001)를 소개하는 자료(http://2001.jsf.or.kr/broadcast/broad4.html) 참조. 월매가 이도령을 맞이하며 주안상을 내오는 "춘향가"의 한 대목도 이에 못지않은 기호학적 해학을 보여준다.

루루 엮어 산피떡과, 평과, 정청, 생청 놓고, 조락산적 웃짐치, 양회, 간, 처녑, 콩팥, 양판에다가 벌여놓고 청단, 수단으, 잣배기면, 인삼채, 도라지채, 낙지, 열포, 콩기름, 수근채 웃짐을 쳐 갖은 양념 볶아놓고, 청동화리 백탄 숯 부채질 활활 하야 고추같이 일어놓고, 전골을 들인다. 살진 소 반찬괴기 반환도 드는 칼로 점점 편편 외려내어, 깨소금, 찬지름 쳐 부두 주물러 재아내야, 대양판 소양 판에다 이도 담고, 제도 담고, 끌끌 푸드득 생치다리, 오디독 포디독 메초리탕, 꼬끼오 영계찜, 어전, 육전, 지지개며, 수란탕, 청보채, 치자, 고추, 생강, 마늘, 문어, 전복 봉오림을 나는 듯이 괴야놓고. 산채, 고사리, 수근, 미나리, 녹두채 맛난 장국 주루루루루 데리 붓고, 계란을 툭툭 깨어, 웃딱지 떼 버리고 질게 늘이워라. 손 뜨건데 쇠저 버리고 나무 저붐을 디려라. 고기 한 점 덥벅 집어서 맛난 지름의 간장 국에다 풍덩 데리쳐. 덥벅 피~.

(아니리) 이렇게 채려 자기 시숙님 앞에 갖다 놓으며, 좋은 황화주 화잔에다가 술을 얼른 붓어 두 손으로 올리며, 〈옛소, 시숙님, 약소하나 술 한 잔 잡수시오.〉 아, 이랬으면, 선뜩 받아먹었으면 아무 폐단이 없을 터인디, 발을 더 당시랗게 개고 앉으며, 〈너, 이놈, 홍보야! 니가 형지간 소문 대강 알지만은, 내가 수 친헌 초상 마당에 가서도 권주가 없이 술 못 묵는지 너 잘 알제?〉 〈아이고, 형님, 누가 권주가를 헌단 말이오?〉 〈아, 이 저석아, 느그 마느래 곱게 입은 채 거 권주가 한 마디 허랴.〉 홍보 마누래가 이 말을 듣더니, 전과 허던 일은 울음 밑에 집어 넣었거니와, 제수다려 권주가 허란 말을 듣더니, 두 눈이 캄캄허고, 사지가 벌벌 떨리며 (……)

홍보가, 김진영/최동현 편, 2000: 92~95.

이 길지 않은 대목에만도 각양각색의 음식, 식기와 수저 및 밥상이 등장하며, 조리할 때의 복잡한 신체 동작을 표상하는 동사와 부사어, 대상을 수식하는 형용사 등이 출현한다. 각 계열체의 단위들은 유기적으로 결합하여 주안상이라는 통합체를 구성하며, 벼락부자가 된 흥보에게 배알이 뒤틀린 놀보의 심술은 제수씨에게 권주가를 강요하는 일그러진 권력관계로 표출된다. 이쯤 되면 '판소리 흥보가'야말로 형태의미부와 통사부는 물론 화용부까지 아우르는 음식기호학의 이전사로 손색이 없을 것이다.[61] 남도의 주안상 하나에도 이토록 현란한 질서가 구현되었을진대, 무수한 공시태와 변화무쌍한 통시태를 가로지르는 음식기호학의 외연이 어느 정도일지는 능히 짐작할 수 있지 않은가!

---

61 Coseriu는 P.Hayse의 "소리"(Schall) 낱말밭 분석을 보기로 구조의미론의 이전사를 발견했고 윤리학자이자 국부론(國富論)으로 유명한 경제학자 Adam Smith의 논고에서 계몽주의 언어철학의 단서를 재구성한 바 있다. 이전사(以前史)의 구축에는 맥락적 연계성과 응용적 토대로서의 유연성(有緣性) 기준을 충족해야 한다. 이에 대한 탁월한 보기로는 현대 텍스트언어학과 수사학 및 문체론의 선취로 평가받는 유협(劉勰)의 "문심조룡"(文心雕龍)을 들 수 있다(고영근 외 2001 참조). 역사기술론(Historigraphie)에 대해서는 Schmitter(2003) 참조.

3장 음식기호학의 체계론

"우주에서 유일무이한 인간은 계절마다 우주를 먹는다. 필요한 경우에는 자신의 몸의 다섯 곳간에 우주의 생명이 생산한 진수를 차곡차곡 저장한다."

그라네

2장에서 예시한 선구적인 접근들은 기호학적 동기에서 출발하지는 않았지만, 세계를 이루는 대상을 예컨대 '뜨거운/차가운', '젖은/마른', '남성적/여성적', '무거운/가벼운', '음/양', '독성/비독성', '익은/설익은' 같은 이분법적 질서ES: 15로 조명했다는 점에서 음식기호학의 선구로 손색이 없다.[62] 더 한층 체계화된 음식기호학의 설계는 바르트의 "기호학의 요소들"Barthes 1985a: 31 이하에서 찾을 수 있는데, 그에 따르면 음식의 랑그는 '배제의 규칙'에 의해, 단위들의 한정되어야 할 '의미적 대립'에 의해, 동시적이거나 연속적인 '결합규칙'에 의해, 궁극적으로 음식의 수사학으로 기능할 수 있는 '관례범절'에 의해 구축된다.

1. 기호학적 구상

퍼스와 모리스의 시각에 비추면 음식기호학은 그 안에서 어떤 무엇이 기호로서 기능하는 하나의 사태, 즉 세미오시스에 비추어 정의될 수 있다. 이때 기호학자들은 공히 세 가지 요소를 포함한다Posner 1997: 4~8: "A는 C를 대신하여 B를 취한다", "B는 A를 대신하여 C를 지시한다", "A는 B의 존재 덕분에 C를 설명한다." 따라서 아래와 같다:

A는 B가 C를 표상表象한다고 해석한다 A interprets B as representing C.

62 유무대립(privative Opposition)에 근거하는 양극대립 외에, 항목들 사이의 우선권이 없는 등치대립(äquipollente Opp.)과 동일한 속성의 강도 차에 불과한 계단대립(graduelle Opp.)이 있다(Coseriu 1998). 대부분의 구조인류학적 연구들은 양극대립 또는 유무대립에만 치중하는 공통적인 문제점을 드러낸다.

세미오시스의 속성을 규정할 때, A는 해석자이고 B는 어떤 동적 대상 · 속성 · 관계 · 사건 또는 사태넓은 의미의 기호체이며, C는 A가 B에 할당하는 의미이다. 세 요소들 사이의 의존관계가 얽혀 있기 때문에 각 분과를 선명히 가르기는 쉽지 않지만, 기호학은 오늘날 대체로 세 영역으로 나뉜다:

- '세미오시스 내의 해석자들을 위해 의미를 표상할 수 있어야 한다'는 속성에 관한 조건들은 통사론Syntactics의 주제이다.
- '어떤 속성이 세미오시스 내의 해석자들을 위한 기호에 의해 표상될 수 있어야 한다'는 속성에 관한 조건들은 의미론Semantics의 주제이다.
- '세미오시스 내에서 의미를 표상하는 것으로서 기호를 해석할 수 있어야 한다'는 속성에 관한 조건들은 화용론Pragmatics의 주제이다.

'통사론'과 '화용론'이라는 용어를 각인하여 '기호학'Semeiotic을 구획한 모리스1938, 그림 1-6는 세미오시스의 세 요소를 고립시켜 그 요소들 중 한 요소와 기호 사이의 이항二項관계를 근거로 분과의 과제를 할당한다:[63]

- 통사론은 기호들(B)과 다른 기호들(B) 사이의 관계를 연구한다.
- 의미론은 의미(C)와 기호들(B) 사이의 관계를 다룬다.
- 화용론에서는 기호(B)와 해석자(A) 사이의 관계를 다룬다.

---

63 이 원리는 중세 유럽의 대학에서 가르친 '문법 · 수사학 · 변증법'의 삼학(三學: trivium)으로 이루어진 '발화술'(artes dicendi)로 소급한다. Peirce는 '일차성'(Firstness) · '이차성'(Secondness) · '삼차성'(Thirdness)에 조응하여 '사변문법'(speculative grammar)과 '비판논리학'(critical logic), '방법학'(methodeutic)으로 [그의] '기호학'(semeiotic)을 설계한다(Peirce, C.P.1.191 참조). 반면에 Morris는 당시의 철학사조인 '논리실증주의', '경험론' 및 '프래그머티(시)즘'의 대상이 양립불가능하면서도 상보적이라는 모순을 보여주기 위해서 위의 삼분법을 도입했다(Morris 1937).

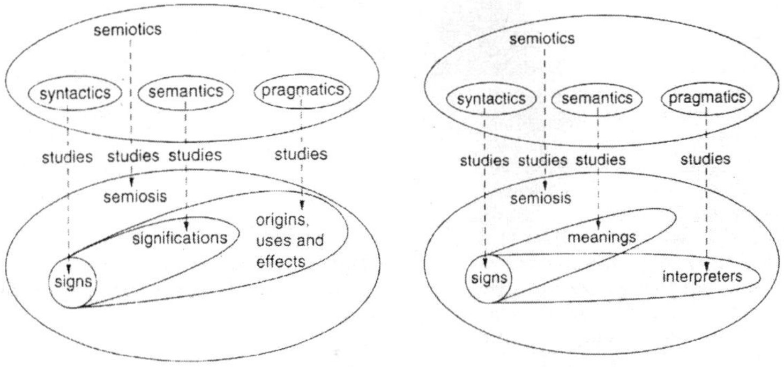

그림 1-6 모리스의 초기 구상/후기 구상

위의 구상은 아래처럼 일반화된다Morris, 1946: 218 이하=1971: 302 참조:

- 기호학은 언어적 표현뿐만 아니라 모든 종류의 기호들을 다룬다. 따라서 카르납이 말했던 좁은 외연을 가지는 "언어"Sprache라는 표현은 오관에서 산출되고 수용되는 모든 가능한 "기호체계"Zeichensystem로 대체되어야 한다.
- 화용론은 여러 과학에서 기호사용자들과 그들의 기호사용뿐만 아니라 모든 종류의 기호사용자들과 기호사용을 다룬다.
- 의미론은 의미작용Signification의 지시적 양상뿐만 아니라, 의미표상의 모든 방식 및 모든 종류의 의미를 다룬다.
- 통사론은 과학언어의 논리통사론뿐만 아니라 아래의 넓은 영역을 다룬다.

① 과학언어의 음운론과 형태론

② 다른 언어들의 음운론, 형태론 및 통사론

③ 비언어적 기호체계의 형식적 측면에 대한 분석 등

전前기호학적 단서 및 초기 연구의 성과로부터 음식/요리행위를 정의해 보자: ① 동원할 수 있는 모든 물질로부터 먹을 수 있는 것을 선택하는 결정정향: Orientierung, ② 먹을 수 있는 것으로 용인되어 선택된 것을 조리하는 기술의 적용가공: Bearbeitung, ③ 조리된 결과물에 대하여 통각적 · 윤리적 · 심미적 판단을 내리기 위한 정향지침Kulinarischer Code에 따라 취식을 조절하는 '규범'충족: Erfüllung을 토대로 행역자들이 벌이는 목적지향적인 행위연속체에서 작동하는 '변증법적 과정'Enninger 1982: 320 참조. 이렇게 분할된 단계를 기호학의 하위층위인 형태 · 의미부, 통사부 및 화용부로 배치해 보자:

1) 형태부Morpholigie: 변별단위의 추출

형태부에서는 해당 문화의 변별단위로서 절합되는 문화소와 그것을 언어적으로 표상한 명사 · 형용사 · 동사 및 부사 등의 어휘소와 조어론적 특성을 연구한다:

- 바르트는 날것을 '불안감과 질서로부터의 일탈逸脫'로 간주해온 서구적 시각에 일대 발상전환을 촉구한 바 있다: "이 사시미는 당신이 눈으로 직접 경험하는 요리의 작은 모험이다. 당신은 〈날것의 황혼〉에 참여한다(……)이러한 날것의 상태가 일본 요리에서는 수호신이나 마찬가지여서 (……) 영예로운 날것의 죽음을 신성시하는 것이 중요하기 때문이다."

  RB 29

- 손/도구의 이분법이 야만/문명의 도식으로 전의되는 조건반사는 적어도 아랍권의 사회의미론에서는 유효하지 않다: "이슬람교도들은 손가락 식사법에 도통한 사람들이다. 고기를 뜯어먹기 위해 뼈를 손으로 잡는 사람은 없다. 식사에 사용할 수 있는 한쪽 손왼손은 몸의 위생

적 세정에 쓰이므로 부정한 손으로 여겨짐만으로 고기를 이겨서 뜯어낸다. 그리고 음료를 마시고 싶을 때는 기름투성이가 된 손으로 컵을 잡는다. 식사법으로 다른 식사법보다 나쁘다고 할 수도 없지마는(……) 이런 식의 식사법을 보고 있노라면(……) 예언자마호메트가 바라는 '나이프로 식사하는 다른 민족처럼 해서는 안 된다'는 개혁정신에 영향을 받았는지 자문하지 않을 수 없게 된다."

TT 723

음식은 조리의 차원에서 물 · 기름 · 불 등을 촉매로 화학적 변화를 거친다. 물이나 기름을 사용할 경우에는 시간데치기에서 익히기이나 강도온도 및 촉매의 양에 따라 계단대립이 형성된다. 바다가 먼 곳에서 훈연과 건조가 선호되고 가까운 곳에서 염장이 흔하듯이, 조리의 양상은 공동체의 생태적 조건에 따라 상이하게 각인된다등치대립. 예를 들어 불가佛家의 생식은 영零형태소이지만, 생채의 경우 온전히 날로 먹는 것은 아니며 소금이나 식초 및 향신채/향료 첨가라는 부수적 과정을 수반하므로 가공으로 간주된다유무대립. 건조는 소극적인 구이로 볼 수 있고, 발효는 연료를 사용하지 않는다는 점에서 '날 것'이지만 화학적 변화를 유발한다는 점에서 보면 '익힌 날 것'이다.[64]

---

64 Lounsbury(1964/1978: 169~171)는 낱말밭을 분절하는데 필요한 각 층위의 기준을 '차원'(Dimension)이라고 부른다. 친족어(Kinship-term) 낱말밭에는 세대(Generation), 성별(gender), 연령(age)의 차원이 필요하다. 각 차원을 중심으로 등치대립(äquipollente Opposition), 계단대립(graduelle Opp.), 유무대립(privative Opp.)이나 상의(Hyperonymie), 하의(Hyponymie), 상반(Antonymie), 모순(Kontradiktion) 등의 의미관계가 파악된다. 이에 대해서는 Geckeler(1978), Lyons (1978), 허발(1997) 참조.

표 1-7 가공방식에 따른 분지

	재료						
분절	날 것				익힌 것		
촉매	바람 소금 식초				열		
매질	비가공	가공	비가공	가공	끓인 물	끓인 기름	달군 돌/흙/불/연기
결과	건조/삭힘/발효/염장		생식/생채/초절임/겉절이		끓임/삶음/찜/데침	볶음/지짐/튀김	구이/훈연

한국 음식의 단위체를 조리방식에 따라 대별하면 주식인 '밥'과 다양한 변이형, '반찬'의 범주, 명절 때 먹는 '떡'이나 '한과', 다양한 '화채'와 '차' 등 네 가지 형태론적 범주로 나뉜다 박여성/김성도 2000 참조:[65]

(1) 밥, 죽, 미음을 비롯해, 국수, 만두, 떡국 등의 네 하위범주 (2) 국, (3) 탕반 (4) 전골 (5) 찜 (6) 구이 (7) 전 (8) 지짐 (9) 나물 (10) 생채 (11) 조림 (12) 회 (13) 편육 (14) 족편 (15) 장아찌 (16) 튀각과 부각 (17) 김치.

물론 풍습이나 제도에 따라 그리고 사찰과 같은 구체적인 공간에서는 더욱 상이하게 분지되며 김영순 2001, 지역 평안도/전라도, 계층 궁중/서민, 양상 생일/제사 에 따라 공지역적 syntopische - 공계층적 synstratische - 공위상적 symphasische 변이태들이 하위분절된다:

(1) 생/겉절이류 : 다양한 겉절이 (2) 생채류 : 더덕 주재료 + 생채 조리방법, (3) 나물류: 하루나 나물 (4) 숙채류: 오이숙채 (5) 무침류: 산취나물

---

65 '술'을 음식의 하위범주에 넣을지 아니면 음식과 동등한 독립적인 층위에서 심리적 양식과 사회적 양식(사교활동)과 연동하여 다루어야 할지 난감하다. 와인감별 형용사(Wein-Deskriptoren)에 대한 Lehrer(1982)의 연구에서도 술 자체의 위치규정은 애매하다.

들깨무침 (6) 볶음류: 죽순 버섯볶음 (7) 튀김류: 두릅튀김 (8) 초회류 (9) 개피장떡류 (10) 두릅전류 (11) 우엉 지짐류 (12) 수제비류 (13) 애 쑥탕류 (14) 아욱죽류 (15) 야채쌈밥류 (16) 김치밥류 (17) 냉이국류 (18) 참가죽 장아찌류 (19) 민들레 김치류 (20) 쑥버무리류 (21) 쑥 고구마떡류 (22) 진달래 화채류 (23) 콩나물 잡채류 (24) 고추찜류 (25) 알감자 조림류 (26) 느타리버섯 구이류 (27) 열무 물냉면류 (28) 들깨 생콩가루 칼국수류 (29) 깨즙 냉콩국수류 (30) 무말이류 (31) 오이지류 (32) 열무 오이소박이류 (33) 깨소 밀쌈류 (34) 감자 송편류 (35) 감자 경단류 (36) 표고버섯 탕수류 (37) 두부 양배추말이 찜류 (38) 청국장 찌개류 (39) 고추 부각류 (40) 대추초류 (41) 고구마 강정류 (42) 호박 완자지류 (43) 참가죽 찹쌀 옹심이류 (44) 두부전골류 (45) 호박범벅류 (46) 무갑장과류 (47) 수정과류 (48) 식혜류 (49) 매작 과류 (50) 다식다과류.

2) 의미부Semantik

의미부에서는 단위들의 계열체에 대립구조로 할당된 가치체계, 이른바 특정한 문화공동체의 사회의미론을 연구한다.

(1) 현실모델Wirklichkeitsmodell: 사회의미론

'성스러운/세속적인', '정결한/불결한', '유익한/해로운' 등의 이분법에 따라 영양학적으로 먹을 수 있는 식품과 문화적으로 수용불가능한 식품으로 구별을 짓는 최초의 담론은 바로 성서구약 레위기 1~11, 17, 22~24이다. 먹어도 좋은 고기와 금지된 고기를 구분하는 레위기를 잘 읽어 보면, 건강에 나쁜더러운 고기에 대한 정보보다는 먹어도 좋은 동물의 해부학적 · 생리학적 특성을 판별기준으로 택하고 있음을 알 수

있다:[66]

표 1-8 레위기의 음식 금기

출전	핵심내용	인용문
1장 (1~9)	제물, 제단 사제, 피와 기름기에 대한 혐오	너희 가운데 누구든지 야훼께 예물을 바쳐야 할 경우에는, 가축 가운데서는 소나 양을 예물로 바쳐야 한다. 누구든지 소를 번제물로 바치려면 흠이 없는 수컷을 바치되 야훼께서 기뻐 받으시도록 만남의 장막 문간으로 끌어다가 그 앞에 바쳐야 한다. 그리고 번제물의 머리에 손을 얹도록 하여라. 그러면 그것이 그의 죄를 벗겨주는 제물로 받아들여질 것이다. 그는 야훼 앞에서 그 소를 죽여야 하며, 아론의 혈통을 이어 받은 사제들이 그 피를 바치는데 만남의 장막 문간에 있는 제단의 주변에 그 피를 두루 뿌려야 한다. 다음으로, 번제물을 바치는 사람이 그 가죽을 벗기고 고기를 저며야 한다. 아론의 혈통을 이어 받은 사제들은 제단 위에 불을 피우고 그 불에 장작을 펴 놓아야 한다. 아론의 혈통을 이어 받은 사제들은 이 제단 위에 피운 장작불에 제물의 저민 고기와 머리와 기름기를 차려 놓아야 한다. 제물을 바치는 사람이 내장과 다리들을 물에 씻으면, 사제들은 그것도 제단 위에 차려 놓고 모조리 살라야 한다. 이 번제는 불에 타면서 향기를 풍겨 야훼를 기쁘시게 해 드리는 제사이다.
1장 (10~13)	뭍짐승	뭍짐승의 제물: 누구든지 면양이나 염소를 번제물로 바치려면, 흠이 없는 수컷으로 바쳐야 한다. 그가 그것을 제단 북쪽 야훼 앞에서 죽이면 아론의 혈통을 이어 받은 사제들이 그 피를 제단 주변에 두루 뿌려야 한다. 제물을 바치는 사람이 그 고기를 저며 놓으면, 사제들은 머리와 기름기와 함께 그 고기를 제단 위에 피운 장작불에 차려 놓아야 한다. 제물을 바치는 사람이 내장과 다리들을 물에 씻으면, 사제들은 그것도 제단 위에 차려 놓고 모조리 살라야 한다. 이 번제는 불에 타면서 향기를 풍겨 야훼를 기쁘게 해 드리는 제사이다.

66 구약에는 금지하는 고기가 많은 반면, 코란에는 원래 고기에 대한 엄격한 금기는 없다. 다만 랍비 모세 마이모니드(Mose Maimonide)의 시대 이후 돼지고기를 금지하기 시작했다(Harris 1985/1992: 78 참조). 이때 해리스는 생리해부학적 조건과 중동의 생태적 · 경제적 조건 및 전쟁과 유목의 경제적 조건을 종합적으로 감안하여 특정한 고기를 금기하는 성서의 기준은 사소한 오류에도 불구하고 여전히 설득력이 있다고 조명한다.

(이어서)

출전	핵심내용	인용문
1장 (14~17)	날짐승	날짐승의 제물: 누구든지 날짐승을 야훼께 번제물로 바치려면, 산비둘기나 집비둘기를 바쳐야 한다. 사제는 그것을 제단에 가져다가 목을 부러뜨려서 제단 위에서 사르고 피는 제단 턱에 대고 빼어야 한다. 제물을 바치는 사람은 멱통과 오물을 함께 떼어 제단 동쪽 잿더미에 버려야 한다. 그리고 두 날개를 잡고 아주 떨어지지 않게 몸통을 찢어놓으면 사제는 그것을 제단에 피운 장작불에 살라야 한다. 이 번제는 불에 타면서 향기를 풍겨 야훼를 기쁘게 해 드리는 제사이다.
2장 (1)	곡식예물에 관한 규정	곡식을 예물로 바칠 경우에는 밀가루를 바치는데 그 위에 기름을 붓고 향을 얹어 가마에 구운 곡식예물-고운 밀가루에 누룩 없이 기름만으로 만든 과자, 기름만 발라 만든 속 빈 과자, 빵 굽는 판에 구운 곡식예물-고운 밀가루를 누룩 없이 기름으로 반죽한 것이어야 한다, 냄비에 구운 곡식예물-고운 밀가루에 기름만 넣어 만든 것, 누룩이나 꿀을 넣지 못한다. 반드시 소금을 쳐야 한다.
2장 (12~16)	염소	누구든지 염소를 제물로 바치려면 그 염소를 야훼께 끌고 와, 그 머리에 손을 얹고 나서 만남의 장막 앞에서 죽여야 한다. 그러면 아론의 아들들은 그 피를 제단의 주변에 두루 뿌려야 한다. 그 제물에서 야훼께 살라 바칠 부분은 내장을 덮은 기름기와 내장에 붙은 모든 기름기와 콩팥과 거기에 붙어 있는 기름기, 곧 허리께의 기름기와 간과 콩팥에서 떼어 낸 기름 덩어리이다.
2장 (17)	기름기	기름기는 모두 야훼께 바쳐야 한다. 너희는 어디에 살든지 대대로 영원히 이 규정을 지켜야 한다. 기름기나 피는 결코 먹지 말라.
3장 (1~5)	소	누구든지 친교제물을 드리는데 소를 바치려면, 수컷이거나 암컷이거나 흠이 없는 것으로 야훼께 바쳐야 한다. 바치는 사람이 손을 그 머리에 얹고 나서 만남의 장막 문간에서 죽여야 한다. 그러면 아론의 혈통을 이어 받은 사제들이 그 피를 제단의 주변에 두루 뿌려야 한다. 이 친교제물에서 야훼께 살라 바칠 것은 내장을 덮은 기름기와 내장에 붙은 모든 기름기, 또 콩팥과 거기에 붙어 있는 기름기, 곧 허리께의 기름기와 간과 콩팥에서 떼어 낸 기름 덩어리이다.

(이어서)

출전	핵심내용	인용문
7장 (22~27)	피와 기름기	야훼께서 모세에게 말씀하셨다. "너는 이스라엘 백성에게 일러라. '너희는 결코 소나 양이나 염소의 기름기를 먹지 못한다. 죽은 짐승의 기름기와 야수에게 찢긴 짐승의 기름기를 다른 일에는 사용할 수 있으나 먹지는 못한다. 야훼께 살라 바치는 가축의 기름기를 먹는 사람은 마땅히 겨레로부터 추방시켜야 한다. 너희는 어디에서 살든지, 모든 새와 짐승의 피를 결코 먹지 말라. 어떤 피든지 그것을 먹는 사람은 겨레로부터 추방시켜야 한다."
11장 (1~8)	뭍짐승에 대한 금기	땅 위에 있는 모든 네발짐승 가운데서 너희가 먹을 수 있는 동물은 이런 것들이다. 굽이 두 쪽으로 갈라지고 새김질하는 짐승은 먹을 수 있다. 새김질하는 짐승이나 굽이 갈라진 짐승이라도 다음과 같은 것은 먹지 못한다. 낙타는 새김질은 하지만 굽이 갈라지지 않았으므로 너희에게 부정한 것이다. 사반도 새김질은 하지만 굽이 갈라지지 않았으므로 너희에게 부정한 것이다. 토끼도 새김질은 하지만 굽이 갈라지지 않았으므로 너희에게 부정한 것이다. 돼지는 굽은 두 쪽으로 갈라졌지만 새김질을 하지 않으므로 너희에게 부정한 것이다. 이런 동물의 고기는 먹지 못할 뿐만 아니라 그 주검에 닿아도 안 된다. 이것들은 너희에게 부정한 것들이다.
11장 (9~12)	물고기에 대한 금기	물에 사는 것 가운데 너희가 먹을 수 있는 것은 이런 것들이다. 물에서 사는 것 가운데 지느러미와 비늘이 있는 것은 바다에서 사는 것이든지 개울에서 사는 것이든지 먹을 수 있다. 그러나 물에서 우글거리며 사는 것 가운데 지느러미와 비늘이 없는 것은 바다에서 사는 것이든지 개울에서 사는 것이든지 너희에게 더러운 것이다. 이런 것들은 너희에게 더러운 것들이다. 그 고기를 먹지 말라. 그리고 그 주검을 더러운 것으로 여겨야 한다.
11장 (13~19)	새에 대한 금기	새 가운데 너희가 더러운 것으로 여길 것은 이런 것들이다. 이것들은 더러운 것이니 먹지 말아야 한다. 독수리, 수염수리, 흰꼬리수리, 검은소리개, 각종 붉은 소리개, 각종 까마귀, 타조, 올빼미, 갈매기, 각종 매, 부엉이, 사다새, 따오기, 백조, 펠리컨, 흰물오리, 고니, 각종 푸른 해오라기, 오다 새, 박쥐 등.

(이어서)

출전	핵심내용	인용문
11장 (20~23)	곤충에 대한 금기	네 발로 걸으며 날개가 돋친 곤충은 다 너희에게 더러운 것이다. 그러나 네 발로 걸으며 날개가 돋친 곤충 가운데서도 발뿐 아니라 다리도 있어서 땅에서 뛰어 오를 수 있는 것들은 먹을 수 있다. 그러니 곤충 가운데서 너희가 먹을 수 있는 것은 각종 메뚜기, 각종 방아깨비, 각종 누리, 각종 귀뚜라미이다.
11장 (29~31)	파충류와 설치류에 대한 금기	땅을 기어 다니는 길짐승 가운데서 너희에게 부정한 것은 두더지, 쥐, 각종 큰 도마뱀, 수궁, 육지악어, 도마뱀, 모래도마뱀, 카멜레온 등이다.
11장 (31~45)	제단준비 부정의 해소	닿은 모든 것(나무그릇, 옷, 가죽, 지루, 사람이 쓰는 모든 물건)은 물에 담가야 한다. 화로나 가마는 부숴야 한다. 그릇은 깨야 한다. 옷은 빨아 입어야 한다.

레위기에 따르면 돼지는 '굽이 갈라져 쪽발'이지만, 먹을 수 없는 식품으로 규정하려면 '되새김질을 못하는 동물'이라는 추가규칙이 필요했다. 또한 낙타나 사반, 토끼에도 '되새김질'은 하지만 '굽이 갈라져 있지 않다'는 추가 단서가 적용되어야 한다. 이런 해부학적 규정은 ① 되새김질을 하는 동물은 섬유소가 풍부한 풀을 먹는 초식동물이며 따라서 인간과 먹이를 공유하지 않고, ② 돼지는 비위생적이라기보다는 열사熱沙에서 키우기 어려운 동물이므로 농번기에 유목민들이 돼지를 키우는 것은 비경제적이며, ③ 중동의 삼림은 황폐화되었고 인구가 증가했다는 생태학적 조건변화를 감안한 것이다Harris 1985/1992: 82~88. 최고의 육질을 제공함에도 불구하고 낙타고기가 배제된 것은 낙타가 대상

隊商:Caravan의 교통수단이요, 최후의 비상식량이기 때문이다.[67] 성서의 기자는 짐꾼이자 전쟁의 도구일 뿐만 아니라 비상식량과 털옷의 재료이기도 한 낙타를 배제하기 위해 '쪽발+되새김질'에 '갈라진 발굽'이라는 추가조건을 덧붙인 것인데,[68] 전쟁이 많았던 시기에 말고기의 도축을 금지했던 경우에도 유사한 논거가 적용된다.

레위기에서 드러난 선택규칙을 정리해 보자:[69] 곡식예물을 만들어 바칠 때에는 반드시 햇곡식을 빻아 반죽한 빵을 만들어야 하는데, 이때 누룩이나 꿀을 넣을 수 없으며 기름으로만 반죽하여 불에 구워야 한다. 정결한 동물로 간택된 제물은 목을 꺾어 죽이거나 날개를 찢어 죽여야 한다. 번제제물이나 친교제물, 속죄 제물로는 집 비둘기가 제격이다. 염소나 소 같은 제물은 만남의 장막 문간이나 앞에서 죽여야 하며, 그 피는 문간 안이나 문간에 있는 제단 밑 바닥에 버려야 한다. 제물은 흠이 없는 가능하면 수컷을 택하며, 태어난지 얼마 되지 않은 새끼는 어미와 같이 도살하지 말아야 한다. 그래서 이스라엘의 맥도널드 점포에는 치즈버거가 없다. 고기와 곁들여진 치즈는 어미와 새끼의 공존이요, 그로 인한 피의 섞임은 근친상간이기 때문이다.

---

67 낙타의 문화사적 가치에 대해서는 '낙타는 죽어서야 가마를 탄다'는 반어법을 통해 중국 근대사의 질곡을 그려낸 라오서(老舍)의 걸작 "駱駝祥子"(한국어판, 최영애 역, 김용옥 해설, 1990, 통나무) 참조.

68 레위기에서 -구약성서 기자의 조악한 해부학적 지식과 동물학적 오류에도 불구하고- 되새김질을 하는 동물을 취식대상으로 분류한 것은 효율적인 먹이찾기 이론에 들어맞는 선택이었다. 그 밖에 열거된 여러 종류의 새들은 어차피 중동내륙에서는 보기조차 힘든 것들이니, 사실상 있으나마나한 공범주에 불과하다.

69 에코(U. Eco)의 "장미의 이름"(Il nome della rosa, 이윤기 역, 열린책들, 2002: 198)에서 수사들이 소시지를 만들기 위해 돼지의 피를 항아리에 부어 넣고 굳지 않도록 젓는 광경은 적어도 레위기의 계율과 상치되는 유럽적 풍습임에 틀림없다.

표 1-9 레위기의 금기 규칙

먹을 수 있는/제물로 바칠 수 있는 것의 특징	먹거나 제물로 바칠 수 없는 것의 특징
청결한 것, 지느러미와 비늘이 있는 것, 곤충 중에서 뛰어오를 수 있는 것, 굽이 갈라지고, 되새김질을 하는 것	불결한 것, 지느러미와 비늘이 없는 것, 기름기나 피는 배제, 네발달린 곤충, 날개 달린 것, 기어 다니는 것, 새김질하지 않는 것, 죽은 고기는 금기
먹을 수 있는 대상	먹을 수 없는 대상
뭍짐승, 물고기, 파충류, 조류, 곤충에서 위의 기준을 충족하는 것	낙타, 돼지 및 위의 특징을 가지는 물고기 파충류, 조류, 곤충 기타

해리스가 강조하는 생태학적 외적 요인은 타당한 조건임에 분명하지만 그것이 음식 세미오시스와 상동계를 이루어야 할 필연성은 없다. 게다가 동물분류학에 정통하지 못했던 성서의 기자들은 토끼를 반추反芻동물로 간주하는 오류를 범했다.[70] 위에 열거된 독수리 · 물수리 · 타조 · 솔개 · 송골매 · 갈가마귀 · 올빼미 · 갈매기 · 매 · 가마우지 · 따오기 · 검둥오리 · 펠리칸 · 콘도르 · 황새 · 후투티 · 박쥐 등은 이스라엘 지역에서는 찾아보기 어려운 것들이다Harris 1985: 94 참조. 사실상 보기도 어려우니 먹었을 리 만무한 애당초 배제될 수밖에 없었던 동물들의 나열인 셈인데, 성서의 기자는 왜 쓸데없는 설명을 했을까? 더 이상의 설명이 없이 정보만 나열된 단순한 동어반복은 계율의 엄정성을 재차 부연하는 장치로 해석할 수밖에 없다. 어쨌든 생물학적인 오류에도 불구하고 레위기는 고대 이스라엘인들에게 고기와 젖을 택하는 효율적인 기준을 선사했다.

70 토끼는 반추를 하지 못하는 대신에 소화가 덜된 섬유소가 남아있는 똥을 다시 먹는 기발한 차선책을 택하는데, 이야말로 동족호식(同族互食)과 더불어 생태학적 순환의 독특한 양태이다.

(2) 음양오행론

절식과 시식을 통해 조상께 음식을 천신하는 관혼상제에서 음식을 통해 음식의 색과 수에 기복적 요소를 담아온 한국의 요리체계는 음양오행이라는 우주론을 기반으로 삼는다. 이를테면 홍동백서紅東白西, 좌포우해左脯右醢, 어동육서魚東肉西, 두동서미頭東尾西, 남냉북온北溫南冷, 반서갱동飯西羹東, 고서비동高西脾東, 적전중앙炙煎中央, 조율시이棗栗柿梨, 좌면우병左麵右餠, 생동숙서生東熟西, 우반좌갱右飯左羹, 건좌습우乾左濕右의 정렬은 한국 음식상의 기호학적 좌표체계이다.

이때 음양오행은 여타 상동계를 관장하는 메타 원리로서 하위영역에 연속 적용된다. 자연계의 대상은 다섯 종류로 나뉘고 취상귀류取象歸類의 원칙에 근거하여 목·화·토·금·수의 오행과 대응된다. 우주의 시간을 상징화한 오행은 나무木·불火·흙土·쇠金·물水로 이루어진 음양철학에 뿌리를 두고 있으며, 시각뿐만 아니라 미각에서도 매운辛·단甘·신酸·짠鹽·쓴膽 맛의 오미로 발현된다. 오계절·오방위·오색·오음의 생화 과정에도 오행이 운행하는데, 자연현상에서 봄·바람·동쪽·청색·신맛·낳음은 오행의 목木과 결합하고 여름·더위·남쪽·적색·쓴 맛·자람은 화火와 결합하며 그 사이에서 상생과 상극의 길항拮抗이 작용한다. 자연의 일부인 신체도 예외가 아니다. '중용'中庸과 '예기'禮記도 인간의 기본감정을 喜·怒·哀·樂四端 또는 喜·怒·哀·樂·愛·惡·慾七情으로 나누며, 사상의학四象醫學을 정립한 이제마李濟馬 또한 사람의 감정을 '희로애락喜怒哀樂'으로 규정하며 장기臟器와 연동된 체질론의 토대로 삼는다.[71] "황제내경"皇帝內經에서는 인체를 자연의 일부로 파악하여 간장 · 심장 · 비장 · 폐장 · 신장을 오계절에 조응시킨다. 동방은 청색으로 간장과 통하며 눈에 열려 있고 간장에 정기를 간직하며, 그 종류는 풀과 나무라고 적고 있다. 중국과 일본을 비롯하여 한국인의 사유 체계 전반에 절대적인 영향을 미친 오행철학은 한국인의 색채 개념에도 반영된다. 색의 양태성은 음식의 모양이나 맛을 북돋우기 위하여 음식 위에 오색의 요소를 뿌리거나 얹어 놓은 고명과, 음식의 맛을 돋우는데 쓰는 간장 · 마늘 · 파 · 고추 · 설탕 등의 양념에서 극대화된다. 각기 시각과 미각의 양태성을 구현하는 고명과 양념은 한국 요리의 다양한 텍스트를 생성하는 핵심 기제로서 오훈채五葷菜 · 신선로神仙爐 · 계란찜 · 보쌈 등 거의 모든 요리에 적용된다.

한편, 무표적인 밥이야말로 역설적으로 모든 유표항을 연결하는 중심축이다. 와인을 마시는 중간에 빵 한 조각을 베어 무는 서구의 습속과 비슷하게, 밥은 싱거운 반찬 사이를 연결하는 행주의 기능을 했다. 유표항을 연결하던 무표항의 지위에서 중심과 주변을 가르는 기축으로 변환한 밥은 탈미脫味의 중립성을 거쳐 유미有味의 유표성을 포섭하는 한국 음식의 구심점이 된다. 그 원료인 쌀은 흙土에서 나온 것이며 솥에서 끓이기 때문에 쇠金를 표상하며 밥을 지으려면 물水과 배합되어야 하고 가열할 때 나무木가 쓰인다는 점에서 밥이야말로 오행의 요소와 조응하는 탁월한 보기이다:

---

71 기원전 4세기 히포크라테스도 인체를 구성하는 '혈액'(blood), '점액'(phlegm), '황담즙'(yellow bile), '흑담즙'(black bile)을 구분하고 이에 준하여 '다혈질'(sanguine), '점액질'(phlegmatic), '담즙질'(bilious), '우울질'(melancholic)을 연동시킨다. 서양의 체질론은 의학의 발전에 지대한 공헌을 했지만, 음양오행설과 달리 체질형상의 분류에 머무르는 한계를 가진다. 이에 대해서는 임지룡(1997, 2005) 참조.

표 1-10 음양오행의 상동계

층위 \ 伍行	陽		土	陰	
	木	火		金	水
공간/방위	東	南	中	西	北
시간/계절	春	夏	變	秋	冬
색	靑	赤	黃	白	黑
윤리/오륜	仁	禮	信	義	知
신체/오장	肝	心	脾	肺	腎
미각	酸	膽	鹽	甘	辛
감정	喜	?	怒	哀	樂

표 1-11 상생(相生)과 상극(相剋)

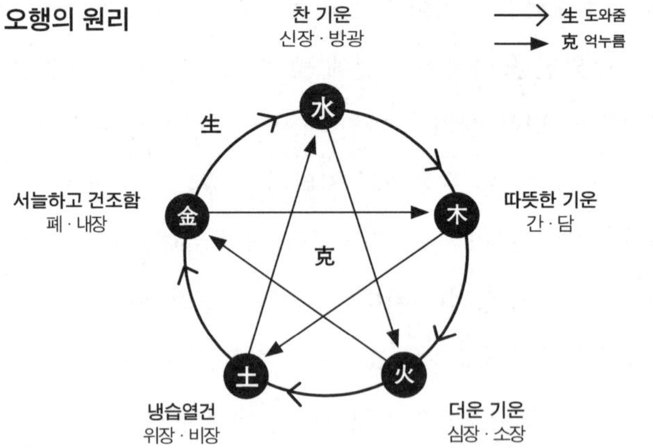

(3) 미각 어휘소

형태 · 의미론적 단위로 설정된 음식기호의 대상 특히 맛의 형용사나 동작의 부사 그리고 동사에는 일정한 평가가 할당된다. 인지주체는 후각을 통해 대상의 냄새를 감지하고 모양과 색시각을 통해 거의 동시에 맛에 대한 공감각Synästhesie을 지각한다. 입에 들어간 음식물은 이 · 혀 · 잇몸 · 타액의 도움으로 물리화학적으로 분해되고 촉감으로 융해된다백승국, 2002, 2003 참조. 그 성분은 미각세포에 화학적 자극을 주어 전파로 변환되고 뇌의 미각 중추에서 특정한 맛으로 해석된다.[72] 맛은 미각에만 국한되는 것이 아니라 오감을 총동원한 총체적 연출이다. 우리의 언어는 맛을 어떻게 형상화하는가? 시간 속에서 공간을 촉지하는 경우, 주체의 생리학적 과정으로서의 맛이 객체의 물리적 속성을 촉각으로 전의하는 것은 예견되는 일이다. 재질의 촉감에 대한 감관인상이 맛의 추상적 범주화에 개입하는 범주적 전의는 시공간의 전의와 유비적이다. 대부분의 유럽어에서 '앞에'vor/before/'뒤에'nach/after 등의 공간표상은 거의 예외 없이 '이전에'/'추후에'라는 시간 전치사의 범주로 전성되듯이, 단적으로 공간의 촉감이 미각으로 변환된다:

> 부드러운, 질긴, 쫄깃쫄깃한, 줄깃줄깃한, 흐물흐물한, 쫀득쫀득한, 고슬고슬한, 부실부실한/푸실푸실한, 깔깔한, 껄껄하다, 껄끄럽다, 까실까실한, 부드럽다, knackig, knusprig, klebig, chewing, chewish.

맛의 범주에 시공간의 질감이 개입된 한국어와 달리, 유럽어의 경우는 촉감 자체를 대상의 속성으로 인식하곤 한다. 유럽어가 어휘론적 전략을 택한다면 한국어는 음운론적 전략을 선호한다. 조어방식에서도 은유에 기초한 어휘항목의 수적 증가에 치중하는 유럽어와 달리, 한국어는 양태적 부사의 반복이나 동작상Aktionsart: 動作相을 통한 어휘의 양적 · 시간적 증식을 통해 맛을 양태화하고 있다. 더욱이 음상音相을

---

72 맛의 인지적 특성에 대해서는 이 책 3.2 참조.

통해 '단일한 맛/복합적인 맛', '순수한 맛과 합성된 맛', '강/약', '맑은/탁한', '순간적/지속적', '쾌적/불쾌'최웅환 2003의 대립체계로 분지하는 한국어의 섬세한 방식은 다른 언어에서는 보기 드문 방식이다.

달다 : 달콤하다 : 달짝지근하다 - 들쩍지근하다/들큭지근하다
쓰다 : 씁쓰름하다/씁쓸하다 - 쌉쌀하다/쌉싸름하다/쌉싸래하다
시다 : 새콤하다 : 새지근하다/새척지근하다 - 시큼하다/시큰둥하다(?)
짜다 : 간간하다 - 짭짜름하다/짭짤하다/찝찔하다/찝찌름하다
떫다 : 떨떠름하다 - /떱떠름하다
맵다 : 매콤하다 - /얼큰하다/얼얼하다

〈어간+파생형〉을 통해 어형을 확보하는 한국어의 미각표현에서 '어간+[-콤하다]'는 '순간적인 휘발성'을 함의하는 동시에 어간의 반복을 통해 '혼합된 맛'을 표상한다. 양성모음(ㅏ)으로 표현된 형용사는 음성모음(ㅡ, ㅣ)으로 표현된 경우보다 맛의 순도가 더 높다. 대립적인 맛과 상보적인 맛이 엉킨 변증관계로는 독일 시인 하이네H. Heine의 시에 나오는 'bittersüß'라는 표현을 들 수 있다. 이 표현은 언어논리로만 보자면 모순이지만 '쓴 동시에 단' 맛, 이른바 '쓴'과 '단'의 화쟁和爭을 통한 독일어 특유의 시어로 탄생한다. '열린 마음을 가졌으면서도 단호한 고집을 가진 사람'의 성정을 가리키는 'aufgeschlossen'이라는 형용사도 이와 유사하다. 물론 모든 대립항이 다 중화되는 것은 아니며, 오히려 의태어적 어간을 반복 합성한 '맵디 매운'·'짜디짠'·'달디단'·'쓰디쓴'·'시디신' 같은 점층강조형이 선호될 것이다. '새콤달콤'이나 '매콤달콤'이 성립하는 것은 상생/상극 관계에서 상생의 주도권을 쥔 '단맛'이 다른 맛을 통제하는 형국으로 봐야 한다. 한편 탕수육糖水肉에 대한 독일어 번역어가 "Süßsauer"인 것은 사뭇 흥미로운 현상이다.

3) 통사부 Syntaktik

통사부에서는 한편으로 특정한 계열체를 이루는 하위성분들끼리의 내적 조합관계를, 다른 한편으로 복수의 계열체들 사이에서 교차되는 외적 조합관계, 즉 결합태를 분석한다. 이때 각 계열은 음식 항목을 포함하여 이를 둘러싼 행역자와 의상 · 공간 · 도구 · 가구 및 식탁보, 시간과 공간, 색과 질감 등으로 확장된다.

(1) 문법적 통사구조 Syntax

조리와 취식의 단위들은 시공간적 질서에 따라 텍스트로 직조된다. 이를 위해 상황이 도입되고 시공간적 정점이 표시되며, 시퀀스들 사이의 효율적인 결합이 구비되어야 한다. 통사부에서는 한편으로 특정한 계열체[73]를 이루는 하위성분들끼리의 내적 조합관계가 다른 한편으로 복수의 계열체들 사이에서 교차되는 외적 조합관계, 즉 계열체들 사이의 통합체인 결합태가 관건이다:

- "스키야키는 기술적인 어려움 때문이 아니라, 본질적으로 조리과정에서 사라지면서 또다시 반복되기 때문에, 만들고 소비하는 데에서, 말하자면 대화Converser하는 데에서 끝이 없는 요리이다."
  RB: 31[74]
- 공간적 질서 : "일본 요리에는 중심이 존재하지 않는다. 여기에서는 모든 것이 다른 장식물을 위한 또 다른 장식물일 뿐이다.[76] 무엇보다

---

73 각 계열은 음식의 항목을 포함하여 요리를 둘러싼 행역자와 그들의 의상, 공간, 도구, 가구 및 식탁보, 시간과 공간, 색과 질감 등으로 확장된다. 이에 대해서는 Zeitschrift für Semiotik의 음식기호학 특집호(1982) 참조.

74 전골(한국)/스키야키(일본)와 찌개는 조리와 식사과정에서 '대화성'과 '반복성', '현장성(실시간)'과 '완료성'을 기준으로 서로 유무대립의 계열을 이룬다.

도 식탁이나 쟁반 위의 요리는 부분들의 집합체일 뿐이며, 그 어느 것도 영양 섭취에서 순서상으로 우월하지 않다. 먹는 행위는 메뉴여러 요리들의 정해진 순서에 따른 일정표를 존중하는 것이라기보다는 젓가락으로 먹거리를 경쾌하게 선택하는 행위다."

RB:30~31

음식명칭명사과 형용사, 동작을 표상하는 동사와 부사 사이의 연어連語: Kollokation와 어휘소 연대lexikalische Solidaritäten, 선택제약Semantische Restriktion 및 의미조응을 문법적 관점에서 다룰 경우, 음식 대상의 조리나 섭취에 관련하는 행위동사가 중요하다:

채치다schnetzeln, 썰다/자르다schneiden, 깎다/벗기다schälen, 깍둑 썰다(?), 저미다(?), 포를 뜨다in Scheibe schneiden?, 찢다reißen?, 끓이다kochen, 데우다erwärmen, 찌다dämpfen, 굽다rösten?, 데치다andünsten?, 볶다rösten/braten?, 삶다dämpfen?, 튀기다fritieren, 익히다kochen?, 조리다(?), 절이다/재우다marinieren?, 짜다(?), 무치다/버무리다durchmischen?, 치대다kneten?, 갈다/문지르다reiben?, 으깨다stampfen?.[76]

---

75 필자는 일본 요리의 탈중심성에 관해서 -바르트 자신도 말하듯이- 시간적이라는 한도(먹는 순서) 내에서만 그의 주장에 동의한다. 공간적 관점에서 서양 요리에는 재질의 중심(구심성)/주변(원심성), 즉 토속적 재료와 이국적 재료 사이의 대립이 있을지언정 식탁 자체의 공간적 중심은 없다. 차려진 메뉴 안에서 접시에 담긴 음식 자체의 중심(고기)과 주변(감자) 및 장식(소스)의 위상관계를 상정할 수 있다. 한국과 일본 요리의 중심은 무(無)로 이루어진 탈미[脫味: '맛이 없다'(geschmackslos)는 뜻이 아니라 '모든 맛에서 해방된'(geschmacksfrei) 맛이라는 점에서]의 밥이다.

76 '자르기'라는 행위의 동작학을 구축하려면 그 행위에 사용된 도구(칼 · 젓가락 · 가위), 잘리는 대상(고기 · 빵 · 두부 · 야채 · 묵 · 생선) 및 용도에 따라 동작의 거시적 단위들이 분절 기술되어야 한다. 각 동작의 하위범주들은 속도(빠르게↔느리게), 각도(직각 · 45 · 70 · 15) 및 강도와 폭(넓게↔좁게), 길이(길게↔짧게), 방향(수직 · 수평 · 대각선 · 방사형 · 나선형) 등의 미시변수로 분화되어야 한다. 이 과정에 대한 성분분석이 이루어져야 세미오시스에 개입하는 동작 변별특징의 조합을 규명할 수 있다.

개별언어들의 어휘밭에 투영된 조리행위나 대상의 물리적 계량성과 상반하는 동작양태의 부정확성을 비교해 보면 문제는 더욱 복잡해진다:

- 약한/뭉근한 불에, 기름이 끓는 온도, 잘게 썰다, 얼큰하게 양념하여, 어슷어슷 썰다, 넓게 저미고, 송송 썰어서, 물을 자작하게, 맛깔스럽게/색스럽게 담아서, 자박자박하게 졸 때까지, 고기를 양념에 푹 재워서, 갖은 양념으로.
- 서너 개, 한 줌, 한소끔, 한 움큼, 한 소쿠리, 한 됫박.

〈부사+동사〉 또는 〈형용사+명사〉 사이의 어휘소 연대는 계량화할 수 없는 동작과 재료의 성상을 아날로그적인 기호세계로 포착하는 현명한 선택이다. 그런 관점에서 그레마스가 "피스투 수프"La soupe au pistou, Greimas, 1986에서 디지털적 계량을 배제한 사정을 이해할 수 있다. 프랑스어 텍스트에서 조리를 나타내는 일상적인 동사는 대개 명령형이지만, 프랑스어의 의미특성에 준하여 특정한 대상과 동작, 이를테면 "~의 껍질을 벗기다"라는 행위에서 '다층적 어휘소 연대'로 표현하는 것은 인상적이다.[77]

> haricot 강낭콩 - écosser; pomme de terre 감자 - eplucher; carotte 당근 - gratter, poireaux 파 - prener; tomate 토마토 - peler

이에 준하여 대상속성, 행위동작의 범주를 음식 명칭과 맛에 대한 수식어 그리고 동사를 통해 표출된 동작의 미학으로 이루어진 문법적

---

77 어휘소 연대에 대해서는 허발(1997)에 있는 Coseriu의 '어휘소 연대' 및 Geckeler (1978) 참조.

통사층위로 상정할 수 있다. 식사 주체 및 참여자는 요리 동작부사+동사을 통해 특정한 속성을 가진형용사+대상명사을 재단하고 음미자는 차려진 음식을 오감으로 느끼며 심미적 취향을 만끽한다:

표 1-12 음식의 통사구조

인식적 구조	주어(주체+참여자)	술어 : 동작	목적어(대상)
지시하는 성질	능력의 소유자	행위의 양상(동사)	대상의 속성(형용사)
언어적 실현	행역자(지향적 주체)	문장층위 : 어휘소 연대, 의미조응	

(2) 기호학적 결합태

상이한 품사들 사이의 조응관계나 통합체를 다루는 문법적 통사구조 못지않게 기호세계를 이루는 항목들의 연접과 이접으로 구축되는 결합태가 중요하다. 예컨대 밥과 반찬은 서구의 빵 문화와 한국의 밥 문화를 가르는 변별특징이다. 밥상 위에 놓인 여러 개의 반찬은 다른 반찬과 견주어 서로를 전제하는 가운데 의미작용을 유발하는 관계적 논항들이다. 우리의 식사 프로그램은 '상다리 부러지게 한 상 잘 차려 오너라'라는 표현처럼 밥과 반찬을 모두 올려 놓고 먹는 통합적 공간구조인 반면, 서양의 식사는 전채와 수프 또는 샐러드에서 시작해서 본식을 거쳐 디저트로 종결되는 계열적 시간구조로 진행되어 '시작 → 전개 → 종료'라는 선명한 서사구조를 가진다. 물론 우리도 한 상에서 국을 먼저 한 술 뜬 다음 밥과 반찬으로 옮겨가는 것은 가능하지만 일단 음식물의 섭취에서 시간적 순서는 무력화된다. 서양 요리가 각각의 메뉴를 칼과 포크로 잘라내어 개별적으로 음미하는 배타적 불연속성에 기초한다면, 음식물을 싸먹는 보쌈에서처럼 한국 요리는 포괄적 연속체라고 할 수 있다. 구절판九折坂과 흡사한 멕시코의 타코Taco나 또띠아Tortilla,

간식이나 후식에 해당하는 인도의 '빤'을 보건대, 그런 특징이 한국 음식만의 전유물이라고 단정할 수는 없다.

어쨌든 서구의 식단은 상이한 범주의 혼합을 막기 위해 각 논항을 개체화한다. 그래서 프랑스인은 야채수프와 토끼 고기를 같이 먹지 않으며, 생선고기과 프로마주를 섞지 않는다. 반면에 한국 음식은 상이한 차원의 음식 전체를 향유하는 미각 심포니를 보여준다. 이때 중심을 차지하는 중립적인 밥이 유표항반찬과 어우러져 만드는 조합의 변이태는 지휘자의 미학을 창출한다.[78] 이 과정을 교차연결의 결합태로 도시할 수 있다:

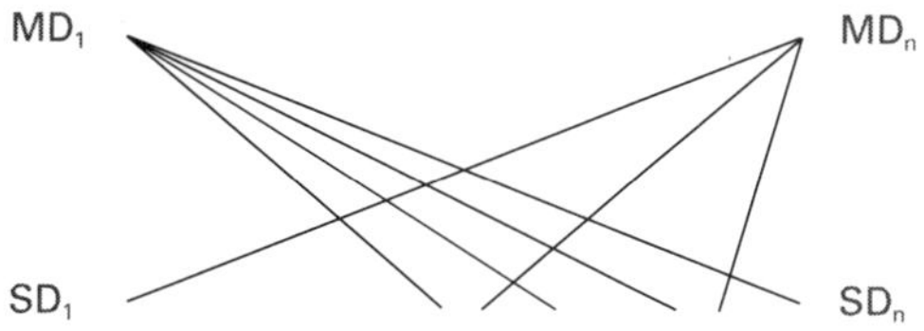

MD: Main Dish, SD: Sub-Dish

표 1-13 주식과 부식: 계열체의 결합태

밥상의 질서			각각의 통합체				
			저녁상	생일상	환갑상	제사상	주안상
각각의 계열체	밥(MD)		(가)	(나)	(다)	(라)	(마)
	반찬 (SD)	국	a	b	c	d	e
		반찬1	a	β	γ	d	O
		반찬2	p	q	r	s	t

78 조화의 극치(Kosmos)를 이룬 비빔밥을 섞어 먹는 혼란이 나타나는데, 이어령 교수는 그것을 '난장'(亂場: Orgie)의 미학으로 해석한다.

(이어서)

밥상의 질서			각각의 통합체				
			저녁상	생일상	환갑상	제사상	주안상
각각의 계열체	반찬 (SD)	반찬3	u	v	w	x	y
		술/후식	1	2	3	4	5

백승국2002: 89은 라면을 통해 젊은이들의 경박한 풍속도를 상징한 "봄날은 간다", 음식폭력의 미학을 담아낸 "301 · 302", 결혼의 애증이 녹아있는 "바베트의 만찬"을 보기로 영화 속에 투영된 음식 관련 장면들의 동위소를 '정념의 행로'로 집약한 바 있다:

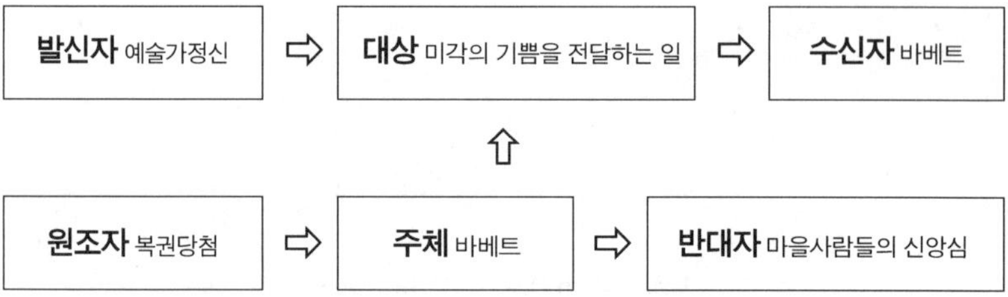

이런 구조는 음식을 둘러싼 미식가의 인생 행로에서도 드러난다 같은 책, 101.

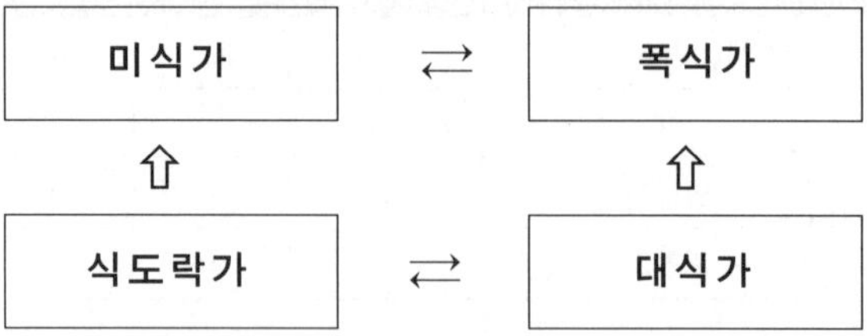

〈미식가트럭 기사 → 식도락가주독 미군 → 대식가라스베가스 유랑 시절 → 폭식가비만과 마약 그리고 죽음〉라는 '파국의 행로'를 걸었던 로큰롤의 제왕

엘비스 프레슬리, 그의 딸 리사 마리 프레슬리와 결혼했다가 파경에 이르고 끝내 사망한 마이클 잭슨이 보여준 〈대식가 → 육식주의 → 채식주의자 → 거식증〉의 행로는 우연의 일치로 보기에는 너무 아이러니컬하다. 그런가하면 어머니의 사랑을 담아야 할 도시락은 일제강점기의 명암을 가르고 있다. 산뜻하기 이를 데 없는 붉은 살구절임우메보시을 박아 넣은 벤토가 일장기日章旗: 日の丸를 숭배하는 황국신민皇國臣民의 집단적 상징폭력으로 강요되었던 제국주의 시대에 윤봉길 의사는 도시락 폭탄을 투척한 테러리스트가 될 수밖에 없었다.

(4) 화용부Pragmatik

화용부에서는 조합과 결합태에 투영하는 행위자의 실용적 의도와 윤리 및 수사학, 권력관계와 예법 등을 다룬다. 계몽주의 특유의 생활양식을 음식문화와 행동예법에서 조명한 엘리아스의 "문명화과정"Über den Prozeß der Zivilisation, 1939과 "궁정사회"(1969)에서는 계몽의 핵심이 귀족적 예법을 모든 계층으로 확산하는 데 있다고 지적한다. 귀족의 행동규범이 신분상승을 원하는 계층에서 재생산되는 과정, 이른바 궁정예법이 시민예절로 복제 확산되는 과정이 곧 문명화라는 것이다. 엘리아스가 에라스무스 당대의 많은 교양서로부터 수집한 예시들같은 책: 222~240의 요지를 보자:[79]

에라스무스Erasmus의 "어린이들의 예절에 관하여"De civilitate morum puer-

79 그 밖에 나이프를 상대의 얼굴로 향하지 말라거나, 왼손잡이는 알아서 식탁 왼쪽 자리를 잡거나, 식사 중의 여러 생리현상(재채기, 방귀, 트림, 코를 풀기)에 대한 예법이 나열되어 있는데, 기호학적 가치와 동떨어진 보기도 더러 있지만 전반적으로 식사 단계에서 준수해야 할 예법이 나열되었다.

ilium, 1530년 출판에 열거된 Civilitas[80]의 목록Elias 174~276 : 품위있는 신체 조건제1장, 신체교육제2장, 모든 장소에서의 예의범절제3장, 연회제4장, 모임사교, 제5장, 여흥제6장, 침실제7장등에서 지켜야하는 시선, 행동거지, 몸짓, 의복, 표정 등 현대기호학의 주제를 망라하고 있다.

33. 고상한 사람은 여러 사람과 같이 식사할 때 스푼으로 수프를 후루룩 소리 내어 먹지 마라.
37. 그릇을 들어마시는 것은 점잖지 못하다.
41. 식사 중에 돼지처럼 음식에 덤벼드는 사람은 혐오스럽게 씩씩거리고 입맛을 다신다.
45. 어떤 사람들은 음식 조각을 베어 그것을 음식 속에 담근다.
49. 몇몇 사람들은 뼈의 고기를 발라먹고, 그 뼈를 다시 접시에 놓는다.
53. 겨자나 소금이 필요한 사람들은 손가락을 그 속에 집어넣는 불결한 습관을 피하도록 하라.
57. 식사 도중 헛기침을 하거나 식탁보에 코를 푸는 사람은 분명 다 예절 바르지 못한 사람들이다.
69. 어떤 사람들처럼 식탁에서 시끄럽게 떠들지 마라.
81. 마치 짐승처럼 한입 가득히 음식을 넣고 동시에 마시는 사람을 볼 때마다 나는 그것이 무척 예절 바르지 못한 행동이라 생각한다.
85. 어떤 사람들이 즐겨하듯이 음료수를 불지 마라.
94. 마시기 전에 입을 깨끗이 닦아 마실 음식을 더럽히지 않도록 해라.
105. 식사하면서 식탁에 기대는 행동은 예절 바르지 못하다.
109. 식사하면서 맨손으로 목을 긁지 마라. 꼭 긁어야 한다면 예절바르게 네 옷으로 긁어라.
113. 손을 더럽히기 보다는 옷으로 비비는 것이 더 적합하다.
117. 나이프로 네 이를 쑤시지 마라.
125. 식탁에서 허리끈을 느슨하게 풀지 마라.
129. 손으로 코를 훔치지 마라.
141. 손을 씻지 않고 먹지 마라.

---

80 civilité(불), civility(영), civilità,(이), Zivilität(독)로 불리는 이 개념은 사람들의 시민사회의 행동양식, 특히 외면적 신체예절을 일컫는다. 나중에는 '좋은 행동/태도'라는 뜻의 courtoise(프), courtesy(영), cortezia(이), hövescheit, höbesheit와 zuht를 거쳐 Höflichkeit(궁정적 예법)와 더불어 사용된다.

더글러스는 "Diciphering a Meal"Douglas 1975: 250에서 레비-스트로스의 "신화학"'날것과 익힌 것'/Le cru et le cuit, 1962은 음식물 자체의 변별적 대립구조에만 집착하여 음식을 둘러싼 사회적 관계의 해독을 등한시했고, 보편적인 음식물의 의미를 맥락을 배제한 허공에서 추측했으며 이분법적 대립의 근거를 제시하지 않은 결과, 검증 불가능한 진술을 만들었다고 비판한다. 그러나 필자는 레비-스트로스가 음식을 계열체와 통합체의 대립관계로 조명한 것은 고전적 구조주의의 한계지만[81], 음식이라는 주제를 기호학적 의제로 설정하기 위한 초기 연구의 불가피한 수순이었다고 본다.

어쨌든 더글라스의 지적에 부응하여 행역자와 연동된 식단예절을 고찰할 필요가 있다: 전통적인 식단예절은 상 차리는 법, 상을 들이고 음식을 놓는 법 그리고 예절을 갖추어 식사하는 법으로 나뉜다. 먼저 식사 주체의 정면에 밥왼쪽과 국오른쪽을 놓고 그 옆에 숟가락과 젓가락을 놓는다. 김치는 두 번째 열 중간에, 숟가락으로 먹을 수 있는 음식은 오른쪽에, 젓가락으로 집어 먹는 음식은 식사자의 왼쪽에 놓는다. 제사상에서는 직시기준점Deixisorigo이 뒤집힌 공간질서가 반영된다.

오늘날과 달리 조선시대에는 가장이나 어르신은 아이나 여자들과는 식사를 같이하지 않았다. 삼강오륜의 법도에 따라 합궁合宮을 제외하면 남편과 부인의 처소도 떨어져 있었고, 어린 사람은 노인에게 자리를 양보해야 했다. 아이들은 어른들과 함께 식사할 수 없었으며, 각자 상을 따로 받았다. 이에 따라 다양한 화용적 변수를 감당할 수 있는 다양한 형태와 용도를 가지는 소반小盤의 제작이 발달했다. 한국 요리

81 레비-스트로스의 민족지학적 관찰에 대해서는 '슬픈 열대'(박옥줄 번역, 1999) 참조.

와 음식 체계의 틀이 정립된 조선시대에는 뚜껑으로 덮는 그릇에 담긴 반찬의 수에 따라 3첩, 5첩, 7첩, 9첩 상이 있었고 12첩은 왕에게만 허락된 식단이었다. 밥상이 곧 권력의 표상수단이었음을 의미한다.

스미스D.E.Smith 1987: 616는 "The Table Fellowship as a Literary Motif in the Gospel of Luke"누가복음의 문학적 모티브로서의 식탁 친교행위에서 ① 지위의 상징으로서의 식탁에서의 서열, ② 가르치기의 양식으로서의 식탁 대화, ③ 사치의 부정적/긍정적 상징으로서의 취식과 음료, ④ 공동체 봉사의 상징으로서의 식탁 서비스, ⑤ 공동체 친교행위의 상징으로서의 식탁 친교행위를 화용적 예법의 의제로 설정했다. 조선의 맥락과 다르지만 기술문명과 떨어져서 종교공동체 생활을 영위하는 이른바 미국의 청학동 사람들인 애미쉬Amish 공동체의 촌락에서는 공간에 투영된 윤리적 질서를 여전히 유지하고 있다Enninger 1982: 397:

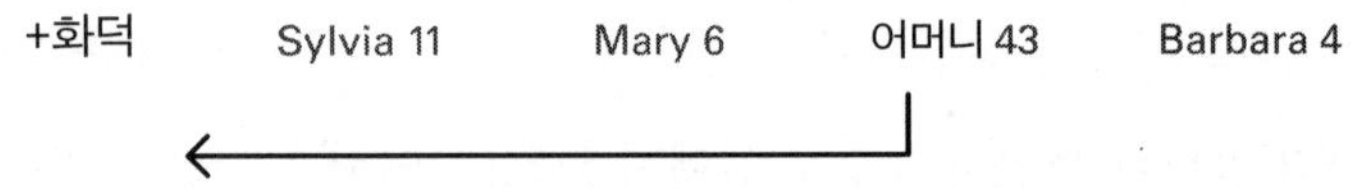

그림 1-7 공간적 거리와 사회적 독립성의 증가

이때 화덕과의 거리는 남녀유별을 나타내는데, 여자딸과 부인는 화덕 가까이 자리를 잡으며 남자아들과 남편는 먼 쪽에 앉는다. 남자가 일해야 할 경우를 대비하여 아들은 나이가 많은 순서로 화덕에 가깝게 앉으며 아버지의 자리는 예외이다. 아들과 딸은 나이별로 화덕에 가깝

게 그러나 아버지로부터는 멀리 배치된다. 말하자면 아버지로부터 멀수록 사회적 독립성을 인정받는 셈이다. 반면에 딸이건 아들이건 가장 어린아이는 모든 대립항의 중심축, 즉 어머니와 아버지 사이에서 보호받는다. 이에 덧붙여 애미쉬 공동체는 평일/주말, 점심/저녁, 가족/손님, 생일/제사일, 단독/집단의 기준에 따라 다채로운 상차림과 식사진행을 조절하는 독특한 공간예법을 운용하고 있다. 한편 더글러스는 핼리데이Halliday의 구상에 따라 음식항목이 가지는 화용적 기능에 주목하여, 음료와 칵테일 파티 및 바비큐 파티와 정찬을 통해 표출되는 메시지, 말하자면 거리감에서부터 친밀함에 이르는 화용적 기능의 스펙트럼을 추적하는데, 이것은 공간이 수사학적으로 전의되는 모멘트를 암시한다:

표 1-14 공간과 친밀도 Enninger, 1982: 328

drink	cocktail party	barbecue	meal
distance	half-distance	half-intimacy	intimacy

표 1-15 WH 백악관, CD 캠프 데이비드 별장, TF 텍사스 농장에 투영된 공간의 수사학

기준 / 공간	형식성	자격	중요성	인물
WH	공식의전(형식성)	동맹국 국가원수	보통(무관심)	노무현
CD	반공식(공식성)	외빈(외교파트너)	중요 (잠재적 적대자)	시라크, 슈뢰더 크바니에프스키
TF	개인적/사적접대 (내밀성)	친구 (개인적 우정)	매우 중요 (새로운 파트너)	푸틴, 고이즈미

부시G. W. Bush 대통령은 개인적 호감과 전략적 비중에 비추어 백악관과 캠프 데이비드라는 선택목록에 언젠가부터 텍사스 농장을 추

가하면서 정교한 외교전략을 펼친 바 있다.[82] 외견상 동등한 의전에도 불구하고 '공식 · 반半공식 · 친밀성'의 계열은 백악관 · 캠프 데이비드 별장· 텍사스 농장이라는 '공간'과 연동되어 '말터'와의 상동계를 형성한다.[83] 이것은 공간을 통해 정치적 압력을 행사하는 '공간수사학'Rhetorik des Raumes이며, 맥루언의 표현을 빌리자면 "공간이 곧 메시지"인 셈이다:

표 1-16 물리적 공간과 수사학적 '말터'

공간(Register/topos)	상태	논거(locus)
WH	미결정	촉구/협박
CD	이견	설득/화해
TF	동의	치하/우정

82 이때 인물과 정치적 비중이 일치하지 않는 데에는 이유가 있다. 미국은 한국을 원천무시하기에는 아직 전략적 관계가 유효하다고 보며, 미국의 도움을 받아 2차 대전의 승전국이 되었지만 과거의 적국이던 독일과 더불어 유럽연합을 거대질서로 부상시키려는 프랑스는 미국을 난처하게 만드는 존재로 간주한다. 강대국들의 삼국 분할에 희생되었던 폴란드, 소비에트 연방의 해체 이후 법통을 이어 받은 모순의 제국 러시아, 패전국이었지만 친미 강대국으로 부활한 일본의 외교는 제국주의가 횡행하던 19세기 말 국제정치 지형도를 방불케하는 이전투구(泥田鬪狗)이다. 2003년 UN 안전보장이사회 결의안을 두고 벌어진 영미 대 프랑스 · 독일 · 러시아의 신경전은 복잡한 정황을 반증한다.

83 외교수사학에 대해서는 양태종(2003, 한국수사학회 창립학술대회논문집) 참조. 필자는 이런 현상을 수사학과 기호학의 연계가능성, 이른바 공간수사학의 단서로 해석하고자 한다. 잠시 행태학의 보기를 들어보자: 야노마미 부족이 이방인을 영접할 때에는 일단 전투와 살육을 상징하는 공격적인 춤부터 시작한다. 그리고는 화동(花童)이나 여인의 부드러운 환대(춤이나 입맞춤)가 뒤따르는데 위협으로 시작하여 화해로 끝나는 서사구조는 서구에도 존재한다('서사구조'에 대해서는 송효섭 1997, 2002 참조). 외국의 국빈을 영접할 때 광장에서 벌이는 열병사열이나 군사행진의 근본원리는 파트너의 약점을 이용해서 우월권을 확인하려는 원시부족의 위압적인 의식과 다를 바 없다. 손에 힘을 주어 상대방과 악수하는 것도 실은 은폐된 공격성이다('행태학'에 대해서는 Eibesfeldt, 1992, 1997; 박여성 2006a 참조).

클린턴 행정부의 올브라이트 국무장관은 주도면밀한 이미지 전략으로 김정일 위원장과의 대화를 주도했다. 양보 없는 탐색과 신경전의 무대인 백화원 초대소에서 위압적인 성조기를 휘날리던 그녀는 협상 시점에서는 하트(♡)와 비둘기 도상의 브로치로 바꾸어 달며 상징적 외교수사를 능란하게 구사한 바 있다(그림 1-8):

그림 1-8 정치기호학의 단면

표 1-17 공간과 의상 김영순 (2002 참조)

공간 (Register/topos)	형식성	장식	논거
백화원 초대소	공식적/상견례	성조기 브로치	대결과 탐색
만찬장	비공식적/합의도출	하트/비둘기 브로치	협상과 신뢰확인

음식은 양분의 섭취에 국한되는 게 아니라 다차원의 변수가 개입하는 복잡계의 세미오시스이기 때문에, 음식기호학은 기호학뿐만 아니라 인류학과 행태학의 연구성과도 충실히 반영해야 한다. 500여 년 전 에라스무스의 혜안에서 보이듯이, 조리에 대한 동작기호학과 식사 예절을 담은 생활세계의 관찰이 중요하다. 예컨대 판소리 다섯 마당 중에 '춘향전'이나 '흥보전', '별주부전'에 녹아있는 기호학적 감각은 상식 수준을 넘어서 정교한 예술적 질서를 담고 있다. 그 소우주를 구성

하는 음식명, 식기와 도구, 가구와 공간, 조리 방식에 대한 연구를 토대로 음식문법과 화용론을 구축할 수 있다. 이 분과에 대한 연구의 성패는 연구대상이 사회에서 가지는 중요성을 얼마나 정합적으로 다루며 실제와의 간극을 합리적으로 메우는가에 달려 있다. 그런 점에서 생활세계의 실용성과 학문적 이론성 두 분야의 긴밀한 협조를 지향하는 음식기호학의 궁극적인 목표는 음식을 기축으로 구성된 세미오시스를 규명하고 문화유동성 시대에 적극적으로 대처하는 실천기호학Praktische Semiotik의 추구에 있다. 이에 대한 관심은 프랑스 리용에서 열린 세계기호학회 제8회 국제학술대회의 '문화적 실천의 기호학' 분과에 '음식기호학'이 의제로 설정된 것만 보아도 알 수 있다.[84]

	4. Sémiotique des pratiques culturelles
	Sessions
	40 - Sémiotique des rites, des traditions et des représentations de l'identité 41 - Sémiotique des représentations de la culture 42 - Sémiotique culturelle du corps 43 - Sémiotique historique des pratiques culturelles 44 - Culture et sémiotique des pratiques culinaires
	Tables rondes
	400 - Cultures des jeunes Mono-, multi-, inter- et/ou transculturalité de leurs techniques de(sur)vie (E. Kimminich)

84 세계기호학회 제8회 국제학술대회(2004년 7월) 안내 사이트(http://sites.univ-lyon2.fr/semio2004/) 참조.

표 1-18 음식기호학의 연구 프로그램

영역	연구대상		
	연구단위	Artefakte	Mentefakte
형태부	음식단위	식기, 수저, 식탁, 식탁보, 공간의 색, 의자 및 가구, 첩상, 소반, 테이블	요리, 대상, 동작(조리, 서빙, 식사)에 대한 정보를 담은 기초 자료
의미부	현실모델		음양오행설,사상의학 및 한의학, 문화와 신화 속에서의 가치체계: 마늘, 꿀, 미나리
통사부	단위들의 결합태		계열체 내외의 조합과 결합태
화용부	음식과 참여자(나이, 성별, 신분), 공간		권력과 음식, 공시태와 통시태: 지역, 계층 및 위상에 따른 변이태, 음식기호의 윤리학 및 공간의 수사학

2. 맛의 인지의미론[85]

1) 맛-형용사의 2차원 모델

인간은 시각 · 청각 · 후각 · 촉각 · 미각이라는 오감을 통해 환경에서 들어오는 감관자극을 인지하고 문화적 · 심리적 요인에 따라 분류한다. 그 중에서 미각은 설배부舌背部에 있는 설유두舌乳頭, Papillas of tongue의 자극을 통해 유발되는 감각이다. 설유두에는 감각세포가 분포되어 있는 미뢰味蕾, Taste bud가 있고 그곳에 수용체가 닿으면서 화학반응이 일어나 맛을 느끼는 것이다. 다른 감관인상과 마찬가지로 맛 또한

85 이 부분은 한국연구재단(NRF)의 지원으로 수행된 연구성과를 2013년 한국기호학회 봄철 국제학술대회에서 발표한 필자와 김형민 박사(서강대, 전북대)의 원고를 보완한 것이며 '기호학연구'(35집, 2013년)에 게재된 논문을 다듬어 실은 것이다. 이론적 초석을 위해 '감각의 의미론'(Semantik der Sinne)이라는 주제로 개최된 취리히 대학 국제학술대회(2004. 6. 18~19)의 Buckenhüskes/Heusinger/Nawrocki(3인)의 공동발표문을 참조했다.

다양한 관점에서 연구될 수 있다. 기호학과 의미론의 시각에서는 환경에서 유래하는 생리학적 자극이 심상어휘부Mental lexicon에서 맛-형용사의 낱말밭으로 표상되는 메커니즘에 관심을 가진다. 맛은 생리학적으로는 감각세포의 자극을 통해 유발되지만, 언어적으로는 어휘를 통해 표상된다. 그 어휘들이 서로 특정한 관계를 이루면서 낱말밭을 조직하는 과정에서 생리학적 조건이 어떤 방식으로 관여하는가, 그것에 대해 의미론과 기호학은 지대한 관심을 가진다.

여기에서는 구조의미론과 원형의미론에 기대어 맛-형용사의 다차원적인 속성을 기하학적으로 기술하는 모델을 구상한다. 전통적인 구조의미론의 입장에서 맛-형용사의 낱말밭을 규명하기 위해 명칭론 사전에서 맛-어휘소들을 추출하고, 심층적인 의미 분석을 위해 기본 맛의 종류,[86] 맛의 강도 및 품질에 연관되는 관능척도官能尺度: Hedonic scale의 기준이 필요하다. 관능척도와 관련하여 한쪽 끝에 '좋은 맛'을 다른 쪽 끝에 '나쁜 맛'을 배치하고 여타의 맛들을 연속선 위에서 등급화한다. 구조의미론의 정태적인 한계를 원형의미론으로 보완하여 맛 인지의 생리학적 토대를 도출하고, 맛을 인지하는 혀의 위치를 일반화시킨 상식적 관행, 즉 미각위상설을 되짚어 볼 것이다. 끝으로 맛-형용사의 낱말밭을 선분이나 평면을 넘어 3차원적 입체구조로 기술할 수 있는 가능

---

86 '감칠맛'을 기본 맛에 포함시켜 5가지 기본 맛을 상정할 수 있다. 맛의 인지는 매우 주관적인 것이므로 문화적으로나 심리적으로 상이한 기본 맛이 설정되며 한 문화권에서도 기본 맛의 분류가 다르다. 임지룡(1994)은 단맛 · 짠맛 · 매운맛을 기본 맛으로 그리고 쓴맛 · 신맛 · 떫은맛을 부차적인 맛으로 보았다. 정재윤(1988)은 단맛 · 짠맛 · 쓴맛 · 신맛을 기본 맛으로, 매운맛 · 떫은맛을 파생된 맛으로 간주했다. 이승명(1988)은 단맛 · 짠맛 · 쓴맛 · 신맛 · 매운맛을 5가지 기본 맛으로 보는 반면, 손용주(2000)는 기본 맛을 단맛 · 짠맛 · 쓴맛 · 신맛 · 매운맛 · 떫은맛으로 간주한다. 이 책에서는 생리학적 자극의 역치(閾値)를 기준으로 5가지 맛을 기본 맛으로 간주했다.

성을 고민한다.

(1) 명칭론에서 낱말밭 연구로

한 언어의 낱말들은 서로 무관하게 고립적으로 학습되는 것이 아니라, 특정한 지식틀 속에서 다른 낱말들과의 관계 속에서 인지적으로 활성화된다. 그 관계는 '푸들은 동물이다'a *Pudel* is an *Animal* 처럼 낱말들로 이루어진 명제로 조직될 수도 있고, 여러 낱말들의 계열체에서 배치될 수도 있다. 보다 넓게는 '레스토랑'에서 발견되는 '손님', '테이블', '웨이터', '메뉴판'의 관계에서 활성화 된다. 전자가 계열체와 통합체로 구성된 구조적 의미관계라면, 후자는 개념의 인지를 성립시키는 지식틀과 인지도식이다.[87] 일단 상위개념Superordinate concept/Archilexem을 정점으로 분화된 하위개념들Subordinate concepts/Hypolexeme의 관계 속에서 조직되는 체계를 낱말밭이라고 하자: 〈수 · 우 · 미 · 양 · 가〉로 구성된 학교 성적의 낱말밭, 〈월 · 화 · 수 · 목 · 금 · 토 · 일〉로 이루어진 요일의 낱말밭 등이 간단한 보기다. 하나의 기준을 중심으로 배열된 단순한 계열적 구조 외에도 한층 복잡한 구조를 가진 예컨대 '공간 척도를 표현하는 형용사'의 낱발밭에서는 'Big'큰, 'Small'작은, 'Long'긴, 'Short'짧은, 'Wide'폭이 넓은, 'Narrow'폭이 좁은, 'High'높은, 'Low'낮은가 한편으로 공간좌표에 따라 다른 한편으로 낱말들이 지칭하는 대상의 속성에 따라 구조화된

---

87 이런 배경지식을 인지과학(cognitive science)에서는 'Schema(인지도식)', 'Frame(인지틀)'로 부른다(Bußmann 2002: 583 참고).

다.[88] 이때 상당수의 어휘들은 하나의 낱말밭에만 관여하는 게 아니라 다수의 밭에 중첩적으로 관여한다. 또한 대립적 관계든 지식틀이든 일정한 부류의 낱말들은 특정한 구조를 지향하는 고유역학을 가지기 때문에, 여기에서는 구조의미론의 성과를 존중하면서 원형의미론의 시각을 도입하려고 한다.

맛에 대한 경험적 분석결과가 많지 않은 상황에서 독일 슈투트가르트 대학 독문과에 제출한 나브로츠키Tina Nawrocki의 석사학위 논문(2004)과 스위스 취리히 대학에서 개최된 학술대회에서 부켄휘스케스Herbert J.Buckenhüskes, 호이징어Klaus von Heusinger와 나브로츠키가 공동발표한 '맛의 차원. 맛-형용사의 의미밭'Die Dimensionen des Geschmacks. Bedeutungs-felder für Geschmacksadjektive, 2004라는 논문을 읽었는데, 위의 연구는 맛-형용사에 대한 낱말밭 분석을 인지의미론적인 시각에서 보완한 최초의 시도로 보인다.

나브로츠키(2004)는 맛-형용사의 낱말밭을 규명하기 위해 도른자이프F. Dornseiff, 1888~1960가 간행한 "주제별로 나눈 독일어 어휘"Der deutsche Wortschatz nach Sachgruppen. 1959, 제5판[89] 사전에서 자료를 수집했다. 수합된 맛-형용사들은 '맛'이라는 상위표제어 아래 '단', '신', '매운, 짠, 쓴' 그리고 '맛없는, 간이 맞지 않는'으로 세분되었고, '미각'이라는 상위표제어 아래에 '좋은 맛'과 '나쁜 맛'으로 구분되었다. 〈표 1-19〉는 도른

---

88 낱말밭의 조직원리로 위계적인 계단대립 외에도 논리적으로 등가항목들 사이의 등치대립과 특정한 변별특징의 유무를 기준으로 갈리는 유무대립이 있다. 코세리우(E. Coseriu)가 분류한 낱말밭의 유형학이나 논리학에 기반을 둔 라이온스(Lyons 1978)의 기준을 참조할 수 있다.

89 여기에서 참조한 도른자이프의 사전은 1959년에 출간된 제5판(초판 1933년)을 재인쇄한 제6판(1965)이다. 이 사전은 여전히 독일어권에서 출간된 가장 중요한 명칭론 사전으로 평가받고 있다(http://de.wikipedia.org/wiki/Franz_Dornseiff 참조).

자이프가 정리한 '맛'과 '미각' 관련 낱말들 중에서 형용사만 추출한 것이다.

표 1-19 도른자이프 사전에 근거한 독일어 맛-형용사의 낱말들

상위표제어	하위표제어	구체적인 낱말의 보기
맛 (Geschmack, Dornseiff 1965: 236)	단(Süß, 같은 책: 236)	gezuckert, süß. süßlich, honigsüß, zuckersüß
	신(Sauer, 같은 책: 236)	essigsauer, hart, herb, sauer, säuerlich, scharf, unreif, zusammenziehend
	매운(Scharf), 짠(Salzig) 쓴(Bitter, 같은 책: 236)	bitter, brenzlig, hart, herbe, salzig, schaft, versalzen
	맛없는(Schal), 간이 맞지 않는 (Fade, 같은 책: 236)	abgestanden, abgekocht, fad, flau, geschmacklos, kraftlos, langweilig, labberig, lasch, reizlos, saftlos, salzlos, schal, ungewürzt, unaromatisch, unabgeschmeckt, ungenießbar, vitaminarm, verlängert, wässerig, würzelos, dünn, vergoren, (auf) gewärmt
미각 (Geschmacks-sinn, 같은 책: 295)	좋은 맛 (Wohlgeschmack, 같은 책: 295)	appetitlich, aromatisch, delikat, fein, gar, genießbar, götterhaft, köstlich, kräftig, lecker, mundgerecht, pikant, schmackhaft, verlockend, wohlschmeckend, würzig, zart
	나쁜 맛 (Übler Geschmack, 같은 책: 296)	angebrannt, brackig, ekelerregend, ekelhaft, faulig, fies, geschmacklos, räß, ranzig, rauh, schroh, susselig, übelschmeckend, unappetitlich, ungenießbar, unschmackhaft, verdoben, vergammelt, widerlich

도른자이프의 명칭론 사전은 중요한 기초자료를 담고 있지만 맛-형용사 낱말밭의 구조 자체에 대한 설명을 제시하지 않는다. 상위개념과 하위개념에 속하는 낱말부류Wortklasse의 요소들을 임의적으로 나열하는 것만으로는 낱말들 사이의 구조적 관계를 알 수 없기 때문에, 맛-형용사의 의미론적 분석과 관련할 때 도른자이프의 명칭론 사전은 상위표제어를 하위표제어로 나누고 하위표제어에 대한 구체적인 낱말

들을 나열하여 맛 관련 형용사의 목록을 제시했지만, 일단 '맛 형용사' 라는 어휘체계 안에서 개별 낱말들의 의미나 상대적인 위치가치를 파악하지 못했다.

(2) 원형의미론原型意味論: Prototypensemantik

나브로츠키는 도른자이프가 수록한 개념의 기본의미와 상위개념에 대한 귀속성을 바꾸지 않는 한도 내에서 파생형용사들도 포함했는데, 예컨대 사전에 수록된 동사형 kandieren'설탕에 절이다', verzuckern'설탕을 뿌리다'에서 파생된 분사형 형용사 kandiert'설탕에 절인'나 verzuckert'설탕을 많이 뿌린'도 포함하며 aromatisch'좋은 향이 나며 맛 좋은', schmackhaft'맛있는'에 대한 접두파생어 unaromatisch'나쁜 향이 나며 맛없는', unschmackhaft'맛없는' 등을 보강했다.

나브로츠키가 맛-형용사 낱말밭을 구조화하기 위해 수집한 개념들의 형태론적 속성을 구조화할 때 세 가지 관점이 중요하다: 첫째, '맛-형용사' 낱말밭을 재구성함으로써 낱말들 사이에 어떤 구조적 질서가 지배하는지 규명해야 한다. 둘째, 도른자이프의 사전처럼 '상위개념'과 '하위개념'으로 나누어 사례를 나열하는 것만으로는 낱말들 사이의 내적 관계를 추적할 수 없다. 따라서 '상위개념'과 '하위개념' 사이의 일방향적 위계보다는 보편적 유개념類概念으로서의 '범주'의 설정이 유용하다. 그렇게 하면 동일한 범주에 속하는 낱말들 사이의 연관성을 밝혀주는 매개변수를 적용할 수 있기 때문이다.[90]

---

90 은유적 맛-형용사는 원래의 소통맥락을 벗어나서 맛을 표현하는 의미로 작동하는 낱말을 말한다. 예를 들어 Das Essen ist langweilig('이 음식은 맛이 밍밍하다')라는 독일어 문장에서 langweilig는 원래는 '지루한'이라는 의미였지만 '간이 맞지 않아 맛이 없는'이라는 전성된 은유적인 의미로 사용된 것이다.

표 1-20 독일어 맛-형용사들의 형태론적 은유적 속성

구 분	어 휘
단 순	ecker, delikat, pikant, süß, zart, fein, herb, gar, sauer, scharf, bitter, fad, hart, flau, schal, lasch, fies, dünn 등
합 성	zuckersüß, honigsüß, essigsauer 등
파 생	köstlich, appetitlich, aromatisch, würzig, schmackhaft, süßlich, salzig, unaromatisch, geschmacklos, salzlos, würzlos, ungewürzt, unreif, unabgeschmeckt, kraftlos, reizlos, unschmackhaft, vitaminarm, unappetitlich, widerlich, faulig, eckelhaft, labberig, wässrig, genießbar, saftlos, langweilig, ungenießbar 등
분사형 (현재분사형/ 과거분사형)	wohlschmeckend, mundend, kandiert, gesüßt, gezuckert, gewürzt, gut schmeckend, schmeckend, gesalzen, gepökelt, gepfeffert, gesäuert, versüßt, verzuckert, vergoren, angebrannt, prickend, schleicht schmeckend, gegoren, versalzen, überzuckert, abgestanden, übel schmeckend, verdorben, ätzend, beißend, gesüßt, überzuckert, gesäuert, vergammelt, ekelerregend, verdünnt, zusammenziehend 등
은유	genießbar, saftlos, langweilig, zusammenziehend, ungenießbar 등
유동학적(流動學的, Rheological) 속성	verdünnt, labberig, wässrig, dünn 등

동일한 범주에 속하는 맛-형용사들이라도 '맛의 귀속성'과 '맛에 대한 관능척도' 같은 특정한 매개변수의 도움으로 낱말밭 안에서 위치 가치를 확인한다. 다시 말해, 낱말밭을 구성하는 의미초점, 맛의 중심 좌표로부터 각 낱말이 취하는 거리에 따라 전형적인/덜 전형적인 맛, 즉 의미의 전형성이 달라진다. 셋째, 해당하는 낱말이 범주 내에서 차지하는 위상을 보다 정확히 밝히려면 '맛의 귀속성', '맛에 대한 관능척도', '맛의 강도', '다른 감각기관과의 동조현상' 등의 매개변수를 동시에 적용해야 한다. '맛에 대한 관능척도'라는 매개변수, 즉 맛의 원형성에 비추어 독일어 맛-형용사의 낱말밭을 도시하면 다음과 같다.

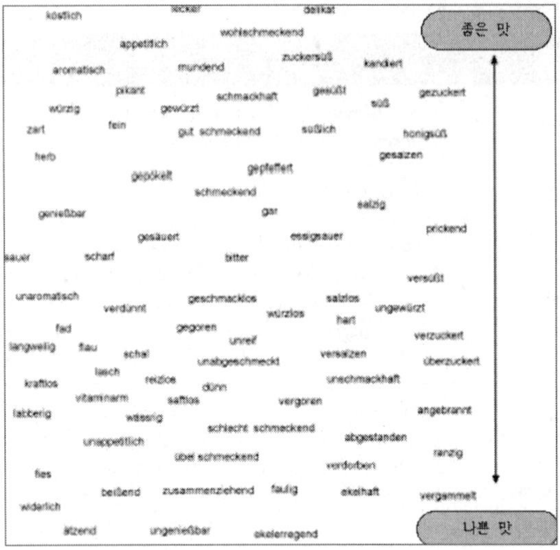

그림 1-9 매개변수 '맛에 대한 관능척도'에 따른 2차원적 낱말밭

수직 방향으로 배열된 '맛에 대한 관능척도'에 따라 형용사들은 해당하는 범주 내에서 맛이 '매우 좋다', '좋다', '다소 좋다', '보통이다', '다소 나쁘다', '나쁘다', '매우 나쁘다'처럼 척도화된 가치를 획득한다. 물론 맛의 지각 자체는 주관적이기 때문에 등급을 정밀한 좌표값으로 제시하기는 어려우며, 다만 언어를 통해 표현된 맛과 특정한 음식물의 맛에 대한 기호嗜好 사이의 부분적 상관성을 유추할 따름이다.[91]

〈그림 1-9〉는 맛의 관능척도에 관한 정보를 제공하지만, 주관적 평가에 따른 등급화로는 맛-형용사가 구체적으로 어떤 '맛'에 속하는지, 즉 '맛의 귀속성'에 대한 정보가 제공되지 않기 때문에, 해당하는

91 맛-형용사의 어떤 항목이 실제의 음식물에서 어떤 역치를 가진 생리학적 반응에 상응하는가를 식품영양학과 언어학의 협동연구를 통해 밝혀낼 수는 있다. 단, 화학적 역치의 척도와 언어학적 척도는 1:1로 대응하지 않으며 그 척도 사이의 밀도 또한 일치하지 않는다는 점에 주의해야 한다.

어휘체계에서 맛-형용사 낱말밭의 구조를 적절히 규명했다고 단언하기 어렵다. 따라서 나브로츠키는 정태적인 구조의미론보다 한층 유연한 탈위계적 매개변수의 필요성을 인식하여 인지심리학자 로쉬E. Rosch의 '원형'原型: Prorotype 개념을 도입했다.

예컨대 독일어의 '새'(그림 1-10)라는 범주에서는 Rotkehlchen작은 부리울새이 중심에 위치하여 원형에 가장 가깝다. 바깥에 Taube비둘기, Spatz참새, Kanarienvogel카나리아, Papagei앵무새, Eule부엉이, Pfau꿩이 위치하며 변두리로 갈수록 Tukan코뿔새, Pinguin펭귄, Strauß타조가 위치한다. 원형성이 높을수록, 즉 중심에 가까울수록 '새'의 변별특징 /부리/, /다리/, /깃털/, /날개/, /비행능력/, /부화/ 등은 전형적으로 각인되는 반면, 원형성이 낮을수록중심에서 멀수록그 자질들은 우선적으로 활성화되지 않는다.

그림 1-10 〈새〉의 원형성

변별특징의 위계적 · 논리적 조합을 기준으로 낱말밭을 분석하는 구조의미론과 달리, 원형의미론에서는 의미를 '회상'과 '선호'에 따라 활성화되는 심상원형Mental Prototype으로 간주한다. 이때 우선적으로 활성화되는 원형성은 개별언어나 문화권마다 심지어 개인마다 편차가 있으며, 의미는 부단히 움직이는 파문波紋처럼 작동하면서 지식 · 감정 · 의지에 따라 상이한 펼침과 주름을 남긴다. 강조하건대, 원형의미론은 구조의미론을 부정하는 것이 아니라 인지주체의 심상과정을 역동적으로 포착하자는 개선안이다Kleiber 1993: 33~39.

구조의미론이 원어휘소를 정점으로 어휘소의 의미를 낱말밭의 위계구조와 대립 속에서 재구성한다면, 원형의미론은 틀Frame을 채울 때 인지적으로 선호되는 회상과 기술=Filler의 활성화에 주목하자는 것이다. 이러한 원근법에서 매개변수 '맛의 귀속성''특정한 맛으로의 귀속성'/ '특정 맛으로의 비귀속성'을 적용하면 〈그림 1-9〉는 아래처럼 재편된다.

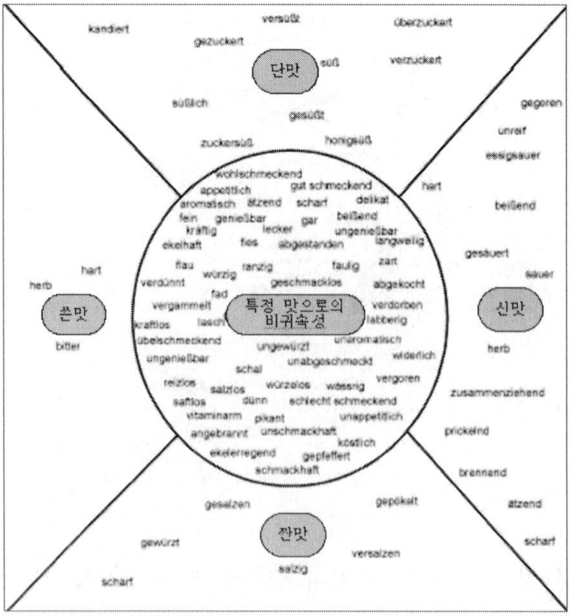

그림 1-11 '특정한 맛으로의 귀속성'/'비귀속성'에 따른 2차원적 의미밭 모델

〈표 1-19〉에서는 맛-형용사들이 '맛의 귀속성'에 따라 단맛süß · 신맛sauer · 짠맛salzig · 쓴맛bitter의 기본 맛으로 나뉘고 다른 것들도 어쨌든 '특정한 맛으로의 비귀속성'이라는 부류에 할당되었다. 이를테면 독일어 köstlich'맛이 좋은', 한국어 '맛이시원한', '맛이역겨운' 등은 '특정한 맛으로의 비귀속성'에 해당한다. 이때 어떤 낱말개념이 기본 맛에 가까울수록, 즉 '특정한 맛으로의 귀속성'에 속할수록 그 낱말개념은 타원의 초점에 더욱 가깝게 배열된다. 독일어 gesäuert'신맛이 나는'는 ätzend'썩은 냄새가 진동할 정도로 신'에 비해 전형적인 신맛sauer에 더 가깝다. 그러나 초점과의 거리가 맛에 대한 주관적인 선호도와 완벽하게 일치하지는 않기 때문에, kandiert'설탕에 적당히 절인'는 좋은 맛으로 분류되지만 초점에서 멀리 배치되며, verzuckert'설탕에 지나치게 절인'는 다소 나쁜 맛으로 분류되지만 초점에 상대적으로 가깝게 배치된다.

〈그림 1-9/11〉은 '맛에 대한 관능척도'와 '맛의 귀속성'에 따라 독일어 맛-형용사의 낱말밭을 2차원 평면에 투사한 것이다. 전자는 의미구조 상의 위계질서를 통해 후자는 이를 보완한 원형적 속성을 통해 맛-형용사의 구조를 표상하는 데 어느 정도 성공을 거두었다. 그러나 〈표 1-19〉나 〈표 1-20〉 같은 2차원 모델로는 인간이 맛을 지각하여 언어적으로 형용할 때 반영되어야 할 맛의 종류, 맛의 강도 및 맛에 대한 주관적 평가[92]라는 속성을 반영하지 못한다.

---

92 맛의 지각에 영향을 미치는 여타의 요인으로 냄새 · 온도 · 질감 · 색상 · 유전적 특성 · 성별 · 연령 · 문화권에 따른 식습관 등이 있다. 맛은 생리학적 개인적 문화적 속성이 어우러져 발현되는 복잡한 현상임에 틀림없다.

2) 맛-인지의 생리학적 토대

(1) 미각위상설 味覺位相設: Topologie

맛은 좁은 의미로 '혀의 미뢰에 들어 있는 미각세포들이 수용체와 접촉하여 일으킨 화학 반응을 인지하는 감각'이다. 또한 음식물을 섭취하여 씹을 때 혀의 미각세포뿐만 아니라 코-인두Nasopharynx와 구-인두Oropharynx[93]에 자극이 가해진 결과로도 볼 수 있다. 다시 말해 냄새 분자가 코인두를 통해 후각수용기Olfactory receptor를 자극하여 냄새가 인지되는 것이다. 그렇다면 '협의의 생리학적 맛'에 냄새가 복합된 '광의의 생리학적 맛'을 상정할 수 있다.[94] 또 다른 '맛'으로는 광의의 생리학적 맛 자체에 대한 심미적 · 관능적 평가로서의 맛이 있다. 이 경우 생리학적 맛에 대한 개인적 평가가 관건이며, 현실에서는 그런 종류의 맛이 일상언어의 표현에 가장 가까울 것이다. 이 세 가지 양상의 총체를 '일반적 의미에서의 맛'으로 간주하고자 한다.

혀의 표면에 분포된 설유두[95] 위에는 10,000개 정도의 미뢰[96]가 있다(그림1-12). 미뢰 마다 50~100개의 미각수용기세포가 있으며, 미공

---

93 '구-인두'는 해부학적으로 구강(Oral cavity) 뒤쪽 부위, 연구개(Velum)에서 설골(Hyoid bone)에 이르는 부위이다.

94 여기에서는 '혀의 미각수용기를 자극한 맛+코 속의 후각수용기를 자극한 냄새'를 '광의의 생리학적 맛'으로 간주하지만, 생리학 · 생물학 · 심리학 관련 문헌에서는 '향미(Flavor)'로 통칭한다(Goldstein 2002: 496 이하, Wagner 2009: 136 참조).

95 설유두에는 ① 혀의 중앙 부위에 넓게 분포되어 있는 섬유형 유두, ② 버섯모양의 유두로 혀의 끝과 양 옆에 분포되어 있는 균상 유두, ③ 혀의 양 옆을 따라 겹겹이 접혀 있는 잎모양 유두, ④ 낮은 언덕 모양의 유두로 혀의 뒷부분에 위치한 성벽형 유두가 있다. 네 종류의 설유두 중에서 섬유형 유두에는 미뢰가 없기 때문에, 혀의 중앙 부위에서는 맛이 인지되지 않는다(Goldstein 2002: 487 이하).

96 나이가 들면 미뢰의 수가 감소한다. 유년기에는 10,000개, 성인기에는 3000~5000개, 노년기에는 2,000개 미만의 미뢰를 가진다.

taste pore을 통해 들어온 화학물질이 미각수용기세포Taste receptor cells[97]의 끝에 달린 미세융모Microvilli를 자극하여 나타나는 신호가 뇌로 전달되는데, 그것이 바로 맛을 느끼는 생리학적 메커니즘이다.

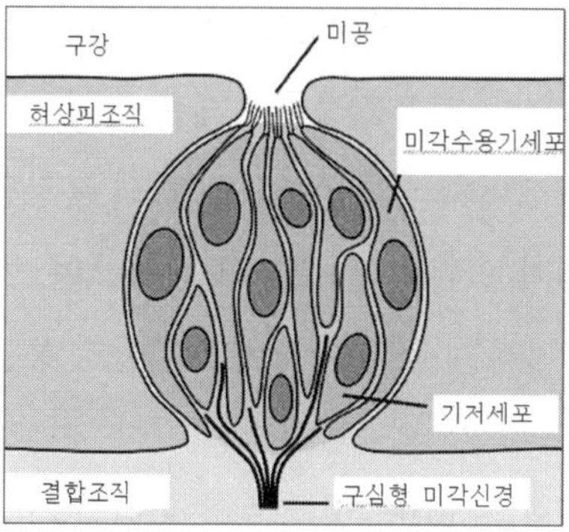

그림 1-12 미뢰

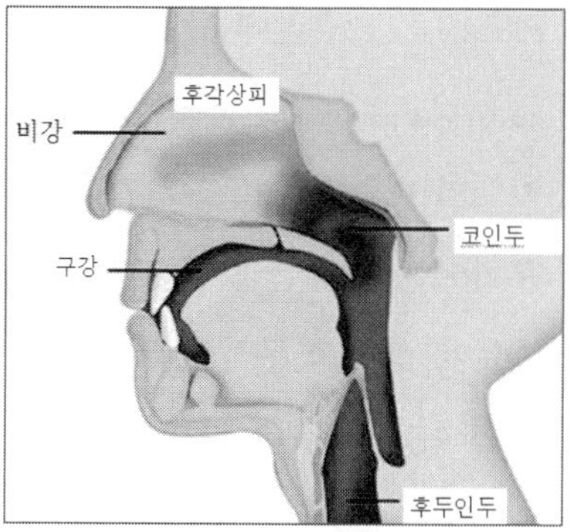

그림 1-13 광의의 생리학적 맛 지각

혀의 미각수용기 세포에 의해 인지되는 맛은 실제로 감지하는 맛의 극히 일부에 불과하다. 광의의 생리학적 맛은 협의의 생리학적 맛 그리고 음식물 냄새분자가 코인두를 통과하여 후각상피의 후각수용기 세포를 자극하여 지각되는 '맛과 냄새의 조합'이라는 공감각으로서 일종의 복합적 인지라고 할 수 있다.

서구적 전통에서는 사람의 혀가 감지하는 협의의 생리학적 맛을 기본 맛으로 환원했는데, 그 전통은 "영혼론"De Anima에서 단맛과 쓴맛 두 가지를 대별하여 맛을 최초로 분류한 아리스토텔레스로 소급된다Erickson 2008: 60. 그 이후 맛의 종류에 대한 관심은 다양한 견해들로 분화

---

97 미각수용기 세포는 생애주기별로 미뢰의 기저세포에서 부단히 재생되지만, 평균 수명은 약 10일이다(Goldstein 2010: 954 참조).

되었다. 19세기 이래로 단맛 · 짠맛 · 신맛 · 쓴맛의 4종류가 일반적으로 받아들여졌고 이 견해는 오늘날까지도 별다른 도전을 받지 않았다.[98]

4가지 기본 맛에 대한 혀의 인지 부위와 관련하여 진행된 선행연구로서 19세기 독일 실험심리학자 해니히David Pauli Hänig가 "철학연구"Philosophische Studien에 발표한 '미각의 정신물리학에 대하여'Zur Psychophysik des Geschmackssinnes; 1901라는 논고가 있다. 그런데 하버드 대학의 실험심리학자 보링Edwin G. Boring 1886-1968은 해니히의 연구결과를 '혀의 특정한 부위에는 특정한 맛만 느끼는 미뢰가 있다'는 식으로 오독했으며, 이 때문에 생긴 학문적 오류는 일반인에게는 물론 학계에도 정설로 통용되어 아래와 같은 맛-위상지도(그림1-14)가 오늘날까지 여전히 교육되고 있다.[99] 보링의 잘못된 해석에 의하면, 혀의 맛-지도에서 단맛은 혀의 끝부분 미뢰에서, 짠맛은 혀끝 쪽의 양쪽 가장자리 미뢰에서, 신맛은 혀 안쪽의 양쪽 가장자리 미뢰에서, 쓴맛은 혀의 안쪽 부분 미뢰에서 느껴진다는 것이다Backhouse 1994: 2.[100] 1970년대 이후 보링의 오류에 의구심을 품은 지적이 속속 나왔는데, 특히 스미스David V. Smith/마골스키Robert F. Margolskee의 논문 'Making Sense of Taste'Scientific American 2001년 3월호에서 구체적인 반론을 읽을 수 있다.

---

98 스탠리 핑거(Stanley Finger)는 "신경과학의 기원: 뇌 기능에 대한 탐구의 역사"(Origins of Neuroscience: A History of Explorations into Brain Function, 1994)에서 기본 맛에 대한 역사상의 다양한 견해를 진단하고 있다.

99 위키피디아, Tongue map, http://en.wikipedia.org/wiki/Tongue map 참조.

100 심지어 짠맛은 혀의 전체에서 느껴진다는 잘못된 상식이 광범위하게 확산되었다. 혀의 중간 부위에서는 어떤 맛도 느낄 수 없다는 점은 20세기 초반 해니히(Hänig 1901: 613)가 밝혀냈음에도 불구하고, 보링은 오류해석을 했던 것이다.

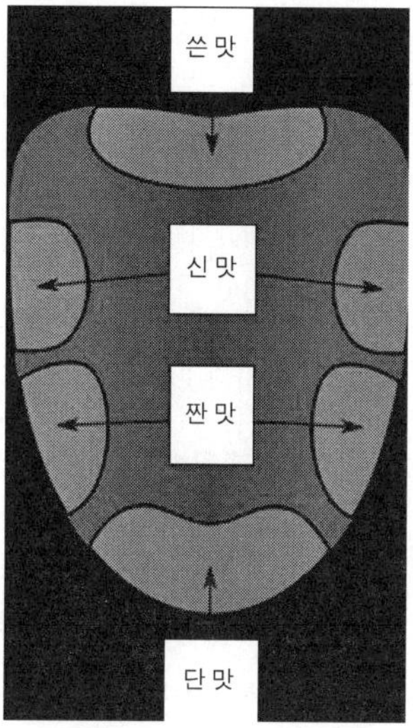

그림 1-14 혀의 맛-지도

"One of the most dubious facts about taste (……) is the oft-cited but misleading tongue map showing large regional differences in sensitivity across the human tongue. These maps indicate that sweetness is detected by taste buds on the tip of the tongue, sourness on the sides, bitterness at the back and saltiness along the edges. (……) these tongue maps are wrong. (……) all qualities of taste can be elicited from all the regions of the tongue that contain taste buds."

Smith/Margolskee (2001: 39)

"맛에 관련된 가장 의심스러운 사실들 중의 하나는 (……) 인간의 혀의 위치에 따른 민감도의 차이가 크다는 것을 보여주는 -자주 인용되지만 그릇된- '혀의 맛-지도'이다. 이런 '혀의 맛-지도'들은 단맛은 혀끝에 있는 미뢰에 의해 신맛은 혀의 양쪽 가장자리에 있는 미뢰에 의해 쓴맛은 혀의 뒤쪽에 있는 미뢰에 의해 짠맛은 혀의 가장자리에 있는 미뢰에 의해 감지된다고 주장한다. (……) 이런 혀의 맛-지도는 잘못된 것이다. (……) 모든 종류의 맛은 미뢰가 있는 혀의 어느 부분에서도 감지될 수 있다."

(2) 미각분포설味覺分布設

미각위상설의 일부 내용은 오류로 판명되어 학계에서는 '미뢰가 있는 곳이면 혀의 어느 부위에서든지 기본 맛이 인지될 수 있다'는 견해로 수정했다. 다만 혀의 부위에 따라 특정한 맛에 대한 민감도에 차이가 난다는 제한조건이 부과되었다Backhouse 1994: 2.[101] 혀의 끝은 단맛에, 혀의 뒤쪽은 쓴맛에 한층 민감한 반응을 보인다는 사실은 해니히(1901)의 실험심리학 연구에서 이미 밝혀졌다. 〈그림 1-15〉에서 볼 수 있듯이 미뢰가 없는 혀의 중간 부위를 제외하면, 혀의 부위에 따라 특정한 맛에 대한 민감도가 다르긴 하지만, 4가지 기본 맛은 혀의 부위에 상관없이 어느 부위에서도 인지될 수 있다. 나아가 오늘날 학계에서는 일본어 '우마미Umami'로 불리는 '감칠맛'을 제5의 맛으로 추가하는 경향이 있다.[102]

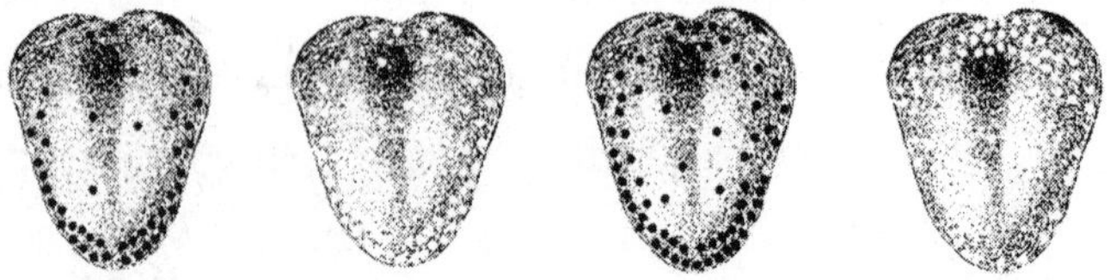

그림 1-15 기본 맛에 대한 혀의 민감도[103]

---

101 위키피디아, http://de.wikipedia.org/wiki/Geschmack(Sinneseindruck) 참조.

102 '감칠맛'은 1908년 일본의 화학자 이케다 기쿠나에(池田菊苗. 1864~1936)가 학계에 보고한 맛으로, 글루탐산나트륨(monosodium glutamate: MSG)에 의해 유발되는 일종의 고깃국물 같은 맛이다. '감칠맛' 또한 혀의 특정한 부위와 무관하게 지각된다.

103 원모양의 점들의 밀도는 해당하는 맛에 대해 민감하게 반응하는 혀의 부위를 나타낸다.

이때 기본 맛의 감지에 필요한 최소의 물리 · 화학적 자극량을 '미각역치'閾値: Taste threshold value라고 하는데, 그 수치는 맛을 유발시키는 물질마다 다르다.[104]

〈표 1-21〉에서 볼 수 있듯이 단맛과 짠맛의 역치는 쓴맛의 역치에 비해 1250배나 강하다. 인간은 쓴맛에 대해 가장 민감한 반응을 보이는데, 쓴맛을 유발하는 물질이 대체로 인간의 몸에 유해하기 때문에 생존을 위해 쓴맛을 민감하게 감지한다고 볼 수 있다. 그런 점에서 미각은 곧 생명을 지켜주는 '문지기'Goldstein 2002: 474 이기도 하다.

표 1-21 기본 맛의 유발물질과 역치

구 분	맛 유발 물질	역 치
단맛	자당(Sucrose)	0.01M
짠맛	염화나트륨(Nacl)	0.01M
신맛	염화수소(HCl)	0.0009M
쓴맛	키니네(Quinine)	0.000008M
감칠맛	글루탐산(Glutamate)	0.0007M

3) 맛-형용사의 3차원 모델

맛에 대한 주관적 평가와 연관된 관능척도에 기초하여, 한 언어에서 맛-형용사의 낱말밭 메커니즘을 보여주려면 최소한 '맛의 질', '맛의 종류', '맛의 강도' 그리고 '관능척도'를 염두에 두어야 한다Wagner 2009: 135 이하. 이 척도들을 통해 맛의 3차원 표상이 가능해진다.

---

104 http://www.vivo.colostate.edu/hbooks/pathphys/digestion/pregastric/taste.html 참조.

(1) 사면체四面體 모델Tetrahedron Model

19세기 이후 서구에서는 단맛 · 짠맛 · 신맛 · 쓴맛을 기본 맛으로 인정하면서 '우리가 감지하는 기본 맛 이외의 맛은 4가지 기본 맛이 혼합된 결과'로 보는 견해가 대두되었다. 그 주장을 강력히 펼쳤던 독일의 심리학자 헤닝Hans Henning, 1885~1946은 심리학지『Zeitschrift für Psychologie』에 투고한 「맛의 품질계열」Die Qualitätsreihe des Geschmacks, 1916에서 '사원미설四原味設'에 기반을 두는 '맛 사면체' 모델을 제안했다.

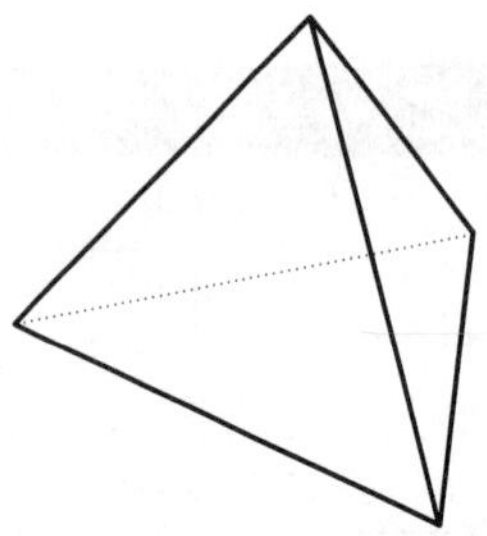

그림 1-16 헤닝의 맛 사면체 모델

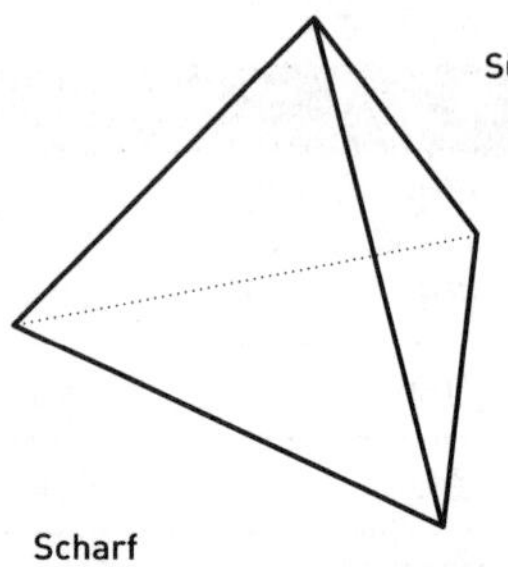

그림 1-17 헤닝의 맛 사면체 모델

헤닝은 단맛 · 짠맛 · 신맛 · 쓴맛의 사원미는 제각기 사면체의 '꼭짓점'에 배치하고 기본 맛들 중 두 가지 맛이 동시에 날 경우에는 해당하는 기본 맛을 연결하는 '선분'에 배치한다. 독일어 Süßsauer'달콤새콤한'는 꼭짓점 단맛Süß과 꼭짓점 신맛Sauer을 연결하는 '선분' 어딘가에 위치할 것이다. 기본 맛들 중 세 가지 맛이 동시에 날 경우에는, 해당하는 세 가지 기본 맛을 연결하는 삼각형의 '표면'에 배치한다. Scharf'혀가 아릴 정도로 얼얼한 맛이 나는'는 꼭짓점 신맛Sauer과 꼭짓점 짠맛Salzig 및 꼭짓점 쓴맛Bitter을 연결하는 삼각형의 '표면'에 위치한다. 네 가지 기본 맛이 동시에 나는 경우는 사실상 없기 때문에, 맛 사면체 모델의 내부는 '진공'이 된다.

〈그림 1-16〉은 독일어 맛-형용사를 헤닝의 사면체 모델에 적용해 본 것이다. 그런데 이런 맛 사면체 모델은 '일반적인 의미에서의 맛'이 함의하는 2가지 매개변수, 즉 '맛의 강도'와 '맛의 관능척도'를 반영하지 못하는 단점을 가진다. 더욱이 '감칠맛'을 포함시켜 5가지 기본맛을 상정하여 5개의 꼭짓점을 가진 5면체의 구성을 기하학적으로 표상한다는 것은 불가능하기 때문에 그의 사면체 모델은 수정이 불가피하다는 결론에 도달한다.

(2) 쌍원추 모델 Biconic Model

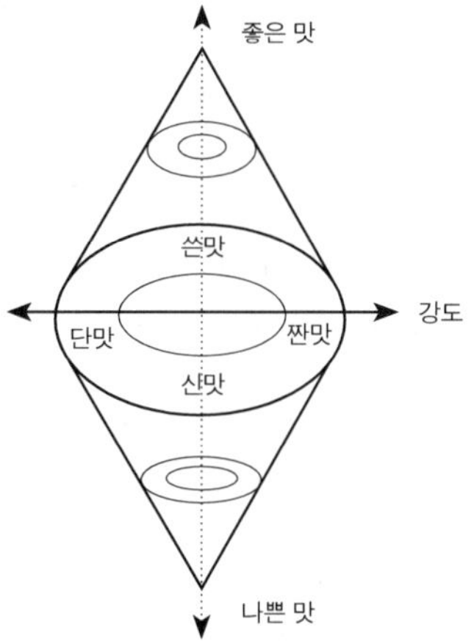

그림 1-18 3차원적 쌍원추 모델

사면체 모델을 확장하여 두개의 원추를 위아래로 겹친 쌍원추 모델을 생각해보자. 쌍원추 모델의 수직축은 관능척도를 나타내는데, 위쪽 원추의 수직축으로 올라갈수록 좋은 맛을 나타내는 형용사가 배치되며 아래쪽 원추의 수직축으로 내려갈수록 나쁜 맛을 나타내는 형용사가 배치된다. 쌍원추 모델의 수평축은 맛의 강도를 나타내는데, 중심에서 멀어질수록 강도가 증가함을 보여준다. 수평축의 위치는 수직축을 따라 위아래로 이동하면서 개별적인 미각의 상대적 역치를 표상한다. 쌍원추 모델의 안쪽 작은 원은 미각의 역치를, 바깥쪽 약간 큰 원은 맛 인지의 최대치를 나타낸다. 이 때 안쪽 원의 내부에 '간이 맞지 않는', '맛이 없는', '맛이 밍밍한' 같은 부정적인 형용사뿐만 아니라 '맛이 시원한', '맛이 개운한' 같은 긍정적인 형용사들도 배치될 것이다.

쌍원추 모델은 맛의 종류, 맛의 강도 및 관능척도라는 3가지 매개변수를 '입체'로 표상할 수 있다는 장점을 가진다. 이에 따라 한 언어체계의 맛-형용사들을 어느 정도 적절하게 배치시킬 수 있으며, 기본 맛을 5~6가지로 확장한다고 해도 사면체 모델에서와 같은 어려움은 나타나지 않을 것이다. 그러나 쌍원추 모델은 기본 맛을 하나의 동일한 기준에 따라 처리하여, 개별적인 맛에 대한 역치를 제대로 반영하지 못하는 단점을 가진다. 모든 맛이 동일한 원호 속에 배치되어 동일한 미각역치를 적용한 것 같은 인상을 주며, 개별적인 맛에 대한 관능평가의 정도차가 나타난다는 현실을 제대로 표상하지 못한다. 더욱이 쌍원추 모델로는 우리가 쓴맛보다 단맛을 선호한다는 사실을 명료하게 설명할 길이 없다.

(3) 비대칭 다각뿔 모델 Asymmetric Polypyramid Model

쌍원추 모델의 한계를 극복할 수 있는 모델로 비대칭 다각뿔 모델을 생각할 수 있다. 비대칭 다각뿔 모델에서는 관능척도의 축이 각뿔의 꼭짓점을 수직으로 통과하며, 각뿔의 옆면 모서리에는 기본 맛에 속하는 전형적인 맛-형용사들이 배치된다. 그러나 각뿔의 꼭짓점에 배치될 수 있는 맛-형용사를 상상하기는 어렵고 모든 기본 맛을 포함하면서도 최고의 관능척도를 보이는 맛이란 상상할 수 없기 때문에, 일단 그것을 절대적 무미無味로 부르고자 한다. 층3에는 관능척도가 높은 überzuckert'지나치게 단', versalzen'지나치게 짠' 등이 배치되며, 층2에는 중립적인 관능척도를 보여주는 süß'단', sauer'신', salzig'짠' bitter'쓴'이 배치되며, 층1에는 관능척도가 낮은 honigsüß'꿀처럼 달콤한', gesalzen'짭짤한', säuerlich'새콤한'이 배치된다.

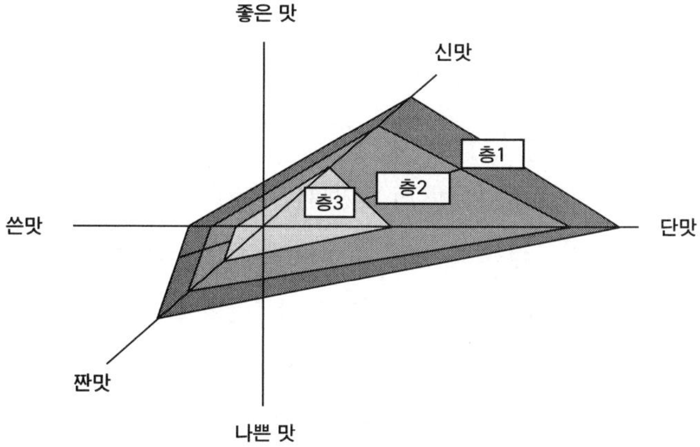

그림 1-19 맛-형용사의 비대칭 다각뿔 모델

비대칭 다각뿔 모델은 각각의 맛에 대한 주관적 관능척도를 만족스럽게 반영한다. 우리는 대체로 단맛을 선호하는데, 단맛의 경우는 다른 맛의 경우에 비해 층2의 영역이 매우 넓으며, 쓴맛의 경우는 다른 맛의 경우에 비해 층2의 영역이 매우 좁다. 뒤집어 말하면, 단맛에 대한 거부감이 상대적으로 적다는 뜻이다. 또한 층3에서 신맛의 영역은 단맛의 영역에 비해 상대적으로 넓다. 이 모델은 오늘날 학계에서 제5의 맛으로 인정되는 '감칠맛'을 추가로 설정한다고 해도 비대칭 오각뿔 모델로 용이하게 변형될 수 있다. 비대칭 다각뿔 모델은 관능척도와 관련하여 심지어 언어별 · 문화권별 차이를 표상할 수 있는 유연한 모델로 평가될 수 있다. 그러나 비대칭 다각뿔 모델은 맛-형용사 표현의 중요한 매개변수인 '맛의 강도'를 충분히 표상하지 못한다. 맛의 강도가 지나치게 낮거나 높은 맛은 곧바로 부정적인 평가 영역에 귀속되기 때문이다. 그렇다면 해당하는 맛-형용사들은 비대칭 다각뿔 모델의 층3에 배치되어야 할 텐데, 그 층위에서 맛의 강도차를 시각적으로 표상할 수 있는 뾰족한 묘안은 맛의 역치를 척도화하여 좌표값을 매겨주는 것 외에는 쉽게 떠오르지 않는다. 자연언어에서 맛을 표현하는 낱말들은 언어별로 다소 차이는 있겠으나, 적게는 수십 개 많게는 몇 백 개의 요소를 포함하는 집합을 이룬다.[105]

맛을 느끼고 일상언어로 표현할 때 적어도 맛의 종류, 맛의 강도, 맛에 대한 관능척도라는 정보가 심상어휘부에서 낱말밭을 조직하는 결정적인 매개변수라는 것을 알게 되었다. '맛의 관능척도에 따른 2차원 모델'과 '맛의 귀속성에 따른 2차원 원형성 모델'로는 맛-형용사 낱말밭의 조직을 밝혀내는 데에는 한계가 있다. 여기에서는 헤닝이 구상한 맛 사면체 모델에서 단서를 찾아 '점'과 '선분', '평면'을 넘어 3차원 '입체'로 표상하는 모델을 고민해 본 결과, 쌍원추 모델과 비대칭 다각뿔 모델이 유용하다는 것을 알게 되었다. 물론 맛-형용사의 3차원적 모델도 심상어휘부에 '존재할' 맛-형용사의 낱말밭을 온전히 보여준다고 단언할 수는 없기 때문에, 후속하는 경험적인 분석에서 모델의 적실성을 더욱 보완해야 할 것이다.

---

105 다른 언어에 비해 감성에 관련된 표현이 많은 한국어는 미각을 표현하는 낱말들이 풍부하다(김준기 1999: 250). 후속 연구로 "한국어 형용사 사전"(박준하/김병선 엮음, 계명문화사, 1991)에서 256개의 맛 표현 형용사를 추출하여 의미론적 분석을 진행하고 있다.

4장 표정의 기호학

"나이 마흔이 되면 자기 자신의 얼굴에 책임을 져라."

링컨

1. 행태학 Ethologie

세상이 험악하던 시절 동네 어귀 전봇대나 파출소 알림판에는 어김없이 현상수배범의 전단이 붙어있었다. 개별 문화권마다 이방인은 전형적인 고정관념을 통해 묘사되고, 인상 때문에 혼담을 나누던 선남선녀들이 파경에 이르기도 한다. 동방정교회의 아이콘聖像: Icon은 어째서 백인의 모습인가? CNN 화면을 장식했던 조지 부시 대통령과 빈 라덴, 토니 블레어 총리와 분노한 바그다드 시민, 세계무역센터가 붕괴한 자리에 들어 선 그라운드 제로, 우리는 누가 악의 축인지도 가늠할 수 없는 혼란한 시대에 살고 있다. 이는 개인뿐만 아니라 특정한 지역이나 국가, 나아가 종교와 인종을 차별하는 이방인 혐오의 현실을 보여주는 모습이다.

문화적 취향의 선택을 통해 구축된 세미오시스에서는 특히 신체가 중요한 소통유발자로서 동원된다. 바로크 시대의 포동포동한 아이의 발그레한 뺨이나 호르몬 분비로 생긴 여체의 유방과 허리의 곡선은 성적인 유발기제로 작동했으며, 깃털로 축제용 치장을 한 야노마미 부족의 남자, 일본의 가부키 연극배우, 러시아의 차르 알렉산드르 II세의 경우처럼 무늬, 레이스, 단추의 열을 통해 남성의 2차 성징을 강조하는 의상체계에 문화보편소가 자리 잡는다. 이것은 루이 14세 시대 귀부인 마리 앙투아네트의 옷이나 트로브리안트 군도의 카일레우나 부족 무용수의 풀잎 치마처럼, 엉덩이 부분을 부풀린 의상에서도 마찬가지이다.

'의상행태학'이라는 개념을 창안한 쾨니히O.Koenig는 집단 및 계급 특유의 귀속성을 분석했다. 바르트가 말했듯이 의상은 악천후로부터 몸을 보호하는 물리적 기능과 치부를 가리는 윤리적 기능 및 과시와 유혹, 위협과 경고의 소통적 기능을 획득한다. 프리쉬C. v. Frisch, 틴베르헨N. Tinbergen과 함께 1973년 노벨 생리의학상을 수상한 로렌츠K. Lorenz의 학풍을 계승한 뮌헨대학교 생물학과 아이베스펠트I. E.- Eibesfeldt 교수는 막스 플랑크 인류행태학 연구소를 이끌면서 행동의 과학으로서의 '행태학'行態學을 정립했다.

그림 1-20 남성성을 강조하는 어깨 장식

아이베스펠트는 1980년대에 '동물행태학'Tierethologie의 토대를 정립했으며 언어학자 헤셴V. Heeschen과 더불어 인간행태의 동물적 속성뿐만 아니라 상호작용에도 주목하여 인사 · 위협 · 화해 · 투쟁 · 교류 · 위안 · 축하 같은 행동을 '행태언어학'Etholinguistik의 단초로 인간행동의 생물학인 '인류행태학'Humanethologie으로 영역을 넓혔다. 이제 그가 수십년간 진행해온 '문화행태학'Kulturethologie이 완결되면, 윅스퀼J. von Uexküll에서 출발하여 인류학과 생물학, 기호학과 사회학을 통섭하는 '행태학'

의 완성에 다가서는 것이다.[106]

2. 표정

관상觀相이나 인상印象은 생물학적으로 타고난 선천적인 기호체인 반면, 표정은 소통목적에 따라 의도적으로 또는 반사적으로 나타나는 안면운동이자 지향성을 가지는 일종의 엠블럼Emblem이다.[107] 인간의 안면운동은 인류라는 생물학적 종의 동질성 덕분에 어느 정도 보편성을 가지며, 표정을 습득하는 기초훈련으로서 모방이라는 기법은 유인원과의 비교에서 알 수 있듯이 매우 오래된 것이다.[108] 그러나 인간은 언어적 커뮤니케이션 패턴과 비언어적 커뮤니케이션 패턴을 혼합함으로써 소통의 도를 더욱 선명하게 표출할 수 있다. 예컨대 말로 표현하기에 거북한 메시지를 어색한 웃음으로 뭉뚱그리거나 신랄한 비난을 제스처로 대신할 수 있는데, 이때 동원하는 엠블럼은 감정의 단절로 인한 물리적 대결을 완화시키고 상대방을 물리적으로 해치지 않고도 승리를 거둘 수 있게 한다. 대규모의 공동체에서는 커뮤니케이션으로써 물리적 갈등

106 Eibesfeldt의 자서전 "생명의 황금나무야 푸르러라"(Und grün des Lebens goldnen Baum)에는 전 세계에 수집한 다양한 보기들을 통해 행태학 연구의 과정이 소개되었다. 행태언어학과 인류학의 동향에 대해서는 Heeschen(2004) 참조.

107 그래서 낭만주의 천재 괴테조차도 선악의 성정(性情)이 얼굴에 표상된다는 골상학(骨相學: Physiognomie)에 몰두했던 것은 아닐까? 표정의 기호학은 생물학적으로 이미 결정된 얼굴을 연구했던 관상학과는 관심사가 다르다. 그러나 관상학의 경험이 기호과학의 통찰을 통해 객체적 과학으로 체계화될 여지는 있다.

108 이런 모방은 개체가 태어난 이후 자신의 환경으로부터 받는 최초의 '각인'(刻印: Prägung)을 통해 이루어진다. Lorenz는 그것을 어미백조와 새끼오리의 사례를 통해 입증한 바 있다.

을 극복하는 특유의 의례가 과밀한 공간에서의 공존을 도모하는 전제 조건이 된다.

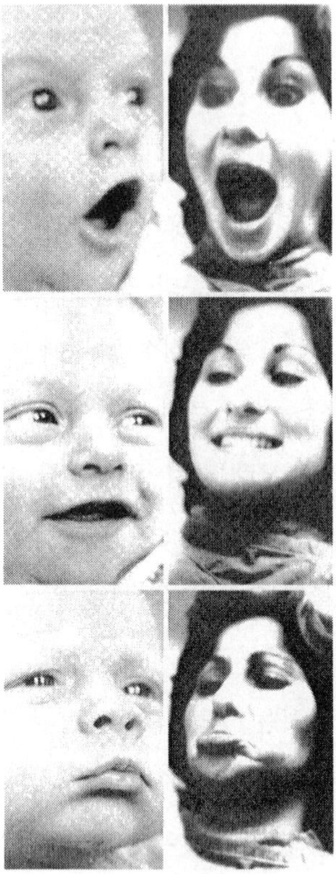

그림 1-21 표정의 각인

한편, 유인원이나 인간뿐만 아니라 개나 고양이 과科의 일정한 고등동물도 종족사의 과정에서 발전시킨 복잡한 표정을 구사한다는 사실이 밝혀졌다.[109] 사람이건 동물이건 모든 행동방식은 상대방의 심중을

---

109 이 분야에 대한 연구로 20세기 미국 인디애나 기호학파의 거두 고(故) 시비억(Th. A. Sebeok)이 개척한 '동물기호학'(Zoo-Semiotics)에 대해서는 Sebeok(1997) 및 Schuler(1997) 참조.

간파할 수 있을 정도로 충분한 흥분자극을 규칙적으로 수반해야만 종족사의 과정에서 하나의 신호체계로 정착할 수 있다. 이때 그 신호는 흥분상태의 순수한 동반현상부르르 떨기/붉어지거나 창백해지는 얼굴이거나 특정한 기능을 충족하는 행동일 것이다. 예를 들어 먹이젖를 주려고 새끼를 가슴에 보듬는 행동은 의례화 과정을 통해 우호적이고 유대감을 공고히 하는 신호를 창출하는 반면, 깨물기 · 가격 · 점프 등의 행동은 위협으로 간주된다. 대부분의 감정표현 동작은 먹이를 거부하는 젖먹이의 동작처럼 반사적으로 유도된다. 아기는 맛있는 것을 거절하고 싶을 경우 입 속에 든 것을 내뱉거나 심지어 음식물이 입에 닿기도 전에 이 동작을 행하여 일반적인 상황에 적용하는 학습능력을 체득한다. 나아가 어떤 사안에 대해 더 이상 알고 싶지 않을 경우에도 무엇을 뱉는 동작을 취한다. 이때 아기의 거부동작과 이성간의 악의 없는 '희롱'시시덕거리기: Flirten 또는 우호적 친교시도를 표현하는 '혀 날름거리기'Züngeln는 구분되어야 한다. 혀를 조금 덜 내밀거나 종종 약간 옆으로 내밀면서 윗입술을 살짝 핥는 '성적인 유혹'을 보면, 여자들은 그 동작을 거의 무의식적으로 접촉을 위한 요구, 즉 이성을 받아들일 준비에 대한 표현으로 사용한다.

신체기관을 개방하는 것은 일단 지각상태의 편안함을 비유적으로 표현한다. 그 전형적인 행동이 하품이다. 대부분의 포유류와 조류, 파충류 심지어 어류도 하품을 하는 것을 보면, 하품은 종족사적으로 오래된 행동이다. 한편 턱을 내미는 하품은 '피곤하다', '졸리다', '잠이나 자자'는 화용적 의미를 가지며 하품을 통한 피곤함이나 지루함의 노골적인 표출은 커뮤니케이션 상대자교수에 대한 결례가 되기 때문에, 학생들은 특정한 공간강의실에서는 하품을 참으려 한다. 그래서 차라리 눈을 감거나 얼굴을 돌리려 할 것이다. 악취가 날 때는 숨을 멈추거나 코를 눌러 냄새를 차단하고 머리를 옆이나 뒤로 돌린다. 불쾌한 감관자극에 반응하는 이 동작은 간혹 용기나 거만함을 표출한다. 머리를 뒤로 돌리면 대개 눈에 비해 코가 높아지기 때문에 거만한 사람을 코의 모양과 관계없이 '콧대가 높다'고 비유하는 것이다.

개를 관찰해 보면, 다양한 표정과 근육이 연동되는 것을 볼 수 있는데, 이를 관찰한 로렌츠(1953)에 따르면, 개의 표정은 조합의 원리를 반영한다. '수평축'a→g은 점점 더 공격적인 강도를 '수직축'a→c은 점점 더 순응적인 강도를 나타낸다면(그림 1-22), c는 가장 순응적인 표정이고 i는 가장 공격적인 표정이다. 점이漸移 지대에 놓인 상이한 표정들은 귀모양/방향, 눈방향/크기, 입개/폐, 이빨개/폐 및 코주름살를 사용하여 공격성과 순응성, 비공격성과 비순응성을 미묘하게 조절하고 있다. 안면근육을 보다 복잡하게 조합하는 유인원의 표정(그림 1-23)을 보면 입과 입술개/폐, 전/후, 상/하, 좌/우, 이빨개/폐, 눈과 코콧구멍의 개/폐를 보다 복합적으로 사용하는 것을 알 수 있다:

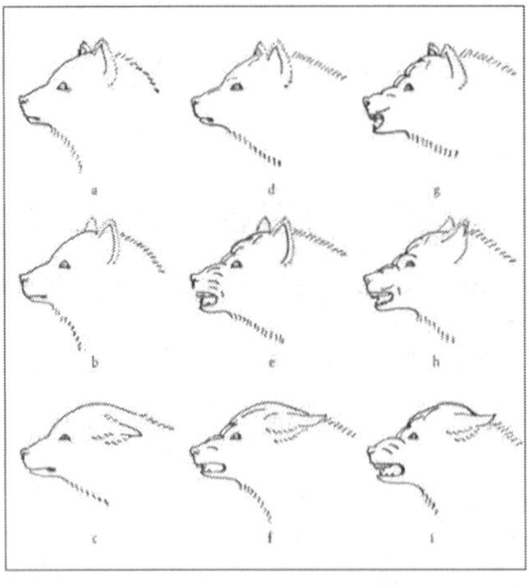

그림 1-22 개의 표정

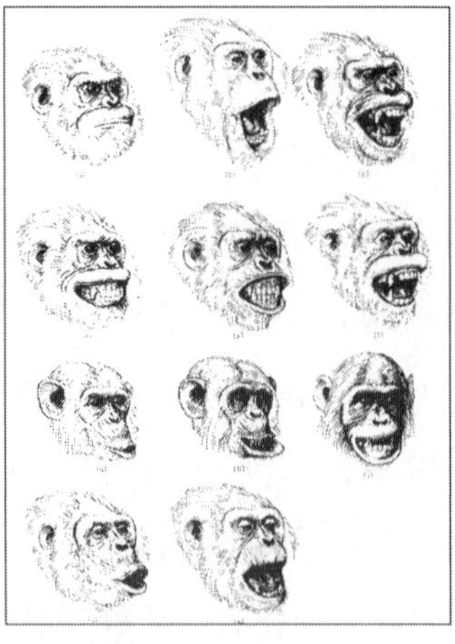

그림 1-23 침팬지의 표정

① 노려보기: 입술을 꽉 다문 분노의 표현

② 욕하기: 소리치면서 투덜거리기

③ 소리 지르기: 이빨을 드러낸 분노의 표현

④ 입술을 말고 이빨을 드러내기: 순종/위축

⑤ 입술을 둥글게 말아 치켜들고 이빨 드러내기: 겁먹은 표정

⑥ 입을 벌리고 이빨을 드러내기: 반가움(?)

⑦ 입을 뾰로통하게 내밀기: 호기심(?)

⑧ 비탄의 표정: 훌쩍이거나 흐느끼는 표정

⑨ 울부짖는 표정: 절망이나 슬픔의 표현

⑩ 우호적인 순종: 야유하는 표정hoot face

⑪ 놀이 표정: 친교적 표정

'개체발생Ontogenese은 계통발생Philogenese을 되풀이한다'는 생물학자 해켈G.Häckel의 정리는 크게 보아 인간의 행동패턴에도 적용된다. 예컨대 젖먹이는 가까운 환경주로 엄마과의 접촉을 통해 초기의 행동 표본을 습득하는데, 로렌츠는 그것을 '각인'이라고 부른다. 개체와 개체, 개체와 집단 그리고 집단과 집단은 상호작용을 통해 특정한 행동방식을 커뮤니케이션 신호로 의례화하는 기능은 다음과 같다:

- 동작은 단순화되고 종종 리듬으로 반복되며 그 동작의 강도는 증폭된다. 말하자면 모사의 과장이라고 할 수 있다.
- 감정표현 동작에는 의도를 암시하는 행동에서부터 완전히 수행된 표출행위에 이르기까지 무수한 중간단계들이 존재한다.
- 신호로 정착하는 행동방식들이 세분됨으로써 그것에 토대하는 신체기관의 구조도 상응하여 발달하는 경우를 볼 수 있다. 그래서 일부 동물사자은 갈기를 발달시키거나, 혈관이 드러날 정도로 시뻘건 부위개코원숭이를 가진다. 신체기관이 퇴화한 인간의 경우에는 의복이나

화장化粧이 역할을 대신하기도 한다.

- 행동의 동기가 바뀔 수도 있다. 예컨대 교미 직전의 수컷이 상대방에게 보이는 위압적 행동처럼 공격성이 새로운 동기로 변할 수도 있다.

방금 살펴 본 자극 · 반응의 행동패턴은 일단 표정습득의 초기과정에서 진행되고, 그런 생득적 메커니즘에 덧붙여 후천적으로 학습되는 문화적 패턴의 형성에는 한층 복잡한 기제들이 개입한다.

3. 눈썹

대부분의 문화권에서 엄마와 아기의 상호작용에서 관찰되는 눈썹 동작은 우호관계를 맺는 보편행동이다. 사모아인이나 폴리네시아인, 파푸아 뉴기니아 또는 야노마미 원주민도 이방인과 우호적인 접촉을 할 때 눈썹을 빨리 여러 번 움직이는 반면, 일본이나 한국에서 어른의 눈썹 동작은 고상하지 못한무례한/꼴불견인/부적절한 행동으로 간주된다. 또한 유럽이나 미국에서는 우호적 관계를 수립한 사람들 사이에서 제한적으로 허용되지만, 이방인에게는 여전히 낯설음을 유발한다.

골목에서 싸우던 아이들은 종종 표정만 보고도 승자를 결정한다. 그래서 턱을 뒤로 빼고 얼굴을 쳐든 다음 '눈썹을 찌푸리면서 상대방을 노려보는'Plus face 상대방은 승리자로 간주되는 반면, '눈썹이 처진 채 턱을 아래로 떨구며 상대방의 눈길을 피하면'Minus face 패배자가 되는 것이다. 이것이 10살 정도가 되기까지 아동이 체험하는 공간골목/학교에서 통용되는 서열 정하기의 원리인데 그런 위압적 메커니즘은 사회적 경험을 통해 감정을 자발적으로 표출하는 기제로 변환되기도 한다.

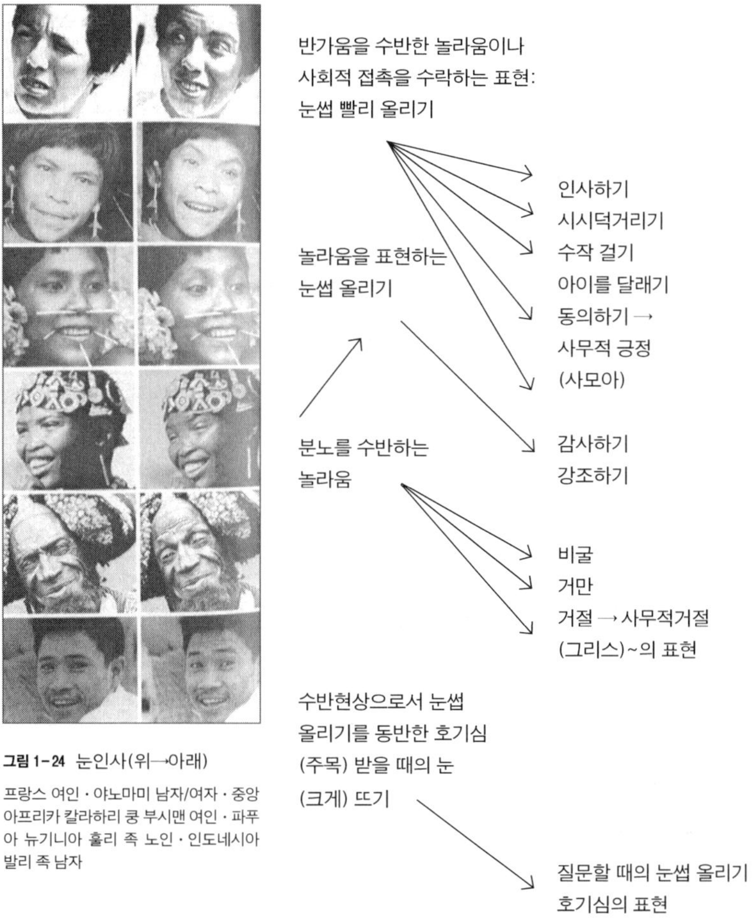

그림 1-24 눈인사(위→아래)

프랑스 여인 · 야노마미 남자/여자 · 중앙아프리카 칼라하리 쿵 부시맨 여인 · 파푸아 뉴기니아 훌리 족 노인 · 인도네시아 발리 족 남자

의례화된 표현으로서 눈썹 빨리 올리기는 '생각하기', '동의', '시시덕거리기', '인사하기', '긍정하기', '격려하기'의 상황에 동원되어 광범위한 의미영역을 가지지만 그 핵심은 긍정표현에 해당하는 '우호적인 접촉 준비'와 '공감'의 표현에 있다사모아인. 눈썹을 올림으로써 확장된 안면은 '호기심'이나 '놀라움' 또는 '의심'을 표현한다. 물론 다른 부위와 연동하여 '기대가 가득한 정지 동작', '눈길 접촉', '숨 멈추기', '놀란 표정

으로 입을 벌리기', 호기심의 경우에는 '머리를 흔들면서 눈을 움직이는 동작'을 수반한다. 이때 '눈썹 빨리 올리기'는 거절이나 격분의 표현인 '지속적인 눈썹 올리기'와 구별해야 한다.

한편 '눈썹 천천히 올리기'는 표현을 세분하는 수반동작으로서 일단 주의력을 강조하면서 놀라움과 함께 '거만', '격분', '사회적 거절', '사무적 거절'을 표현한다. 이것은 '위협적인 쏘아보기'째려보기나 '눈과 눈썹 사이를 오므리기'접촉의 거절 · 부정 · 오만함의 표현를 수반하기도 한다. 거절의 강도가 강할 경우에는 머리를 뒤로 젖히거나심한 거만함의 표현 손 흔들기를 수반하며, 격분이나 사회적인 거절을 표시할 경우에는 눈썹을 아주 천천히 올리는 표정이 흔하다. 그래서 동료의 실책에 분노하거나 치켜든 눈썹으로 상대방을 째려보거나 아예 눈을 감고 상대방과의 눈길 접촉을 회피한다. 한편 사무적인 거절은 지중해 문화권그리스에 국한된다(그림1-24).

4. 가부키 歌舞伎

엠블럼 중에서 가장 정교한 것은 얼굴을 비롯한 손과 팔을 동원한 신체 상부의 연동적 동작이다. 이때 동작을 이루는 기본단위들형태소의 복합어휘소을 통해 통사구조문법가 조직되고 의사소통의 목표가 화행층위에 할당된다. 그런데 인간이나 동물의 표정이 화행 분류에 의해 선험적으로 규정된 것은 아니기 때문에, 연역적 모델은 귀납적 검증을 거쳐야 한다는 한계를 안고 있다.

일본의 전통예술 '가부키'에서는 이를테면 적장에게 굴복하는 장수의 얼굴, 이별의 슬픔을 나타내는 게이샤의 표정 같은 특정한 상황에 동원되는 분노와 슬픔, 기쁨과 질투의 표정이 엄격하게 의례화되어 있다. 보편적인 패턴의 일정한 요소들은 과장되어 있고 어떤 것은 억제되어 있다. 분노한 표정의 경우 연기자는 송곳니가 보일 정도로 입의 근육을 벌려서 분노의 주름살을 만들며 상태가 격앙되면 안면 근육까지 경련한다. 배우의 표정은 극적인 방식으로 자기통제의 상실을 상징하며, 생생한 감정 표출을 위해 실제로 자신의 얼굴을 때리기도 한다. 여자 역할을 맡은 연기자는[110] 질투나 기쁨을 표현하기 위해 입 근처에 손수건이나 옷고름을 대어 지그시 깨물고 머리를 좌우로 흔든다.

그림 1-25 기쁨(여자)

그림 1-26 놀라움(남자)

그림 1-27 슬픔(여자)

그림 1-28 슬픔+(분노)(남자)

그림 1-29 분노+(공포)(남자)

그림 1-30 기쁨(남자)

모리시타/지크프리트Morishita & Siegfried, 1983는 44명의 일본인과 36명의 유럽인을 대상으로 문화적으로 의례화된 표정이 얼마나 보편적

---

110 가부키에서는 여자의 역할도 모두 남자가 연기한다. 이와 유사한 장면으로 중국의 경극 영화 "패왕별희"에 나오는 (2003년 4월 1일 자살한) 배우 장국영을 떠올려 보라.

으로 이해될 수 있는가를 실험했다. 필자는 한국 학생 50명을 대상으로 조사를 추가했다. '놀라움'Surprise, '공포'Fear, '분노'Anciousness, '혐오'Disgust, '슬픔'Sadness, '기쁨'Delight의 기본범주에 5점 척도를 적용하여 30가지 가능성을 도출했는데, 이때 선택한 결과가 한 영역에 집중적으로 분포될 경우짙은 상자에는 인지적 가중치가 높은 것이고, 반대로 분포가 흩어진 경우에는 인지적 가중치가 낮은 것이다.

표 1-23 그림 1-25의 분석(일본/유럽/한국 순): 기쁨(여자)

구분 / 강도	놀라움	공포	분노	혐오	슬픔	기쁨
5	0/0/0	0/0/1	0/0/0	0/0/0	0/0/0	5/2/16
4	0/0/0	0/0/0	0/0/0	0/0/0	0/0/1	15/5/15
3	0/5/0	0/1/0	0/0/0	7/0/1	2/0/0	11/12/10
2	0/10/0	0/1/0	0/0/0	3/0/0	1/0/0	0/7/3
1	0/5/0	0/0/0	1/0/0	2/0/0	0/0/0	5/0/2

표 1-24 그림 1-26의 분석-가부키 전문가의 분석: 놀라움

구분 / 강도	놀라움	공포	분노	혐오	슬픔	기쁨
5	10/6/13	1/1/5	0/0/1	0/0/0	0/0/0	0/0/0
4	14/7/11	1/0/9	0/0/1	0/0/0	0/0/0	0/0/0
3	11/11/5	5/3/3	1/1/3	0/1/0	1/0/0	0/0/0
2	6/3/0	4/6/0	4/1/0	0/1/0	1/1/0	1/1/0
1	4/1/0	8/4/1	0/0/0	4/0/0	1/2/0	0/0/0

표 1-25 그림 1-27의 분석-가부키 전문가의 분석: 슬픔

구분 / 강도	놀라움	공포	분노	혐오	슬픔	기쁨
5	0/0/0	0/0/0	0/0/0	0/0/0	5/13/10	0/0/0
4	0/0/0	0/0/0	0/0/0	0/0/0	13/5/9	0/0/0
3	0/0/0	0/0/0	0/0/0	0/0/0	3/5/16	2/0/2
2	0/0/0	1/1/0	0/0/0	0/0/0	10/5/8	0/1/0
1	0/0/0	0/1/0	0/0/1	0/0/0	9/2/3	6/0/1

표 1-26 그림 1-28의 분석-가부키 전문가의 분석: 슬픔+(분노)+((혐오))

구분 / 강도	놀라움	공포	분노	혐오	슬픔	기쁨
5	0/0/0	0/0/0	0/0/2	0/5/2	4/8/3	0/0/0
4	0/0/0	0/1/2	0/1/5	1/3/1	16/10/15	0/0/0
3	0/0/0	0/0/0	1/1/7	0/3/2	11/5/4	0/0/1
2	0/1/0	0/0/0	1/2/2	1/1/0	5/1/3	0/0/0
1	0/2/0	1/1/0	1/2/0	1/5/0	4/5/1	0/0/0

표 1-27 그림 1-29의 분석-가부키 전문가의 분석: 분노+(공포)

구분 / 강도	놀라움	공포	분노	혐오	슬픔	기쁨
5	0/0/0	0/1/0	3/8/2	0/0/0	0/1/2	1/0/1
4	3/0/1	0/1/3	6/1/12	0/0/1	0/1/2	3/2/1
3	1/1/1	0/0/1	6/2/4	4/2/3	4/4/0	6/2/5
2	1/1/1	0/10/0	4/3/3	2/4/1	0/1/0	3/1/0
1	1/1/0	0/1/0	6/4/1	2/1/0	1/2/1	1/1/2

표 1-28 그림 1-30의 분석-가부키 전문가의 분석: 기쁨

구분 / 강도	놀라움	공포	분노	혐오	슬픔	기쁨
5	0/0/0	0/1/0	0/2/1	1/0/2	0/0/0	2/0/2
4	0/0/0	0/1/0	0/1/2	1/0/5	0/0/1	8/0/8
3	0/2/0	0/1/0	0/3/1	1/2/4	0/3/2	14/5/9
2	0/2/0	0/8/1	1/1/1	0/1/1	2/2/0	5/6/9
1	0/5/0	1/1/0	0/5/0	2/4/0	1/1/0	6/4/1

설문조사 결과 일본인과 유럽인 및 한국인의 인지도는 대동소이하지만 다소 편차가 있었다. 〈그림 1-25/26/27〉은 대개 '기쁨', '놀라움', '슬픔'으로 해석되는 반면 〈그림 1-28/29/30〉에서는 주요 감정들은 일치한다. 〈그림 1-28〉은 '분노와 혐오를 동반한 슬픔'으로 〈그림 1-29〉는 '기쁨과 혐오 및 공포를 수반한 분노'로 해석하여 인지적 집중도가 낮았다. 남성의 '기쁨'(그림 1-30)의 해석에서도 편차가 있었다. '여인의 기쁨'(그림 1-25)에 대해 일본인은 '기쁨'에 추가적으로 '혐오'를, 유

럽인들은 '놀라움'을 표시했다. 이때 여장남자 배우가 통상 '절망'의 표시로 손가락으로 옷고름을 입술에 갖다대는 동작에 대한 해석이 문제인데, 아마 '놀라움'이나 '혐오'에서도 손을 입에 대기 때문에 혼란이 생긴 것 같다. 가부키 양식에 익숙한 일본인과 정서적으로나 문화적으로 이질적인 유럽인 그리고 정서적으로는 일본과 가깝지만 가부키 전통에는 낯선 한국인에 대한 인지실험의 결과가 몇몇 예외를 제외하면 유사하다는 점은 문화적 보편성을 암시한다. 물론 '분노'(그림 1-29)와 '기쁨'(그림 1-30)의 해석에서 편차가 컸는데, 그 원인은 한편으로 일본식 화장법에, 다른 한편으로 오해를 야기할 정도로 정서적 반응을 억제하며 안면근육을 지나치게 긴장하는 가부키 특유의 모순적인 안면 동작에 있는 것 같다. 다른 문화에서는 '기쁨'을 어떻게 나타내는가? 표현방식은 어떻게 양식화되고 변형되며 어느 정도나 보편적으로 이해될 수 있는가? 이 문제는 자연적인 인상골상 과 문화적인 표정이 동일한 신체로 표현된다는 점에서 색다른 연구과제를 제기한다.

5. 표정코드체계

1) 안면근육의 해부학적 구조

표준 유럽인의 안면 해부도를 기준으로 보면, 표정을 만드는 개별 안면근육군마다 일정한 기능을 조합하여 '동의', '슬픔', '분노' 등을 표현할 수 있다. 표정의 조합은 영장류 고등동물에서도 관찰되지만, 인간은 입의 각도나 이마의 주름살을 추가로 동원하여 뉘앙스의 변동폭이 훨씬 넓어서 표정만으로도 다양한 커뮤니케이션을 감당할 수 있다.

안면운동의 분석에서 획기적인 계기는 안면근육의 수축으로 얻을 수 있는 23개의 기본표정을 추출한 핀란드 심리학자 효르츠외C. H. Hjortsö, 1969의 연구이다(그림 1-31).

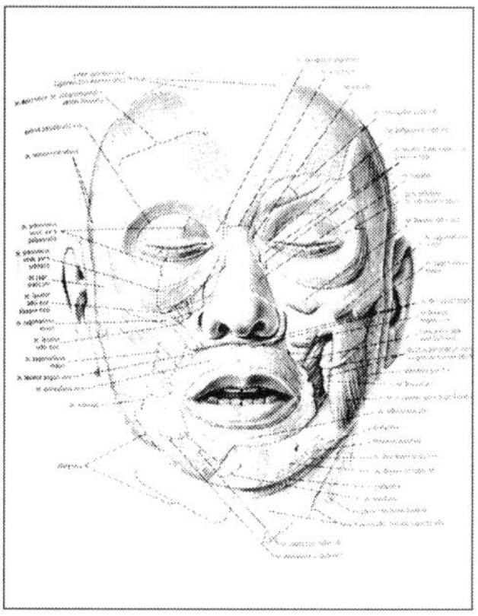

그림 1-31 안면근육(IEE 1991: 625)

그는 표정을 결정하는 안면근육의 해부학적 구조를 정확하게 기술했는데 이것은 에크먼/프리즌Ekman&Friesen 1976이 확립한 '표정코드체계'Face Action Coding System의 기반이 되었다. 효르츠외는 일단 23개의 안면근육의 수축/이완을 통해 영향을 받는 얼굴 표면주름살 형성, 입의 위치의 변화를 기술하고 스케치로 재현하여 그것에 일련번호를 붙였다(그림 1-32):

> 근육조합을 통한 기본표정: 1+2: m.frontalis, 1: m.frontalis,pars medialis, 2: m.frontalis, pars lateralis, 3: m.procerus 또는 depressor glabellae, 5: m.depressor supercilii, 4: m.corrugator supercilii, 6+7: m.orbicularis oculi, 6: m.o.o pars orbitalis, 7: m.o.o. pars palpebralis, 8: m.nasalis, 9: m.levator labii superioris alaeque nasi, 10: m.levator labii superiorios, 11: m.zygomaticus minor, 13: m.caninus,

12: m.zygomaticus major, 14: m.risorius, 15: m.triangularis, 16: m.depressor labii inferioris, 17: m.mentalis, 18+19: mm. incisivi labii superioris et inferioris, 20+21: m.risorius, 22: m.orbicularis pars labialis, 23: m.orbicularis pars marginalis.

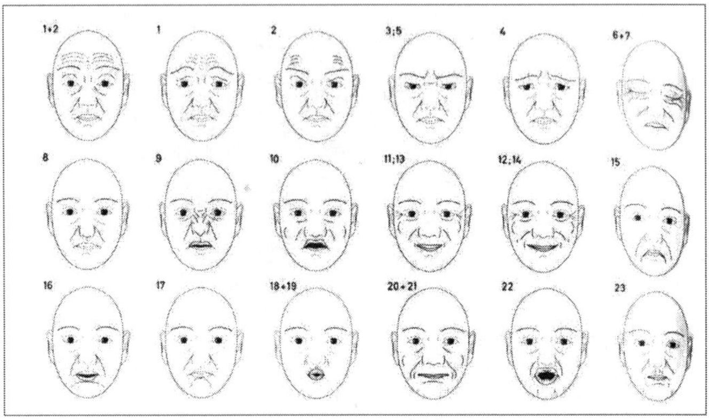

그림 1-32 Hjortsjö – 안면근육 수축의 기본형(IEE 1991: 628)

23개의 근육범주를 조합하여 24개의 '정표동작의 목록'이 도출되는데(그림 1-33), 그 범주들이 일관적인 정렬원리를 따른 것은 아니다. '기분과 상태에 따라'화난 · 우호적인 · 슬픈 · 불신하는 · 놀란 · 겁먹은 · 거만한/건방진 · 구역질나는 또는 '그 밖의 행동표본에 따라'웃는 · 미소 짓는 나온 표정도 섞여 있다는 점에서 그의 분류에는 유형학적 일관성이 다소 미흡하다.

A1: 단호한/엄격한/결연한: (2), 3, 5, (16), (17), (20+21), 23
A2: 화난/양보심이 없는: 2, 3, 5, 15, 16, 17, (20+21), 23
A3: 분노한/격노한: 2, 3, 5, 15, 16, 17, (20+21), 23

B1: 미소짓는/온화한/우호적인: (6), 7, 11, 12, (20+21)
B2: 기쁜/행복한: (1), (2), 11, 12, 13, 14, (20+21)

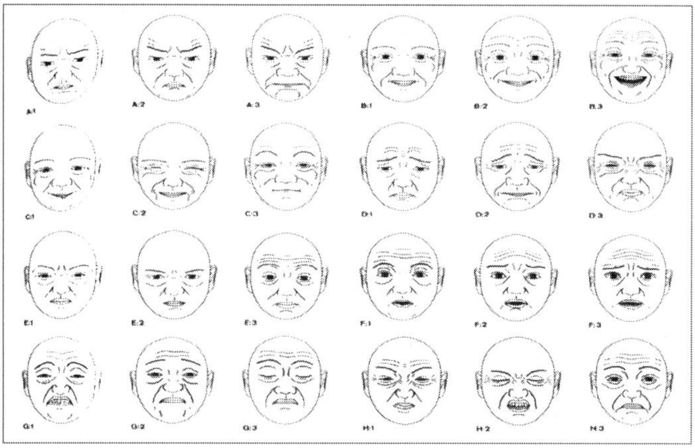

그림 1-33 Hjortsjö - 안면근육 수축의 조합을 통한 표정(IEE 1991: 269)

B3: 자애로운/웃는: 1, 2, 6+7, 9, 11, 12, 13, 14, 20+21

C1: 마음을 끄는/호감을 주는 미소: 6+7, 11, 12, 13, 14, 16, 23

C2: 교활하고 약삭빠르고 간교한 미소: 6+7, 11, 12, 13, (20+21), (23)

C3: 스스로 만족하는 미소: (1+2), (6), 7, 11, 12, 13, 14, 20+21, 23

D1: 슬픈/걱정하는/근심하는: 1, 4, (7), 15, 17

D2: 비통해하는/눈물을 흘릴 듯한: 1, 4, (7), 15, 17, 20+21

D3: 심적인 고통을 겪는: 3, 5, 6+7, 9, 18+19, 23

E1: 불신하는(그거 맞아?): 3, 5, 7, (15), 17

E2: 관망하는/탐색하는: 3, 5, (18+19), 23

E3: 황당한/어이없는/아연실색한: 1+2, 17

F1: 놀란/의외의: 1+2, 18+19, 22

F2: 깜짝 놀란/경악한/기겁한: 1+2, 4, 18+19

F3: 경악/공포/절망에 빠진, 정신적 충격: 1+2, 4, (11), 18+19, 22

G1: 경멸하는/거만한/빈정거리는: 1, 7, (9), 10, 15, 17

G2: 무시하는/비하하는/거만한/콧대 높은: 1, 7, (9), 10, 15, 17

G3: 거만한/자만한/건방진: 1+2, 7, 10, 15

H1: 혐오를 느끼는(악취가 나는군!): 1+2, 6+7, 8, 9, 17, 18+19, 22+23
H2: 구역질나는(맛이 왜 이래!): 3, 5, 6+7, 8, 9, 10, 16, 22+23
H3: 씁쓸한/근심 가득한/의기소침한/상심한/비참한/가련한: 1+2, 7, (9), 11, 15, 17

2) FACS Face Action Coding System

선행연구를 토대로 에크먼/프리즌P. Ekman&W.V. Friesen 1976은 '안면 동작 코드체계'를 개발하기 위해 특정한 안면근육이 수축하는 방식을 패턴으로 분류하고 머리와 눈의 위치를 감안하여 58개의 '동작단위'AU: Action Unit를 분절했다. 동작단위 외에 근육에 의해 정의되지는 않은 다른 동작, 즉 '동작기술소'AD; Action Descriptor가 추가된다. 중요한 동작기술소로 (25): 입술 벌리기Lips part, (26): 턱 내리기Jaw drop, (27): 입 내밀기Mouth stretch, (54): 머리 내리기Head down, (64): 눈 내리기Eye down 등이 있다. 이 조합으로부터 일곱 가지 표현(그림 1-34)이 추출되는데, '슬픔'은 동작단위 1과 1+4로, '놀라움'과 '관심'은 1+2, '분노'는 4 (……) 같은 방식으로 안면근육을 조합함으로써 다양한 표정이 기술된다. 한편 미소를 지으면서 동시에 웃음을 억제하는 등, 즉 충돌하는 정서들을 동시에 표현하는 것은 이론적으로는 가능하다고 해도 사실상 실행되지 않기 때문에 몇 가지 조합은 원천적으로 배제된다. 근육의 수와 수축의 강도 및 빈도, 다른 기관과의 연동의 가능성을 감안할 때 수학적으로 조합할 수 있는 경우의 수는 많지만, 인간의 얼굴에서 커뮤니케이션 기능을 발휘하는 실제 사례는 제한되며 다른 유인원의 경우는 더욱 제한된다.

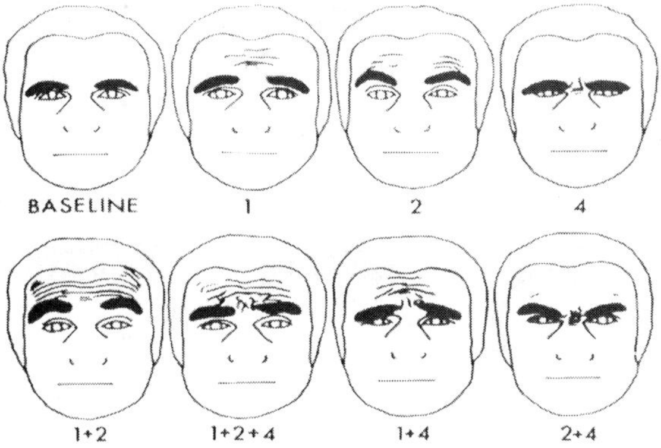

그림 1-34 P. Ekman(1974): 동작단위(이마+눈썹, IEE 1991: 633)

에크먼은 연출된 묘사가 아닌한 〈2+4〉가 정서의 표현에 별다른 역할을 하지 않는다고 보았으나, 아이베스펠트는 바로 그것이 가부키 배우의 '분노激憤'의 표정이라고 해석한다. 〈1+2〉는 눈썹을 빠르게 또는 느리게 위로 올리는 동작인데, 눈썹을 빨리 올리는 것은 대부분의 문화권에서 보편적으로 나타나는 사회적인 '접촉/친교'를 위한 눈 인사를 상징한다. '눈길 접촉'에서는 대부분 머리를 잠시 올리며 눈썹을 1/3초 정도 올린 후 미소를 머금고 종종 그에 상응하여 목례를 한다. 동작단위 〈4〉는 '의심', '난감함', '어리둥절', '당황', '어려움'을 표현하면서 여러 상황에서 다른 단위들과 조합될 수 있다. 이를테면 〈4〉는 언어에 수반되어 '발화휴지'發話休止를 위한 문장부호로 사용되기도 하며, 질문의 상황에서는 긴장된 낱말 탐색이나 '의심'을 표현한다. 기능적으로 볼 때 〈1+2〉는 안면 상부의 확장인 반면, 〈4〉는 눈썹을 당겨서 눈에 음영을 만든다. 멀리 있는 목표물을 집중해서 응시할 경우에도 그 표현을 사용한다. 흥미있는 것은 선천적인 시각장애자들도 어떤 문제와 직면하거나 당황한 경우에 동작단위 〈4〉를 보여준다는 점이다.

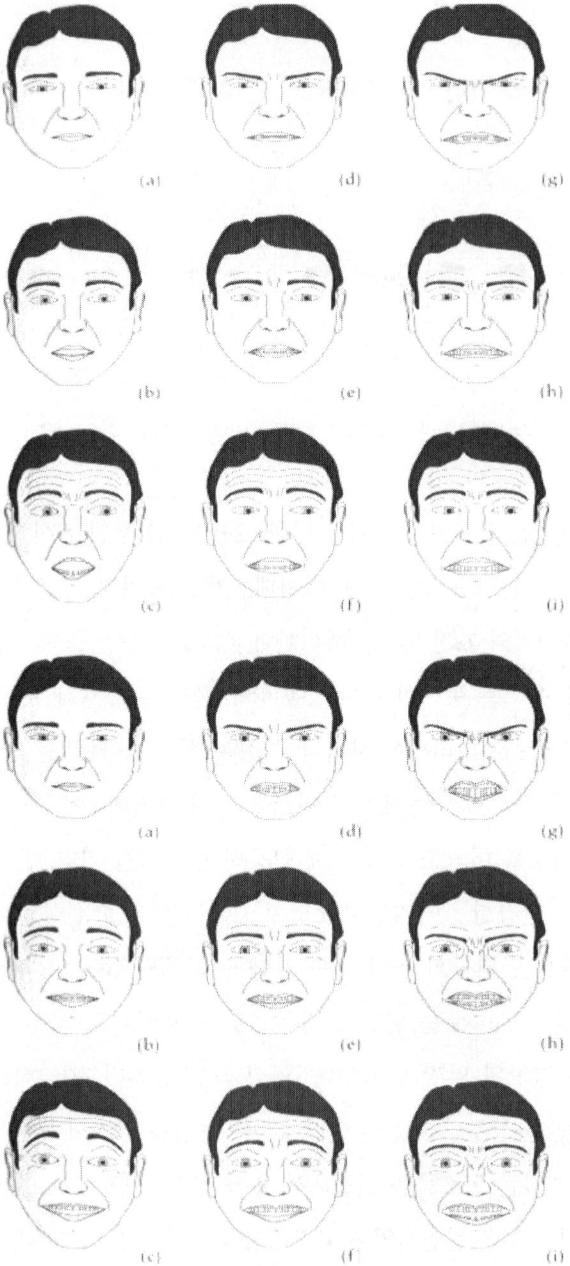

그림 1-35 Musterle&Rossler: 표정 시뮬레이션

이 연구의 연장선에서 무스터를레/로슬러Musterle/Rossler, 1986는 인간의 얼굴에 로렌츠 매트릭스를 적용하여 컴퓨터 시뮬레이션을 시도했다(그림 1-35) : (a)-(c)축은 '공포'의 증가, (a)-(g)축은 '증가하는 분노', (e)-(f)-(h)-(i)는 교차 조합이다. 예컨대 표정 (i)는 '경악'인데, 동일한 원리를 거절의 표정에 적용할 경우(그림 1-35 아래), (a)-(c)축은 '애정'과 '관심'의 강도를 (a)-(g) 축은 '거절'의 강도를 나타낸다. 이로부터 (i) 근심/걱정의 표정이 얻어진다. 마찬가지로 그 밖의 표정들도 교차조합의 결과이다. 특정한 표현들의 조합에 대한 가설을 제시한 두 사람의 연구는 각 축에 강도 개념, 즉 상이한 강도의 기본감정들의 결합으로부터 섬세한 표정과 정표의 가능성을 시뮬레이션하여 추출했다. 이 작업은 개별문화권이나 인종의 상이성에도 불구하고 전반적으로 존재하는 인간의 표정 메커니즘을 체계화하는 중요한 진전이다. 끝으로 각 표정을 다시 정서표현을 위한 FACS 코드에 적용한 결과xyz는 각 동작의 상이한 강도이다: x와 z는 각기 근육수축의 최소에서 최대 강도를 의미함를 보면, 인종이나 문화권에 따라서 안면근육의 동원여부와 수축 방식이 다소 다르고 개인별 편차를 보이지만 안면근육과 표정의 연동 방식에서 거의 보편적인 속성을 볼 수 있다(표 1-28).

표 1-28 정서표현에 대한 FACS 코드

감 정	원 형	주요변이형	비고
놀라움	1+2+5x+26 1+2+5x+27	1+2+5x 1+2+26 1+2+27 5x+26 5x+27	
공 포	1+2+4+5xyz+20xyz+25/26/27 1+2+4+5xyz+25,26/27	1+2+4+5xyz+L R20xyz+25,26/27 1+2+4+5xyz	

(이어서)

감 정	원 형	주요변이형	비고
기 쁨	6+12xyz 12y		
슬 픔	1+4+11+15x 54+64 1+4+15 54+64 6+15xyz 54+64 25+26	1+4+11 54+64 1+4+15 54+64 14+15x+17 54+64 11+15x 54+64 11+17	
혐 오	9 9+16+15+26 9+17 10xyz 10xyz+16+25 26 10+17	1+2+4+5xyz+L R20xyz+25,26/27 1+2+4+5xyz	
분 노	4+5xyz+7+10xyz+22+23+2526 4+5xyz+7+10xyz+23+25+26 4+5xyz+7+23+25+26 4+5xyz+7+17+23 4+5xyz+7+17+24 4+5xyz+7+23 4+5xyz+7+24	이 원형들 각자는 선택적으로 457 10 동작단위들과 선택적으로 결합할 수 있 다.	

인간은 의복과 장식 및 행동을 통해 메시지를 시각적으로 상징하고 다양한 몸짓의 신호체계를 동원한다. 이때 대부분의 몸짓은 유발자로서 기능한다. 기본적인 표정은 장애자농아, 맹아와 신생아에게 나타나며, 생물학적으로 인간에 근접한 유인원에서도 관찰된다. 미세한 동작에서 개별문화를 넘는 '준보편적 유사성'을 종종 볼 수 있다. 근육의 조합으로 표현할 수 있는 정표동작의 수랑그는 기호체로서 실현된 불변소로서의 표정파롤에 한정된다.

인간은 자발적으로 표정을 조절하기 때문에, 표정을 통해 상대방을 기만할 수도 있다. 그리스인과 아요레오 부족이 '거절'을 상이하게 표현하듯이, 표정은 개별문화에서 규정된 특수성을 표출하기도 한다.

표정은 행위의도에 대한 식별소로서 기능하는 가운데, 또한 조상에게서 물려받은 다양한 의례를 통해 학습된다.[111] 신호부여의 목적으로 행해지는 특정한 의식에서 명명된 행동방식은 동작의 강도에 따라 과장되거나 종종 리드미컬하게 반복되며 문화적 수식어화장, 의상로서 발현된다.

최근에 시도되는 컴퓨터 시뮬레이션을 통한 패턴 및 '표정의 자동인식 연구'Pattern recognition[112]는 인지적 정확도를 보장하며, 독일 기호학의 메카인 베를린 공대의 다양한 프로젝트가 입증하듯이 컴퓨터 공학로봇 공학과의 협동연구도 진행된다. 미이라나 시신으로부터 생전의 얼굴을 복원하는 골상학적 작업은 기호학과 법의학을 가로지르는 학제적 연구의 가능성을 일깨워준다. 물질적 피조물로서의 도구젓가락, 식칼, 포크와 연동하는 몸의 숙련은 취식행위의 동작학적 속성을 규명하는 주제이며, 제주 돌하르방이나 동자석童子石의 얼굴, 정낭과 정주, 고궁과 솟대, 서낭당과 사당, 정원과 골목, 무덤과 돌담 등 각 지역에 흩어진 물질적 피조물도 표정과 공간의 특성을 규명할 수 있는 '일상기호학'Semiotik des Alltags의 의제이다.

---

111 신체행위의 기호학에 대해서는 성광수/김성도(2001) 및 김영순 (2001) 참조.

112 안면자동인식에 대한 인지과학적 연구로 신영숙(2001, 2003) 참조.

5장 동작기호학[113]

"만화에 동원한 미믹이나 제스처는 해당하는 민족 특유의 커뮤니케이션 수단인 동시에 보편적인 독자에게도 통용되어야 한다. 내 만화의 독자는 일차적으로 한국인이지만, 한국인을 위한 개별적 코드로만 만화를 그린 것은 아니다. 오히려 이 만화를 통하여 보편적 코드의 가능성을 시도했다고 말할 수 있다."

이원복[114]

---

113 5장은 필자의 독일 베를린 공대 기호학연구소 초청강연(2002/2004년)과 한국기호학회 학술대회 발표(2002.11.9)에 기초한다. 베를린 동작사전(BLA: Berliner Lexikon der Alltagsgesten)의 인용을 허락하고 조언을 해준 베를린 공대 포스너(R. Posner) 교수님과 세레나리(M. Serenari) 박사, 대담(2001.11.23)을 통해 자신의 만화철학을 소상히 설명해 주신 덕성여대 이원복 석좌교수님께 감사드린다.

114 한국교양만화의 개척자 이원복 석좌교수는 서울대 건축과와 독일 뮌스터 대학교에서 시각디자인을 전공했고 졸업 작품으로 총장상을 수상했으며 코스펠트 신문(Coesfelder Zeitung) 창간 150주년 기념 삽화를 그린 바 있다. 1000만 권 이상 판매된 "먼나라 이웃나라"는 1권 네덜란드, 2권 프랑스, 3권 도이칠란트, 4권 영국, 5권 스위스, 6권 이탈리아 편까지는 유럽에 대한 이야기이다. 일본을 다룬 7/8권, 한국편 9/10권, 미국편 11/12권으로 완결되었다. 특히 7권은 일본어판 "コリア驚いた! 韓國かろ見たニッポン"(朝日出版社, 2001)으로 출간되었다.

1. 만화에 대한 기호학적 관심

"문명화과정"과 "궁정사회"를 통해 서구적 이성의 발전과정을 '야만/문명'의 이분법으로 도식화한 엘리아스의 결합태 사회학을 비판한 뒤르는 "외설과 폭력"과 "나체와 수치"에서 몸을 통한 감정표출이야말로 인간 커뮤니케이션의 원초적 보편성이라고 강조한다.[115] 행태학[116]에서 신체기호에 주목하는 것도 완벽한 이성체계로서의 언어를 지향하는 이성주의의 질곡에 짓눌렸던 몸에 대한 편견이 극복되고 있음을 반증한다.[117]

동작에 대한 기호학적 논의로는 동양철학의 시각에서 신체언어를 다룬 성광수/김성도(2001), 만화를 기호학적으로 접근한 김지현(1994), 만화 속의 언어 텍스트를 분석한 양태영(2000), 세계 여러나라 만화의 특징을 다룬 성완경(2001), 만화의 기법을 다룬 베르나르 뒤크의 "만화의 기법"(2002), 베를린 동작사전을 국내에 소개한 김영순(2001) 등의 연구가 있다. 종래의 연구에서 주로 카피라이터가 연출한 광고나 촬영한 사진 자료를 통해 동작의 분류를 시도했다면, 5장에서는 베를린 프로젝트에 기대어 만화작가의 기호역량을 실현한 작품에서 손동작의 기호학적 요소를 포착하고자 한다.

---

115 N. Elias에 대해서는 한국어판 "문명화과정"(Der Prozeß der Zivilisation, 1996/1999, 박미애, 한길사), "궁정사회"(Die höfische Gesellschaft, 2003, 박여성, 한길사)를 참조. 이에 반박하여 H. P. Dürr가 쓴 "문명화과정의 신화" 3부작 제1권 "나체와 수치의 역사"(Nacktheit und Scham, 1998, 차경아, 까치글방), 제2권 "Intimität"(내밀성)과 제3권 "Obszönität und Gewalt"(외설과 폭력, 1988) 참조.

116 행태학에 대해서는 Eibesfeldt(1997) 참조.

117 몸-문화의 대표적인 보기로 Brake Dance · Graffitti · Rap의 3요소로 이루어진 Hip-Hop을 들 수 있다.

몸짓이나 제스처는 보편적일 수도 있고 개별문화 특유의 것일 수도 있다. 예를 들어 아프리카에서 자살을 나타내는 '자기 목을 두 손으로 조르는' 동작이 다른 문화권에서 '타살'이나 '교살絞殺'을 의미한다. 유사한 상황이라면 미국에서는 '손가락으로 권총 모양을 한 후 머리에 대고 펭Peng 소리'를 낼 것이다. 한국에서는 '대들보에 끈을 걸어 자살'하는 장면이 일본에서는 사무라이가 '닛폰도로 배를 가르는 할복割腹'이 전형적인 미장센일 것이다. 이처럼 동일한 사태라도 상이한 기호체를 선택하는 것은 해당하는 문화의 고정관념에 기인한다. 프랑스나 이탈리아 등 라틴계 문화와 달리 게르만, 특히 독일인은 말을 할 때 제스처를 비교적 덜 동원하는 민족이다. 그래서 "먼나라 이웃나라" 독일 편에서보다는 음식기호학적 내용이 강조된 프랑스 편에 정교한 손동작이 더 많이 나온다.

이원복 교수의 만화철학은 로컬과 글로벌의 변증 관계인 글로컬Glocal=Global+Local 전략으로 요약된다. 복잡다단한 구성원이 만든 미국문화는 이민자들의 개별문화에 배태된 이질성을 상쇄하고 용광로 정신을 구현하기 위해 유럽계 이민과 아메리카 원주민의 혼합문화인 케이준Kayjun · 힙합 · 햄버거 같은 보편코드의 생산에 열중해 왔다. 물론 이것은 세계 어디에서나 볼 수 있는 특색 없는 소비재로 전락할 위험도 배태하고 있다.[118] 이에 반해 비교적 단일한 구성원들로 이루어진 로컬 문화는 해당 구성원의 입맛에 맞는 자문화중심적인 코드를 구성한

118 민족음악(Ethnomusik)에서 출발한 음악코드가 월드뮤직으로 변모하면서 자본주의 상품으로 전락한다. 탱고의 거장 피아졸라(Astor Piazzolla)는 불후의 작품집 "탱고의 역사"(Histoire du Tango)를 작곡하면서 '우리가 그리워하는 (아르헨티나로 건너온 유럽계 이민이 선술집에서 추던) 탱고는 이미 1950년대에 사라졌다. 다만 흉내내는 아류들만 있을 뿐'이라고 탄식한 바 있다.

다.[119] 민속전통이나 의례로 나타나건 기본적으로 비동질적이며 개별적인 문화는 세계의 추세에 뒤지지 않기 위해 글로벌 문화를 수입하는 반면, 글로벌 문화는 특색없는 보편주의를 극복하고자 독특한 로컬 문화를 수입하는 역전을 보여준다. 미국과 유럽을 휩쓸었던 일본 · 중국 · 인도의 열풍 그리고 불과 몇 년만에 월드코드로 부상한 한류韓流처럼 로컬 문화에 머물러 있던 소규모 문화는 중간 단계를 거치며 글로벌 문화로 승격하는 기회를 거머쥐기도 한다.[120]

2. 만화의 기호학적 수단

문예학적 권위를 빌리지 않더라도, 영화와 TV에 이어 제9의 예술로 불리는 만화는 엄연히 예술장르이자 탁월한 문화상품이다. 독일에서 만평漫評을 제외하면 아스테릭스Asterix나 마블 코믹스Marvel Comics처럼 하층문화나 아동문화로 간주되었던 만화는 21세기에 들어서 멀티미디어 커뮤니케이션의 총아이자 그림과 말을 결합한 타의 추종을 불허하는 창조적인 매체장르로 격상되었다성완경 2001: 4.

선사시대의 동굴벽화, 중세 프레스코 벽화, 19세기 만평, 빌헬름 부쉬W. Busch의 "막스와 모리츠"Max und Moritz, 구미와 일본의 신문, 잡지 등을 거쳐 확립된 근대만화는 한 컷으로 묘사된 캐리커처나 카툰과 달리 말풍선을 수반하는 영상적 서사체이다.

---

119 Neo-Pragmatism과 R. Rorty의 자문화중심주의(Ethnozentrismus)에 대해서는 호르스터(박여성 옮김, 2000) 참조.

120 글로벌과 로컬 사이의 관계는 관용규범(Norm)을 매개로 랑그와 파롤이 교호적으로 순환하는 과정과 유사한데, 이에 대해서는 E. Coseriu의 구조의미론 참조.

서구에서는 교육적 해악을 끼치는 하층문화로 홀대받았던 만화가 한국 · 일본 · 중국 · 대만에서는 대하소설에 맞먹는 전집으로 출간되어 생산 · 매개 · 가공 · 확산의 유통방식을 확립했으며, 복합적인 서사성과 기호학적 가능성을 최대한 활용하여 교양 · 경제 · 과학 · 문화 · 애정 · 시사 · 정치 · 요리 · 광고 등으로 용도를 다각화하고 있다.[121]

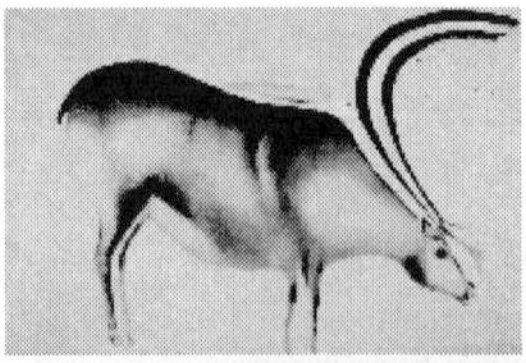

1) 만화의 그림 코드

과장과 단순화를 통해 변형된 시각적 영상에 말풍선을 붙인 만화는 텍스트와 동작기호를 공간에 함께 투영한 영상 세미오시스이다. 잠

121 아이들의 대표적인 미디어 소비공간은 바로 만화가게였다. 최근에는 매체행위도식의 공간이 만화방과 PC방으로 이동했다. 매체제공물(Media-Offerts)의 생산 및 수용과정에 대해서는 Hauptmeirer/Schmidt(1985), 슈미트(박여성 1997) 참조. 프랑스와 벨기에를 중심으로 만화의 역사를 집약한 성완경(2001) 참조. 만화의 기호학적 구조에 대해서는 Nöth(2000) 참조.

시 만화의 속성을 살펴보자:

(1) 묘사기법

영상을 표상하는 일반적인 묘사 수단과 만화 장르 특유의 수단이 함께 사용되는데, 전경全景과 배경背景의 분리, 원근법적 묘사는 회화의 보편적 기법이고, 등장인물과 대상의 동작, 방향과 속도, 강도를 표상하는 동선動線 같은 만화 특유의 작법도 있다.

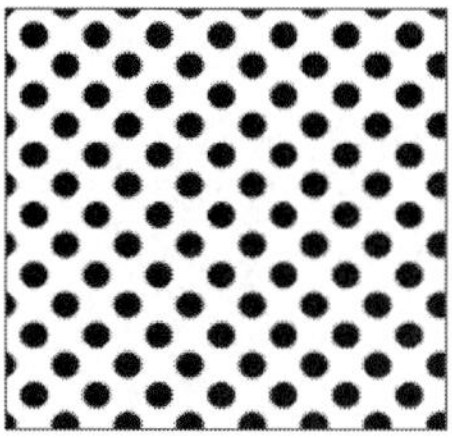
그림 1-36 점

그림 1-37 평행선

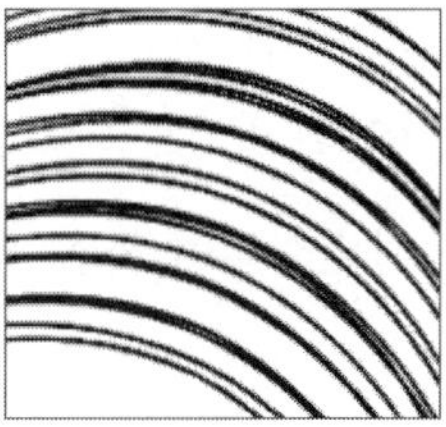
그림 1-38 곡선

(2) 색

컬러만화나 컴퓨터그래픽을 이용한 도상적 채색에 힘입어 특별한 감정이나 정황을 표현하기 위한 개별문화 특유의 색채상징이 개입한다: 예컨대 '녹/청색 계열'은 '위험한 악의'를 '흑/회색'은 '비밀에 쌓인 형체'를 상징하며 공감각적 규범으로 통용된다.

(3) 패널

영화와 달리 전체 면에 개별 컷을 담는 만화의 패널은 내용에 따라 크기와 형상이 변하며 크기 · 모양 · 배열을 통해 등장인물과 대상을 차별적으로 표현하여 그림연속체의 통사구조를 조직한다. 배열과 조합으로 이루어진 통사구조를 이해하려면, 컷에 묘사된 내용에 상응하는 최소의 미단위와 패널 배열의 거시단위를 구별해야 한다. 코흐W. A. Koch는 만화 서사체 전체를 텍스트로, 음소에 상응하는 최소단위를 설정할 때 선 · 윤곽 · 색을 대변하는 기호체Repräsentamen를 설정했고 구버른R. Gubern은 만화 영상에서 나타나는 음소에 준하는 단위를 도상소Ikonem라고 불렀다. 이에 따라 완결된 명제를 담은 문장에 준하는 단위를 문장소Syntaktem로, 낱말에 준해 패널에서 인식되어 연속체에서 반복되는 의미를 가진 전경등장 인물/대상을 초점소Logem로, 전경들의 의미성분등장인물의 신체부위을 형상소Morpheme로 구분하여 만화 텍스트의 성층을 분절했다. 그러나 언어의 기호목록음소 · 형태소 · 어휘소은 유한한 반면, 영상요소들의 목록은 가변적이며 사실상 무한하다.

그림 1-39 동선

그림 1-40 공간과 움직임

그림 1-41 문자적 도상

(4) 시각적 은유와 픽토그램 表意文字

'직설적인 시각적 은유'와 '시각화된 은유'가 구별되는데, 이를테면 '나선'螺線은 '현기증'에 대한 직설적인 시각적 은유이고, 떠오르는 아이디어를 표현하는 전구나 촛불 등은 시각화된 은유이다. 물론 언어적 은유와 시각적 은유가 항상 일치하는 것은 아니다. '고통'이나 '충격'의 상징으로 쓰이는 ☆는 만화와 더불어 출현했지만, ♥가 '사랑'을 은유하게 된 것은 만화 자체의 역사보다도 더 오래된 민간적 연원을 가진다. 근래에 호텔이나 여행사 안내책자에 인쇄된 ☎, 전자우편 주소 옆의 ✉, 홈페이지에 링크된 🏠은 도상적이며, 파일의 업로드/다운로드를 나타내는 ☺에는 입과 눈의 방향위/아래 및 색의 차이노랑/빨강로 데이터 전송속도를 표시한다.

2) 시공간의 표상

만화에서 서사구조를 전개할 때 언어는 필수적이지만 '무언가'無言歌, Vocalese가 있듯이 그림으로만 묘사된 만화도 있다. 몸짓이나 눈길, 손동작 같은 비언어적 수단으로 된 만화 특유의 행동은 고정관념에 따라 환원 · 축소 · 단순화 · 과장을 거쳐 변질된다. 전경인물, 표면 및 공간은 단순한 획과 제한된 색으로 재현되며 동작도 정지태로 묘사하기 때문에 실물의 왜곡처리는 불가피하다.

만화의 시공간 표상에서도 원근법이 중요하기 때문에 영화처럼 줌Zoom이나 모자이크 효과가 동원된다. 영사막의 한계를 넘어설 수 없는 영화와 달리, 만화에서는 공간을 자유자재로 변형하면서 패널을 유연하게 벗어날 수 있다. 이 기법을 통해 눈길 접촉을 통한 근거리, 벽이나 집으로 인한 공간상의 격리 등 심리상태를 표출할 수 있다.

그림 1-42 속도와 방향

그림 1-43 원근법

그림 1-44 패널의 사용

말풍선 안팎에 배치된 문자의 형태와 크기, 말풍선의 모양과 배열, 화살표나 동선의 모양과 방향은 독자에게 다양한 공감각을 야기한다. 청각적 근거리는 큰 문자로, 청각적 원거리는 작은 문자로 표현하며, 의도적인 반어적 표현도 가능하다. 큰 문자를 통한 표상은 청각적 근거리 및 큰 음량을 환기하지만, 말풍선에 연결될 영상이 말풍선과 멀리 떨어진 경우라면 실제의 음량과 말풍선 속에 표시된 음량은 일치하지 않는다. 한편 행위자들 사이의 심리적 근접과 원격, 소리지르기, 경고나 위협은 상이한 자형字型으로 도상화될 수 있다. 내밀한 접근에서 공격에 이르기까지 공간의 촉각적 차원이 특정한 동선, 시각적 은유, 색조 등의 고정관념을 통해 표상된다. 컷의 길이와 사건 진행의 속도는 대체로 반비례하므로, 완만한 진행은 긴 컷으로 급속한 진행은 여러 개의 짧은 컷을 연속시켜서 묘사한다.

3) 만화 속의 텍스트

그림 1-45 영상으로서의 문자

만화 텍스트는 감탄사, 의성어, 음성상징, 외국어 표기, 어근으로 축소된 동사형을 그래픽 처리하고 발화의 실제성을 표상하는 어휘와 축약형 대화로 이루어진다. 표현 기능을 강조하여 극단적인 감정을 표상할 경우에는 명사문체보다 동사문체를 선호한다. 만화의 언어는 제한된 코드의 문장과 대화체로 이루어지고[122] 말풍선은 보통 작가의 육필로 채우지만 특수활자를 사용하는 경우도 있다. '외침'의 연장시간은 특정한 음소대개 모음의 반복을 통한 도상적 효과어-ㅁㅁㅁ-마, *Hi-ii-ll-f-e-ee!*로 표출되며 대문자/소문자 · 굵은/가는 문자 같은 자형은 특정한 화용적 · 역사적 기능에 연동된다. 물음표(?)는 '의문'을 느낌표(!)는 '놀람'

---

122 만화 텍스트의 언어에 대해서는 양태영(2000) 참조.

을, 어두운 구름은 '불길한 징조'나 '당면한 위기'를 환기시킨다. 화행에 따라 말풍선의 모양타원/사각형/호[弧]형이 변하는데, 점선형은 '중얼거리는 소리'나 '머릿속을 스치는 생각', 번개 모양의 선(⚡)은 '분노'나 '전화벨소리'를 나타낸다. 패널의 일반적인 배치순서는 '좌우상하'이지만 중화권이나 일본에서는 '상하우좌'로 배치되며, 최근에 웹툰에서는 상⇒하로 진행되어 독자의 시선의 흐름을 다시 바꾸고 있다.

3. 동작기호의 분석

1) 동작기호학의 영역설정[123]

• 동작형태 · 의미론

몸을 통해 표출되는 동작을 기본단위로 분절하고 명제구조를 밝힌다. 신체 부위별로 설정된 최소 의미단위는 형태소와 어휘소의 중간층위이다. 동작기호학에서 형태소와 어휘소의 층위를 구분하는 기준으로 앞서 소개한 코흐와 구버른의 접근을 참조할 수 있다.

• 동작통사론

기본단위들을 결합하여 문장 층위의 복합적인 문법을 규명한다. 손가락과 팔, 턱과 이빨의 모양, 눈과 얼굴의 방향은 선택적/제한적으

---

123 펜실베니아 대학 Adam Kendon과 베를린 자유대학 Cornelia Müller를 편집주간으로 국제학술지 "Gesture"(2001, John Benjamins Pub.)가 창간되어, 개별민족 특유의 몸짓을 연구하는 민속동작학과 보편적 동작을 연구하는 일반동작학을 연구한다. Ghana에서 통용되는 타부(Taboo)로서 왼손의 동작기호학적 특성을 연구한 Sotaro(2001) 참조.

로 연동하여 통사구조를 구축하는데, 이를테면 '분노'는 손가락 · 이빨 · 눈으로 표출되며, '거절'의 강도는 손바닥 · 팔로 조절된다.

• 동작화용론

동작주체의 발화의도와 연계된 화용적 기능을 연구하는데, 민속의례, 신분 및 직위와 연관된 동작에서 '특정한 화행기능전체 또는 일부을 대신하는 기호체'를 다룬다.[124]

언어체계의 성층적 위계구조와 달리 동작기호에서는 형태부와 어휘부가 겹치며 부분적으로 화용적 기능까지 감당한다. 이때 퍼스의 삼분법을 적용해 보자: '이혼'이나 '각서'를 요구하는 도장처럼 내미는 엄지손가락, '전화통화'를 대신하는 엄지와 새끼손가락, '안경'을 표현하는 손가락 고리 등은 그 자체로 의미를 배태한 도상기호Ikon이다. 몇 가지 도상기호를 제외하면 대부분의 동작에서는 형태의미부가 화용적 기능도 담당한다고 볼 수 있다. 근접성이나 인과성과 관련하여 동원된 신체부위손가락/턱[얼굴]로 표현된 지령화행은 지표기호Index로 실현되며, 그밖의 상징적인 동작Symbol은 확언 · 지령 · 약속 · 정표 · 선포 등의 화행으로 표출된다.

2) 동작기호의 화행론적 분류

동작기호는 동작주체가 동작에 부여하는 특정한 의도를 함축한

---

124 포스너는 일정한 동작의 사용을 '언어를 대체하는 몸짓이 의례화된 각별한 형식'(Posner 1994)으로 정의한다. 즉 동작기호학에서 말하는 엠블럼이란 '특정한 어휘소 또는 문장 나아가 화행을 대체하는 의례화된 동작'이다.

다. 이때 발화행위이론은 손동작을 신체를 사용하는 커뮤니케이션으로 간주하는 동작기호학의 이론적 기반이다. 이를 위해 설의 화행분류와 롤프의 텍스트유형학을 참고할 수 있다:[125]

- 확언행위Assertiva : G ↑ (P)
  화자는 표현된 명제가 참이라는 경우를 확언한다.
- 지령행위Direktiva : W ↓ (H does A)
  화자는 청자가 미래 시점에 어떤 행위를 하도록 구속한다.
- 약속행위Kommissiva : K ↓ A(S does A)
  화자는 자신이 미래 시점에 어떤 행위를 하도록 구속한다.
- 정표행위Expressiva : E φ P(S/H+Property)
  화자는 명제에 대한 자신의 심리상태를 표출한다.
- 선포행위Deklarativa : D ↕ O(P)
  명제와 현실의 일치관계에 따라 제도적 · 법률적 현실을 창출한다.

표 1-29 J. R. Searle의 화행분류

기준 / 화행	발화수반 행위의 초점	발화-현실의 합치 방향	준비 조건	명제 내용	보기	텍스트 종류
Asser-tiva	화자는 청자에 대해서 명제 P의 진리치를 보장한다.	발화에서 세계로	믿는다	(p)	John is coming.	보도
Direk-tiva	화자는 청자가 어떤 행위를하도록 요구한다.	세계에서 발화로	원한다/ 바란다/ 요구한다	(H does A)	I order you to leave.	소집 영장

125 화행분류와 텍스트유형학에 적용한 Searle/Vanderweken(1985), Rolf(1994), 박여성(1996), 조국현(2003) 참조.

(이어서)

기준 ╲ 화행	발화수반 행위의 초점	발화-현실의 합치 방향	준비 조건	명제 내용	보기	텍스트 종류
Kommi-ssiva	화자가 청자에 대해서 자기 스스로 무엇을 하도록 약속한다.	세계에서 발화로	의도	(S does A)	I promise to leave.	계약서
Expre-ssiva	화자는 명제에 대한 심리상태를 화자에게 표현한다.	없음	명제 내용에 따라 상이	(S/H + proper-ty)	I thank you for	위로문
Dekla-rativa	화자는 명제내용과 세계와의 일치를 추구한다.	세계와 발화, 쌍방간에 서로	없음	(p)	I appoint you chair-man.	선전 포고

4. 베를린 동작사전

그림 1-46 BLA

독일 베를린 공대 롤란트 포스너 교수의 책임 하에 기호학연구소Arbeitsstelle für Semiotik에서 수행한 "베를린 시민의 동작기호" 프로젝트에서 동작을 기호학적으로 기술하고 분석하는 방법론이 확립되었다.

그 성과를 집대성한 "베를린 동작사전"BLA= Berliner Lexikon der Alltagsgesten은 2003년에 영어 축약본이 먼저 나왔고 조만간 독일어판으로 완성될 예정이다.

동작기호를 서술하는 방식을 살펴보자: 신문, 잡지의 만화나 만평, TV, 인터넷 등의 영상으로부터 수집한 자료에서 동작목록을 추출하고 분류된 대항목의 변이형들을 세분한다:[126]

A 06 콧부리를 쳐들기Die Nasenspitze heben : 거만함

A 07 손가락으로 옷깃을 털기Sich etwas vom Leibe wischen : 성가심, 불쾌함, 사소한 일로부터 벗어나고 싶다는 심정의 표시

A 08 양손을 벌리기Hände öffnen : 무능, 부정, 부인, 없음

A 09 손가락을 약간 벌려서 측정하는 동작Korrelative Messgebärden : 사물의 크기, 평가

A 10 손가락으로 가리키기Zeigegesten: 지시, 요구, 명령, 강조, 설명

A 12 어깨를 들썩이기Schultern heben: 불능, 시치미떼기, 포기, 무관심

A 13 손바닥을 펴서 아래쪽으로 내밀기Die flachen Hände senken: 진정해라, 앉아라

A 15 두 손을 맞잡고 들어 보이기Die Hände verschranken : 성원, 감사, 자부

A 17 우쭐대며 자기장식 또는 자기과시Sich dekorieren : 자만, 뻐김

A 18 가운데 손가락을 내밀기Stinkefinger : 모욕, 모독

A 20 엄지손가락을 내밀기Daumen drücken : 행운을 빈다, 긍정적 평가

A 21 손으로 목을 자르는 시늉하기Kehle durchschneiden : 위협, 고난, 자살

B 02 손가락으로 코끝을 움켜쥐기Sich die Nase zuhalten : 악취, 심한 거부감, 멸시

---

126 용례: 187-08("먼나라 이웃나라", 187쪽의 여덟 번째 그림), BLA A-20(동작사전 프로젝트 번호).

B 05 손바닥으로 크기를 나타내기Bodenbezogenes Messen: 평가

B 12 양손으로 저지하기Mit der Hand stoppen: 거절, 명령, 방어

B 20 엄지손가락을 위/아래로 향하기Den Daumen nach oben oder nach unten richten: 긍정적 평가/부정적 평가, 명령사형

D 09 얼굴 양옆을 두 손으로 감싸기Scheuklappen tragen: 벽창호, 대화단절, 막무가내

D 10 손으로 무엇을 막는 동작Mit der Hand etwas abwehren: 거절, 거부, 공포감

D 17 손가락으로 한쪽 눈을 빠끔 여는 동작Holzauge: 불신, 주의집중, 총명함

D 20 손으로 전화하는 시늉Telefone handhaben: 전화와 관련된 요구, 설명

예컨대 동작기호 〈B 02: 손가락으로 코끝을 움켜쥐기〉는 아래 절차에 따라 기술한다:

① 발화내용의 핵심Lokutionskern

사태나 대상에 대해 물리적/심리적 역겨움을 느낌

② 발화수반행위Illokution

역겨움을 표출하기/드러내기

③ 발화효과행위Perlokution

실내의 탁한 공기를 환기하거나 냄새를 제거하라고 촉구

④ 언어적으로 치환 가능한 감탄사Interjektion

"에이(Ä)!"

⑤ 일상언어적 표현Umgangssprache

"냄새 정말 지독하군!"

⑥ 어원론적 · 문헌학적 근거자료

의례, 제도상의 집단기억 및 문학작품 등의 출전

5. 등장인물의 손동작

추출한 자료들의 공속성을 귀납적 상향처리Bottom-Up Processing 방식으로 대범주에 통합하여 분류한 베를린 동작사전은 문화적 집단기억이 침전된 문학작품 · 영화 · 스냅사진 등의 매체제공물로부터 동작기호의 역사적 연원을 추적하여 화행론적으로 기술하고 분석한다. 이를테면 디킨즈Ch. Dickens의 "올리버 트위스트"Oliver Twist에는 '거만함'을 나타내는 '노아는 코를 찡그렸다'는 구절이 나오며, 빌헬름 부쉬의 "막스와 모리츠"(그림 1-47)에서는 손가락의 기능을 관찰할 수 있다: 코끝을 치켜든 교사, 할머니 또는 어머니가 검지를 위로 혹은 비스듬하게 뻗어서 하지 말아야 할 일에 대해 '훈계'나 '경고'를 하며 잘못한 일을 '질책'한다. 코는 '엄격함'과 '거만함' 또는 '중요한 일'이라는 명제내용을 상징하는 반면,[127] 두 손으로 머리를 감싸고 고개를 뒤로 젖힌 모습은 잘못된 일에 대한 '절망'이나 '난감함'을 표시한다. 이때 손과 손가락, 팔, 코 등의 기호형태소는 문장 층위에서 '중요한 일이니 반드시 준수하도록 해!, 그런 일을 하면 안돼!!, 아이고! 이걸 어쩌지?' 등의 화용적 기능을 발휘한다.

그림 1-47 Wilhelm Busch의 'Max und Moritz'에 나오는 동작기호

127 '코'에 대한 기호학적 분석은 BLA A-06 참조.

특정한 손가락에 대한 화행의 할당은 몸의 성상 자체를 조합하는 기호경제성의 일환인데, 손가락은 직시Deixis 방향에 따라 상이한 기능을 가진다:

그림 1-48 162-02

그림 1-49 A-10

그림 1-50 B-20

그림 1-51 B-20

그림 1-52 A-18

표 1-30 손가락의 소통적 기능

손가락	기 능
엄지	자신을 향할 경우 자기소개나 자화자찬, 과시와 자만감의 표시이며, 도장에 준하는 도상기호로 앞으로 뻗을 경우 각서나 이혼서류에 도장을 찍으라는 명령이다. 위로 향하면 칭찬이나 만족의 표현인 반면, 아래로 향하면 부정적 평가나 '네로 황제'에 대한 고정관념처럼 처형 명령을 나타낸다.
검지 (檢知)	전반적으로 중요한 사안에 대한 관심을 청자에게 환기시키는 확언행위와 지령행위에 사용된다. 동작상(Aktionsart), 즉 일회성/반복성에 따라 확언이나 지령의 강도가 조절된다.

(이어서)

손가락	기 능
중지 (中指)	심한 욕설의 기능인데, 최근에는 미국 문화의 영향으로 한국에서도 욕으로 정착했다. 원래 토착적인 동작기호는 부정적인 비하행위에 사용하는 남근주의(男根主義)에 토대하여 팔 전체를 앞으로 내미는 것이었는데, 미국문화를 수용하면서 손가락으로 축소되었다.
약지 (藥指)	반지를 끼는 손가락이라는 의례적 기능에도 불구하고 약속행위라는 기능은 오히려 새끼손가락에 할당되었다. 따라서 약지는 아직 특정한 화행기능이 할당되지 않은 무표기호이며, 그 빈틈에 특정한 기능이 할당될 확률이 높다.
소지 (小指)	흔히 약속을 나타내는 행위에 동원되는데, 손가락 크기가 가장 작다는 점에서 상대방을 비하하는 행위에 사용되기도 한다. 또한 '너는 나의 연인이야'를 나타내는 선포행위를 수행할 수도 있다. 서구에서는 약속 행위가 엄지손가락으로 수행되지만, 한국(특히, 아동들 사이)에서는 약속을 해지하는 정반대의 기능을 한다.

1) 확언행위Assertiva

(1) 설명+강조+주의집중

그림 1-53 024-11

그림 1-54 035-09

그림 1-55 071-02

(2) 설명+(강조)

검지를 수직이나 45°각도로 들어 중요한 정보를 강조하거나 주의력을 집중하라는 지령의 기능을 수행한다. 한편 손바닥을 펴고 팔을 벌리거나 한 손을 올리는 동작은 손가락을 통한 강조보다 약하다. 한편 손의 좌/우의 여부가 한국에서는 화행의 결정에 관여하는 것 같지

않지만, 아프리카 가나에서는 왼손을 사용하여 지시하는 동작은 금기이다.[128]

그림 1-56 048-09

그림 1-57 077-05

2) 지령행위 Direktiva

(1)명령/협박

그림 1-58 017-06

그림 1-59 009-04

그림 1-60 050-02

그림 1-61 027-03

(2) 제안/요구

그림 1-62 134-07

그림 1-63 187-02

---

128 대부분의 나라에서는 오른손 중심주의가 당연하게 통용된다. Sotaro(2001)는 아프리카 가나에서 왼손 금기 때문에 왼쪽 방향을 지시할 때조차도 오른손을 몸의 왼쪽으로 비틀어서 가리키는 부자연스런 동작을 연구했다.

(3) 사절/발뺌

그림 1-64 A-12

그림 1-65 147-05

(4) 저지/진정

그림 1-66 155-11

그림 1-67 B-12

(5) 거부/강한 거절

그림 1-68 131-07

그림 1-69 188-09

그림 1-70 257-02

그림 1-71 B-12

일본군 장교가 팔을 쭉 뻗고 검지손가락으로 상대서양인를 가리키며(그림 1-59) '명령'과 동시에 '협박'을 하고 프로이센 왕(그림 1-60)도 같은 동작으로 강하게 '명령'한다. 이때 명시적인 명령이 극단적으로 강해지면 '협박'의 간접화행을 나타낸다. 반면에 '요구'나 '제안'은 약한 '지령'으로서 손가락을 위로 향한다. 확언행위를 통한 요구(그림 1-60/61)는 손가락으로 앞쪽을 가리키는 직설적 명령(그림 1-58)에 비해 약한 지령이다. 검지가 자신을 향하는 경우는 레스토랑에서 손님이 지배인에게 계산서를 가지고 오라는 '요청'(그림 1-62)에 쓰인다. 미루어 보건대 직시의 방향이 지령행위의 강약을 조절한다는 것을 알 수 있다. 동프랑프 왕국의 왕을 뽑자는 제안(그림 1-61)은 약간 구부러진 검지로 표현되며, 손가락을 까딱거리는 횟수는 화행의 결정과 강도에 관여한다. 요컨대 검지를 곧바로 펴는 것이 주의집중에 대한 강한 '요구' 및 '명령'이라면, 구부러진 검지는 그것보다는 상대적으로 약한 지령행위인 '제안'으로 볼 수 있다.

손바닥을 펴고 한쪽 팔을 앞으로 쭉 뻗어서 지령의 하위부류인 '거절'을 수행한다(그림 1-68/69/70). 그러나 이와 흡사한 동독 국경수비대의 동작(그림 1-63)은 '정지명령'이다. 두 동작 사이의 차이는 뻗은 손의 각도이다. 수평으로 뻗은 경우(그림 1-65)는 목회자가 담배와 술을 멀리한다는 거절이지만, 팔의 각도가 약간 위로 향한 경우는 행동을 중지하라는 정지 명령으로 기능한다. 그러나 올려진 팔의 각도가 60° 이상인 경우는 히틀러 총통Führer이나 무솔리니 두체Duce 같은 절대자에 대한 극진한 경례를 나타낸다.

〈그림 1-63〉와 유사한 경우로 양손바닥을 거의 수평 방향으로 상대방 쪽으로 뻗어 상대방의 행동을 '저지'한다(그림 1-66/67). 이때 한 손을 뻗으면 거절행위인 반면, 두 손을 뻗을 경우는 행동을 저지하거나 '진정'시키는 동작이다. 이 경우 대체로 어린이의 특정한 행위를 '금지'하는 동작이지만, 한국만화에서는 어른들 사이에서도 보이며(그림 1-66) '저지'라기보다는 격분한 상대방을 '진정'시키는 동작으로도 보인다.

위에 비해 '강한 거절'이나 '거부'를 보자. 저녁을 같이 먹자는 '청유'에 대한 '강한 거절'의 표시로 상대방은 머리를 좌우로 흔들면서 양손바닥을 펴서 앞으로 반 정도 뻗는다(그림 1-70/71). 이때 화행의 주기능인 '거절'을 손과 팔이 담당했다면, 머리는 '거절'이라는 화행의 '강도'를 조절한다. 다시 말해 머리는 '비교적 공손한 거절'과 '강한 거절'처럼 강약을 조절하는 가속기 역할을 한다. 〈그림 1-67〉과 〈그림 1-70/71〉 사이에는 미묘한 차이가 있다: 팔을 완전히 뻗었는가 또는 반 정도만 뻗었는가에 따라 지령의 화행기능이 '저지' 또는 '거절'로 상이해지며 화행의 강도가 조절된다. 앞서 말했듯이 강한 결의를 '촉구'하며 주먹으로 책상을 내려치는 비스마르크의 동작처럼 강한 지령은 '위협'이나 '협박'과 직결된다. 요컨대 화행의 결정에 관여하는 요소손과 팔와 화행의 강도에 관여하는 요소흔드는 횟수, 펴거나 뻗은 각도 및 모양 등를 교차 적용하면 지령행위의 동작문법을 구성할 수 있다.

3) **약속행위**Kommissiva**와 정표행위**Expressiva

약속행위는 새끼손가락으로 수행되지만 "먼나라 이웃나라"에서는 사례를 찾을 수 없었다. 일상지식에 근거하면 결혼반지를 끼는 손가락은 약지임에도 불구하고 정작 '약속'의 기능을 새끼손가락에 할당한 것은 흥미있는 일이다. "먼나라 이웃나라" 3권에서 아래와 같은 정표행위를 볼 수 있다.

(1) 당황스러움

그림 1-72 009-04

그림 1-73 150-06

그림 1-74 191-09

(2) 탄식/절망/좌절

그림 1-75 213-09

그림 1-76 066-09

(3) 난처함

그림 1-77 131-01

그림 1-78 131-10

그림 1-79 178-08

(4) 분노

그림 1-80 044-10

그림 1-81 192-03

그림 1-82 165-12

정표행위에서는 '당황스러움 · 절망감 · 좌절 · 난처함'을 나타내는 동작이 보인다. 예기치 못한 일에 대한 '당황스러움'이나 '어리둥절함'에 대하여 한 손으로 뒤통수를 만지며 입을 벌린다(그림 1-72/73/74). 한 손으로 머리를 만질 경우에도 머리 옆이나 뒤가 아니라 앞이마을 만질 경우에는 힘든 상황에 대한 '탄식'이나 '절망'의 표현이다. 서구와 아랍 국가들에서는 기독교나 이슬람의 종교 전통에 따라 손바닥을 몸 쪽으로 향한 채 양손을 벌리는 것은 '절망'에 대한 표현이다. 그러나 "먼나라 이웃나라"에서 묘사한 방식으로 서양인들이 난처한 상황에서 두 손을 뒤통수에 대는 동작기호(그림 1-77/78/79)를 사용할 지는 의심스럽다. 이것은 당황스러움에 대한 앞의 경우(그림 1-72/73/74)와 유사하지만, 서구의 일상적인 동작기호로 보기는 어렵다. 아마 한 손으로 만지면 '당황스러움' 또는 '어리둥절함'을, 두 손으로 만지면 '난처한 상황'

을 구별하는 작가의 개인양식Idiolekt이 아닐까 생각한다. 끝으로 '분노'를 나타내는 동작으로 한쪽 주먹을 위로 쥐거나 두 주먹을 꽉 쥔 채 아래로 내린다. 이때 주먹을 사용하는 것은 손가락에 비해 분노의 강도가 강하다. 분노의 강도는 주먹의 개수 및 손가락검지을 흔드는 횟수와 더불어 이빨의 모양으로 계량화된다. 눈동자의 초점도 특정한 방향을 겨냥한 모습이다.

4) 선포행위 Deklarativa

그림 1-83 071-10

그림 1-84 259-11

선언이나 선포를 할 때 확언행위에서와 동일하게 검지를 사용하기 때문에 말풍선의 명제내용을 동작기호와 추가로 연계시켜야 한다. 명시적 이행문'~를 선언하노라'이 없을 경우에 동작기호만으로는 화행을 명료하게 결정할 수 없다. 이와 달리 '법정선고'의 경우 망치로 나무판을 두드리며 앞으로 검지를 뻗는 동작과 함께 명시적 이행문을 발화한다.

6. 명제에 대한 태도 표명Einstellung-BEKUNDEN

한편, 특정한 화행은 일정한 문장유형을 통해 '명제내용에 대한 화자의 태도'Propositionale Einstellung를 표명하는 인지적 양태와 관련된다.

헬비히(1990)는 [±factiv=화자가 명제내용을 사실로 보는가], [±Subjekt-bezug=심리상태의 주체가 문장의 주어], [±Sprecherbezug=심리상태의 주체가 문장을 말하는 화자]를 기준으로 양상어를 인지Epistemisch, 가설Doxastisch, 불확신Distanz, 정서Emotiv 및 평가Valuativ로 구분하는데, 앞의 세 부류는 명제에 대한 확신을 기준으로 확실성에서 출발하여 잠정적 불확실과 의심에 이르는 인지상태를 나타내며 뒤의 두 부류는 '정서/평가'-양상어 이다.[129]

Epistemisch 인지적:Kognitiv란 말해진 것에 대한 '확신'의 인지상태이다. bekanntlich알다시피, faktisch사실상, freilich당연히, gewiß물론, natürlich마땅히, selbstverständlich당연히, tatsächlich사실, wahrhaftig진정으로, wirklich정말로, zweifelslos의심할 바 없이 등의 양상어가 있으며, 상호텍스트적 인용이나 과학의 진리치를 논증하는 학문텍스트에 사용한다.

Doxastisch가설적: Hypothetisch란 말해진 것에 대한 '잠정적 믿음'을 나타낸다. 이 부류에는 anscheinend아마, vermutlich추측컨대, vielleicht아마도 등의 양상어가 있으며, 의심의 성격에 비추어 보아 가설의 잠정적 인정이나 논증을 암시하는 학술텍스트에 쓰인다. 이 부류는 다시 가정의 강약에 따라 하위분류된다Helbig 1990: 57:

- 확신에 가까운 개연성이나 최소의 불확신: sicher, bestimmt, gewiß.
- 확신의 여부가 분명하지 않은 상태: vermutlich, wahrscheinlich.
- 상당한 불확신, 차라리 확신하지 못하는 상태: vielleicht, möglicherweise.

---

129 동작기호와 문장유형 사이의 관계에 대해서는 김영순(2001: 141) 참조. 그러나 문장유형은 다시 명제에 대한 화자의 태도(propositional attitude)에 기초하므로, 동작기호를 문장유형에 연계하기보다는 양상어(Modalwörter)의 시각에서 다루는 것이 근원적인 접근이라고 본다. 양상논리(Modallogik)와 양상어에 대해서는 Helbig(1990: 56) 참조.

Distanzierend의심을 하는/거리를 두는는 화자가 대부분 자신이 의심하는 명제를 제3자에게 '재현'할 때 쓰인다. 이 부류에 angeblich현재 상태로는, vermeintlich미루어 보건대, vorgeblich 등의 양상어가 있다.

Emotiv정서적은 사태에 대한 화자의 '정서적 상태'를 표현하며 심리상태의 질적인 양태를 나타낸다. 이 부류에는 ärgerlicherweise화가 나게도, bedauerlicherweise/leider유감스럽지만, hoffentlich희망하건대, enttäuschenderweise실망스럽게도, erstaunlicherweise놀랍게도, glücklicherweise운 좋게도, wünschenswerterweise원컨대 등의 양상어가 있으며, 정표성을 수반하는 서한이나 위로문에 쓰인다.

Valuativ평가적은 Emotiv정서적에서와 달리 감정이나 정서상태가 아니라 합리성에 준거한 '긍정적/부정적 가치평가'를 나타낸다. 이 부류에는 arroganterweise건방지게도, bemerkenswerterweise놀랍게도, beschämenderweise수치스럽게도, dankenswerterweise고맙게도, leichtsinnigerweise신중치 못하게도, notwendigerweise어쩔 수 없이/필연적으로, logischerweise논리적으로, nützlicherweise유익하게도, widersinnigerweise정신 나가게도 등이 있으며, 논증텍스트나 심판하는 상호텍스트에서 쓰인다.

불확실◇, 확실□, 의심△을 표현하는 동작기호도 살펴 보자:

• 불확실

그림 1-85 033-02

그림 1-86 138-01

그림 1-87 189-12

해결하기 어려운 문제를 두고 신성로마제국의 황제(그림 1-85)는 두 손으로 턱을 괴고 묘책을 고민하고 있다. 엄지와 검지로 수염을 꼬거나 턱을 비비는 모습이 자주 보이는데, 자신의 인지상태에 대해 결론을 내리지 못한 경우 눈을 위로 뜨고 검지로 턱을 만지작거리는 동작기호(그림 1-86/87)로 묘사하는 것을 볼 수 있다.
이때 동원하는 신체부위는 손이나 팔 그리고 턱이다. 위의 보기들이 어떤 사태를 해결하기 위한 '고민'을 표현하는 반면, 히죽거리며 검지손가락으로 턱을 만지는 모습(그림 1-91)은 간교한 계략 · 음모를 획책하는 기호이다. 〈그림 1-85/86〉와 달리 〈그림 1-87/91〉에는 양상을 나타내는 손과 턱 외에 부정적인 명제를 암시하는 이빨 및 턱의 모양으로 음모를 획책하고 있음을 나타낸다.

• 확실

그림 1-88 028-10

그림 1-89 138-02

그림 1-90 028-11

그림 1-91 030-07

어떤 문제를 해결할 좋은 아이디어를 찾았을 때 손가락을 튕기는 동작을 사용한다(그림 1-88/89). 검지를 이마에 대고 살짝 두드리는 동작은 '좋은 생각'을 지시한다. 그러나 상대방이 면전에 있을 경우에는 비하하는 동작으로 오인될 수 있다. 물론 '너는 돌았다'를 나타내려면 손가락을 빙빙 돌려야 하지만, 이 동작기호는 인지능력에도 관련한다. 지식의 내용은 '머리', 지식의 소재는 '손가락', 양상의 강도지식의 확실성는 '선'이나 '☆' 등의 상징기호로 보완한다.

• 의심

그림 1-92 248-12

그림 1-93 248-06

어떤 사안에 대한 지식의 상태가 의심스럽거나, 나눈 이야기의 내용이 당사자에게 발각되면 곤란할 경우, 타인에게 자신의 정보가 들키지 않게, 이를테면 소리가 새지 않게 손으로 이야기의 방향을 한쪽 눈 앞의 커뮤니케이션 상대자으로 제한한다. 그런 동작기호를 이탈리아나 독일의 일간지(그림 1-92/93/96)에서 볼 수 있다:

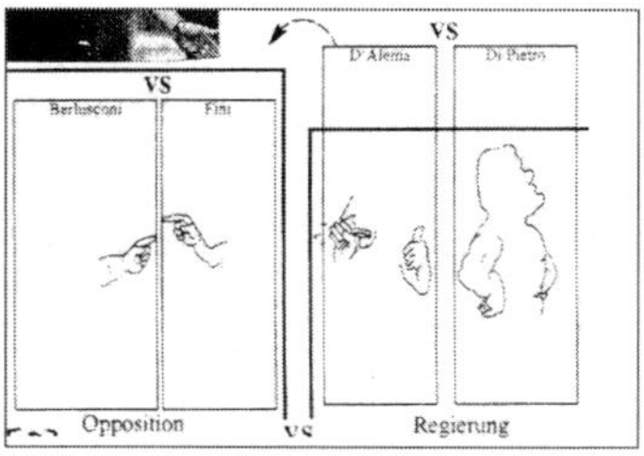

그림 1-94 Serenari(2000)

그림 1-95 Serenari(2000)

그림 1-96 독일의 일간지 Tagesspiegel(2001.12.2) 만평

수많은 정치인들이 독일 기민당(CDU) 당수 앙겔라 메르켈(Angela Merkel)위 뒷전에서 빈정대는 상황을 풍자한 만평으로 한 컷에 무려 20개의 엠블럼이 동원된 탁월한 사례이다.

손동작을 구성하는 하위단위들동작소을 추출하기 위한 분석표를 제안하면서 5장을 맺기로 한다. 일단 계량적 규정+방향과 기능, 손손바닥/손가락/팔, 얼굴눈[시선]/코/입[이빨]/턱의 순서로 동작의 형태부와 동작 문법 및 화용적 기능을 판별하고 그것을 교차 적용하여 신체의 각 부분이 동작기호를 구성하는 상관관계를 유형화하며, 말과 신체부위와의 유기적 메커니즘을 분석적으로 기술함으로써 동작기호를 분석적으로 규명할 수 있다.

표 1-31 팔과 얼굴의 동작기호학적 메커니즘

<table>
<tr><th colspan="2" rowspan="2">기준
신체 부위</th><th colspan="2">계량적 규정</th><th colspan="3">방향</th><th colspan="2">개방성</th><th rowspan="2">기타</th></tr>
<tr><th>단수</th><th>복수</th><th>상/하</th><th>전/후</th><th>좌/우</th><th>개방</th><th>폐쇄</th></tr>
<tr><td rowspan="3">팔</td><td>손바닥</td><td>1</td><td>2</td><td>위로 향함
아래로 향함</td><td>앞으로 뻗음</td><td rowspan="3">좌우가 금기 여부 인지에 따라서 판정</td><td>폄</td><td>쥠</td><td></td></tr>
<tr><td>손가락</td><td colspan="2">각 손가락에 할당한 대표 화행</td><td>위로 향함
아래로 향함</td><td>앞으로 뻗음</td><td>곧게 뻗음
구부림</td><td>?</td><td></td></tr>
<tr><td>팔</td><td>1</td><td>2</td><td>위로 향함
아래로 향함</td><td>앞으로 뻗음</td><td>뻗음</td><td>반만 폄/
구부림</td><td></td></tr>
<tr><td rowspan="4">얼굴</td><td>눈
(시선)</td><td>1</td><td>2</td><td>위/아래</td><td>?</td><td>좌/우</td><td>뜸</td><td>감음</td><td>눈의 초점 위치</td></tr>
<tr><td>코</td><td colspan="2">성상
(크기/종류:
매부리코,
딸기코)</td><td>위/아래</td><td>정면</td><td>좌/우로 외면</td><td>?</td><td>?</td><td></td></tr>
<tr><td>입
(이빨)</td><td>1</td><td></td><td>입술 끝
위/아래</td><td>내밈</td><td>?</td><td>벌림</td><td>다뭄</td><td></td></tr>
<tr><td>턱</td><td>1</td><td></td><td>아래 턱
끝이 나옴</td><td>내밈</td><td>?</td><td>벌림</td><td>닫음</td><td></td></tr>
</table>

제2부 매체

6장 미디어폴리스

"그러면 공업 이후 사회, 소프트웨어 자본주의의 중심 제품으로서 현대 미국, 구라파의 경기를 이끌고 있는 새 상품은 어떠냐? 그것은 거의 예술과 정보가 주역이 되는 체험, 필링, 엑스터시, 시간 가는 줄을 모르게 하는 오락품들이다. 멀티미디어, 버추얼 리얼리티, 국제전화, 5백 채널 케이블 TV, PC게임, 인터넷 전부가 체험중심의 비제품적 상품인 것이다. 우리는 의사소통을 위한 수단으로서 전화를 사용해 왔다. 그러나 요새 우리는 전화를 하려고 전화를 한다. 즉 전화가 수단에서 목적으로 승화했다. 예술이 종교의 수단에서 19세기 말 예술을 위한 예술, 순수 추상예술로 승격했던 것과 같이 통신은 순수한 자기목적적 Something으로 변신한 것이다."

백남준, 조선일보 1995. 1. 1.

발터 벤야민은 "복제기술 시대의 예술작품"Das Kunstwerk im Zeitalter seiner technischen Reproduzierbarkeit[1]에서 기술적 장치들이 예술의 생산 및 수용조건과 심미성의 기준까지 변형시킬 것으로 예견하였다. 그럼에도 오늘날 도래한 미디어[2] 시대의 매체적 인식의 가능성과 한계가 제대로 조명되지 못하고 있다. 연산주의에 토대를 둔 언어공학은 인식론적 성찰을 사변철학으로 폄하하며 텍스트의 다의성과 심미성 심지어 역사성까지도 알고리듬으로 환원할 수 있다고 장담하는 반면, 자연언어의 심미성에 집착하는 인문주의는 기술발전이 문학체계에 미칠 효과를 외면하고 있다. 케케묵은 원고지와 첨단 태블릿이 공존하는 상황에서 패러다임의 진정한 교체를 말할 수 있는가? 언어를 기호의 제왕으로 모시는 배타성에 있어서는 인문주의와 연산주의가 다를 게 없다. 언어순수주의는 인간의 모든 감관과 기술적 장치를 총동원하는 전대미문의 다중매체[3] 시대, 즉 미디어폴리스의 도래로 말미암아 근원적 위기에 직면해 있다. 하지만 출판으로 인한 지식독점의 붕괴를 걱정하던 중세의 우려가 계몽주의의 승리로 귀결되었듯이, 21세기 정보혁명은 위기가 아니라 차원을 달리하는 도전의 계기이다.

오늘날 사회구조, 문화, 커뮤니케이션과 인지의 상호관련성에 대

---

1 반성완("발터 벤야민의 문예이론", 1983/1996, 민음사) 참조. "기술복제 시대의 예술작품"으로 번역되었지만, 원제를 감안하면 "복제기술 시대의 예술작품"이 적절하지 않을까 생각한다.

2 본고에서 말하는 미디어(Medien)는 매체의 제도(Institution), 기술(Technik) 및 산출물(Angebote)의 상위개념이다. 맥락에 따라 각 하위개념을 지칭할 수도 있다. 이에 대해 Schmidt(1994: 322) 및 Schmidt(1995) 참조.

3 멀티미디어(Multimedia)를 '다매체'로 번역할 경우, 모든 종류의 기술적 장치들을 열거하는 '복수성'과 그 중 하나만 선택하는 '단층성'을 함축한다. 여기에서는 매체들의 '복수성'뿐만 아니라, 그들 사이의 역사적 · 기능적 중첩과 누적성을 강조하기 위해 '다중매체'라는 용어를 사용하고자 한다.

해서는 의심의 여지가 없다. 문자와 인쇄 · 영화와 라디오 · 텔레비전과 컴퓨터 · 인터넷과 클라우드 · MMORPG 게임에 이르기까지의 변혁은 공동체의 조직과 문화 프로그램, 커뮤니케이션과 인지에 영향을 끼친 진화로 이해된다. 구전에서 문자로, 수고와 필사본에서 서적으로 대량생산과 전자파일로의 전환과정을 살펴보면, 매체와 커뮤니케이션의 공동진화가 시공간을 어떻게 재편하고 신앙과 과학의 괴리를 어떻게 조정했으며, 저작권과 지적재산권의 확립, 현실과 비현실의 구별 그리고 해당하는 공동체의 현실구성에 개입해온 방식이 드러난다. 단적으로 호모 사피엔스의 생존 자체가 매체 및 기술의 진화[4]에 구조적으로 연동되어 왔다.

1. 미디어폴리스 Mediapolis 유토피아?

"Mediapolis, Aspects of Texts, Hypertexts and Multimedial Communication"에서 미디어폴리스 패러다임을 선언한 인키넨 Inkinen, 1999: V-VIII은 정보사회, 네트워크 사회 및 미디어 사회의 기술적 · 사회적 발전이 인간공동체의 낡은 전통과 기존의 구조를 뒤흔든 변혁의 원인이라고 지적한다. 커뮤니케이션과 정보공학이 배태한 인식론적 · 문화론적 성찰의 현주소는 무엇인가? 행정부서의 요란한 슬로건은 창조경제의 장밋빛 미래를 약속하지만, 정작 이 패러다임에서 창발할 새로운 현실에 대한 윤리적 · 철학적 성찰은 고전적인 사고틀에 얽매어 있다. 상

4 G. Basalla(1988)의 The Evolution of Technology(김동광 옮김, "기술의 발전", 1996, 까치) 참조.

황이 그러하다면 문화공학의 시대를 적극적으로 규정할 충분한 이유가 있다.

'포스트-모더니즘'의 '정보사회'를 표방하는 문화이론에서 정보·네트워크·공학을 논의하듯이 현대 기호학과 미학 및 철학의 담론코드에서도 전통적인 매스미디어는 물론 '뉴미디어'로 구성된 21세기 시대정신을 다루고 있다. '실재하는 비실재'Real Virtuality, '현실적 가상세계'의 문화는 커뮤니케이션의 기술성·심리성·쾌속성을 강조한다. 디지털 네트워크로 가능해진 다중매체의 이용으로 모든 문화적 표현을 포섭하는 새로운 커뮤니케이션 시스템이 도래한 결과, 커뮤니케이션 자체가 더욱 풍요로워 지리라고 예측할 수 있으며 동시에 정보의 과부하와 데이터 쓰레기의 범람도 예견된다.[5]

우리는 언어학적 전환과 화용론적 전환[6]을 거쳐 이제 '디지털 경제', '기술사회', '인터랙티브', '사이버 문화', '사이버 민주주의', '사이버 문학' 같은 의제와 마주치고 있다. 매체와 기술의 발전은 경제·정치·과학·예술·법·문학·교육 등 제반 사회적 체계와 맞물려서 '초국적성'과 '초문화성'이라는 현실의 구성을 가속화하고 있는데, 그 발전은 예측이 불가능하며 무질서하고 불평등하게 진행된다. 인터넷 시간이 실용화되고 손바닥 안의 스마트폰으로 전 세계 수천 개의 채널을 만끽하는 세상에서는 기존의 시공간 개념이 무력화된다.[7] 그러나 디지

5 포털사이트에서 특정한 주제를 입력하면 수만 개의 항목이 검색된다. 수십 개의 자료를 검토하던 시대에는 대부분의 자료를 꼼꼼히 검색할 수 있었지만, 수만 개의 자료 앞에서 무엇을 해야 하는가? 엄청난 자료가 역설적으로 자료에 대한 접근을 가로막고 있다. 이 현상을, 자료가 많을수록 쓸만한 자료는 보기 어려운 '기호 인플레이션'의 역설이라고 할 수 있겠다.

6 이에 대해 박여성(2000a) 및 Helbig(1990: 148이하) 참조.

7 디지털 공동체에서 1년(Digital Year)은 365일의 1/10인 36.5일이라고 한다.

털 유토피아와 전자혁명, 글로벌 빌리지, 정보고속도로를 표방하는 '새롭고 용감한 정보사회의 신세계' The Brave New Information Society의 건너편에는 지난 세기의 한물 간 기술의 혜택조차 누리지 못하는 프롤레타리아의 비극이 계속되고 있으며[8] 야누스의 얼굴을 가진 슈퍼 시스템은 우둔한 이데올로기에 얽매어 있다.[9] 기술적 발전이 배태한 인식론적 · 문화적 상황 자체가 미디어폴리스 패러다임을 구축하는 출발점이라면, 인문학은 미디어와 텍스트, 다중매체 커뮤니케이션으로 촉발될 문화이론적 · 철학적 · 기호학적 함의를 성찰해야 할 것이다.[10]

2. 문화와 기억

'사회적 기억' Soziales Gedächtnis의 이론을 확립한 알박스M. Halbwachs는 기억의 유지시간과 작동양식에 비추어 기억의 유형학을 제시했다. 이에 기대어 구두언어에서 문자언어로, 수고와 필사본에서 서적과 파일

---

8 상징기호를 자본으로 간주하는 P. Bourdieu의 "La distinction: Critique sociale du jugement"("구별짓기: 문화와 취향의 사회학", 최종철 옮김, 1994/1996, 새물결)과 "상징폭력과 문화재생산"(1995, 부르디외 지음, 정일준 옮김, 새물결) 참조.

9 증권거래소 전산시스템의 마비, WOW라는 가상현실에서 벌어지는 사이버 절도에 대한 법률적 판단, 스팸메일, 컴퓨터 바이러스와 피싱, 연예인 비디오, 해킹, 사이버 증권 열풍 같은 현상을 생각해 보라.

10 이를 토대로 추진된 미디어폴리스 프로젝트(S. Inkinen ed. 1999)는 다중매체 커뮤니케이션의 이론과 문제 및 가능성, 컴퓨터 상호작용, 하이퍼텍스트를 통한 지식의 표상, 현대 미디어와 미래의 기술 및 전자 텍스트에 대한 분석적 접근을 지향한다. Polis라는 도시의 상태, 플라톤의 "공화국"에서 최초의 유토피아가 알려진 이래, 이제 Mediapolis에서는 미디어와 권력이 상호 연결된다(구조적 연동). 위에서는 ① 텍스트, 하이퍼텍스트, 디지털 서사, ② 기호학적 · 철학적 접근, ③ 미디어와 기술 비판, ④ 미디어 문화의 발전으로 나누어 연구결과를 싣고 있다.

과 클라우드로의 진화를 개괄해 보자.[11]

1) 단기기억과 장기기억

기억의 양적인 기준에 비추어, 대면소통을 거친 '단기기억'STM과 문화로 전승되는 '장기기억'LTM이 구별된다.[12] 현재 시점에서 생생히 기억하는 것이라도 기억의 실체는 외장매체로 저장되어야만 전승될 수 있다. 시대를 거쳐 무수히 산출된 원자재로서 코무니카트 토대매체제공물를 코무니카트인지구성체로 생성시키는 도구인 매체는 후손들을 망각된 과거 사건의 증인으로 만들어준다. 그 결과 공시태에 살고 있는 개체의 인지와 공동체의 커뮤니케이션은 통시태 속에서 구조적 연동을 유지한다.

---

11 '커뮤니케이션의 질료성'(Materialität der Kommunikation)에 관한 연구를 집대성한 Gumbrecht/Pfeiffer(1988)는 ① 몸과 기호, 기계적 발달과 기억/커뮤니케이션, ② 커뮤니케이션의 문자적 질료성의 역사, ③ 영상화면의 질료성, ④ 생태학적/행태학적 문제, ⑤ 인식론적 성찰에 대해 다루고 있다.

12 Halbwachs가 거론하는 Short Time Memory/Long Time Memory는 인지과학에서 다루는 semantic memory/episodic memory의 구별과 다소 상이하니 혼동하지 말기 바란다.

텍스트나 그림 · 사진 · 르포타지 · 회고록 · 영화처럼 데이터뱅크에 저장되어 물화物化된 산출물Kommunikat-Basis의 제1층위와, 저장된 데이터를 꾸준히 활성화시키는 제2층위Kommunikat[13]를 구별해야 한다. 전자가 정보를 코드화하고 저장한 자료資料: Dokumente라면, 후자는 그것에 사회적 규정과 회상 가치를 할당한 기념비記念碑: Monumente이다. 커뮤니케이션 기억은 일상생활에서 순환되는 반면, 문화적 기억은 일상생활에 뿌리를 두지 않는다. 커뮤니케이션이 작동하는 공간은 일차적으로 축제와 연회 및 다양한 의례이다. 여기에서 문화적 기억은 모든 상징형식을 총동원한 다중매체로서 연출된다. 구두언어를 사용하는 부족사회에서는 의식 · 춤 · 신화 · 의복 · 장신구 · 문신 · 음식[14] · 제사 · 길 · 그림 · 풍경이, 문자문화에서는 다양한 상징적 표상형식을 동반하는 취임사 · 추도문 같은 텍스트가 정착된다. 요컨대 의례와 텍스트종류Textsorten는 기억의 부하를 최소화하는 인지도식을 구축하여 공동체의 정체성을 결정화結晶化 한다.

표 2-1 Assmann(1994: 120)

	커뮤니케이션 (과정에서 구성된) 기억	문화(를 통해 전승되는) 기억
내용	개인의 생애에서 체험된 역사적 경험	신화적 태초역사, 절대적인 과거 속의 사건들
형식	비공식적, 정형화가 덜 됨, 자연발생적, 상호작용을 통해서 창발, 일상생활	확고하게 공식화된, 고도의 정형화, 의식(Zeremonie)을 동반하는 커뮤니케이션, 축제

13 이때 제2층위의 미디어들은 상호텍스트성(Intertextualität)과 상호매체성(Intermedialität)을 동반한다. 이에 대해서는 Plett(1991), Hess-Lüttich(1999) 참조.

14 필자는 문자언어 사회에서 텍스트로 전이하면서 요리의 기호학적 과정이 아날로그적인 몸의 실천적 속성(기능기억)으로부터 디지털적인 시뮬레이션(저장기억)으로 바뀌는 상동성을 지적한 바 있다. 이에 대해서는 박여성(1997) 및 김성도/박여성(2000) 참조.

(이어서)

	커뮤니케이션 (과정에서 구성된) 기억	문화(를 통해 전승되는) 기억
코드, 저장 방식	신체기관의 기억 속에서의 생생한 회상, 경험과 전문(傳聞)	확고한 객체화, 전통적인 상징적 코드화, 언어나 그림 춤 등으로 연출(상연, 상영, 공연)
시간 구조	80~100년, 현재로부터 약 3~4대 이전 세대로 소급	신화적 태초의 절대적인 과거
운반자	불특정, 동시대를 살았던 회상공동체의 증인들	특수화된 전승운반자(전승자)

2) 기능기억과 저장기억

의식주체의 영역을 벗어나지 않는 것은 '기능기억'Funktions-Gedächtnis인 반면, 의식주체의 영역을 벗어나 더 넓은 영역에서 이루어지는 것은 '저장기억'Speicher-Gedächtnis이다Assmann 1994: 119. 문서를 사용하면서 문화적 의미를 외재적으로 저장하는 근원적 변혁이 나타난 결과, 정보는 잠재적으로 거의 무한대로 축적 가능해 진다. 메시지가 물화됨으로써 몸을 매체로 동원하던 기억의 지평은 추상적 지식을 전승하는 조건으로 대체된다. 구전사Oral History의 기억은 수천 년 동안 소급할 수 있는 반면, 문자사회의 기억은 교과서나 기념비 같은 객체화된 전승에만 집착하기 때문에 100년을 버티기도 힘겹다. 한편 기능적 작동과 저장의 역전으로 인해 활성화되는 정보에 비해 저장만 되는 쓰레기가 범람하는데, 이것이 곧 코무니카트 토대의 양과 코무니카트의 산출량 사이의 반비례라는 역설이다.

구성물로서의 기능기억은, 자신을 기호운반자로 파악하며 늘 스스로를 구성하는 주체에 결부된다. 그 주체는 개인일 수도 있고 집단이나 제도일 수도 있다. 이에 반해 저장기억에 입력된 '주체가 없는 객체'

의 코무니카트 토대는 선별과 상호연결을 통해 코무니카트를 창발시킬 주체가 없기 때문에 무정형 · 무질서의 데이터에 불과하다. 이 상황은 구두성과 문자성의 관계에서도 상동적이며, 구두성에서는 문화적 기억이 지배적인 반면에 문자성에서는 저장기억과 기능기억이 병존한다.

3. 그리오에서 빌 게이츠까지

"공동체는 커뮤니케이션에 의해 유지될 뿐만 아니라 비로소 그 커뮤니케이션에 의해 존재한다"Dewey 1916: 5는 듀이의 예지가 맞는다면, 커뮤니케이션의 진화는 곧 공동체 진화의 필수조건이다. 이에 따라 커뮤니케이션이 발전하는 가능성은 그 자체의 자기준거에 좌우된다. 다시 말해 커뮤니케이션의 가능성은 '커뮤니케이션의 가능성을 확장시키는 (……) 식으로' 자기생산적으로 진화해 왔다는 것이다.[15] 그 시각에서 매체와 커뮤니케이션 형식에 비추어 구전성과 문서성, 인쇄와 파일과 클라우드로의 진화가 가지는 특징을 살펴보자:

1) 신호체계에서 언어 커뮤니케이션으로

인간뿐만 아니라 벌이나 개미 같은 곤충도 신호행동을 통해 소통한다. 그러나 동물의 신호체계는 대개 특정한 목적을 위해 반복되는 도

15 새로운 미디어의 등장과 산출의 배증기는 가속도로 반감하고 있다. 이를 도시한 Merten (1994: 142) 참조.

상적 패턴[16]에 불과하며, 메타-커뮤니케이션이나 부정否定: Negation의 기능도 결여되어 있다Lenneberg 1968, Luhmann 1984:191 이하. 이에 반해 인간의 언어는 공감의 구체적인 규범화를 진전시켜서 개념과 정의를 정식화定式化하는 추상화와 규칙화에 도달하며, 언어를 사용함으로써 언어의 구조를 더욱 선명하게 만드는 자기생산의 고리를 완성한다: "신호행동이 고유행동으로부터 부분적으로뿐만 아니라 완전히 분리되어 그것과 무관하게 사용될 자의적으로 코드화될 수 있는 경우에만"Merten 1994: 143 진정한 커뮤니케이션이 성립한다. 이처럼 커뮤니케이션의 잠재력이 증가할수록 커뮤니케이션의 개선을 위한 기능이 가속화되는 것은 인간언어만의 고유성이다. 미미하나마 동물의 신호체계도 자기증배自己增配되지만 수십억 년 진화를 통해 획득한 양은 인간의 언어와 비교될 수 없는 수준이다.

2) 몸과 커뮤니케이션

(1) 구전성(구두언어)

구두언어로 조직된 사회에서는 사용되는 것만 전승되고 전승되는 것만 사용하는 순환구조에서 삶의 형식을 안정시킨다. 이처럼 항상성을 유지하는 구조에서는 사용되지 않는 것은 적절한 방식으로 폐기된다구조적 망각. 레비 스트로스1962: 309, 1975: 39는 그런 폐쇄적 문화구조를 "차가운 공동체"라고 부른다: "차가운 공동체"란 공동체의 문화적 재생산 양식이 변천이나 발전을 봉쇄하지는 않지만 진화의 가능성이

---

16 D. R. Hofstadter의 Gödel, Escher, Bach: An Eternal Golden Braid(한국어판, "괴델, 에셔, 바흐: 영원한 황금노끈". 박여성 옮김, 까치글방, 1979. 개정증보판[2015년 예정]). 참조.

나 행위의 전향적인 합리화, 도구의 최적화, 인지구조의 추상화의 가능성을 제한하는 공동체로서 폐쇄된 재귀순환구조를 유지한다. 이에 반해 자기증배를 기반으로 진화를 촉진시키는 공동체는 "뜨거운 공동체"로 불린다. 다시 말해 변화된 역사적 조건에 따라 기억의 항상성을 유지하기 위한 가소성可塑性과 적응력을 가져야 한다.

어떤 시대의 공동체씨족/부족는 시공간적으로 구성원이 지각할 수 있는 반경에 한정되고, 수렵과 채집, 건축과 의례, 전쟁과 평화는 구성원의 직접 참여가 보장되는 대면 커뮤니케이션을 통해 구두언어몸짓 포함로 진행될 수밖에 없었다.[17] 이때 긴요한 지식을 암송하여 전승하는 과업을 맡은 특수계층인 그리오Griot가 나타나는데, 그들은 암송에 실패할 경우 목숨을 잃을 수도 있기 때문에Ong 1987: 16 참조 시공간적 · 개인적 편차로 인한 왜곡을 방지하고 구두언어의 불안정성을 보정하는 추가적인 수법을 활용했다.[18]

구두문화에서는 피복 · 그림 · 북 두드리기 · 의례에 사용된 물건 같은 보조장치를 동반하는 가운데 미디어기억보조장치, 기호운반자와 운반자기억하는 주체, 텍스트의 실행자가 하나였다. 그리스에서 시와 멜로디, 놀이

---

17 오늘날 증권시장이나 경매장에서 중세 수준의 커뮤니케이션을 관찰할 수 있다. 중세에도 인쇄나 서적이 유통되기 시작했지만, 대부분의 사람들에게 문서와 서적은 접근할 수 없는 특권층의 성역이었다. 많은 사람들이 소통하던 공간은 구두 커뮤니케이션(Mouth to Mouth)을 통해 지식이 재현되고 전승되었던 시장이었다.

18 당시에는 시인이 집단기억을 담당했다: "당시 아프리카 어디에도 그 어떤 기호흔적도 없었던 시대에는, 이야기를 회상하고 추후에 다시 술화(述話)하는 과제가 어떤 특정한 사회집단에 할당되어야만 했다. 사람들은 이야기를 성공적으로 전달하기 위해서 음악적인 채색이 필요하다고 생각했고, 이를 통하여 구두를 통한 전승은 Griot(서아프리카의 구비[口碑] 전승시인, 또는 역사 구송자[口誦者])나 즉흥가수들, 즉 음악가 계급에게 맡겨졌다. 그들은 이런 방식으로 아프리카 대륙의 여러 민족들의 공동의 회상 보존자가 되었다. 그들은 구술행위에 모든 종류의 예술을 총동원한 시인이요 배우이자, 무희인 동시에 광대였다"(Zumthor 1985: 7, Assmann 1994: 133 재인용).

와 춤의 앙상블을 '무지케'Mousike로 불렀듯이, 몸을 통한 동작은 사회적 기억의 생생한 흔적이며 다중매체성이야말로 구두연출의 핵심이다. 이와 유사하게 중국의 설화인說話人이나 우리네 변사辯士도 운문화韻文化[19]를 통해 몸의 리듬으로 기억내용을 포착하는 기억술의 비법을 전수해왔다. 말하자면 그들은 전자 저장매체가 없던 시대의 생물학적 기억장치였던 셈이다.

기억술과 더불어, 전달자 자신의 신용이나 지명도에 의존하여 메시지의 진본성을 보증하는 직인이나 메타-커뮤니케이션 수단이 동원되었지만 그 방안은 개체마다 편차가 크거나 우발적이며 위험 부담이 컸기 때문에 단명할 수밖에 없었다. 구두로만 존재하여 메시지의 진본성과 재현의 충실성을 보장할 수 없게 된 시점부터 '소문'풍문이라는 장르가 출현하는데 그런 추세는 신화와 민담, 설화나 동화는 물론 미신과 주술呪術로까지 확장된다.

(2) 문서성(문자언어)

몸을 통한 기억이 메시지 재현의 확실성이나 진본성이 의심받는 임계점에 도달하는 순간, 다른 매체나 기호체계의 발명을 기대한다. 도상성의 흔적이 남아있는 크레타 섬의 선형문자 A에 기반을 둔 이집트 상형문자로부터 잉카와 수메르의 설형문자와 결승문자를 거쳐 최초의 체계적인 알파벳 문자에 이르기까지 인류가 동시다발적으로 시

19 동서고금의 고전은 주로 운문체의 대화를 채록한 것이어서, 문자로 고정되었더라도 운문적 특성이 잔존한다. '일리아드'와 '오디세이', '三國志演義'도 그런 맥락에서 이해할 수 있다. 중국어 성경을 대본으로 번역한 초기의 한글 성경이 한시나 시조의 호흡을 유지하는 점도 흥미있다(이에 대해 "하느님이 우리말을 하시다", 영원한 도움의 성모회, 1996 참조).

도해온 모든 노력은[20] 시간의 축에만 기억되던 구두언어의 불확정성을 공간이라는 정지태에 묶어두려는 시도였다. 몸에 가장 친숙한 미디어는 음성이었으나, 문자가 발명된 이후 다중매체성의 스펙트럼은 오히려 시각으로 위축되었다. 이로써 통감각을 눈길로만 집약하는 문자 시대가 열리며, 그 결과 전승기억의 시각적 번역이라는 새로운 과제가 나타난다.[21] 문자의 발명을 통해 과거의 문화적 기억을 현재의 운반자로 포착하는 완전히 새로운 표상이 가능해진 결과, 원격 커뮤니케이션은 물론이고 사회적 공감의 지평 위에서 역사의식도 확립되었다. 추상화와 일반화를 통해 구체적인 현실세계의 사물을 개관하고 풍요로운 세미오시스를 창출할 수 있었던 것은 음성문자를 기반으로 하는 문서의 덕분이었다. 그 결과 문자사회로 접어들면서 문맹인의 신분은 강등되고 정치적으로 세계관의 형성에서 불이익을 당하며, 역으로 절대권력의 안정화에 악용된다. 단적으로 편지를 읽을 수 없는 자는 봉토封土를 요구할 자격조차 없었다Krieger 1979: 79.[22]

문자사회로 넘어가면서 텍스트의 왜곡이라는 민감한 상황이 나타난다. 구두언어가 진본성을 확증하기 위해 '선서'나 '맹세' 같은 의례를 빌렸듯이, 문서의 경우는 코드나 직인 또는 도장 등을 통해 진술의 신빙

20 구두문화와 문자문화의 관계에 대해서는 Ong(1982), D. R. Hofstadter(1979) 참조.

21 번역의 인식론적 문제에 대해서는 박여성(2013) 참조.

22 상징자본의 위력은 가깝게는 대서소나 복덕방, 법률사무소 같은 일상생활에서 여전히 유지되고 있다. 예컨대 '고소장'이라는 텍스트종류에는 인칭대명사의 사용이 제한되고 직시어의 분포나 문장연결사가 일상언어와 현격하게 다르다. 소송당사자들이 고소장을 직접 작성할 수 있는 권리가 보장되어 있지만, 현실적으로는 법률자문가(변호사나 법무사)의 손을 거치지 않으면 효력을 인정받기 어려운 상황이다.

성을 재차 강화한다.[23] 오늘날 신분증이나 신용카드, 회원증의 경우에도 '앞에 적힌 텍스트의 내용는 참이고 옳으며 OOO로부터 그 사실을 위임받았다'는 사실이 여기카드에 부가된 기호를 통해 재차 보장되었다'는 점을 보증하는 메타 기능은 동일하다.

문자가 넓은 영역에서 통용됨으로써 구두언어가 안정되고 문자언어도 표준화된다. 라틴어와 헬라어 성경이 개별언어로 번역되는 가운데 대부분의 현대 유럽언어의 기틀이 정립되고, 다듬어진 언어를 토대로 창작된 무수한 문학작품은 개별언어의 미학적 가능성을 한껏 증폭시켰다.[24] 그 언어를 사용하는 공동체의 안정과 정체성이 다시 그 언어의 생산력을 향상시킨 것이다. 시스템 이론의 비조 파슨스Parsons 1964의 말을 빌리면, 언어는 궁극적으로 자기준거적으로 정의되는 진화적 보편소의 유형이다: "진화의 보편소는 구조 및 그에 관련된 과정들의 복합체로서, 결국에는 생명체계의 적응능력을 증대시키는 발전이자, 확실히 더 높은 층위의 일반적인 적응능력을 획득할 수 있는 체계들이다." Merten 1994: 149

---

23 미디어폴리스 시대에도 이러한 이미지들이 통용된다. 로고의 형태로 된 상징물, 언어를 대신하는 이미지의 홍수는 아이러니컬하게도 전자시대의 불확실성에 대한 의심을 상쇄하는 안전장치인 셈이다. 이런 점에서 비문자 시대의 장치가 생명력을 유지하고 있다. 이에 대해서 김성도(2003c) 참조.

24 번역과 언어의 발전사에 대한 저작으로는 독일 하이델베르크 대학의 번역학자 Hans Vermeer가 기획하는 방대한 프로젝트 "Skizzen zu einer Geschichte der Translation, Anfänge-Von Mesopotamien bis Griechenland. Rom und das frühe Christentum bis Hieronymus"(번역사 대계: 메소포타미아에서 그리스까지. 로마에서 히로니무스의 초기 기독교 번역까지. 1992, IKO-Verlag für Interkulturelle Kommunikation, Frankfurt)를 참조하라. 2권으로 "고대 영어, 고대 작센어, 고고지- 및 신고지 독일어: 문헌정보 일람"이 나왔으며 3권: "중세의 번역이론과 실제", 4권: "르네상스에서 19세기까지의 번역의 이론과 실제", 5권: "19세기와 20세기의 번역의 이론과 실제"가 계속 간행될 예정이다.

텍스트라는 문서형식이 출현하면서 새로운 커뮤니케이션 상황이 도래하고 텍스트에 저장된 정보는 의례나 비공식적 행위의 연출과 다른 방식으로 활성화된다. 입이나 몸을 통한 즉행적卽行的 기억은 메타 행위를 허용할 수 없는 반면, 텍스트는 뜻풀이와 요약이 가능하며 무엇보다도 해석과 비판과 대상이 된다. 텍스트가 랑그라면 몸의 기억에는 파롤 밖에 없다. 텍스트는 기능기억을 저장기억으로 바꾸는 대가를 치르면서 구두성의 시공간적 한계를 극복하고 잠재적으로 무한히 팽창될 수 있는데, 이것을 추진한 최초의 제도가 바로 교회와 도서관[25]이다. 요컨대, 문자사회에서는 커뮤니케이션의 시간적 · 사회적 · 현실적 역량이 강화된다: 첫째, 진술을 공간적으로 포착함으로써 진술의 지속성을 보장하는 시간적 이점을 얻는데, 그것은 신뢰할만한 지식의 수집과 축적에 필수요건이다. 둘째, 진술이 문자화됨으로써 진술은 무한히 많은 수신자들이 사용 가능해진다. 셋째, 문자를 통해 고정된 진술의 재현의 충실성진본성이 실질적으로 확보된다.

3) 기술을 통한 진화

대량생산과 복제를 가능하게 한 테크놀로지 시대 이후 진화의 속도는 누승累乘으로 증가한다.

(1) 수고(필사본)에서 인쇄(서적)로

구두언어에서 문자언어와 기술적 장치로 진화하는 과정에서 인간

25 교회와 도서관은 문명사적으로 어떤 역할을 하는가? 에코의 "장미의 이름"(Il nome della rosa)에서 흥미진진하게 기술되었던 '장서관'은 이인화의 "영원한 제국"(1994, 세계사)에서는 '규장각'(奎章閣)으로 설정되었다.

은 새로운 매체환경에 구조적으로 적응해 왔다. 대량생산되지 못했던 수고와 필사본은 구텐베르크(1455년) 이후 인쇄술에 힘입어 책의 형태로 변모하고 대량생산에 이른다. 이때 매체제공물을 정기적으로 제작하게 된 동기는 상인들 사이에서 일종의 편지형식으로 유통되던 신문의 전신에서 볼 수 있는데, 일례로 독일 아우그스부르크Augsburg에서 유통되던 Fugger Zeitungen이라는 상용편지는 무역중심지에서 유통되던 물품에 대한 최신정보를 규칙적으로 알려 주었다. 1609년에는 스트라스부르Strasbourg에서 Zeyttungen이 볼펜스뷔텔Wolfensbüttel에서 Aviso라는 초기 신문이 발간되었는데, 전쟁터나 권력핵심지에서 흘러나온 충격적인 소식과 더불어 아름다운 이야기도 간간이 실리곤 했다. 이로써 인쇄의 대량성과 사건의 시사성 외에 정보제공의 주기성週期性이라는 기준이 정착되었다.

표 2-2 문자성과 구두성의 대조

	문자성/문서성	구두성
	저장 기억 (객체: 그것)	기능 기억/문화적 기억(주체: 나/우리)
내용	타자, 현재의 극복	자아, 특정한 과거에 토대한 현재의 입지
시간구조	비시간적: 이중시간성, 과거와 현재의 대립적 병존	통시적: 과거와 현재의 연계
의미구조	재고로 축적되는, 비구조화된	선별 조합을 거쳐, 의미를 구성하는
형식	텍스트의 불가침성, 사료(Dokumente)의 독자적 지위	선택적=회상의 전략적이고도 원근법적인 사용을 통하여 기념비(Monumente)로 변환
미디어와 제도	문학, 예술, 박물관, 과학 등 (사회적 체계)	축제, 집단적 기념(식)들의 공적인 의식
운반자	문화공동체의 개체들	집단적인 행위주체들
영역	의식주체의 직접적인 커뮤니케이션 유통영역에 거주하는	바로 의식주체의 커뮤니케이션이 유통되는 영역에 거주하며 이루어지는 삶의 생생한 역사

(2) 소량 인쇄(수고/필사본/양장본)에서 대량 인쇄로

문자언어로 된 최초의 대중매체인 신문은 방傍이나 편지와 달리 인쇄를 통해 동일한 내용을 대량 복제하는 속성을 가진다. 대량으로 출간되는 신문과 책은 문자언어가 구두언어의 불확정성을 고정한 것과는 비교가 되지 않을 정도로 표준어의 확립에 기여한다. 구두언어에서 문자언어로의 진출이 질적인 변화였다면, 15세기 중반 수고필사본에서 인쇄물로의 전환은 일단은 양적인 진화에 불과했다.

그러나 서적의 증가는 지식의 폭발을 유발하여 교육제도의 발전으로 이어지고 교회에 국한되었던 지식 중추를 여론이라는 새로운 심급으로 대체하는 가운데 지식의 민주적인 분배를 작동시킨다. 인쇄는 양적인 변화에서 출발했지만 질적인 혁명으로 귀결되었으며 고독한 강독을 대신하는 독자층을 형성하여 토론과 창작을 고무하는 가운데[26] '사회적 체계로서의 문학'을 독립분화시키는 가장 중요한 동인이 되었다. 이로써 매체가 현실을 구성하는 역사가 시작된 것이다.

(3) 책에서 파일 및 빅데이터로

구두언어에서 문자언어로, 수작업으로 제작된 소량의 문서에서 대량 인쇄된 서적으로 발전하는 과정에서 언어의 안정성 · 통일성 · 확장성이 확보되었다. 만화경Kaleidoscope에서 시작하여 영화와 녹음기가 탄생했고, 라디오와 텔레비전 및 컴퓨터 나아가 인터넷과 스마트폰이 등장함으로써 문화의 민주화와 세계화에 한발 다가간다. 이처럼 현대

26 서구에서 그 역할을 한 것이 바로 카페와 가정교사 제도였다. 특히 여류 지성인이 공간을 제공했는데 대표적인 인사로 Madame de Staël에 대한 소개는 Gipper, H./P. Schmitter(1985) Sprachwissenschaft und Sprachphilosophie im Zeitalter der Romantik 참조.

의 과학기술 문명에서는 커뮤니케이션의 조직원리가 지체 없이 자신에게 재투입되기 때문에 더욱 많은 미디어들이 더 짧은 시간에 출현한다.

이 과정을 윌버 슈람(1981)에 기대어 비유해 보자: 인류 진화 수백만 년의 역사를 24시간으로 줄여 보면, 언어는 진화과정의 89.8% 시점인 21시 33분이 되어서야 탄생했고 문자는 99.4%가 되는 시점에 그밖의 미디어들은 23시 59분 14초 이후에 생겼다. 진화 시계의 자정 46초 전부터 인쇄서적46초 전과 신문32초 전, 영화8초 전와 라디오5초 전, 텔레비전4초 전이, 3초 전에 컴퓨터가 2초 전에 인터넷이 그리고 방금 스마트폰이 출현했을 것이다. 누승으로 가속화 되어 온 미디어의 진화는 물자의 소통시대인 고대에는 보속步速과 유속流速으로, 에너지 이동시기인 산업혁명기에는 풍속과 음속으로, 거대한 정보 네트워크로 구성된 미디어폴리스에서는 광속으로 진행된다.[27]

표 2-3 매체와 지식의 공동진화

	구전성	문자성		전자 매체
		문서(수고/필사)	서적(인쇄)	
지식의 조직	폐쇄된 구조 절대적 과거	개방된 구조. 역사의식	지식폭발의 가속화; 새로운 과학의 등장	교육규범의 붕괴 언어가 개입되지 않는 컴퓨터식 사고방식 제2의 문맹 위협
코드화	상징적 코드	알파벳이나 언어코드	기호 추상화의 가속화, 표준화	비언어적 코드 인공언어
	인간의 기억에 의한 한정	텍스트로 쓰인 언어 를 통한 여과, 미디어 와 운반자의 분리		비여과된, 무한한 자료의 가능성

27 루만은 커뮤니케이션의 재귀적 운행이 진화의 성능을 가속화한다고 강조했으며, 메르텐은 1960년대부터 1990년대 그리고 2000년대에 이르기까지의 증가의 추세를 설명했다(Merten 1994: 142 참조).

(이어서)

	구전성	문자성		전자 매체
		문서(수고/필사)	서적(인쇄)	
저장 방식	몸에 근접한 기호, 미디어의 가용성, 다중매체성	텍스트의 독자적 실존 일방적인 시각화	기호 추상화의 가속화, 표준화	음성의 부활/기호 코드를 사용하여 기계적으로 재감각화/텍스트의 역동화/클라우드를 통한 저장방식의 혁신(유비쿼터스)
커뮤니케이션 형식과 순환방식 (영역)	• 축제 • 공동 참여하는 의례행위의 연출 • 제한된 파급 범위	• 서적 • 재인용과 강독 • 시공간의 투명성	• 고독한 강독/여론 • 대중/대량 문화	• 시청각 미디어 • 네트워크 속에서의 상호작용 • 지구촌화 • SNS의 지구촌화

인쇄매체는 원래의 기능이 광고인지 의아할 정도로 본문과의 비중이 역전되며 뉴스도 신속 · 정확한 보도라는 고전적 사명과 거리가 먼 정보-오락Infotainment을 연출한다. 광고비의 통제를 받는 자본주의 언론의 현상을 두고 루만은 "매스미디어의 재생산기술이 가장 최근에 발전된 커뮤니케이션 방식에서는 오히려 진화의 연쇄를 거꾸로 되돌려 놓았다"Luhmann 1981고 예견한 바 있다. 다중매체를 통해 시점적 차원이 동시화되고 구두 커뮤니케이션이 부활하면서 인터뷰와 토크쇼, 스타의 신변잡기 같은 프라이버시로 채워지는 프로그램과 Reality-TV · 예능 · 토크쇼가 활개를 친다. TV · 인터넷 · 스마트폰에 시간을 점점 더 할애하는 가운데 커뮤니케이션은 양적으로 질적으로 진화하고 그에 준하는 인지현실이 창발한다. 일례로 가상현실 속의 홈쇼핑 · 전자영토는 문자시대의 산출물을 새로운 기술로 재매체화Remediation: Bolter 1990함으로써 스스로를 대상으로 삼는 메타 미디어를 탄생시키는 자기

생산의 고리를 완성한다.[28] 근대 이전의 매체 진화가 선택적이었다면, 이제 진화 자체에 상승효과가 부과된다. 결과적으로 매체에서 구성된 것보다 더 새롭고 더 현실적인 것은 없다.

4. 미디어폴리스와 텍스트과학

크로이처(1975), 하우프트마이어/슈미트(1985)가 '문학' 개념의 변혁을 예견한 이후 불과 30년 만에 독서는 게임으로 서적은 전자책e-books으로 바뀌고 말았다. 텍스트의 불확정성을 지적하여 기존의 텍스트관을 뒤흔든 야우스와 이저의 수용미학,[29] 데리다를 위시한 포스트모더니즘과 해체주의를 거쳐 슈미트와 글라저스펠트, 루쉬의 구성주의에 이르기까지 미디어폴리스 시대의 인식론적 변화는 가히 혁명적이다. 이에 따라 텍스트를 선형적 고정체가 아니라 쓰기와 바꿔쓰기 및 덧쓰기, 연결과 역연결이 유연하게 실행되는 무한공간이자[30] 증식적으로 구성되는 전일적 처리형식으로 보고자 한다.

1) 언어학과 문예학의 텍스트관

1970년대에 발흥하여 1990년대 화용론적 시각에 이르기까지 텍

---

28 언론보도의 내용을 보도하는 'Pressestimmen', 'TV 속의 TV' 등의 매체비평이 있는데, 그 핵심은 당연히 상호텍스트성(Intertextualität)이다.

29 "독자반응비평"(차봉희, 1993, 고려원) 참조.

30 이런 정의는 Genette의 Palimpseste 비유에서 특징적이다. Stierle(1984: 149)는 Genette의 비유를 비판하고 있으나, 그가 비유한 핵심을 간파하지 못한 것 같다. 오히려 Genette가 제시한 재생성, 흔적을 통한 상호텍스트성의 정의는 어떤 언어학적 접근보다 효율적이다.

스트언어학에서는 '외연'Extension · '한정'Delimitation · '표층결속성'Cohesion · '심층결속성'Coherence 및 '언어적 맥락'Cotext과 '언어외적 환경'Context, '구조'와 '체계' 같은 범주로 텍스트 속성을 규정했다.[31] 문예학에서는 텍스트를 한편으로 유사성 · 대립 · 반복 · 평행성 등을 통하여, 다른 한편으로 다른 텍스트와 코드, 미학적 규범, 문학적 전통과의 관계에서 의미를 획득하는 체계로 규정한다. 최근에는 텍스트성의 규정에서 초창기 텍스트문법에서 정의했던 특정한 성분들의미구조, 통사구조 또는 언어행위의 선형적 연쇄체라는 인식을 넘어서, 다층적인 기호구성체슈퍼-기호라는 관점으로 통합되고 있다:

> "음소는 음성을 통해 언어체계 속에서 의미를 변별하는 기능을 가진다. 형태소는 낱말조각을 통해 의미들을 문법화시키는 기능을 가진다. 어휘소는 낱말을 통해 의미를 어휘화하는 기능을 가진다. 문법소는 구와 문장을 통해 의미를 선형화하는 기능을 가진다. 텍스트는 맥락을 통해 의미를 통합하는 기능을 가진다. 끝으로 텍스트종류는 텍스트표본을 통해 의미를 인지도식화하는 기능을 가진다. 이런 구상에서는 일차적으로 형식적 단위들에 관련하는 것이 아니라, 오히려 의미의 '풍요'와 '빈곤' 사이의 진화적 등급 사이로 진행되는 기능적인 처리양상에 관련하는 것이다(……) 이러한 구상은 인지과학, 복잡계 이론 및 인공지능 분야 등의 최신 연구성과를 반영하고 있다. 요컨대 의미는 온-라인으로 생산되며 자기조직되는 것이지, 사전의 항목처럼 간단히 기억에서 호출되는 것이 아니다."
>
> de Beaugrande, 1997: 8

31 Rolf(1993), 고영근(1999) 참조. de Beaugrande(1997)는 초기의 입장과 상당히 다른 시각을 제시한다.

기술적 장치의 도움으로 기존의 텍스트들의 장르 교체와 융합이 유연해지고 텍스트들이 기호의 원초적 융합태로 환원이 가능해지면서 전일주의적 관점이 공감을 얻고 있다. 그 전환은 몸에서 기계로 이탈했던 기호의 역사가 다시 몸으로, 기능기억에서 저장기억으로 이동했던 것이 다시 기능기억으로 회귀하고, 선형적 채널로 축소되었던 기호들이 전방위성으로 회복하는 21세기 매체발전의 특징이다. 이런 특성을 다루는 텍스트과학 Text-Science, (그림 2-1)은 텍스트 문법을 체계화하는 텍스트통사론, 지시와 의미구조를 분석하는 텍스트의미론, 대화의 상호작용과 화행구조를 파악하는 텍스트화용론의 층위에서 텍스트와 기호체를 연구한다.

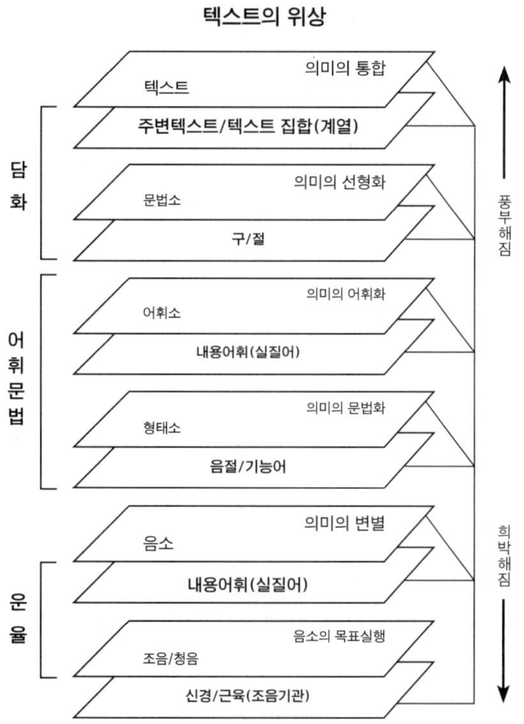

그림 2-1 텍스트의 성층구조

2) 상호텍스트성

프랑스 문예학자 쥬네트는 "Palimpsestes"1981, Paratexte 1991에서 텍스트의 전승과 장르 형성에 초점을 맞추어 상호텍스트성 연구에 획을 그었다. 텍스트는 무無에서 창출된 것이 아니라는 인식에 고무받아 언어학에서는 전술前述-텍스트가 가지는 통사적 · 의미론적 관계 · 위상적 변이 · 모티브 및 소재의 상동성 · 변질에 맞추어 다양한 장르들을 조명했다:[32]

> Anspielung풍자, Autotexte자동-텍스트, Bearbeitung번안, Burleske골계극, Cento절취단장하여 엮은 시가, Collage꼴라주, Digest다이제스트, Exzerpt발췌록, Fragment시가 등의 斷篇, Genotext심층텍스트, Glosse주해, Hypomnema회상록, Imitation모방, Interpretation해석, Kommentar주석, Kontrafaktur상반모방, Lesart해설, Mimesis모사, Montage짜깁기, Nachdichtung모작, Original원본, Parodie풍자적 희화, Palinodie비방한 시를 취소하는 시, Paraphrase의역, ParatextePalimpseste; 기생텍스트, Pastiche혼성모방, Persiflage빈정거리는 야유, Phänotext현상/실현텍스트, Plagiat표절, Posttext후속텍스트, Prätext선행텍스트, Quelle원전, Redaktion편집, Remake재탕, Reminiszenz회상록, Resümee개요, Rezension서평, Satire풍자시, Synopse일람, Travestie형식 개작, Übersetzung번역, Vorwort서문, Waschzettel삽입 선전문구, Zitat인용, Zusammenfassung요약

이에 따라 지시구조 · 커뮤니케이션 특성 · 자기성찰 · 구조 · 선별성 · 대화성 · 언어적 변이태와 레지스터의 문제 · 장르와 텍스트 유형의 형성에 비추어 상호텍스트성을 다루어야 한다. 여기에서 중세 유럽의 인문학 멀티미디어 백과사전을 구축하는 움베르토 에코의 작업

---

32 이에 대한 이론적 틀은 Plett(1991), 박여성(1996) 참조.

을 살펴보자: 고전적인 의미의 텍스트를 원형으로 삼아 전자파일로 전환하고 필요한 지점에 설명과 주석 · 참고문헌과 원전의 안내 · 번역정보 · 연구현황 · 시청각 자료를 망라하는 절점과 링크로 구성된 병렬코퍼스로 하이퍼텍스트의 우주가 실현된 21세기 하이퍼텍스트 시대에 텍스트성은 상호텍스트성과 상호매체성으로 확장될 수밖에 없다. 장르를 기술적으로 변용했던 아방가르드의 기법이 이제는 상식적인 수단이 되며, "다양한 종류의 언어적 · 시각적 · 청각적 텍스트들의 거대한 보관소에서 광대한 정보 네트워크를 구성해주는 상호연결을 규명하는데 관심을 가지는 연구자들이 가용할만한 기술적 해결을 보여준다."Mai 1991: 50

이로써 관심의 초점은 선형 텍스트에서 비선형 상호텍스트로, 언어적 하이퍼텍스트에서 다중매체 상호기호성으로 확장된다. 미디어 시스템과 매체제공물의 혼융으로 날로 새로운 소통형식이 창발하면서 공연 · 드라마 등의 상위개념 및 유세 · 불문율 · 강론 · 설교 · 설법 · 문서 · 벽보 · 헌법 · 논문 · 경전 · 문학 및 영화의 장르 · 각종 공연 · 시트콤 · Reality-TV · 모큐드라마 · 뉴스쇼 등 새로운 매체장르가 나타난다Hauptmeier/Schmidt, 1985: 140.

3) 하이퍼텍스트

음소와 형태소 · 문장과 절 · 장 · 에피소드 · 플롯으로 시간의 축에 선형적으로 직조된 텍스트에 접하던 독자와 미디어폴리스 시대의 소비자는 매체인지도식부터 판이하다. 텍스트의 시각적 · 시간적 독해가 강요되었던 선형텍스트의 시대와 달리 오늘날의 미디어 소비자는 접속창을 넘나들며 교차지시를 통해 종횡무진한다. 선형적 지시구조의 그물을 초월하는 그곳에서는 의미구조가 정박하지 못하고 불안정하게 미끄러진다고 설파했던 데리다의 해체주의적 접근이 설득력 있다. 표 · 그래픽 · 사진 · 절점과 링크로 연결하여 선형성을 극복한 역동성 덕분에, 우리가 접속하는 가상공간은 더 이상의 소실점이 없는 뫼비우스의 띠 위에서 끝과 시작은 상호작용의 동일성Einheit을 형성한다.[33]

1932~67년에 이르는 기계주의, 1961~67년에 이르는 디지털 시대의 개막, 1985년에서 오늘날에 이르기까지의 발전, WWW의 등장과 함께 초기의 하이퍼텍스트 공간은 근원적인 변혁을 맞이하며, SNS의 실시간성과 인터랙티브 방식을 통해 가상과 현실 · 원본과 진본 · 텍스트의 수렴적 구조와 하이퍼텍스트의 발산구조는 세미오시스를 무한히 증식시키고 있다. 향기 컴퓨터와 가상쇼핑몰, 메일에 향수를 묻혀 보내거나 가상 레스토랑에서 음식맛을 향유하는 것도 불가능하지 않다. 그 결과 하이퍼텍스트의 쟁점이 미디어과학과 공유됨으로써 텍스트과학과 기호학이 얼마나 풍부해 지는지 알 수 있다. 그 바탕에는 들뢰즈와 가타리가 잠언으로 설파했던 가지뻗기Rhizome 속성이 자리 잡는다Cicconi 1999: 34 참조.[34]

33 디지털 서사(Digital Narratology)의 구상은 Landow/Delany(1990)가 제안한 바 있다. 김성도(2000b), 류철균/윤현정(2008), Strate(1993) 참조.

34 프랙탈(Fractal) 등의 속성을 발견한 사람들은 물리학자들이다. 만델브로트 집합이나 이산구조(離散構造)를 규명한 프리고진에 대해서는 슈미트(1987/1995) 참조.

표 2-4 매체와 인식의 발전

매체 / 하위 기준	구전성	문자성		전자 미디어	비고
		수고/필사본	서적		
인간의 유형	logos semantikos/ logos apophantikos	homo scribens / home sapiens		homo loquens / homo rudens homo significans/ ars combinationis	
현실모델/인식론	세계와 기호의 일치 또는 반영	인문주의	합리주의 계몽주의 참/거짓 앎/무지 구조주의	공리주의 화용론 적절/부적절 포스트 모더니즘 현실/가상	
진화의 속도	보속	유속	풍속/음속	광속	
대표적인 미디어 장르	운문/시	산문의 정착	시, 소설, 희곡, 에세이, 논문	미디어 장르의 폭증	
시대정신	신탁	진실	진리/지식/이성	근대성/유용성/자본	
기억의 유형	기능적 기억	저장 기억	저장 기억	저장기억+기능기억	
예술의 가치관	ars antiqua	ars nova	ars poetica	ars combinationis	
현실성의 관계	reality	reality	half-reality Romantic	virtual reality real virtuality	
몸과 기호	몸의 독존	몸과 기호의 공존	기호로 균형이 옮겨짐	몸으로부터 이탈/ 몸과 기호의 공존	

- 가지의 모든 부분은 다른 어느 부분과도 연결될 수 있고 연결될 수 있어야 한다 전방위성.
- 하나의 가지에는 뿌리 같은 구조처럼 점이나 위치는 없고 오로지 선들만 존재한다 비정지성, 운동성/방향성/연결성/비종결성.
- 가지의 어느 부분도 부러질 수 있다: 그러면 다시 자라날 것이고 선들 중의 하나를 따라갈 것이다 역동성/개방성.
- 가지는 반계통적이다 비고정성/비예정성.
- 가지는 항상 또다른 뿌리를 만드는 자기 자신의 외부를 가진다 자기생산.
- 가지는 주물鑄物 틀이 아니라 지도이다. 지도는 개방되어 있기 때문

에 어느 것, 그 어느 차원과도 연결될 수 있다. 그리고 가지는 모든 차원에서 부분으로 위아래로 분지할 수 있고, 자유롭게 연속적으로 변형할 수 있다 잠재적 계획성.

- 가지의 그물은 어느 방향으로도 뻗어나갈수 있어서 또다른 뿌리들을 만든다(즉 나무들의 부분적인 네트워크가 다른 가지들로부터 인위적으로 절단될 수 있다) 이식성.
- 가지에는 중심이 없다. 따라서 국지적인 선제권은 중앙의 또는 원래의 심급과 독자적으로 취해질 수 있다 탈중심성/다중작용성/다방향성.

미디어와 메타 미디어, 데이터와 빅데이터로 무한히 확장되는 기호영토에서 인간의 지각은 운동공상Bewegungsphanatsie 시뮬레이션에 통합된다. 존재론이 바뀌면 지적재산권이나 현실에 대한 정의도 바뀔 수밖에 없다. 미디어폴리스는 사이버-스페이스인가 리얼-플레이스인가, 우리의 현실은 버추얼-리얼리티인가 리얼-버추얼리티인가? 유표공간Markerd space과 무표공간Unmarked space의 이분법은 화용론적 효력을 얼마나 유지할 수 있는가? 참/거짓을 가르는 인식론에서 출발한 Homo sapiens는 합리주의와 계몽주의를 꽃피웠고, Homo loquens는 담론의 효용성화용론/공리주의에 주목했다. 이제 세미오시스를 창출하는 자신이 세미오시스의 대상인 Homo significans는 흥미/무관심에 관심을 가지는 Homo rudens가 되고 있다. 이제 21세기 IT 혁명에서 차지하는 오타쿠의 위상을 누가 감히 폄하하겠는가!

'현실/가상', '인간/기계'의 이분법은 '긍정/부정'의 이분법과 더 이상 상동계를 유지하지 않는다. 그 변화는 전근대적인 원근법에 비추어보면 병리현상으로 보일 수도 있지만, '비정상'이 집단지식과 사회적 기억으로 정착되어 공동체의 현실을 구성한다면 담론의 진리는 합의의 문제로 격하될지도 모른다. 합의 또한 패러다임의 교체가 끝난 후에

야 과거를 회고했던 철학사의 아이러니에 불과하다. 하지만 아이러니로써 자신의 아이러니를 설명할 수 밖에 없다고 시인하는 프래그머티스트 로티의 주장을 새겨 보면 인식론적 중용이 불가능하지는 않을 것이다.[35] 정보화 시대의 영향력 있는 학자 중의 하나인 마누엘 카스텔스의 말로 6장을 맺는다:

> "사회적 이해관계와 정부의 정책 및 사업전략에 의하여 매개된 새로운 커뮤니케이션 시스템의 강력한 영향으로 인하여 새로운 문화, 즉 실재하는 가상성Real Virtuality의 문화가 창발하고 있다."
>
> Castells 2001: 329-330.

35 로티의 네오 프래그머티즘에 대해서는 김동식/이유선(1996) 참조.

7장 브랜드 기호학

“우리는 빠른 속도로 대처하지 않으면 몰락한다. ‘과속은 곧 죽음’이라는 말을 역으로 생각해야 한다.”

빌 게이츠

1. 브랜드 시대

한국기호학회가 창립한 지 20년 만에 국내의 기호학 연구는 비약적으로 성장했지만[36] 교육적 실천방안에 대해서는 현장에 몫을 미루고 있다. 비즈니스의 3대 요소가 지식관리와 상거래 및 경영이라면, 학문경영체로서의 대학 또한 그 점을 외면할 수 없다. 지금까지의 인문학이 지식의 창출에 매진해 왔다면, 현재의 인문학은 학문체계의 공동참여자를 고려해야 하며, 앞으로의 인문학은 차별적인 과제의 선점을 통해 공동체의 가치 창출에 기여해야 한다.[37] 그래야 비로소 수혜에서 기여로 상아탑에서 현장으로의 패러다임 전환이 이루어졌다고 자부할 수 있다.

이 전환의 화두에 브랜드 현상이 비상한 주목을 받고 있다. 이름만 들어도 사고 싶은 AEG · Apolinaris · Aral · Aspirin · Becks · Birkel · Bosch · Dr. Oetker · Escada · Faber Castell · Hansaplast · Hipp · Hugo Boss · Jacobs-Krönung · Krups · Kupferberg-Gold · Leitz · Märklin · Maggi · Miele · Mont Blanc · Odol · Opel · Pelikan · Salamander · Siemens · Underberg · Villeroy&Boch 같은 소비재뿐만 아니라 Bayern München · Manchester United · Real Madrid · Inter Milan 같은 스포츠 클럽은 물론 Formel 1 · 스모 · 태권도 · UFC · WWE 같은 종목도 브랜드로 유통되며 심지어 Pierre Gardin · Air Jordan · Clau-

---

36 한국기호학 및 텍스트언어학의 발전사를 진단한 김치수(2004), 조국현(2003), 실천방안을 제안한 "텍스트언어학의 이해"(2004, 박이정) 참조.

37 언어습득, 문서작성, 발화학(Sprechwissenschaft), 교육현장의 대화능력, 의료 커뮤니케이션, 언어치료, 광고, 저널리즘과 PR, 제도 속의 언어, 상호문화 커뮤니케이션과 통번역, 전문용어연구, 법률언어학 등의 동향에 대해서는 Knappe et al.(2004) 참조.

dia Schiffer나 Oxford · Cambridge · Ivy League처럼 인기스타나 법인이 물권적 주체가 되기도 한다. 스스로를 브랜드로 선언한 독일의 슈뢰더 전 총리Ich bin eine Marke!와 세계를 이끄는 여성 지도자 앙겔라 메르켈 총리, Forza Italia!를 기치로 집권과 몰락을 되풀이해 온 베를루스코니 이탈리아 총리 그리고 김대중 · 노무현 · 박근혜 대통령 등은 위기를 기회로 바꾼 이미지 전투의 명장들이다.

브랜드는 흔히 말하듯이 무형의 관념가치가 아니라 정치 · 경제 · 교육 · 예술 · 과학 등 제반 분야에서 실체적인 위력을 발휘하는 상징자본Symbolkapital[38]이다. 광고판에서부터 포장지, 연속극이나 뮤지컬, 영화와 연극 · 잡지 · 신문 · 웹사이트 · 스티커 · 라벨 · 엠블럼과 로고, 버스카드와 입장권 · 패스트푸드 용기에 이르기까지, 브랜드는 모든이의 시선을 유혹하며 총체적으로 국가 차원의 아이덴티티를 구축한다. 스위스는 알프스 · 스와치 · 연방군 · 은행 심지어 빅토리녹스Victorinox 만능칼로 정체성을 환유하며, 일본은 아베 총리의 시대착오적인 망동에도 불구하고 부세화浮細畵처럼 차려진 깔끔한 음식 · 렉서스와 드림 라이너Boeing 787의 기술력 · 망가와 애니메이션을 앞세운 영상 전략으로 지구촌을 뒤덮고 있다. 그런가하면 독일은 20세기 최악의 브랜드 히틀러를 극복하며 라인 강의 기적을 통해 21세기 유럽통합의 선도자를 굳혀가고 있다. "The medium is message"라는 맥루언의 선언을 적용하면 브랜드가 곧 메시지이다The brand is message.

일본 제품에 탐미주의가, 미국 제품에 아메리칸 드림이, 프랑스 제품에 예술적 자부심이 담겨있다면, 한국 제품에 깃든 문화적 정체성

38 Bourdieu(1979/1995) 참조.

은 무엇인가? 허접한 이미지 인플레이션으로 일회용 딱지만 양산하는 것은 아닐까?[39] 지난 십 수년 동안 서구는 자신들보다 더 오래되고 현명한 아시아를 동경하면서 관능과 쾌락, 신비주의와 낭만성, 지혜와 풍요의 코드를 차용해 왔다. 월드뮤직과 세계문학 · 팝아트 · 리메이크 영화 · 퓨전 요리 · 유라시안 건축 · 이방 종교 · 대체의학의 선풍이 보여주듯이, 서구가 타 문화권에 이토록 열광했던 적은 일찍이 없던 일이다. '자고 일어나니 스타가 되었다'거나 한류처럼 나비효과Butterfly-Effect가 빈번한 브랜드 시대의 도래야말로 중소기업 한국이 대한민국 콘체른으로 도약할 수 있는 절호의 기회이다.[40]

2. 연구 현황

1) 해외의 브랜드 연구

코틀러는 "The Marketing of Nations", "Marketing Places Europe", "Marketing Asian Places", "Marketing for Hospitality and Tourism"이라는 주제를 통해 장소 마케팅Place-Marketing을 다루었으며, 재피&네벤잘E. D. Jaffe&I. D. Nebenzhal은 "국가 이미지와 비교우위"National Image and Competitive Advantage에서 정부 · 산업 · 기업체의 관리 전략에 연계하는 방안을 강구했다. 밴 햄P. van Ham은 "Foreign Affairs"(2001년 9월)에 기고한 "브랜드 국가의 도래"The Rise of the Brand State에서 브랜드 국가Brand State/국가 브

39 기호학적 공해(Semiotic pollution)에 대해서는 Posner(1998, 2002), 이 책의 10장 참조.

40 파급효과 2조원 짜리 욘사마 시대의 화두는 세방화(世方化)이다: "Think global, act local."(Schmidt 2001: 276)

랜딩State Branding을 주창했고, The Journal of Brand Management '국가 브랜딩' 특집호(2002년 4월호)는 브랜드 경영의 결정적 전환을 시사한 바 있다. 앤홀트는 "목적지 브랜딩"Destination Branding과 "브랜드: 새로운 정의"Brand: New Justice에서 브랜딩과 경쟁력 제고의 상관관계를, 올린스W. Ollins는 "정체성의 무역"Trading Identities에서 국가 브랜딩과 글로벌 기업 사이의 관계를 조명한 바 있다.[41]

국가 이미지 제고에 가장 앞선 지역은 단연 유럽이다. 영국은 1997년 블레어 총리의 취임 이후 Cool Britannia라는 국가 이미지 전략위원회를 설치했고, 1998년에는 정치 · 경제 · 문화 모든 면에서 현대적이고 창의적인 국가로 그려내어 관광객과 유학생 및 투자자에게 매력과 경쟁력을 겸비한 목적지로 부상시키는 전략으로 Panel 2000을 가동했다. 2차 대전이 끝난 지 70년이 되어도 제3제국의 그늘에서 벗어나지 못한 독일이야말로 국가 이미지를 절실한 국책과제로 추진한다. 제2공영방송 ZDF는 컨설컨트 올린스와 공동기획으로 Good-bye Deutschland(1999)라는 특집방송을 통해 '새로운 독일'의 구축을 시도했다. 브랜드 사회학자 카이-헬만U.Kai- Hellmann은 루만의 체계이론에 기대어 브랜드 현상을 조명한 "브랜드의 사회학"Soziologie der Marke, 2003을 출간하여 비상한 주목을 받았다. 교육과 연구 현장에서는 어문학 · 커뮤니케이션학 · 경영학 협동과정인 뮌스터 대학교 '응용문화학'Angewandte Kulturwissenschaft을 들 수 있으며, 프랑스에서는 퐁타니에를 위시한 리모주 학파가 음식 · 매너 · 시각 및 마케팅 기호학을 융합하여 이 분

41 Emnid · GfK · Grey · ICON · Interbrand · SINUS · Businessweek 등의 컨설팅 기관은 톱브랜드, 가장 매력적인 브랜드, 소비자상품 브랜드, 매출 10억 달러 이상의 세계 50대 브랜드, 100대 브랜드 등의 순위를 발표한다. 최근 자료는 http://www.interbrand.com 참조.

야 연구의 중심지로 부상했다.[42]

2) 국내의 브랜드 연구

국내에서도 국가 브랜드 연구의 필요성은 일찍이 인식되었지만, 대체로 주한 외국인을 대상으로 한 설문조사나 단기 해외방문 인터뷰에 치중했기 때문에 한국의 국가 브랜드와 이미지를 유기적으로 관리하는 전략을 도출하지 못했으며, 특히 해당 국가의 여론 선도층이 진단한 신뢰할 만한 매체비판은 생략한 채 관행적인 정량평가에 의존하는 행태를 되풀이하고 있다.[43] 한편, 기업 로고의 시각적 정체성을 다룬 김성도(2004), 건설 기업의 브랜드를 분석한 최용호(2004), 가치평가 모델로 명품 브랜드의 포지셔닝을 시도한 전형연(2004), 스포츠 기호학을 다

---

42 리모주 학파의 마케팅 기호학에 대해서는 백승국(2004a, 2004b) 참조.

43 (국가) 브랜드를 다루는 국내의 대표적인 기관으로 외교통상부 · 문화관광부 · 한국생산성본부 · 한국콘텐츠진흥원 · 한국관광공사 · 한국무역진흥공사 · 한국능률협회 · 한국소비자포럼 · KMA 마케팅 위원회 등이 있다. 이 중에서 예를 들어 KOTRA 통상전략팀에서 작성한 "국가 이미지 현황 및 시사점"(2004) 보고서는 13개의 설문으로 한국에 대한 이미지를 조사했다. 그 핵심을 진단해 보자: ① '한국'하면 가장 먼저 어떤 이미지가 떠오르십니까? ② '한국'이라는 나라와 관련해서 다음 각 측면별(정치, 문화, 복지, 군사, 약소국)로 어떻게 생각하십니까? ③ '한국인'과 관련해서 다음 각 측면별로(친절, 성실, 재능, 패거리, 과소비와 사치, 외국인 배척) 어떻게 생각하십니까? ④ '한국'에 대해 전반적으로 어떤 인상을 갖고 있습니까? ⑤ 한국 상품을 구매해 본 경험이 있습니까? ⑥ '한국기업'과 관련해서 각 측면별로(인지도, 기술력, 믿음, 재벌, 폐쇄경영, 국제경쟁력) 어떻게 생각하십니까? ⑦ '한국상품'과 관련해서 각 측면별로(가격, 디자인, 품질, 고장, A/S, 홍보) 어떻게 생각하십니까? ⑧ 한국의 국가 이미지가 상품 구입시 얼마나 영향을 미친다고 생각하십니까? ⑨ 한국의 경제 수준을 전반적으로 어떻게 평가하십니까? ⑩ 평상시 '한국'에 대해서 얼마나 관심을 갖고 계십니까? ⑪ '한국'에 대한 다음 각 사실(분단국가, 고유언어, 수도 서울, 중국과 일본 사이의 반도국가, 월드컵, OECD)을 알고 계십니까? ⑫ '한국'에 대한 정보를 주로 어디서 얻고 있습니까? ⑬ '한국'의 이미지 제고를 위해 시급한 과제는 무엇이라고 보십니까? (국제기구, 문화산업, 브랜드 개발, 관광홍보, 친절). 이것은 한국의 정체성이나 이미지에 대해 무지한 피설문자에게 조사를 실시한 결과를 토대로 국가 브랜드 전략을 세우려는 어처구니 없는 절차라 아니할 수 없다.

룬 송치만(2005), 광고 카피를 텍스트언어학적으로 분석한 오장근(2003), 아시아 스타에 주목하여 할리우드 영화산업의 전략을 파헤친 홍석경(2005)의 연구는 응용기호학의 가능성을 보여주었다. 삼성전자는 1990년대 중반부터 브랜딩을 체계적으로 관리하고 있으며 통합 브랜딩CI: Power To Imagine의 성과를 바탕으로 글로벌 브랜드에 진입했으며, 2004년을 글로벌 경영 원년으로 선포한 LG Think New LG와 현대 · 기아차 또한 프리미엄 브랜드에 다가서고 있다. 이들 기업이 과거에 벤치마킹의 대상으로 우러러보던 Apple과 Volkswagen의 경쟁상대가 되었다는 것은 격세지감을 느끼게 한다.

우리에게 필요한 것은 '섹시한 이탈리아', '멋들어진 프랑스', '기품 있는 독일', '독창적 품격을 갖춘 영국', '관용정신을 생활화한 인도', '노력하는 자의 모습을 가진 태국', '지혜와 여유를 발산하는 중국', '대담하고 와일드한 러시아', '지성적 관조가 스며든 스리랑카', '젊고 역동적인 브라질'처럼 대한민국을 경제기적과 민주주의라는 두 마리 토끼를 다 잡은, 이를테면 신생국의 성공담을 실현한 전무후무한 품격체로 그려내는 기호학적 브랜드의 포지셔닝이다. 핵위기와 강성노조, 외국인노동자에 대한 탄압, 민주주의와 권위주의적 통치로의 퇴행이 공존하는 정체성의 괴리 속에서, 브랜드 기호학이 추구하려는 학문적 목표는 경영학이나 신문방송학에 대한 월권도 그것의 대체도 아니며, 다만 매체비평의 빈틈에 주목하여 국가 이미지를 부각시키는 담론 모델을 강구하는 가운데 정량평가의 맹점을 보완하려는 것이다.

3) 국가 브랜드 전략 모형

앤홀트Anholt 2003: 186에 기대어 국가 브랜드 전략을 접근해 보자: 첫째, 관광이 국가산업으로 부상하면서 관광지는 시설과 친절 및 가격 경쟁력에 덧붙여 장소 · 브랜드 · 이미지를 강조하고 있다.[44] 그래서 불특정 관광단보다는 시장의 복합적인 요인에 상응하여 이를테면 '욘사마에 열광하는 일본의 꿈을 잃고 살았던 중년 부인'에 초점을 맞춘 차별화 전략이 효과적이다. 범시태보다는 지역적 · 계층적 · 위상적 통시태를 선호하는 브랜딩 원리는 해외에서 한국을 알리는 박람회나 전시회에도 적용된다. 2005년 한국의 해를 맞이하여 독일에서 거행된 300여 이벤트의 성패는 국가 브랜드 전략에 시금석을 제공했다. 둘째, 브랜드 네임으로서의 원산지 효과가 중요하다. 이에 준해 소비자 심리가 구매 결정에 직접적으로 작용하는데, 해당 국가의 이미지가 매력적으로 각인될수록 그 나라 제품에 대한 수요도 증가할 것이다. 셋째, 전통외교의 범위와 양태를 재구획하고 차-붐차범근, 예술가백남준 · 정경화 · 정명훈 · 장영주 · 장한나 · 임권택 · 김기덕 · 박찬욱 · 봉준호 · 홍상수와 스포츠김연아 · 박인비 · 박세리 · 박찬호 · 류현진의 사례처럼 민간활동을 통해 국가에 대한 호감도를 높이는 공공외교가 절실하다.[45]

---

44 So Easy to Enjoy(싱가포르); The Natural Choice(폴란드); Your Holiday(스위스); Holiday Breakaway(오스트리아); Welcomt to Friends(터키); Amazing(아이슬란드/태국); Whole Other Country(텍사스); The Continent Country(콜롬비아)(Anholt 2003: 201 참조) 및 Dynamic Korea · Korea Sparkling(대한민국)을 예시할 수 있다.

45 공공외교에 대해서는 Mark Leonard, Public Diplomacy. The Foreign Policy Center, 2002. London. Panel 2000에 대해서는 Consultation Document. Foreign and Commonwealth Office (FCO). http://www.fco.gov. uk 참조.

3. 브랜드 기호학의 핵심개념

1) 인지도

인지도Awareness/Aufmerksamkeit란 특정한 기호체에 대한 가식성可識性을 나타낸다. 이때 매체는 "국가 이미지를 나르는 운반자"Schmidt 2001:265로서 인지도 자체를 높이는 시대정신을 반영한다. 스타와 저명인사를 소개하는 보도는 인지도의 기능적 실체를 생산하며, 이에 준하여 매체 장르와 사회적 연결망을 창발시켰다.[46] 1990년대 이후 광고가 광고 자체에 매진하는 미디어의 자기증배가 폭증한다. 총체적으로, 매체를 통해 시장에 투입되는 광고는 인지도 제고를 위해 비용을 지불하는 경쟁의 원형이다.

2) 이미지

이미지Image/Bild는 처음에는 동적 대상Dynamic Object이었지만 시간이 지나면서 내용에 있어 외부의 영향을 받는 구성체로서, 참여자들 사이에서 공명하는 허구적 인지도식이 되었다. 그것은 한편으로 판단력 형성의 부담을 덜어주어 지각의 단순화에 기여하며, 다른 한편으로 모호한 관념을 "사회적 태도"Schmidt 2004a:52로 정착시킨다. 브랜드의 시각화에 동원된 이미지는 '소극적인 묘사'가 아니라 무엇이어야 할지를 명령하는 '적극적인 지침'이 된다.

---

46 사회적 연결망이란 대인관계나 학연 · 혈연 · 지연 등으로 형성된 사회적 교류의 그물조직을 의미한다. Bourdieu(1995) 참조.

3) 브랜드

미국 마케팅학회의 정의에 따르면, 브랜드Brand/Marke는 "경쟁사 제품, 서비스 및 타사와 차별화되는 자사 제품과 서비스의 정체성을 담을 수 있는 명칭 · 용어 · 기호 · 상징 · 디자인 또는 이런 요소들의 조합"Kotler&Gertner 2002: 249을 통칭한다. 브랜드 이미지는 형태 · 색 · 로고 · 슬로건 · 광고영상 · 포장지 등으로 실체화되며 유일성과 역동성 및 명료성 · 각인성을 통해 인지도를 제고한다Schmidt 2004: 50. 브랜드 인격체 · 브랜드 행동 · 브랜드 특성 · 브랜드 가치 · 브랜드 의미처럼 인격체 수준에 도달한 브랜드는 상품뿐만 아니라 부가되는 성능까지 포함한다. 브랜드가 개발되던 초창기에, 브랜드 상품은 주관적 경험의 세계이며 비물질적 형성체로서 제품의 결함을 은폐하고 미화하려는 일종의 기만술로 폄하되었던 반면, 셈프리니는 브랜드를 실체로 조명하여 사회의 물질적 · 비물질적 성장요소로 부각시켰다Semprini 2004: 14~16.

브랜드에 대한 일반적인 정의를 짚어보자Schmidt 2004: 46~47:

- 일반적 · 변별특징 지향적 정의1960년대 : 브랜드 상품이란 비교적 긴 매출 기간 동안 특정한 시각에서 원산지를 표시하는 가운데 동일한 수준을 유지하며 광고를 통해 효력을 인정받은 개인적 수요를 위해 생산된 완성품을 지칭한다.
- 경쟁지향적 정의1980년대 : 브랜드는 어떤 상품이나 서비스를 명백히 강조하며 다른 경쟁자들과 차별화되는 명칭 · 개념 · 상징 또는 디자인 및 이 사항들의 조합을 말한다.
- 효과지향적 단서1990년대: 브랜드를 제공자나 법률적 차원이 아니라, 관념적 이미지나 소비자의 주관적 지각의 시각에서 평가한다. 이에 따르면 정서 · 동기 · 태도 및 소비자행동 같은 심리적 · 사회적 측면을 모두 브랜드로 통칭한다.

• 법률적 정의독일 상법, 1995년 1월 1일 시행: "인명 · 그림 · 철자 · 숫자 · 청각기호 같은 낱말들; 제품의 형태나 포장지, 색이나 색 조합까지 포함하는 삼차원적 형상들; 한 기업의 상품이나 서비스 업무를 다른 기업의 상품이나 서비스 업무와 구별시키는데 적합한 모든 기호들이 브랜드로서 보호받을 수 있다"3조 1항, '브랜드' 항목.

종합해 보면 브랜드란 그것을 통해 연상될 수 있는 상품과 관련된 풍부한 커뮤니케이션을 토대로 구매행동에서 경쟁제품과 달리 그때 그때 연상된 상품에 더 풍부한 커뮤니케이션 선호도를 부여할 정도의 그리고 소비자가 결정과정에서 가지는 갈등의 복잡성을 줄일 정도의 위력을 가지는 흡진적恰眞的 허구이다. 브랜드는 신뢰도를 통해 소비행태를 안정시키고 불안정에 대응하며, 포화 상태의 시장에서 자신을 경쟁사제품와 차별화하여 정체성을 확립하기 위해 동일한 상표를 내걸고 타 경쟁상품과 차별화한다. 브랜드는 담화에 의미내용을 부여할 정체성과 차별화를 통해 "단순한 이름 이상의 무엇"Semprini 2004: 17으로 전환되어야 한다. 브랜드만으로도 호감도와 신뢰도를 통해 품질을 보증하며 나아가 생산자에게 법률적 보호 기능을 수행하여 '따라하기'Me-Too 상품에 대한 경고의 기능도 한다. 품질의 확신을 보장하고 상징하는 통합 브랜드Umbrella Brand는 법률적 보호를 받는 물권주체의 지위를 확보한다Hellmann 2000c 참조. 궁극적으로 브랜드는 생산자와 소비자 사이에 신뢰성 있는 커뮤니케이션 통로를 열어주어야 한다Schmidt 2004: 47~48. 브랜드야말로 경제계 유일의 에스페란토어이자 테마 자체이다.

4) 국가 이미지와 국가 정체성

국가 이미지는 "한 국가에 대해서 사람들의 마음에 그려진 해당 국가와 장소에 대해 가지는 신념과 인상의 총체로서, 특정 국가의 제품과 서비스에 대한 소비자의 지각에 색안경을 씌워 투자대상으로 결정하는 데 영향을 준다. 상품 이미지를 넘어서 영화배우, 운동선수, 예술가의 우상 능력도 상품이나 서비스 업무 등에 전용"Anholt 2003:52 되는 것을 보면, 국가 이미지는 여러모로 브랜드처럼 작용한다. 국가 브랜드 정체성은 '자기관찰'의 결과제1질서: '나(국가구성원) 자신은 나(국가)를 무엇이라고 생각하는가'에 대한 자아의 관찰인 반면, 국가브랜드 이미지는 '타자관찰'의 결과제2질서: '나(국가구성원) 자신이 생각하는 나(자아)의 모습을 다른 사람(관찰자)은 어떻게 생각하는가'에 대한 나타아의 관찰이다. 이 시각을 국가에 조명하면, 국가 브랜드 이미지가 하나의 국가제품 및 서비스에 대한 지각의 문제라면, 국가 브랜드 정체성은 한 국가가 자신 스스로에 대해서 생각하는 성찰의 문제이다. 양자 사이의 편차가 적을수록 국가 브랜드는 안정적이고 일관되며, 브랜드 인지도를 제고할 확률도 높아진다.

5) 국가 브랜딩

"브랜드로서의 국가"FAZ 1999.8.24, "브랜드 네임 스위스"FAZ 2000.2.29 같은 표제를 보면, 브랜드 개념은 국가는 물론이고 하드웨어실체적 사물와 소프트웨어서비스 업무등 거의 모든 영역에 적용될 수 있다. 하나의 브랜드 네임이 서로 관련되지 않은 제품군을 결속시키는 공분모처럼 작용하듯이, 국가명은 제품과 서비스 및 비영리 활동을 관통하는 메타-심급이다Hellmann 2004a:20. 부드러운 힘Soft Power으로서 국가 브랜딩은 역사왜곡이나 사회공학, 세련된 제국주의로 비난당하기도 하지만 동시에 외교심리학이나 외교수사, 웅변과 설득의 원리이기도 하다. 어쨌든 지구촌 모든 나라는 너나 할 것 없이 스스로를 브랜딩하고 있으며 뒤처진 국가들은 선진국의 브랜드 가치를 흠모하고 벤치마킹하고자 한다.

국가 브랜드 커뮤니케이션의 대상은 상품 · 서비스 · 비영리 활동은 물론이고 문화를 선양하고 공유하는 방식 · 국내외에서 해당 국민이 보여주는 매너 · 자국에서 이방인을 대하는 방식 · 미디어에 노출되는 방식 · 단체나 기구 간의 교류 · 수교국과의 외교행위 · 스포츠 및 오락에서 벌이는 경쟁방식을 포괄한다같은 책: 18 참조. 한국의 국가 브랜딩은 무엇보다도 대표적인 산업과 세계적 인물, 자연적 기념물, 역사적 사건 등의 시공간 좌표를 기반으로 역동성 · 속도 · 폭발적 감성 · 열정 · 전진 · 혁신 · 자연 · 평화 · 쾌락 · 진보 · 성실 · 활달 · 인정 같은 핵심가치에서 정체성을 모색하여 매력있는 서사를 구축해야 한다. 한편, 특정 국가와 장소에 대한 이미지는 해당 국가의 국민이 자부하는 이미지와 상응하지 않는 상투적 고정관념에 불과한 경우가 많다. 대체로 일반대중은 상투성에는 편안함을, 창조적 혁신에는 불안감을 느낀다. 국가 이미지가 보수적 현상으로 표방될 경우, 때로는 복고 브랜딩이 효과적일 수 있다.

6) 포지셔닝

포지셔닝Positioning/Positionierung이란 "하나의 브랜드에 일정한 의미와 아이디어 및 개념을 불어넣어 브랜드 담화에 가치를 부여하는 메커니즘"Semprini 2004: 18이다. 브랜드를 시장 어느 곳에 갖다 놓을 것인가, 어떤 상품 카테고리에 놓을 것인가, 얼마의 가격에 어떤 상점에 어떤 브랜드들을 관리하는 회사에 갖다 놓을 것인가, 이것은 소비자가 브랜드 가치를 판단하는 배경이 되며 브랜드의 성패를 좌우한다Anholt 2003: 151 참조.[47]

4. 사회체계이론과 브랜드 사회학

1) '경제'의 독립분화

구성주의 체계이론의 입장에서 보면, 18세기까지 존속하던 고착된 신분사회는 다양한 변인에 의해 경제 · 정치 · 교육 · 종교 · 예술 등

47 광천수 Evian은 균형을, Coca-Cola는 생활의 즐거움을, Gatorade는 에너지를, Bacardi는 휴가를 연상시킨다. 또한 제주 삼다수(三多水)는 평화와 청정을, NesCafe는 새롭고 풍요로운 사회의 메마르지 않는 젖을 의미한다(Semprini 2004: 20). 셈프리니에 따르면, 르노 브랜드는 80년대 중반 '르노-브랜드'에 다양한 신-모델 시리즈(Clio · Safrane · Twingo · Kangoo · Laguna)를 계열화하고 개개의 독립 브랜드로 다루는 가운데 브랜드 전략과 정체성의 쇄신을 꾀했다. 한편 독일 노이슈반슈타인(Neuschwanstein) 성의 이미지를 차용한 월트 디즈니가 프랑스에 조성한 유로-디즈니는 디즈니 브랜드의 가치를 파리-유로 디즈니로 재현하지 못했다. '디즈니랜드'는 브랜드임에 반해, '유로-디즈니'는 명칭에 머무른 것이다(이에 준하여 롯데월드를 기호학적으로 분석한 백승국 [2004a] 참조). 상품이나 서비스 제공물을 경쟁상품에 비하여 더욱 명백하고 매력 있게 만드는 가치부여와 조정의 원리로서 브랜드 포지셔닝은 대개 일곱 가지 질문을 던진다(Schmidt 2004: 54): ① 특정한 브랜드 및 상품은 어떤 역능을 사용하는가? ② 이 브랜드는 누구를 지향하는가? ③ 사용자는 이 브랜드를 언제 어떻게 투입해야 하는가? ④ 이 브랜드를 구매한 소비자는 어떤 구체적인 이익을 얻는가? ⑤ 이 브랜드는 사용자에게 어떤 심리적 장점을 제공하는가? ⑥ 상응하는 브랜드 영역에서 경쟁하는 타 브랜드는 무엇인가? ⑦ 고유 브랜드는 경쟁 브랜드보다 무엇을 더 잘 해낼 수 있는가?

의 사회적 체계로 분화된다.[48] 이때 각 체계는 다시 인접 체계에 대한 환경으로서 분화되며, 다른 체계들을 자신에 대한 환경으로 간주한다. 그래야만 각 체계는 자신의 경계선 안에서 고유역학의 동일성을 작동시킬 수 있다. 권력의 획득을 추구하는 정치 · 지식의 습득과 재생산을 도모하는 교육 · 종교적 구원의 메시지를 갈구하는 종교 · 독점적 섹스를 추구하는 사랑 · 심미성을 추구하는 예술 · 텍스트를 통해 허구적 구성체를 구축하는 문학 · 가격 조절과 이윤을 기준으로 창발한 경제 등 개별 체계가 어떤 심급을 통해 기능단위로 탄생하고 유지되는지 그리고 변형되거나 사멸하는지 그것이 체계이론의 관심사다.

독일에서는 18세기가 진행되면서 사회의 변화증후군과 맞물려 문학에 초점을 맞춘 활동이 기능적으로 독립분화하고 제도상으로 조직되어 체계 특유의 기능을 통해 다른 사회적 체계나 공동체에 대해 자신을 정당화하는 가운데 '문학'이 탄생했다. 사회 · 정치 영역에서는 여론과 더불어 국가와 사회가 분리되며, 관료주의와 공직제도가 정착되고 정치와 도덕이 분리된다. 법 영역에서는 자연법이 실정법으로 전환된다. 경제 주체의 평등권 사상도 생겨나고 법과 도덕이 분리된다. 종교 영역에서는 신학과 종교가 갈라서면서 정교正敎가 해체되는 가운데 도덕률이 등장한다. 18세기의 학문Wissenschaft은 한편으로 실험적 방

---

48 구성주의에 대해서는 졸역 "구성주의"(1995), "미디어인식론"(1996) 및 "구성주의 문학체계이론"(2004) 참조. '독립분화'(Ausdifferenzierung)/'내부분화'(Innendifferenzierung)란 한 체계 안에서 작은 부분 체계들로의 분지를 나타낸다. 그런 점에서는 '세부분화'라는 역어도 가능하지만, '탈분화'의 대립항이라는 뉘앙스를 살려, 즉 상위체계 안에서 인접하는 부분체계들과 배타적으로 하위관계를 이룬다는 점에서 '배타분화'라는 번역도 가능하다. 반면 '탈분화'(Entdifferenzierung)란 분지의 경계가 사라지는 분절 통합(또는 상실)을 의미한다. 체계이론의 핵심 용어에 대한 해설은 이남복 "월경하는 지식의 모험자들"(한길사. 2003: 474~493)참조. 이론적 골격에 대해서는 "예술체계이론"(니클라스 루만 지음. 박여성/이철 공역. 2014, 한길사) 참조.

법론을 전개하며 그것을 다른 분야에 적용하는 가운데, 다른 한편으로 역사발전론을 관철한 '인문과학'Geisteswissenschaft이 정립되면서 모습을 드러낸다. 철학 · 미술 · 문학에서는 전인全人을 지향하는 조화로운 자기실현, 즉 도야Bildung가 요구되는 반면, 더욱 자율화되는 예술품 시장은 사실상 사회적 협동을 요구한다.

경제 영역에서는 청교도 직업윤리에 기초한 금융자본주의가 전개된다. 18세기 후반 30년 동안 분업이 증가하고 영국에서 산업혁명이 발흥한다. 19세기 후반 산업혁명과 더불어 독일에서는 재귀조직하는 체계로서의 '경제'라는 기치 아래 근대 이전의 물물교환이나 과거와는 도저히 공유될 수 없는 판이한 체계질서, 즉 '근대적' 화폐경제로의 전환이 이루어진다. 1785년 케네는 "경제표"Tableau économique에서 경제활동의 연쇄관계를 상품의 생산 · 분배 · 재생산의 순환구조로 설명하면서 경제가 고유법칙에 따라 움직인다는 재귀조절 모델을 구상했다. 1776년 출간된 "국부론"An Inquiry into the Nature and Causes of the Wealth of Nations에서 아담 스미스는 시장법칙이란 스스로 작동하는 자연법칙이며, 경제란 누구의 지휘도 받지 않고 스스로 전개될 수 있을 경우에만 최고의 전성기를 누린다고 주장했다. 이 견해는 후일 자유방임 자본주의Laisser-fair Kapitalismus로 불렸지만 그 자신은 '보이지 않는 손'The Invisible Hand의 개념과 연동된 '완벽한 자유의 체계'The System of Perfect Liberty라고 지칭했다. 경제학자들은 오늘날 스미스가 '보이지 않는 손'의 모델을 통해 경제체계의 '자기생산'을 규명했다는 테제를 제시했다:

> "나는 경제학자로서 아담 스미스가 자신의 책 『국부론』에서 '보이지 않는 손'의 개념으로 '자기생산'Autopoiesis 개념을 발견했다고 확신한다. 이것은 엄청난 수의 개체들이 미리 계획되지 않은 상호작용을 통해 사

회 질서를 전개한다는 개념이다. 이때 각 개체는 생산과 교환을 통해 각자의 이윤을 추구하고 상대적인 가격 체계를 조성함으로써 가격을 조율한다. 이것이야말로 뉴턴의 일차원적 메커니즘을 뛰어넘는 주목할 만한 개념적 진전이다. 심지어 나는 아담 스미스가 분업과 생산성 제고가 시장의 규모에 의존할 뿐만 아니라 그 분업 자체가 시장의 확장을 촉진한다고 간주함으로써 확장 '하이퍼사이클Hypercycle'에서 나타나는 능동적 피드백이라는 의미심장한 진화적 성취를 간파했다고 본다."

Schmidt 1989/2004: 211 인용

2) 상징자본으로서의 브랜드

브랜드는 경제 체계 안에서 사물사태 · 사회 · 시간 차원의 모든 커뮤니케이션 조치들을 융합하는 현상으로서, 경제 체계 속에 스스로를 분화시키는 가운데 상대가치를 점하면서 고유의 장을 창출한다. 각 장은 고유의 아우라를 지닌 경제 · 문화 · 사회 · 시공간의 자산이 된다. 구조화된 공간을 공시적으로 파악하는 개개의 장은 고유한 투쟁목표와 이해관심으로 구성되므로, 어느 한 장의 투쟁목표와 이해관심이 다른 장으로 환원될 수 없다Bourdieu 1994: 10.

브랜드는 한 사람이 공동체 안에서 동원할 수 있는 연결망의 범위와 그 망에 연결된 구성원의 경제 · 문화적 상징자본의 총량으로서, 마치 학교라는 장에서 획득된 문화자본의 특수형태인 학력자본처럼 상호인식과 상호인정으로부터 제도화된 관계망을 지속시키는 소유자본이 된다. 학력뿐만 아니라 사회적 경쟁에 동원될 수 있는 에너지는 모두 문화자본이다. 이때 부르디외는 자본 자체의 형성에 개입하는 일정한 방식의 행동과 인지, 감지와 판단의 성향체계로서 개인의 역사 속에서 개인들에 의해 내면화되고 육화되어 일상적 실천을 구조화하는 양면적 메커니즘을 '아비투스'Habitus, 같은 책: 11로 정의한다. 계급 조건에 내재해 있는 자유와 필요, 지위를 구성하는 차이를 체계적으로 표현하는 실천 · 발생 체계로서의 아비투스는 분화원리에 따라 이루어지는데, 그 원리 자체가 차이들의 산물이기 때문에 모든 대상은 차이들에 맞추어 조율되며, 따라서 사람들은 그 차이를 당연하다고 지각한다같은 책: 281.

개인과 집단을 둘러싸고 있는 집 · 가구 · 그림 · 책 · 자동차 · 술 · 담배 · 향수 · 옷 같은 브랜드 전체와 스포츠 · 게임 · 문화적 여가 활동을 통해 탁월함을 드러내는 실천 속에서도 체계성을 찾을 수 있는데, 그것이 모든 실천의 발생원리인 아비투스라는 통일장 안에 자리 잡기 때문이다. 취향은 특정한 대상 전체를 물질적으로 또는 상징적으로 전유全有: Aneignung할 수 있다. 이를테면 동산動産 · 의복 · 언어나 육체적 엑시스 같은 개개 하위공간의 특수한 논리 안에서 동일한 차별의도를 드러내는 생활양식같은 책 283이자 시차적示差的 취향체계는 사물을 명확한 시차적 기호로 변환시키고 균질적 분배를 차별적 대립으로 저지시키는 작동인作動因이다같은 책: 285.[49]

3) 브랜드의 탄생

산업사회로 넘어오면서 시민의 생필품 조달은 농경적 자급경제를 벗어나서 익명의 생산자와 소비자 사이의 간접 커뮤니케이션으로

---

49 식품의 소비공간(Bourdieu 1995: 306)이나 소비가치 모델에서 나타나는 대립구도에 대해서는 전형연(2004) 참조.

전환된다. 그 결과 과잉생산된 시장에서 자사 상품의 정체성을 확인하고 타사 상품과 차별화를 통해 복잡성 감소와 신뢰도를 확인하려는 새로운 커뮤니케이션 방식, 즉 광고가 탄생한다Schmidt 2004:45. 소비와 이윤의 문제를 해소하는 방식으로 출현한 상품은 산업사회에서 야기된 과잉생산을 해결하기 위해 광고를 창발시키며, 광고 또한 자신의 신뢰도를 브랜드로 이월시키는 자기준거를 가속화한다. 말하자면 물물교환 시대의 물품은 익명 사회에서 구매를 유혹하는 광고를 창출했고 광고는 자체의 신뢰도를 증폭시키는 브랜드Hellmann 2003b를 창출한 것이다. 따라서 브랜드는 상품을 심급으로 교환되는 메타-상품이자 생산자와 소비자가 작동시키는 커뮤니케이션의 산물이다.

브랜드 탄생의 흐름을 정리해 보자Hellmann 2004a 참조:

- 상품 브랜드제1기:1850~1950: 19세기 말 산업혁명 덕분에 직물업 및 개인의 생활 습관에 일어난 심층적 변화와 더불어 근대적인 브랜드가 탄생했고Semprini 2004:10~11, 산업혁명 및 생산량 증가, 커뮤니케이션의 익명화가 브랜드 출현의 조건을 마련했다. 분업과 대량생산을 통해 구매욕구와 이윤추구의 문제를 해결하는 방책이 상품이라면, 브랜드는 자본주의 체제에서 과잉생산을 해소하려는 특정한 형태의 커뮤니케이션이다.
- 서비스 브랜드제2기:1950~1990: 광고의 탄생과 더불어, 특히 2차 대전 이후 경제개발로 인해 은행 · 교육 · 예술 · 운수 · 관광 영역에서 새로운 형태의 커뮤니케이션인 서비스 브랜드와 이에 기초한 경제 영역이 확장된다.
- 비영리 브랜드제3기:1990 이후~: 1990년대 IT-혁명을 기점으로 실물경제 못지않게 문화적 우월성에 기초한 브랜드가 장기적으로 성공을 거둔다Anholt 2003:213 참조. 그 결과 교회 · 노조 · 정당 · 복지단체 · 종교기관 · 문화시설 · 자선단체 · 시민단체 · 재단 · 기금 · 여

가단체 · 비정부기구NGO 같은 비영리 브랜드Non-Profiting Brand가 확산된다. 특정한 목표집단의 입장이나 가치관의 변화단기적 이윤를 겨냥하는 상업광고와 달리, 비영리 공익광고는 바람직하지 않은 행동의 금지나 변화장기적 이윤를 촉구한다Schmidt 2004: 73.

상품은 브랜드 가치시니피에를 구현하는 운반자인 동시에 브랜드 커뮤니케이션의 기표가 된다Hellmann 2004a:18. 이때 구매자는 브랜드가 지시하는 사물을 구입하는 데 그치지 않고 브랜드를 통해 매개된 관념 · 약속 · 비전 같은 의미내용과 가치를 만끽하려는 것이다. 이렇게 창출된 브랜드의 세 차원은 아래와 같다Hellmann 1997: 1~5:

- 사태Sache 차원: 무수한 대상들Token로 구성된 사물계를 개괄하고 명확한 신호를 통해 신뢰성을 높이며 개별 품목 안에서 상품과 서비스의 과잉공급으로 야기된 복잡성을 줄이기 위해 비교 · 차이 인식 · 선택과 결정을 위한 유형Type을 개발한다. BMW · BENZ · Nike · Reebok · Compaq · Dell 같은 브랜드는 상품에 대한 기술적 평가 자체를 면제시킨다. 이처럼 타 브랜드에 대한 경쟁수단이 바로 브랜드 수월성秀越性이다. 책 전체를 읽을 시간이 없을 때 표지만으로 판단하듯이 브랜드 상품만으로 구매 선택의 갈등에서 벗어난다.
- 시간Zeit 차원: 사건 세계의 복잡성을 극복하는 정향지침을 도모한다. 이때 시간 차원의 복잡성이란 만물이 변한다는 것을 의미한다. 그 변화는 혁신이 결여된 반복인가 반복되지 않는 혁신인가? 무엇이 진정한 혁신이고 무엇이 진정한 개선인가, 무엇이 후속 모델이고 무엇이 폐기 모델인가? 사건들은 이처럼 시간 차원에서 반전효과를 기대하며, 시장은 수정과 혁신의 속도를 제어한다. 시간 차원에서 모든 브랜드 상품은 타당성과 재구매충성도를 확보하기 위해 차별성과 영속성을 유지해야 한다. 발암물질 파동, 라면 우지牛脂 파동, 만두 파

동, 사카린 파동에서 보듯이, 소비자는 원칙적으로 기회주의자이기 때문에, 브랜드는 소비자의 신뢰를 실망시키지 않는 한도 내에서만 브랜드로서 존재한다.

• 사회Sozial 차원 : 사람들 사이의 정향을 도모한다. 매일 만나는 사람들은 대부분 서로를 모르는 익명의 존재들이다. 고유의 개성을 강조하고 사람들 사이의 소통의 투명성을 제고하는 브랜드 상품이 없다면 해석의 여지는 급격히 위축된다. 따라서 브랜드 상품은 마치 소비자에 대한 상품- 및 서비스 제공의 엔트로피를 유지하면서 독창성과 차별성을 제고하는 화폐와 같다. 이 차원에서 일정한 인격 이미지를 상징하는 브랜드 정체성에 대한 고정관념과 아우라가 형성되며, 그 결과 선택을 통한 정보와 차이를 통한 특정 집단의 귀속성이 정체성을 각인한다.

4) 브랜드의 사회학적 정의

브랜드를 '사회 자체의 발명'으로 정의하여 브랜드 사회학을 개척한 심리학자 좀머Rudolf Sommer에 의하면 광고경제는 18세기 이래로 자본주의 산업사회의 발전과 현대 매스미디어의 등장과 연동하여 창발한 현상이다. 헬만은 루만의 체계이론에 비추어, 브랜드를 재구매의 성공을 확보하는데 동원된 '상징적으로 일반화된 커뮤니케이션 수단'symbolisch geeralisiertes Kommunikationsmedium, Hellmann 1997: 9으로 정의했다. 브랜드는 자기생산적으로 창발하여 시장경제의 제도가 되었으며, 기호학적 매질로서는 시각적 정체성만 가지지만 경제 체계의 소비자와 기업가에게는 구속력을 가지는 화폐처럼 작동한다.

그런 사회학적 관점에서 브랜드의 여러 측면을 정리해 보자Hellmann 2000b 참조:

- 브랜드 인격체Personality: 산업혁명 이전에는 상품마다 원산지와 생산자를 표기하는 직접 커뮤니케이션 형태가 지배적이었다. 산업혁명을 기점으로 구매자는 생산자보다 브랜드를 신뢰하고 브랜드가 인격체생산자를 대리하면서 생산자와 소비자의 커뮤니케이션은 급변한다. 국가 차원에서도 국가 이미지와 국가 브랜드는 제유提喩와 환유換喩를 통해 해당 국민 전체에 대한 인격체로서 간주된다.
- 브랜드 메시지Message: 브랜드에 인격성이 부과됨으로써 커뮤니케이션 성공의 조건에 대한 지식, 즉 구매욕을 자극하는 메시지로서 브랜드야말로 상품시장을 재창출하는 "메타-상품"Eric 1992이 된다. 판매자가 어떤 정보메시지를 제공하면 구매자는 그 정보를 수용하고 가공하여 재현하면서 그것을 사들인다. 이때 브랜드는 생산자의 재산이 아니라, 커뮤니케이션을 통해서만 그리고 그 안에서만 창발하는 메타 상품의 재산이다. 건설기업이 판매하는 기표는 철근 콘크리트 구조물이지만, 청약자가 만족을 느끼면서 투자하는 기의는 커뮤니케이션 속에서 형성된 메시지, 즉 브랜드 가치이다.[50]
- 브랜드 코드Code: 메시지로서의 브랜드는 성공적인 커뮤니케이션을 통해 경험세계를 구성한다. 즉 대중의 뇌리에 각인되는 코드로 기억된 브랜드는 경험제공물의 요소들의 총합 이상의 것이다. 브랜드는 일정한 정향과 차별을 통해 귀속성/배타성 같은 분할 코드로 제어되어 차별기능을 가지는 문화적 분류체계로서 작동한다. 특정한 브랜드는 민스키M.Minsky가 말하는 일종의 프레임Frame을 가진다. 또한 브랜드 코드는 비대칭적이며 우월/열등, 엘리트/비-엘리트를 차별하는 지위Status결정자이다.
- 브랜드 매체Medium: 루만에 따르면 경제는 일차적으로 화폐라는 매체를 심급으로 작동한다. 경제의 하위체계인 광고에서는 브랜드라는 공용어로 소통하며, 국가들 사이의 정치-경제-문화적 역학은 국

---

50 건설업체 광고의 기호학적 가치평가에 대해서는 최용호(2005) 참조.

가 브랜드와 국가 이미지라는 심급으로 제어된다. '상징적으로 일반화된 커뮤니케이션 매체'로서의 화폐의 핵심-코드가 가격이라면 하위-코드는 브랜드이다. 역으로 화폐는 물질적으로 시장경제의 제어 기능을 밑받침하는 하부구조에 불과하며, 브랜드는 커뮤니케이션의 복잡성을 줄이는 상부구조가 된다.

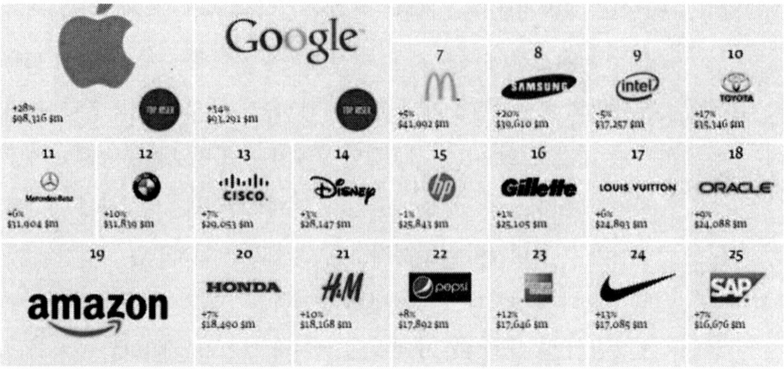

8장 국가 이미지

해방 · 전쟁 · 독재 · 경제 기적 · 올림픽
민주화 · 교육 기술 강국 · IMF · 월드컵

1. 관찰

커뮤니케이션을 체계의 고유역학에 따라 스스로를 조직하는 자기생산으로 조명하는 구성주의 매체과학의 시각에서 보면,[51] 언론보도는 일종의 자기준거를 형성한다. 이를테면 한국이 새로운 국가 이미지 다이내믹 코리아 · 업그레이드 코리아 · 한(韓)-스타일를 추동한다고 하자.[52] 그 과정을 관찰하는 외신은 '한국이 새로운 이미지를 추동한다'는 과정 전체를 관찰하고, 한국의 관찰자는 다시 타자의 관찰을 토대로 자신의 전략을 수정하고 정당화하는 피드백을 작동시킨다. 그것은 곧 '우리$_1$의 현대사에 대한 타자독일의 재귀관찰'에 대한 '우리$_2$타아의 재귀관찰'로 요약된다. 이에 비추어 보면 2차 대전 후 현대사에서 아래와 같은 중요한 단서들이 목격된다:

첫째, 유럽과 동아시아, 특히 한국과 일본 및 중국이 겪어온 파괴와 재건의 과정은 개별국가들의 역사를 거시적인 틀 속에서 돌아보게 한다. 둘째, 독일과 한국은 역사적인 인과관계가 깊지 않음에도 불구하고 분단국이라는 유사한 숙명을 거치면서 서로의 정체성에 깊은 애정을 가져왔다. 끝으로, 이 국가들의 역사발전의 주기는 성공신화의 표본이자 후발국들이 지향하는 벤치마킹의 모델로 인정받고 있다.

이에 8장에서는 독일의 시사주간지 슈피겔SPIEGEL에서 묘사한 특정한 국가의 발전상에 대한 보도, 즉 관찰을 통해 구성된 매체현실을 이

---

51 매체과학에서 Schmidt/Spieß(1995 및 1997), 브랜드 사회학에서 Hellmann(2003) 참조.

52 국정홍보처(http://www.allim.go.kr)와 문화관광부(http://www.han-style.com) 참조.

른바 성공담이라는 초시구조Superstruktur[53]로 수렴시킬 수 있는지 가늠해 보고자 한다. 이때 관찰은 현실상을 겨냥하는 것이지 역사적 당위법칙을 주장하려는 것은 아니라는 점에 주의해야 한다.[54]

2. 내용분석

슈피겔을 분석대상으로 삼은 이유는 다음과 같다: 첫째, 슈피겔은 대한민국 건국과 동시대인 1947년에 창간하여 60주년이라는 역사의 순환주기를 공유한다. 둘째, 신속성을 추구하는 일간지에 비해 시사주간지는 비판과 심층 분석을 지향하는 '느린 매체'이다. 폭로와 센세이션을 겨냥하는 '빠른 매체'와 달리 슈피겔은 다른 보도에 대한 관찰까지 포함하는 책임감 있는 여론형성자이다. 셋째, 특정한 정파에 치우치지 않고 자유언론을 자부해온 슈피겔의 관찰이 정치 · 경제 · 사회 · 문화 · 과학 등에 골고루 이루어졌다는 점도 고려되었다. 끝으로 독일의 3대 시사주간지 중에서 슈피겔은 슈테른STERN이나 포쿠스FOCUS에 비해 훌륭한 독일어로 작성된 텍스트의 비중이 여전히 높다. 매체분석을 위해 뮌스터 대학교 자료보관소ZuP에서 기증받은 슈피겔(1947~2004,

53 그럼에도 우리는 관찰자로서 역사적 우발태를 서사구조로 해석하고 미래를 위한 지향가치로 삼는다. 중앙일보(40주년 특별기획)는 한국의 현대사를 "감동의 드라마"로 표현했으며, Spiegel도 한국을 "세계사적 발전과정에서 이루어진 성공담 중의 하나"(eine der Erfolgsstory internationaler Entwicklung, 1979, 33호: 105)로 평가하면서 특정한 국가의 성장기를 '서사적 요건의 충족'으로 평가하고 있다.

54 이 나라들은 2차 대전에 앞서 /독재/(군국주의, 전체주의)를 경험했으며, /민주화/에 있어서도 전후 미국에 의해 도입한 일본이나 독일과 달리 /민주화/를 쟁취한 한국의 사정은 같지는 않다.

1776권)을 검색하면서 몇 가지 제한을 두었다.[55] 첫째, 분실되거나 누락된 자료(1962~65)로 인한 통계상의 오차는 불가피하다. 둘째, 한국에 대한 관심도는 보도횟수에 비례하지만 1990년대 이후에는 질적인 변화에 주목했다. 셋째, 북한이나 관련국에 대한 기사는 배제했고 텍스트에 대한 미시적 분석은 다른 연구의 몫이다.

1) 의미론적 평가

우선 전체 자료에서 검색한 560건의 기사에서 '한국의 상'[56]에 관련된 어휘소들을 추출하고 그것을 동위소로 분류하며, 동위소들의 연쇄체에피소드와 플롯를 서사적 초시구조로 통합한다. 정치 · 경제 · 사회 · 문화 · 과학 등의 영역에서 추출된 어휘소들을 의미의 거시구조에 따라 '인물/주체'+'사건/행위'+'속성방식/추상+관계'로 분류한다Nida/Taber 1974/ 1991: 245:

- 대상Object: 사건에 참여하는 실체 혹은 사물명사 · 인물/대상[57]을 지칭하는 의미론적 범주.
- 사건Event: 행위, 과정, 일어남을 지칭하는 의미론적 범주동사 · 명사형.
- 추상Abstract: 대상 · 사건 및 다른 추상의 질 · 양 · 정도를 나타내는 의미론적 범주형용사 · 부사.
- 관계Relation: 논항들 사이의 논리적 연결을 나타내는 범주접속사 · 전치사.

---

55 8장에서는 SPIEGEL이라는 특정한 시사주간지에 개진된 시각만 관찰했으므로, 한국의 이미지에 대한 보편타당한 진단은 될 수 없다. 관찰이란 어차피 제한과 편견들 중에서 선별한 것이기 때문이다.

56 원래의 제목인 '한국의 상'(Bild)을 편의상 '한국의 이미지'(Image)로도 표현할 것이다.

57 브랜드의 형성에 개입하는 스타와 저명인사를 다룬 Jacke(2001: 208~210) 참조.

표 2-5 의미소의 추출과 분류

연도	인물/주체	사건/행위	속성/방식 (추상)
1947	China, Besatzungstruppen, Militärregierung, Rote Armee, Nordkorea, Sowjetunion, Truman, USA...	angreifen, Streit, Unruhe, Wirtschaft...	besetzt von USA, Demokratie, frei, im Schatten russischer Besatzung, verbrannt, willkürlich...

각 의미범주에 할당된 어휘소들은 동일성/차이를 기준으로 공동귀속하는 단위로 묶이는데, 예를 들어 '탄압 · 고문 · 검열 · 구속 · 사형'을 공동귀속시키는 어휘소는 '독재'다. 그 어휘소를 '원原어휘소' Archilexem로 그것을 정의하는 의미소/독재/를 '종속의소'種屬意素로 그리고 /독재/의 하위속성인 '구속 · 탄압 · 사형'으로 차분하는 시차示差의미소 Sem//탄압방식//를 '종차의소'種差意素라고 부른다.[58]

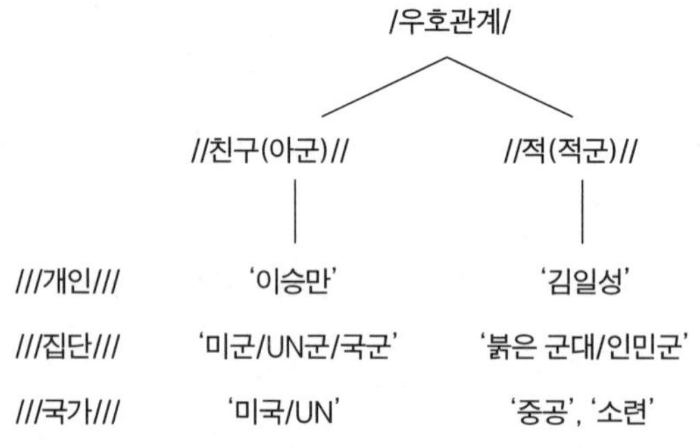

58 어휘소는 ' ' 종속의소는 / / 종차의소는 // //로 표기한다. 종속의소나 종차의소는 언어에 내재하는 '내재의소'로 구성되거나 외부 맥락에서 유입될 수 있다('외래의소'). '적'이 /붉은색/이며 '흑'이 /검은색/인 것은 한국어 체계에서 성립하는 반면, '적'이 /빨갱이/나 /공산주의/를 '흑'이 /범죄/를 함의하는 것은 이데올로기나 문화의 연상이다. SPIEGEL에 정치 · 경제 · 사회 · 문화 · 과학 등 제반 체계에서 구축된 외래의소들이 개입되었음을 감안하여 여기에서는 두 유형을 구별하지 않았다. F. Rastier의 구조의미론에 대해서는 최용호(2004) 참조.

2) 동위소와 의미행로

어휘소들의 의미소 반복으로 구축된 동위소[59]는 서사 텍스트의 요소를 구성하며 그것들의 연속체가 일정한 분절단위가 되는데, 그레마스는 담론의 의미세계를 절합節合시키는 동위소들의 논리적 관계를 의미행로라고 부른다. 예컨대 대문자 S는 특정한 기표세계를 나타내는데, 첫 단계에서 S와 모순항 non-S가 대립하고 그 관계가 내용형식 층위에서 분절되면 의소들의 대립으로 치환된다김성도 1998: 229~232.[60]

$$s_1 \leftrightarrow s_2$$

두 의소는 다시 대각對角으로 각자의 대립항을 만든다:

$$\text{non-}s_2 \leftrightarrow \text{non-}s_1$$

네 의소들 전체의 대립은 아래와 같은 논리구조기호사각형를 이룬다:

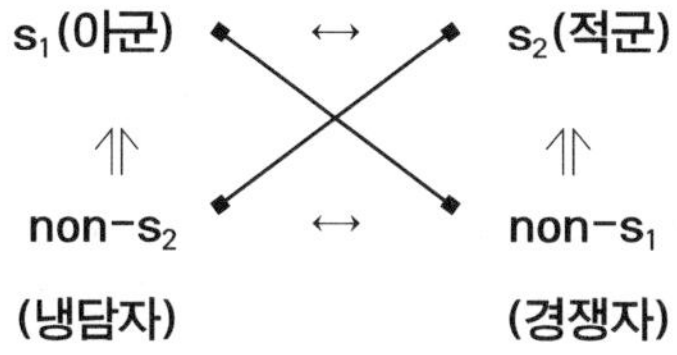

(↔ : 상반[대립], ⇑ : 포함[가능], ▪—▪ : 모순)

---

59 의소들의 반복출현(Semrekurrenz)에 따라 그레마스가 정의한 동위관계(동위성: Isotopie)는 코세리우(1995)가 정의한 낱말밭(Wortfeld)보다 광범위한 개념으로서, 범주적 속성이 동질적인 낱말밭은 물론 의미소를 공유하는 낱말부류(Wortklasse)까지 포괄한다.

60 기호사각형은 고전논리학에서 알려진 역(逆)/이(異)를 변형한 것이다. 이를 구조의미론의 시각에서 접근한 Lyons(1978) 참조.

동위소 계열체가 서사화되는 과정에서 예컨대 '아군/적군/', '삶/죽음', '독재/민주'를 두고 전개되는 의미행로를 진단할 수 있다. s_2에서 출발한 일본은 non-s_2의 입장에서 한국전쟁을 지원하는 가운데 표면상으로 s_1이 되었으나 non-s_1을 거쳐 s_2로 회귀할지도 모르는 행보를 밟아가고 있다. 이와 달리 중국은 s_2에서 시작했지만 non-s_2를 거쳐 s_1으로 다가온다는 느낌을 주기도 한다. 향후 한반도를 둘러싼 열강의 의미행로가 어떻게 전개될지 근심이 앞선다.

기호사각형은 서사구조에도 적합한 설명을 제공한다: '한국은 일제로부터 해방되어 희망에 부풀어 있었다탄생 → 전쟁으로 인해 회복할 수 없을 정도로 잿더미가 되었다죽음 → 혼란가난과 독재을 거듭했지만 파멸을 거부하는 무엇경제인가가 한국을 기적적으로 회복시켰고비-죽음 → 그 결과 한국은 개발도상국의 표상이 되었고 선진국 문턱에 도달했다생명'[61]는 의미행로는 한국현대사를 성공담의 전형적인 서사구조로 묘사하는 근거를 제공한다.

/생명(탄생)/ ↔ /죽음(멸망)/

⇧ ⇧

/비-죽음(재건)/ ↔ /비-생명(파괴)/

3) 거시구조와 초시구조

한국 현대사에 대한 슈피겔의 보도기사 전체를 '거대공간 텍스트'Großraum-Texte, Harweg 1979로 간주한다면, 해당하는 시기의 동위소들의 집합은 서사구조를 구성하는 플롯Plot, 줄거리으로 분절되어 전체 초시구

---

61 예문의 착상은 '서사론 사전'(프린스, 이기우/김용재 옮김, 1992: 236~237)을 참조했다.

조로 통합된다. 이때 의미론적 거시구조Makrostruktur와 서사적 초시구조는 고립된 문장들보다는 전체로서의 텍스트부분들에 관련되어 정의된다. 텍스트 요소들의 배열은 물론이고 총괄적 구조까지 인식시키는 도식으로 작용하는 서사적 초시구조Narrative Superstruktur의 속성을 살펴보자 Van Dijk 1980/2000: 230~235:

- 이야기: 텍스트로 이루어지는 커뮤니케이션의 총괄형식으로서, 인물주체들의 행위에 관련된다. 그 주체들은 인류보편사적 관점, 특정한 관찰자의 이해관계가 걸린 사안, 흥미기준을 충족시키는 참신한 사건Ereignis이나 행위에 결부된다.
- 사건: 특정한 시공간적 틀Setting 속에서 얽힘Komplikation과 풀림Lösung, 즉 문제제기와 문제해결의 상관관계에서 에피소드를 형성한다. 에피소드는 동일한 형식을 가지면서 상이한 내용을 담아 여러 시공간에서 반복될 수 있는데, 그런 방식으로 형성되는 단락을 플롯이라고 한다.
- 플롯에 이르기까지의 구조가 사건 내재적이라면, 반응이나 평가Evaluation는 사건 외부에서 내려지는 관점이다. 반응과 평가가 플롯에 추가되어야 비로소 하나의 이야기가 형성된다.
- 대부분의 서사체신화나 희곡, 우화에는 '이야기 텍스트 전체'에 대해 자신 또는 타자가 지향해야 할 지령적 교훈Moral이 부과된다.

개별 공시태에서 밝혀진 에피소드들이 통시적 차원에서 서사구조의 줄거리로 기능한다는 테제는 익히 알려졌지만, 흥미로운 사실은 바로 그 '성공담'의 도식이 한국현대사에 고스란히 실현되었다는 점이다. 슈피겔에서 묘사된 한국의 발전상을 '거대공간 텍스트'로 상정하고 국가 이미지 유발인자들을 요소로 취하여 에피소드와 플롯을 구축하

는 통시적인 과정을 개괄하면 다음과 같은 초시구조를 얻는다:[62]

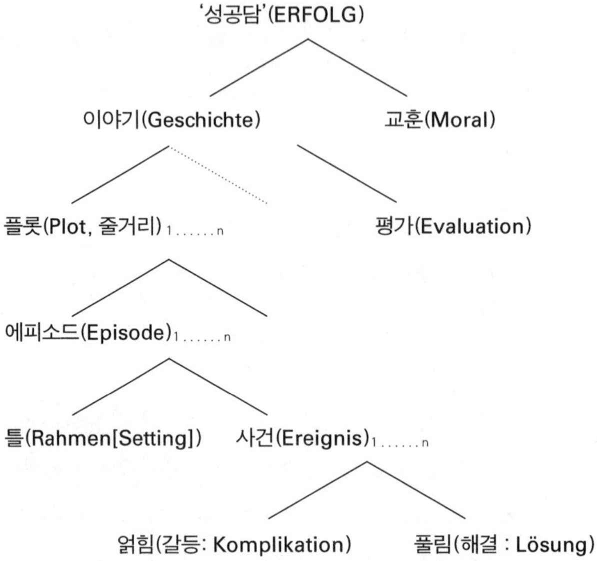

3. 한국 매체에 반영된 한국의 상

중앙일보는 2005년 7월 21일~9월 22일까지 '한국사회 100대 드라마'를 연재하여 창간 40주년 기념으로 특집단행본 "아! 대한민국"을 출간했다. 1965년부터 40년 동안의 현대사를 10개 분야 100대 주제로 집약하여 '드라마'로 묘사한 주제별 접근은 슈피겔 보도의 경향과 비교할 수 있다. 중앙일보의 관찰과 비교해 보면, 슈피겔은 보편적인 세계적 관심사, 독일과의 유관성 및 참신성에 주목하여 정치(01~10) · 문

62 이 초시구조는 반 다이크(같은 책: 233 참조)에 토대하여 다듬은 것이다.

화(22/25) · 경제(31/32/37/40) · 남북관계(52/53/57/60) · 사회변동(65/67/69) · 기술진보(71~73) · 스포츠(82/83/86) · 국제(97~99) 분야에 지속적인 관심을 보여왔다. 한편, 문화관광부가 선정한 '100대 민족문화상징'에는 태극기 · 독도 · 세종대왕 · 김치 · 효孝 사상 · 한글 · 길거리 응원 등이 열거되었지만, 슈피겔이 주목한 주제는 호랑이 · 정보통신 · 서울 · 이순신 · 비무장지대 · 길거리 응원 · 김치 · 인삼 · 태권도 · 선 · 효 · 한글 등 12개에 불과하다.

표 2-6 중앙일보에서 선정한 한국 현대사 10개 분야 100대 주제

분야	주제	헤드라인	내용
정치	산업화와 민주화 그 거대한 임무교대	01. 박정희 집권 18년	개발독재와 산업화
		02. 미스터리 벨트 1970년대	납치, 숙청, 사형, 대통령 피살
		03. 군사정권시대 제2기	12.12와 신군부 집권
		04. 싹트다 짓밟힌 민주화의 꿈	80년 서울의 봄과 광주 민주화운동
		05. 폭발하는 민주화	6월 민주항쟁과 대통령 직선
		06. 민심 배반한 '꽈배기' 정치	양 김 분열과 3당 합당
		07. 성장하는 민주주의	여야 정권교체와 김대중 대통령 집권
		08. 민주화에서 선진화로	노무현 대통령 집권
		09. 부끄러운 우리의 대통령	자신의 비자금, 아들의 비리
		10. 국군의 영욕과 성장	쿠데타, 파병 그리고 자주국방
의식주	보릿고개 지나 풍요의 문턱을 넘다	11. 풍요 얻고 건강 잃다	도시락 검사에게 '친환경'까지
		12. 목마름의 기억	물지게에서 해양심층수까지
		13. 마셨다! 시절의 애환	카바이드 막걸리, 35도 소주에서 술맛의 개성시대로
		14. 방방곡곡 같은 맛	사라지는 고향의 정취
		15. 패션 변천 40년	어제의 멋쟁이가 오늘도 멋쟁이
		16. 나 어릴 적 동네 패션	'비로도'만 걸쳐도 사모님
		17. 우리는 이렇게 놀았다	놀이 문화의 변천사
		18. 1964년생의 홈 오디세이	한옥에서 재개발 아파트까지
		19. 집의 변천사	'하꼬방'에서 초고층 주상복합 아파트까지
		20. 살림살이의 어제와 오늘	집따라 생활도 바뀌어

(이어서)

분야	주제	헤드라인	내용
문화	'긴 밤' 지새우고 대중문화 일구다	21. 대중문화 전성시대	21세기는 호모루덴스 시대
		22. 아시아로 세계로	한국을 빛낸 문화인
		23. TV와 사회변화	드라마로 본 한국의 가족구조 변화
		24. 확 바뀐 서울의 문화지도	화랑, 극장, 출판사 '명가'의 주소 이전
		25. 1970년대의 저항 문화	민주화를 향한 진보의 외침
		26. '문화의 족쇄' 사전심의제	지난한 싸움 끝에 얻은 쾌거, 창작의 자유
		27. 한국언론사의 상흔: 언론통폐합	억압, 굴종, 저항의 언론사
		28. 한국의 지성사	사고의 지평 넓힌 사회성 강한 책들
		29. 대한민국은 종교의 천국	1965년 산업화 이후 빅뱅
		30. 남북한의 문화 교류	아직은 먼 길, 그러나 가야 할 길
경제	도전과 기적 그리고 위기의 역사	31. 드높아진 한국의 위상	보릿고개를 넘어 한강의 기적을 일구다
		32. 경제 주역의 이동	개발독재에서 시장경제로
		33. 고금리와의 전쟁	실질 금리 마이너스 시대의 개막
		34. 창업과 수성	명멸하는 재계의 오너들
		35. 한국 재계사의 미스터리	오너의 자살과 기업의 도산
		36. 생존에서 귀족 노조로	투사 전태일의 명암
		37. 누적된 위기의 폭발	금고가 비었던 1997년
		38. 부동산 투기의 역사	복부인, 떴다방, 강남 신드롬
		39. 성큼 다가온 환경 시대	개발이냐 보전이냐
		40. 기업 도전의 역사	반도체와 자동차 신화
여성	'여성' 껍질 깨고 비상하다	41. 주부의 변신	현모양처, 사회주부 그리고 로드 매니저
		42. 당당해진 성	성적 자유의 확장과 성의 상품화
		43. 영화로 본 여성	호스티스, 애마부인 그리고 싱글즈
		44. 몸 가꾸기 열풍	고전적 여인상에서 섹스 어필로
		45. 성의 정체성	하리수와 홍석천의 등장
		46. 우리는 산업역군	여공과 버스 안내양
		47. 최초의 여성들	'금녀의 벽'을 허물다
		48. 여성 리더의 출현	여자 대통령을 꿈꾼다
		49. 여성운동 40년사	세상을 바꾼 여성의 힘
		50. 호주제 폐지	양성 평등 사회로
남북 관계	대결과 협력의 2중주, 미완의 평화	51. 풀리는 레드 콤플렉스	타도의 대상에서 대화의 상대로
		52. 55년만에 울린 희망의 찬가	소 떼로 벽 뚫고 손잡은 남북정상
		53. 남북대화, 야누스의 두 얼굴	삿대질 회담에서 원탁회의까지

(이어서)

분야	주제	헤드라인	내용
남북 관계	대결과 협력의 2중주, 미완의 평화	54. 자리 잡히는 남북 경협	금강산 관광-개성공단-백두산 관광-?
		55. 누가 이 사람을 모르시나요	온 나라를 눈물바다로 적신 이산가족 상봉
		56. '우리의 소원' 통일을 찾아	봇물 터진 민간 통일운동
		57. 북한판 엑소더스	배고픈 '지상낙원'
		58. 도발의 시대	대통령 암살위기만 세 차례
		59. 전쟁, 이젠 잊어도 좋을까	일촉즉발 위기의 순간들
		60. 북핵, 지루한 줄다리기	한반도 평화의 최대 장벽
사회 변동	세계의 10년이 한국사회에선 1년	61. 성장 멈춘 인구	베이비 붐 끝나자마자 저출산 경보
		62. 직업의 변천사	첨단, 이색 직종이 뜬다
		63. 현대식 복지의 탄생	'4대 보험'에서 '기초생활보장'까지
		64. 한국인의 신체 변화	수명도, 다리도 길어졌다
		65. 인재가 부른 대형 참사	살아남은 자의 증언
		66. 범죄의 진화	생계형 범죄에서 '묻지 마' 살인까지
		67. 사회변동의 에너지, 학생운동	역사의 물줄기를 바꾼 열정
		68. NGO 빅뱅	덩치 커진 '시민의 힘'
		69. 한국 교육의 파노라마	'배워야 산다' 희망과 절망의 자화상
		70. 세대 변화	6.3세대부터 U세대까지
기술 진보	척박한 토양에서 일궈낸 기술 한국	71. IT 강국 한국	쉼 없는 정보통신 혁명
		72. 세계 속의 한국 건설	폐허 딛고 일어선 신화
		73. 성장동력 원자력 발전	질 좋은 전기 값싸게 생산
		74. 생명 복제 기술	섬세함과 끈기로 정상에 서다
		75. 우주개발 선진국으로 가는 길	'우리별 1호'에서 국내 첫 우주발사체 KSLK-1까지
		76. 고속철 시대의 개막	서울-부산 간 2시간 40분
		77. TV 대변혁	채널 270개의 TV 강국
		78. 나노 테크 개발	낱개의 원자도 자유롭게 조작
		79. KIST를 설립하기까지	해외 과학기술 두뇌를 유치하라
		80. 실패로 끝난 IT 프로젝트	중형 컴퓨터 타이콤과 한국형 운영체계 K-DOS
스포츠	오! 필승 코리아	81. 헝그리 복싱의 추억	투쟁본능으로 키운 세계챔피언의 꿈
		82. 한국을 빛낸 스포츠 스타	차붐에서 박지성까지
		83. 서울 53, 나고야 27	서울올림픽 유치작업에서 성공까지
		84. 역대 대통령과 스포츠	막대한 예산 지원에서 무관심까지
		85. 프로스포츠 시대의 개막	1인당 GNP 15000달러 시대의 기적

(이어서)

분야	주제	헤드라인	내용
스포츠	오! 필승 코리아	86. 2002 월드컵	붉은 열정의 한 달
		87. 숙명의 라이벌	(화보) 총성 없는 '공의 전쟁'
		88. 장하다, 대한의 딸들	여성이 이끈 한국 스포츠
		89. 세계정상에 우뚝 선 한국바둑	잉창치 배 4회 연속으로 가져와
		90. 스포츠도 웰빙이다.	보는 운동에서 즐기는 운동으로
국제	글로벌 코리안, 세계를 품다	91. 인천공항, 동북아시아 허브공항을 향해	여의도, 김포 찍고 영종도
		92. 한 가족 세 나라 시대	생계형 이민에서 웰빙형 이민까지
		93. 외국어 광풍	직업부터 친구까지 좌우한다
		94. 지구촌을 누비는 수퍼 한국인	척박한 이국땅에서 일군 성공스토리
		95. 무너지는 순혈 신화	국제결혼과 외국인 노동자의 힘
		96. 토종 무늬의 외국인들	한국과 제2의 고향
		97. 넓어진 외교전선	남북한 대결에서 다자-영사외교로
		98. 미국은 상전 아닌 우방	숭미-친미-반미-혐미-용미
		99. 차이나 신드롬	'죽의 장벽'에서 최대교역국으로
		100. 메이드 인 더 월드	국내 일자리 줄어드는 부작용도 초래

4. 독일 매체에 반영된 한국의 상

슈피겔(1947~2004)에 실린 한국 관련 기사를 검색한 결과, 누락분(1962~65)과 기사가 없는 해(1968-71)를 제외하고 총 560건의 기사를 찾아냈다. 기사의 분포는 남북관계219건, 경제81건, 정치77건, 국제외교, 66건, 스포츠53건, 문화29건, 기술진보과학, 18건, 사회변동16건, 의식주2건의 순이었다.

표 2-7 슈피겔에 보도된 한국 관련 기사

시기	년도	정치			경제	사회		문화			과학	소계
		정치	남북관계	국제	경제	사회변동	여성	문화	의식주	스포츠	기술진보	
제1기	1947	1	2		2							5
	1948	3	5							1		9
	1949	3										3
	1950	4	30		1							35
	1951	4	25					1				30
	1952	2	8		1							11
	1953	2	8			1						11
	1954		6									6
	1955	2	2							1		5
	1956	1						1				2
	1958		1	3								4
	1959		1	1				1				3
	1960	1	1									2
제2기	1961	2	2									4
	1966		3	1								4
	1967	3		1								4
	1972		2									2
제3기	1976	2		1		1				1		5
	1977				1							1
	1978		2		1			1			2	6
	1979	2	2	1	1					1		7
	1980	7	2		1			2				12
	1981	1	7	5	2			1		3		19
	1982		7	2	3			1		1		14
	1983	1	5	9	6					3	1	25
	1984		5	12	5			2		3		27
	1985	7		1	3	1		2	1	1	1	17
	1986		3	2	2	2		2		5	2	18
	1987	15		6	2	1		2		9	2	37
	1988	2	2	3	2	4		1		8	1	23

(이어서)

시기	년도	정치			경제	사회		문화			과학	소계
		정치	남북관계	국제	경제	사회변동	여성	문화	의식주	스포츠	기술진보	
	1989		2	4	6			1		2	3	18
	1990		4	4	4			3	1	6	1	23
	1991	1	4		1					1		7
	1992	1	4	2	6							13
	1993	1	2	2	3	1		2		1		12
	1994		6					1				7
	1995	2	3		2							7
	1996	2	5	1								8
제4기	1997	1	5		6	1						13
	1998		3		6							9
	1999		4		4	1		1		1		11
	2000		7		4	2		1			2	16
	2001		9	1	1					1		12
	2002	1	8	1	1			2		3		16
	2003	1	14		2	1		1			1	20
	2004	2	8	3	2						2	17
	소계	77	219	66	81	16	0	29	2	52	18	560
	누계	362			81	16		83			18	560

이를 정치 · 경제 · 사회 · 문화 · 과학으로 분류한 결과, 슈피겔의 관심은 정치에 압도적으로 집중되었고362건, 문화83건, 경제81건, 과학18건과 사회16건가 뒤를 이었다.[63] 의미론적 분석을 위해 일단 한국 사

63 여성 관련 기사는 발견하지 못했으며 광고는 분석에서 제외했다. 2004년 이후에는 생명공학, 정보통신(IT), 나노기술 등 첨단과학에 대한 기사가 급증했으나, 연구대상을 벗어나므로 제외했다. 여기 나열한 목록은 슈피겔에서 추출한 어휘소들의 일부에 불과하다. 추출된 기사의 전체 목록은 http://blog.daum.net/pyspys1006/ 참조.

회가 보여준 기승전결의 구조에 따라 제1기시련기: 1947~60 · 제2기정비기: 1961~72 · 제3기전환기: 1973~88 · 제4기도약기: 1989~2004로 나누었다.[64]

1) 제1기: 시련기 1947~1960

근대 이전 한국의 이미지는 '머나먼 고려'13세기 ⇨ '미지의 조선'17세기: 하멜 표류 ⇨ '미개한 현자'18세기: 중국을 통한 발견를 거쳐 '은둔의 변방'19세기과 '고요한 아침의 나라'타고르라는 고정관념에 머물러 있었다오정숙 2006 참조. 단절의 시기일제가 끝난 후 한국의 1950~60년대는 온통 혼란으로 점철된 /전쟁/ 일색이다. '희망이 없는 나라'로도 모자라 독재와 불법이 판치는 제1기의 어휘소들에서 두드러지는 것은 /친구아군/와 /적적군/ 사이의 양극대립이다. 이 대립은 전쟁의 책임소재를 두고 다시 /가해자침략자/와 /피해자방어자/로 규정된다. /친구/아군 · 피해자 · 방어자는 //개인//이승만 · 장면 · 트루먼 · 슈니키 · 맥아더 · [요시다] · 리지웨 이 · 워커, //집단//피난민 · 국군 · 의용군 · 경찰 · 군대 · 유엔군(터키군) · (극)우파 및 //국가//미국 · 남한 · [일본]로 분화되며,[65] /적/과 /가해자/도 //개인//김일성 · 남일 · 모택동 · 주은래 · 스탈린 · 주코프, //집단//인민군 · 점령군 · 붉은 군대 · 괴뢰 · (극)좌파 · 빨치산 및 //국가//중공 · 소련 · 북한로 분화된다. 말하자면 제1기에는 개인과 집단 및 국가의 모든 층위에서 남북 사이의 총체적 양극대립Bipolare Opposition이 고착된다.

대립항들 사이에서 일어나는 전형적인 행위는 바로 /전쟁/이다.

---

64 중앙일보는 주제별로 분류를 한 다음 사건들을 시간적으로 배열한 반면, 슈피겔 60주년 기념 특집호(2007. Nr. 2, 3~5쪽, 6~94쪽)는 10년 주기로 끊은 다음 인지도 순으로 주요사건들을 소개했다.

65 [일본]이나 [요시다(총리)]를 [ ]로 표시한 것은, 일본이 한국전쟁을 지원하는 미국의 병참기지라는 정치적 지위와 한국의 대일본관 사이에 심정적 괴리가 있음을 나타낸다.

한국/전쟁/은 //침공기습, 전격전, 폭격, 살육//→//피난후퇴//→//반격수복, 탈환//→//확전북진//의 서사구조로 진행되지만 //휴전38선//이라는 미완결 구조로 중단된다. 전쟁의 결과는 //폐허//Wüste, verwüstet, Asche, Trümmer, Schutt, //화재//Brand, verbrannt, //참상유혈//blutüberströhmt, blutig, Blutbad, //질병과 기아//krank, hungrig 등 온통 //비관적//bitter, dunkel, skeptisch, hilflos, erbittert, schmerzvoll이다.

/정치이념성/은 //친미성//amerikanisch, American Way of Life을 기준으로 //점령okkupiert, Besetzt//, //자본주의kapitalistisch//, //공산주의kommunistisch//, //민주demokratisch//와 //독재diktatorisch//로 대별된다. 1950년대 후반에서 60년대 초반의 /정치/는 //독재//→//선거부정//→//데모//→//체포/탄압학생(김주열) 사망//→//시가전//→//하야이승만//라는 후진국 특유의 혼란을 거쳐 일시적인 //민주주의//에 도달한다.[66]

/경제/는 '도로, 지방도로, 보급, 수출, 재건'의 수준에서 '파업, 실업, 암시장'으로 악화되며, //상품//도 1970년대까지 지속될 //싸구려billig// 이미지로 각인되었다. /문화/ 영역에서는 포괄적으로 '종교'와 '스포츠', '인삼, 추석, 김치beissend scharf, gepökeltes Kohl'가, /지리경관/ 영역에서는 6 · 25와 관련된 전략적 지명인 '서울, 만주, 판문점, 철원' 정도만 언급된다.

/국민민족성/은 //경직성//eisenhart, eisern, eigensinnig, unzufrieden과 //공격성//aggressiv, fanatisch, gewaltig, zorn으로 부정적으로 묘사되지만, //온화한// empfindlich, Humor, genußreich, warm 심성이나 중립적/긍정적인 //속도역동성// dynamisch, ehergeizig, schnell도 거론되었다.

---

66 이런 형태의 서사전개는 제3기에서도 유사하게 반복되지만, 민주주의에 도달했다는 점에서 제1기의 미완성 구조와는 다르다.

분야 층위	정치	경제	사회	문화	과학
인물 (주체/ 대상)	괴뢰, 경찰, 국군, 군대, 군사정부, 극좌파, 극우파, 김일성, 남일, 남한, 만주, 맥아더, 미국, 빨치산, 보병, 북한, 붉은 군대, 리지웨이, 모택동, 사상자, 소련, 슈니키, 스탈린, 약탈자, 이승만, 인민군, 인민위원회, 일본, 요시다, 워커, 의용군, 유엔군(터키군), 장면, 제국주의자, 제트기, 점령군, 주은래, 주코프, 중공, 지도자, 철원, 트루먼, 판문점, 포로, 피난민, 휴전협상자	이승만, 지방도로	감염자, 손원일 (주독영사)	빌리 그래험, 이한호 (유도선수), 인삼, 회춘제	
사건 (행위)	군사법정, 기습, 데모, 무기, 민주주의, 북진, 38선, 소요, 선거(부정), 승리, 시가전, 재건, 전격전, 전선, 종전, 체포, 침공, 폐허, 폭격, 폭동, 피난, 하야, 학살, 확전, 휴전	경제, 보급, 수출, 실업, 암시장, 재건, 토지개혁, 파업	교통사고, 낙관론, 외교, 저항, 휴전	추석	
속성/ 추상	aggressiv(공격적인), American Way of Life(미국식 생활방식), amerikanisch(미국적인), arbeitslos(실업상태의), Asche(재, 잿더미), besetzt(점령된), billig(값싼, 싸구려의), bitter(쓴, 통렬한), Blutbad(피바다), blutüberströhmt(피가 넘치는), blutig(유혈의), demokratisch(민주적인), Deutschland des Fernen Ostens(극동의 독일), diktatorisch(독재적인), diszipliniert(잘 훈련된, 잘 교육받은), dunkel(암울한), dynamisch(역동적인), ehrgeizig(욕심 많은/야심찬), eigensinnig(완고한, 고집센), eisern(냉혹한, 가차없는), eisenhart(가혹한), empfindlich(예민한, 민감한), erbittert(집요한, 격렬한), fanatisch(광적인), gefesselt(사로잡힌, 얽매인), genußreich (만끽하는), gesund(건강한), gewaltig(막강한, 강력한, 대단한), grübelt(고민/고심하는), hilflos(절망적인), Humor(유머), hungrig(배고픈), illegal(불법적인), in Brand(불붙은), kommunistisch(공산주의적), kapitalistisch(자본주의적), krank(아픈/병든), Land der Morgenfrische(朝鮮), Land der Morgenstille(조용한 아침의 나라), medizinisch(의학적), morgendliche Ruhe(아침의 고요함), national(민족적), neu gegründet(신생국의), nordkoreanische Gooks(북한의 거지 떼), okkupiert(점령된), rasch(민첩한), schlecht(나쁜), schlitzäugig(눈이 째진), schmerzvoll(고통스런), schnell(빠른), Schutt(폐허), skeptisch(비관적인), stark(강력한), (Rhee: starrköpfig-고집불통인[이승만]), tote(죽은), Trümmer(잿더미, 잔해), turbulent(요동치는), unfair(불공정한), unzufrieden(불만스런), verbrannt(타버린), versklavte(노예화된), verwüstete(잿더미가 된), warm(온화한), Wüste(사막/폐허), Zorn(격분/노여움), zögern(망설이다), zweiteilig(분단된) …				

국가에 대한 /정체성/은 인도의 시성 타고르의 유명한 은유 덕분에 '고요한 아침의 나라'Land of the Morning Calm/Land der Morgenstille라는 고정관념으로 굳어지는데,[67] 알고 보면 //아침의 고요함//Morgendliche Ruhe이란 /정태성/의 은유이고 //신선함//neu gegründet새로 건국된, Land der Morgenfrische신선한 아침의 나라이란 '미지의 땅'Terra Incognita의 완곡어법에 불과하다. 한국인에 대한 묘사도 'Reisfresser'쌀 먹는 족속 또는 /외모/의 묘사가 대부분으로 'schlitzäugig'옆으로 째진 눈나 'mandeläugig'옆으로 째진 아몬드 모양의 동그란 눈로 묘사되며 심지어 'nordkoreanische Gooks'북한[군] 거지 떼[68]라는 경멸표현까지 나타난다. 제1기의 의미구조를 요약하면, /전쟁/과 /이데올로기/를 기준으로 /아군/과 /적군/이 철저하게 갈리는 양극대립이다.

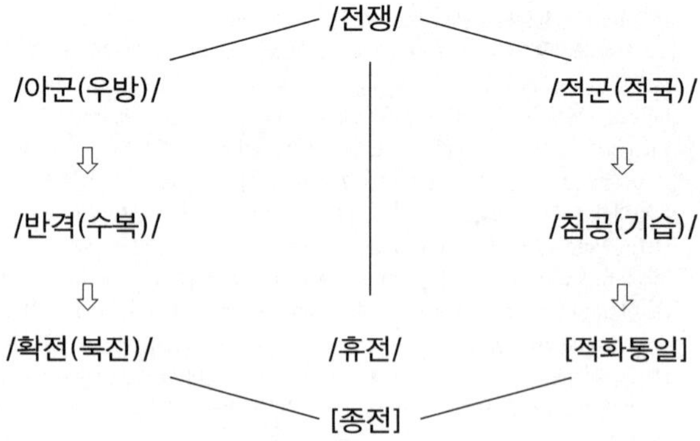

67 대한항공(KAL)의 홍보문은 여전히 "Land of the Morning Calm"인데, 이것은 '朝鮮'의 번역에 해당한다. 어쨌든 비행기에서 누려야 할 /편안함/과 여행지에서 느껴야 할 /신선함/을 염두에 둔 전략으로 보인다.

68 한국전이 한창이던 시절, 지나가는 미군을 향해 굶주린 사람들이 '미국, 미국'을 외치며 구걸했다고 한다. 민간어원론에 따르면, 미군은 사람들이 외치는 '미국'을 'me-gook'(나는 국이야!)으로 알아듣고는 '한국인 거지 떼'라는 경멸적 의도로 사용했다고 한다.

2) 제2기: 정비기 1961~1972

분야 층위	정치	경제	사회	문화	과학
인물 (주체/대상)	군대, 군부, 군장성, 권력자, 경찰, 게릴라, 김일성, 김형욱, 독재자, 미국, 박정희, (공산주의) 반역자, 베트남(전쟁), 북한, 비밀경찰, 소련, 작곡가, 장도영, 중앙정보부(KCIA), 지도자, 윤이상, 최덕신, 쿠데타,			윤이상, 카라테	
사건 (행위)	검열, 납치, 데모, 동백림 사건, 사형, 언론자유, 저항, 쿠데타, 탄압, 통일, 혁명, 휴전선, 10월 유신	부채, 실업, 절도, 사기, 차관	갈등, 언론자유, 추문(Affäre)	김치, 문화, 음악, 작곡가	
속성/추상	aggressiv(공격적인), antikommunistisch(반공적), arbeitslos(실업의), beschuldigt(빚진), beunruhigt(불안정한), brutal(야만적), beissend scharf(엄청나게 매운), entschlossen(단호한), finster(암담한; 미래가 없는[북한]), grausam(잔혹한/잔인한), grimmig(격분한/지독한), heftig(격렬한), Hunger(기아), Hysterie(히스테리), ideologisch(이념적), Land der Morgenstille(고요한 아침의 나라), listig(간교한), nicht weltpolitisch(국제정치에서 벗어난), offen(개방적), optimistisch(낙관적), preiswert(값싼), schön(아름다운), streng(엄격한), tapfer(용감한), traditionell(전통적), umsichtig(사려 깊은), radikal(급진적/극단적/과격한), ungehorsam(고분고분하지 않는), unobservable(관찰 불가능한), wertvoll(가치가 있는),				

제2기는 18세기 프랑스 공포정치를 연상케 하는 폭력적 어휘가 난무하는 시기로서, 제1기의 남북한의 양극대립에 남남의 내부 반목까지 추가되는 정치적 암흑기이다. /국가/에 대립하는 /반국가/의 영역에는 기존에 설정된 //외부의 적//김일성, 북한, 소련에 덧붙여 //내부의 적////야당(정치인)//, //학생//, //반체제인사//(공산주의) 반역자, 윤이상, 동백림 사건, 최덕신(월북)이 추가되어 이중으로 설정된다. 5.16 쿠데타에서 시작한 /독재/의 //탄압//검열, 납치, 사형은 //군부//박정희, 장도영, 김형욱, 장성와 //기관//비밀경찰, 중앙정보부(KCIA), 군대, 경찰, 독재자, 권력자에 의해 자행되며, 격렬한 //저항//데모, 대학생, 언론자유, 피살과 극단을 이루며 10월 유신에서 정점을 이룬다. /정치이념성/은 'ideologisch, antikommunistisch, nicht weltpolitisch' 등

한국을 국제질서에서 고립된 국가로 평가했지만, /경제/의 시각에서는 낙관적인optimistisch 국가로 보는 조짐도 보였다.

/국가 이미지정체성/는 여전히 '고요한 아침의 나라'Land der Morgenstille에 얽매어 있으며, /문화/도 '김치'의 소개beissend scharf에 불과하다. /음악/도 /예술/과는 동떨어진 '동백림 사건'/윤이상/을 계기로 언급된 것이다. /자연경관/은 지극히 상투적인 '아름다운'schön 외에는 한국 이미지를 제대로 묘사하지 못하고 있으며, /상품/도 여전히 '싸구려', '값 싼' preiswert, billig에 머물러 있다.

/국민민족성/ 분야에서는 제1기에 묘사된 //공격성//aggressiv, tapfer, brutal, entschlossen, streng에다가 한층 격화된 //극단성//heftig, radikal, grimmig, grausam이 추가되는데, 이는 폭압정권의 탄압에 맞서는 극한적 반정부 시위의 양상이 투영된 것으로 볼 수 있다.

제2기의 대표적인 의미구조는 남북의 이념적 대립에 남남의 내부대립까지 겹친 '연속분열을 내포한 양극대립'이다:

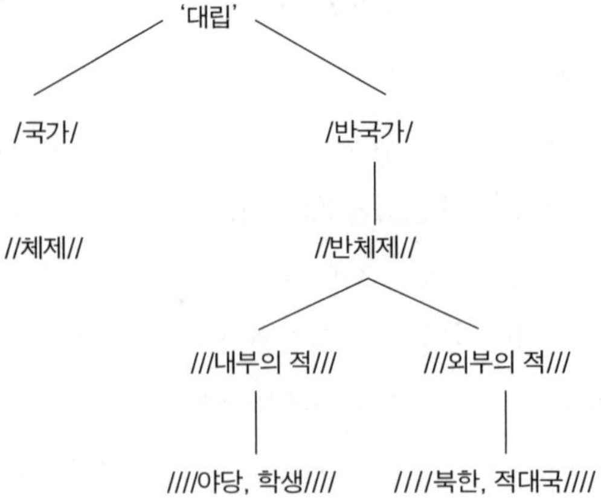

3) 제3기: 전환기 1973~1988

제3기는 가치들 사이의 대립이 극한으로 치닫다가 극적으로 역전되는 대전환기이다. 국가의 주역은 개발독재를 주도해 온 /군벌/에서 /민간정치인/과 /기술관료Technocrat/ 및 /경제인/으로 넘어가며, 슈피겔의 관심도 정치일변도에서 다양한 영역으로 균형을 이루어가는 시기이다. 국가운영의 주체인 /군벌/ 또는 /군부독재탄압자/박정희, 중앙정보부, 전두환, 노태우, (김종필), (최규하)는 필연적 대립항인 /적군/을 상정한다. 이때 이미 ///외부의 적///주체사상, 김일성, 김정일, 소련, 김현희, 땅굴, 중국, 핵개발의 /도발/(핵개발, 땅굴, KAL기 격추)에 추가적으로 //야당//과 //저항세력//을 ///내부의 적/////야당//: 김대중, 김영삼)///반체제 인사//: 김지하, 지학순, 함석헌, 심재철, 대학생, 교수, 신문기자, 작가으로 설정한 중층적 양극대립은 제2기보다 더욱 첨예화되었다. ///외부의 적///에 대해서는 /반공정책/과 /군사력/으로, ///내부의 적///에 대해서는 무자비한 /탄압/검열, 연금, 고문, 파업금지령, 납치, 암살, 사형, 살해, (광주)학살으로 대응한다. 1979~1980년에는 독재정권에 대한 /저항/민주화, 인권, 망명, 파업, 시가전, 야당 승리, 정권교체과 대통령의 피살에 따른 /국장장례식/을 기준으로 짧은 기간에 과격한 의미소들이 총출동한다. 특히 독재의 종말이 '짓밟힌 민주화'(5 · 18)라는 파국으로 치닫는 1980년의 보도는 소설 종지부의 '점층적으로 격화되는 종결부'Finale Crescendo를 연상시킨다.

제3기에 이르러 경제의 주체로 부상한 /기업/삼성 · 현대 · 대우 · 쌍용 · 롯데과 /재벌/Chaebeol, /경제인/김우중, 정주영은 /경제 및 금융중심지서울/를 중심으로 /산업생산/자동차, 선박, 기계공업, 텔레비전, 가전제품, Pony, 무기, 의류, Weltmarke에 박차를 가하며, 그 결과 한국은 /중산층/이 이룩한 /산업국가/로 평가된다. /경제/는 장밋빛 /경제개발/도로, 도로건설, 고속도로, 발전, 투자의 천국, Boom, schwungvoll, 무역과 /성장/에서 출발했으나, /싸구려상품/billig, Dumping-Preis, Billigprodukte 이미지를 여전히 극복하지 못한다. 게다가 경제 개발의 사각지대에 있는 /슬럼가빈민가/, /달동네/, /노동인권/, /소득분배/노조, 임금착취, schlecht bezahlt, Katastrophe의 문제가 지적된다.

분야 층위	정치	경제	사회	문화	과학
인물(주체/대상)	김현희, 김종필, 중산층, 박정희, 최규하, 군대, 김지하, 지학순, 함석헌, 김대중, 김영삼, 중앙정보부, 학생, 교수, 심재철, 전두환, 노태우, 중국, 소련, 김일성, 김정일, 땅굴, 야당지도자, 대학생, 작가, 평화유지군, UN-군, 독재자, 신문기자, 군부	중산층, 의류, Welt-marke, 노조, 산업국가, Zaibatus(재벌), 자동차, 선박, (독일) 루르 지방의 (한국인) 광부, 경제 및 김융의 중심지(서울), 삼성, 현대, 대우, 김우중, 정주영, 롯데, 쌍용, Pony, 조선, 무기, 자동차, 텔레비전, 가전제품	게토(도쿄), 인권, 사이비교주, 지하방공호, 생활수준, 차이나타운, 코리아타운(LA), 재일동포, 해외동포, 정신대, 문선명, 이순신, 대가족, 슬럼가(빈민가), 달동네, 거대도시	차범근, 김득구, 김운용, 축구, 분데스리가, 백남준, 기생, 올림픽, 서울, 올림픽타운, 선수촌, 보이콧, 이소룡, 작가, 예술작품	
사건(행위)	암살, 독재, 탄압, 경찰, 주체사상, 사형, 납치, 국장(장례식), 암살, 살해, 민주화, 연금, 검열, 시가전, 살해, 민주화, 군부독재, 고문, 올림픽, 인권, 핵개발, 망명, 정권교체, 학살, 부정선거, 광주학살, 야당 승리	도로, 도로건설, 파업, 발전, 개발, 고속도로, 투자의 천국, 착취, 임금, Boom, 인플레이션, 무역, 파업, 노동허가, 의류, 기계공업, 복지, 파업금지령, 노동허가	사이비종교, 검열, 민주화, 두발(장발)검사, KAL기 격추, 도시화	비디오아트, 격투기(태권도), 유서깊은 전통문화, 격파시험, 호흡법	기술, 테크놀로지
속성/추상	aggressiv(공격적), amerikafreundlich(친미적), anständig(자존심이 강한), antiamerikanisch(반미적), antijapanisch(반일적), antikommunistisch(반공적), arm(가난한), gut ausgebildet(잘 교육받은), außergewöhnlich(남다른), begeisterungs- und motivationsfähig(경탄과 동기부여의 능력을 가진), billig(싸구려), bildungsbeflissen(교육열), Billigprodukte(싸구려 상품), blutig(유혈적), Boom(놀라운 붐), Chauvinismus(국수주의), das neue Japan(새로운 일본), demokratisch(민주적), diktatorisch(독재적), Dumping-Preis(덤핑 가격), dynamisch(역동적), eine der Erfolgsstory internationaler Entwicklung(성공담; 1979, 33: 105), ein klassisches Beispiel (고전적인 사례, 1979), einseitig(일방적인), Eleganz und Anmut(우아함과 자존심), exotisch(이국적), grandioser Exporterfolg(대단한 수출성공), mit Exportoffensive(공격적인 수출), extrem(극단적), faschistisch(파시즘), fest und flexibel(확고하면서도 유연한), Fortschritt(발전), frühkapitalistisch(초기 자본주의적), geradlinig(직선적), mit Geschwindigkeit(빠른), Gruppen-Loyalität(집단적 충성), harmonisch(조화로운), Gewalt mit Gewalt(폭력에는 폭력으로), Harmonie(조화), strenge Hierarchie(엄격한 위계질서), wirtschaftlicher Höhenflug(경제 고도성장), Industriestaaten(산업국가), idyllisch(목가적), das neue/zweite Japan, Katastrophe(파국), Kolonialjoch(식민지의 멍에), kommunistisch und planwirtschaftlich(공산주의 및 계획경제의), konfuzianistisch(유교적) (…계속)				

분야 층위	정치	경제	사회	문화	과학
속성/ 추상	Konsumgesellschaft(소비사회), korrekt(옳은), laut(시끄러운), mandeläugig(째진 눈), milimetergenau(극도로 정밀한), modern(근대적), Land der Morgenstille, Ordnung(질서), psychidellisch(사이키델릭), Pathos(열정), patriotisch(애국주의적), perfekt(완벽한), pessimistisch(비관적), Protektionismus(보호무역주의), pulsierend(도약하는/힘찬), radikal(급진적), riesig(거대한), sauber(깨끗한), schlecht bezahlt(임금이 낮은), schwungvoll(도약적), 4 Tiger-Staaten (4룡 국가), ungeheuer(엄청난), rasanter erstaunliche Wachstumsrate(놀라운 경제성장률), schnell(신속한), innenpolitisch stabil(안정적인 국내정치), mit atemberaubendem Tempo (정신을 차릴 수 없을 정도로 빠른 속도), technisch anspruchsvoll(높은 기술 수준), warmherzig(인정 많은), wild(거친), Wirtschaftsboom(경제 붐), Wirtschaftswunderland(경제기적국가), wissenshungrig(지식에 목마른), wunderschön (매우 아름다운)				

제3기에는 한국에 대한 이미지가 /정치/와 /경제/ 분야 외의 분야로 다양화되는데, 그 중에서 /문화/백남준, 비디오아트, 예술작품, 유서 깊은 전통문화, 기생, (이소룡)와 /스포츠/차범근, 축구, 분데스리가, 김득구, 김운용, 격투기(태권도), 격파시험, 호흡법, 올림픽, 올림픽 타운(서울), 선수촌, (올림픽)보이콧가 단연 두드러진다. 유독 /종교/ 영역에는 서구적 관점에서 이단과 사이비를 가르는 기사문선명, 통일교Munismus, 이단Sekte, 교주Sektenboss가 많았다. /사회/ 차원에서는 /거대도시화/, /지하방공호/, /이순신/, /대가족/, /두발장발검사/ 등과 아울러 /재외동포 문제/게토(도쿄), 재일동포, 해외동포, 차이나타운, 코리아타운(LA)를 다루고 있다. /국제/ 협력과 협치Governance에 대한 한국의 기여는 미미하지만UN 평화유지군, 이때부터 슈피겔은 한국의 /과학기술/테크놀로지의 역량에 주목하기 시작한다.

극심한 변동을 겪은 것은 /정체성이미지/ 분야도 마찬가지이다. /정치이념성/은 //자본주의//Frühkapitalistisch, //반공//antikommunistisch이지만 경제적으로는 /공산주의와 계획경제의 복합/communistisch und planwirtschaftlich이라는 모순적 이미지로 묘사되었다. //독재//diktatorisch, faschistisch와 //민주주의//demokratisch의 대립구조는 //민족애국주의//nationalistisch, patriotisch와 //국수주의//Chauvinismus의 가세로 복잡해진다. /친미성/을 기준으로 /종속/Kolonialjoch, amerikafreundlich/과 /반미antiamerikanisch/, /반일antijapanisch/로 격화되는데, 이런 변동을 중앙일보2005: 390 이하에서는 '숭미崇美 → 친미親美 → 반미反美 → 혐미嫌美 → 용미用美'의 서사구조로 집약하고 있다.

/국가 이미지/도 지금까지 한국을 지배하던 은유적 고정관념 /고요한 아침의 나라/Land der Morgenstille가 실체적인 정의로 넘어가는 시기이다. 기존의 묘사는 주로 //제2의 일본//das neue Japan, das fernöstliche Inselland der 60er Jahren, das neue/zweite Japan 같은 직유나 '용'Drache, '호랑이'Tiger에 빗댄 //은유//4 Tiger-Staaten였으나 제3기에는 //후발국//Entwicklungsland과 //도상국//Schwellenland을 거쳐 드디어 //첨단국, 산업국//Industrieland으로 평가 절상된다. //기적//Wirtschaftswunderland, //성공//, //전진발전//Wirtschaftsboom, Rasanter Boom, erstaunliche Wachstumsrate, Wirtschaftlicher Höhenflug, mit Exportoffensive, grandioser Exporterfolg, modern, Fortschritt 등 최상급 표현으로 수식된다. 그 결과 한국은 //산업소비국가//Industriestaaten, Konsumgesellschaft, Protektionismus에 도달한 //성공스토리//eine der Erfolgs-story internationaler Entwicklung, Spiegel : 1979, 33:105의 '전형'ein klassisches Beispiel, 1979으로 인정받는다. 여전히 상투적인 /자연경관/의 묘사wunderschön, sauber는 극복되지 않았지만 실체적 묘사idyllisch목가적, exotisch이국적로의 미동은 관찰된다.

/국민민족성/에 대한 평가도 크게 개선된다. 긍정적 평가로는 한국인의 //교육수준//bildungsbeflissen, wissenshungrig, gut ausgebildet과 //능력역량// perfekt, milimetergenau, begeisterungs- und motivationsfähig, fest und flexibel, //조화/harmonisch, //우아함//Eleganz u.Anmut, //온화함//warmherzig을 높이 평가하며, //유교//konfuzianistisch에 기반한 //위계구조//strenge Hierarchie, Gruppen-Loyalität// 와 //속도역동성//schnell, mit atemberaubendem Tempo, mit Geschwindigkeit, pulsierend, dynamisch, Pathos//에도 주목한다. 그런데 역동성은 기존의 //폭력성공격성//

Gewalt mit Gewalt, aggressiv, blutig, wild, laut 및 //극단성과격성//radikal, extrem, geradlinig 과 교차하는데, 이것은 폭력 이미지가 개선과제로 상존하고 있음을 반증한다.[69] /외모/에 대한 묘사에는 큰 변화가 없으며mandeläugig, /문화/와 /과학/ 분야에서는 /첨단성/psychidellisch, technisch anspruchsvoll에 주목한다.

이 시기의 대표적인 의미구조를 /전진///전환//과 //도약//으로 정의한다면, 제3기는 바로 한국의 낡은 브랜드OCB: Old Country Brand가 새로운 브랜드NCB: New Country Brand로 도약하는Brand Leap 시기이다:

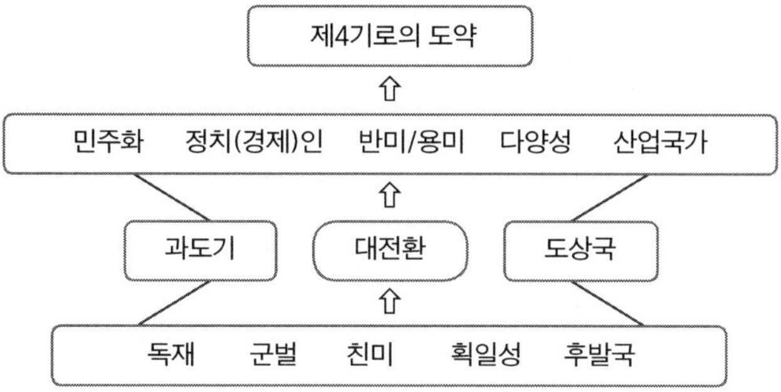

69 뮌스터 대학교 커뮤니케이션 학부 교수진(B. Blöbaum, S. J. Schmidt, V. Gehrau)과의 집담회(2006. 1. 18)를 요약해 본다: ① 특정한 국가에 대한 이미지의 창출에는 특정한 매체가 개입되어 있다. 매체의 특성이 보도의 속성과 연계된다. 시사적인 보도가치가 있는 정보는 신문이나 방송으로 제작되지만, 장기적인 논쟁이나 전략의 보도가치를 가지는 정보는 전문가 매체(기획방송, 분석 등)로 제작된다. ② 갈등, 드라마틱한 사건 등은 빠른 미디어로 구성되지만, 장기적인 전략, 외교 등은 느린 미디어로 제작된다. 빠른 미디어는 긍정보다는 부정적인 것을 먼저 보도한다. ③ 2002년 한-일 월드컵에서 한국의 이미지 효과는 대단했다. 미지의 나라가 각인되는 순간이었다. 한편 한국 축구 팀이 보여준 강한 공격적 특성(대 이탈리아 전)은 또 다른 요소이다. 매체란 본성상 부정적인 이미지를 고착화하려는 경향이 있다. 정치-사회-문화적 측면에서 독일인들이 터키에 대해 가지는 이미지는 부정적이지만, 관광객들에게는 전적으로 매력적인 목적지이며 날씨가 좋으며 물가도 싸고 볼 것도 많은 긍정적인 나라이다. ③ 고정관념은 엉뚱한 고정관념들과 연동될 수 있다. 역동적인 사람들은 대개 능력이 뛰어나다. 그러나 국가 이미지로서 〈매체를 통하여 한국인들은 좀 거칠다, 공격적이다〉는 사실을 인식한 관찰자에게는 역동적이라는 이미지는 〈폭력〉, 즉 결코 좋지 않은 기호내용으로 작용한다. 지혜와 문화의 나라라는 한국의 이미지는 -BBC 보도에서처럼- 서울의 교통지옥 이미지 하나만으로도 쉽게 무력화된다.

4) 제4기: 도약기1989~2002(2004)

분야 층위	정치	경제	사회	문화	과학
인물 (주체/대상)	대통령후보, 한국, 제주, 정주영, 김정일, 김영삼, 이건희,(전두환, 노태우), 권영길, 김대중, 노무현, 정몽준, 송두율, 캉드쉬, 고려(연방공화국), 후계자, 영변, 김일성, 박근혜, 새정치국민회의	재벌, 대우, 삼성, 현대, 기아, 캉드쉬, IMF, 손정의(마사요시), GM, 현대조선, OECD, BASF, 정주영, 북한노동자(러시아 벌목공)	문선명,폴러첸, PISA(OECD 중등학력보고서), 강제징용, 원폭피해자, 이단종교	차범근, 배용균, 정명훈, 백남준, 정몽준, 이영애, 히딩크, 한국 축구국가대표팀, 바스티유 오페라, 정명훈, 음악감독, IOC 위원장(사마란치)	
사건 (행위)	통일, 미군 주둔, 대통령선거, 정권교체, 군사훈련,냉전, 핵무기, 광주		거대도시, 국치일, 해고, 관광, 남북화해	JSA, 올림픽, 월드컵, 오페라, 극장, 비디오 예술가. 로카르노, 베를린, 베니스, 칸 영화제, 스포츠마케팅	
속성/추상	anspruchsvoll(까다로운), antijapanisch(반일적인), Auslandsschulden(외채), außerst fleissig(매우 부지런한), gefährlicher Boom(위험한 붐), Bulldozer(불도저), demokratisch(민주적인), digitale Vernetzung(디지털 네트워크), 4 Drachen(4룡), dramatisch(극적인), dunkel(암울한), dynamisch(역동적), erstaunlich(놀라운), explosiv(폭발적인), filmische Meditation(영화로 된 명상), flink(잽싼. 민첩한), frischer Wind im Osten(동방의 신선한 바람), gefährlich(위험한), genügsam(온화한, 분수를 아는), gewaltig(엄청난), gewissenhaft(양심적인), hemmungslos(거침없는), instabil(불안정한), kapitalisiert(자본주의화된), kompakt(집약적인), militärisch(군사적인), Mischung aus Kommando- und Marktwirtschaft(계획경제와 시장경제의 혼합), reifer(성숙한), reifer geworden(성숙해진), Koreaner als Reisfresser(쌀먹는 한국인), schnellentwickelt(신속하게 발전한), zweitklassig zum Spitzenreiter(이류에서 일류로), subtropisch(아열대의), Superwachstum(초고속성장), 4-Tigerstaaten(4룡 국가), 4 kleine Tiger(호랑이), uneinsichtig(분별없는), gewaltig ungleich(극도로 불균형한/불평등한), verzweifelt(낙담한), Wirtschaftswunderland(경제기적국가), Wachsamkeit(세심함)…				

개발독재와 민주화라는 양날의 칼을 번갈아가면서 보통국가로 진입한 제3기를 거쳐, 1990년대에는 슈피겔의 관심이 한국 사회 전반으로 확장된다. 우리에게는 이 시기가 불안정/안정, 개발도상국/선진국, 이류국가/일류국가, 붕괴/재도약의 갈림길에서 /경제적 혼란/IMF-구제금융을 거쳐 업그레이드 코리아를 모색하는 새로운 도전의 시작이

다.[70]

/정치/ 분야에서는 지금까지 한국을 지배하던 /군벌신군부/전두환, 노태우, militärisch, 광주학살을 대체하는 /정당/새정치국민회의, 자민련, 민주당, 한나라당, 열린우리당, 국민중심당, 대통령선거, 정권교체과 /정치인/대통령후보, 정주영, 김영삼, 김대중, 권영길, 노무현, 정몽준, 박근혜이 등장하며, /대통령 선거/를 통해 /정권교체/를 이룩한다. /정치이념성/은 제3기의 이미지를 승계하여 /자본주의/kapitalistisch 또는 /계획경제와 시장경제의 혼합/Mischung aus Kommando- und Marktwirtschaft 그리고 /민주주의/demokratisch와 /반일/antijapanisch로 평가된다. /냉전남북긴장/송두율 · 폴러첸 · 판문점 · 김일성 · 김정일 · 영변 · 후계자 · 고려(연방공화국) · 통일 · 미군 주둔 · 군사훈련 · 핵무기의 이미지는 극복되지 못했다.

/국가 이미지정체성/는 제1기에서 제3기까지 유지되던 고정관념의 /비유/Drachen, kleine Tiger, Tiger-Staaten를 벗어나 /성장/Wirtschaftswunderland, Superwachstum, frischer Wind im Osten을 이룩한 긍정적 이미지로 평가되지만, /불안정한/instabil, /밀어붙이는/Bulldozer, /극적인/dramatisch 국가라는 이미지로도 평가된다.

/성장/schnell entwickelt에서 /위기/explosiv, gefährlicher Boom와 /불균형/gewaltig ungleich으로 추락한 /경제/는 1997년 /IMF-긴급구제금융사태/에 즈음해서 '캉드쉬, IMF, 반-IMF 데모, OECD, 외환위기, 주식시장 붕괴, 환율급등, 대우 부도, 국가도산, 정리해고, 일자리, 저임금, 국치일'로 표현된 /경제위기/를 체험한다. 이를 극복한 주역은 /경제인/이건희, 정주영과 /기업과 재벌/현대(현대조선), 삼성, 대우, 기아, GM, 손정의[마사요시]이며, 2002년 /월드컵/을 기점으로 한국과 /상품/은 '이류에서 일류국가상품'/von

70 2006년 이후 한국의 국가 이미지는 일본과 중국, 한국이라는 3자 구도 속에서(샌드위치 코리아) 〈다시 뛰는 코리아 KOREA〉, 〈Korea Sparkling〉으로 업-브랜딩을 지향하고 있다.

zweitklassig zum Spitzenreiter/로 올라섰다는 평가를 받는다.

/국민성/은 //긍정가치//로는 //성실//fleissig, genügsam, gewissenhaft//과 성숙//reifer, Wachsamkeit 및 //역동성//dynamisch, hemmungslos, erstaunlich, dramatisch으로 집약되는 반면, //부정가치//로는 //부주의한//uneinsichtig, //모호한//dunkel으로 상반된 평가를 받는다. /사회/ 분야에서는 //도시화, 관광//을 다루고 있으며, /종교/문선명, 이단종교, 교주는 줄곧 통일교 관련 기사가 실려 있을 뿐, 한국 기독교나 불교 또는 무속 신앙에 대한 묘사는 찾아볼 수 없다. 2000년대 초 PISA-보고서[71]를 다룬 관련기사들은 한국을 교육강국으로 새삼 일깨워주면서 국가 이미지 제고에 큰 기여를 했다.

제3기에 주목받기 시작한 /문화/와 /스포츠/ 분야는 /올림픽/과 /월드컵/, /스포츠/정몽준, IOC-위원장(사마란치), 스포츠 마케팅, 올림픽, 월드컵, 한국축구 국가대표팀, 차범근, 히딩크와 /스포츠 마케팅/으로 극대화되고, /예술문화/ Filmische Meditation, 비디오예술가, 베니스, 베를린, 칸, 로카르노 영화제, JSA, 이영애, 백남준, 배용균, 정명훈, 최은희 ,음악감독, 바스티유 오페라, 극장, 김치로 다듬어진다. /과학/2004 이후 황우석, IT 주제가 증가은 주로 /첨단-전자/컴퓨터, 반도체/과학 (기술), Anspruchsvoll, Modern, flink, Kompakt, Digitale Vernetzung에 집중되어 있다. 한국의 /자연경관/제주, 한국에 대해서는 상투적인 묘사를 벗어나지 못하고 있으나, 향후 다른 매체여행안내책자, 기내잡지[72]에서 보완될 것으로 기대한다.

---

71 OECD 중등학력 평가(PISA: Programme for International Student Assessment)에 대해서는 http://www.oecd.org/home/ 참조.

72 '기내잡지'(Bordmagazin)는 국가 이미지와 장소 마케팅, 브랜드 기호학의 메커니즘이 골고루 반영된 탁월한 텍스트 장르이다. 이에 대해서는 이 책의 9장 참조.

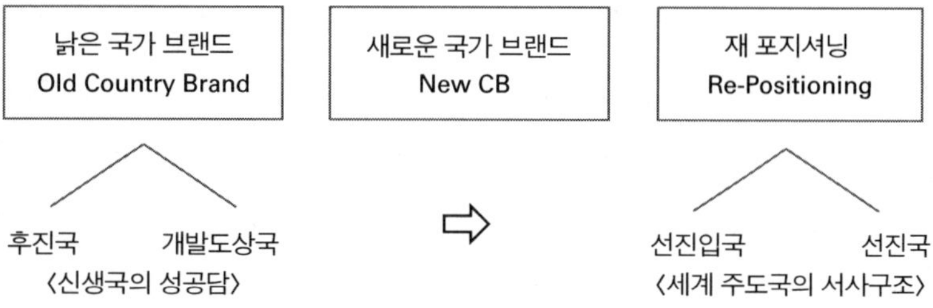

제4기의 의미구조는 한마디로, 임의의 지점에서 출발한 신생 국가가 자율기제의 차원에서 '자기생산체계'로 작동하는 시기로 요약할 수 있다. 제1기의 혼란起에서 시작하여 제2기承→제3기轉→ 제4기結로 전개된 과정을 '신생국가의 성공담'의 서사구조로 간주할 수 있다면, 그 다음 단계의 층위에서 세계를 선도하는 '주도국들의 서사구조'는 사뭇 다르게 전개될 것이다.[73]

5. 포지셔닝의 추이

신생국 대한민국은 독립한 지 몇 년만에 극심한 이념대립과 전쟁을 거쳐 멸망의 문턱에까지 도달한다제1기. 부정축재와 군사독재로 각인된 한국의 정치는 경제개발과 교차하면서 역사적 아이러니를 보여준다제2기. 제3기에는 드디어 세계적인 수준의 전자제품, 자동차와 선박을 생산하는 산업국가로 올라서며, 제4기에는 스포츠86 아시안 게임 · 88 올림픽 · 2002 월드컵를 통해 국가 이미지가 극대화된다. 2002년 월드컵은 "붉

73 2차 대전의 전후질서가 붕괴하는 가운데 새로운 강대국 판도에서 열강으로 복귀하는 독일과 일본, 중국을 생각해 보라.

은 악마의 기호학적 반란"을 통해 레드 신드롬을 유발했으며, PISA-보고서를 통해 한국은 싱가폴, 핀란드, 홍콩, 일본과 어깨를 겨루는 교육강국으로 평가된다. 비디오 아트의 선구자 백남준, 작곡가 윤이상, 피아니스트 백건우의 관조적 이미지와 더불어 최근에 베를린, 칸, 베니스 영화제에서 이룩한 한국영화의 쾌거살인의 추억 · 취화선 · 사마리아 · 올드보이 · 피에타를 거쳐 문화국가 이미지를 얻은 결과 한류Korean Wave가 각인되었다. 한국 현대사 60년에 대한 슈피겔의 관찰을 토대로 영역마다 드러난 핵심적인 동위소의 축을 포지셔닝하여 그 추이를 도시해 보자:

(제1~2기 : □⟶, 제2~3기 : □······▶, 제3~4기 : ■⟶, 제4~n기 : □---▶)

1) 정치

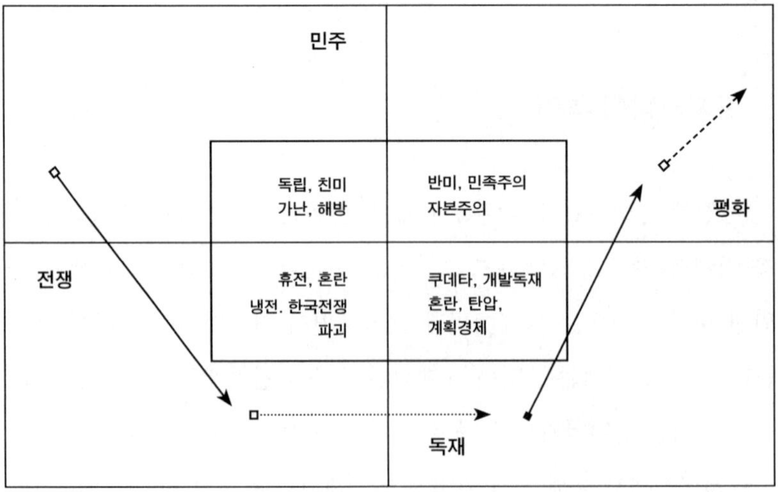

2) 경제

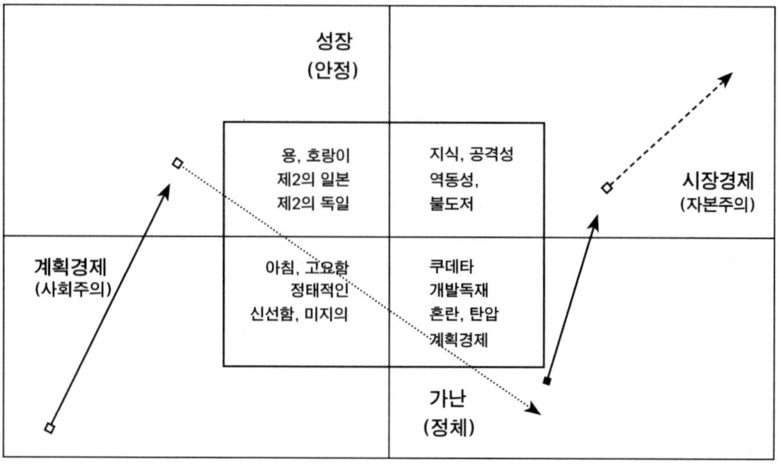

성장
(안정)
용, 호랑이
제2의 일본
제2의 독일
지식, 공격성
역동성,
불도저
시장경제
(자본주의)
계획경제
(사회주의)
아침, 고요함
정태적인
신선함, 미지의
쿠데타
개발독재
혼란, 탄압
계획경제
가난
(정체)

3) 사회

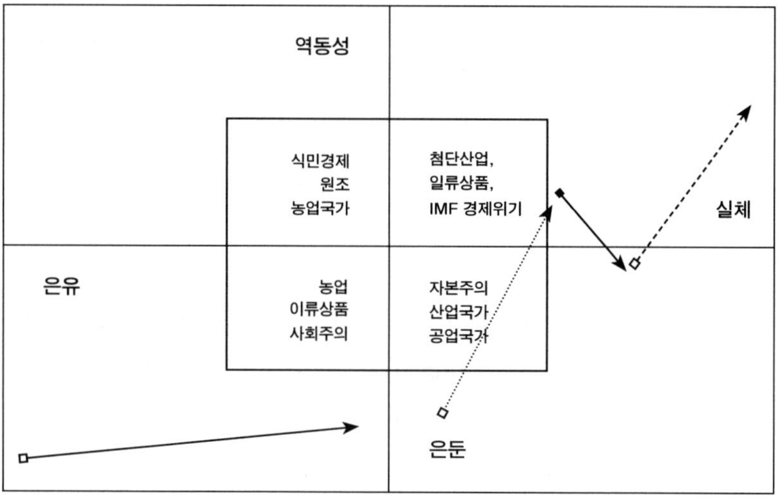

역동성
식민경제
원조
농업국가
첨단산업,
일류상품,
IMF 경제위기
실체
은유
농업
이류상품
사회주의
자본주의
산업국가
공업국가
은둔

4) 문화(과학)

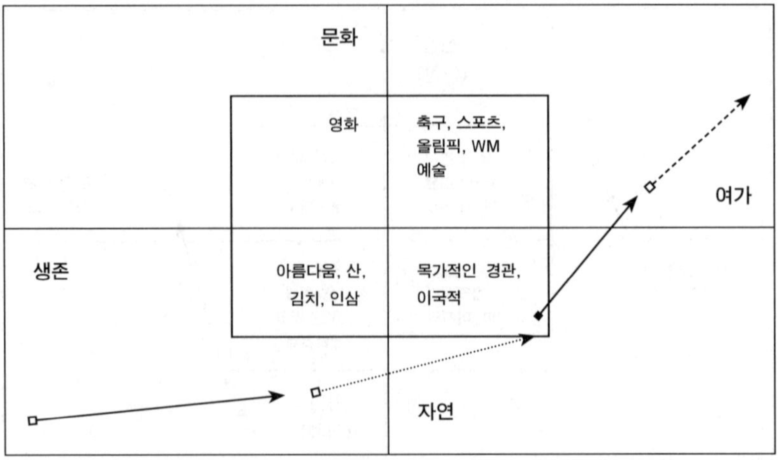

담론의 역사적 전개를 스토리텔링으로 다루는 것은 낡은 국가 브랜드 OCB=F{(PS/MS)∩(pos/neg)}를 새 국가 브랜드 NCBI=F{(MS/PS)∩neg/pos)}로 치환하는 커뮤니케이션 과정이다. 이를 위한 연구 절차를 정리해 보자:

- 형태부: 국가 이미지를 각인한 단위들의 목록으로 '브랜드 형태론'을 구축해야 한다. 여기에서는 슈피겔이라는 독일 매체에 보도된 기사들 중에서 국가 이미지 형성에 개입하는 어휘소들을 검색했다.
- 의미부: 추출된 단위들에는 해당 문화와 공동체에서 부여된 가치가 할당되며, 이를 토대로 브랜드 의미론현실모델이 구축된다. 이때 장점영역PS: Plus Sector과 약점영역MS: Minus Sector마다 긍정의소와 부정의소를 판별한다. 국가 브랜드 이미지 Y=(NBI)는 PS장점영역: 긍정의소Positiv/부정의소Negativ와 MS약점영역: 부정의소/긍정의소 사이의 함수관계 Y=F(X)로 연산할 수 있다X=MS/PS or PS/MS; F={Politics, Economy, Society, Culture, Science, Education.

- 통사부: 각 영역의 단위들에피소드은 플롯을 거쳐 서사적 통합체로 직조되어야 한다. 이것은 국가 이미지의 전개과정의 경로를 추적하는 '브랜드 통사론'의 몫이다.
- 화용부: 궁극적으로 의미부와 통사부는 국가 이미지의 정치경제적, 사회문화적, 윤리적, 미학적 메커니즘F=정치 · 경제 · 사회 · 문화 · 과학 · 교육을 조절하는 '브랜드 화용론'으로 연계된다.

슈피겔의 한국 이미지는 상당 부분 '고정관념'Stereotypen에 기인하기 때문에 분석의 한계가 드러난다. 심층구조에 대한 미시적인 분석은 향후에 다루어져야 할 것이다. 8장에서 고찰한 결과를 서사 모형으로 도시하면서 일단락을 맺고자 한다.

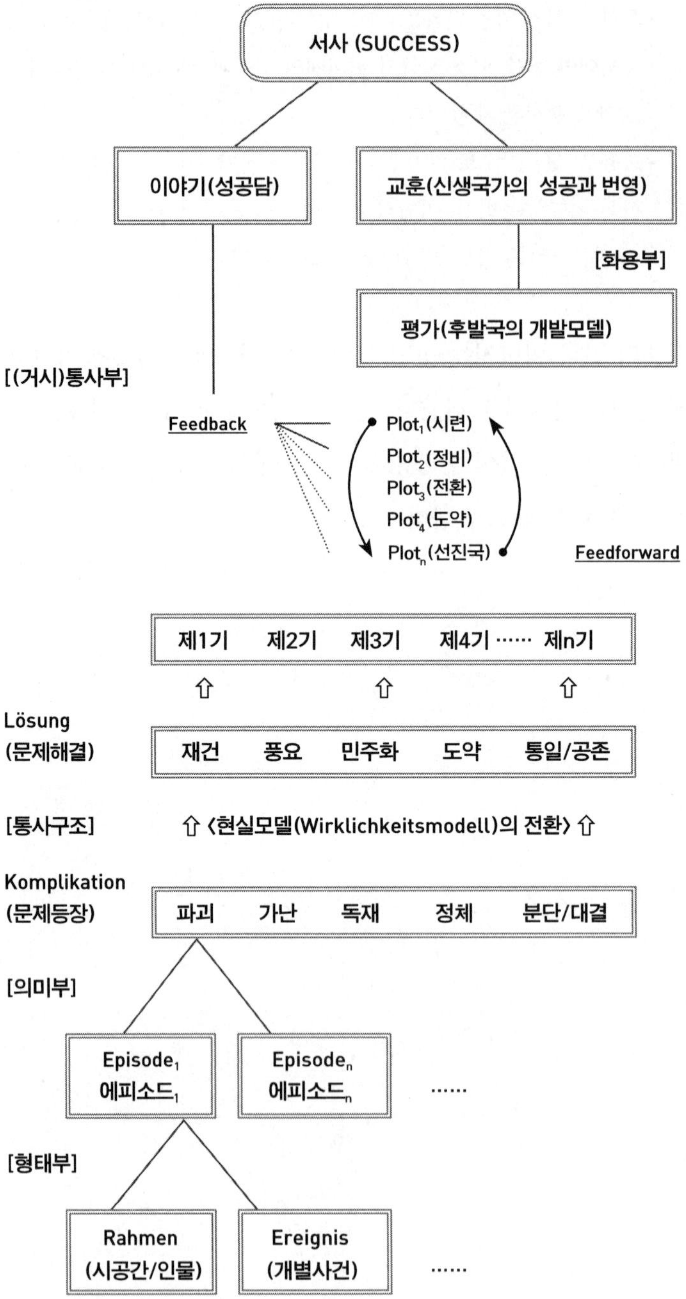
서사 (SUCCESS)
이야기(성공담)
교훈(신생국가의 성공과 번영)
[화용부]
평가(후발국의 개발모델)
[(거시)통사부]
Feedback
Plot$_1$(시련)
Plot$_2$(정비)
Plot$_3$(전환)
Plot$_4$(도약)
Plot$_n$(선진국)
Feedforward
제1기 제2기 제3기 제4기 …… 제n기
Lösung
(문제해결)
재건 풍요 민주화 도약 통일/공존
[통사구조]
⇧ 〈현실모델(Wirklichkeitsmodell)의 전환〉 ⇧
Komplikation
(문제등장)
파괴 가난 독재 정체 분단/대결
[의미부]
Episode$_1$
에피소드$_1$
Episode$_n$
에피소드$_n$
……
[형태부]
Rahmen
(시공간/인물)
Ereignis
(개별사건)
……

표 2-8 슈피겔에서 추출한 주요동위소(발췌)

정 치		경 제		사 회		문 화	
pos(+)	neg(-)	pos(+)	neg(-)	pos(+)	neg(-)	pos(+)	neg(-)
친미	반미	재건	파괴	고요한	시끄러운	김치	개고기
친일	반일	풍요	기아	신선한	미지의	태권도	
독립	종속	시장경제	계획경제	성숙한	거친	음악	
민주	독재	자본주의	공산주의	제2의일본		Videoart	
자본주의	공산주의	기업		제2의독일		백남준	
화해	냉전	재벌	근로자	용		인삼	
평화	전쟁	비싼	싸구려	호랑이		추석	
	민족주의	일등상품	이등상품		불도저	명상	
	국수주의	일류	이류		급한	영화	
정치인	군부	디지털		역동적		영화제	
피해자	가해자	낙관	비관		불안정한	영화배우	
아군	적군	안정	위기	양심적		영화감독	
야당	탄압자	호경기	파업	근대적		축구	
재건	파괴		불균형		거지 떼	86 AG	
남한	북한	고용	해고		달동네	88 Olm	
안정	혼란	발전국	국가도산	PISA		월드컵	
정권교체	독재	첨단	낙후	지식갈증		정몽준	
낙관	비관	산업국가	농업국가	교육받은		IOC	
저항	데모	소비사회		완벽한		올림픽	
	암살	성공	실패	정확한		아름다운	
	핵무기	근대적		동기적		목가적인	
남한	북한	기술		유연한		도시적인	
미국	적대국	기적	위기	확고한		대도시	교통지옥
국제적	고립적	수출	보호무역	온화한	경직된	깨끗한	더러운
개방	폐쇄	성장	경제위기	빠른	성급한	관조	
		무역		근면한		과 학	
		기업인			폭력적	pos	neg
		최첨단	싸구려		공격적	컴퓨터	
		창의적	복제상품		극단적	반도체	
					째진 눈	첨단	
				유교적	위계적	정밀한	
				조화로운		근대적	

(이어서)

정 치		경 제		사 회		과학	
pos(+)	neg(-)	pos(+)	neg(-)	pos(+)	neg(-)	pos(+)	neg(-)
					통일교	조밀한	
					교주	잽싼	
					이단종교		
					시끄러운		

9장 기내잡지 機內雜誌

“사는 일이 그냥 숨 쉬는 일이라는 이 낡은 생각의 驛舍에 방금 도착했다.
평생이 걸렸다.”

〈여행에 대한 짧은 보고서〉, 이화은

1. 체험사회의 텍스트

비장소Non-Lieux[74] 개념을 중심으로 일찍이 초근대 과잉사회의 소외를 직시한 프랑스 인류학자 마르크 오제Marc Augé는 여행을 떠나는 사람의 관찰을 생생하게 묘사했다:[75]

> 피에르 뒤퐁은 금전출납기가 있는 곳으로 차를 몰고 간다. 기계는 그의 신용카드를 판독하고는 인출을 승인한다. 1800프랑을 입력하자 기다리라는 메시지가 뜬다. 잠시 후 현금이 나오고 신용카드를 돌려받는다. 일요일 오전 A11 고속도로의 톨게이트로 진입한 뒤퐁은 신용카드로 통행료를 지불하고 루아시Roissy로 향한다 (……) 그는 공항 지하주차장 2층에 주차하고 주차권을 지갑에 넣는다. 에어프랑스 카운터에서 이코노미 클래스 탑승권을 받고 출발시간과 탑승구를 확인한 다음 면세구역으로 발길을 돌린 뒤퐁은 비즈니스 파트너에게 선물할 코냑 한 병과 담배 한 보루를 산다. 장신구, 의류, 향수를 파는 구역을 지나 들린 서점에는 여행, 스릴러, 추리물, 액션, 로맨스를 담은 페이퍼백, 신문과 잡지는 물론 온갖 옐로 페이퍼가 즐비하다. 잠시 자유를 만끽한 그는 이제 탑승구로 간다. 사람들은 어디로 가야 할지도 모르는 정거장과 대기실 그리고 모든 만남이 우연적인 이런 곳에서 무슨 매력을 느끼는

---

74 일정한 영역에 위치하는 사람들이 사회경제적 관계를 형성하고, 공유된 가치 · 신념 · 상징을 보유하며 일상생활을 영위해가는 공간적 토대로서의 '장소'(lieu/Ort)란 "무엇이 기입된 상징화된 의미의 장소, 즉 '인류학적 장소'(anthropologischer Ort)"(Augé 1994: 96)이다. '장소'가 정체성, 관계 및 역사를 통해 규정된다면, "오늘날의 초근대성은 정체성이나 관계 또는 역사를 통해서는 지칭될 수 없는 공간, 사람과 물자의 신속한 운송을 위한 장치(고속도로, 인터체인지, 공항) 및 교통수단 자체, 거대한 쇼핑센터, 피난민이 묵는 임시수용소 같은 그 자체로 보아 어떤 인류학적 장소도 아닌 공간, '상징화된 공간'에 대립되는 '상징화되지 않은 공간'이라는 의미에서 '비장소'[Nicht-Orte]를 양산한다."(같은 책: 44)

75 이 부분은 Augé(독일어판 1994: 7~22)에서 상응하는 부분을 발췌 요약한 것이다.

걸까? (……) 앞좌석에 꽂힌 기내잡지를 빼내어 항공지도에 표시된 도시들을 손가락으로 짚어본다. 수십 개의 도시들을 지나가는 사이 간간이 뉴스와 영화가 방영된다. 면세품 판매가 이루어지는 동안, 비즈니스 클래스에는 이쪽과는 품격이 다른 서비스가 제공된다. 최신식 여객기에서는 영화감상과 컴퓨터 사용은 물론이고 국제전화까지 걸 수 있다. 다시 펼쳐본 기내잡지에는 신형 스포츠카의 날렵한 맵시와 면세가격으로 승객을 유혹하는 명품들의 파노라마가 펼쳐진다. 이 여객기에는 우리가 가 본 적도 없는 천국이 이미 들어서있다.

그림 2-2 Lufthansa 기내잡지

국가들 사이의 외교는 물론이고 기업, 대학 및 민간단체와 여행객의 교류가 증가하면서 매체산출물들의 혼융으로 인한 새로운 형태의 커뮤니케이션이 등장하고 있는데, 그 중 하나는 첨단과학에 힘입은 디지털 커뮤니케이션이고 다른 하나는 낡은 수단들의 새로운 조합[76]을 통한 장르의 '뒤섞임'이다. 독일을 중심으로 발전한 텍스트언어학은 텍

---

76 Hess-Lüttich(1999: 12)는 뒤섞임의 속성을 '조합의 예술'(ars combinatoria)로 집약한다.

스트유형학의 체계화에 성과를 거두었지만 잡종화 현상에는 그리 주목하지 않았다. 이 현상의 규명에 기여한 것은 상호텍스트성Intertextualität과 기생텍스트성Paratextualität에 대한 크리스테바와 쥬네트의 문예학적 업적을 필두로 화행론에 기반을 둔 롤프의 텍스트유형학, 텍스트들 사이의 관계에 주목한 하르베크 그리고 하이퍼텍스트의 조합방식을 구상한 랜도우 · 볼터 · 치코니 · 자거 등 매체언어학자들의 연구이다.[77] 9장에서는 루프트한자 '기내잡지'2007년 11월호를 사례로 텍스트 잡종화의 일종인 텍스트군집Textgemeinschaft의 특성을 살펴본다.

2. '잡지'의 발달사

1) 어원

'잡지'雜誌는 '잡스런 내용들을 담은 무엇'으로 뭉뚱그려지는 어정쩡한 명명인 반면, 유럽어에서는 Magazin(e)으로 장르화된다. 아랍어 동사 Khanaza'저장하다'에서 전성된 Makhzin'곡창'/'창고'이나 라틴어 Magalia는 '작은 처소' · '곳간' · '텐트'를 의미하며 그 어근을 수용한

77 텍스트과학의 성과를 집대성한 HSK(Brinker/Antos 외, 2001, VIII~XI장)도 (S. F. Sager의 논문 한편만 제외하면) 소통영역을 기준으로 개별 텍스트종류들만을 분류하고 기술했다. 한편 Antos/Tietz는 20세기에 거둔 텍스트언어학의 성과를 평가하고 향후 과제를 선언한 총서 '텍스트언어학의 미래'(Zukunft der Textlinguistik, 1997)에서 기존 텍스트장르들의 해체와 혼융을 예견했다. 화행론적 텍스트유형학에 대해서는 Rolf(1993), Park(1994)을, 텍스트군집의 전제조건인 기생텍스트(Paratext)/간텍스트(Intertext)/하이퍼텍스트(Hypertext)에 대해서는 Genette(1992), Plett (1991), Inkinen(1999), 졸고(1996), 디지털 텍스트에 대해서는 Landow(2001), Bolter(1990), Cicconi(1999), Kim(2007) 참조.

Magazin(e)/Magasine이 '상점' · '창고' · '병기창'을 뜻하는 것을 보건대, 위의 어원들로부터 '특정한 무엇상품/무기 또는 이것저것 마구 쌓아 놓은 공간'이라는 의미소를 얻을 수 있다.

2) 기준의 추출

문학이 사회적 체계[78]로 분화된 계몽주의 시대에 이르러[79], 오늘날의 신문이나 잡지처럼 주변국가나 도시에 관련된 잡다한 정보를 정기적으로 제공하는 장르가 태동했다. 그러나 당시에는 텍스트를 장르화한다는 인식이 없었기 때문에, '잡글들의 모듬'은 장르 명칭이 아니라 '관찰자'The Spectator, '농부의 친구'The Farmer's Friend나 '열주문'列柱門, Propyläen처럼 보통명사나 고유명사로 불리곤 했다.

잡지류의 시초는 17세기 초 상인들 사이에서 편지 형태로 유통되던 신문의 전신이다. 스트라스부르크의 Zeyttungen, 볼펜스뷔텔 지역의 Aviso 같은 어설픈 전단지에는 전쟁터나 궁성에서 흘러나온 충격적인 소식이나 아름다운 이야기가 실려 있었고, 아우그스부르크에서 유통되던 Fugger Zeitungen은 무역중심지에서 유통되던 물품에 대한 정보를 정기적으로 알려주었다. 이로써 보도의 대량성과 시사성에 주기성이 추가되면서 '일정한 수용자에게 오락을 곁들인 정보를 일정한 간격으로 제공'하는 소통의 고리가 완성된다.

문학체계의 수립을 각인한 최초의 문예지 '스카방 저널'Journal des Scavans; 1665년, 프랑스은 지식인들 사이의 서신 왕래를 제도화시킨 새로운

---

78 '사회적 체계로서의 문학'에 대해서는 슈미트(2003) 참조.

79 이 부분은 잡지의 발전사에 관한 슈미트(2003)의 설명을 요약한 것이다.

소통방식으로서 신간안내, 서평 및 발췌와 요약을 실어 다양한 학문적 주제들을 일목요연하게 소개하는 이른바 상호텍스트 및 하이퍼텍스트의 효시가 된다. 뒤를 이어 '철학회보'Philosophical Transaction, 영국와 '지식인 저널'Goirnale de Letterati, 이탈리아이 창간되었고, 파리에서는 궁정과 사교계의 소식을 담은 살롱지의 형태로 '화려한 소식'Mercure galant, 1672년이 창간되었다. 칼뱅주의를 표방하는 망명학술지를 통해 전문영역의 지식인 잡지들이 분화되고 살롱소식지도 정착되었으며, 제3의 유형으로 '문학소식지'Literarischer Blatt가 구상되었다. 그라넬A. Granel은 본격적인 문예비평지 '스펙타퇴르 앵코뉘'Spectateur Inconnu(익명의 관찰자), 1723/24를 창간했고 영국에서는 애디슨J.Addison/스틸R.Steele이 편집한 '태틀러'Tatler, 1701~11, '스펙테이터'Spectator, 1711~12, 1714와 '가디언'Guardian 1713이 나와서 향후 독일 '도덕주간지'의 탄생에 영향을 주었다. 독일에서는 라이프치히 대학 철학교수였던 멩케O. Menke가 프랑스 '스카방 저널'과 영국의 잡지들을 모범으로 삼아 '학자논집'Acta Eruditorum을 출간했다.

그림 2-3 알라만카(Alamancha)의 현대적 형태

방금 개괄한 장르의 발전사로부터 '잡다한 글들의 묶음'이 '잡지'라는 범주로 응집되는 기준이 드러난다: 첫째, 개별 텍스트의 의미론

적 · 화행론적 속성이 동질적이지 않음에도 불구하고 '잡지'라는 텍스트 군집은 /여행기/, /에세이/와 /오락/, /광고/를 곁들인 /홍보PR/와 /정보제공Informieren/으로 구성된다. 둘째, 이미 300여년 전에 상호텍스트성서평 · 신간안내 · 도서목록 · 가격표과 하이퍼텍스트성의 원형달력年鑑 형태의 잡서:(그림 2-3)이 목격된다. 셋째, 제한된 시간과 공간에서 보다 많은 수신자에게 최대의 정보를 유포하기 위해 여러 언어와 다양한 기호학적 수단매체 · 타이포그래피 · 부호 · 장식 등이 총동원된다. 이런 특징은 현재 시점에서도 목격되는 장르 창발의 선취임에 분명하다.

3. 텍스트언어학적 범주로서의 잡지

1) 텍스트군집

이제 '잡지'는 '텍스트들의 뭉치'나 '제책製冊 방식', '텍스트종류'Textsorte가 아니라 다른 차원에 설정되어야 한다. 일단 '특정한 소통목적을 기준으로 이질적인 텍스트들이 이합 집산하는 외연의 총체'를 '텍스트군집'群集, Textgesellschaft/Text-community으로 규정하고, '기내잡지'를 '항공기를 통한 여행과 관련하여 조합될 수 있는 다수의 텍스트들로 구성된 유기적 외연을 가지는 군집'으로 정의하고자 한다. 위의 현상을 '텍스트공동체' 또는 '텍스트코스모스'Textkosmos로 포착했던 하르베크는 언어를 완성하는 세 축으로 ⓐ 언어체계를 구성하는 어휘계열체Paradigma, ⓑ 선행연쇄체의 성분이 후속연쇄체에서 대체되는 대용의 사슬, 즉 "연속적으로 전개되는 이차원적 대용zwei dimensionale Pronominalisierung의 연속체"로서의 텍스트 그리고 ⓒ 이질적인 텍스트들이 하나의 집단을 이

루는 상호텍스트들의 무대인 텍스트 코스모스를 설정한다:

> "System, Text und Textkosmos sind drei verschiedene Existenz- oder genauer: Anordnungsformen von Elementen einer Einzelsprache. Ihre unterscheidenden Charakteristika sind, der Reihe nach, die Relationen des Statt-, Nach- und Nebeneinander, Ausgangs- und Angelpunkte in der Entwicklung der drei Begriffe ist der des Nacheinder."
>
> Harweg 1978: 143

> "언어체계, 텍스트 그리고 텍스트 코스모스는 한 개별언어의 세 가지 상이한 존재형식, 더 정확히 말하면 정렬방식이다. 그들이 가지는 상이한 특징들을 순서대로 보자면 언어체계는 〈~대신에〉라는 관계이며, 텍스트는 〈~에 연이어〉라는 관계이고 끝으로 텍스트 코스모스는 〈~와 나란히〉라는 관계이다. 특히 이 세 개념의 전개에서 출발점인 동시에 단서가 되는 것은 바로 〈~에 연이어〉라는 관계이다."

하르베크는 "-einander"라는 독일어 특유의 조어방식을 빌어 텍스트의 속성을 Nach-einander앞 문장의 성분이 뒤 문장에서, 다시 연속적으로 계속하여 다른 성분으로 대체됨와 Statt-einander어떤 성분이 똑같은 자리에서 그것을 대신하는 다른 성분으로 대체되는 계열체나 낱말밭로 집약한 다음, 산출된 독자적인 텍스트들 사이에 Neben-einander병렬 · 공존, Bei-einander기생 · 장식 · 추가, Aus-einander분열, Mit-einander합성 등의 메타-관계를 할당했는데, 필자는 그가 언급하지 않았지만 오늘날 더욱 중요해지는 Durch-einander[80]라는 특성에 주목하고자 한다.

---

80 독일어 원어의 의미는 "뒤죽박죽"이 되겠으나 여기에서는 '선형적 질서를 벗어나는 입체적 질서' 또는 네트워크적 속성으로 간주하고자 한다.

이질적인 텍스트들이 하나의 게슈탈트를 구성하는 기능적 요소로 작동하는 것을 텍스트 코스모스의 성립요건으로 간주한 하르베크의 통찰을 보완해 보자. 첫째, '잡지'는 코스모스보다는 이질적 요소들 사이의 혼융의 성격을 가진다. 그러나 텍스트들의 기능 또는 상위화행들의 의미론적 동위관계를 벗어나지 않는 한 카오스가 되지는 않는다. 둘째, 요소로서 개별 텍스트종류들에 한편으로 /국가/나 /도시/, /여행/이나 /인물/, /문화/, /예술/, /오락/, /지침/ 등의 의미소를 공유하는 유기적 동위성이 존재하지만, 다른 한편으로 잡지 전체의 서사구조로 직조되는 과정에서 위치가치만 가지는 비동위적 텍스트종류들'광고'도 포함된다. 셋째, 개별 텍스트종류들이 하나의 전일적 게슈탈트텍스트군집로 직조될 때, Nach-, Neben-, Bei-, Aus- 같은 접두어로 비유한 선형적 공간질서를 넘어 Durch-einander 상태의 비선형적 틀로 결속된다. 넷째, '잡지'에서는 인접하는 텍스트들 사이의 교차지시와 더불어 개별언어와 텍스트 및 기호들 사이에 복잡계가 형성된다.

2) 텍스트군집의 유형화

평범한 사람들이 텍스트를 소비하는 언어생태계의 출발점은 고매한 문학 장르나 전문 텍스트가 아니라 '잡지' 같이 뒤죽박죽 엉켜있는 텍스트군집 속의 어느 한 꼭지이다. 텍스트군집에 대한 유형화에 시사점을 제공하는 두 가지 착상에 주목해 보자: 첫째, 코세리우(1997)의 구조주의 낱말밭 이론의 구상은 텍스트군집들 사이의 의미론적 관계를 규명하는 데 유용하며, 둘째, 자거(2001)가 제시한 하이퍼텍스트의 연결방식은 텍스트종류들이 군락을 형성하는 패턴에 대해 단서를 제공한다:

"낱말밭Wortfeld이란 하나의 공통의 의미영역을 서로 나누고 그리하여 서로 직접 대립하는 어휘단위들Lexeme로 구성되는 계합적paradigmatisch 구조이다."

코세리우 1997: 76 ;

"낱말부류Wortklasse란 하나의 부류소Klassem에 의해 한정되는 어휘소에 의해 구성되는 부류이다. 부류소란 원칙적으로 낱말밭과 무관하게 하나의 언어범주품사 전체에서 기능하는 변별적 특징이다."

같은 책 1997: 82

낱말밭이 공유의미소를 중심으로 시차적 변별특징에 따라 분화된 어휘들의 집합이라면, 텍스트군집은 이를테면 '항공사가 탑승객에게 정보와 편의 및 홍보와 오락을 제공한다'는 특정한 상위목적 하에 그러나 반드시 동위관계를 가질 필요는 없는 집합에, 즉 낱말부류처럼 사용되는 다양한 텍스트들의 집합에 상응한다. 의미론적 동위성 기준에 덧붙여 자거(2001)가 제시한 하이퍼텍스트의 연결방식을 참조하면 텍스트군집의 몇 가지 유형이 도출된다(그림 2-4~8):[81]

- 논리적분지형 텍스트군집logische TG: 중심텍스트, 이른바 숙주宿主텍스트를 기준으로 논리적으로 하위에 속하는 기생텍스트들Paratexte로 분지되는 경우(그림 2-4). 이에 대한 사례로는 주제상의 위계에 따라 대주제→소주제의 순서로 배치되는 학술잡지나 문예잡지 등이 있다.
- 서사적선형 텍스트군집narrative TG: 논리적으로 동등하지만 이질적인

81 텍스트를 구성하는 문장들 사이의 연결을 통사적 시각에서 조명한 프라그 학파의 기능적 문장투시(Funktionale Satzperspektive: F. Daneš)의 유형도 참고할 수 있다. 텍스트군집의 유형학은 이런 조합술적 특성과 더불어 생산자, 소비자, 요소텍스트들이 텍스트군집에서 차지하는 위치와 기능에 따라 더욱 세분되어야 할 것이다.

텍스트들이 하나의 군락을 형성하기 위하여 서사구조의 전개에 준하여 시공간적으로 배치되는 경우(그림 2-5). 이에 대한 사례가 바로 비행기 · 버스 · 기차 · 선박 등의 운항수단에 비치된 기내[선내/차내]잡지이다.

- 나열형방사형 텍스트군집ennumerative TG: 서로 무관한 정보를 담은 이질적인 텍스트들이 하나의 군락을 형성하지 못하고 임의적으로 나열되어 경우(그림 2-6). 이에 대한 사례로 지역정보신문 · 안내잡지 · 전화번호부 · 목록부 · Alamancha연감 등이 있다.
- 고리형순환형 텍스트군집zirkuläre TG: 논리적으로 서로 무관한 정보를 담은 이질적인 텍스트들의 어느 절점에서 출발해도 다시 다른 절점들과 연결되는 디지털 텍스트의 경우(그림 2-7). 이에 대한 사례로는 다양한 형태로 된 대부분의 웹-사이트포털사이트 · 블로그 · SNS 커뮤니티 등가 해당한다.
- 복합형망상형 텍스트군집gemischte TG: 인쇄매체의 텍스트군집은 이제 더욱 디지털 장르를 닮아간다. 그런 환경에서 대부분의 텍스트군집은 논리성과 서사성 양자를 충족하면서 필요에 따라 시간 또는 공간 어느 한쪽에 우선권을 두어 조직된 복합형이다(그림 2-8).

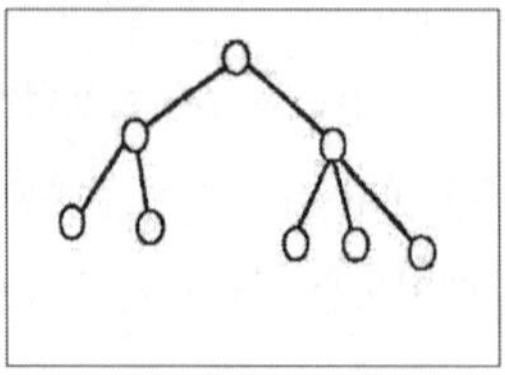

그림 2-4 분지(分枝)

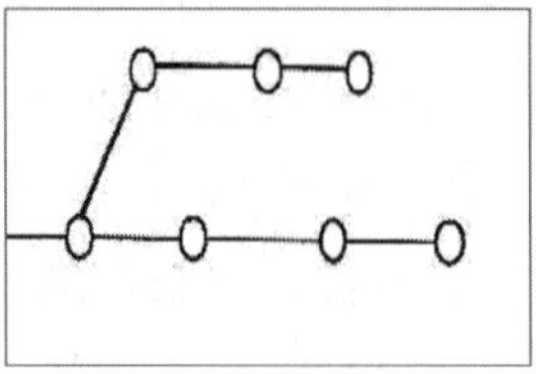

그림 2-5 선형(線型)

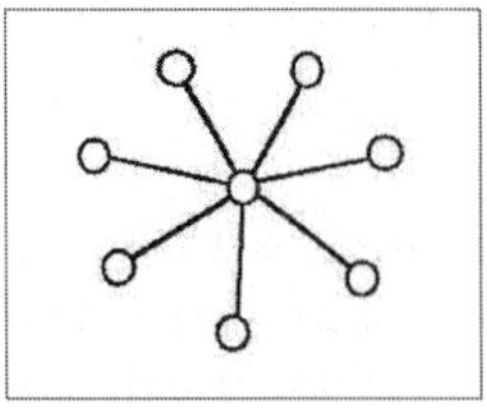

그림 2-6 방사(放射)

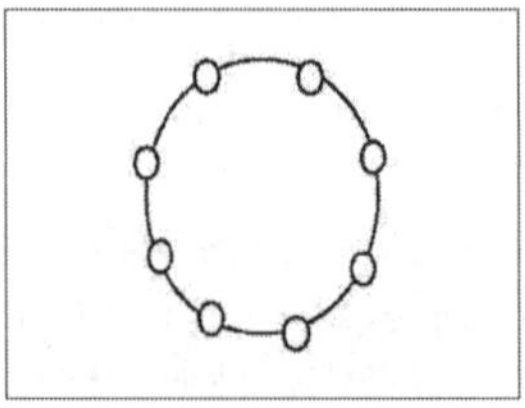

그림 2-7 순환(循環)

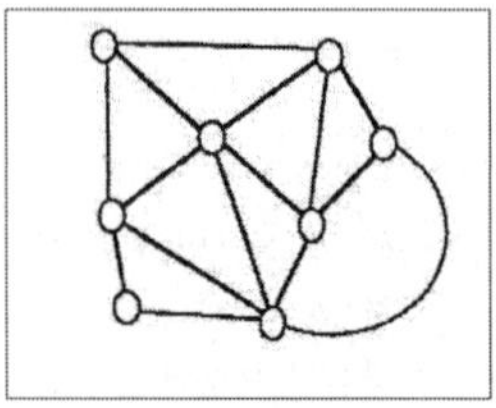

그림 2-8 망상(網狀)

3) 기내잡지의 내용

시사성을 중시하는 시사주간지나 월간지와 달리 정기간행물로서의 기내잡지는 일단 보도기사를 배제하지만 세간의 관심을 끄는 주제도 기획될 수 있다.[82] 기사의 내용은 /여행/을 원어휘소로 삼아 /도시/와 /국가/ · /사람/불특정인/스타와 저명인사 · /예술/과 /문화/ · /명품/취향과 소비 · /오락/퀴즈, 매체 프로그램에 대한 내용을 담는다. 기내잡지는 /가난/ · /고통/ · /전쟁/ · /죽음/ · /불행/ · /이별/ 등의 부정적인 의미소를 원천 차단하고 긍정적인 의미소인 /풍요/ · /쾌락/ · /행복/ · /평화/ · /생명/ · /만남/을 일방적으로 강조하는, 그래서 비행기로 여행할 정도의 고객을 위한 명품 · 부르주아 커뮤니케이션의 전형이다.

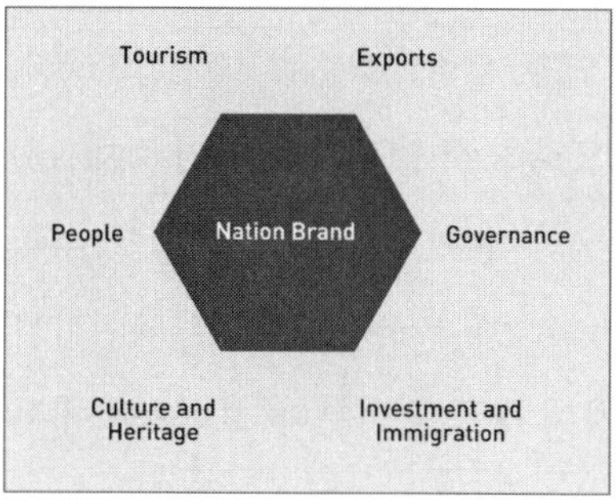

그림 2-9 국가브랜드 매개변수

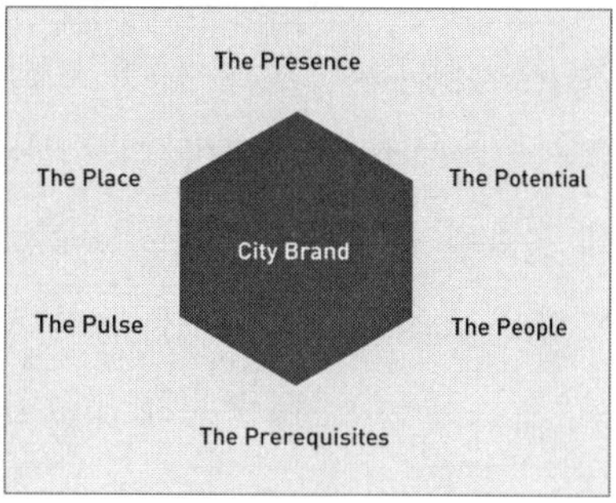

그림 2-10 도시브랜드 매개변수

구매를 직접 권고하거나 유혹하는 홈쇼핑 잡지나 광고전단과 달리, 기내잡지의 /홍보/는 Teaser 맛보기에 준하는 우회적인 전략을 추구

82 중앙일보 일요판 '중앙 SUNDAY'는 스스로를 '매거진'(Magazin)으로 명명하면서 형태상으로는 신문을 표방하지만 기능상으로는 잡지와의 혼융을 겨냥하고 있다.

한다. 학생잡지 · 여성잡지 · 남성잡지 · 성인잡지 · 주부잡지 · 청소년 잡지 · 아동잡지 등은 수신자의 연령과 성별을 기준으로 분류되는 반면, 기내잡지에는 언어, 매체와 기호를 가로지르는 다중교차관계가 빈번하며, 여행잡지보기: 독일연방철도[DB]의 'Deutsche Bahn', KTX 잡지나 국가홍보물독일 외무성에 발간하는 'Deutschland', 국제교류재단에서 간행하는 'KOREANA'과 함께 '특정한 텍스트군집들의 계열'을 형성한다. 편성될 내용이 증가하면서 유수의 항공사들은 우산-브랜드Umbrella-Brand로서의 모母잡지를 오락 · 면세품 · 관광 · 문화를 전담하는 자녀잡지Töchter-Magazine로 분가시키고 있다.[83]

기내잡지에는 한편으로 국가브랜드의 측정변수[84]로 설정된 관광Tourism: 자연 · 경관 · 목적지, 경제Exports: 상품과 경제력, 협치Governance: 안보 · 외교 · 민관협력의 총량, 투자와 이민Investment & Immigration: 투자와 이주 여건, 문화와 전통Culture&Heritage: 문화상품 및 활동 · 콘텐츠, 인물/사람Person: 스타와 저명인사, 대중에 이르기까지 인적자원의 영역이, 다른 한편으로 도시 브랜드의 평가Anholt 2005에 필요한 존재감Presence: 국제적 지위 · 인지도 · 정체성, 장소Place: 볼거리와 분위기, 잠재력Potential: 정치 · 경제 · 교육, 역동성Pulse: 활력 · 맥박, 사람People: 시민, 시설Prerequisite: 기반시설 · 건물 · 교통에 대한 내용이 주종을 이룬다. 표본조사에서

83 아시아나 항공은 기존에 발간하던 기내잡지 Asiana를 하위 소통목적에 따라 World City Guide(여행안내), Asiana Entertainment(오락프로그램 안내), Destinations(여행목적지 안내)로 분화했으며, 이전의 모(母)-잡지는 〈Asiana: Culture, Style, View〉라는 표제로 〈문화잡지〉로서 격상된 포지셔닝을 지향한다. 이를테면 기내잡지는 정보를 전달하는 신문보다는 예술적 감성을 갖춘 (너무 무겁거나 심각하지 않은) 문예잡지로 거듭나려는 것이다. 이러한 전략은 /르노/(Renault)가 1980년대 중반 다양한 모델들(Clio, Safrane, Twingo, Kangoo, Laguna)로 브랜드 정체성의 쇄신을 꾀했던 하향식 분화와 달리 /벤츠-마이바흐(Maybach)/ · /닛산-인피티니(Infiniti)/ · /도요타-렉서스(Lexus)/ · /현대-제네시스(Genesis)/의 브랜드 전략은 상향식 업브랜딩(Up-Branding)의 사례이다.

84 프랑스 일간지 Le Monde를 분석한 오정숙(2006) 참조.

검색된 핵심영역은 /여행/Travel: 국가, /목적지/Destination: 도시, 경관, 자연, /사람/People: 스타와 저명인사, /명품/광고, 글로벌기업, /문화/ · /예술/ · /문학/ · /라이프스타일/Culture, Art, Literature, Life-style, /오락/Entertainment 등이다.

4. 기내잡지의 구조

루프트한자 항공사의 기내잡지(2007년 11월호)에 대한 정성평가를 시도해 보자.

1) 기내 커뮤니케이션

정해진 운항시간 동안 별다른 지장이 없는 한 상호작용이 순조롭게 이루어지고 기내잡지 텍스트가 읽힌다는 전제 하에서, 기내 커뮤니케이션은 자동화된 일정과 특정한 행위들의 단락에 상응하여 소비되는 매체제공물음악 · 라디오 · 영화 · 잡지 · 신문 · 게임 · 인터넷을 매개로 진행된다. 운항진행표는 항공사나 취항지마다 다소 다르지만 대개 다음과 같다.

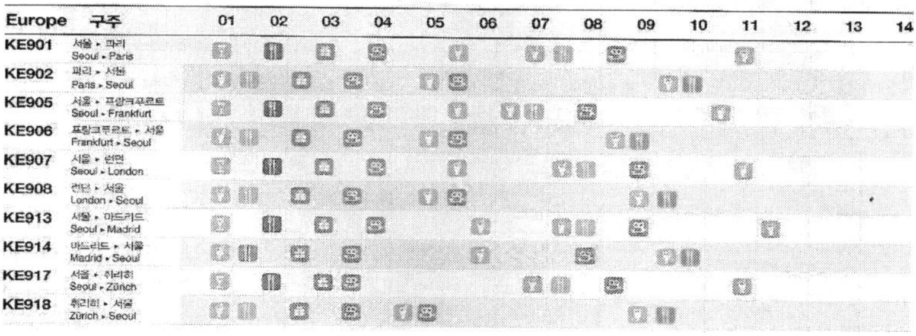

그림 2-11 운항진행표: KAL : Morning Calm(2007년 8월호, 131쪽)

모든 승객은 〈출발지 → 탑승출국 → 안내 → 비행 → 식사 → 구입 → 식사 → 하선 → 도착입국 → 목적지〉에 이르는 생리적 · 서사적 · 법률적 행로를 따라간다. 이때 일종의 나침반으로 작용하는 운항진행표는 신체적 · 심리적 리듬을 배려한 가이드라인이자 기내 커뮤니케이션의 기준점으로 작동하며 기내잡지의 텍스트종류들을 하나의 게슈탈트로 직조하는 방향타의 역할을 한다.

2) LH 기내잡지의 구성[85]

구조 / 기사		텍스트 구성			기호학적 상호관계		
LH	Page	LH 자체의 명명	텍스트 기능	제목(주제/내용/인명/품명)	간텍스트성	간언어성	간매체성(공감각)
1	1	Magazin	표지	Sehnsucht nach Stille	제목-본문, 내용발췌-본문(HT)	G/E	표지제목-사진, 청각(정적)
2	2-3		광고	Diesel(의상)		E	카피, 도상(사진-인물)
3	4-5		광고	Sharp (Aquos-TV)		G	카피, 도상(사진-상품)
4	6		광고	Allianz(보험사-글로벌기업)	회사이름-설명	E	AZ(두문자)-문자의 도상화
5	7	Editorial	사고(社告), 인사	Willkommen an Bord		G/E	사장 이름-사진, 도상(정박)
19	30-37	Travel	안내(여행기)	Orte der Ruhe	표제어-본문	G/E	사진(풍경, 인물), 도상, 경관

85 부호설명: G(독일어), E(영어), F(불어), / (두 언어의 비중이 동등할 경우), 〉 (전자의 언어가 우세한 경우), 〈 (후자의 언어가 우세한 경우), 도상[Ikon=동일/강화/정박], 지표[Index=추론/연계], 상징[Symbol=연상/표류]. 기타 연상되는 공감각은 (청각, 후각, 미각, 촉각)으로 병기하며, 본문의 텍스트 번호 LH(18[29]는 '18번째 텍스트[29쪽]'를 나타낸다.

기사 \ 구조		텍스트 구성			기호학적 상호관계		
20	31		광고	DeLonghi (명품-가전)	표제어-카피 본문	G	사진, 도상, 카피, 커피(후각, 미각, 청각)
21	33		광고	Samsung (명품-핸드폰)		E	스케치(준도상), 사진, 손(촉각), 청각
22	35		광고	Credit Suisse (글로벌-은행)	표제어: 병렬 대구 구조	E	카피-사진(지표), 걷기-운동(촉각)
23	36		광고	Bogner (명품-가방)		E	사진, 브랜드(도상), 지표
24	37	(30)에서 연결				G/E	
25	38-39		광고	Lacoste(명품-스포츠웨어)		E/F	사진-테니스/도약하는 남자(운동감, 촉각)
26	40-45	Sky Talk	대담 (Inter-view)	Michael On-daatje(인물)	인명-인물정보	G/E	사진 (도상-인물)
27	43		광고	Honda (명품-자동차)		G	사진(도상), 물/운동+소리(촉각, 청각)
28	44		광고	Emirates Advo-cates(호텔)	표제-설명	E	사진(도상)
29	45		광고	Tissot (명품-시계)	표제-설명	E	사진(도상), 당구/시계(촉각, 청각)
30	46		광고	Tanmiyat Group(건설기업)	표제-설명	E	CG(건물도상+로마인), 상징
31	47	Travel	안내 (정보)	Traveling in Style/Kult	표제-본문	G/E	사진(도상)
32	48-49	Travel	홍보(간접 광고)	Traveling in Style/Star-hotelier	표제-본문	G/E	도상(전경, 도시, 건물), 스타와 저명인사(인물)

구조 / 기사		텍스트 구성			기호학적 상호관계		
33	50	Travel	홍보 (안내)	Traveling in Style/ Warteliste	표제-본문	G/E	도상(건물, 책)
34	51		광고	Maharashitra		G	도상(건물, 문화유적지)
35	52	Travel	홍보 (안내)	Traveling in Style/Alles frisch	표제-본문	G/E	도상 (상품≠명품)
36	53		광고	Novotel(글로벌 기업-호텔)	브랜드 슬로건	E	CG, (자연-사슴)-지표/연상
37	54-62	Travel	안내 (여행)	Flair am Square (뉴욕-도시)	표제-본문	G/E	도상(뉴욕, 도시, 시민), 바람(창각, 운동)
38	58		광고	Philips (명품-녹음기)	표제-본문	E	도상(녹음기)
39	59		광고	Schoeffel (명품)	표제-본문	E	도상(목걸이), 착용감(촉각)
40	61		광고	JVC (명품-VTR)	표제-본문	E	도상(VTR)-상품
41	63		광고	JVC (명품-TV)	표제-본문	E	도상(화면)-색,소리(청각), 운동(촉각)
42	64-65	Travel	안내 (여행)	Info Center (안내)	표제-본문	G/E	도상, 지표 (인물, 건물)
43	65		광고	Avis(글로벌 기업-렌트카)	표제-본문	G	도상(사진), 스키를 타는 사람(운동감)
44	66-67	Travel	안내 (여행)	Riesenräder	표제-본문	G/E	도상, CG, 대관람차-운동(촉각)
45	68-69		광고/홍보 (PR)	Lufthansa (글로벌기업)	표제-본문	G	도상 (기장-딸), 운동감
46	70-77	A&T	안내 (정보)	Flugroutem (항로안내)	표제-본문	G/E	도상(지도), 설명
47	73	및 74,75,77	광고	Goretex(명품)-중간광고	표제-본문	G	도상, CG

구조 / 기사		텍스트 구성			기호학적 상호관계		
48	78-79	A&T	오락	Rätsel & Quiz (수수께끼)	표제-본문	G/E	사진(비행기), 퀴즈(지표), 유추
49	80-89	Travel	안내(여행)	Boheme, the other Paris	표제-본문	G/E	예술작품(회화), 건물, 도시
50	85		광고	Philips(명품-TV-Aurea)		G	도상(TV+여인), 화중화(畵中畵) 기법
51	87		광고	Philips(명품-TV-Aurea)		G>E	도상(TV), 화중화(畵中畵) 기법
52	88		광고(홍보)	Lufthansa (글로벌기업)		E	도상(사진), 차량, 속도(촉각)
53	89		광고	DKV(글로벌기업-보험사)	표제-본문	E	도상(비행장, 공항)-지표
54	90	Travel	안내	Info Counter	표제-본문	G/E	도상
55	91		광고	Hurtigruten (여행사)	표제-본문	G	사진(지표)-항해사, 운동(연상)
56	92-99	People	전기(傳記: 설명)	Vanessa Paradis(스타)	표제-본문	G/E	사진(도상)-인물(스타)
57	95		광고	Bose (명품-헤드폰)	표제-본문	G	도상, 청각(헤드폰)
58	96		광고	Pearls & Dents (상품-치약)	표제-본문	G	CG, 칫솔(청각, 미각, 후각, 촉각)
59	97		광고	Edition Fischer (출판사)	표제-본문	G	
60	98		광고	Nicotinell (상품-금연 껌)	표제-본문	G	사진, 연상, 지표, 후각, 미각
61	99		광고	Herrenausst-atter(의류점)	표제-본문	G	사진, 착용감(촉각)
62	100-102	Entertain-ment	전기(傳記, 설명)	Abigail Breslin (아역스타)	표제-본문	G/E	사진, 앉은 자세-촉각

구조 기사		텍스트 구성			기호학적 상호관계		
63	103		광고	Inter-Continental (글로벌호텔)	표제- 본문	E	체인- 호텔들의 로고
64	104- 112	People	전기 (傳記, 설명)	Elliott Erwitt (사진작가-인물)	표제- 본문	G/E	사진(마릴린 먼 로), 흑백사진- 시간 연상
65	113		광고	Main Airport Center 오피스텔	표제- 본문	E	도상, 청각 (비행기 이륙)
66	114- 115	Maps & Service 이하 M&S	안내	Miles & More (마일리지, 비행기 제원표)	표제- 본문	G/E	도상(비행기), 성능 및 제원표
67	116- 117	M&S	안내 (추천)	Service (체조 스트레칭)	표제- 본문	G/E	CG, 지표, 운동감, 촉각
68	118	M&S	안내	Service(Star- Alliance 안내)	표제- 본문	G/E	도상
69	119	M&S	안내	Service (국제연락처 안내)	표제- 본문	G/E	본문- 웹사이트(지표)
70	120- 121	M&S	안내	LH-Terminal (공항안내도)	표제- 본문	G/E	공항안내도 (Legende), 지표
71	122	M&S	안내	Einreiseführer (입국안내)	표제- 본문	G/E	도상(안내서), 입국신고서
72	123	M&S	안내	Maps(도상-리스 본 위성사진)	표제- 본문	G/E	지도(리스본- 위성사진)
73	124- 125	M&S	안내	Maps(운항지도)		G/E	지도, 도표, 목록
74	126- 129	M&S	안내	Maps(운항지도)	표제- 본문		세계지도(미주, 세계, EU)
75	130	M&S	안내	Maps(운항지도)			세계지도 (독일)
77	163		광고	KIA(글로벌 기업-자동차)	표제-본문	G	Van 사진
78	164		광고	Hugo Boss (명품-의류)			사진+브랜드 최소주의

3) 유사동조類似同調 현상 – 텍스트종류와 기내 커뮤니케이션

LH	1	7	13	19	25	31	37	43	49	56	62	68	74	79
안내 정보 지령	표지 (1) Edit-orial (5)	Contents (7) Aviation &Tech-nology (9)	A&T (13) Editor (14) Travel (17)	Travel (19), (24)		Travel (31), (32) (33), (35)	Travel (37), (42)	Travel (44) A&T (46), (48)	Travel (49)		Map & Service (66), (67)	M&S (68), (69)	M&S (75)	
인물					Sky-Talk26					People56	People (64)			
홍보	홍보 (6)							Lufthan-sa(45)	Lufthan-sa(52)					
오락											Enter-tainment (62)		Enterta-inment (76)	
광고	Diesel (2) Sharp (3) Allianz (4)	Joop(8) Omega (10) Shiseido (12)	Wellen-dorff (15) Lexus (16) Henkell (18)	DeLonghi (20), Samsung (21), Credit Suisse (22), Bogner (23)	Lacoste (25), Honda (27) Emirate (28), Tissot (29), Tanmiyat (30)	Mahara-shitra (34) Novotel (30)	Philips (38) Schoe-ffel(39) JVC(40), (41) Avis(43)	Goretex (47)	Philips (50), (51) DKV(53) Hurtigru-ten(55)	Bose(57) Pearls(58), Fischer(59), Nicotinell (60), Herren ausstatter (61)	Intercon-tinental (63) Mail-Air port(65)	광고 전혀 없음	KIA(77) Hugo Boss (78)	
단계	도입	정보	안내 / 여행기 / 정보								안내/지령			종료
전개 구조	… 광 고 …… 광 고 …… 광 고 …… 지령과 지침 출발 → 정보와 안내 → 문학적 향취를 담은 여행 에세이 → 인물/대담 및 목적지 탐방 → 오락 / 서비스 → 종료 신호 → 도착 기(起) 승(承) 전(轉) 결(結)													

4) 기내잡지에 실린 텍스트종류의 특성

총 164쪽에 걸친 78개의 텍스트 중 광고가 50% 이상40개인데도, 광고가 텍스트군집 전체의 서사구조를 형성하는 데 결정적 요인이 될 수 없는 이유는 다음과 같다. 첫째, 광고 텍스트들 사이에는 발신자기업주, 수신자 및 동위성을 기준으로 볼 때 /명품/을 빼곤 일관된 흐름이 없으며 게다가 광고텍스트들 사이에 의도된 경우를 제외하면 상호텍스트성도 성립하지 않는다. 둘째, 동일한 회사의 분리된 중간광고들LH 40/41/73/74/75/77/85/87이 아닌 한 광고들 사이에는 하이퍼텍스트 관계도 없다. 셋째, 기내잡지의 기본기능은 광고나 오락 텍스트의 양적인 우세가 아니라, /홍보/와 /안내/가 딸린 /정보제공/에 좌우된다. 이와 달리 홈쇼핑 잡지는 /정보제공/을 수반하는 /광고/로 역전된 사례이다. 따라서 기내잡지에서 광고 이외의 텍스트종류들이 주제와 수신자 및 동위성을 기준으로 텍스트군집의 핵심부를 형성하는데, 크게 분류해 본 결과 기내잡지 LH에는 다음과 같은 텍스트 종류들이 있다:

(1) 확언형 텍스트종류Assertiva

/정보전달/과 /안내/면세품, /사고/社告, Editorial, LH 7, 문학적, 예술적 감성을 담은 /여행기/Reisebericht, LH 17, 19 또는 /여행/LH 31/32/33/35, /목적지 안내/Destination, LH 37, /정보-안내/Info-Counter, /해설/, 스타와 저명인사에 대한 경우에 따라 /대담/의 형식을 빌린 LH 26- /전기/傳記, LH 56/62/64가 있으며, /Travel/은 /Traveling in Style/LH 31/32/33/35로 하위 분화된다. 지도를 곁들인 /정보 서비스/Maps & Service, LH 72-75는 /지령/의 기능도 수행한다.

(2) **홍보형 텍스트종류** PR-Textsorte

직접 구매를 요구하는 /광고/와 달리, /홍보/는 맛보기-광고와 유사하게 이미지를 환기하는 수준에 머문다. 이때 국가 차원에서 독일의 이미지를 환기하는 /공익성 홍보/LH 6가 있으며, 루프트한자가 자사를 홍보하는 /자기지시적Selfreferential 광고/LH 13/45/52가 있다.

(3) **지령형 텍스트종류** Direktiva

주로 /요청/, /금지/, 강제적/명령/을 나타내며, /법률적 의무/와 /안전수칙/LH 67 및 행동요령에 대해서는 /명령/이, /입국안내/LH 70/71 및 /추천/체조, LH 67에 대해서는 정보를 수반하는 /지침/이 할당된다. 장시간의 비행으로 굳어진 몸을 풀어주는 /체조법/이나 기내 편의장비들라디오, TV, 영화, 음악, 게임, 국제전화, 컴퓨터, 오락 프로그램(퀴즈〈LH 48〉)의 사용법을 알려주는 /작동안내서/는 /지령/을 수반한 /정보제공/을 수행한다. LH 67~71에 나열된 텍스트종류들은 항공사가 필수적으로 제공해야 하는 법률적 강제조항으로서 기내안전이나 출입국과 관련된 매우 중요한 /지침/이다. 이것은 기능상으로 /정보를 수반하는 지령/인 동시에 기내 커뮤니케이션의 서사구조가 끝난다는 것을 암시하는 일종의 /종료신호/이다.

(4) **광고** Werbung

기내광고에는 해당 분야에서 특정상품의 대명사로 인식되는 명품[86]만 등장한다: /의류/Joop, Diesel, Goretex, Herrenausstatter, Hugo Boss, Lacoste, /자동차/Lexus, Honda, Kia, /호텔/Novotel, Inter-Contionental, Emirates, /장신구/ Bogner, Schoeffel, Wellendorff, /향장품/Shiseido, /주류/Henkell, /의료품/Nicotinell, Pearls&Dents /가전제품/Bose, DeLonghi, Samsung, Sharp, Philips, JVC, /렌터카Avis, /시계/Omega, Tissot, /금융/Allianz, Credit Suisse 등에서는 공감각적 환기Synästhesie를 야기하는 이미지가 곧잘 동원된다.

요컨대, 텍스트군집 '기내잡지'는 /정보/와 /홍보/를 핵심으로 /지침/과 /안내/를 보완하면서 양자를 매개하는 /광고/로 이루어진다. 이때 광고는 대개 공감각적 환기를 겨냥하는 기호학적 층위에 배치되며, 여타 텍스트종류들은 서사구조를 조직하는 기능적 요소로서 배치된다.

5. 기호학적 복잡계

비행기 · 철도 · 배 · 여행버스 등의 교통수단을 통한 여행은 한 편의 로드-무비이자 인생의 축소판이다. 기내 커뮤니케이션과 기내잡지의 독서는 밀폐된 공간 안에서 진행되는 일정인 동시에 선택의 여지가 없는 세미오시스이기도 하다. 더욱이 일정한 시간 내에 정보가 소화되어야 한다는 여건 때문에 기내잡지는 상호텍스트성, 다언어성 및 상호매체성, 다시 말해 상호기호성Intersemiotizität을 최대한 활용한다. 이 세 차원의 조합에서 여덟 가지 $2^3=8$의 경우가 가능한데, LH(그림 2-12)에서도 최대한 활용되고 있음을 알 수 있다.

86 셈프리니(2004)의 명품 가치도식을 응용하여 기호학적 포지셔닝을 시도한 전형연(2004: 386~387)에 따르면, '명품'(名品)의 정의에는 /가격/, /창의성/, /희소성/ 및 /환영(幻影)/의 의미소가 포함된다.

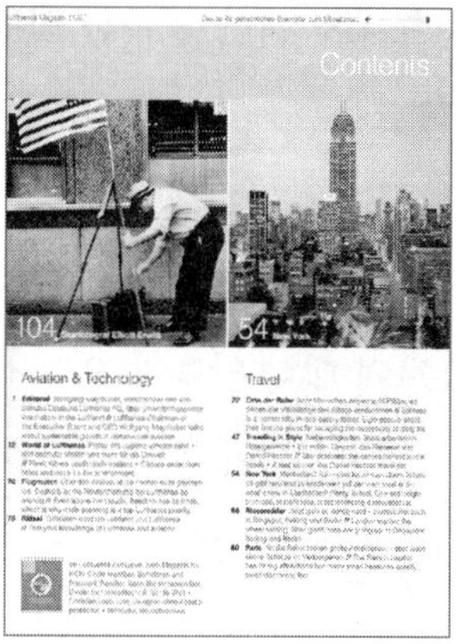
Contents

104

54

Aviation & Technology

Travel

그림 2-12 LH 7(9)

1) 상호텍스트성

LH의 기내잡지에는 광고를 비롯한 거의 모든 텍스트종류에서 표제와 본문, 선행 텍스트Prätext와 후속 텍스트Posttext 사이에 /요약/, /풀이/, /해설/, 하이퍼링크를 사용한 상호텍스트적 지시조응관계Intertextuelle Referenzphorik가 활용된다.[87] 예를 들어 LH 매거진의 표지LH 1[1] 하단에는 본문에 실린 주요 기사의 일부를 요약하는 하이퍼링크가 걸려 있는데, 이것은 표지가 아닌 다른 쪽의 텍스트에 대한 상호텍스트적 하이퍼링크Intertextual Hyper-Link인 반면, LH 62의 경우는 같은 쪽 안에서 본문의 옆 · 위 · 아래에 각주가 달린 텍스트 내적 하이퍼링크Intratextual Hyper-Link이다. 학술잡지의 각주는 후자를 선호하는 반면, 기내잡지나 신문에서는 본문의 특정내용을 앞쪽이나 같은 쪽에 사진까지 지시하며 연결하는 상호텍스트성과 상호매체성을 복합한다. 먼저 인명이 나온 다음 인물을 설명하는 경우는 짧은 내용을 길게 풀어쓴 확장형LH26, Sky-

---

87 상호텍스트를 생성하는 형식적 · 의미론적 · 범주적 기법에 대해서는 졸고(1996) 참조,

Talk[41]이고, 제목이나 표제에 대한 간략한 설명을 붙인 목차Contents는 본문의 양을 압축한 축소형LH 37[54]이다. 책의 맨 앞에는 잡지 전체에 대한 목차가 있고 이런 구성은 동일한 논리로 개별 기사들의 초입부에 다시 복제된다. 목차가 책 전체에 대한 압축과 요약의 기능을 한다면, 표제가 해당하는 텍스트에 대한 압축과 요약에 적용되는 논리는 일종의 재투입Re-entry이다. LH에서 특이한 점은 각 페이지의 머리글에 텍스트언어학적 기준을 충족시키진 않지만 직관적인 텍스트종류의 명칭을 달아서 독자가 읽어야 할 또는 현재 읽고 있는 텍스트의 범주 및 화용적 기능을 암시한다. 이를 통해 독서의 부담이 덜어지고 텍스트에 대한 예비적 인지도식이 활성화된다.

2) 다언어성 Interlingualität

그림 2-13 LH 76

영어가 국제매개어Lingua franca로 사용되는 현실에서, 일부 광고를 제외하면 기내잡지의 거의 모든 텍스트는 상식적인 수준에서 여러 언어의 대역구조LH는 독일어/영어로 되어 있다. 이때 출발언어와 목표언어

텍스트 사이에 번역 관계가 있는지 아니면 같은 내용을 담았지만 독자적으로 작성된 병렬텍스트Parallel-Texte인지는 번역학의 시각에서 따져보아야 한다.

다양한 국적의 탑승객을 위한 언어적 배려는 영화 등 오락 프로그램에서 찾아볼 수 있다. LH의 오락 프로그램LH 76은 10개 국어영어 · 독일어 · 프랑스어 · 이태리어 · 스페인어 · 중국어 · 일본어 · 한국어 · 인도어 · 아랍어로 제목과 간단한 내용요약이 실려 있다. LH에는 광고를 제외한 본문 텍스트 중에서 단일 언어로만 쓰인 경우는 없으며, Asiana나 KAL 기내잡지에서는 한국어나 영어 · 일어 · 중국어 중 하나로 작성된 텍스트가 종종 관찰된다.

3) 상호매체성 Intermedialität

여기에서는 시지각과 여타 감관들의 관계가 중요하다. 기내잡지가 인쇄매체인 이상, 지면에 구현된 모든 기호는 원칙적으로 시각기호이다. 그럼에도 불구하고 /여행기/나 /광고/ 텍스트에 삽입된 사진 이미지는 시각을 통해 청각 · 후각 · 미각 · 촉각을 환기시키는 공감각共感覺을 유발한다. /명품/의 소비를 유혹하는 광고에서는 제각기 청각헤드폰, 후각커피향, 향수, 미각음식 · 샴페인, 촉각운동 · 속도 · 공간 · 방향감 · 기상현상이 시각적 이미지를 경유하여 공감각을 환유한다. 이때 텍스트와 영상 사이에는 바르트가 말하는 이른바 '정박'과 '연계' 및 '표류'의 관계가 목격되는데Nöth 2000: 483~484, 여기에서는 문자정보를 동일하게 반복하는 도상적 강화Ikon, 문자정보로부터 유추를 요구하는 지표적 추론Index 그리고 문자정보와의 상관성이 적은 연상을 요구하는 상징적 암시Symbol가 관찰된다.

그림 2-14 정박(碇泊)

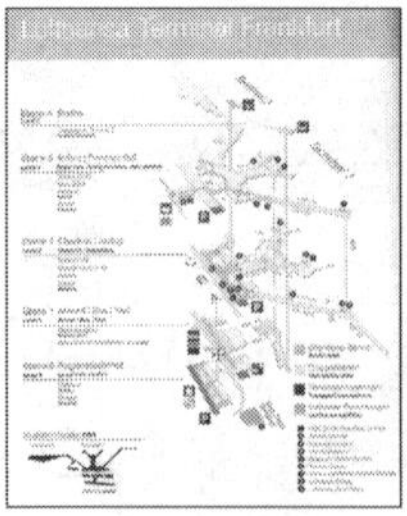

그림 2-15 연계(連繫)

그림 2-16 잉여(剩餘)

그림 2-17 정박(碇泊)

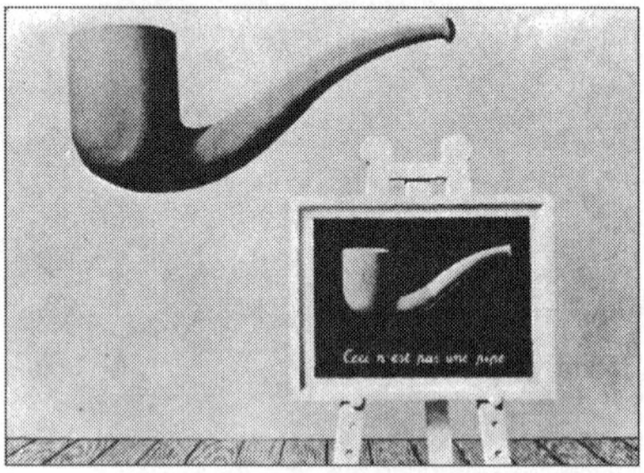

그림 2-18 괴리와 모순

- 잉여성Redundanz : 영상이 텍스트에 포함된 특정한 정보를 복제하고 텍스트가 영상에 새로운 정보를 추가한다면, 영상은 텍스트를 더 잘 이해시키기 위해 동일한 정보를 겹으로 약호화한 강화장치LH 49[86], LH 22[35]로 볼 수 있다.
- 우월성Dominanz : 화집이나 광고, 초상화, 사진첩의 경우 영상은 텍스트에 우선하며 정보량도 더 많다. 백과사전의 삽화에 영상이 없다면 지시된 사태를 표상하기가 어렵기 때문에, 영상은 언어텍스트보다 우월하다. 그림의 기의 때문에 독자는 텍스트의 일부에만 주의를 기울이고 다른 것은 무시하는데 그런 영상의 우월성이 정박碇泊: Ancrage; (그림 2-14/17)이다.
- 상보성Komplementarität : 대부분의 매체 산출물에서 영상과 텍스트는 상보적이다. 텍스트에서 생긴 빈틈이 영상으로 메워지고 역도 성립

한다. 텍스트와 영상은 쌍방의 한정을 통해 어느 한 방식만으로는 설명하기 난감한 정보를 하나의 게슈탈트로서 전달한다. 바르트는 그런 쌍방 구속관계를 연계連繫:Relais라고 부른다. 공항건물 안내도Legend; (그림 2-15)에서는 그림이 텍스트를 주석하고 심지어 그림이 자신의 설명까지도 주석하는 방식으로 영상과 텍스트가 상호 보완한다.

• 괴리와 모순Ironie : 우발적 관계가 포착되거나 아이러니처럼 인위적인 문체 수단으로 쓰이는 경우이다. 르네 마그리트의 "Ceci n'est pas une pipe 이 파이프는 파이프가 아니다"라는 〈그림 2-18〉은 파이프라는 대상을 보여주지만 텍스트는 바로 그 그림을 자체를 부정하고 있다. LH에서는 발견되지 않았으나 이런 기법을 즐겨 사용하는 /퀴즈/나 /틀린 그림 맞추기/가 관찰된다.

공항과 공항 사이를 연결하는 여행은 필연적으로 도시와 그곳을 산책하는 행위자의 상상계에 몽타주의 흔적을 남긴다. 전 지구적인 차원에서는 국가를 심급으로, 도시들은 다시 건물과 광장, 주택과 역사적 사건, 인물로써 연상되는 도시브랜드를 심급으로 상대방에게 주목받기 위한 '인정투쟁'認定鬪爭[88]을 벌인다. 이런 요소들을 반영하는 '기내잡지'는 글로벌 커뮤니케이션의 속성을 드러낸다. 전 세계 유수한 항공사는 국가 이미지를 배경으로 "There's no better way to fly"LH, "Faire du cielle plus bel endroit de la terre"'하늘을 지상의 가장 아름다운 장소로 만들겠습니다'

---

88 호네트(A. Honneth 1992)는 사회구성원들 사이의 실천적 투쟁은 (홉스 식의) 만인에 대한 만인의 투쟁이 아니라, 저급한 인륜성의 상태에서 더 성숙한 인륜적 관계로 나아가는 '인정투쟁'(Kampf um Anerkennung)이라는 것이다. 정기적으로 공표되는 도시들의 랭킹도 자신의 장점을 부각시키고 단점을 은폐하려는 브랜드 전략과 유사한 목적을 추구한다. 우리의 맥락에서 말하자면, 현대도시들은 중세의 중무장한 요새를 재현하려는 게 아니라, 이미지 디자인을 통해 브랜드 가치를 높이는 소프트파워의 경쟁을 벌인다고 말할 수 있다.

. Air France[89] "스카이팀 – Welcome to my world; Excellence in Flight"KAL, "아름다운 사람들 – Star Alliance"아시아나 같은 슬로건을 내걸고 만족스런 여행목적지로 고객을 모시는 품격 브랜드를 표방하고 있다.

9장에서 살펴본 기내잡지의 특성은 다음과 같다:

- 텍스트적 층위: 기내잡지 LH는 나름대로 텍스트종류를 분류했지만 언어학적 기준을 충족하지는 못했으며, 대부분 텍스트의 화용론적 속성과 표제를 혼동하고 있다. 그럼에도 텍스트군집 기내잡지를 구성하는 개별 텍스트종류들은 텍스트군집 전체에서 기승전결起承轉結의 전개를 따라 서사구조의 틀로 직조된다. 텍스트의 주제로는 도시 브랜드를 측정하는 핵심요소인 /인물/, /여행/, /도시/, /오락/, /기술/, /문예/가 주종을 이루며, 하나의 모母-잡지였던 기내잡지가 이제 주제에 따라 개별적인 자녀잡지로 분화된다. 광고는 기내잡지를 구성하는 텍스트들 사이를 접합하는 교량 역할을 하며, 기내잡지의 끝 부분에는 법률적으로 요구되는 /지침/과 /안내사항/이 집중적으로 나오는데, 이것은 텍스트 전체의 종료를 암시하는 /종료신호/로 작용한다. 잡지에 실린 대부분의 텍스트종류의 배치는 기내의 생리학적 법률적 · 소통적 흐름의 기준인 비행진행표와의 유사동조類似同調를 지향하며 전개된다.
- 기호학적 층위: 기내잡지에는 국가나 기업, 회사 및 명품과 관광지의 브랜드 마케팅[90]에 필요한 모든 요소가 총동원된다. 기내잡지는 기본적으로 시각인쇄물매체임에도 불구하고, 오감의 커뮤니케이션이 교류되는 장으로서 청각멀티미디어 영화 음악 기내방송, 미각음식 세미오시스, 후각음식과 향수, 다양한 인종과 장치, 촉각근접공간기호학이 총출동하는 세미

89 항공사 광고의 카피에 대한 기호학적 분석으로는 최용호(2005), 최용호 외 (2006) 참조.
90 브랜드 경영학의 모든 전략을 일목요연하게 정리한 코틀러/피르치(2006) 참조.

오시스의 경연장이다. 요컨대 본문텍스트들이 서사적 영역의 틀을 담당한다면, 광고는 기호학적 층위에서 본문 텍스트들 사이를 연결하는 교량의 역할을 맡는다.

- 마케팅 차원: 국가와 도시, 기업과 상품을 매력적인 오브제로 격상시키는 항공사의 브랜드 마케팅은 /명품/, /글로벌 기업/, /스타와 저명인사/, /목적지/, /문화/ 등의 행위 및 주제의 좌표와 /여유/, /휴가/, /휴식/, /아름다움/, /추억/, /열정/, /향수/, /사랑/, /자연/, /평화/, /안락/, /산책/ 같은 감성의 좌표 그리고 양자 사이에서 소비자의 자부심을 유혹하는 광고텍스트를 매개로 독특한 유형의 커뮤니케이션을 수행한다.

이를 바탕으로 브랜드 커뮤니케이션 전략을 위한 함의를 정리해 보자: 첫째, 기내잡지는 보편적 추상성보다는 긍정적인 의미소를 선별적으로 동원하는 지역 · 계층 · 위상별로 특화된 포지셔닝[91]을 선호한다. 둘째, 브랜드를 뒷받침하는 후광효과로서 국가 이미지가 중요하다. 이를 기준으로 탑승객은 여행의 안락함과 신뢰감을 확보한다. 브랜드 이미지가 매력적으로 각인될수록 해당하는 목적지에서 여행하고 소비하며 해당하는 나라에 대한 이미지도 개선될 것이다. 셋째, 홍보잡지는 전통외교를 넘어 특정 국가에 대한 호감도를 제고하는 공공외교의 탁월한 수단이 된다. 나아가 일반적인 잡지의 유형학도 연구되어야 한다. 이

---

91 '포지셔닝'(Positioning)이란 하나의 브랜드에 일정한 의미를 부여하여 브랜드 담화에 가치를 지정하는 메커니즘이다. 가치부여와 조정의 원리로서 브랜드 포지셔닝은 다음과 같은 질문을 던진다(Schmidt 2004 참조): ① 특정한 브랜드 및 상품은 어떤 역능을 사용하는가? ② 이 브랜드는 누구를 지향하는가? ③ 사용자는 이 브랜드를 언제 어떻게 투입해야 하는가? ④ 이 브랜드를 구매한 소비자는 구체적인 이익을 얻는가? ⑤ 이 브랜드는 사용자에게 심리적 장점을 제공하는가? ⑥ 상응하는 브랜드 영역에서 경쟁하는 타 브랜드는 무엇인가? ⑦ 고유 브랜드는 경쟁 브랜드보다 무엇을 더 잘 해낼 수 있는가?

때 대부분의 잡지유형에 관여하는 따라서 공동요소로 개입하는 텍스트종류들과 다른 한편으로 특정한 잡지 유형에만 결부되는 텍스트종류들이 판별되어야 한다. 소통의 차원에서는 승무원과 승객, 승객과 승객 그리고 승무원과 승무원 사이에서 벌어지는 발화 커뮤니케이션의 특성도 중요한 의제이다. 국내외 항공사의 기내잡지 및 다른 교통수단기차, 배의 잡지와의 비교연구도 빼놓을 수 없다.

제3부 공간

10장 기호학적 공해

“핵보다도 더 큰 설득력을 얻고 있는 지구 종말의 원인으로는 역시 환경파괴가 첫손가락에 꼽힌다. 생태학자들은 지구상의 생물을 위협하는 환경파괴에서 지구 종말의 원인을 찾는다. 화학비료와 농약은 토양만 파괴시킬 뿐 아니라 지하수를 오염시키고 땅에 살고 있는 생물을 죽이고 심지어는 공기까지 오염시켰다. 삶의 터전이라고 할 소중한 땅은 자본집약적이고 에너지 집약적인 영농 방법으로 날이 갈수록 훼손되고 있다. 석탄과 석유 같은 화석연료를 사용해 온 탓에 공기는 더럽혀졌고, 온갖 생활오수와 공장폐수로 물은 오염되었다.”

김욱동

1. 생태학적 고민

초근대로 집약되는 현대사회의 특징은 우리의 일상을 규정하는 시공간 및 개체의 층위에서 나타나는 현저한 과잉상태인데Augé 199/19954: 29~52 그 배경에는 다음과 같은 상황이 놓여 있다. 첫째, 의미의 운반자로서 역사가 누려오던 지위가 의심받으면서 역사발전론에 기초하여 미래를 설명하려는 인과론적 시각은 설득력을 잃고 있다. 둘째, 소통의 장소로 활용해 온 광장廣場이나 지점은 세미오시스의 경연장이 되지만, 다른 한편으로 공간을 급속히 비장소로 전락시키고 있다. 셋째, 원격커뮤니케이션과 소통의 하부구조가 증설되는 가운데 분화된 개인들이 생산하고 소비하는 기호산출물은 유사 이래 비교할 수 없을 정도로 빠르게 대량으로 유통되고 있다. 그런 추세의 결과 1960년대 이후 우리에게 도래한 문제가 공해이며 특히 경제발전과 산업화로 인해 쏟아진 환경오염은 삶의 질 뿐만 아니라 생명까지 위협하고 있다.

이때 물질을 기호의 장애에 환경파괴를 커뮤니케이션의 장애에 대입해 보면, 기호학적 부하負荷를 공해로 설정할 근거를 얻게 된다. 10장에서는 환경을 기호학적 의제로 상정하여 공해가 기호세계에도 개입되었음을 지적하는 가운데 '도시기호학', '경관지리학' 및 '공공디자인' 운동의 시각에서 환경오염에 대처하는 방안을 '브랜드 기호학'에 의뢰할 수 있을 것이다.

2. 공해의 문제상황

일찍이 1866년 독일의 생물학자 해켈이 '생태학'Ökologie이라는 학문을 주창했을 때 의도한 것은 '유기체들 사이의, 유기체와 환경 사이의 교호적 관계를 연구하는 생물학의 분과'였다. 1970년대 이후 '생태학'은 일종의 컬트 용어Fill 1993:1가 되어 인접분야에 급속도로 확산되어 오늘날 "마음의 생태학"Ökologie des Geistes, Bateson 1972, "관계의 생태학"Ökologie der Beziehungen, Steiner 1985, "사회의 생태학"Ökologie der Gesellschaft, Hawley 1950, "행동의 생태학"Ökologie des Verhaltens, ed. Krebs/Davies, 1978처럼 낯익은 개념이 되었다.

기호학과 언어학에 도입된 생태학적 접근은 크게 보아 사회언어학 · 행태학 · 생물학에 기반을 둔 세 경향으로 대별된다. 첫째, 호진E.Haugen 1972a은 '언어의 생태학'Ecology of Language이라는 강연을 한 후로 '언어생태학'이라는 신조어를 통해 '상이한 동식물의 종들이 생존경쟁을 하듯이 다양한 언어들 사이에서 벌어지는 투쟁'을 언어의 생태학적 문제로 정의했다. 언어변천 · 언어접촉 · 언어갈등 및 언어사멸 · 언어기획의 현상은 언어와 방언 사이의 사회학적 갈등관계이며 따라서 언어생태학이란 "주어진 어떤 언어와 그 언어의 환경[다른 언어들] 사이의 상호작용에 대한 연구"Haugen 1972b: 325, 즉 언어들 사이의 '갈등이론'에 해당한다. 둘째, 언어학에 근접한 연구로 인간행동의 과학을 추동한 '행태언어학'Etholinguistik을 들 수 있다. 로렌츠K. Lorenz의 동물행동학을 동물, 인류 및 문화의 '행태학'으로 확장한 아이베스펠트I.E.Eibesfeldt와 동료 헤셴V.Heeschen은 인간의 행동 메커니즘에서 발견되는 언어사용과 동작인사 · 위협 · 화해 · 투쟁 · 교류 · 위로 · 축하을 단초로 행태언어학을 정립했다.[1] 이 접근은 화행론적 시각에서 엠블럼을 다루는 '동작기호학'Kinesik과 연계된다. 셋째, 로렌츠에 기반을 두지만 두 번째 경향과 거리를 두면서 윅스퀼의 '환경'Umwelt이론에 착안하여 1990년대 이후 논의되는 분야는 생명 창출이나 유전자 전사를 기호학적 기제로 설명하는 '생명기호학'Biosemiotik[2]이다. 대표적인 학자인 호프마이어J. Hoffmeyer는 생명을 기호역학으로 간주하여 생명체가 스스로를 조직하는 속성을 탐구한다.[3] 10장에서는 기호를 생태계의 안정요소/위협요소로 판별하는 두 번째 경향의 '생태기호학'에 초점을 맞추어 현대사회를 오염시키는 변인을 기호학적으로 조명한다.

이때 다음과 같은 쟁점이 드러난다:

- 물질적 자원이나 기호학적 자원, 어느 것이나 심각하게 망가지기 전에는 위기로 인식되지 않는다.
- 물질적 자원의 오염스모그, 소음, 배기가스은 곧바로 그에 상응하는 기호학적 오염시각, 청각, 후각 등에 영향을 준다.
- 오염된 물질적 자원이 개인의 생활은 물론 해당하는 모든 생명과정에 영향을 주듯이, 오염된 기호학적 자원은 그 자원을 사용하는 모든 과정에 영향을 준다.
- 물질적 영역이나 기호학적 영역에서나 공히 다른 자원을 사용하여 오염의 정도를 완화할 수 있다. 결국 한 자원의 오염이 다른 자원으로 은폐될 뿐이다.
- 물질적 자원이 오염된 곳에서는 수준 높은 생활의 영위가 불가능해지며, 기호학적 자원이 오염된 곳에서는 만족스런 소통이 어려워진다.

---

1 아이베스펠트에 대해서는 Eibesfeldt(1992/1997), Heeschen(2004) 참조.

2 생명기호학에 대해서는 Hoffmeyer(1991), 김성도(2000a) 참조.

3 자기생산 및 재귀조직의 개념에 대해서는 루만(1984/2007) 참조.

3. 과잉의 부작용

오늘날 산업국가의 시민은 산업폐수와 비료로 인한 수자원의 오염, 중금속과 살충제로 인한 토양의 오염, 공장 및 자동차 배기가스로 인한 대기오염으로 심각한 스트레스를 받으며 산다. 수돗물을 마실 수 없으니 생수를 사야 하고, 전염병 때문에 개천이나 바다에서 수영하기가 꺼려지며, 중금속 때문에 뜰에서 가꾼 채소나 과일을 먹기 어렵고, 방사능 누출로 자외선으로 인한 각종 암에 대한 공포로 외출 나갈 엄두가 나지 않는다. 게다가 포장용기의 CFC로 인한 오존층의 파괴와 지표면 오존의 증가 때문에 바깥공기를 마시기도 두렵다.[4] 그 결과 행위가능성이 제한될 뿐만 아니라 삶의 질 자체가 현저하게 저하된다.

그런 스트레스는 물질적 차원뿐만 아니라 감관적 과잉부하에 의해서도 야기된다: 만인에 대한 만인을 막는 만인의 울타리와 담벼락, 도로와 교차로마다 부딪히는 건널목과 신호등, 옆 사람의 말조차 알아듣기 어렵게 하는 도시소음과 이로 인한 난청, 공장과 차량 및 건물과 지하철 송풍구에서 뿜어 나오는 배기가스로 혼탁해진 공기, 전 세계적으로 획일화된 패스트푸드,[5] 방부제와 감미료의 첨부로 천연 향미를 상실한 음식, 공간의 정밀한 좌표화로 인한 자연적인 공간감각의 마

4 알프스 산맥이나 한라산 백록담의 '신선한' 공기를 용기에 담아 판매하는 촌극이 벌어지는데, 그 용기에 들어있는 CFC(FCKW, 염화프레온가스)야말로 오존층 파괴와 지표면 대기오염의 주범이다.

5 맛의 획일화는 '프랜차이즈'라는 배급체계를 통한 패스트푸드의 '브랜드화'(맥도날드, 버거킹, KFC, 스타벅스 등) 및 이로 야기된 '아우라의 상실'로 귀결된다. '아! 대한민국'(2005)에서는 이 현상을 '어딜 가나 똑같은 음식 맛'으로 요약한다. 아우라 상실에 대해서는 벤야민(1982/2005), 박여성(1996: 138~142) 참조.

비, 걷잡을 수 없이 어지러운 옥외광고판과 설치물[6], 우체통을 열면 읽는 것보다 버리는 것이 훨씬 많아 산더미처럼 쌓이는 인쇄물, 하루에도 수십 통 씩 수신되는 스팸메일과 피싱/스미싱, 출처를 알 수 없는 음란 전화와 불필요한 SMS[7], 인터넷의 정보 인플레이션, 난해한 전문용어로 가득한 계약서와 약관/설명서에 이르기까지 기호생산물의 홍수에 신음하고 있다.

생활에 사용하려고 고안한 편의장치들이 오히려 삶을 피곤하게 만드는 암초로 돌변하는데, 문제는 회복될 수 없을 지경이 되어서야 위기로 인식된다는 점이다. 오염에 의해 증가된 엔트로피Entropie는 인간의 기술로는 역전될 수 없기 때문에[8], 모든 경고는 사실상 복구 가능한 임계점이 지난 뒤에 울리는 변죽에 불과하다. 수단의 과잉으로 배태된 부작용은 결국 자기파괴라는 아이러니로 귀착된다:[9]

- 엔트로피의 증가 : 복잡성을 감소시키려고 고안한 장치가 오히려 복잡성을 증가시킨다.
- 중화中化 : 과잉부하로 인해 원래의 변별기능이 상실된다.
- 부메랑 효과 : 변별력을 상실한 편의장치는 소통을 차단한다.

---

6 이에 대해서는 경관(Landschaft)의 기호학적 부하를 줄이자는 '공공디자인 운동'에서 중요한 화두를 제시한 권영걸의 "공공디자인 산책"(2007, 중앙일보 연재) 참조.

7 미래학자 나이스빗은 휴대전화를 거부하며(중앙일보 2007. 4. 27일자 기사참조), 그대신에 신문구독과 전자우편만으로 자신이 감당할 수 있는 커뮤니케이션의 시공간적 범위를 제어한다고 한다.

8 엔트로피의 역전이 가능한 '네겐트로피'(Negentropie: 역-엔트로피)에 대해서는 루만(1984/2007) 참조.

9 2007년 4월 16일, 미국 버지니아 공대에서 정신이상자인 한국계 학생 J모군이 권총으로 학생 32명을 사살하고 스스로 목숨을 끊은 비극적인 사건이 있었다. 무법천지의 신대륙 개척시대에 자기방어의 윤리로 정당화되었던 총기소유의 자유권이 역설적으로 오늘날 미국시민을 가장 심각하게 위협하는 요인이 되었다.

4. 기호학적 오염

물질자원의 오염이 생명을 위협하고 기호생산의 과잉으로 귀착되어 궁극적으로 커뮤니케이션의 소통역량을 잠식시킨다. 이에 따라 기호학적 공해를 한편으로 '커뮤니케이션 과정'의 오염으로, 다른 한편으로 '커뮤니케이션 격률格律: Maximen'의 위배로 조명해 볼 수 있다.

1) 커뮤니케이션 과정의 오염

커뮤니케이션은 주어진 맥락에서 발신자와 수신자 사이의 감관경로를 경유하는 메시지의 통보와 이해로 이루어진다. 이때 발신자는 수신자와 공유하는 코드로부터 메시지에 적합한 '기의'를 선택하고 그것을 상응하는 '기호매질'Sign Vehicle로 구현하여 수신자에게 발송한다. 이 모든 과정이 작동하면, 수신자는 발신자가 송신한 '기표'를 수용하고 그것에 자신이 추론한 '기의'를 할당한다. 말하자면 그 기표에 할당된 발신자의 기의를 자신의 기의로 변환해야 한다. 그 과정이 '수용'으로 불리는데 대체로(!) 산출과 역방향으로 진행된다.[10] 그런데 이 모델에서는 발신자와 수신자 그리고 경로 사이에 장애가 없다는 것을 전제한다. 뒤집어 말하면 그 장애가 커뮤니케이션의 성공을 방해할 수도 있다는 뜻이다.

물질적 오염이 수질, 토양 및 대기오염의 문제로 환원되듯이, 기

---

10 물론 이런 '전달'-은유에 기반한 커뮤니케이션 모델은 많은 문제점을 가지고 있다. 언어학에 널리 퍼진 전달-은유를 비판하는 체계이론의 커뮤니케이션 모델로는 루만(1984/2007) 참조. 수용도 간단히 산출의 역전관계로 간주될 수 없다. 산출과 이해의 비대칭성에 대해서는 Dijk/Kintsch(1983) 참조.

호학적 오염의 문제는 커뮤니케이션 과정의 오염으로 조명될 수 있다. 기호학적 자원은 커뮤니케이션의 모든 단계에서 오염될 수 있으며 경로에 부과된 지나친 '섭동'攝動: Interferenz은 발신자가 산출한 기호 재질을 수신자가 인식하지 못하게 만들어 후속과정을 저지한다. 어떤 기표가 다른 기표들과의 차별성을 상실하여 구별되지 못할 경우, 그 기표는 오염된 것이다. 또한 어떤 기의가 해당하는 코드의 다른 기의들과 모호한 관계를 이룰 경우 그 기의는 오염된 것이며, 메시지의 의도를 재구성할 수 없다. 상응하는 기의로 포착하기가 어렵거나 기호작용 참여자의 맥락에 관련짓기가 어려울 경우에는 메시지 자체가 오염된 것이고, 기표나 기의가 의미론적 층위 또는 통사적 층위에서 장애를 겪을 경우에는 코드가 오염된 것이다. 전자의 경우는 흔히 '동음이의'Homophonie : 동일한 기표를 가진 기의로, 후자의 경우는 '통사규칙의 위배'로 불린다. 기호과정에 참여한 사람들이 메시지를 기의에 할당할 때 전혀 이질적인 소통상황에서 출발하거나 그들 사이에 주어진 상황을 상이하게 판정하는 경우에는 맥락까지도 오염될 수 있다. 최종적으로 발신자와 수신자 자신도 오염될 수 있다.

2) 커뮤니케이션 격률의 위배

기호학적 오염의 문제는 커뮤니케이션의 성공에 필요한 협동, 이른바 커뮤니케이션 격률에 대한 위배로 볼 수 있다. 그라이스는 이 맥락에 핵심적인 원칙을 '대화격률'Konversationsmaximen로 공식화한 바 있다 Grice 1975 ; Levinson 1983 : 104~120 참조:

협동의 원칙 Kooperationsprinzip
현재 당신이 참여한 발화에서 용인된 목표의 설정과 대화의 방향에 적합하도록 당신의 발화를 형성하라. 커뮤니케이션의 성공을 위해서 아래의 격률을 준수하라.

- 질Quantität의 격률 : 당신이 거짓으로 간주하는 것 또는 증거가 없는 것은 언급하지 말라.
- 양Quantität의 격률 : 당신이 참여한 대화에서 현재 설정한 목표에 필요한 정도의 발화만을 제공하라. 필요 이상의 정보량을 포함하지 말라.
- 유효성Relevanz의 격률: 당신의 발화를 상황에 유효하게 형성하라.
- 방식Manner/Art und Weise의 격률 : 발화의 불명확성과 다의성을 피해서 간단명료하고 논리적으로 말하라.

위의 대화격률을 기호학적 협동의 격률로 치환해 보자:

기호학적 협동의 원칙 Semiose-Prinzip
기호의 생산 · 수용 · 가공 · 분배가 현재 참여한 커뮤니케이션에서 용인된 목표의 설정과 방향에 적합하도록 하라. 세미오시스의 성공적인 작동을 위해 아래의 격률을 준수하라.

- 질의 격률 : 커뮤니케이션에 나타나는 세미오시스 요소들의 매질적 속성이 손상되지 않도록 하라. 손상된 단위로부터는 원래의 속성이 복구될 수 없다.
- 양의 격률: 현재의 목표설정에서 필요한 정도로만 기호산출물을 제공하라.
- 유효성의 격률: 현재의 시공간적 상황에 적절한 기호매질을 투입하라.
- 방식의 격률 : 기표와 기의 사이의 불명확성과 다의성을 방지하라. 감관 층위들 사이의 조합을 적절하게 하라.

(1) 질의 격률과 '감관경로의 섭동'

커뮤니케이션 자체의 작동에 물리적 · 물질적 문제가 있을 경우, 기호세계의 품질에 지장을 받는다. 예를 들어 전화기의 장애음, 라디오의 방해전파, 텔레비전 화면의 수신 장애, 인터넷의 버퍼링과 컴퓨터 바이러스같이 감관경로의 오염으로 인한 소통품질의 장애를 '경로 상의 섭동'Kanalbezogener Rauschpegel, Posner 1998:152이라고 한다. 이때 기호를 운반하는 경로의 장애는 오관의 작동을 차단한다. 대도시의 스모그는 시각경로를 방해하며, 공장의 소음은 청각경로를 교란시킨다. 배기가스의 냄새는 후각경로를 마비시키고 지나친 조명, 소음, 온갖 냄새와 지나친 감미료 및 합성의류로 인한 피부의 착각으로 인해 세미오시스의 품질 자체의 성립을 막는다. 결국 어떤 경로가 기호학적인 과부하를 받게 되면 그 기호 또한 역으로 물질적 환경오염을 유발한다.

(2) 양의 격률과 '세미오시스의 섭동'

두 번째 섭동은 어떤 경로에서 유통되는 기호산출물의 양量에 관련해서 나타나는데, 그 경로가 무엇이든 양적 부하에 관련되어 기호소모량의 과잉 및 동위성의 위배로 무질서와 부조화를 야기시키는 것이 '세미오시스의 섭동'Posner 1998: 154이다.[11] 현대사회에서 가장 흔한 오염은 대기오염과 수질오염인데 공기와 물 자체를 기호 경로로 본다면, 원래는 무색, 무미, 무취의 무표항이었던 대기와 물이 온갖 공해물질과 첨가물에 찌든 유표항의 과잉상태가 되고 그것이 기호학적 공해를 야

11 가장 대표적인 것이 바로 무질서가 난무하는 '거리광고판'(입간판과 돌출간판)이다. 이때 (대부분의 문자들의 발전과정과 다르게) 애초부터 활자체로 탄생하여 필기체로 진화해온 한글의 다채로운 '자형'(字型)은 창조성이라는 순기능과 인플레이션이라는 역기능을 동시에 배태한다.

기한다. 전기의 생산을 위해 화석연료를 태우면 공기가 오염되고 빛에 의한 시각적 경로의 장애는 지탄의 대상이 되었다. 예컨대 19세기까지는 촛불이나 램프도 비쌌기 때문에 사람들은 대부분 낮과 밤의 리듬에 순응해 왔지만, 산업화 시대 이후 폭증한 조명 덕분에 활동시간이라는 관점에서의 밤은 축출되기 시작했다. 실내는 물론이고 옥외와 교량, 고층건물 심지어 하늘까지 온종일 밝히는 레이저 조명과 야간 스카이라인은 시공간의 제약을 넘어선 지구적 현상이 되었다. 다른 대상을 식별하는데 사용되어야 할 빛이 오히려 식별을 방해한다. 조명기구에서 분사되는 산광散光은 천문학자의 천체 관찰을 어렵게 만들며 대도시 근처에서는 천구를 제대로 관찰하기 어렵다. 철새들조차 이동 경로를 혼동하여 원래의 목적지나 경유지가 아닌 곳에 기착하는 현상이 보고되며, 휘황찬란한 항구도시의 야경은 등대를 무력화시킨다. 빛을 통해 시공간의 연장이라는 소득을 거두었지만, 다른 대상에 대한 시각을 제약받는 대가를 치룬 셈이다. 그래서 기껏해야 박물관의 관람대에서 은하수를 처음 보는 아이들이 늘어간다. 게다가 도시의 상공은 온갖 전선줄과 광고물로 뜨개질 당하고 있으며 무질서한 간판과 도로표지판, 이정표는 '지표성'指標性: Indexikalität을 가늠할 수 없는 시각적 혼란을 부채질한다(그림 3-1).

그림 3-1 공해 건물

시각적 과잉뿐만 아니라 청각적 과잉도 문제를 유발한다. 도둑을 막기 위해 키우는 개 짖는 소리는 도둑의 침입에 대해서만 경보의 기능을 가진다. 그런데 거의 모든 집에서 하루 종일 개들이 짖어대는 뒤니지 같은 경우에는, '짖어대기'가 잠재적인 침입자에 대한 '경고'의 기능을 상실한다. 지하철에서 종일 반복되는 열차 진입 경고음처럼 중단되지 않는 '경고'는 스스로를 무력화하는 '기능의 공회전'으로 함몰된다. 일종의 '늑대와 양치기 소년 효과'가 아니겠는가. 첨단과 낙후가 공존하는 인도와 중국 등 신흥개발국 거대도시들의 소음공해는 생활을 위협한다. 클랙슨 소리, 장사치의 호객하는 소리, 각종 사업소의 광고음, 버스와 라디오의 굉음, 지하철과 철도에서 뿜어나오는 비트음악, 이벤트의 홍수로 찌든 대도시의 운명은 가련하기만 하다. 소음을 막느라 방음벽을 설치하지만 그것이 시각경로를 차단했고 그래서 고안된 투명방음벽은 경관에 대한 시각을 잠시 열어주지만 운전자의 집중력을 분산시키는 더 위험한 상황을 초래한다. 오늘날 우리는 뉴 미디어CD 플레이어 · 디지털 카메라 · MP3 · 스마트폰 · 태블릿의 천국에서 건잡을 수 없는 기호학적 오염에 노출되어 있다. 결국 후각적 과잉배기가스, 미각적 과잉지나친 조미료, 규격화된 획일적인 맛, 촉각적 과잉공간의 정밀한 좌표적 분할로 인한 자연스런 운동감각의 혼란 등 매질의 총체적 오염은 기호학적 항상성恒常性: Homöostase을 파괴한다.

(3) 유효성의 격률과 '상황의 섭동'

여기에서는 발화 자체의 상황을 살펴보자. 발화자는 상대방과 시내 사무실에서 얘기할지 아니면 대도시 길거리에서 말할지, 기차나 시내버스 또는 숲길이나 해변에서 걸을지에 따라 유효한 메커니즘을 택할 것이다. 인류학자 홀(1959/2000)은 대화하기에 편한 거리를 기준으로 미국에서 통용되는 거리와 목소리의 관계를 '공간의 소통방식'으로 해

석하는 이른바 '근접공간기호학'Proxemik을 제시했다홀 1959/2000: 248~249 참조:

- 아주 밀접한 거리3~6인치: 나직한 속삭임일급비밀
- 밀접한 거리8~12인치: 들릴 만한 속삭임중요한 비밀
- 가까운 거리12~20인치: 실내의 나지막한 목소리, 실외의 분명한 목소리비밀
- 중간 거리20~36인치: 나직한 목소리, 낮은 음량사적인 화제
- 중간 거리4피트 반~5피트: 분명한 목소리사적이지 않은 정보
- 공적인 거리5피트 반~6피트: 다소 큰 분명한 목소리여러 사람에게 전달하는 공적인 정보
- 먼 거리8~20 피트: 큰 목소리청중을 향한 이야기
- 가장 먼 거리: 실내에서는 20~24피트, 실외에서는 100피트까지 환호하는 소리, 전송

남미나 아랍 문화권에서는 유럽이나 미국에서보다 상호관계의 교류가 훨씬 가까운 거리를 두고 이루어진다. 서구인들은 성적인 불쾌감을 느끼거나 적대감을 유발할 정도로 근접한 거리에서는 결코 이야기를 시작하지 않는다. 이처럼 개체들 사이의 오해와 스트레스는 개인적 변인뿐만 아니라 '상황에 관련된 섭동'Situationsbezogener Rauschpegel, Posner 1998: 155에도 기인한다. 인류학적 거리를 위반하는 공간질서는 메시지의 품질이나 양과는 별도로, 참여자들에게 스트레스를 유발한다.

(4) 방식의 격률과 '조합의 섭동'

시야에 들어오는 것은 소음이나 냄새에도 반영되고 어떤 기호과정이 진행되는 동안 어느 한 감관의 섭동은 다른 경로에도 영향을 주

는 '공감각적' 교란의 원인이 된다. 여러 감관들 사이의 조화와 부조화를 다루는 이 분야는 연구가 덜 진척되었다. 이를테면 시공간과 색시각, 음악청각, 냄새후각 및 매질촉각 사이의 기호학적 정합은 어떻게 조절되는가? 패스트푸드 점포의 붉은색, 병원이나 약국의 흰색,[12] 가전제품의 백색White Goods은 공해로 인식되지 않지만 푸른 바닷가에 보이는 빨간색, 전시관에서 울리는 트로트 메들리는 부정합으로 느껴진다.

3) 섭동의 부수효과

물질적 자원과 마찬가지로 기호학적 자원의 오염은 어느 정도 우회적으로 제어될 수 있다. 대도시 한복판이나 지하철역 내부처럼 소음이 심한 곳에서는 기호매질을 또렷하게 분절하여 이해도를 높이거나 청각경로구내방송를 포기하고 시각경로'수신호'나 '깃발 신호'로 전환할 것이다. 기표가 불확실한 경우에 그 기표를 보강할 다른 기호재질동작의 엠블럼을 추가로 동원하는데, 그러면 기표의 유통량이 증가한다. 기의가 불확실할 경우에는 수신자에게 맥락을 더욱 선명하게 강조할 것이다. 의도된 의미영역에서 코드가 오염되었을 경우에는 다른 코드를 선택한다. 기호과정의 맥락을 발신자나 수신자가 공히 동등하게 판정하기 어려울 경우에는 맥락과 무관하게 해석되는 중립적인 표현을 선택할 텐데, 그것은 기의의 유통량을 증가시킨다. 참여자들의 기호 역량이 부족하다고 판단될 경우, 모든 가능성을 동원할 것이다.

기호학적 오염은 대체로 경로의 수와 그에 상응하는 부하에 비례

---

12 최근에는 '백색 공포'에 대한 심리학적인 이유에서, 병원이나 약국에서는 색조가 강하지 않은 분홍색(핑크)이나 연두색(초록)을 사용하는 추세이다.

한다. 그러나 어떤 경로의 오염도가 증가하거나 심한 부하를 입은 경로들이 증가한다고 해서 반드시 스트레스를 유발하는 것은 아니다. 기차역이나 공항의 대기승객에게 스포츠나 뉴스를 중계하면 일차적으로 시각 경로의 부하를 증가시키지만, 출입승객들로 인한 소음으로 인한 부하를 오히려 줄여준다. 말하자면 작은 소음을 사용하여 더 큰 소음의 피해로부터 보호하는 셈이다. 또한 백화점의 배경음악은 청각적 부하를 주지만 다른 종류의 부하를 차단해서 경쾌한 기분을 선사할 수 있다. 이처럼 은폐된 기호음악가 동일한 경로청각에 나타날 경우, '한 기호가 다른 기호를 덧씌운다'Maskierung고 한다. 스트레스를 유발할 수 있는 기호자료의 지각을 장식적인 '은폐'로 완화시키면 불쾌감이 억제될 수 있기 때문이다.[13] 신선한 향수 또한 몸의 체취를 중화시키는 효과를 주고, 음식점 특유의 양념은 참신한 맛을 기대하는 손님의 요구를 충족시킨다. 마찬가지로 사무 공간이나 공부방의 나지막한 음악은 청각적 내밀성이라는 긍정적인 효과를 준다. 물론 배경음 자체는 정서적으로 중립적이지 않으며, 싫든 좋든 그 공간에 진입하는 사람은 음악을 들어야 한다.

5. 부설: 장소와 비장소

오늘날 기호학적 공해는 대도시의 비장소를 중심으로 확산된다.

---

13 은폐장식이 실제적인 목적에서 이를테면 간호사가 주사를 놓기 전에 엉덩이를 문지르는 행위 같은 것인지 아니면 특정한 유형의 지각을 은폐하기 위해 나타나는지에 따라 실용행위(Gebrauchshandlung)와 소통행위(Kommunikationshandlung)를 구별해야 할 것이다.

이때 인류학자 오제의 '장소'lieu/Ort 개념은 중요한 관점을 제시한다: 일정한 공간에 위치하는 사람들이 사회경제적 관계를 형성하고, 공유된 가치, 신념, 상징을 보유하며 일상생활을 영위해가는 공간적 토대로서의 장소란 "무엇이 기입된 상징화된 의미의 장소, 즉 인류학적 장소이다. 물론 그 의미는 작품에 할당되고 장소는 생명으로 충만해야 하며 길은 [사람들에 의해] 걸려져야 하는"Augé 1994:96 의미공간이어야 한다. 장소가 정체성 · 관계 · 역사를 통해 규정된다면, 오늘날의 초근대성은 정체성이나 관계 또는 역사를 통해서는 지칭될 수 없는 공간, 그 자체로 보아 어떤 인류학적 장소도 아닌 공간, '상징화된 공간'에 대립되는 '상징화되지 않은 공간'이라는 의미에서 "비장소"Nicht-Orte, 같은 책: 44를 양산한다. 과잉과 개별화로써 정의된 초근대성을 반영하는 비장소로는 사람과 물자의 신속한 운송을 위한 장치고속도로, 인터체인지, 공항 및 교통수단 자체, 거대한 쇼핑센터, 피난민이 묵는 임시수용소 같은 곳을 들 수 있다. 그런 곳에서는 "통과의 현실과 만남의 사거리는 어떤 만남도 없는 고속도로 교차로와, 공간을 체험하려는 여행객은 도착지에 의해서만 정의되는 승객과 대비된다"같은 책: 125~126.

탈취와 방어를 위주로 형성된 영토권Hall 1959/2000: 76~77에 기반을 둔 물리적 공간성은 민족 · 인종 · 젠더Gender · 종교 · 계급에 따라 분화된다. 다양한 헤게모니 속에서 생산된 공간양식을 추적한 르페브르Lefebvre 2000: 42 이하는 소비 · 노동 · 여가 · 교육의 공간이 장소 형성에 핵심적이라고 보았다. 그 공간을 지각하고 전유全有: Aneignung하면서 의미 자질로 구조화하여 경관으로 만드는 것이 바로 공간적 실천이다. 공간의 사물 · 인간 · 관계를 표상하여 체험된 공간들은 행위자의 특정한 정체성New-Yorker · Londoner · Parisien · Berliner으로 명명되고, 그때부터 공간의 전유가 개시된다Léfebvre 2000: 412.

부르디외는 사회적 위치들의 객관적 관계 또는 그 위치들 사이에서 구조화된 상관체계인 '사회적 장場의 개념을 창안했다.[14] '장'은 절대자에 의해 미리 창조된 공간이 아니라 사회적으로 생산된 공간이며, 그것의 재생산을 둘러싼 다중적인 사회관계가 교차하는 네트워크에서 신/인간 · 산 자/죽은 자 · 헌납한 자/그렇지 않은 자 · 지배자/피지배자 · 성인/아동 · 남자/여자 · 야만인/문명인 · 집단구성원/비구성원 사이의 상징행위가 소통된다. 요컨대 학제적 담론에서 논의되는 가상화 · 개인화 · 가속화 · 유연성 · 탈경계 · 글로벌화의 흐름을 집약한다면 바로 장소설정Placing/Platzierung이다.

비장소는 특정한 목적교통 · 운송 · 무역 · 여가에 관련하여 구성된 공간이자 개인들이 그 공간에 대해 취하는 관계이기도 하다. 예컨대 비장소에 진입하는 사람들은 부단히 자신의 무죄를 입증하도록 요구받는다. 신원이 확인되지 않은 한 어느 누구도 통과할 수 없다. 신원 확인이나 계약의 검증은 근대적 소비공간을 비장소로 전락시킬 뿐만 아니라, 그곳에서 사용되는 언어조차도 의례적 상투어로 격하시킨다.

> "비장소들의 통과객은 오직 국경/입국장이나 슈퍼마켓의 계산대에서만 자신의 신원을 발견한다 (……) 비장소의 공간은 특별한 정체성이나 특별한 관계 그 어느 것도 만들지 못한다. 그저 고독과 유사성만 쏟아낼 뿐이다."
>
> 같은 책: 121.

---

14 하비(Harvey 1985)의 역사지리유물론, 르페브르의 사회공간론, 린치(Lynch 1960)의 공간심리학에 대한 해설은 이무용(2005: 52 이하) 참조. 부르디외(Bourdieu 1995)는 상이한 자본들이 불평등하며 계급에 얽매인 상태로 사용되는 공간을 "사회적 장"으로 정의했는데 그것이 라이프스타일과 가능성의 장소(Ort des Möglichen)가 된다.

현대 산업사회에서 길은 더 이상 음미되는 의미공간이 아니다. 사람과 화물의 운송로로 전락한 대도시의 길에서, 거주자들은 교통망의 동선구조에 따라 '걸려지는' 자동기계에 불과하다. 위상 및 고도감은 소실되고 단차원으로 여과된 공간체험은 '지표성'의 흔적만 남은 계수計數로 환원된다. 버스와 지하철, 전차 노선의 이용으로 정형화된 공간체험이 산책의 경험을 대체하며, 결국 비장소의 경험들이 공간의 체험을 급속도로 말살하고 있다.[15] 이런 초근대적 상황에서 우리는 모두 소외된 존재라고 느끼는 "인간 종의 사회적 숙명"같은 책: 141을 절감한다. '장소/비장소'의 메커니즘을 지적한 오제의 통찰은 비장소에 대한 인류학적 묵시론이다. 그렇다고 해도 장소는 결코 완전히 사라지지는 않으며, 비장소가 늘 그렇게 머무르는 것도 아니다. 오히려 양자는 유동적인 양극의 사이에서 정체성의 관계를 굴절시키는 팔랭세스트로 작용한다.

도시는 거리의 '안과 밖의 연출'로 이루어진다. 비엔나와 파리의 카페에서는 도시의 경관이 생생하게 체험되며, 교토의 밤거리에서는 교요리京料理를 즐기거나 음식을 나르는 사람들 모두 연출자요, 연기자이다. 건축 · 인테리어 · 조명 · 그래픽 디자인 · 음악과 향취 · 골목과 산책로의 촉감 등 모든 것이 아우라를 형성하면서 도시는 기호생태계

15 여행자는 그런 비장소를 이색적인 공간으로 체험하기를 갈망한다. 이 현상을 도시 시학에서 접근하는 김동윤(2007) 참조

로 거듭난다.[16] 런던과 베를린,[17] 도쿄와 베이징 같은 거대 도시는 세기의 전환과정을 거쳐 재탄생했고 새로운 집중과 혁신이 시도된 공간이자 신화의 기능을 과시해 온 건축학적 표본이기도 하다. 한편 저 너머에서 대도시는 공해로 신음하고 있으며 과잉과 엔트로피 증가는 삶의 지속성을 위협하고 있다. 학문은 어떻게 대응할 것인가를 두고 10장에서는 기호학적 오염과 생태기호학의 쟁점을 다루고 과잉생산의 제어와 조화의 항상성을 유지하는 방안을 고민해 보았다.

---

16 이때 도시화는 외적 차원과 내적 차원에서 진행된다. 외적 도시화는 도시공학적 인프라 구조 속에서 고유한 제도와 건축물, 도로와 골목, 광장과 동선공간의 위상적 차별화와 기능화를 통해 구축되며, 내적 도시화는 문화적 기호체계와 지각의 기초성향, 해석의 패턴과 상호작용 및 라이프스타일의 형식, 도시에서의 생존과 상호작용의 전략 등의 형태로 진행된다. '도시 읽기'의 탁월한 전범으로 벤야민(1981/2007, 1987/2007) 참조.

17 베를린만큼 역사적 질곡으로 점철된 도시도 흔치 않다. 세기의 고비 때마다 정체성과 관계 및 역사의 굴절을 경험한 베를린, 그 심장부 슈프레보겐(Spreebogen)은 공간기호학의 탁월한 연구대상이다. 이에 13장에서는 베를린-슈프레보겐의 공간기호학적 변화를 추적해 보았다.

11장 건축기호학

道可道 非常道 名可名 非常名

〈道德經〉 老子

1. 건축화용론

1960년대의 건축기호학은 건축물의 요소들을 결합하는 문법적 통사론을 추구했는데, 의미와 소통을 도외시한 채 건축물의 합리성만 강조했던 기능주의Funktionalismus를 비판한 포스트모더니즘에 와서야 건축과 도시를 본격적으로 기호와 상징의 집합체로서 구상하게 된다. 이후 건축기호학은 의미론형태와 기능의 관계, 해석학형태와 의미의 관계, 화용론적기능과 의미의 관계 기호생성에 대한 체계적 연구로 발전했다. 건축기호학자 드라이어는 건축이론이 화용론으로 발전하는 추세를 다음과 같이 진단했다Dreyer 2009: 200~201:

- 심미화Ästhetisierung: 건축은 다층적이고 복잡한 모순을 배태하여 인공화되면서 미학적 대상이 된다.
- 영상화Bildhaftigkeit: 건물을 시각적으로 더욱 매력적이게 만들어 소통의 역량을 강화한다.
- 건축사Baugeschichte: 건축은 사회공동체의 문화에 더욱 통합되는데, 이때 건축물의 유형화와 상호인용이 그런 추세를 강화한다.[18]
- 기능성Funktionalität으로부터 허구성과 서사성으로Fiktionalität/Narrativität: 건축의 기능성은 커뮤니케이션의 과제를 수행하는 상징형식들허구와 서사성로 이동한다.
- 건축양식Stil에서 코드Kode로: 건축물의 상징코드로 전환.
- 매체화Medium: 대중문화와 매체건축, 통합이미지 건축Corporate Architecture, 주제화 및 브랜딩.

---

18 기호체들 사이에서 나타나는 상호텍스트성에 대해서는 Plett(1991), Inkinen(1999) 참조. 특히 중국 정원의 차경(借景: Image-borrowing)에 대해서는 Chiu Che Bing(2008)의 The Traditional Chinese Garden: A World apart 참조.

- 건축의 이론화Theoretisierung der Architektur 및 이론의 화용론화Pragmatisierung der Theorie.

이 책에서는 도시라는 대상체에서 배태된 이미지해석체, 자연과 문화를 상동계로 취하는 절대공간과 상대공간, 기하학적 공간과 인류학적 장소의 관계에 주목하여 코드 · 요소 · 성층화라는 구조주의적 분석 절차를 택한다.

(1) 코드Codes

바슐라르는 "공간시학"(1957)에서 둥지 · 서랍 · 장 · 집 등을 시학적 묘사로 해석했으며, 독일 도시연구Urbanismus를 개척한 슈나이더B. Schneider 1975는 도시의 건축학적 요소를 기호산출물로 다루자고 주장했다. 도르플레스Dorfles 1967는 코드 개념을 최초로 도입하여 상징적 코드역사적인 건축술, 특정한 문화적 시기, 특정한 예배당와 유형학적 코드역사에 따라 변하지만 구조적 불변체로 추출되는 핵심속성로 나누었고 에코는 '기호학개론'(1968)에서 통사론적 코드와 의미론적 코드를 구별했다Dreyer 2009: 193~194.

표 3-1 건축물의 코드

통사론적 코드	건축의 구조적 논리학에 해당하며, 건축 부분들을 더 큰 기술적 전체로 알맞게 연결하는 규칙들
의미론적 코드	- 지붕, 창문, 계단처럼 기능들을 외시하는 요소들 - 기둥, Giebel, Tympanon처럼 상징적인 의미들을 공시하는 요소들 - 거실, 식당, 휴게실처럼 공간 프로그래밍 외시, 사용의 이데올로기를 공시하는 요소들 - 조합과 패턴 - 빌라, 성, 학교, 병원처럼 사회적인 유형의 분절 - (개방)설계도면에 도시된 미로, 원형홀Rotunde 같은 공간유형의 분절

(2) 요소Elements

이탈리아의 건축기호학자 알도 로시Aldo Rossi는 "도시의 건축"1966 L'Archittetura della Citta, Die Architektur der Stadt 1973에서 영속성Permanenz과 연속성Kontinuität 및 집단기억을 강화하고 회상을 일깨우는 프리즘 형태의 지붕, 실린더형 기둥, 판자 모양의 벽, 간결한 계단을 가진 밀라노의 주거건물Gallerates을 사례로 구조요소들을 추출했고, 독일계 이탈리아 건축기호학자 웅거스Ungers 1983는 기하학적 정형에 기초한 단순한 기저요소를 토대로 복잡한 형태가 생성된다는 합성주의에 입각하여 르네상스와 고전주의 건축물의 조형어휘를 귀납했다.[19] 노베르크-슐츠Christian Norberg-Schulz 1963는 "건축술의 논리학"Logik der Baukunst에서 모리스의 구상을 토대로, 건축술의 핵심은 상징화이며 건축 프로그램과 문화적 환경에 속하는 건물형태 사이에 구조적 상동성이 생성된다고 보았다Dreyer 2009: 185.

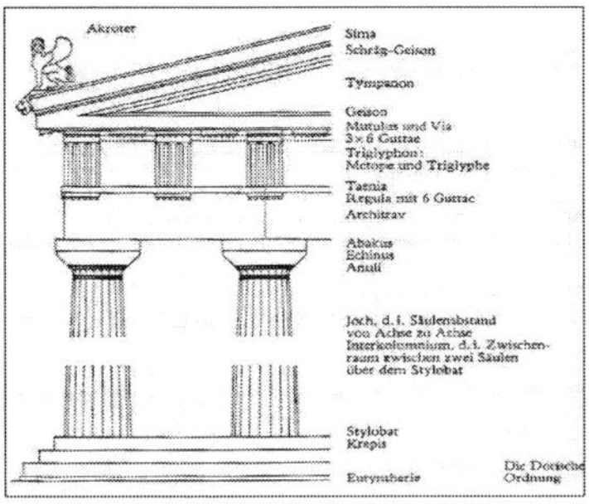

그림 3-2 그리스 신전

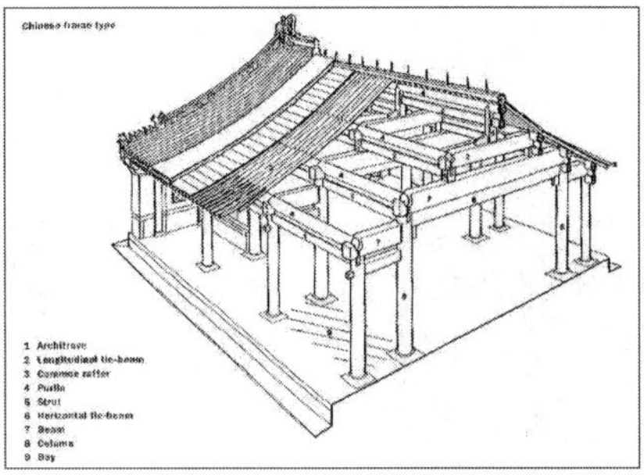

그림 3-3 중국 건축

---

19 중국(그림 3-3)과 그 영향을 받은 한국과 일본의 축조방식은 건물 단위 안에서 형태론적 부분요소들의 반복과 누적을 통해 상위요소들을 조립하는 합성방식을 애용한다. 이에 대해서는 Christopher Gaudier (2008), Construction: Rules, Models and Manuals 참조.

이처럼 건축을 언어나 텍스트로 정의하려는 시각은 일찍이 서머슨John Summerson의 '건축의 고전 언어'The Classical Language of Architecture, 1963에서 개진되었는데, 그는 고대에서 현대에 이르는 건축물의 기둥 요소들(그림 3-2)을 조합하여 일종의 문법적 양식인 다섯 가지 모티브Tempel사원, Triumphbogen개선문, Pantheon만신전萬神殿, Palladiom수호성역, Urhütte움막가 표현된다고 보았다. 에코U.Eco, 1968는 기둥의 물리적 기능Stützen수평지탱, Stehen직립, Tragen수직지탱을 수평축에 기둥의 사회적 · 인류학적 기능Architektonisch건축술, Historisch역사적, ästhetische Konno-tationen심미적 연상을 수직축에 설정한 수형도를 사용하여 의미소들의 위계관계를 분석했다. 그가 건축물에서 추출한 7대 요소는 아래와 같다Dreyer 2009: 182~183.

표 3-2 건축물의 기호학적 요소

① 형태요소	합각(Giebel) · 수직지붕창(Gaube) · 돌출창(Erker) · 회랑(Portikus) · 기둥(Säule) · 아케이드(파사주: Arkade) · 궁륭(穹窿 : Kuppel)
② 기능요소	벽(Wand) · 바닥(Boden) · 지붕(Decke) · 창호(Fenster) · 문(Tür) · 천장(Dach) · 계단(Treppe)
③ 구조요소	재질(Material) · 지지대(지주: Stütze) · 발코니(Balken) · 성벽(Mauer) · 아치(궁륭: Gewölbe) · 목골조(Fachwerk)
④ 공간요소	긴(Lang-) · 가운데(Zentral-) · 통행로에 인접한(Weg-) · 중간공간(Zwischen-raum) · 각(Winkel)
⑤ 공간유형	미로(Labyrinth) · 대청(Atrium) · 화랑(Galerie) · 강당(Halle) · 복도(Korridor) · 회당(Saal) · 탑(Turm)
⑥ 사용유형	거실(Wohn-) · 식당(Ess-) · 침실(Schlafzimmer) · 부엌(Küche) · 욕실(Bad) · 복도(Flur) · 낭하(廊下/베란다: Loggia) · 지하실(Keller)
⑦ 건물유형	빌라(Villa) · 성(Schloss) · 예배당(Basilika) · 시청(Rathaus) · 백화점(Kaufhaus) · 공장(Fabrik) · 은행(Bank)

(3) 성층화Stratification

침머Zimmer는 개념적으로 지시할 수 있는 사물을 표상하는 시각 영역의 단위로 영상표지Bildmarke를 설정한다. 이 단위들은 시각적 최소 성분인 화상소畵像素: Piktogen로 분절되는데, 비더만Biedermann은 그것을 만곡도彎曲度 · 공선성共線性: Kollinearität · 대칭성 · 평행성 · 공동한정에 비추어 대상의 시각적 인식에 개입하는 36종의 영상지각단위인 기하소幾何素: Geone를 추출했다. 이때 음운론에서 음소는 포함하지만 음향은 배제하듯이, 형상을 다루는 시각기호학은 광학光學이 아니라 색채소와 형상소 및 조직소Textem의 체계이다.

독일 울름학파의 개척자 벤제Bense 1971는 색채소Chromem: 변별가능한 색와 형상소Formem : 점 · 선 · 면 · 입체의 기하학적 위상가 통합된 지각소Perzeptem를 설정하는데, 양자는 마치 텍스트의 주제Thema와 평언 Rhema처럼 결합한다.

표 3-3 건축과 언어의 상동적 유비관계

영상 \ 언어		주어 (주제)	술어 (평언)
		대상	속성
지각소	형상소	점, 선, 면, 입체	기하학적 속성
	색채소	색채	색도 · 명도 · 채도

건축 코드의 이중분절을 제안한 에코는 변별기능만 가지는 최소단위를 '스토이케이아'Stoicheia로, 의미담지의 최소단위를 '형체소' Choreme, Eco 1968/1986: 326로 규정했다. 물체로서의 건축물이 기호학적 성층에 상응한다는 점을 포착한 로시-란디Rossi-Landi 1983와 프레지오시

Preziosi 1979[20]도 기호체계와의 상동성에 기대어 음소 층위에 건축물의 '구성재료'재질를, 형태소어휘소에 대해 '대상소'Objectem: 최소기능을 가지는 건축물의 부위를, 끝으로 문장에 대해 건축물의 '축적 패턴'을 할당한다: 맨 아래 층위에는 언어적 분절의 기층인 음소에 상응하여 모래 · 흙 · 콘크리트 · 철근 · 철골 · 나무기둥 · 벽돌 · 템플리트Template판형처럼 건축물을 물리적으로 구성하는 '원자재'재질가 상응한다. 두 번째 층위는 형태소에 상응하는 '대상소''스토이케이아'로서 건축물의 기능적 최소분절이 완수되는 입구 · 계단 · 문 · 창틀 층위이다. 세 번째 층위는 텍스트로서 건물의 의미를 결정하는 패턴으로 '구조복합물'이나 '거주장치'거실에 해당한다.[21]

표 3-4 건축물의 성층 패턴

영역 / 층위	언 어	건축물	
① 의미변별단위	변별특징(Sem)	Stoicheia	변별특징
	음소(Phonem)		형식
	음 절(Silbe)		템플리트(판형)
② 의미결정단위	형태소(Morphem)	Choreme	형상
			작은 방들

---

20 프레지오시는 야콥슨의 기호기능을 적용하여 건축물의 ① 지시적(referential) 기능: 직접적인 의도성; ② 정표적(expressive) 기능: 건축주체가 자기를 표상하는 개인 스타일; ③ 호소적(appellative) 기능: 건축물 사용자를 위한 정향, 해석 또는 행동지침; ④ 친교적(phatic) 기능: 건축물 내외의 관련자들 사이의 소통과 친교의 틀; ⑤ 심미적(aesthetic) 기능: 건축물의 자체의 구성적 특성에 기인한 미적 특성; ⑥ 메타적(meta) 기능: 건물을 둘러싼 역사적 준거나 연상관계를 구별함(Preziosi 1979: 49~55).

21 Gandelsonas(1974)는 Chomsky의 생성문법에 기대어 건축물의 성분요소를 추출하고 분류하여 벽, 마루, 출입구 등으로 분절하고 그것을 다시 낱말연쇄로서의 문장(완벽한 규칙체계에 유추적인 구조)의 실현으로 파악한다.

(이어서)

영역 / 층위	언어	건축물
③ 축적/성층패턴	문장(Satz)	건축구조의 모체
	텍스트(Text)	연계된 복합구조
	담론(Diskurs)	거주 및 기능

이를 바탕으로 건축기호학의 과제를 도시해 보자:

표 3-5 건축기호학의 연구 프로그램

영역 / 층위	연구대상		
	Artefakte	연구 단위	Mentefakte
형태부	정낭, 일주문, 천왕문, 개선문/ 도시, 궁정, 호텔, 기둥 …	문화소	기하소, 형상소, 색채소
의미부		공간에 대한 현실모델	음양오행설, 풍수지리, 우주론, 신화적 가치체계:
통사부		단위들 사이의 결합태	계열체 내외의 조합과 결합태
화용부		사용자(나이, 성별, 신분)와 시-공간	권력과 시-공간, 지역, 계층 및 위상에 따른 공시태와 통시태(변이태), 건축 기호의 윤리 및 공간 수사학

2. 세미오시스 I: 정주와 정낭

1) 문 門

삶과 죽음, 들어섬과 나섬의 갈림길[22]을 형상화한 금줄과 정주를 살펴보자. 예로부터 우리 조상들은 아이의 탄생을 하늘이 점지한 운명

22 한국적 정서를 지배하는 '연기론'(緣起論)에서는 인생을 '여정'(旅程)에 비유한다. 이에 비추어 임석재(2006: 29)는 한국의 '갈림길'의 특성을 군집성, 귀납성, 상대성 및 기능성으로 집약한다.

그림 3-4 금줄

그림 3-5 독일 신혼집

으로 해석하여 분만이 임박하면 출생의 운명을 맡은 삼신할멈에게 화복을 비는 제례를 지냈고, 제를 받은 삼신할멈은 아이를 세상에 내보내는 징표로 엉덩이에 푸른 멍몽고반점을 찍었다. 아버지는 사내아이가 태어나면 왼쪽으로 땋은 새끼줄+숯+[솔]+고추+[천]을, 여자아이가 태어나면 새끼줄+숯+솔가지+[천]을 21일 동안 걸어두어 아이의 탄생/성별을 '통보'하는 동시에 이방인의 출입을 '경고'한다(그림 3-4):

남근의 상징인 '붉은 고추'는 간장을 숙성할 때에도 사용하는 '숯'과 더불어 위생 및 샤머니즘의 기능을 수행하며, 끝이 뾰족하며 겨울철에도 푸른 '솔가지'는 귀신을 쫓는 생명력을 상징한다. 이 기호과정은 심지어 신장개업의 세레머니로 둔갑하여 왼쪽으로 땋은 금줄홑새끼줄[23]은 삼색 겹줄로 숯과 솔가지와 고추는 '책'과 '핸드폰' 및 '디지털 카메라'로 익살스럽게 변용된다.

---

23 새끼줄은 으레 오른쪽으로 땋인 것이라고 간주한 귀신은 아이에게 해악을 끼치려고 새끼줄을 역방향, 즉 왼쪽으로 풀려고 한다. 그러나 이이제이(以夷制夷) 원리로 새끼줄은 오히려 더 단단히 조여지고 아이의 운세는 예전보다 한층 강력해진다. 또 다른 사례로서 찹쌀떡을 일곱 켜로 쌓은 후 떡판 사이사이에 팥고물을 뿌려 쪄내는 '고사떡'을 떠올려 보라. '축귀'(逐鬼)의 문제를 다룬 '도깨비'에 대해서는 Song(2004, 2007) 참조.

표 3-6 금줄과 문의 기호학적 구성

기능 \ 특징		금줄			개업 집 (변용)		신혼 집(독일)		
		탄생	아들	딸					
주제	새끼줄	홑	+	+	삼색 실	+	숲 (화분, 덤불)	빨랫줄	유모차
		겹	−	−					
평언	장식	숯	+	+	책	+	장미 (흰색/은색)	속옷 (낡은)	인형 (낡은)
		솔가지	±	+	핸드폰	+			
		고추	+	−	디지털 카메라	+			

한편, 독일에서는 집 앞의 숲 덤불이나 묘목을 흰색 또는 은색 장미로 장식하고(그림 3-5) 심지어 아기 옷이 걸린 빨랫줄과 인형을 태운 유모차를 세워 둔 광경도 볼 수 있는데, 그때 '흰 장미+빨랫줄 +유모차' ⇒[+신혼, +축하]라는 유럽문화의 코드를 모르는 사람은 '영유아의 사망'이라는 불길한 징조로 오해할 것이다.[24]

그림 3-6 개업인사

24 이것은 '사전(事前) 축하행위 금지'라는 유럽적 금기에 대한 침해이다. 그런 기호학적 충돌을 '문화적 번역'의 시각에서 규명하는 Poyatos(1993), 에코(1990) 참조.

2) 정낭과 정주

도시계획에 의해 조성된 공간을 소통의 장소로 변환시키는 것은 공간을 걸어다니는 주체인 보행자이다. 자본을 앞세운 침식의 과정에서 정체성이 없는 '비-장소들'이 증가하는 한편, 호텔과 카페[25] · 아케이드와 광장[26] · 기숙사와 난민촌 · 빌라와 아파트 · 신작로와 고속도로 등은 기존의 소통구조를 변형시킨다. 주호住戶의 문이나 성문城門도 도상체를 벗어나 지표기호와 상징기호로 변환되는데, 매질을 변형하지 않는 원시문화의 도상성은 '일차성'으로 정의되는 반면, 현대문화에서는 일차적으로 매질성이 실종된 후 도상성이 회복되는 역전현상이 종종 목격된다. 이처럼 도상성을 유지한 채 지표성과 상징성을 전개하는 기호학적 주제로 제주도의 '정주와 정낭'는 매우 흥미있는 세미오시스를 보여준다.

형태와 기능에 있어 제주의 문은 육지부와 판이하며 침입을 막는 실제적 용도 외에 소통가치도 발휘하여 화용적 기호체로 승화된 독특한 인류학적 장소[27]이다. 원래 말이나 소, 돼지를 방목하던 유목문화에서 야생동물이나 이방인의 침입을 방어하려고 만들었던 제주의 문은 도시문명의 확산과 더불어 관심받지 못한 채 방치되었다. 일차적 도상

---

25 독일 남부 귄즈부르크 시내의 카페 풍경(그림 3-10/3-11): 테이블 주위에 올려진 의자들은 '영업이 끝났음'을 알리는 '잉여기호'이다.

26 '공간'과 '장소'를 주제로 쟁점화한 벤야민의 대작 "아케이드 프로젝트"(Benjamin, *Das Passagen-Werk;* Benjamin 1982/한국어판 2005)와 인류학자 오제의 "비-장소: 초근대성의 인류학"(Augé 1992/독일어판 1995) 참조.

27 파리의 '개선문'이나 서울의 '남대문', 동네 어귀의 '장승', 일본의 '신사', 성모를 모시는 유럽의 '사당'은 물리적인 출입 기능보다는 종교적 의례기능을 수행하는 기호학적 공간으로 정착된 사례들이다.

성이 남아있는 자연재질 현무암玄武巖을 가공한 물질적 피조물 정주[28]야말로 의미론문화소, 통사론정주와 정낭의 통사적 조합 및 화용론소통기능이 투사된 절묘한 세미오시스로 거듭나고 있다: 석재나 목재철제로 된 '정주'와 그 안에 뚫린 2~4개의 구멍을 채우는 '정낭'막대으로 구성된다. 제주의 문은 재질과 구멍 및 막대기의 조합에 따라 3~5비트의 조합을 통해 허용(그림 3-7), 권고/유보(그림 3-8), 금지/경고(그림 3-9), 거부 화행話行을 표출한다.

그림 3-7 개방[허용]

그림 3-8 유보[권고]

그림 3-9 폐쇄[금지]

그림 3-10 폐점 후의 카페

그림 3-11 영업중인 카페

28 정낭의 조합은 '목'(木)이 결정하지만 '목'을 작용시키는 걸쇠는 '토'(土)이다. '목'의 기운은 '토'를 제압하므로 '쇠'(土에서 나온 金)와 '나무'는 상극(相剋)이며, 키치Kitsch형 철제 정주는 음양오행에 위배된다.

정주에 걸쳐진 정낭의 개수와 형상은 '거부의 강도'를 조절한다는 점에서 '도표적圖表的 도상성'[29]을 표현한다T=문, J=정주[기둥], S=구멍[정주에 뚫린 구멍], H=정낭[막대기]:

T1(그림 11)={J[S:+3[4], H:-3[4]]}, T2(그림 12)={J[S:+3[4], H;-1]},
T3(그림 13)={J[S:+3[4], H;-2]}, T4={J[S:+3[4], H:-3]},
T5={J[S:+3[4], H: 미확정}

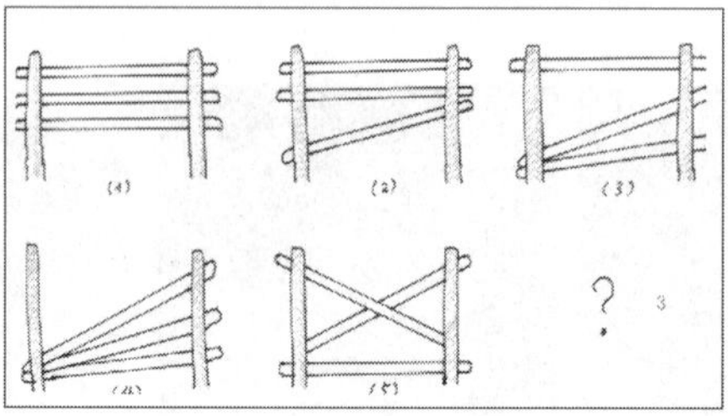

그림 3-12 정주(T)의 유형

한편 집주인이 '집에 있지만 만나고 싶지는 않은 조건적 거부'(그림 3-12의 5)라는 소통기능은 아직 실현되지 않았지만 차후에 실현될 확률이 있다. 수학적으로 2비트01, 10=[2!], 3비트001, 010,..., 111= [3!], 4비트0001,..., 1111 = [4!]의 조합이 잠재형Type으로 보장되었지만, 정주에 올려진 정낭들의 '순서'나 기울기 방향의 '좌우'는 비변별적 잉여변수이기 때

29 '지도'에 나오는 바다는 푸른색, 사막은 노란색, 등고선과 등온선, 연평균 기온선으로 연결된 지대의 색채처럼, 대양 · 평원 · 산악 · 사막 · 해구 · 빙하지대에 투영된 색은 '도상'Ikon이라기보다는 '고정관념'에 기인하는 '상징'에 가깝다. 반면 해류의 온도차나 수심(水深)처럼 동일한 색의 상이한 농도로, 열대 · 온대 · 냉대는 상이한 색으로 처리되어 등급차를 나타내는데, Peirce(CP.2.277)는 이것을 '도표적 도상성'(diagrammische Ikonizität, 또는 '관계적 도상성')으로 명명한다('지도기호학' Kartographie에 대해서는 Nöth 2000: 197 참조).

문에 실제로 구현된 '실현체'Token는 제한된다.[30]

3. 세미오시스 II: 궁정 宮庭

1) 절대주의의 발명품

그림 3-13 베르사유 전경

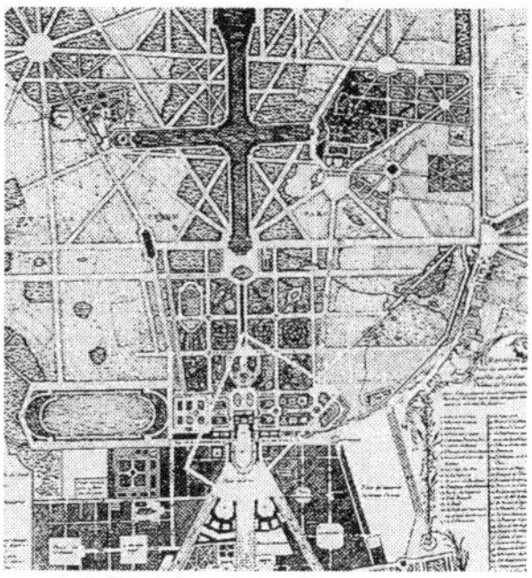

그림 3-14 베르사유 설계도

절대권력의 표상 태양왕 루이 14세는 분산된 권력을 베르사유 궁정(그림 3-13/14)에 통합하는 앙시앵 레짐 특유의 공간통치술을 운용했다. 르네상스 이후 대부분의 유럽 국가에서는 궁정이 부각되었고, 계몽주의 이래로 제왕은 사라질지언정 왕조는 계승되는 영속기관Perpetuum mobile을 확립한 곳이 바로 카르보네가 설계한 '베르사유'Versaille이다. 베르사유는 님펜부르크Nymphenburg, 상수시Sans souci, 쇤브룬Schönbrunn을 앞세워 제국을 건설하려던 게르만 국가들의 벤치마킹 표본으로 채택되었다.

빼어난 위용의 베르사유 건물복합체는 왕의 집인 동시에 신하들

---

30 'Type'(잠재형)와 'Token'(실현체) 개념에 대해서는 van Dijk(1980) 참조.

을 묶어두는 일종의 거대한 하숙집이었다. 루이 14세는 귀족이나 사절이 베르사유에 숙박을 청하면 기뻐했으며, 봉직자들은 아예 궁에 상주하거나 파리 시내에 통근용 호텔을 소유했다. 1744년에는 시종까지 포함해 거주자가 만 명에 육박했다. 익랑翼廊과 마당, 수백 개의 아파트와 크고 작은 방들, 밝고 어두운 통로들로 뒤엉킨 그 건물 전체가 궁정사회 특유의 보호막을 형성했는데, 말하자면 그것은 황제가 신으로부터 부여받은 절대권능의 상징이었다.

잠시 디드로와 달랑베르의 "백과사전"[31]을 인용해 보자:

> "일단 직각의 거대한 베르사유궁정 주위에 여러 건물호텔들이 들어서 있다. 그 가운데로 입구로 쓰이는 넓은 "현관"과, 마차를 위한 통로로 사용되는 바깥쪽으로 폐쇄된 주랑柱廊을 따라 길 쪽으로 궁정의 좁은 측면이 늘어선다. 주랑은 건물 좌우의 익랑을 따라 다른 쪽 좁은 곳의 건물 중앙부로 연결된다. (……) 그 뒤와 옆으로 거대한 정원이 연결되는 건축물 중앙부에는 사교공간이 배치된다. 건물의 양쪽 익랑 연결부는 '사유 아파트'Appartements privées를 포함한다. 다시 그 뒤쪽으로 욕실과 화장실 공간을 통하여 큰 정원과 분리된 커다란 행랑行廊이, 좌우로 각각 작은 화원花園이 배치된다. 부엌일을 하는 공간이자 손님의 마차가 건물 중앙부의 계단에서 내리면 정차하는 마구간 사이의 소궁정 영역에 "하인들"의 생활공간이 할당된다. 길에 접한 익랑 부분에는 마구간, 부엌 및 하인들의 가옥과 곳간이 '가금사육장'家禽飼育場이라는 작은 집 좌우에 배치된다. (……) 이것이 바로 호텔이 창출한 도시 특유의 주호 유형이다."
>
> Diderot & D'Alembert 1777, 엘리아스 1969/한국어판 2003:119~120 재인용

31 '계몽주의 백과전서파'의 업적인 이 책의 원제는 "과학이성 백과사전"(Encyclopédie ou Dictionaire raisonné des science, 1777: Geneve)이다.

왕궁에는 고관대작들의 마차를 세울 정원이 필요했기 때문에, 성문에서부터 위용이 드러난다. 건물 하나로는 왕의 권위를 과시하는데 충분하지 않아서, 서쪽에서 도착하는 손님들이 진입할 수 있는 넓은 '전궁'前宮: Avant-Cour이 마련되었는데 그것은 'Hof'라는 낱말의 원래 의미처럼 광장이나 마당에 준하는 것이었다. 각료들에게 할애된 익랑 주위의 두 개의 '가로수길'Allee을 지나면 궁정 본채에 도달한다. 제2소궁정으로 이어진 마당을 가로질러 '왕도'王道: Cour Royale가 형성된다. '중궁'中宮을 삼면으로 에워싸는 대리석으로 된 더 좁은 제3궁정도 그 안에 좌우로 모두 네 개의 마당을 포함할 정도로 거대하다. 북쪽 익랑에는 오페라 공연장이 있으며 남쪽 익랑에는 왕자 및 왕의 형제들의 거실이 있다. 모든 출입상황, 마당, 왕도 및 '전궁'까지 내려다보이는 2층 가운데 방이 왕의 침실로 지정된 것은 결코 우연이 아니다.

2) 공간과 신분의 연동

"대부분의 대大가문을 붕괴시킨 것은 그들의 주택"엘리아스, 같은 책: 133이라고 탄식할 정도로, 귀족은 가문의 대표자로서 그들의 서열을 과시하기 위해 주택에 온 재산을 투입했다. 시민에게는 극도의 사치로 보일 과시욕이 귀족에게는 사활이 걸린 계급윤리의 표출이었던 셈이다. "백과사전"같은 책, 133~134에 따르면 시민의 경우에는 '메종'Maison, 귀족의 경우 '호텔'Hôtel, 왕 또는 왕자의 집은 '팔레'Palais처럼 거주자에 상응하여 집의 명칭이 상이하게 불린다. '팔레'는 원래 왕 또는 왕자의 거주지만을 지칭했으나, 법원들이 왕궁 근처로 옮기면서 상급법원의 소재지도 '팔레'로 불리게 되었고 고위 성직자의 거주지도 점차 '팔레'로 불리는 어법이 정착된다. 그 밖의 사람들은 아무리 지위가 높아도 자신의 집을 '팔레'로 부를 수 없었다. 한편, '호텔' 개념도 18세기 동안에 변질되어 부유한 고리대금업자의 집도 '호텔'로 불리게 된다. 다른 한편 궁정의 국외자인 직업시민들의 집은 호텔이나 팔레가 가진 '공공성'이 결여된 개인주택으로서 대칭성 · 견고성 · 안락성 · 경제성위의 책: 137 같은 원리가 부과되었다. 왕자들의 거주지는 2등급의 팔레였으며, 다른 사람들의 거주지도 기껏해야 대형 호텔에 불과했다. 장성들은 군사적 위압감을 주는 '도리아 양식'의 장중한 직선형 건물을 지었고, 종교인들은 천박한 장식으로 인해 평가절하되지 않도록 덜 엄격하며 고상한 양식의 건물을 지어야 했다. 끝으로 행정관료의 주택은 그 배치와 외양에서 자비심과 도회지의 특성을 풍겨야 했다. 이로부터 사회적 신분질서와 주택의 구조적 연동[32]이 정착되었다고 볼 수 있다.

대부분의 사교활동은 건물중앙부 2층까지 코린트식 기둥이 솟아 있는 '살롱'Salon에서 이루어진다. 마차에서 내린 손님은 본관 앞의 난간이 없는 계단에 내려서 직사각형의 현관 입구를 지나 커다란 원형 살롱에 도달한다. 현관에서 뻗은 입구를 지나면 '사교용 아파트'Appartement de société와 대기실 및 탈의실이 나타나고, 계란형의 내밀한 작은 '사교 홀'Salle de compagnie과 뷔페식당으로 연결된다. 살롱의 다른 쪽에는 자그마한 '의전용 살롱'과 골방이 딸린 '의전용 아파트'Appartement de parade가 연결되었고, 익랑 너머로 커다란 정원과 작은 화원들을 구분하는 회랑이 펼쳐진다. 의전용 아파트에는 부속 시설이 딸린 의전용 침실이 있다. 이처럼 공간을 사교용과 의전용으로 구분함으로써 각별한 의미가

---

32 '구조적 연동'(聯動)이란 '섭동'(攝動: Interferenz/간섭)이 불가능한 두 체계 사이에서 조율되는 '공명'(共鳴)을 의미하는 신경생리학자 H. Maturana의 개념이다. 이에 대한 논의는 슈미트(1994/1996: 110 이하) 참조.

생겨난다. 집주인특히, 안주인의 사교범위를 위한 '사교용 아파트'는 격식에 얽매인 의전보다는 안락함을 지향하는 공간으로서, 18세기 이래로 '살롱-사교'로 불린 친교의 공간이 되었다.[33]

한편 앙시앵 레짐의 대공들은 자신들의 위세를 과시했던 '의전용 아파트'에서 가문의 대표로서 동급 또는 상위직의 대공들을 영접하거나 사교권 외부의 궁정인들과 대소사를 의논했다. 대기실과 골방이 딸린 의전용 침실은 각별한 귀빈을 영접할 때 쓰이지만, 출산 후 상견례 같은 경우에는 부인이 '의전용 침대'에서 가문의 대표자로서 방문객을 영접했다. 이것은 건물 내에서 이루어지는 소통기능이 지위에 따라 분화되었음을 의미한다. 높은 서열에 준하여 부과된 의전 의무는 사적인 방문이라고는 거의 없었던 귀족들의 따분한 생활에 사회적 교류라는 윤기를 선사한다. 앙시앵 레짐 치하의 궁정인의 생활구조를 금전적 기회나 직업적 · 사회적 지위의 상승만을 겨냥했던 직업시민에 준하여 측정한다면, 궁정생활에서는 직장생활과 사생활의 분리가 용인될 수 없었기 때문에, 왕의 사적 영역에서 진행되는 신하들의 공무公務로 요약된다.[34]

---

33 이 과정을 도시한 조선시대의 매체장르가 바로 궁중행사의 공간 · 식순 · 인원 · 행렬 등을 텍스트와 그림으로 수록한 '의궤'(儀軌)나 '순력도'(巡歷圖)이다. 이에 대한 기호학적 고찰은 알려진 바 없다.

34 '사적 영역'과 '공적 영역'의 점이지대인 '가계'(家計)에는 봉사를 관장하는 집사장과 호텔관리인의 통제 하에 식사를 준비하는 '부엌', 디저트용 가금류를 보관하는 '소형 찬장', 특별한 화덕과 설비가 갖추어진 '조리실'이 있다. 그 옆에 비스킷이나 케이크를 굽는 화덕이 있으며, 아이스크림을 만드는 '조리실'로 연결된다. 그 밖에 조리반장의 감독 하에 은제 식기나 장구류를 보관하는 준비실이라는 밀폐공간이 있다. 대공들의 집에는 식당이 두어 곳 밖에 없었지만 왕가의 아파트에는 '과일 저장소'(Fruterie), '와인 저장소'(Sommellerie)와 '빵 저장소'(Paneterie) 등 식품관리부가 따로 있었다(엘리아스 1969/2003: 121~124 참조).

4. 기둥의 성분분석

그림 3-15 도리아/이오니아/코린트 양식

로마네스크와 로코코, 바로크 및 고전 시대의 건축물에서 드러나는 기둥의 구조는 그리스 신전에서 유래하는 도리아, 이오니아 및 코린트 양식으로 각인되어 있다(그림 3-15). 고전 건축물의 '기둥'Columm은 대개 '받침대'Base, '지주'支柱: Shaft 및 '머리'Capital로 구성되므로 세 유형의 기둥은 C={[base]+ [shaft]+[capital]}로 바꿔 쓸 수 있다. 이오니아IC 및 코린트 기둥CC과 달리, 도리아 기둥DC에는 받침대가 없는데, 이오니아 기둥과 코린트 기둥 사이의 미묘한 차이를 무시한다면 자질 [base]를 유표항 [+base]와 무표항 [-base]로 양분할 수 있다. 자질 [base]와 달리 [shaft]와 [capital]은 하위범주화를 기술하는 하위자질들로 구성된다. 그래서 자질 [shaft]는 하위자질 [flute]와 [taper]를 사용하여 지주를 더욱 상세하게 기술하며 하위자질 [flute]는 '지주에 새겨진 홈선'의 수를 나타낸다. 도리아 기둥의 자질은 [flute:20]으로, 이오니아 및 코린트 기둥의 자질은 [flute:24]로 표시된다. 한편 다른 두 양식에 비해 도리아 양식의 '지주의 끝'은 현저히 가늘다. 그것을 자질 [taper]'가늘기'로 사상하면, 도리아 기둥의 범주에 대한 자질 [shaft]의 하위범주는 [flute: 20, taper:+]이고, 이오니아 기둥과 코린트 기둥의 하위범주는 공히 [flute: 24, taper:-]이다.[35]

위의 세 건축양식의 기둥머리는 제각기 상이한 속성을 가진다. 각 기둥은 원주두圓柱頭의 '관판'冠板: abacus: 기둥 상판의 좁고 평평한 대접받침과 '접시판'echinus: 도리아 기둥머리 바닥 부위의 볼록한 장식을 가진다. 그런데 이 속성들 자체는 기둥의 주요범주에서 대동소이하기 때문에 기둥의 자질마다 매번 반복해서 사상할 필요는 없다. 해당하는 개별 기둥에 부정항이 나타나지 않는 한, 자질 [abacus]와 자질 [echinus]는 잉여적이기 때문이다.

이오니아 양식과 코린트 양식의 기둥머리에는 도리아 양식에 없는 '소용돌이 무늬'volute가 새겨져 있다. 그렇다면 도리아 기둥의 범주에 대해서는 '부정항'으로, 다른 두 범주에 대해서는 '긍정항'으로 지정된 새로운 자질 [volut]가 채택되어야 한다. 나아가 도리아 기둥의 '머리 장식'은 세 양식 중 가장 단순한 반면, 화환 모양의 아칸서스 나무의 잎사귀로 장식된 코린트 기둥의 장식은 이오니아 양식보다 훨씬 현란하다.

---

35 궁중반상(飯床)={[밥:+], [반찬: 12첩∪9첩∪7첩∪5첩]}이나 주안상(酒案床)={[밥:-]∩[반찬: 9첩∪7첩∪5첩]}, 중국 황제의 곤룡포(坤龍袍)={[문양(紋樣): +]∩[용의 발가락: 5∪4∪3]}에서처럼, 이 원리는 수(數)와 권력관계가 구조적으로 연동된 '도표적 도상성'을 함축한다.

이를 위해 자질 [decor: 장식]와 [acant: 아칸서스 나뭇잎]가 추가되는데, 전자는 도리아 양식에 대해 부정항으로 다른 두 범주에 대해 긍정항으로 지정되는 반면, 후자는 코린트 기둥머리에 대해서만 긍정항으로서 지정된다.

세 기둥의 통사구조를 방정식으로 사상하면[36] 구조적 차이를 관찰할 수 있다:

- (CC)={[base:+]∩[shaft: [flute: 24, taper:-]]∩[capital: [volut:+, decor:+, acant:+]]}
- (DC)={[base:+]∩[shaft: [flute: 20, taper:+]]∩[capital: [volut:-(=abachus:+echinus:+)], [decor:+, acant:-]]}
- (IC)={[base:+]∩[shaft: [flute: 24, taper:-]]∩[capital: [volut:+, [decor:-, acant:+]]]}

36 위의 논리식에서 자질 [volut]와 자질 [decor]는 모두 긍정항으로 지정된다. 이때 '소용돌이 무늬'volute는 장식의 형태이지만, 자질 [volut]와 [decor]는 동일한 가치실현체를 가지는 게 아니라 가치지정어 [decor:+]와 [acant:-]를 공유하는 것이다. 이처럼 하나의 가치지정어에 의해 동일한 절점에 도달하는 경우를 "가치공유"(value sharing, Posner 1997: 51)라고 부른다.

12장 창조도시

현대 사회를 규정하는 공간주의적 전회(Spatial Turn)의 화두는 도시를 창의적인 문화-소비공간으로 재탄생시키자는 이른바 창조도시(Creative City) 개념이다. 창조도시를 운용하는 창조계층(Creative Class), 소통의 심급인 담론과 스토리텔링에 창발하는 특성, 도시의 물질계와 상상계가 어우러져 작동하는 도시역학 등은 기호학의 시사적인 의제이다.

1. 공간주의적 전회

디자인 도시 · 명품도시 · 브랜드 도시 · 창의도시 · 창조도시[37] · 행복도시 · 행정복합도시 · 혁신도시 등 도시개념의 홍수 속에서, 상하이上海는 "Better City, Better Life"를 기치로 공학적 유토피아의 지속가능성을 가늠하는 사상 초유의 세계박람회[38]를 거행한 바 있다. 그것이 파리의 파사주Passage와 만국박람회를 목도한 발터 벤야민[39]이 '공간 속에서 시간을 읽자'고 설파했던 메시지와 맞닿아 있음은 주지의 사실이다.[40] 기계문명에 힘입어 건축의 지평을 확장한 기능주의[41] 이래로 도시는 보편성과 개체성, 편재성과 국지성, 전통과 변혁이라는 상극적 좌표들의 경연장이었으며, 오늘날에는 쇼핑몰과 멀티플렉스, 오락공원과 여가시설, 프랜차이즈 레스토랑과 커피숍, 브랜드 이미지를 통해 경쟁이 더욱 첨예화된다. 그 결과 창발한 현대사회의 공간성은 소비Consume · 문화Culture · 소통Communication의 3C로 집약된다.

---

37 유네스코 창조도시 프로젝트(www.unesco.org): 2005년 유네스코에서 제정한 프로그램으로서 〈공예 및 민속예술〉, 〈디자인〉, 〈요리/음식〉, 〈문학〉, 〈미디어 아트〉 및 〈음악〉 분야에 29곳의 네트워크를 선정했으며 인증절차를 거쳐 계속 추가되고 있다.

38 중국 정부는 8년 동안 200여 개의 주제를 검토한 끝에 〈Better City, Better Life〉를 선정하여, 총면적 5.28㎢에 200개가 넘는 전시관에서 Expo(공식명칭: 中國 2010年 上海世博會, 2010. 5.1~10.31)를 거행했다.

39 벤야민의 '천천히 걸으면서 음미하기'(漫步: Flânerie)에 대해서는 Benjamin(1982/2005) 참조.

40 도시에 대한 패러다임은 linguistic turn(언어학적 전회)과 cultural turn(문화적 전회)을 거쳐 spatial turn(공간주의적 전회)으로 집약되고 있다. 선행연구로 Gottdiener/Lagopoulos(1986), Landry(2005), 김성도/박상우(2006), 이무용(2005), 민유기 외(2008), 박여성(2008) 참조.

41 20세기 기능주의(디자인과 건축)에 대해서는 Bürdek(2005), Gethmann/Hauser(2009) 참조.

1920년대에는 기능주의적 현대화에 부응하여 개인을 기계적 생산에 적응시키고 합리화 과정을 사회 전체로 이식하는 가운데 메트로폴리스들이 건설되었다. 바우하우스Bauhaus와 르코르뷔지에Le Corbusier 1987는 인간을 구시대의 공간적 질곡에서 해방시키고 일상생활의 합리화를 도모하고자 기계적 유토피아로 구현된 근대도시의 창출에 일단 성공했다Makropoulos 2008:57. 이와 더불어 20세기 산업적 대량문화의 핵심이자 기술적 진전의 매체였던 속도가 개인적 · 집단적 경험의 탈경계를 위한 사회적 인프라를 도시에 마련해 준 결과, 현대도시는 유동화, 역동화 및 유연화 그리고 교통과 커뮤니케이션의 가속화로 진입하게 되었다. 속도의 도시는 곧 성공의 도시Le Corbusier 1987:89였다. 2차 대전 후 범세계적인 여가정책의 일환으로 출발한 관광은 사회성의 근대화와 개인의 유동성을 위한 정책으로 각광을 받았으며, 대량문화의 체험은 계급과 신분을 넘어서 물질적 · 감각적 지식을 확장하여 유동성의 사회화라는 역사적 심급을 창출한다Makropoulos 2008:60. 이것을 구성주의 시각에서 보자면, 소비와 문화 및 소통 사이에 순환고리가 확립되었음을 의미한다.

2. 소비사회

울리히 벡U. Beck 1986이 지적했듯이, 현대사회는 고전적인 계층사회에서 출발하여 파당 중심 사회를 지나 기능적 체계들로 분화되어 왔다. 파슨스와 루만에 따르면, 기능적으로 분화된 체계들에 준하여 최적화된 패턴이 창발하고 사회구성원의 행동은 분화된 영역들에 구비된 수단들과 연동된다.

1) 생산에서 소비로

고전적인 원초사회에서는 모든 기능이 가족이나 친족의 그물망에 결속되었고 신화나 의례를 통해 직접적인 상호작용의 범위 안에서 서로 집단귀속성을 확인했다. 그런 사회에서 삶의 영위와 자기규정을 주도하는 고유한 원리는 가족과 친족이었다. 계몽주의 이전의 사회는 불평등한 부분체계들 사이의 신분과 직분에 따른 계층화를 기능적 독립분화Luhmann 1987/2007[42]의 단계로 격상시키지 못했다. 그러다가 심급의 초점은 출신과 가족으로부터 특정한 계층의 구성원이 누리는 사회적 지위로 옮아간다.

고도의 문화적인 사회가 개시된 근대 이후, 민주주의와 기술의 발전, 취향과 체험사회의 도래와 함께 집단적 · 구속적인 결정의 생산정치, 갈등의 조정법, 미래를 겨냥한 욕구의 해소경제, 인식의 획득과학 · 문학 · 종교 · 예술 · 교육 · 언론 등 사회적 체계들로의 분화가 연속적으로 이루어진다. 특히 경제적 분화의 전성기에 등장한 백화점과 쇼핑몰 · 테마파크와 공공기념물 · 견본시와 박람회 · 연시年市 · 여가-테마공원 · 이벤트와 대중행사 · 디스코텍 · 스타디움 · 관광명소 · 도시경관 · 장소 · 광장 · 도로 · 골목 · 정원 · 외벽 · 파사주 · 도시가구City-Furniture/Stadtmöbel · 진열장 등은 체험공간을 각인하는 "소비주의 신드롬"Hellmann 2008a:10의 신조어이다.

그 전까지는 사회화의 핵심적인 주도원리는 노동사회의 생산이었으나 1990년대부터 역할의 초점은 소비로 이동한다. 가족이나 친척,

---

42 체계이론의 핵심개념인 '기능적 독립분화'와 '구조적 연동'에 대해서는 Luhmann(1987/2007), Schmidt(1985/2004) 참조.

사회적 지위와 무관하게 창출된 유연성 · 성찰성 · 유동성으로 인하여 가족과 직장에 비추어 규정되었던 기존의 사회역학은 의심을 받으며, 평생고용이라는 산업사회의 신조는 흔들리기 시작한다. 독일 사회학자 셸스키는 20세기 중반 이후 증폭된 현대 사회의 불안을 진단했다:

> "그 모든 것계급유형적인 행동패턴은 여전히 사회적으로 영향력을 가지고 있지만, 더 이상 주도적인 사회구조가 아니다 (……) 그 대신 모든 삶의 영역에서 산업적 대량생산이라는 보편적 소비성이 계급구조의 지배를 극복하고 존재의 충만과 사치로의 참여의식을 마련한다 (……) 이제 계급적 지위 대신에 소비자의 위치가 모든 행동패턴의 중심적 결정자가 되는 것 같다"
>
> Schelsky 1979: 335, 337

사회학자 리스만Riesman 1958도 생산으로부터 소비의 시대로의 이동을 증언했고, 다렌도르프Dahrendorf 1980 또한 노동사회의 위기를 경고한 바 있다. "지속적이며 논리적인 구조로 꽉 짜인 근무경력은 이제 더 이상 광범위하게 가용할 수 있는 조건이 아니다"Baumann 1998: 27 인용. 직업 활동은 현대인에게 개체를 형성하는 사회적 생명활동의 핵심이었지만, 불확실성과 세계화 시대의 도래로 인해 노동과 직업은 더 이상 전통적인 역할을 하지 못한다. 오늘날의 노동사회를 대변하는 것은 취직과 실업의 반복으로 인한 불연속성이다.

2) 소비의 유형화

시장경제의 개념은 주말시장 · 슈퍼마켓 · 노동시장 · 금융시장 · 뉴스시장 그 어떤 것이든 건축물과 행위자, 교환관계에 기초를 둔 공급과 수요, 물자와 서비스 및 인적자원의 거래로 이루어진 복합체를 지칭한다. 더욱이 오프라인과 온라인, Space와 Scape, 공간과 시간 사이에서, 시장은 소비 자체의 가능성을 향유하는 수단이자 목적이 되어간다. 캠벨은 그런 소비행태를 향락주의적 'Day-dreaming'으로 규정한다. 그렇다면 소비의 본질은 실제로 상품을 구매하여 사용하는 게 아니라, 상품의 이미지가 부여하는 희열을 탐닉하는 것이다. 그래서 실제의 소비는 그런 정신적 향락의 결과가 되어가면서 소비의 가시적 실천은 소비자의 향락적 상상력이라는 행동패턴에서 이루어진다Campbell 1987: 89.

마일즈Miles 1998:4는 경제행위로서의 '소비'와 문화적 태도로서의 '소비주의'를 나누면서"In effect, while comsumption is an act, consumerism is a way of life", 소비주의를 일종의 세계관이자 포스트모던적 정체성을 구현하기 위한 자기기술의 이데올로기로 간주한다.[43] 쇼핑이나 체험공간 자체가 다양한 체험가능성을 투사하는 표면으로 제공되며, 물품의 구매를 넘어 쇼핑과 체험 공간을 향유하려는 순간 쇼핑 자체를 소비대상으로 삼는 합목적성 단계로 진입한다는 관점에서 쇼핑을 목적 구매와 체험 구매로 구별한 캠벨의 제안Campbel 1987: 92은 체계이론과 상통한다. 이와 연관되는 견해들을 집약해 보자Hellmann 2008b: 36.

43 "Consumption is ideologically powerful... they [consumers] can use consumerism as a framework for the construction of their identities. A person might not construct an identity through what he or she consumes, but they may well construct who they are as a result of why they consume that particular item"(Miles 1998: 5).

표 3-7 쇼핑의 유형

학 자	수단(Mittel)	(합)목적(Selbstzweck)
Campbell(1987: 92)	Zweckkauf 목적 구매	Erlebniskauf 체험 구매
Babin/Darden/Griffin (1994: 647)	shopping with a goal: 특정한 물품이나 서비스의 구매: 공리주의적 특성, 일종의 work	shopping as a goal: "흥미"(fun)로서 체험되는 구매 행위 자체
Falk/Campbell (1997)	shopping for: 순수한 도구적인 의도, 특정한 사물이나 서비스의 계획된 구매	shopping around: 체험과 행위의 독자적 영역으로서, 상점을 계획 없이 걸어 다니는 행동
Bowlby(2001: 8)	doing the shopping	going the shopping
Lethonen/Mäenpaä (1997: 143)	necessity shopping: buying -myself -this-and-that-now	pleasurable shopping: pleasurable social activity in itself
Undelhill(1999: 161)	buying	shopping

현대사회의 라이프스타일이 욕구충족이라는 합목적合目的으로 변모한 결과, 소비는 생산의 부수물이 아닌 자기목적Autotelos, Hellmann 2008b: 20 재인용이자 삶의 영위와 자기규정의 문제에 대한 핵심적인 주도원리로 부상한다. 오늘날 사회를 통합하는 주도원리는 종교나 도덕이 아니라, 관찰에 대한 관찰의 체계로 등장한 대중매체Hellmann 2008: 34이다. 소비자는 주체의 입장에서 소비를 매체로 사용하여 상상력과 환상을 말하는 가운데 소비자 커뮤니케이션이라는 지평을 확보하는데, 단적으로 소비의 역량은 그 자체의 잠재성을 성립시키는 매체로서 기능한다는 점에 있다. "오늘날 소비는 곧 자아문화의 매체이다"Der Konsum ist heute das Medium einer Kultur des Selbst. Bolz 2002: 10/Hellmann 2008b: 33 인용.

"소비는 우리가 문화라고 지칭하는 공유되면서도 충돌하는 의미들의 순환을 구성하는 의미심장한 부분이다. 우리는 자신이 소비하는 것을 통하여 소통한다. 소비는 자기 자신을 구성하는 연극을 무대에 올려 공연하는 아마도 가장 확연한 방법일 것이다. 그런 점에서 소비는 또한 생산과 커뮤니케이션의 다른 형태가 된다Storey 2003:78". 나아가 "상상계의 언어는 소비자의 꿈속 세계의 언어이기도 하다The language of imagery is also the language of the dream world of the consumer; Williams 1982: 82.

브랜드 사회학자 헬만은 상업성/비상업성, 수단/목적에 따라 구매행위가 이루어지는 다양한 소비공간을 분류했다Hellmann 2008a:11~12.

표 3-8 소비공간의 좌표

구분	상업적	비상업적
수단	제1영역(무역): 재래식으로 상거래가 이루어지는 고전적인 공간과 장소. Wochenmarkt(오일장), Flohmarkt(벼룩시장), Einkaufsladen(상점), Fachgeschäfte(전문상점), Shopping-Malls(쇼핑몰), Messen(견본시), Auktionen(경매장), eCommerce-Marktplätze(전자상거래)	제3영역(문화소비공간): 문화적 소비가 제공되는 오페라, 영화관, 연주/공연장을 일컫는다. 사회학자 올덴버그(Ray Oldenburg)가 정의한 제3장소(Third place)는 제2영역의 특성을 일부 공유하지만, 유연한 사회적 교류가 이루어진다는 점에서는 다르다.
목적	제2영역(브랜드 세계): 공간성 자체가 소비행위를 위해 제공되는 공간과 장소를 아우른다. 디스코텍, 여가 및 오락공원, 일부 쇼핑몰이나 스포츠공원처럼 특정 브랜드를 중심으로 인위적으로 조성된 체험공간들로서 "브랜드 공화국"(Brandland/Markenwelten)을 포함한다.	제4영역(비영리공간/공공장소): 상업적 기능을 충족할 수 있으나 우선적이지는 않은 공간/장소: Denkmäler(동상/기념비), Museen(박물관), Schwimmbäder(수영장), Tiergärten(동물원), Friedhöfe(묘역), Flughafen(공항), Parks(공원), Städte(도시), Landschaften(경관), Regionen(지역), Videospiele(비디오게임), Second Life: 공간성의 형성, 설비 및 연출과 공간성 자체에 주목한다.

3. 제3장소

우리가 주목하는 것은 소비주의 시대의 대표적인 공간인 제3장소Third Places이다.

1) 절충주의 공간론

인류학적 장소와 대립하는 비장소[44]로는 떠나기 위해 당도하는 장소공항/주차장/고속도로, 승객을 나르는 수단비행기/자동차/열차, 목표지향적인 분산장소쇼핑몰/레스토랑/백화점/쇼핑, 규범화된 엔터테인먼트의 장소멀티플렉스/여가파크/이벤트 등이 있는데, 이곳에서는 시간적 · 사태적 · 사회적으로 표준화된 연출을 작동시키는 산업과의 연동이 관찰된다. 그러나 장소/비장소의 메커니즘을 지적한 오제의 이분법과는 다른 관점에서, 비장소를 환상과 의미를 추구하는 장소로 재탄생시키거나 어느 것도 아닌 제3의 임계영역을 요청할 수 있다. 이에 비추어 주킨Zukin 1991 은 "어느 누구의 영역도 아닌 공간, 공공공간과 사적공간의 경계 소멸 과정을 일컫는 역閾공간"Liminality, 이무용 2005: 46~47의 개념을 제안했다:

표 3-9 장소와 비장소 및 제3장소

<table>
<tr><th>담론 / 차원</th><th>Aug</th><th colspan="3">Zukin</th><th colspan="2">Oldenburg</th><th>기호학</th></tr>
<tr><th></th><th>인류학</th><th colspan="3">정치-사회적</th><th colspan="2">소비사회학적</th><th>커뮤니케이션</th></tr>
<tr><td rowspan="2">물리적(절대적)
- 위상공간</td><td rowspan="2">공간
(Raum, espace)</td><td rowspan="6">공적공간</td><td rowspan="6">역공간</td><td rowspan="6">사적공간</td><td rowspan="2">제1장소
(집)</td><td rowspan="2">제2장소
(직장)</td><td>공간</td></tr>
<tr><td>제1역(閾)</td></tr>
<tr><td rowspan="4">문화적(상대적)
인류학적-장소
- 정체성
- 관계
- 역사</td><td rowspan="4">비장소
(Nicht-Ort, Non-lieu)
장소
(Ort, lieu)</td><td colspan="2" rowspan="4">제3장소
(소비문화장소)</td><td>장소</td></tr>
<tr><td>제2역</td></tr>
<tr><td>비장소</td></tr>
<tr><td></td></tr>
</table>

44 Replh(1976/2005)에서는 "Placelessness"를 '무장소'(無場所)로 번역했다. '장소성을 지니지 않은 장소'조차도 장소의 범주를 벗어날 수 없기 때문에, 인류학적 장소가 아니라는 점에서 차라리 '비장소' 또는 '몰장소'(沒場所)라는 역어가 더 선명한 의미를 가질 것이다.

그림 3-16 프랑스의 빵집

위의 제안들처럼 공간적 중첩으로부터 발생하는 속성을 제3장소로 보고자 한다. 새로운 공간 형식의 실험장으로서 제3장소는 주킨이 정의했던 '역공간', 올덴버그Oldenburg 1999, 2001, 소자Soja 1996가 말했던 '그 사이'Between의 공간으로서 친적/친지와의 만남, 결혼이나 중매, 음식점이나 유흥업소 방문 · 독서 · 행사참석 · 진찰 · 여론참여 · 평생교육 · 숙제 · 스포츠 활동 · 여가 · 여행 · 구매 등이 이루어지는 가정도 직장도 아닌 '어쩡쩡한 곳'이다. 가족과 직장, 국가와 경제, 사유지와 공개공지公開共地를 매개하는 사회적 중립지대[45]를 요청한 네 학자의 단서를 제3장소의 이론으로 통합한 올덴버그(1999)에 의하면, 제3장소란 사회적 믹서이자 분리장치, 무대, 정치적 포럼인 동시에 문화소비공간으

45 "산업화 시대 이전에는 제1장소[집]와 제2장소[직장]은 하나였다. 산업화는 거주와 가족생활의 핵심인 집으로부터 생산활동을 제거하여 집에서 먼곳에 배치함으로써, 양자[집과 직장]를 분리시켰다. 그런데 오늘날 우리가 제3장소로 칭하는 곳들은 이러한 분리가 이루어지기 이전에도 존재했으며, 따라서 우리의 용어는 삶을 사적공간과 공적공간으로 분할한 산업혁명에 대하여 치룬 대가인 셈이다"(Oldenburg 1999: 16). 공방예술이 주로 집에서 행해진 가내공업 시대에는 가정과 직장이 여전히 분화되지 않았었다. 근대에 접어들면서 분업과 테일러주의, 기술적 발전의 효율성과 표준화, 가격경쟁 및 표준화가 두 공간을 분리시켰다. 이를 디자인의 역사에 비추어 설명한 Bürdek(2005) 참조.

로 가족이나 직장, 국가나 경제, 사유나 공공성 어디에도 할당될 수 없는 공간들이다. 물론 그곳들은 어느 날 갑자기 태어난 게 아니라 아테네의 아고라, 중세의 시장이나 18세기 살롱과 카페의 연원을 재발견한 것에 불과하다.

독일의 Biergarten맥주집, Gasthof여관, Kneipe선술집, Kiosk잡지/잡화점, 영국의 Pub맥주집, 프랑스의 Boulangerie/Patisserie빵/과자가게: (그림 3-16), Papeterie잡지/담배가게, Brasserie맥주집, 비엔나의 Kaffeehaus커피숍, 이탈리아의 Bistro/Taverne선술집, Piazza광장 같은 전통적인 제3장소올덴버그(1999), Great Good Places를 계승해온 유럽과 달리, 미국은 공간의 안락함과 속도, 여가와 오락, 근접성과 대규모, 진본성과 연출, 개인상과 익명성 사이를 가늠하면서 인위적인 장소형성에 주력해왔다.[46] 이때 '공간에서 장소'로의 제1역대상성, '장소에서 비장소'로의 제2역소통성, '공공 공간과 사유 공간' 사이의 제3역사회성을 설정한다면, 오제의 묵시론과 올덴버

46 최초의 현대식 쇼핑몰인 미국 미네아폴리스 Southdale Center(1956)를 건축한 빅터 그륀(Viktor Gruen)의 일화를 들어보자: "빅터 그륀과 아내는 LA에 넓은 땅을 그리고 비엔나에 작은 땅을 가지고 있었다. 그는 LA에서는 모든 외출은 엄청난 시간낭비이자 장거리를 운전해야 하는 정신적 스트레스이기 때문에 친구를 방문하거나 문화행사 등에 참가하기 위하여 그들을 보호해주는 집을 떠나기 주저된다는 것이다… 반면에 비엔나에서는 조금만 걸으면 연주장, 오페라 극장과 많은 연극공연장, 다양한 레스토랑과 카페, 가게들이 즐비하기 때문에, 우리는 종종 외출하려는 유혹을 받는다"(Gruen 1973, 재인용 Oldenburg 1999: 5/Zurstiege 2008: 121). 그의 의도는 광활한 미국 대도시의 분산된 황폐함과 대립하는 유럽형 이상향을 한 공간에 구현하는 것이었다: "상이한 성격을 가지는 골목과 거리, 마당과 광장들은 내밀 공간과 공공 공간의 공간적 연속체를 생성해야 할 것이다. 이처럼 밀집된 체험공간들[쇼핑몰]은 상업적인 공급 외에도 문화적-사회적 과제들을 충족해야 하며, 따라서 비즈니스 이외에 규칙적인 문화행사들도 제공해야 한다. 그륀은 자신의 변두리들로부터 고립된 중산층에게 유럽 도시의 공동체의 이념을 중개하고자 했다"(Ziganel 2001/Zurstiege 2008: 122); 그런데 아이러니하게도 "빅터 그륀은 미국의 쇼핑몰을 비엔나처럼 만들려고 창안했지만, 정작 그의 시도는 되레 비엔나를 미국처럼 만드는 것으로 끝장나고 말았다"(Gladwell 2004/Zurstiege 2008: 123).

그의 절충주의를 아우를 수 있을 것이다. 오제는 시간적 · 사물적 · 사회적으로 표준화된 연출과 사회적 관계들의 익명성으로 점철된 비장소를 우려했지만, 매체사회의 도래와 더불어 등장한 제3장소의 전개상황은 묵시론적 파멸을 벗어나고 있다.

이야기 기계에서 산출되는 스펙터클한 현실경관들을 매개로 개인적 친분이 없는 사람들도 서로 만나며, 글로벌화의 징후로서 일반화된 시장상황이 사회 전체 영역에 점진적으로 잠입하는 가운데 그 영역의 구조들의 공간을 재규정한다. 그래서 백화점의 레스토랑은 주부들의 아지트가 되며, 경마장은 사교장으로, 공항이나 박물관은 쇼핑몰로, 쇼핑센터는 다시 공연장이나 도시의 파편으로 재변신한다.Zurstiege 2008: 136~137. 그래서 독일의 루르 공업지대Ruhrgebiet, 함부르크 항구의 하펜슈타트Hafenstadt, 베를린 해크 구역Häckisches Viertel, 파리 오르세 미술관Musée d'Orsay, 상해 전자방田子坊과 북경 798거리, 남해 동피랑마을 같은 의표를 찌르는 반전이 주목받고, 새롭게 태어난 문화소비공간문학, 음악, 예술, 미술 등에서 새로운 집단창조계층(Creative Classes)의 감성과 라이프스타일, 기술적 발전과 변혁된 제도가 실험된다. 이상의 논의를 바탕으로 제3장소에 대한 정의를 제안해 보자:

> '제3장소란 개체성과 사회성, 사유성과 공공성, 포함과 배제나이 · 성별 · 계층 · 집단의 범주들 사이의 균형을 도모하면서 ⓐ 행위자의 차원에서 상인과 고객, 생산자와 소비자, 익명의 산업체와 개체의 욕구 사이의 접점으로서, ⓑ 시간적 차원에서 낮과 밤, 노동시간직장과 취침시간집 사이에, ⓒ 심리적 차원에서 사유성과 공공성, 고독과 친교, 내밀성과 익명성, 말짱한 정신과 엑스터시 사이의 양극이 교차하면서, 고급문화-대중문화-하층문화에서 배출되는 다양한 기호산출물의 생산 · 소비 · 분배 · 가공이 순환하는 생태계이다.'

2) 경관론

표 3-10 서비스 경관의 유형

	Ätherisch(관념적)		
	Mindscape(심상경관): 추상적인 관념, 개념, 재귀관찰과 환상에 결부된 주제로서 종종 영적인 또는 의례화된 속성. 가상현실과 매체를 통해 자극된 환상을 포함하는 Mindscape 개념은 형이상학적 내부 공간을 설명한다. 새로운 브랜드 선단은 소비자에게 상세한 관련-틀을 제공하고 이를 통해 개인적으로 유용한 의미를 구성하는 (팝-문화처럼) 새로운 가능성을 제공한다. 심상경관의 주제-틀에 의해 묘사되는 브랜드들은 성장과 발전의 관념에 결정적이다.	Cyberscape (IT-기술/가상경관): 종래의 오프라인의 한계였던 단일한 현실의 극복. 유비쿼터스 환경의 구축 : 정보 및 커뮤니케이션 테크놀로지(IT)에 기반을 두어 연상과 상상내용을 유발하는 주제로서 종종 가상공동체와 결부.	
Natur (자연)	Landscape(자연경관): 자연, 지구, 생물과 신체에 관련하는 연상과 상상계를 사용. 토지, 나무, 공기, 자연, 옥외스포츠, 건강, 여행, 뷰티, 음식, 의학/의료, 피트니스, 서비스, 인공생태계의 조성(사례: 중국의 상해 예원, 소주 졸정원, 미국 애리조나의 Biosphere II 실험), 문화적(인공적)인 것과 자연적인 것 사이의 괴리를 줄이는 작업이 필요. 공장부지가 소비테마파크로 변신하는 경우(중국 상해 전자방);	Marketscape(시장경관) : 글로벌 문화 시스템의 발전 이래로, 국지적 문화들을 결속시키고 자연경관이 테마파크가 될 수 있다면, structures of common differences의 촉진이 필요하다. 불가피하게 인종, 국가, 도시, 종교, 정치 차원의 차이들이 드러난다. 경제력이 문화들을 동질화시킬 수 있다면, 강력한 문화적 힘들은 그것들을 분열시키거나 분화시킬 수도 있다. 그 결과가 다채로운 소비세계가 나타난다. global+lokal=glokal. 시카고를 연상시키는 상징-Bulls, Bears, Blackhawks, Cubs, White Sox 등의 아이콘 동원. 다양한 문화, 인공장소 및 건축물의 연상과 영상 사용	**Kultur** (문화)
	Physisch(물질적)		

자본 · 정보 · 권력 · 기술 · 그림 · 소리 · 상징을 관류하는 전지구적 관통Global Flows: Castells, 1991, 2001을 공간현상으로 본다면, 인종경관Ethnoscape · 매체경관Mediascape · 기술경관Technoscape · 금융경관Financescape · 이념경관Ideoscape도 생각할 수 있다Appadurai, 1996.[47] 이때 계급이나 계층 대신 라이프스타일이나 환경, 취향기술 · 음악 · 미디어 · 설비 · 의상이 결정원리로 등장한다Wöhler 2008: 74. 상이한 장소들을 포함하는 경관의 출현에 기반하여, 우리는 경제공간Wirtschaftsräume · 법공간Rechtsräume · 화폐/금융공간Währungs- und Finanzräume · 매체공간Medienräume · 보안공간Sicherheitsräume · 교육/지식공간Bildungs-und Wissensräume · 여가공간Freizeitsräume에서 각자의 정체성을 확인한다.

영토적 개념으로서 발생한 공간적 '관통'Flow 개념과 달리, 경관이란 그 기능적 묘사가 공간의 법칙과 사회문화적 실천의 불가분성을 뜻하는 용어이다. '장소'가 고유한 이야기를 통해 스스로를 함유하며 실체화된 것이 '경관'이며 그 안에서 물질적 표현체는 '상상계의 형체'Gestalt von imaginierten Welten; Appadurai 1996: 33로서 인지된다.

위의 구상과 비트너Bittner 1991의 서비스 공간 모델을 수정하여 셰리Kozinets/Sherry 외 2008: 90~91는 수평축에 ① 자연에 결부된/문화에 결부된 사업주체의 주제를, 수직축에 ② 매질적 속성으로서 물질적/탈물질적 변수를 설정하여 현대적인 '서비스 경관'Service-Scape의 유형학을 제안했다:

서비스경관의 유형학을 적용한 '생산과 체험의 특수한 형식'으로 Shoppertainment, Edutainment, Tourtainment 같은 "복합적인 주제를 내건 브랜드 선단船團"Themed flagship brand stores, Kozinets/Sherry 외 2008: 105. (그림 3-17)이라는 전략이 제안되는데, 그 목표는 특정한 의미가치를 암시하는 브랜드를 연속적으로 창출하고 오락을 수반하는 서비스 브랜드를

47 '심상지도/지형도/경관'의 개념을 아우르는 'scape'에 대해 일단 '경관'으로 번역한다.

동원하여 상품의 구매를 넘어 소비자에게 활력과 경험을 향유하는 시너지 효과를 선사하는 데 있다. 체험지향성, 의외성, 스펙터클과 오락 및 광고로 매개된 엑스포나 테마공원, 도시디자인에서 상품은 환상지향적인 라이프스타일과 연계되며, 상품 브랜드는 대중문화의 아이콘으로 변환된다. 반면에 오락과 환상을 지향하는 서비스 공간은 현실도피의 은신처로도 체험된다.[48] 브랜드 선단 모델에서 피라미드의 정점에 위치한 문화 지향, 체험 지향 및 다차원 브랜드 지향의 폭은 '실현가능성의 정도'를 나타낸다.

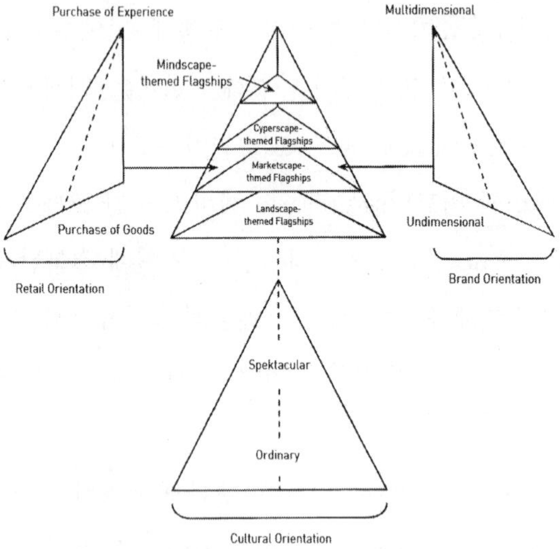

그림 3-17 브랜드 선단 전략

---

48 보들리야르는 미국의 오락공원은 시뮬라크룸(상사:相似)에 불과하며, 예컨대 디즈니랜드야말로 진짜 미국의 모습을 은폐하기 위하여 존재한다고 꼬집는다. 건축가 렘 콜하스(Rem Koolhass)도 뉴욕 Coney Island를 외부세계의 실재에 대한 영원한 배반이라고 힐난한다. 현대 소비공간의 특징을 효율성(Efficiency), 계산성(Calculability), 예측성(Predictability) 및 제어(Control)로 조명하는 소비사회학자 리처(George Ritzer)의 '맥도날드화'에 대해서는 The McDonaldization of Society(Pine Forge Press) 참조.

4. 전망과 과제

공간과 장소, 장소와 비장소 및 제3장소에 비추어 창조도시를 위한 의제를 요약해 보자:

- 도시에 대한 관찰은 도시 DNA의 추출에서 시작한다. 통로 · 경계 · 구역 · 절점과 랜드마크를 따라 배열된 물질적 피조물의 행렬뿐만 아니라 도시와 지역의 삶을 각인하는 코드 그리고 이로부터 배태되는 문제를 해결하는 제도 및 기관에 주목해야 한다.
- 공간과 장소를 원형소Primitive로 취하는 '도시형태론'을 구축해야 한다. 각 단위에는 해당 문화와 공동체의 가치할당이 투여되며, 이를 토대로 현실모델을 구현한 '도시의미론'이 구축된다. 궁극적으로 도시를 이루는 단위들인 도시소들Urbaneme은 서사적 통합체텍스트로 직조되어야 한다. 이것은 도시의 의미경로를 추적하는 '도시 통사론'의 몫이며, 건축자와 거주자 및 방문객까지 포괄하는 정치적 · 윤리적 · 미학적 메커니즘을 규명하는 '도시화용론'의 과제로 연계된다.
- 도시기호학은 건축학과 도시계획에서 이룩한 성과를 취하고, 거대도시들의 초지역적 공분모와 지역적 차이의 기능적 대차대조의 목록으로 작성하며, 특히 해당하는 도시가 창출한 다양한 공간들을 소비 · 문화 · 소통의 관점에서 해석하는 기호학적 체계를 정립해야 한다.

창조도시에 대한 몇 가지 단서를 제시하면서 12장을 맺고자 한다.

1) 도시와 스토리텔링

스토리텔링Story-Telling이란 문자 그대로 '이야기를 말하고 듣는 가운데 의미가치를 창출하고 모든 매체를 동원하여 문화의 경제적 부가 가치 창출에 활용하는 총체적 활동'을 의미한다. 일례로 제주 올레와 물레를 필두로 유배길, 서울의 청계천, 북한산 둘레길, 북촌 한옥마을, 인사동 쌈지길, 홍대앞 등 전국에 온갖 테마로드가 난립하고 있다. 넓게 보면 반가운 현상이지만, 자기성찰을 건너뛴 문화기획과 예산 집행은 자칫 전시행정과 기호학적 공해로 전락하기 십상이다. 문득 "道德經"의 첫 구절이 색다르게 다가온다. "道可道 非常道"무릇 길을 길이라 부를 수 있다면, 그런 길은 참된 길이 아닐지니. 인지과학이나 도시공학을 연구하건 고전의 속뜻을 되새기건, 길이란 물리적 공간에 과거 현재 그리고 미래, 추억과 회상, 치유와 회복을 담아낼 때 비로소 삶을 아로새긴 장소가 되는 법이다.[49]

천천히 걸으면서 서있던 지점을 음미하고 그것을 선과 면으로 그려내는 가운데 우리는 누구와도 공유할 수 없는 자신만의 이야기를 입체로 직조한다. 무심코 지나치면 건천乾川이나 도굴터에 불과할 제주도 병문천과 서귀포 하원동 유적지는 스토리의 판타지 속에서 방선문訪仙門 급류에 한잔 술 사연을 띄운 선비의 풍류와 탐라국 마지막 왕자의 쓰라린 절규로 환생한다. 2000년 전 로마군에 맞서 마사다 성채城砦에서 아스러져간 유태인의 저항에 뒤지지 않는 항파두리 유적지의 구구절절한 비문을 읽어 보라! 집을 떠나 마을 어귀에 나갈 때까지 내밀한 사연을 감추어 두었던 제주의 올레야말로 나를 바깥세상으로 인도해 주던 독특한 경계구역이었다. 허접한 돌길과 거친 수풀에서 굴곡과 진동을 느끼면서 치유되는 기적이 나타나고 삶의 여정이 각인되었다면,

---

49 "공간은 우리의 행동을 각인하고 그것에 낙인을 찍는다. 또한 우리가 어떤 상황에 존재해야 할지 결정하는데 도움을 주며, 우리가 어떤 상황에서 무엇이 나타나고 어떤 기대를 할 수 있는지 미리 구조화하며, 어떤 기대는 달성가능하며 다른 것은 불가능하다고 선별하면서 상호작용의 진행과정을 조직한다"(Schroer 2005: 176).

선인들은 스페인 산티아고 데 콤포스텔라Santiago de Compostella, 독일의 로만틱 가도Romantische Strassen와 동화가도童話街道: Märchenstrassen에 앞서 멋들어진 스토리텔링의 기적을 향유했던 게 아닐까. 스토리텔링의 성패는 건축물에 부착된 조잡한 언어유희나 상투적 글짓기에 있는 게 아니라, 유무형의 오브제에 역사의 영욕을 상기시키면서도 시사적인 향기와 윤기를 투영하는 생명서사에 달려 있다.

2) 매체로서의 도시

벤투리와 무어는 건물의 광고나 타이포그래피에서 '매체건축'Medienarchitektur의 단초를 포착하여, 도시를 인간과 자연 사이의 대화를 기록한 매체보관소로 간주한다Dreyer 2009:192. 말하자면 공간과 건축은 매체로 매개된 기호들의 기록보관소이자 아이콘을 집어삼키는 식세포 같은 형상을 가진다 Schwarzenegger 2008:148. 데 푸스코 Renato de Fusco, 1967도 "대중매체로서의 건축"Architettura come mass medium에서 고층건물, 백화점, 여가센터, 산업시설, 그래픽 디자인으로서의 건축, 파사주와 외벽, 아케이드와 전시장에서 TV, 영화, 삽화를 동원하여 대중문화의 가치들을 표출하는 현대건축이야말로 매스미디어 자체임을 확신했다. 이제 새로운 제3장소들이 부단히 창발하고 있는 매체혁명의 시대에 더욱 많은 매체제공물이 유통되기 때문에 매스미디어로서의 건축은 사용자에 대한 통보와 반응들의 연쇄로 해석되는 소통기능에 주목한다Dreyer 2009: 197.

이에 우리는 상업화되고 직업화되며 제도화된 제3장소들 그리고 일상과 예술, 키치와 예술, 소비와 예술 사이의 경계가 무너지는 소비사회의 가치관을 만개시킨 팝컬처의 등장에 주목해야 한다: "산업적으로 생산되고 대중매체로 전달되며 엄청나게 많은 소비자층이 어떤 계층이건 즐기며 사용하는 그런 주제들이 상업화된 사회적 영역"Jacke 2008:160으로서 팝문화는 대중문화의 생산과 소비, 예술과 상업의 교호작용, 소비와 소통, 고급문화, 대중문화, 소비문화를 아우르는 새로운 매체 커뮤니케이션의 창발공간으로서 평가된다.

3) '신화의 장소'에서 '장소의 신화'로

인지과학에서는 '어떤 장소에서 일어날 확률이 높은 사태의 진행'을 인지틀Frame: Minsky, Schank 또는 인지도식으로 정의한다: 공항 · 철도역 · 백화점 · 여가파크 · 시장 · 커피숍 · 미장원 · 디스코텍 · 스타디움 · 호텔 · 연주장 · 레스토랑 · 박물관 · 유흥가 같은 공간에서 전형적인 인물들건축가 · 설계자 · 쇼윈도우 제작자 · 정원사 · 조경사 · 농장주 · 판매보조원 · 예술가이 공유현실로서 체험할 수 있는 분위기가 동원된다. 공간에 걸맞은 이야기 패턴과 라이프스타일은 상징화를 통하여 공간을 물질적으로 전유하는 가운데 정착된다. 공간의 전유와 장소의 구성에서 이야기 · 사회적 상상력 · 심미적 표상과 집단적 신화가 동원된 결과, 공간은 가능한 모든 다양한 신화들이 탄생하는 장소로 거듭난다. 이에 올슨Olson 1999은 성공적인 도시 브랜드를 구축하는 신화속성을 10가지로 제시한다Kozinets/Sherry외 2008: 97~104.

① 개방성: 어떤 완결된 종지를 가지지 않으며 따라서 소비자의 지속적인 전개와 해석을 초대하는 이야기. 소비자와 브랜드 사이의 자발적인 상호작용의 과정으로서 개방성이란 소비자가 여타의 후속적인 전개와 해석을 지속하도록 자극받는 서사구조이다.

② 진리내용: 어느 정도 현실적이고 왜곡되지 않게 보이는 이야기. 고객에게 대상의 구조 속에서 자연스러움과 진리의 감정을 매개하고, 진

정하고 원천적이며 자연스러운 요소들로 충전된 이야기.

③ 가상성: 매개를 위해 고도로 발달한 IT-전자기술을 활용하는 이야기. 고도의 기술적 발전 단계를 반영하는 현실-가상의 인터페이스의 복합적인 구현.

④ 네겐트로피: 의식을 정돈하고 유도하는 이야기. 해방감이나 향수 같은 문화적 범주들을 사용하여 상징공간을 거쳐 유도될 수 있다. 이때 일깨워진 욕망을 물질적으로 충족시키는 오감영상, 볼거리, 소음, 예술작품의 가능성이 동원된다.

⑤ 순환성: 출발점으로의 회귀를 가능하게 하는 이야기원점 회귀적 서사구조. 원형은 영원성, 완성 및 무한성의 상징적 의미를 가지는데, 건축물도 출발점으로 회귀할 수 있게 원형으로 동선을 배치하는 경우이다.

⑥ 생략성: 일부의 개별사항은 건너뛰고 이를 통해서 탐방자 스스로 공간의 비밀스러움을 스스로 지어내게 하는 이야기. 소비자는 정보의 공백을 메우라는 요구를 받으며, 브랜드 이미지에 소비자 자신이 참여하는 몫이 남겨진다.

⑦ 전형적인 등장인물: 보편적인 감성과 상황을 표현하는 특성을 가진 등장인물의 이야기. 저명인사, 보통사람, 가상의 캐릭터, 상징인물동물과 관련된 일화.

⑧ 귀속성: 소비자에게 자신의 가치관이 이야기에 포함되는 감정을 느끼게 하는 감정이입의 문제. 고객은 장소가 자신이 등장하는 무대라는 귀속성을 느낀다.

⑨ 편재성: 무소부재로 곳곳에 널리 확산되는 이야기.

⑩ 생산가치: 광채와 영광, 열정과 스펙터클을 함축하는 이야기.

창조경제는 도시의 창조공간에서 행위자들창조계층이 엮어가는 창조행위문화 · 소비 · 여가 · 생산로 이루어진다이철호 2010 참조. 이를 다루는 도시기호학Urbanische Semiotik의 과제는 외적인 도시위상학과 연동된 내적 세미오시스에 대한 기능적 분석과 제도적 실천으로 집약된다. 외적 도시화는 공학적 인프라 속에서 제도와 건축물, 도로와 골목, 광장과 동선공간의 위상적 차별화를 통해 구축되며, 내적 도시화는 기호체계와 지각의 기초성향, 상호작용과 라이프스타일, 도시에서의 생존 양태로 전개된다.

표 3-11 창조경제의 기호학

<table>
<tr><th colspan="4">창조공간</th></tr>
<tr><td rowspan="3">창조
공정</td><td colspan="2">아트팩토리, 공방, 예술촌,
문화지구, 연주장, 공연장</td><td rowspan="3">창조
상품</td></tr>
<tr><td>디자인, 기획, 이벤트,
출판, 공연 등</td><td>캐릭터 상품, 작품, 시나리오,
수직적 · 수평적 OSMU</td></tr>
<tr><td colspan="2">디자이너, 프로그래머, 스토리텔러,
해설사, 화가, 작가, 연주가</td></tr>
<tr><th colspan="4">창조인력</th></tr>
</table>

명품도시는 역사를 단선적으로 반복해온 수동적 집적체가 아니라, 작용과 반작용, 발견과 재발견, 변형과 창조를 응축시킨 매개공간이며 통시태들의 공시적 계열과 공시태들의 통시적 연쇄로 교차된 복잡계를 형성한다. 수 세기 앞서 유려한 정원을 조성한 중국의 현란한 도시들은 현대기호학에 손색없는 의미론 · 통사론 · 화용론의 원리를 실천에 옮긴 바 있다:[50]

50 중국의 대표적인 정원으로 UNESCO 세계문화유산에 등재된 북경의 이화원(梨花園), 상해의 예원(豫園), 소주(蘇州)의 졸정원(拙政園)을 들 수 있다.

13장 베를린 슈프레보겐

"There are three kinds of companies: those who make things happen; those who watch things happen; and those who wonder what happened."

코틀러

1. 심상지도

지구 인구의 태반이 도시에 사는 오늘날 세계는 도시들 사이의 경쟁적 협동 속에서 타자에 비추어 자신의 정체성을 관찰한다. 도시성 Urbanität을 의제로 삼은 도시기호학에서는 공간을 "도시와 농촌의 정주定住, 경관 및 구성요소들의 복합체"Brunet 1974: 123, Imazato 2007: 2 재인용로서 말하자면 텍스트로 간주한다. 도시가 한번 산출된 정태적 파롤을 넘어 그 위에서 쓰임과 지움이 부단히 반복되는 양피지에 비유된다면,[51] 도시에 대한 관찰은 통로 · 경계 · 구역 · 절점과 랜드마크를 따라 배열된 물질적 피조물의 행렬에 그치는 것이 아니라[52] 거주민의 삶을 각인하는 코드 및 이로부터 배태된 문제를 해결하는 제도 및 기관에 주목해야 한다Posner 2004, 2005. 이것이 바로 "공간 속에서 시간을 읽자"Lektüre der Zeit im Raum고 선언했던 벤야민의 공간주의적 전회의 메시지이다. 이에 마지막 장에서는 파리에 대한 열등감에서 출발하여,[53] 세기의 고비마다 정체성의 질곡을 겪어온 베를린의 심장부 슈프레보겐Spreebogen: (그림 3-19)[54]의 통시적 변화를 추적하면서 도심의 기호학적 함의를 논의하고자 한다.

---

51 쥬네트(1992)는 재생성과 흔적에 비유하여 텍스트의 속성을 '팔랭세스트'(Palimpseste: 羊皮紙)로 그려내고 있다.

52 린치는 도시이미지를 구성하는 요소로 통로(path) · 경계(edge) · 구역(distirct) · 절점(node) · 랜드마크(landmark)를 제안한다(민유기 2007 참조).

53 "파리만큼 편리하고 상세하고 항구적인 전도(全圖)를 가진 대도시는 드물 것이며, 적어도 독일의 도시 중에는 하나도 없다는 것은 유럽의 대부분의 대도시들이 자존심을 제대로 지키지 못했다는 것을 슬프게 증거해 준다."(벤야민, 1982: 288~289)

54 슈프레보겐은 브란덴부르크 문에서 시작하여 슈프레(Spree) 강의 활(Bogen) 모양의 만곡형 지류와 그것이 에워싼 구역(그림 3-18)으로서 만곡형의 강을 끼고 형성된 안동 하회마을이나 루앙(프랑스)과 유사하다.

정착과 이주, 건설과 파괴, 점령과 회복, 분단과 통일의 대위법對位法을 그려온 슈프레보겐은 냉전과 베를린 장벽을 기억의 저편으로 남긴 채 유럽 중심지의 정체성을 회복해가고 있다. 르페브르는 민족 · 인종 · 젠더 · 종교 · 계급 등의 헤게모니를 통해 생산된 공간 양식을 추적하며, 부르디외는 사회적 위치들의 구조화된 상관체계인 사회적 장場에 주목한다. 도시란 다중적 관계들이 교차하는 유동적인 네트워크[55]로서, 그 안에서 신과 인간, 산 자와 죽은 자, 헌납한 자와 그렇지 않은 자, 지배자와 피지배자, 성인과 아동, 남자와 여자, 야만인과 문명인, 집단구성원 및 비구성원 사이의 상징행위가 소통되는 응축 · 축적 · 생성 · 소멸의 장소이다. 공간과 도시를 의미체계, 즉 텍스트로 구상하는 인문지리학에서는 경관경관의 수사학, 회화, 석판화, 부조물, 건축건축형태와 문화적 헤게모니, 건축과 권력, 문학작품문학지리학, 광고기업메시지와 공공 공간의 사유화, 장소이미지와 장소마케팅, 영화영화 속에 깃든 공간 저항 담론, 사진이나 저널, 음악음악의 장소, 개인과 일대기의 추적 등의 주제를 포섭하는 것만 보아도 기호학과의 공분모를 짐작할 수 있다. 인문지리학과 공간의 문화정치학이 상징적 의미와 코드화, 사회적 관계의 생산과 재생산, 인간의 장소설정과 사회문화적 정체성의 구축에 비추어 공간을 관찰한다면, 기호학은 도시라는 대상체로부터 배태된 해석체, 자연과 문화를 상동계로 취하는 절대공간과 상대공간, 물리적 공간과 장소의 대립에 관심을 둔다.[56]

---

55 하비의 역사지리유물론, 르페브르의 사회공간론, 린치(K. Lynch 1960)의 공간심리학에 대한 해설은 이무용(2005: 52), 장(場) 이론에 대해서는 부르디외(1995) 참조.

56 표 3-12은 이무용(2005: 40)의 구상을 다듬은 것이다.

표 3-12 인문지리학의 공간 개념

분 야	공간의 정치경제학	공간의 문화정치학	공간의 기호학
목 표	지배와 통제	전유와 활용	해석과 재생산
쟁 점	공간의 소비상품화 도시스펙터클 장소마케팅 공적-사적 공간 역(閾) 공간-가상공간	공간과 장소의 정체성 경관텍스트 (도시, 거리, 광장, 광고, 회화, 건축, 문학, 영화, 음악, 사진, 저널, 사이버공간)	공간 형태론 공간 의미론 공간 통사론 공간 화용론

한편, 공간의 재개발로 인해 기존의 사회적 정체성이 해체되어 온 결과, 안정적인 질서로서의 심상공간이 갈구된다. 이를 설명하기 위해 인지심리학자 톨먼E.C.Tolman, 1948은 공간의 정신적 표상, 즉 인지지도로 구상된 심상지도 개념을 제안했다. 그의 의도는 인지적 영역에서 공간의 복잡한 구조들을 개발하고 잠정적인 지도를 전개하는 학습능력을 규명하려는 것이었다. 심상지도 개념을 도시계획에 응용한 건축학자 케빈 린치(1960)는 인간의 거주지를 정신적으로 복제하는 도시계획 체계의 설립, 즉 정신적 지도와 일치하는 실제적 공간을 창출하는 데에 초점을 맞추었다. 그러나 현실에 존재하는 산이나 계곡을 지도로 표상하는 것은 제한적이며 어차피 이차원적 환원이다. 하물며 역사적 발전이나 사회역학, 시대와 장소의 범시태Panchronie를 어떻게 물리적 지도에 반영할 수 있겠는가? 결국 실물 지형을 인지적 합동合同으로 표상한다는 구상은 혼란스런 은유이다. 이와 달리 공간을 사회적 구조와 행위의 산물로 간주한다면, 사회의 역사는 공간의 가치관계들을 누적한 공간지리사로 환원될 것이다 Damir-Gelisdorf & Hendrich 2005: 28~29. 인간의 의식에서 실행되는 공간질서의 지각, 환경에 대한 "주관적이며 내적인 공간영상" Hartmann 2005: 8을 겨냥하는 인지지도는 공동체 구성원에게 사회적 질

서로서 체험될 수 있어야만 가치를 가진다. 그 체험은 공간에 대해 객체화되고 일반화될 수 있는 사회적 해석의 틀인 집단지식에 근거한다 Langenohl, 2005:55 참조. 인지체계가 주어진 자질들의 부분집합에 근거하여 지도를 구성한다는 점에서, 심상지도란 인식주체의 관념 속에 공간질서를 표상하는 영토수사학이다.

2. 슈프레보겐의 변천사

도시기호학은 공간에 투영된 가치를 분석하고 장소의 물리적 구현기표과 연동된 가치기의의 상관관계를 밝히는 가운데 도시와 공간의 공시적 · 통시적 · 다층적 정체성을 규명하는 과제를 가진다. 이런 문제의식을 바탕으로 아래에서는 슈프레보겐의 주요 거점들POI: Points of Interest을 규정하고 시대별 특징들의 통시적 변천으로부터 공간 재가치화Umwertung의 궤적을 추적한다.

1) 명칭

그림 3-18 베를린 슈프레보겐(Google)

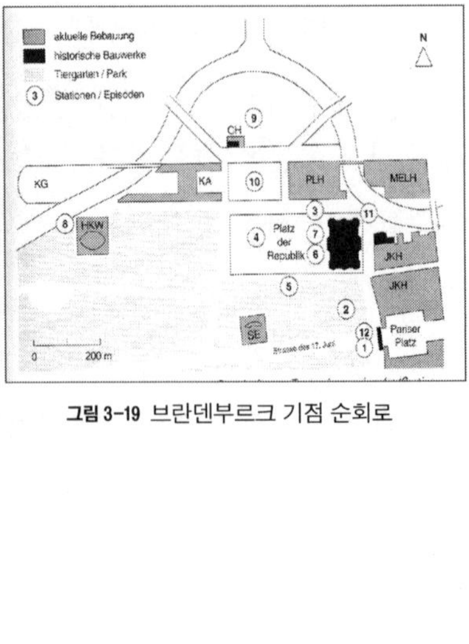

그림 3-19 브란덴부르크 기점 순회로

〈그림 3-19〉에서 1 → 12 방향으로 표시된 순회로는 과거에서 현재로 가는 순서를 나타내고 이와 반대로 12 → 1 방향으로 표시된 순회로는 역사적 탄생순서를 나타낸다. 검은색으로 표시된 부분은 역사적 건축물이며, 회색으로 표시된 부분은 1990년 통일 이후 신축공사가 진행되는 구역이다. 현재 이 지역에는 R제국의회/현 연방의사당, CH스위스대사관, SE소비에트 전승기념비, HKW세계문화 하우스가 있다. 연방청사 지구BB=Ü에는 KA총리실, KG총리공관 정원, PLH파울 뢰베 하우스, MELH마리 엘리자베트 뤼더스 하우스가 있으며, 제국의회현 연방의사당 동쪽에는 JKH야콥 카이저 하우스가 있다.[57]

슈프레보겐의 심상지도는 그곳을 물리적으로 채운 가로와 건물군, 행역자Aktanten 및 행위Handlung/사건Ereignis의 세 차원에서 구상된다. 공통적인 기능적 속성에 따라 가로와 건물군을 분류하고, 특정한 공간에 할당된 의미어휘소 및 동위소를 추출하여 특정한 행역자들이 어떤 역사적 행위사건를 전개해 왔는지 살펴야 한다. 요컨대 한 공간의 기호학적 통시태D란 특정한 장소O를 중심으로 행역자들A 사이에서 벌어지는 행위H, 사건들E가 빚어내는 역사적 함수관계로 압축할 수 있다:

$$D = f\{A\ (O,\ H\ [E])\}.$$

슈프레보겐 지역에 있는 역사적 의미를 가지는 지명과 약칭은 아래와 같다.

---

57 인용한 지도는 베를린 도시계획청(1999년 기준)에서 작성한 지적도에 토대하며 스위스 Bern 대학교Genske/Hess-Lüttich(2005)의 책 11(2), 19(3), 25(4), 29(5), 37(6), 47(7), 55(8), 65(9), 79(10), 87(11), 97(12), 105(13)에서 발췌했다. 인용을 허락한 두 저자에게 감사드린다.

표 3-13 Spreebogen의 POI(Points of Interest)

약칭	원래의 명칭	번역	유형(하위유형-용도)
AB	Alsenbrücke	알센 교(橋)	교량
ASB	Admiral-Scheer-Brücke	셰어 제독 교(橋)	교량
B	Brandenburger Tor	브란덴부르크 문(門)	건물(문-기념비)
BB	Band des Bundes	연방청사 지구	건물(청사)
BG	Baugrube	건축공사장 토사(土砂)	비장소
CH	Confoederatio Helvetica	스위스(대사관)	건물(청사-대사관)
DS	Dorotheenstadt	도로테아 시가(市街)	기간시설(도로)
FP	Führerpalast	총통 궁(宮)	건물(궁전)
GH	Große Halle	대공회당(大公會堂)	건물(공회당)
GP	Großer Platz	대광장	광장
GS	Generalstabsgebäude	총사령부	건물(군청사)
HH	Humboldt-Hafen	훔볼트 항(港)	기간시설(항구)
HKW	Haus der Kulturen der Welt	세계문화 하우스	건물(예술, 사교)
HP	Holzplatz	목재 광장	광장(경매, 병참)
IfS	Magnus Hirschfelds Institut für Sexualwissenschaften	마그누스 히르시펠트 성과학(性科學) 연구소	건물(연구소)
JKH	Jakob-Kaiser-Haus	야콥 카이저 하우스	건물(예술, 사교)
KO	Kroll-Oper	크롤 오페라	건물(예술, 사교)
K	Krollsches Etablissment	크롤 요정	건물(예술, 사교)
KA	Kanzleramt	연방총리실	건물(청사)
KG	Kanzlergärten	총리공관 정원	정원(공원)
KB	Kronprinzbrücke	황태자 교(橋)	교량
KP	Königsplatz	대왕광장(공화국 광장)	광장
KHM	Königliche Holzmärkte	왕립 목재시장	광장(시장)
M	Meierei	낙농장	농장
MB	Moltkebrücke	몰트케 교(橋)	교량
MELH	Marie-Elisabeth-Lüders-Haus	마리-엘리자베트-뤼더스 하우스	건물(예술, 사교)
NR	Neue Reichskanzlei-Reichstag	제국의회 신청사	건물(청사)
OKW	Oberkommando der Wehrmacht	국방부	건물(군청사)

(이어서)

약칭	원래의 명칭	번역	유형(하위유형-용도)
PM	Pulvermühle	화약공장	공장(병참)
PLH	Paul-Löbe-Haus	파울-뢰베 하우스	건물(예술, 사교)
PR	Palais Raczynski	라친스키 궁(宮)	건물(예술, 화랑)
RI	Reichsinnenministerium	제국 내무부	건물(청사)
PR	Platz der Republik	공화국 광장	광장
PP	Pariser Platz	파리 광장	광장
R	Reichstag	제국의회	건물(청사)
S	Siegessäule	승전기념탑	건물기념비/탑
SD	Spreedurchstich	슈프레 운하(지하터널)	기간시설(운하-터널)
SB	Unterspreebrücke	운터슈프레 교(橋)	교량
SE	Sovietische Ehrendenkmal	소비에트 명예기념비 (전승기념비)	건물(기념비-탑)
UB	Unterbaumbrücke, holzerne Klappbrücke	운터바움 교(橋)- 목재 도개교(跳開橋)	교량
X	mehrere Brücken	여러 소형 교량들	교량
Z	Zelte	군대 막사	건물(군대 막사)

만곡형으로 휘도는 반구半球 모양의 슈프레보겐은 37만년 전에 밀려든 스칸디나비아 반도 및 핀란드의 빙하가 형성한 툰드라 습곡 지대로서[58] 중생대의 흔적이 남아있다. 현재 연방청사지구BB가 신축된 동서 측대보側臺輔: Ü는 상부점선 의 습지와 하부회색의 삼림을 가르는 지형적 경계인 동시에 도시계획의 전 시기에 기축점으로 작용해왔다. 횡

58 중세의 슈프레보겐은 완신세(完新世, Holzänfolgen) 이후 조성된 범람지대와 배수로 및 습지가 뒤엉킨 강변의 목초지로서 정주가 어려운 곳이었다. 이 지역은 게르만과 슬라브 민족이 경합하던 곳으로서, 두 문화권 사이의 충돌과 조화를 보여준다. Berlin의 어원인 슬라브어 Berlo가 '습한 지형'(Genske/Hess-Lüttich, 같은 책: 23)을 의미하는 것만 보아도 이 지역은 이상적인 정착지가 아니었다.

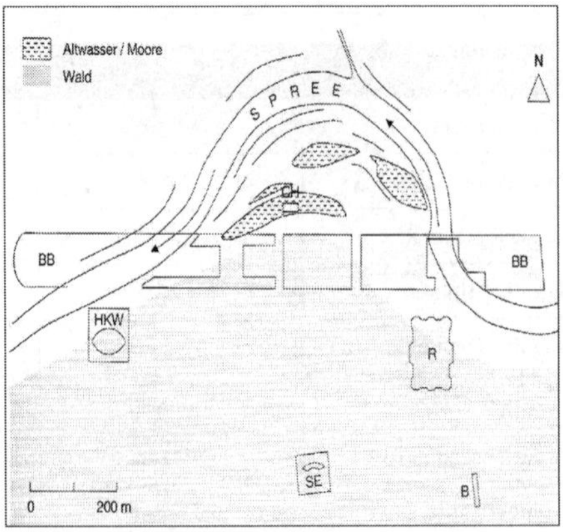

그림 3-20 배수로 및 습지

축을 중심으로 상하로, 하부는 다시 좌우로 분할된다. 크게 보아 하부 지역A+C에서 상부B로 확장되어온 이곳의 역사는 역사적 비중을 중심으로 A=브란덴부르크 문과 제국의회가 있는 동쪽 아래, B=만곡형의 슈프레 강과 반구 지형 및 위쪽, 오래 방치되었거나 비중이 격하되었던 C구역으로 나뉜다. 정리하면 동서의 연방청사 지구측대보 BB=Ü[59]를 중심으로 상B/하C+A로, 공화국 광장PR=KP을 기준으로 좌C/우A로 나뉜다:

<table>
<tr><td colspan="2" align="center">B</td></tr>
<tr><td colspan="2" align="center">측대보(側臺輔) 구역(BB=Ü)</td></tr>
<tr><td align="center">C</td><td align="center">A</td></tr>
</table>

59 연방청사 지구(BB=Ü)는 역사적으로 볼 때 장소들 사이의 절단선으로 기능해 왔다. 1990년 독일 통일 이후 정부와 민간, 현재와 과거, 동서남북이 교차하는 이른바 점이지대(Übergangszone=Ü)로 자리 잡는다. 주킨(Zukin)은 이처럼 모든 사람에게 열려 있지만 어떤 지침 없이는 쉽게 이해되지 않는 누구의 영역도 아닌 공간을 역(閾, Liminalitiy)으로 규정한다(이무용 2005: 46~47 참조). 그렇다면 BB(=Ü) 구역은 공공공간과 사적공간 사이에서 정체성이 부단한 변화를 겪어왔다는 점에서 일종의 역(閾, Schwelle)이다.

2) 시대별 특징

(1) 제1기 : 신성로마제국

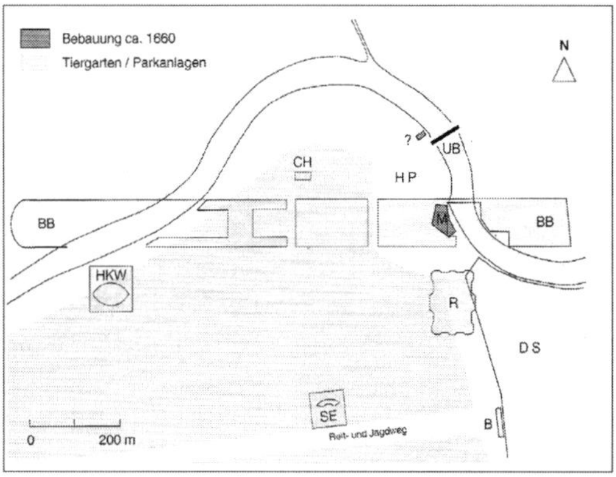

그림 3-21 선제후의 사유지(1643년 경)

선제후選帝侯:Kurfürst,1620~1688 와 대공들이 득세하던 17세기 중엽 슈프레보겐에 농장M이 설치되고 세관 및 통행경계선을 표시하던 '운터바움'Unterbaum=UB교를 대체하여 농장 북쪽에 목재 도개교跳開橋: Klappbrücke가 설치되었다. 선제후와 황후의 사냥길은 성곽城郭에서 수렵지대로 연결된다. 슈프레 기슭에는 목재를 야적하고 관리하는 목재광장HP이 설치되고 서쪽으로 도로테아 시가市街, Dorotheenstadt가 확장되면서 1647년 이후 시민에게도 거주권이 부여된다. 이전까지 방치되었던 슈프레보겐은 선제후의 사냥터로 변모하였고, 시민이 보초를 서면서 향후 등장할 군국주의적 야망을 암시하는 복선伏線이 된다. 이 의도는 선제후 시대에 종지부를 찍은 신흥 강국 프로이센 절대왕정이 베를린 근교 포츠담에 상수시Sans souci라는 정치중심지를 베를린 중심부 슈프레보겐에 군대를 훈련시키는 연병장과 병참기지탄약공장과 막사를 조성하며 가시화된다.

(2) 제2기: 대국굴기 大國屈起

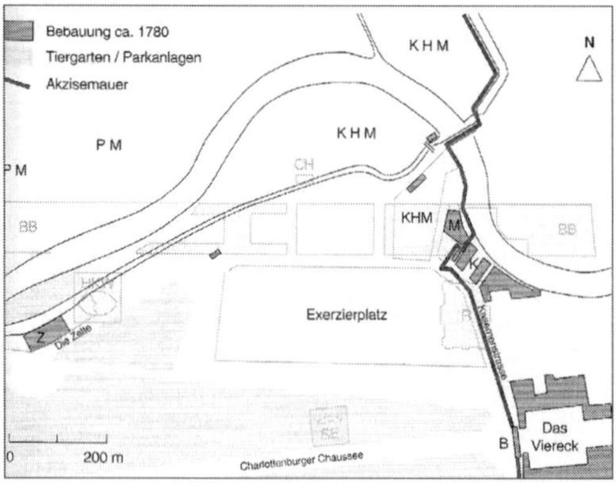

그림 3-22 프리드리히 대왕(2세) 시대

군인왕Soldatenkönig 프리드리히 1세가 설치한 연병장의 테두리에, 프리드리히 대왕2세은 침입자와 밀수꾼을 차단하는 세관 울타리Akzis-mauer, 진한 선를 건설했다.[60] C구역 남서쪽에 크노벨스도르프G. W. von Kno-belsdorff가 프랑스 양식을 따라 바로크식 정원 티어가르텐[61]을 조성했다. 베를린 교외에는 물자 공급시설이 설치되었는데, 일례로 목재광장HP은 화재 시 진화가 용이하도록 슈프레 기슭과 티어가르텐에 세워졌다. 이곳에서 건축자재이자 연료인 목재가 경매되었는데 나중에는 전쟁물자용 목재를 관리하는 왕립목재시장KHM과 도자기 공장이 들어선다.

60 세관 울타리의 경계선은 동서독 분단을 상징하는 베를린 장벽과 거의 일치한다. 전자가 왕권과 시민을 차단하는 신분장벽이었다면, 후자는 이데올로기로 막힌 철의 장막(Eiserner Vorhang)이다.

61 "베를린 중앙에 있는 브란덴부르크 문 서쪽에 있는 광대한 영국식 정원. 원래는 왕후의 사냥터였으나 프리드리히 2세에 의해 정비되어 산책과 휴식 정소가 되었다. 그러나 진정한 베를린 시민의 '공원'이 된 것은 프리드리히 빌헬름 3세가 1834년부터 조경가 르네(1789~1866)로 하여금 그곳을 본격적인 영국식 정원으로 개조하도록 명령한 이후부터이다."(벤야민 1987: 86 [역주] 참조)

B에서 K로 연결되는 병영로Kasernenstrasse는 임박한 전쟁을 위한 병참기지가 된다. 북서쪽으로는 프로이센 육군의 화약공장PM이 자리 잡으며 바로 위에 군용식량을 보급할 농장M이 건설되었다. 이제 슈프레보겐은 선제후 사냥터를 기준으로 위로는 목재시장 아래로는 연병장으로 양분된다. 이로써 정착지에서 수렵지를 거쳐 병참기지로 전환되는 가운데 이곳은 원칙Disziplin과 규율Ordnung 및 단련Drill을 기치로 내건 프로이센 정신을 표상하게 된다. 한편 베를린 교외의 쁘띠 베르사유Petite Versaille 상수시 왕궁은 계몽군주를 자처하던 프리드리히 대왕의 초청으로 섀프츠버리 · 흄 · 바일 · 루소 · 레싱 · 볼프 · 라이프니츠, 바흐와 볼테르 등 최고의 지성들이 교류하는 유럽 최대의 기숙寄宿 살롱이 되었다.[62] 포츠담이 정치와 사교의 장소로 극대화되었다면, 슈프레보겐은 철저히 군사화된 것이다.

(3) 제3기 : Monde와 Haus

적어도 18세기까지는 슈프레보겐에서 '심미성'이란 호사스런 개념이었고, 비로소 계몽군주 시대에 와서야 심미성을 가미한 미래의 건축공간이 구상되었다. 나폴레옹 3세의 명으로 파리를 개조한 오스망

---

62 18세기의 "사교세계(monde)"는 견고하고 긴밀하게 결속된 사회구성체였다. 이를 정착시킨 루이 14세는 사교활동을 궁정에 집중시켰기 때문에, 당시 사교활동은 섭정(攝政)이 거주했던 왕궁, 루이 14세 당시 -특히 1706~1714년까지의 재위기간에- 앙리 4세의 사생아 아들 방돔(Vendôme) 수도원장과 드 콘티 공작이 살았던 수도원, 루이 14세 소유의 멘느(Mainz) 공작의 성 등에 국한되었다. 이 모든 곳은 궁정의 축소판 자체였다. 루이 15세로 넘어가면서 사교활동의 일부는 호텔, 즉 궁정귀족의 거주지로 이동하였고 자본가들의 호텔로까지 분산되었다. 이를테면 살롱문화의 신호탄이었다. 베르사유를 철저하게 모방했던 프리드리히 대왕은 상수시를 살롱 문화의 중심지로 가꾸었다. N. Elias의 "궁정사회"(Die höfische Gesellschaft) 및 Madame de Staël의 "독일론"(De l'Allemagne) 참조.

Haussman남작에 비견되는 건축가 르네Peter Joseph Lenné, 1789~1866는 슈프레보겐을 개조하는 대원칙으로 지형의 대칭성을 통한 도시성을 강조했다. 그 결과 A와 C구역은 중심부 대왕광장KP을 기준으로 좌우대칭으로 개축되고, 연병장은 대규모의 기마병이 신속하게 도열할 수 있는 공간에 자리를 내주면서 B의 위쪽으로 밀려난다. 프리드리히 대왕은 A와 C지역의 균형발전을 도모하기 위해 르네의 후임자 크롤Joseph Kroll에게 C구역에 완전히 새로운 기능인 '위락지대'Vergnügungsetablissement를 세우라고 하명한다. 이에 따라 슈프레보겐 남서부에 '하우스'Haus를 표방하는 예술 및 사교장공연장과 살롱, 예컨대 크롤-요정(1844, Krollsche Etablissement, KE)과 크롤-오페라이 세워진다. 라친스키는 단순한 위락지대의 구상에 반발하여 예술화랑을 구상했고, 1847년 라친스키 궁Palais Raczynski, RP, 화랑을 건축한다.[63] 이로써 C구역의 용도는 군사용에서 사교용으로 전환되었다.

북쪽에는 훔볼트-항HH의 투시도가 묘사되었고 남쪽에는 르네가 영국식 자연정원Landscape Park의 모범을 따라 티어가르텐Tiergarten을 개조했다. 그밖에 B구역의 군대 막사지역Z에 운터바움 교UB가 보인다. 슈프레 강의 만곡형 수로를 따라 건설된 철도는 1851년 이후 베를린 시내의 정거장 다섯 곳을 연결한다. 1870년 브란덴부르크 입구에는 프로이

---

63 루이 14세 시절 신하(궁정인)는 베르사유에 상주하거나 근처에 통근용 호텔을 소유했다. 앙시앵 레짐의 귀족이 거주했던 건물은 그 지위에 상응하여 시민의 경우에는 '메종'(Maison), 귀족의 경우 '호텔'(Hôtel), 왕이나 왕자의 집은 '팔레'(Palais)처럼 상이하게 불린다. 팔레는 원래 왕이나 왕자의 거주지만 지칭했으나, 법원이 왕궁 근처로 지어지면서 상급법원의 소재지도 팔레로 불리게 되며 고위 성직자의 거주지까지도 팔레로 부르는 어법이 정착된다. 그 밖에는 아무리 지위가 높아도 자신의 집을 팔레로 부를 수 없었다. 호텔 개념도 18세기에는 변질되어 부유한 고리대금업자의 집도 호텔로 불리게 된다. 신분질서와 주택의 연동에 대한 설명은 Elias(2003: 115~152).

센이 프랑스 군을 격파한 기념으로 그 유명한 승전기념탑Siegessäule[64]이 세워졌다.

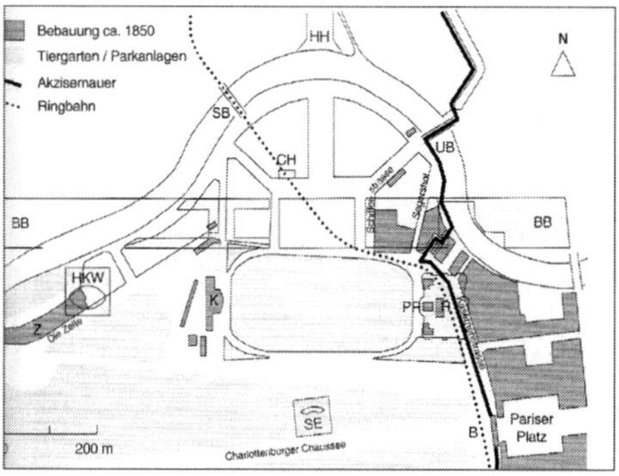

그림 3-23 심미성의 출발(1840년 경)

(4) 제4기: 제국의 수사학

1900년경 슈프레보겐은 거주구역과 행정용 건물이 확충되면서 더욱 체계적으로 정비되어 B, R, GS, KE, S, MB, AB, KB가 들어선다. 19세기 이후 거둔 군사적 승리와 제국 팽창의 자신감은 행정, 군사 등 제반 중핵기능을 B구역에 배치시킨 권위적인 대칭구조로 표출된다. 독

---

64 승전기념탑은 프로이센이 세당(Sedan) 전투에서 프랑스군을 격파한 기념으로 브란덴부르크 북쪽 대왕광장(공화국광장)에 1870년 9월 세워졌다. 그 기념탑에는 덴마크 전쟁(1864), 보어 전쟁(1868) 및 보불전쟁(1870)에서 프로이센이 승승장구하는 과정이 청동부조로 새겨졌지만 1945년에 제거되었다. 승전기념탑의 표상인 '개선문'(凱旋門, Arc de Triumphe)에 대해 벤야민은 묘사한다: "파리의 신화적 지형(학)에 대해. 파리에 그러한 성격을 부여하는 것은 문이다. 이러한 문에 두 가지가 있는 것이 중요하다. 경계문과 개선문이 그것이다. 전에는 도시가 끝나는 곳을 표시하던 경계석이 도시 한 가운데 들어와 있는 것은 얼마나 신비로운가. 다른 한편 개선문은 오늘날 도로의 안전지대가 되었다. 문은 문턱에 고유한 경험영역에서 한 단계 더 발전해 문의 아치를 통과하는 사람들까지 바꾸기에 이른다. 귀국한 군사령관이 로마의 개선문을 지나면 개선장군이 되었던 것이다."(벤야민 1981: 292~293)

일제국 빌헬름 황제의 위임으로 설계를 맡은 발로Paul Wallot 1841~1912는 필라델피아 기념관Memorial Hall을 표본으로 대공회당GH을 지어야 했다.

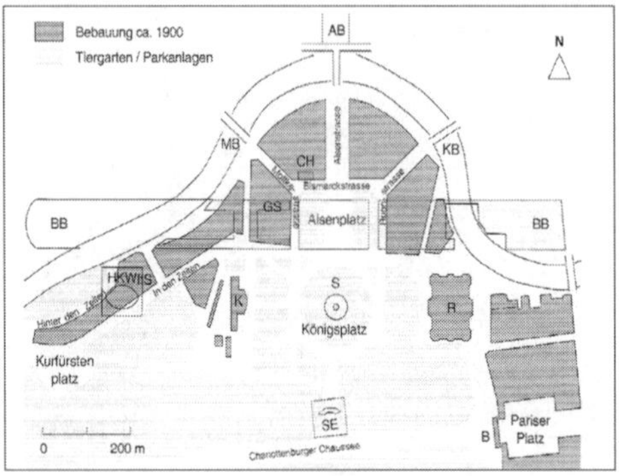

그림 3-24 민족주의와 전체주의

건물 전면에 궁륭穹窿, Kuppel을 배치하라는 황제의 명을 받은 발로는 습지기반의 한계를 극복하기 위하여, 일찍이 파리 만국박람회에서 시도된 철골과 유리를 재질로 한 천개天蓋를 설계했다. 그 결과가 바로 현재의 연방의사당Bundestag의 전신인 제국의사당R: Reichstag이다. 1894년 12월 5일 황제 빌헬름 2세는 궁극적으로 성취한 통일의 감격을 건물의 정초석에 "독일 민족에게"Dem Deutschen Volke라는 문구를 새겨 넣은 기념비적인 의사당을 완성한다. 건물 모서리를 지탱하는 네 개의 주탑은 독일제국을 구성하는 프로이센 · 바이에른 · 작센 · 뷔르템부르크를 상징한다. 그러나 제국의사당은 불과 50년 후 분단되고 다시 40년 후 재통일되는 독일의 숙명이 교차하는 공간이 되었다.

(5) 제5기 : 바이마르 공화국

이 시기에 슈프레보겐은 바이마르 공화국의 정신을 따라 대왕광장KP: Königsplatz을 공화국 광장Platz der Republik으로 개칭한다. 히르시펠트M. Hirschfeld는 대사관, 행정부 건물 및 우아한 빌라로 둘러싸인 최고의 입지조건인 제10 측대보 구역에 성性과학 연구소IfS, 1919년를 열었다. 1차 대전이 끝난 후 제정의 종말을 선언하면서 1918년 11월 9일 희망찬 바이마르 공화국의 초대의회를 소집했던 샤이데만Ph. Scheidemann의 연설을 인용해보자:

> "근로자 여러분 그리고 군인 여러분! 지난 4년간의 전쟁은 끔찍했습니다. 민족에게 피와 모든 것의 희생을 요구했던 대가는 너무도 컸습니다. 그 불행한 전쟁은 이제 끝났습니다. 더 이상 살육도 없습니다. 하지만 전쟁의 결과와 숙명은 앞으로도 몇 년간 우리를 짓누를 것입니다. 우리 모두 하나가 되어 충성과 의무에 각성합시다! 노쇠하고 썩어 빠진 제정帝政은 이젠 사라져 버렸습니다. 새로운 세상, 만세! 독일 공화국 만세!"
>
> Genske/Hess-Lüttich 2005: 57 재인용

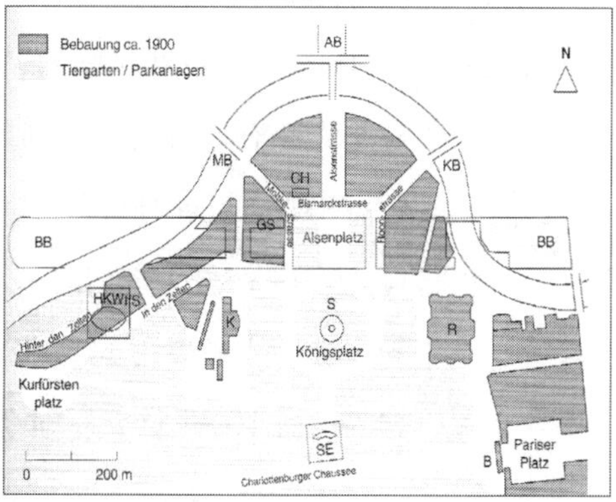

그림 3-25 바이마르의 이상(理想)

불과 15년 후 1933년 2월 27일, 공산주의 타도를 핑계로 나치 돌격대가 자행한 의사당 방화사건으로 바이마르 이상주의는 국가사회

주의에 의해 찬탈당하는 비운을 맞았고 길지 않았던 공화정에 종지부를 찍는다.

(6) 제6기 : 국가사회주의

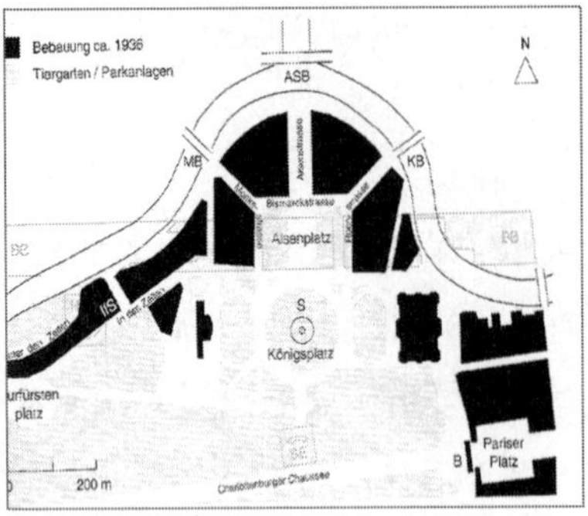

그림 3-26 제3제국의 수도 베를린

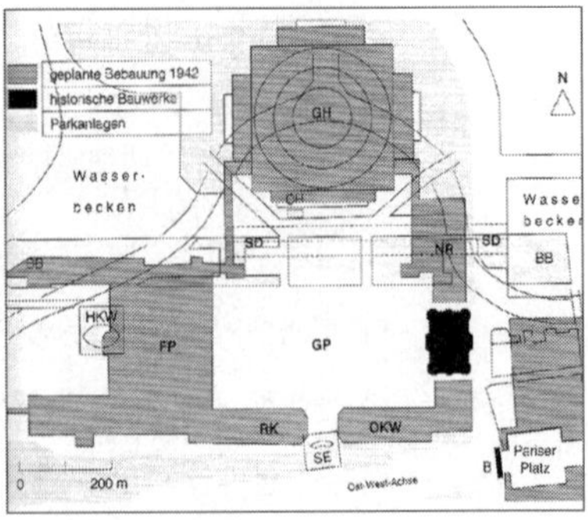

그림 3-27 게르마니아(Germania)

2차 대전이 임박한 1937년 1월 30일, 제국수도 베를린 심장부에는 방대한 규모의 전승공회당Siegeshalle의 건설이 입안되었다. 꼭대기에 독수리가 앉은 지구본이 얹혀질 건물은 슈프레를 남북으로 연결하는 대역사, 즉 1950년 완공을 목표로 추진된 세계수도 게르마니아Germania의 중심이었다. 그런데 훔볼트 항에 건설될 대공회당Grosse Halle은 슈프레보겐 습지 위에 짓기에는 하중이 너무 큰 건물이었고, 궁륭이 설치된 320미터 높이의 마천루가 지어졌다면 주변은 함몰되었을 것이다. 게다가 5만 채의 주택을 철거한 자리에 100만 군중을 집결시킬 절대권력의 과시장 총통 대광장GP과 그 서쪽으로 총통관저가 계획되었다. 대광장GP 밑으로 뚫린 운하터널로 강의 남북이 연결되고 대광장 남쪽에 제국총리 신공관NR과 국방부OKW가 배치되었으며, 제국의회R는 '신제국의회'NR의 의원 식당 및 열람실로 사용될 예정이었다. 총통이 심혈을 기울인 것은 제국의사당의 50배나 되는 총통 대광장에서 군중에게 개방될 예정이었던 초대형 궁륭-공회당Kuppelhalle이었다.

이 설계도를 끝으로 슈프레보겐은 총체적으로 부정되기 시작한다. 프리드리히 대왕의 연병장에서 출발하여 제국 시대의 역사에서 남은 자취라곤 B와 R밖에 없었다. 어차피 건축용 부지도 더 이상 남아있지 않았고, 히틀러의 안중에는 역사적 차원의 '장소'란 없었기 때문이다.

(7) 제7기: 소멸과 재생

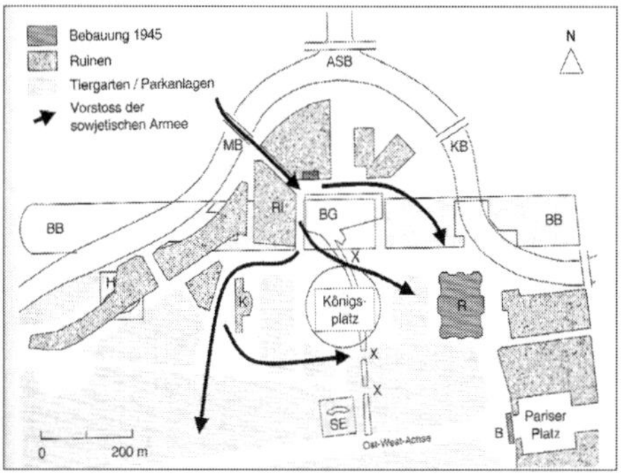

그림 3-28 소련군 진입로(화살표)

슈프레 운하에서 파낸 토사와 교량들이 가로놓인 남쪽 연결공사장은 베를린 시내로 진입하려는 소련군에게 심각한 장애물이었다. 공습으로 궤멸된 구역에는 R, CH, B, 제국 내무부RI, Kroll-오페라K, 셰어-제독교ASB가 남았지만, KB와 MB가 위치한 제국의회도 1945년 4월 30일 소련군에게 함락되었다.[65] 통일제국프리드리히 대왕과 빌헬름 황제과 최

65 폐허로 변한 베를린을 통해 한 여인이 시대적 숙명에 의해 파멸되는 과정을 그린 헬마 잔더스-브람스(Helma Sanders-Brahms)의 영화 "독일, 창백한 어머니"(Deutschland, Bleiche Mutter, 1980년) 참조.

초의 공화정 및 의회민주주의바이마르의 상징이었던 제국의사당은 독일 역사의 가장 암울한 순간제3제국 · 2차 대전 · 점령과 분단에 정지되었다. 런던이나 파리, 페테르부르크의 운명도 이에 못지않게 기구하지만, 베를린처럼 역사를 다시 써야 할 만큼 궤멸된 도시는 일찍이 없었다. 빗금 친 부분은 1945년 당시 잔존한 건물이고 점선 부분은 폐허가 된 구역이다. 1961년 베를린 장벽이 생길 때까지, 이곳은 한반도의 비무장지대DMZ와 더불어 지구상에서 가장 거대한 진공상태로 방치되었다.

(8) 제8기: 베를린 장벽

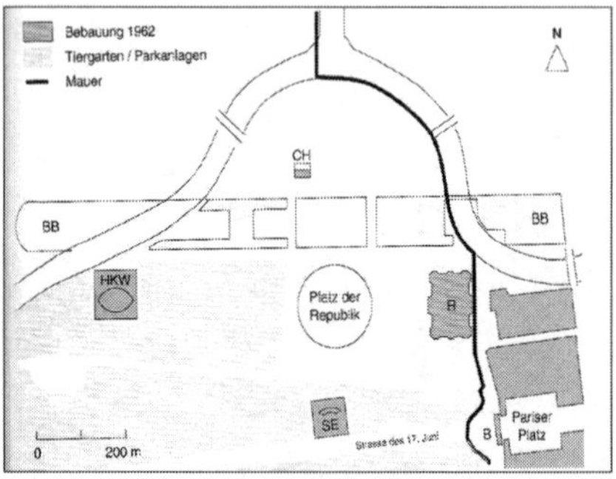

그림 3-29 베를린 장벽

알센 구역Alsenviertel에 남은 건물이라고는 스위스 대사관CH이 유일했고 A지역에는 동서독 분단의 기점 브란덴부르크 문B만 남았다. 전쟁 직후 소비에트 전승기념비SE가 건설되었으며, 전쟁 직후 임시의사당으로 사용되던 세계문화-하우스HKW가 보인다. 동독 속의 도시 베를린, 그 반쪽 서-베를린은 육지 속의 섬으로 고립된다. 이때 A지역은 대부분 동독의 관할로 B 지역은 서독의 관할로 넘어갔지만, C지역은 티어가르텐과 주차장용 부지로 방치된다. 독일의 분단선인 베를린 장벽으로 B+C/A로 양분된 슈프레보겐은 1961년부터 1989년까지 27년 2

개월 동안 '냉전'Kalter Krieg, '철의 장막'Eiserner Vorhang, '분단'Spaltung, '탈출자' Flüchtlinge, '사살된 사람'Erschossene등의 비극적인 의미소들로 점철된 공간이 되었다.

(9) 제9기 : 통일과 기억의 회복

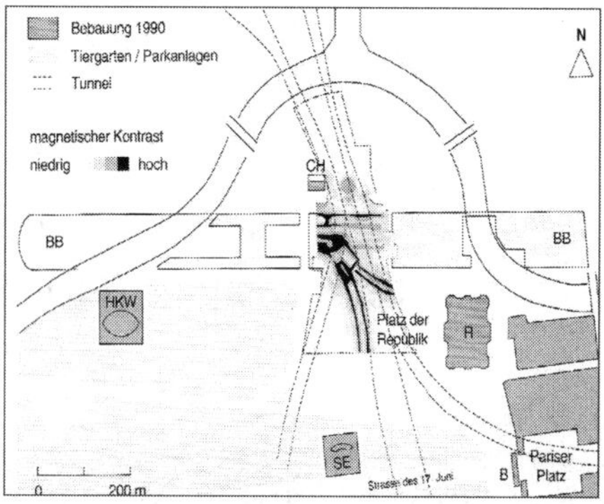

그림 3-30 통일직후(1989년 11월)

통일 직후 1990년대 초반, 방사능 측량의 도움으로 전쟁 전에 계획되었던 대규모 건축물들의 초석이 탐지되었다. 슈프레 설계구역의 잔해들 사이에 자성磁性의 대비상태를 확인한 결과, 철근 콘크리트로 시공된 슈프레 운하 터널의 골조와 남쪽으로 구부러진 터널의 지하구조물과 철근 벽 사이에 계획되었던 도로와 철도 및 지하철 공사부가 선명하게 드러났다. 현재 추진되는 슈프레보겐의 재개발은 공간기억의 회복이다. 1989년 11월 8일 브란트Willy Brandt 전 총리는 쇠네베르크 시청 앞에서 그 감격을 표현했다:

> "과거에 하나였던 것이 이제 다시 함께 성장한다"
> Jetzt wächst zusammen, was zusammengehört.

Genske/Hess-Lüttich 2005: 107

3. 슈프레보겐의 재가치화

1) 통시적 변화

슈프레보겐은 B=만곡형으로 흐르는 슈프레 강 지역과 반도를 포함하는 위쪽 구역, A=브란덴부르크 문을 중심으로 제국의회 등이 있는 아래 동쪽 구역 그리고 위 두 구역과 달리 역사에서 방치되거나 의미가 격하된 C 구역으로 삼분할 된다. 현재 이 지역은 위와 아래를 절단하는 연방청사지구축대보: BB=Ü를 중심으로 상B/하C+A로 분리되고, 아래 부분은 공화국 광장PR을 축으로 좌C/우A로 나뉜다. 전체 구역의 기능을 위계적으로 분류하면 아래와 같다:

표 3-14 슈프레보겐의 위상적 분류

유형	기능	세부기능		장소(약칭)
(1)	기간 시설	도로		DS
		교량		AB, ASB, KB, MB, SB, UB, X
		항구		HH
		터널(운하)		SD
		낙농장		M
(2)	건물	청사(관청, 청사)		BB(=Ü), CH, FP, GH, GS, KA, NR, OKW, RI, R, Z(막사)
		예술(위락/사교)		HKW, JKH, KO, KE, MELH, PLH, PR
		기념비(문/탑)		B, S, SE
		연구소		IfS
		공장		PM
(3)	개활지	장소(?)	광장	GP, HP, PR, PP, KP
			정원	Tiergarten, KG
			연병장	Exerzierplatz
		비장소	야적장	(HP), KHM,
			사냥터	Reit- und Jagdweg

위의 기능은 각 지역에 차별화 되었는데, 이를테면 A 지역은 건물과 광장이 운집해 있는 정치 일번가이고, B 지역은 광장과 야적장이 자잡은 곳이다. C 지역에는 사냥터로 차단되었다가 정원으로 개방된 공간이 번갈아 들어선다. 이 통시적 변화를 정리해 보자:

표 3-15 통시적 변화의 추세

구역 시기	A	(BB)	B	C
17세기 (1643)	DS	M	UB, HP	
18세기	K: Exerzierplatz- (A와 C에 중첩)	M	KHM, PM	Tiergarten-Exerzierplatz (A와 C에 중첩), Zelten
19세기 (1840)	KE, PR	KP, AP(BB)	HH, UB, CH, SB	Zelten
20세기 (1900)	B, R; KP- (A와 C에 중첩)		GS, CH, AP, MB, KM	HKW, IfS, -KP (A와 C에 중첩)
1918년	PP; R; KP-PR	AP		IfS; KP (Königsplatz)-PR
1933년	PP; R; KP-PR	AP		-KP
1945~	OKW	SD, NR, (BB)	GH	FP, RK
1961~	R		CH	
1989~	JKH, PP, R, PR, SE	KG, KA, PLH, MELH(BB)	CH	HKW

공간의 재가치화를 실현하는 직접적인 방식은 재개발이며, 생성과 팽창 및 소멸을 반복하는 도시의 재개발은 가로와 건물의 물리적 내구연한 및 자본과 도시계획의 통제를 받는다. 서울이 일제에 대한 민족주의적 자기부정을 통해 또 한편으로 폐허를 복구하는 개발독재에 따라 그리고 재개발의 시세차익을 겨냥한 자본논리에 따라 과거를 끊임없이 소거해 왔다면, 베를린은 전쟁과 통일이라는 국제정치적 요인에 의해 파괴와 복구를 되풀이하는 기억회귀의 실험장이었다. 서울의

복원은 광화문을 입구로 왕궁 터에 국한될 뿐 나머지 구역은 더욱 비장소화 되는 반면, 베를린은 방치되었던 비장소들을 새로운 가치로 충전해 가는 중이다. 이처럼 대부분의 도시들은 바르트가 지적했듯이 중심과 주변의 분할을 지향하며 기억을 회복하고 있다:

> "사각형의 망상형 도시예컨대 로스앤젤레스는 상당한 불안감을 준다고들 한다. 이런 도시는 도시에 대한 우리의 공감각적 정서를 방해한다. 우리는 떠났다가 다시 돌아올 수 있는 중심부가 도시 공간에 필요하다고 느낀다. 이런 중심부는 완벽한 환상의 장소다. 우리는 여기에서 앞으로 나갈 수도 뒤로 물러날 수도 있다. 서양에서는 여러가지역사적, 경제적, 종교적 그리고 군사적 이유 때문에 이러한 법칙이 당연시되었다. 그래서 서양의 모든 도시들은 중앙 집중형이다. 또 한편으로 모든 중앙은 진리의 장이 되어야 한다는 서양 형이상학주의에 따라 우리 도시의 중심부는 늘 꽉 차 있다. 그 중심부는 눈에 잘 띠는 장소이며 문명의 가치가 집결되고 응축되어 있는 곳이다. 즉 신성함교회, 권력사무실, 금력은행, 상업백화점, 그리고 언어광장, 카페와 산책로가 여가에 집중되어 있다는 것이다. 시내로 간다거나 도시 중앙부로 나간다는 것은 사회적 〈진리〉를 접하고 자랑스러운 충만의 〈실체〉에 참가한다는 뜻이다."
>
> 바르트 1970/1981: 40

개발을 통해 폭증한 사무실 및 위락공간에 의해 도심은 공동화空洞化되며, 한편으로 여백을 의도적으로 유지하기도 한다. 도쿄의 천황궁은 밥이 무표성을 통해 중심을 획득했듯이 도심의 무無를 통해 절대성을 작동시키는 역설을 보여준다:

> "이 도시도쿄에는 중심부가 있지만 그 중심부는 텅 비어 있다. 이 도시 전체는 금지된 중립의 공간을 빙 둘러싸고 있다 (……) 이곳은 -아무도 본 적이 없는- 천황이 살고 있는 곳이다. 매일매일 정력적으로 총알처

럼 빠르게 달리는 택시들도 이 원형의 공간은 피해간다. 이곳의 낮은 용마루 장식은 보이지 않는 것을 가시화한 형태인데, 신성한 〈무無, rien〉를 숨기고 있다. 현대사회에서 가장 강력한 두 도시 중의 하나가 이렇듯 성벽과 시냇물, 지붕 그리고 나무로 이루어진 불투명한 원을 중심으로 만들어져 있다. 그 중앙부는 하나의 사라진 개념에 불과하다 (……) 오히려 도시 전체의 움직임이 중앙을 텅 빈 상태로 유지하기 위해서 존재한다……."

바르트 : 42

2) 서사구조

베를린 중심부, 유대인 기념관에서 과거를 경계하는 여백의 미를 보는 것은 아이러니가 아닐 수 없다. 중심부를 채워온 대부분의 도시들과 달리, 슈프레보겐 B 구역은 채워질 뻔했던 제3제국의 기억장소제3제국의 승전을 겨냥했던 수도 Germania와 채우기에는 부담스런 빈터 사이의 민감한 국제정치적 긴장을 보여준다. 전통과 역사는 반복과 순환이라는 형태로 자신을 현재 속에 기록하면서 도시의 서사구조를 축적한다. 슈프레보겐이 역사적 지평에 새겨온 의미가치들은 다음과 같다. 이때 좌우의 수평축은 대립 자체를 성립시키는 동위소들을, 상하의 수직축은 동위소들의 실현양태를 나타낸다. 이에 따라 '수평/수직'동위소/양상의 차원에서 제각기 ① '비장소/장소'//'비대칭/대칭', ② '군주/국민'//'독재/민주', ③ '전쟁/평화'//'분단/통합'이라는 중첩대립항들로 각인된 슈프레보겐의 통시적 궤적을 재구성할 수 있다.

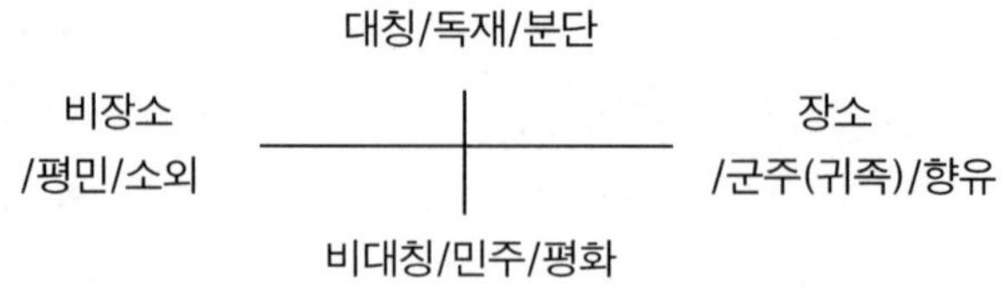

(1) 제1층위: 가로와 건물(군)

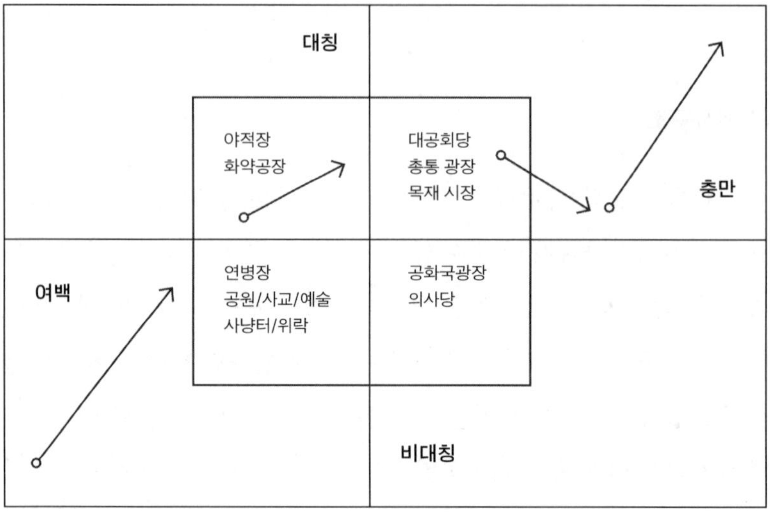

슈프레보겐의 A구역은 정치중심지이자 기억의 기준점으로서 의사당과 대왕광장 등은 정치체제의 변혁과 연동된 지역이다. 지형 자체는 대칭이 아니었지만 나중에 A와 C의 대칭을 위한 기준점이 될 대왕광장이 세워진다. 이곳에 건립된 문과 탑은 승전을 기념하고 제국의 위용을 과시하는 정표기능을 발휘한다. 이에 반해 야적장이라는 여백에서 출발하여 목재시장을 거쳐 대공회당과 총통궁FP이 들어설 제3제국 수도 게르마니아의 터인 B구역은 역사적 부침이 가장 심했던 곳이다. 대칭과 규모를 통해 위용을 과시하려던 제국주의 권위의 표상은 설계는 되었을지

언정 결코 실현되어선 안 될 여백으로 남아있다. C구역은 사냥터와 연병장 같은 군사적 용도병참기지에서 예술과 위락으로 180도 전환된 장소회복의 사례이다. 세 구역을 가르는 측대보BB=연방청사지구는 전체주의와 민주주의 · 제정과 공화정 · 전쟁과 평화의 양극대립을 완충하는 점이지대로 기능하고 있다.

(2) 제2층위 행역자

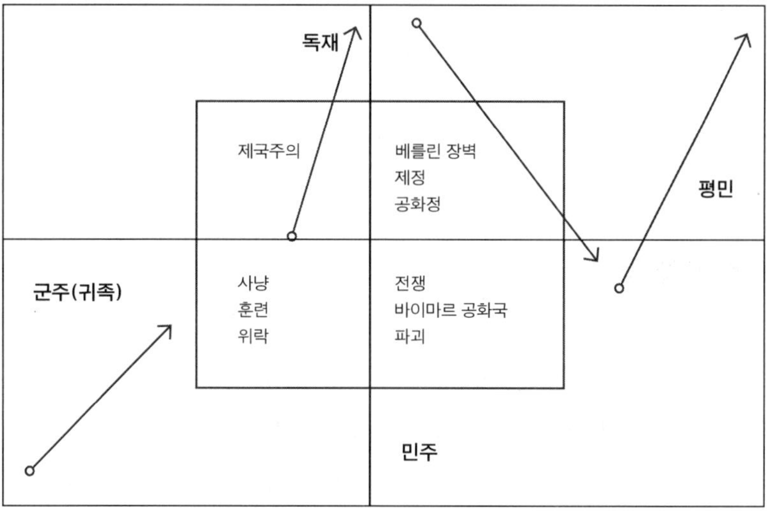

A구역의 행역자는 제정帝政과 공화정의 주역들로 대변된다. 그래서 절대왕정의 대왕광장은 공화국 광장으로 개칭되었고 이제 박물관섬Museumsinsel을 찾는 관광객들의 전유공간이 된다. 반면에 BB 위쪽의 구역 B는 시민과 장사꾼이 득실대던 변방에서 총통과 제3제국의 망령이 스멀거리는 침울한 여백으로 쇠락한다. C구역이 선제후와 왕후의 놀이터였다면, 베를린 상수시는 계몽주의를 주도한 지식인들의 사교와 위락기능을 창출한다.

(3) 제3층위 행위/사건

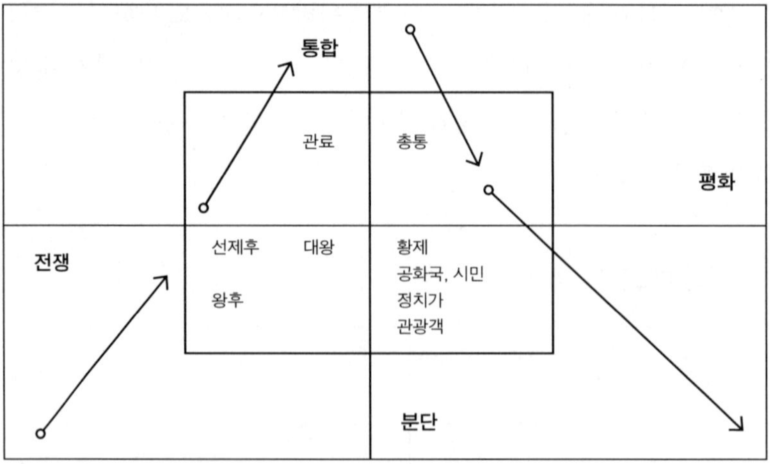

4. 전망과 과제

총체적으로 볼 때 슈프레보겐은 '전쟁/평화 · 분단/통일 · 점령/해방 · 제국주의/공화정 · 독재/민주주의'라는 의미소들의 대립으로 규정된다. 이처럼 한 공간 안에서 역사적 사건과 공간의 배치가 연동된 사례를 찾기는 쉽지 않다. 기호학적 복잡계로서 도시는 활동과 결정, 수요와 공급이 교차하는 절점이자 다양한 정보와 소통 및 이해의 공간이 된다. 이에 착안하여 유럽의 메트로폴리스런던 · 파리 · 베를린 · 빈와 준-대도시함부르크 · 뮌헨 · 프랑크푸르트 · 리옹 · 맨체스터의 공분모와 차이를 대차목록으로 작성하고 도시 · 공간 · 장소를 해석하여 코드 · 전략 · 실천의 유기체로 그려내는 학문적 틀을 확립하는 것이 도시기호학의 과제이다Park & Posner 2007: 7. 그 관심의 일환으로 이 책의 마지막 장에서 베를린 슈프레보겐의 통시태와 공간역학을 추적해 보았다.

향후의 과제를 생각하면서 책을 맺고자 한다:

- 의미생산과정을 분석한 결과, 베를린은 공간의 경험과 역사를 부정하거나 말소하지 않고 기억을 지향해 왔다고 말할 수 있다. 도심의 의도적 공백은 절대성을 함의하는 동시에 실현되어서는 안 될 전체주의 망령에 대한 경보장치로 기능한다. 정착과 이주 · 건설과 파괴 · 점령과 회복 · 분단과 통일의 대위법은 남아있지만, 비장소로 추락하지 않을 초근대적 도시화의 성공가능성도 보여주고 있다.[66]
- 베를린은 계몽주의적 이상을 보듬은 모던한 도시인 동시에 19세기 말 파리처럼 '다시쓰기'를 감행하는 포스트모던의 도시이기도 하다. 시대정신과 공간 사이에서 맺어져온 구조적 연동의 자취를 재구성하는 것이 통시기호학의 관심사이다. '도시읽기'의 전범典範으로서 벤야민파리와 베를린, 바르트도쿄와 교토, 짐멜도시사회학에 주목한다.[67]
- 베를린의 의미구조에 대한 사례분석을 토대로 도시에 대한 기호학적 관찰과 브랜드기호학 연구의 일반적인 틀을 확립하고[68] 의미론 · 통사론 · 화용론적 특성에 따라 원심형 · 방사형 · 리좀형 등 지리적 분포와 연동된 자기부정형 · 복고형 · 개조형 · 확산형 · 공동空洞형 텍스트유형 및 스토리텔링 전략을 개발하는 데 기여하고자 한다.

---

66 신도시로 개발되면서도 초근대적 비장소로 전락하지 않는 사례로 네덜란드 아르멜, 파리 근교 라데팡스를 들 수 있다. 수도권 신도시(분당 · 일산 · 산본 · 세종시)에 대한 기호학적 진단도 흥미있는 의제이다.

67 김동윤(2007: 309) 참조: "인간은 삶을 텍스트화하고 도시는 그 텍스트를 저장하고 다시 호모 파불라토르(homo fabulator)는 도시 텍스트를 통해 삶의 이야기를 만들어내는 미메시스의 순환구조를 갖는다". 도시사회학의 기저담론으로 Simmel(1992); 정치 · 도시 · 가상공간으로 대별하여 접근한 연구로 Schroer(2006) 참조.

68 일본의 도시사회학자 이마자토(Imazato 2007)는 langue/parole의 구조에 유추하여 하기쿠라 농촌을 대상으로 공간의 심층구조 및 그것을 현실경관에 구현한 표층구조의 구상을 제안했다. 도시나 촌락의 형성을 밑받침하는 랑그를 상정한다고 해도, 그것은 자연지형이 경제조건과 개발에 적응된 결과에 불과하다. 이에 반해 언어체계의 랑그는 그 자체의 이성적 질서(logos)를 지향한다.

참고문헌

강봉균 · 박여성 · 이진우 외, 『월경(越境)하는 지식의 모험자들』, 한길사, 2004 공저.

게이츠, 빌, 『빌게이츠@생각의 속도』(Bill Gates, 1999, *Business@The Speed of Thought*, New York: Warner Books의 한국어판, 안진환 옮김), 청림출판, 1999.

고영근, 『텍스트이론-언어문학 통합론의 이론과 실제』, 대우학술총서 448, 아르케, 1999.

고영근 외, 『한국텍스트과학의 제과제』, 역락, 2001.

권영걸, 『공공디자인 산책』, 중앙일보 특집기획, 2007.

김동윤, 「도시 시학과 호모 파불라토르」, 비평 15호, 2007.

김성도, 『의미에 관하여』(A. Greimas 논문 엮어 옮김), 기호학총서 5, 인간사랑, 1997.

______, 『현대기호학 강의』, 민음사, 1998.

______, 「생명기호학」, 기호학연구 8집, 2000a.

______, 「디지털 언어의 기호학: 몇 가지 이론적 정초」, 영상문화연구 1집, 2000b.

______, 「시각적 정체성의 기호학적 연구」, 기호학연구 15집, 2004.

김성도 · 박상우, 「서울의 공간적 의미작용에 대한 기호학적 시론」, 기호학연구 19집, 2006.

김성도 · 박여성 · 최용호 외, 『유럽 주요국가의 LG 브랜드 인지도 조사』, LG 보고서, 2004.

김영순, 『신체언어 커뮤니케이션의 기호학』, 커뮤니케이션 북스, 2001.

김영순 · 김기국 · 박여성 · 백승국, 『문화와 기호』, 인하대학교 출판부, 2004.

김욱동, 「생태계 위기와 종말론적 상상력」, 기호학연구 9집, 2001.

김지현, 「만화 "TinTin"의 기호학적 분석」, 한양대 불문과 석사학위논문, 1994.

김진영 · 최동현, 『흥보가』, 판소리 자료총서 2, 박이정, 2000.

김치수 외, 『현대기호학의 발전』, 서울대출판부, 1998.

김치수, 「한국 기호학의 회고와 전망」, 기호학연구 15집, 2004.
대한무역투자진흥공사, 『국가 이미지 현황 및 시사점』, KOTRA 통상전략팀, 2004.
뒤르 H. P., 『나체와 수치의 역사』(H. P. Dürr, Nacktheit und Scham, 1988 / 차경아 옮김 1998), 까치글방, 1988/1998.
뒤크 B., 『만화의 기법 I & II』(B. Duc-*L'art de la BD*, 1982. 이재형 옮김, 2002), 까치글방, 1982/2002.
렐프 Relph, E., 『장소와 장소상실』(*Place and Placelessness*, 김덕현 외 옮김, 원전 1976년 출간), 논형, 2005.
랜도우, G. P., 『하이퍼텍스트 2.0』(G. P. Landow, *Hypertext 2.0: The Convergence of Contemporary Critical Theory and Technolog*, 여국현 외 옮김, 1992), 문화과학사, 2001.
랜드리 Landry, Ch., 『창조도시』(*The Creative City: A Tool-kit for Urban Innovators*, 임상오 옮김, 원전 2000년에 출간), 해남, 2005.
로티, R., 『우연성, 아이러니, 연대성』(R. Rorty, *Contingency, Irony, and Solidarity*, Cambridge Univ. Press, 김동식/이유선 옮김, 1989), 민음사, 1996.
루만, N., 『사회체계이론』(N. Luhmann, *Soziale Systeme. Grundriß einer allgemeinen Theorie*, Frankfurt: Suhrkamp, 1984, 박여성 옮김), 한길사, 2007.
______, 『예술체계이론』(*Die Kunst der Gesellschaft*, 1995, 박여성/이철 공역), 한길사, 2014.
류철균 · 윤현정, 「가상세계 스토리텔링의 이론」, 디지털스토리텔링 03, 2008.
리치, E., 『성서의 구조인류학』, (*Structuralist Interpretations of Biblical Myth*, 신인철 옮김, 1996), 한길사, 1985=EL.
민유기 외, 『공간 속의 시간. 유럽, 미국, 동북아 도시사 연구 현황과 전망』, 심산, 2008.
민유기, 「19세기 파리에 건립된 공공기념물의 정치기호학」, 한국기호학회 2007년 정기학술대회 자료집, 2007.
바르트, R., *Elements de Sémiologie, Aventure de Sémiologie*. Seuil, 1985.
______, *Das Reich der Zeichen*(독일어판 M. Bischoff 번역, Frankfurt. Suhrkamp *L'empire des signes*의 독일어판, 한국어판 『기호의 제국』. 김주환/한은경 옮김, 1997), 민음사, 1970/1981.
박경하, 「한국의 문화원형 콘텐츠 개발 현황과 과제」, 인문콘텐츠 3집, 2004.

박미애, 『문명화과정』 1/2(*Über den Prozeß der Zivilisation*, N. Elias), 한길사, 1996/1999 번역.
박상진, 『에코 기호학 비판』, 열린책들, 2005.
박여성, 「브랜드 기호학의 체계이론적 정초」, 기호학연구 17집, 2005.
______, 「간텍스트성의 문제: 현대 독일어의 실용 텍스트를 중심으로」, 텍스트언어학 3집, 1996.
______, 「음식기호학: 요리 텍스트언어학 입문」, 기호학 연구 3집, 1997.
______, 「미디어폴리스 시대의 기호이론: 매체와 커뮤니케이션의 공동진화」, 영상문화 1집, 2000.
______, 「담화-텍스트과학의 미래」, 독어학 1집, 2000a.
______, 「번역학의 인식론적 언어학적 정초」, 번역학연구 1집, 2000b.
______, 「21세기 문화현상으로서의 음식과 요리: 삼각김밥과 햄버거」, 재외동포의 정체성 확립과 교육의 방향, 재외동포교육진흥재단, 2003a.
______, 『월경(越境)하는 지식의 모험자들』, 한길사, 2003b 공저.
______, 「융합기호학의 프로그램으로서의 음식기호학」, 기호학연구 14집, 2003c.
______, 「얼굴의 행태학: 표정의 문화기호학적 연구를 위하여」, 기호학연구 19집, 2006b.
______, 「독일문화의 교육을 위한 건축기호학적 시론」, 독어교육 36집, 2006c.
______, 「구성주의 미디어기호학을 위한 학제적 연구-한국과 독일 매체에 반영된 한국의 상: 전쟁-독재국가-경제기적-민주화-올림픽-교육과 기술강국-IMF-월드컵에로의 발전과정을 중심으로」, 텍스트언어학 22집, 2007a.
______, 「베를린 슈프레보겐의 통시기호학」, 기호학연구 22집, 2007b.
______, 「기호학적 공해. 생태기호학을 위한 예비고찰」, 기호학연구 21집, 2007c.
______, 「도시기호학을 위한 다섯 가지 쟁점」, 영상문화 13집, 2008a.
______, 「문화역량 모델을 위한 학제적 접근: 구성주의 인식론과 기호학을 중심으로」, 문화예술교육연구 4-2집, 2009a.
______, 「기능주의 번역학을 위한 구상-보그랑드의 '텍스트과학'을 중심으로」, 인문언어 13-1집, 2012.
______, 『기능주의 번역의 이론과 실제』, 한국학술정보, 2013a.
박여성 외, 『신-지식의 최전선』, 한길사, 2009b 공저.
박여성 · 김성도, 「아르스 쿨리나에. 음식기호학 서설」, 텍스트언어학 8집, 2000.

박여성 · 김형민, 「맛-형용사의 연구를 위한 의미론적 모델」, 기호학연구 36집, 2013b.
반 다이크, A. T., 『텍스트학』(정시호 옮김), 아르케, 2000.
배해수, 「맛 그림씨 낱말밭」, 한글 176집, 한글학회, 1982.
백승국, 『극장에서 퐁듀 먹기』, 디자인하우스, 2001.
______, 「영화 속 음식기호를 찾아서」, 기호학연대 총서 1, 소명출판, 2002.
______, 「음식 보여주기의 미학과 유혹」, 기호학연대 총서 2, 문학과경계, 2003.
______, 「문화콘텐츠 개발을 위한 기호학적 분석방법론」, 기호학연구 제15집, 한국기호학회, 2004a.
______, 『문화기호학과 문화콘텐츠』, 다할미디어, 2004b.
벤야민, 『베를린의 어린 시절』(조형준 옮김), 새물결, 1987/2007.
______, 『일방통행로: 사유의 유격전을 위한 현대의 교본』(조형준 옮김), 새물결, 1981/2007.
벤야민 Benjamin, W., 『아케이드 프로젝트 1』(*Das Passagenwerk*, 조형준 옮김, 원전 1982년 출간), 새물결, 1982/2005.
벡 Beck, U., 『위험사회』(*Risikogesellschaft, Auf dem Weg in eine andere Moderne,* 홍성태 옮김, 원전 1986년 출간), 새물결, 1996.
부르디외, P., 『구별짓기: 문화와 취향의 사회학 上』(P. Bourdieu, *La distinction: Critique sociale du jugement*의 한국어판. 최종철 옮김, 1979), 새물결, 1995.
성광수 · 김성도, 「한국인의 언어예절과 신체언어」, 기호학연구 10집, 2001.
성완경, 『세계만화탐사』, 생각의 나무, 2001.
셈프리니, 안드레아, 『브랜드』(Andrea Semprini, 2001, *La Marque*의 한국어판, 이은령 옮김), 커뮤니케이션북스, 2004.
손일권, 『브랜드 아이덴티티. 100년 기업을 넘어서는 브랜드 커뮤니케이션 전략』, 경영정신, 2004.
송치만, 「스포츠 경기에서 선수와 관중 간에 일어나는 다차원적 커뮤니케이션」, 기호학연구 17집, 2005.
송효섭, 『문화기호학』, 아르케, 1997.
______, 『초월의 기호학』. 소나무, 2002.
슈미트, *Der Diskurs des Radikalen Konstruktivismus,* (S. J. Schmidt, 1987. 한국어

판 "구성주의", 박여성 옮김, 1995), 까치글방.

______, *Kognitive Autonomie und soziale Orientierung*. stw 1128. F.a.M.: Suhrkamp(1994, 한국어판 "미디어인식론", 박여성 옮김), 까치글방, 1996.

______, 『구성주의 문학체계이론』(*Die Selbstorganisation des Sozialsystems Literatur im 18, Jahrhundert*, Suhrkamp, 박여성 옮김, 원전 1985년 출간), 책세상, 2004.

슈펭글러 Spengler, O., *Der Untergang des Abendlandes*(한국어판, 『서구의 몰락』, 박광순 옮김, 1995). 범우사.

슈피겔, (Spiegel), 독일 뮌스터대학교 자료보관소 연구기증본, 1947~2004.

스트릭랜드 Strickland, C., *The Annotated Arch*(John Boswell, 한국어판: 『클릭, 서양건축사: 스톤헨지에서 해체주의 건축까지』, 양상현 외 옮김, 2003/2010), 예경.

신영숙, 『자동특질 추출을 이용한 차원모형 기반 얼굴 표정인식』, 연세대 인지과학 협동과정 박사학위논문, 2001.

______, 「Gabor 웨이브렛과 FCM 군집화 알고리듬에 기반한 동적 연결모형에 의한 얼굴표정에서 특징점 추출」, 인지과학 14권 1호, 2003.

야콥슨 · 할레 Jakobson, R./Halle, M., *Fundamentals of Language*, Mouton de Gruyter(1956/2002, "언어의 토대", 박여성 옮김, 2009), 문학과지성사.

양태영, 「시사만화 텍스트의 언어학적 분석」, 한국어 의미학 6집, 2000.

앤홀트, 사이몬, 『국가 브랜드-국가 이미지』(S. Anholt, *Brand New Justice. The Upside of Global Branding*, 2003의 한국어판, 이유경 옮김), 커뮤니케이션 북스, 2003.

에코 Eco, U., *Einführung in die Semiotik*, München: UTB/W. Fink, 1968/1978/1992.

______, 『기호와 현대예술』(김광현 옮김), 열린책들, 1968/1998.

______, 『해석의 한계』(김광현 옮김), 열린책들, 1990/1995.

에크먼 Ekman, P., 『거짓말 까발리기』(한국어판, 이미숙 옮김), 마이넌, 2003.

아이베스펠트 Eibesfeldt, I. E., *Die Biologie des menschlichen Verhaltens: Grundriß der Humanethologie*, 1997.

______, *Und grün des Lebens goldnen Baum*(1992, "생명의 황금나무야 푸르러

라", 박여성 번역), 사계절, 1999.
엘리아스 Elias, N., *Über den Prozeß der Zivilisation.* I. II, Suhrkamp, F.a.M.(1969, 『문명화과정』 1/2, 박미애 옮김, 1996/1999), 한길사.
______, *Die höfische Gesellschaft,* London, Routledge(『궁정사회』, 1969, N. Elias 의 한국어판, 박여성 옮김, 2003), 한길사.
영상문화학회, 『이미지는 어떻게 살고 있는가?』, 생각의 나무, 1999.
오장근, 「광고언어의 호소적 기능에 대한 텍스트언어학적인 연구: 인쇄광고 헤드 카피의 텍스트화용론적인 분석」, 텍스트언어학 14집, 2003.
______, 「도시 공간 '청계천'의 서사성과 문화정체성-도시 공간 '서울'의 분석을 위한 인문학적 접근」, 기호학연구 25집, 2009.
오정숙, 「프랑스에서 한국의 문화 이미지, 문화브랜드. 〈Le Monde〉에 나타난 한국 관련기사의 문화기호학적 분석」, 프랑스학 연구 37집, 2006.
이무용, 『공간의 문화정치학』, 논형, 2005.
이어령, 『디지로그』, 생각의나무, 2006.
이 철, 「글로벌 소비자 문화와 글로벌 브랜드 포지셔닝 광고 전략-TV 광고를 중심으로」, In: http://www.adic.co.kr, 2001.
임석재, 한국 공간의 기억구조-갈림길」, 한국기호학회 제4회 국제학술대회 자료집, 2006.
임지룡, 『국어 의미론』, 탑출판사, 1994.
임지룡, 『인지의미론』, 탑출판사, 1997.
______, 「감정표현의 관용성과 그 생리적 반응의 상관성 연구」, 기호학연구 14집, 2005.
전형연, 「기호학적 포지셔닝을 통한 명품 브랜드의 정체성 유형 연구」, 기호학연구 16집, 2004.
조국현, 「한국 텍스트언어학 연구에 대한 성찰」, 텍스트언어학 15집, 2003.
주영하, 『그림 속의 음식, 음식 속의 역사』, 사계절, 2007.
______, 『음식 전쟁 문화 전쟁』, 사계절, 2007.
중앙일보, 『아! 대한민국』, 랜덤하우스 중앙, 2005.
최용호, 『텍스트의미론 강의』, 인간사랑, 2004a.
______, 『문화가치 포지셔닝을 위한 건설 광고 읽기』(비공개 보고서), 2005.
최웅환, 「몸과 음식의 운우지정」. 『대중문화 낯설게 읽기』, 기호학연대 총서 2, 문학과경계, 2003.
코세리우, E., 『현대의미론의 이해』(허발 엮어 옮김), 국학자료원, 1995.
코틀러, Ph. · 푀르치, W., 『B2B 브랜드 마케팅』(Ph. Kotler/W. Pfoertsch, 김민주/김선희 옮김). 비즈니스맵, 2006.
퍼스, Ch. S., 『퍼스의 기호 사상』(김성도 편역), 민음사, 2006.
프린스, G., 『서사학 사전』(이기우/김용재 옮김), 민지사, 1987/1992.
플로슈, J. M., 『기호학, 커뮤니케이션, 마케팅』(김성도 옮김), 나남출판, 2003.
홍석경, 「세계화와 문화산업의 새로운 정체성 논리: 할리우드 영화의 아시아 스타 수용에 대한 분석」, 한국기호학회 2005-춘계 학술대회 자료집, 2005.
한국텍스트언어학회, 『텍스트언어학의 이해』, 박이정, 2004.
호네트 Honneth, A., *Kampf um Anerkennung. Zur moralischen Grammatik sozialer Konflikte*(한국어판, 『인정투쟁. 사회적 갈등의 도덕적 형식론』, 문성훈 · 이현재 번역), 1992.
호르스터 데틀레프, 『로티』(박여성 옮김), 인간사랑, 2000.
호프스태터, 『괴델, 에셔, 바흐: 영원한 황금노끈』(D. R. Hofstadter, 1979, *Gödel, Escher, Bach. An Eternal Golden Braid*의 한국어판, 박여성 옮김), 까치글방, 1999.
홀, 『침묵의 언어』(*The Silent Language*, Hall, E. T, 최효선 옮김), 한길사, 1959/2000.
해리스 , *Cultural Materailism*, New York: Random House(Harris, M., 『문화유물론. 문화과학의 정립을 위하여』, 유명기 옮김, 1996), 대우학술총서 92, 민음사, 1979=MH.
______, *The Sacred Cow and the Abominable Pig: Riddles of Food and Culture*, New York : Simon & Schuster(『성스러운 암소와 역겨운 돼지: 음식과 문화의 수수께끼』, 서진영 옮김, 1992). 한길사, 1985.

Alexander, J, C., "Analytic debates: Understanding the relative autonomy of culture", In: J. C. Alexander & S. Seidman(eds.) , *Culture and society: Contemporary debates,* S. 1~27, New York: Columbia University Press, 1990.
Anholt, S. , *How the World sees the World.* In: Antos, G,/A. Tietz (1997, hg.), *Die*

Zukunft der Textlinguistik, Tübingen: Max Niemeyer, 2005.

Appadurai, A., *Modernity at Large.* Minneapolis, 1996.

Aristotles, *Der Geschmack, Aristotles Hauptwerke.* Ausgewählt, übersetzt und eingeleitet von Wilhelm Nestle, Stuttgart, 1942.

Assmann, A. and Assmann, J., Das Gestern im Heute. Medien und soziales Gedächtnis. In: Merten et ali, 1994.

Augé, M., *Ein Ethnologe in der Metro*. F.a.M: Suhrkamp, 1988.

_______, *Non-Places. Introduction to an Anthropology of Supermodernity*, Verso, London(*Non-Lieux, Introduction à une anthropologie de la surmo-dernité* 의 영어판[J. Howe], 독일어판 M. Bischoff, *Orte und Nicht-Orte, Vorüberlegungen zu einer Ethnologie der Einsamkeit,* Fischer, 1994), 1995.

Backhouse, A. E., *The Lexical Field of Taste. A Semantic Study of Japanese Taste Terms.* Cambridge University Press, New York, 1994.

Baecker, D., "Platon, oder die Form der Stadt". In: ders. (Hg.), *Wozu Soziologie?* Berlin, S. 189~212, 2004.

Bauman, Z., *Work. Consumerism and the new poor.* Buckingham/Philadelphia, 1998.

Baumgart, K., "Den Nippel durch die Lasche ziehen. Gebrauchsanweisungen für Gebrauchsanleitungen". In: *FHTW, Teil II,* S. 56~63, 2007.

Baumhauer, O. A., *Kulturwandel zur Entwicklung des Paradigmas von der Kultur als Kommunikationssystem.* In: 『DVJS』, Heft 56, 1982.

de Beaugrande, R. A., *New foundations for a science of text and discourse: cognition, communication, and the freedom of access to knowledge and society.* Norwood, N.J.: Ablex Publishing Corporation, 1997.

Berghaus, M., *Luhmann Leicht gemacht: Eine Einfphrung in die Systemtheorie* ("쉽게 읽는 루만", 이철 옮김, 2011), 한울, 2003.

Bense, M., *Zeichen und Design: Semiotische Ästhetik,* Agis, Baden-Baden, 1971.

Biederman, I., Recognition-by-components: A Theory of human image understanding. In: *Psychological Review* 94, S. 115~147, 1987.

Bittner, M. J., Servicescapes, The Impact of Physical Surroundings on Customers and Employees. In: *Journal of Marketing* 56, S. 57~71, 1991.

Bolter, D., *Writing Space: The Computer in the History of Literacy,* Hillsdale, N.J., Lawrence Erlbaum, 1990.

Bolz, N., *Das konsumeristische Manifest.* München: Fischer, 2002.

Brandes, U./Erlhoff, M./Schemmann, N., *Designtheorie und Designforschung.* Paderborn: W. Fink/UTB, 2009.

Braun, H.J. et ali., *Ernst Cassirers Philosophie der symbolischen Formen.* Frankfurt: Suhrkamp, 1988.

Brinker, K./Antos, G. et al., *Text- und Gesprächslinguistik.* Walter de Gruyter, 2000.

Broadbent, G., Recent developments in architectural semiotics. In: *Semiotica 101*, S. 1~12, 1994,

Broich, U./Pfister, M., *Intertextualität: Formen, Funktionen, anglistische Fallstudien.* Tübingen: Niemeyer, 1985.

Bourdieu, P., *Sozialer Raum und Klassen. Leçon sur la leçon. Zwei Vorlesungen,* F.a.M: Suhrkamp, 1985/1991.

Bourdieu, P., *Sozialer Sinn. Kritik der theoretischen Vernunft.* Frankfurt: Suhrkamp, 1987.

______, *Die feinen Unterschiede* (P. Bourdieu, 1979, *La distinction: Critique sociale du jugement*의 독일어판. B. Schwibs/A. Russer 옮김), Frankfurt: Suhrkamp, 1995.

Buckenhüskes, H. J./Heusinger, K. von/Nawrocki, T., Semantik der Sinne, In: *Proceedings zur Tagung 18. und 19. Juni 2004, Universität Zürich*, Zürich, S. 75~84, 2005.

Burdach, K., *Geschmack und Geruch. Gustatorische, olfaktorische und trigeminale Wahrnehmung,* Bern et al, 1988.

Brunet, R., Analyse des paysages et sémiologie. In: *L'Espace Géogra phique,* 3: S. 120~126, 1974.

Bürdek, M., *Design: Geschichte, Theorie und Praxis der Produktgestaltung*, Basel /Boston/ Berlin: Birkhäuser, 2005.

Businessweek, *The Global Brand Scoreboard*, http://www.interbrand.com, 02. Aug. 2004.

Bußmann, H., *Lexikon der germanistischen Linguistik,* Kröner, 2001.

Campbell, C., *The Romantic Ethic and the Spirit of Modern Consumerism*. London: Writers-Printshop, 1987.

Cassirer, E., *Philosophie der symbolischen Formen*. Wissenschaftliche Buchgesellschaft, Darmstadt, 1923~1925.

Castells, M., Die zweigeteilte Stadt-Arm und Reich in den Städten Lateinamerikas, der USA und Europas. In: *Die Welt der Stadt*. Tilo Schabert (Hg.), München, S. 199~216, 1991.

______, Space flow-Raum der Ströme. In: Stefan Bollmann (Red.), *Kursbuch Stadt. Stadtleben und Stadtkultur an der Jahrhundertswende*. Stuttgart: Deutsche Verlagsanstalt, S. 39~ 81, 1999.

______, *Der Aufstieg der Netzwerkgesellschaft*. Opladen: Leske+ Budrich, 2001.

Cicconi, S., Hypertextualities. In: S. Inkinen (eds.), S. 21~43, 1999.

Le Corbusier, Leitsätze des Städtebaus. In: U. Conrads (hg.): *Programme und Manifeste zur Architektur des 20. Jahrhunderts*. Braunschweig: Birkhäuser, 1987.

Coseriu, E., *Sprachkompetenz*, Tübingen & Basel: Francke, 1988a.

______, *Einführung in die Allgemeine Sprachwissenschaft,* Tübingen & Basel: Francke, 1988b

______, *Textlinguistik. Eine Einführung,* Tübingen & Basel: Francke, 1994.

Damir-Gelisdorf, Sabine, Palästinensische Repräsentationen des Raumes: über die Produktion von Bild-Räumen, Macht-Räumen und erinnerten Räumen. In: Damir-Gelisdorf, Sabine et ali, S. 153~182, 2005.

Damir-Gelisdorf, Sabine et ali., *Mental Maps-Raum-Erinnerung: Kulturwissenschaftliche Zugänge zum Verhältnis von Raum und Erinnerung*. LIT Verlag, Hamburg/Münster, 2005.

Damir-Gelisdorf, S. and Hendrich, B., Orientierungsleistungen räumlicher Strukturen und Erinnerung. Heuristische Potenziale eine Verknüpfung der Konzepte Raum, mental maps und Erinnerung. In: Damir-Gelisdorf, Sabine et ali, S. 25~50, 2005.

Dewey. J., *Democracy and Education,* London/New York, 1916.

van Dijk, T. A., *Textwissenschaft. Eine interdisziplinäre Einführung* (T.A. van Dijk, 1978, *Tekstwetenschap. Een interdisciplinaire inleiding*의 독일어판, Christian Sauer 옮김), Tübingen: dtv, 1980/2000.

van Dijk, A. T./W. Kintsch, *Strategies of Discourse Comprehension.* New-York: Academic Press, 1983.

Douglas, M., The Abominations of Leviticus", In: *Purity and danger, An Analysis on concepts of pollution and taboo.* London, Routledge, 1966.

______, *Implicit Meanings.* London, Routledge, 1975a.

______, Deciphering a Meal. In: M. Douglas, S. 249~275, 1975b.

Dornseiff, F., *Der deutsche Wortschatz nach Sachgruppen.*6., unveränderte Auflage, Berlin, 1965.

Dreyer, K., Semiotische Aspekte der Architekturwissenschaft. In. R. Posner *Semiotik* Bd. 3, S. 3234~3278, 2003.

______, Semiotik und Ästhetik in der Architekturtheorie der sechziger Jahre. In: Gethmann, D./S. Hauser, S. 179~202, 2009.

Dürr, H. P., *Obszönität und Gewalt.* Frankfurt: Suhrkamp, 1988.

Eibesfeldt, I. E., *Die Biologie des menschlichen Verhaltens: Grundriß der Humanethologie,* 1997.

Ekman, P./W. V. Friesen, Tomkins, S.S., Facial affects scoring technique: A first validity study. In: *Semiotica 3*, S. 37~58, 1971.

Ekman, P./W. V. Friesen, Body Movement and voice pitch in deceptive interaction. In: *Semiotica 16*, S. 23~27, 1976.

Enninger, W., Auf der Suche nach einer Semiotik der Kulinarien. In: *ZfS Heft 4,* 1982.

Erickson, R. P., A Study of the Science of Taste: On the Origins and Influence of the Core Ideas. In: *Behavioral and Brain Sciences 31*, 2008, S. 59~105, 2008.

Eschbach, A./W. A Koch, *A Plea for Cultural Semiotics,* Brockmeyer, Bochum, ed.1987.

Fill, A., *Ökolinguistik. Eine Einführung,* Tübingen: Gunter Narr, 1993.

Gandelsonas, M., Linguistic and semiotic models in architecture. In: W. Spillers, *Symposium on Basic Questions of Design Theory.* New York/ Amsterdam:

North-Holland Pub. Co., S. 39~ 54, 1974.

Genette, G., *Paratexte. Das Buch vom Beiwerk des Buches,* Campus Frankfurt/ New York, 1991.

Genske, D./E. Hess-Lüttich, *Wo steht das Kanzleramt? Der Spreebogen-Eine raumzeitliche Spurensuche,* Berlin. Berlin Edition, 2005.

Gethmann, D./Hauser, S., *Kulturtechnik Entwerfen,* Bielefeld: Transkript, hg. 2009.

Goldstein, E. B., *Sensation and Perception*, 6th Edition, Pacific Grove, 2002.

______, *Encyclopedia of Perception. A SAGE Reference Publication,* Los Angeles/ London/New Delhi/Singapore/Washington, D.C., ed. 2010.

Goody, J. (1982), *Cooking, Cuisine and a class: A study in comparative sociology.* Cambridge Univ. Press, 1982.

Gottdiener, M./A. Ph. Lagopoulos (eds.), *The City and The Sign,* Columbia University Press, 1986.

Granet, M., *La pensée chinoise.* Albin Michel, 1939.

______, *Die chinesische Zivilisation, Familie, Gesellschaft, Herrschaft.* F.a.M, 1929/1985.

Greimas, A. J., *Du sens.* Paris, Seuil, 1970.

______, *Du sens II,* Paris. Seuil, Vol. 2, 1986.

______, La soupe au pistou ou la construction d'un objet de valeur. In: *Du sens II, Essais sémiotique,* S. 157~168; 1986.

Grice, H. P., Logic and Conversation. In: P. Cole & J. L. Morgan, *Syntax and Semantics 3: Speech Acts.* New York: Academic Press, S. 41~58, 1975.

Gruen, V., *Das Überleben der Städte. Wege aus der Umweltkrise: Zentren als urbane Brennpunkte.* Wien/München/Zürich: Molden, 1973.

Gülich, E./W. Raible, *Linguistische Textmodelle.* Wilhelm Fink, München, 1976.

Gumbrecht, H. U./K. L .Pfeiffer, *Materialität der Kommunikation.* stw 750, Suhrkamp, F.a.M., 1988.

Halliday, M.A.K., *An Introduction to Functional Grammar.* London: Arnold, 1994.

Hänig, D. P., Zur Psychophysik des Geschmackssinnes. In: *Philosophische Studien*

17, 1901, S. 576~623, 1901.

Hartmann, A., Konzepte und Transformationen der Trias mental maps, Raum und Erinnerung. Einführende Gedanken zum Kolloquium. In: Damir-Gelisdorf, Sabine et ali, S. 3~24, 2005.

Hartmann, D./P. Janich, *Die kulturalistische Wende*. Frankfurt: Suhrkamp, 1998.

Harvey, D., The Geopolis of Capitalism. In: D. Gregory/J. Urry(hg.), *Social Relations and Spatial Structures*. London: Houndmills, S. 128~163, 1985.

Haugen, E., *The Ecology of language. Essays by Einar Haugen*. Stanford: Stanford University Press, 1972a.

______, The Ecology of Language. In: Haugen 1972a: S. 325~339, 1972b

Hauptmeier and Schmidt, *Einführung in die Empirische Literaturwissenschaft*. Vieweg, 1978/1985.

Heeschen, V., Sprache und Ritual. In: *LiLi* 65, S. 82~104, 1987.

______, Semiotische Aspekte der Ethnologie: Ethosemantik, In: Posner et ali, 2004.

Heinemann, M., Textsorten des Alltags. In: K. Brinker et ali. (hg.) *Text- und Gesprächslinguistik,* HSK 16.1, S. 601~614, Berlin: Walter de Gruyter, 2000.

Hellmann, K.-Uwe, Räume des Konsums: Eine Einführung. In: Hellmann, U./ Zurstiege, 2008a, *Räume des Konsums*. Wiesbaden: VS-Verlag. S. 9~18, 2008 hg, Das konsumistische Szndrom, In: Hellmann/Zurstiege, S. 19~50, 2008b.

Hellmann, Kai-Uwe, "Marke als Medium", In: *Planung und Analyse* 1/1997, 1997.

______, Die Sozialität der Marke-Verdeckte Vermittlingen. In: *Planung und Analyse. 2*/ 2000, 2000a

______, Soziologie der Marke: Ausgewählte Anregungen. In: *Soziologische Revue*. 4/2000, 2000b

______, *Marke als Megathema*, 2000c

______, Markeninvasion! Markeninflation?. In: *Frankfurter Allgemeine Zeitung*. Nr. 146, 2001a

______, Ausweitung der Markenzone: Zur Produktion und Penetration von Lebensstilen durch Markenwerbung. In: Tagungsvortrag *Postmoderne Praktiken: Medien-Spuren-Diskurs: Körper-Ware-Zeichen,* Erlangener Graduiertenkonferenz 23~25, Nov. 2001, 2001b

______, Goethe, Jazz und Schwarzbier. In: *Absatzwirtschaft*, Sonderausgabe *Marken,* 3/ 2003, 2003a

______, Markenpolitik in der politischen Kommunikation. In: *Forschungsjournal: Neue soziale Bewegung.* 3/2003, 2003b

______, *Soziologie der Marke.* Frankfurt: Suhrkamp, 2003c

______, Marke Soziokultur?. In: *Bundeskongreß für Soziokulturelle Zentren* "Elements of future". 18~20, Juni. 2004, 2004a

______, Die Marke unter Verdacht. In: *DIY+Garten-Das Jahrbuch 2004,* 2004b.

Henning, H., Die Qualitätsreihe des Geschmacks. In: *Zeitschrift für Psychologie 74.* 1916, S. 203~219, 1916.

Hucklenbroich, P., Semiotische Aspekte der Medizin: Medizinsemiotik. In: Posner et ali. Bd. 13.3, S. 2250~2258, 2004.

Hess-Lüttich, E. L. W., Towards a Narratology of Holistic Texts. The textual Theory of Hypertext. In: S. Inkinen (ed.), S. 3~20, 1999.

Hoffmeyer, J., From Language to Nature: The Semiotic Metaphor in Biology. In: *Semiotica 84*, S. 1~42, 1991.

Holt, D. B., *How Brands become Icons. The Principles of Cultural Branding.* Harvard Business School Press, 2004.

Helbig, G./Helbig, A., *Lexikon deutscher Modalwörter,* VEB. Leipzig, 1990.

Hess-Lüttich, E. H., Towards a Narratology of Holistic Texts, The Textual Theory of Hypertext, In: S. Inkinen, 1999.

Hjotsö, C. H., *Man's Face and Mimic Language*, Malmö, 1969.

Imazato, S., Semiotic Structure of Traditional Japanese Rural Space: Hagikura Village-Suwa Basin, In: *The Public Journal of Semiotics. Vol. 1. No. 1.* S. 2~14, 2007.

Inkinen, S., *Mediapolis: Aspects of Texts, Hypertexts and Multimedial Communication.* Berlin/New York: Walter de Gruyter, 1999.

Jacke, Ch., Verortungen des Dazwischen. Vergesellschaftlichung durch Kommunikation und Konsum an den popkulturellen Dritten Orten Musik-Club und Fußball-Stadion. In: Hellmann/Zurstiege, S. 159~177, 2008.

Jacke, Ch., White Trash und Old School: Prominente und Stars als Aufmerksamkeitsattraktoren in der Werbung. In: S. J. Schmidt/J. Westerbarkey/G. Zurstiege (2001, hg.), S. 197~212, 2001.

Jaffe, E. D./I. D. Nebenzahl, *National Image and Competitive Advan-tage.* Copenhagen: Business School Press, 2001.

Jencks, C./G. Baird, *Meanings in Architecture.* London: Barrie & Rockliff, 1969 ed.

Kim, Sung-do, Intermedialität. Ein Beitrag zur synkretischen Semiotik. In: *Zeitschrift für Semiotik 29-1,* 2007.

Kimminich, E., *GastroLogie. Welt-Körper-Sprache.* Vol.5 Mainz/New York: Peter Lang, 2005 hg.

Kleiber, G., *Prototypensemantik. Eine Einführung*. Gunter Narr, 1993.

Knappe, K. et al., *Angewandte Linguistik. Ein Lehrbuch*. Tübingen und Basel: A. Francke, 2004.

Kotler Ph./Gertner, D., Country as a brand, product and beyond: A place marketing and brand management perspective. In: *The Journal of Brand Management. Vol 9. no. 4-5*, April: 2002.

Kozinets, R./Sherry, J. F. et al., Themed Flagship Brand Stores in the Millennium: Theorie, Praxis, Ausblicke. In: Hellmann/Zurstiege, S. 87~118, 2008.

Kreutzer, H., *Veränderungen des Literaturbegriffs.* Göttingen, Vandenhoeck & Ruprecht, 1975.

Kuhn, Th., *The Structure of scientific Revolution.* Chicago Univ. Press, 1967.

Lagopoulos, A. Ph., *Semiological urbanism: an analysis of the traditional western Sudanese settlement.* In: M. Gottdiener/A. Ph. Lagopoulos (eds.), 1975, *The City and the Sign,* Columbia UP, New York, 1986.

Lagopoulos, A. Ph, *Semiotic urban models and modes of production: A socio-semiotic approach.* In: M. Gottdiener/A. Ph. Lagopoulos, 1979, (eds.), 1986.

Langman, U., Messedesign-Gestaltung und Nutzen. In: *FHTW Teil II,* S. 22~27, 2007.

Landow, G. P./P. Delany, *Hypermedia and Literary Studies.* MIT Press, 1990 ed.

Langenohl, A., Mental maps, Raum und Erinnerung. Zur kultursoziologischen Erschließung eines transdisziplinären Konzepts. In: Damir-Gelisdorf/Sabine et ali, 2005, S. 51~72.

Lardelier, P., Les Politiques Architecturales de la Mémoire(기억의 건축정치학). In: 영상문화 13집, 2008, S. 23~36.

Leach, E., *Culture and Communication.* Cambridge Univ. Press, 1976.

Lefebvre, A., *La production de l'espace.* Paris: Economica, 2000.

Lefèbvre, H., *Die Revolution der Städte.* Frankfurt: B-Books, 1990.

Legates, R. T./F. Stout (eds. 2003), *The City Reader.* Routledge, 2003.

Lehrer, A., Die Sprache der Weinprobe. *ZfS Heft 4,* 1982.

Lenneberg, E. H., *Biologische Grundlagen der Sprache.* stw 217. Suhrkamp, 1968/1986.

Lévi-Strauss, C., *Anthropologie Structurale.* Paris, Plon, 1958. *Strukturale Anthropologie* II, F.a.M, 1975.

______, *Le cru et le cuit, Mythologiques* I. Paris, Plon.(『신화학 1. 날것과 익힌 것』, 임봉길 옮김, 한길사, 2005), 1962=M-1.

______, *Du miel aux cendres, Mythologiques* II. (『신화학 2. 꿀에서 재까지』, 임봉길 옮김, 한길사, 2008), 1966=M-2.

______, *L'Origine des Manières de Table.* Mythologiques III, 1968.

______, *L'Homme Nu.* Mythologiques IV, 1971.

______, *Mythologica* I~VI(『신화학』의 독일어판. E. Moldenhauer 옮김). Suhrkamp, 1971~1976.

______, *Pensée Sauvage*(『야생의 사고』, 안정남 옮김, 한길사, 1999), 1971=PS.

______, *Tristes Tropiques*(『슬픈 열대』, 박옥줄 옮김, 한길사, 1998), 1971=TT.

Levinson, S. C., *Pragmatik* (*Pragmatics*, Cambridge University Press의 독일어판. U. Fries 옮김, 1983). Tübingen: Max Niemeyer, 1983/1990.

Lewandowski, E. et ali., *Sémiotique gourmande, De goût, entre esthésie et sociabilité.* Nouveaux actes sémiotiques Vol. X: Pulim. Univ. de Limoges,

1998.

Lorenz, K., *Die Entwicklung der vergleichenden Verhaltensforschung in den letzten 12 Jahren*, 1953.

Lounsbury, F., "The Structural Analysis of Kinship Semantics", 1964. In: H. Geckeler, *Strukturelle Semantik.* Wissenschaftliche Buchgesellschaft, 1978.

Luhmann, N., Öffentliche Meinung, In: *Politische Vierteljahresschrift* 11. S. 2~28, 1970.

_______, Veränderungen im System gesellschaftlicher Kommunikation und die Massenmedien. In: *Soziologische Aufklärung 3.* Opladen S. 309~320, 1981.

_______, *Soziale Systeme. Grundriß einer allgemeinen Theorie.* F.a.M., 1984/1986.

Lux, F., *Text, Situation, Textsorte.* Gunter Narr: Tübingen, 1981.

Lynch, K., *The Image of the City.* Cambridge: M.I.T. Press, 1960.

Lyons, J., *Semantics 1-2*. Cambridge Univ. Press, 1978.

Mai, H. P., Bypassing Intertextuality-Hermeneutics, Textual Practice, Hypertext. In: Plett, H. F, 1991.

Makropoulos, M., Architektur und Konsum als Medien objekvermittelter Vergesellschaftlichung. In: Hellmann/Zurstiege, 2008, S. 51~66.

Meja, N./N. Stehr, *Der Streit um die Wissenssoziologie.* 전2권, Frankfurt: Suhrkamp, 1982.

Merten, K., Evolution der Kommunikation. In: Merten et ali, 1994, S, 141~162.

Miles, S., *Consumerism as a Way of Life*. London: Sage Publications, 1998.

Morishita, H./W. Siegfried, *Erkennen von Emotionen in der Mimik von Kabuki-Schauspielern. Vergleich japanischer und europäischer Einstufungen von 17 Bildern*, 1983.

Morris, Ch., *Foundations of the Theory of Signs.* The University of Chicago Press, Chicago, 1938=1970.

Signs, Language and Behavior. Prentice-Hall, New York, 1946=1971.

Müller, C., *Redebegleitende Gesten: Kulturgeschichte, Theorie, Sprachvergleich.*

Berlin: Verlag Arno Spitz, 1998.

Murdock, G. P., The common denominator of cultures. In: R. Linton (ed.), *The science of man in the world crisis,* New York: Columbia University Press, 1945, 123~142.

Musterle, W./O.E. Rossler, Computer Faces: The Human Lorenz matrix. In: *Bio-Systems*. 19, 1986, S. 61~80.

Nawrocki, T., *Wortsinn und Geschmackssinn-Geschmacksadjektive und Werbung*. Magisterarbeit Universität Stuttgart, 2004.

Nida, E./Ch. Taber, The Theory and Practice of Translation. Brill, 1969.

Nöth, W., *Handbook of Semiotics.* Indiana UP, Bloomington (독일어판: *Handuch der Semiotik,* 2000, Stuttgart: Metzler), 1995/2000.

Nöth, W., *Handbuch der Semiotik.* J .B. Metzler Verlag, 1999.

OECD, *Definition und Auswahl der Schlüsselkompetenzen,* 2005.

OECD, PISA-Report.

Oldenburg, R. (1999), *The Great Good Place*. New York: Marlowe & Company, 1999.

Oldenburg, R., *Celebrating the Third Place: Inspiring Stories about the "Great Good Places" at the Heart of Our Communities.* New York: Marlowe & Company, 2001 hg.

Ong, W., *Oralität und Literarität: Die Technologisierung des Wortes.* Opladen, 1982/1987.

Park, yo-song, *Übersetzung als interlinguale und interkulturelle Neukonstruktion. Eine textlinguistische Analyse der assertiven Textsorten im Deutschen und im Koreanischen*. Münster/ Hamburg: LIT, 1994.

______, Stil in den koreanischen Artefakten: am Beispiel von Türen-Kultur auf der Jeju Insel. Vortrag am 10. Internationalen Kongress der Deutschen Gesellschaft für Semiotik. Frankfurt/Oder, 2005.

______, Synkretismen in der Küche. Ein Beitrag zur kulinar-ischen Semiotik. In: *Zeitschrift für Semiotik 28-3.* S. 88~106. Berlin. Stauffenburg, 2007.

______, Bord-Kommunikation als ein interkulturelles Thema für Country-Branding. Eine textsemiotische Analyse am Beispiel von Lufthansa

Flugmagazin. In: *Energeia 34*. Arbeitskreis für deutsche Grammatik. Tokyo, Japan. S. 15~30, 2009.

______, Teaching of German Literature through Translation. In: *Textlinguistik 35*, 2013.

Park, yo-song/Posner, R., Das Spektrum zetigenössischer koreanischer Semiotik. Einleitung zum Heft 28-3, S. 1~3. In: *Zeitschrift f. Semiotik* 2007. Tübingen: Stauffenburg. Deutsche Gesellschaft f. Semiotik, 2007.

Parsons, T, Evolutionary Universals. In: American Sociological Review 29: S. 339~357, 1964.

Peirce, Ch. S., *Collected Papers.* vols. 1~6, ed. C. Hartshone, Harvard UP, 1931-1958.

Plett, H.P., *Intertextuality. Research in Text Theory.* Walter de Gruyter, Berlin, New York, 1991, eds.

Plett, H.P., Intertextualities. In: H. Plett (eds.), 3~29, 1991.

Posner, R., Was ist Kultur? Zur semiotischen Explikation anthropologischer Grundbegriffe. In: Marlene Landsch, Heiko Karnowski und Ivan Bystøina (Hg.), *Kultur Evolution: Fallstudien und Synthese*, Frankfurt a. M.: Lang, S. 1~65, 1992.

Posner, R., Der Mensch als Zeichen. In: *Zeitschrift für Semiotik, Bd. 16. Heft 3-4,* S. 195 ~216, 1994.

Posner, R., *Semiotics and its presentation in this Handbook.* In: Posner/R. Robering/K. Sebeok, A. (Hg), Bd. 13-1, S. 1~14, 1997.

Posner, R., Semiotische Umweltverschmutzung: Vorüberlegungen zu einer Ökologie der Zeichen, In: G. Lobinl(hg. 1998), *Europäische Kommunikationskybernetik-heute und morgen.* München. KoPäd, 1998, S. 141~158.

Posner, R., Semiotic pollution: Deliberations towards an ecology of signs. In: *Semeiotike Sign Systems Studies 28*: University of Tartu, 2002.

Posner, R., Basic Tasks of Cultural Semiotics. In: G. Withalm (eds.) *Macht der Zeichen, Zeichen der Mascht.* INST, Wien, 2004, S. 57~89.

Posner, R./R. Krüger/Th. Noll/M. Serenari, *Berliner Lexikon der Alltagsgesten.* Arbeitsstelle für Semiotik: TU-Berlin (mimeo), 1997.

Posner, R./Robering, K./Sebeok, Th., *Semiotik. Ein Handbuch zu den zeichentheoretischen Grundlagen von Natur und Kultur.* 4 Bde., Berlin/New York: Walter de Gruyter, hg., 1997~2004.

Posner, R. et al., *Translatlantisches Graduiertenkolleg Berlin/New York.* Projektantrag, Mimeo, 2005.

Poyatos, F., *New Perspectives in verbal communication. Studies in Cultural Anthropology, Social Psychology, Linguistics, and Semiotics.* Pergamon, Oxford, 1993.

Preziosi, D., *The semiotics of the Built Environment.* Bloomington: Indiana UP, 1979.

Rocker, I. M., Berechneter Zufall. Max Benses Informationsästhetik. In: Gethmann /Hauser, 2009, S. 245~268.

Rolf, E., *Die Funktionen der Gebrauchstextsorten.* Walter de Gruyter. Berlin-New York, 1993.

Rossi-Landi, F., *Language as Work and Trade: A semiotic Homology for Linguistics & Economics.* South Hadley. Bergin & Garvey, 1983.

Ruf, F./Plattig, Karl-Heinz, Geruch, Geschmack: Wahrnehmung und Gedächtnisspeicherung stereochemischer und somatosensorischer Qualitäten, In: Stute, R.(Hrsg.), *Lebensmittelqualität: Wissenschaft und Technik.* Weinheim, 1989, S. 191~231.

Sager, S. F., Hypertext und Hypermedia. In: Brinker/Antos et ali.(hg.), 2001, S. 587~603.

Sebeok, Th., The evolution of semiosis. In: Posner, R., Robering, K., & Sebeok, Th. A., Bd. 1, 1997.

Serenari, M., Über das Auftreten und das Nicht-Auftreten emblematischer Gesten in der Karikatur. In: *SB 1-4/20,* 2000.

Serenari, M., Der Zweikampf als ritualisierter Kampf und Modell des Kampfes-die karikatur des Zweikampfes als verletztes Modell des Modells. In: *Tagungsband Mythen-Riten-Simulakra, 10. Intern. Symposium der ÖGS,* Wien, 2000.

Schelsky, H., *Gesellschaftliche Wandel,* In: *Auf der Suche nach Wirklichkeit.*

Gesammelte Aufsätze zur Soziologie der Bundesrepublik. München: Goldmann Wilhelm, 1979, S. 333~349.

Schmidt, S. J., *Der Diskurs des Radikalen Konstruktivismus,* 1987a, hg.

______, *Der Diskurs des Radikalen Konstruktivismus 2,* 1991 hg.

______, Medien, Kultur: Medienkultur. Ein konstruktivistisches Gesprächsangebot. In: *Kognition und Gesellschaft(*hg. S. J. Schmidt) Suhrkamp, F.a.M, 1992.

______, *Empirische Literatur- und Medienforschung,* Siegen, 1995 hg.

______, Medienkulturwissenschaft: Interkulturelle Perspektiven. In: Wierlacher, A./G. Stötzel (hg.) *Blickwinkel. Kulturelle Potik und interkulturelle Gegenstandskonstitution,* München, iudicium, 1996, S. 803~810.

______, *Kalte Faszination, Medien, Kultur, Wissenschaft in der Mediengesellschaft,* Velbrück, 2000.

______, Werbung auf der Suche nach einer Zukunft. In: S. J. Schmidt/J. Westerbarkey/G. Zurstiege (2001, hg.). *A/effektive Kommunikation,* 2001, *S.* 255~280. LIT.

______, *Unternehmenskommunikation*. Münster/Hamburg: LIT, 2004a

______, *Handbuch-Werbung*. Münster/Hamburg: LIT, 2004b hg.

______, *Unternehmenskultur. Die Grundlage für den wirtschaftlichen Erfolg von Unternehmen*. Weilerswist: Velbrück Wissenschaft, 2005.

Schmidt, S. J./Spieß, B., *Werbung, Medien und Kultur, 1995 hg*. Opladen: Westdeutscher Verlag, 1995 hg.

______, *Kommerzialisierung der Kommunikation. Fernsehwerbung und sozialer Wandel 1956~1989*. Frankfurt: Suhrkamp, 1997.

Schmidt, S. J./Westerbarkey, J./Zurstiege, G., *a/effektive Kommunikation: Unterhaltung und Werbung*. Münster/Hamburg: LIT, 2001 hg.

Schmidt, S. J./Zurstiege, G., *Kommunikationswissenschaft. Was sie kann, was sie will*. Reinbeck: Rowohlt, 2000.

Schmitt, E., *Das Essen in der Bibel, Literaturanthropologische Aspekte des Alltäglichen*. LIT. Hamburg/Münster, 1994.

Schmitter, P., *Historiographie und Narration, Metahistoriographische Aspekte der*

Wissen- schaftsgeschichtsschreibung der Linguistik. Gunter Narr, 2003.
Schramm, W., "What is a long time?", In: G. C. Wilhoit/J. H. de Bock (ed.) *Mass Communication Review Yearbook.* Vol. 2. S. 202~206. Beverly Hills/ London, 1981.
Schröder, U., Die Selbstbeobachter-ein deutsches Phänomen? Selbstreferenz-prozessen und ihre kulturspezifische Ausprägung. In: *Kodikas/Code.* Vol. 27, Nr. July/Dec 2004, S. 201~218, Tübingen: Gunter Narr, 2004.
Schroer, M., *Soziologie des Körpers.* Frankfurt: Suhrkamp, 2005.
______, *Räume, Orte, Grenzen: Auf dem Weg zu einer Soziologie des Raums.* Suhrkamp. F.a.M, 2006.
Schuler, W., Zoosemiose. In: Posner, R./Robering, K./Sebeok, Th. A. Bd. 1, 1997.
Schwarzenegger, Chr., Das Verräumen der Orte Konsum Dritter Orte als Ikono-phagie. In: Hellmann/Zurstiege, S. 142~156, 2008.
Searle, J. R./Vanderweken, D., *Foundations of Illocutionary Logic.* Cambridge, 1985.
Simmel, G., *Soziologie: Untersuchungen über die Formen der Vergesellschaft-lichung.* Gesamtausgabe Band 11. Suhrkamp. F.a.M, 1992.
Smith, D. V./Margolskee, R. F., Making Sense of Taste, *Scientific American.* S. 32~39, March, 2001.
Smith, E., Anthropological implications of optimal foraging theory: a critical review. In: *Current Anthropology 24-5:* S. 625~651, 1987.
Soja, E., *Thirdplace. Journeys to Los Angeles and Other Real and Imagined Places.* Wiley-Blackwell, 1996.
Song, Hyo-sub , *The Semiotics of Dokkebi(gauste).* In: Kim, Chie-sou (2004 ed.), S. 33~51, 2004.
______, Wie Kobolde entstehen: Zur Semiotik des Dokkaebi. In: *Zeitschrift für Semiotik 29-1,* Deutsche Gesellschaft für Semiotik, Stauffenburg Verlag, Tübingen, 2007.
Sotaro, K./Essegbey, J., Pointing left in Ghana: How a taboo on the use. In: *Gesture No. 1,* 2001.
Stierle, K. H., Werk und Intertextualität. In: *Das Gespräch,* K. H. Stierle /R.

Warning(hg.) München Fink. S. 139~150, 1984.

Storey, J., *Inventing Popular Culture. From Folklore to Globalization.* Wiley-Blackwell, 2003.

Strate, J., *Communication and Cyberspace. Social Interaction in an Electronic Environ- ment.* Univ. of Baltimore, 1993.

Tenbruck, F. R., *Die kulturellen Grundlagen der Gesellschaft. Der Fall der Moderne,* Opladen: Westdeutscher Verlag, 1989.

Titzmann, M., Kulturelles Wissen-Diskurs-Denksystem: Zu einigen Grundbegriffen der Literaturgeschichtsschreibung, In: *Zeitschrift für französische Sprache und Literatur*, Bd. XCIX, H. I, S, 47~61, 1989.

Tolksdorf, U., Sturukturalistische Nahrungsforschung. In: *Ethnologia Europaea 9:* S. 64~84, 1976.

Trier, J., *Der Deutsche Wortschatz in Sinnbezirk des Verstandes*. Heidelberg, 1931.

Ungers, O. M., *Die Thematisierung der Architektur.* Stuttgart: Niggli, 1983.

Venturi, R., *Complexity and Contradiction in Architecture*. New York, 1966.

Wagner, D., Semantische Dimensionen von Geschmacksadjektiven. Eine Skizze zum Adjektiv 'würzig'. In: Lavric, E./Konzett, C.(Eds.), 2009. *Food and Language. Sprache und Essen.* Frankfurt am Main. Berlin/Bern/Bruxelles/New York/Oxford/Wien, S. 135~147(= I*nnsbrucker Beiträge zu Sprache, Kultur und Translation.* Bd. 2), 2009.

Williams, R. H., *Dream Worlds. Mass Consumption in Late Nineteenth Century France*. Berkeley: Univ. of California, 1982.

Wittgenstein, L., *Schriften.* Frankfurt: Suhrkamp, 1960.

Wöhler, K. H., Raumkonsum als Produktion von Orten. In: Hellmann/Zurstiege, S. 69~86, 2008.

Zimmer, H., *Sprache und Bildwahrnehmung.* Haag, Frankfurt, 1983.

Zukin, S., *Landscape of power: from Detroit to Disney-Land.* Berkeley: University of California, 1991.

Zurstiege, G., *Mannsbilder. Männlichkeit in der Werbung. Eine Untersuchung zur Darstel- lung von Männern in der Anzeigewerbung der 50er, 70er und 90er Jahre*. Opladen: Westdeutscher Verlag, 1998.

______, *Zwischen Kritik und Faszination. Was wir beobachten, wenn wir die Werbung beobachten, wie sie die Gesellschaft beobachtet.* Habilitationsschrift der Westfälischen Wilhelms-Universität Münster. Institut für Kommunikationwissenschaft (Mimeo.), 2003.
______, "Der Konsum Dritter Orte". In: Hellmann/Zurstiege, S. 19~50, 2008.

용어 색인

ㄱ

ㅂ

ㅅ

ㅊ

ㅋ

ㅌ

ㅍ

ㅎ

저자 소개

박 여 성

1961년 서울에서 출생한 박여성은 고려대학교 독어독문학과 및 대학원을 졸업했다. 독일 뮌스터 대학교에서 언어학, 철학, 독문학을 수학하여 1994년에 박사학위를 취득한 뒤 고려대, 동국대, 서울대, 서울여대, 세종대 등에 출강하였다.

독일 뮌스터 대학, 베를린 공대, 본 대학, 스위스 베른 대학, 일본 學習院大, 중국 연변대학, 홍콩대학, 국립대만대학, 고려대, 경북대, 부산대, 서울대, 연세대, 울산대, 이화여대, 인하대, 전북대, 중앙대, 한국외대, 한림대, KBS(부산/제주), MBC(제주) 등에서 강연하였다.

현재 제주대학교 인문대학 독일학과, 사회교육대학원 스토리텔링학과 교수, 동 인문과학 연구소장. 한국텍스트언어학회 회장, 한국기호학회 부회장, 한국번역학회 부회장, 한국영상문화학회 부회장, 독일 뮌스터 대학교 커뮤니케이션학부 초빙교수를 역임했다.

저서로는 『Sign Culture – Zeichen Kultur』, 『Gastrologie』, 『몸 또는 욕망의 사다리』, 『월경(越境)하는 지식의 모험자들』, 『한국 텍스트과학의 제과제』, 『기호학으로 세상 읽기』, 『기호 · 철학 그리고 예술』, 『몸과 몸짓문화의 리얼리티』, 『책으로 읽는 21세기』, 『텍스트언어학의 이해』, 『문화와 기호』, 『신(新)지식의 최전선』(이상 편저), 『기능주의 번역의 이론과 실제』가 있다.

번역서로는 『구성주의』, 『미디어인식론』, 『괴델-에셔-바흐』, 『생명의 황금나무야 푸르러라』, 『로티』, 『궁정사회』, 『구성주의 문학체계이론』, 『칸트와 오리너구리』, 『사회체계이론』, 『라우트리지 번역학 백과사전』, 『언어의 토대 - 구조기능주의 입문』, 『예술체계이론』 등이 있다.

텍스트언어학, 기호학, 구성주의, 체계이론, 번역학에 관한 여러 논고를 썼으며 개념사, 공간기호학, 스토리텔링, 인적자원개발(HRD) 분야에서 프로젝트를 수행 중이다.